ROBERT LOUIS STEVENSON

Unheimliche Geschichten I

Ausgewählt und herausgegeben
von Manfred Kluge

WILHELM HEYNE VERLAG
MÜNCHEN

HEYNE ALLGEMEINE REIHE
Nr. 01/6671

Mit Illustrationen von
George Cruikshank, H. K. Browne,
George Cattermole Leech, Phiz u.a.

Printed in Germany 1986
Umschlaggestaltung: Atelier Ingrid Schütz, München
Gesamtherstellung: Ebner Ulm

ISBN 3-453-02264-5

Inhalt

Der seltsame Fall des Dr. Jekyll und Mr. Hyde

ACCO
MAN
BEAST
SKITLS
GRAY

Die Geschichte mit der Tür

Der Rechtsanwalt Utterson hatte ausgeprägte Gesichtszüge und lächelte auch nur selten; er war ein kühler Mann, in Gesprächen wortkarg, ja beinahe verlegen und ließ sich seine Gefühle nur selten anmerken. Saß er mit seinen Freunden beisammen, schmeckte ihm der Wein, so strahlte aus seinen Augen manchmal eine ungewöhnliche Menschenfreundlichkeit, die man aus seinen Worten nicht heraushörte, die aber, wenn er so nach Tisch mit einem zufriedenen Gesicht dasaß, in seinen Zügen zu lesen war und auch durch seine ganze Lebensweise bestätigt wurde. Gegen sich war er streng und trank, wenn er allein war, Gin, um sich den Wein abzugewöhnen. Hatte er auch Freude am Theater, so hatte er doch seit zwanzig Jahren keines mehr betreten. Bei alledem war er andern gegenüber äußerst duldsam und bewunderte fast neidisch die hohe Geisteskraft, die diese anderen bei ihren Schandtaten aufwandten. Schlug jemand über die Stränge, so war er eher bereit zu helfen, als anzuklagen. Er pflegte zu sagen: »Ich halte es mit Kains Ketzerei und lasse meinen Bruder allein zum Teufel gehen.« – Diese Veranlagung war auch häufig die Ursache, daß er im Leben solcher herabgekommener Menschen manchmal die letzte anständige Bekanntschaft und der letzte Halt war. Solchen Leuten gegenüber änderte er, solange sie in seinem Hause verkehrten, sein Benehmen nicht im geringsten.

Da Utterson sehr beliebt war, so war dies für ihn zweifellos nicht schwer; auch seine Freundschaften schienen einer ähnlichen gutmütigen Veranlagung zu entspringen. Wie das bescheidene Menschen zu tun pflegen, so fand auch der Rechtsanwalt seine Freunde durch Zufall. Seine Freunde waren seine Verwandten oder solche Leute, die er schon seit langer Zeit kannte. Seine Neigungen waren dem Efeu zu vergleichen, der erst nach und nach Wurzeln schlägt. Ohne Zweifel war auch das Band, das ihn mit Enfield, einem entfernten Verwandten und einem der bekanntesten Männer der Stadt, verknüpfte, ähnlicher Art. Für manche Leute war es eine harte Nuß, zu erraten, was diese beiden aneinander fanden oder welches gemeinsame Interesse sie verband. Leute, die ihnen bei ihrem Sonntagsspaziergang begegneten, erzählten, daß sie kein Wort miteinander sprachen, immer finster dreinsahen und es als eine Erlösung begrüßten, wenn ihnen ein Freund begegnete. Dennoch betrieben die beiden Männer diese ihre Spaziergänge eifrig, sahen in ihnen das größte Vergnügen der ganzen Woche und ließen darüber nicht nur alle anderen Zerstreuungen sein, sondern bekümmerten sich dann auch nicht um ihre Geschäfte.

Bei einem dieser Spaziergänge kamen sie in eine Seitenstraße eines belebten Londoner Stadtviertels. Die Straße war schmal und verhältnismäßig ruhig, doch an Wochentagen ging es dort sehr geschäftig zu. Die Einwohner waren allem Anschein nach wohlhabend. Selbst am Sonntag, wenn die Läden geschlossen waren und der Verkehr in der Straße ruhte, strahlte sie gleichsam, wie ein Feuer im Walde, gegenüber den unbedeutenderen Straßen der Nachbarschaft. Mit ihren frischgestrichenen Fensterläden, den sauber geputzten Messingschildern, durch die dort herrschende Reinlichkeit und ihr freundliches Aussehen bot sie den Spaziergängern einen erfreulichen Anblick.

An der linken Straßenseite, zwei Häuser von der Ecke

wurde die Reihe der Gebäude durch einen Hofeingang unterbrochen, und gerade an dieser Stelle schob ein geschmackloser Häuserblock seinen Giebel in die Straße vor. Dieses Haus war zweistöckig und fensterlos und hatte nur eine Tür im Erdgeschoß, während der obere Teil des Hauses nur aus einem glatten Gemäuer bestand, dessen Verputz längst verwittert war. Das Ganze machte in jeder Beziehung den Eindruck völliger Vernachlässigung. Die Tür, die weder eine Glocke noch einen Klopfer hatte, war von Rissen und Blasen durchzogen. In diesem Gerümpel suchten Bettler ihre Zuflucht und stritten sich um einen Unterschlupf; auf den Treppen hielten Kinder ihre Waren feil und an dem morschen Holz versuchten Schuljungen ihre Messer. Seit urdenklichen Zeiten aber war dort niemand erschienen, um diese ungebetenen Gäste zu vertreiben oder ihrer Ausgelassenheit ein Ende zu setzen.

Enfield und der Anwalt gingen auf der anderen Seite der Straße und befanden sich gerade dem Eingang des Hauses gegenüber, als der erste seinen Stock hob und auf die Tür deutete.

»Ist dir diese Tür jemals aufgefallen?« fragte er, und als sein Begleiter diese Frage bejahte, fügte er hinzu: »Sie erinnert mich an eine seltsame Geschichte.«

»Wirklich?« sagte Utterson »wie reimt sich das zusammen?«

»Höre!« erwiderte Enfield, »es war an einem Wintermorgen gegen drei Uhr, als ich von einem Ort, der am andern Ende der Welt lag, nach Hause ging und mich mein Weg durch einen Stadtteil führte, in dem man buchstäblich nichts als Laternen sah. Ich ging von Straße zu Straße; alle Leute schliefen, und doch war Straße um Straße wie zu einem Festzug beleuchtet, aber überall war es leer, wie in einer Kirche. Ich verfiel schließlich in einen

Gemütszustand, in dem der Mensch nichts anderes mehr tut, als horchen und anfängt sich nach dem Anblick eines Schutzmannes zu sehnen. Plötzlich bemerkte ich zwei Gestalten. Die eine war ein kleiner Mann, der mit schnellen Schritten aus östlicher Richtung daher kam, die andere ein Mädchen von etwa acht bis zehn Jahren, das so schnell es konnte über die Straße lief. An der Ecke prallten die beiden aufeinander. Und nun folgte das Furchtbare, denn der Mann überrannte unbarmherzig das Kind und ließ es am Boden liegen, als es schrie. Bei der Erzählung hört sich das nicht so schlimm an, aber der Anblick war furchtbar. Der Mann benahm sich nicht wie ein Mensch, sondern wie ein reißendes Tier. Ich rief laut »Hallo«, lief so schnell ich konnte, um diesen sauberen Patron beim Kragen zu erwischen und brachte ihn auch wirklich an den Tatort zurück, wo sich bereits eine ganze Gruppe um das schreiende Kind gebildet hatte. Dennoch war er vollkommen ruhig, leistete mir keinen Widerstand, sah mich aber mit so bösen Augen an, daß ich zu schwitzen begann. Die herbeigeeilten Leute waren in ihrer Mehrzahl Angehörige des Kindes, und bald darauf kam auch jener Arzt, nach dem man geschickt hatte. Nach der Aussage des Arztes Sawbones stand es mit dem Kinde nicht so schlimm; nur die Angst hatte es so arg mitgenommen. Du denkst nun wohl, daß die Sache damit abgetan war. Aber es gab dabei noch einen merkwürdigen Umstand, den ich erzählen muß. Ich empfand gegen diesen Menschen vom ersten Augenblick an einen Widerwillen, ebenso wie die Angehörigen des Kindes, was ja freilich nicht zu verwundern war. Auffallend war das Benehmen des Arztes. Er war so der übliche, nicht alt und nicht jung, sprach sehr auffallend Edinburgschen Dialekt und war lebhaft wie ein Dudelsack.

Nun gut, es ging ihm nicht anders wie uns andern, denn so oft er meinen Gefangenen ansah, merkte ich, daß Dr. Sawbones blaß vor Wut wurde und Lust zu verspüren schien, ihn umzubringen. Wir errieten gegenseitig unsere Gedanken, und weil das Umbringen nicht in Frage kam so unternahmen wir noch das Gescheiteste, was wir tun konnten. Wir sagten dem Mann, wir würden ein solches Aufhebens von der Sache machen, daß sein Name von einem Ende Londons bis zum andern stinken würde. Hätte er Freunde oder Kredit, so wollten wir dafür sorgen, daß er sie beide verlöre. Während wir in der Aufregung des Augenblicks so sprachen, mußten wir, so gut wir konnten, die Weiber bändigen, denn sie waren wild wie die Furien. Noch niemals sah ich so viele haßerfüllte Gesichter beisammen; dabei stand der Mann – war er auch, wie ich sehen konnte, etwas ängstlich – mit einer Art finsterer und höhnischer Gleichgültigkeit in der Mitte der Gruppe und sah, wenn ich ihn recht beschreiben soll, wie der leibhaftige Satan aus.

»Wenn Sie aus dieser Sache einen Vorteil ziehen wollen«, sagte er, »so kann ich mich dagegen nicht wehren; auch wäre ich kein Gentleman, wollte ich nicht eine Szene vermeiden. Sagen Sie mir, was Sie verlangen!«

Wir forderten hundert Pfund für die Angehörigen des Kindes. Hätten ihn die Umstehenden nicht bedroht, so hätte er sich natürlich gerne aus dem Staub gemacht. So fügte er sich schließlich. Unsere nächste Sorge war nun, das Geld auch wirklich zu bekommen. Und wohin glaubst du, daß er uns führte? – – – Nun eben zu jener Tür. Er zog rasch einen Schlüssel aus der Tasche, trat ein und kam sehr bald mit zehn Pfund in Gold und einem Scheck zurück, der auf das Bankhaus Coutto lautete, zahlbar an den Überbringer, und einen Namen trug, den ich, so wichtig er für diese Geschichte ist, nicht nennen kann, der aber sehr bekannt und oft gedruckt worden ist. Die Zahlen waren sehr flüchtig geschrieben, die Unterschrift aber war echt. Ich erlaubte mir, dem Manne zu sagen, daß mir die ganze Sache höchst verdächtig vorkäme, um so mehr, als es doch sonst für gewöhnlich nicht geschehe, daß ein Mensch um vier Uhr morgens hinter eine Kellertür verschwindet und dann mit einem auf fremden Namen ausgestellten Scheck über hundert Pfund wiederkommt. Er aber erwiderte mir gelassen und höhnisch: »Beruhigen Sie sich, ich bleibe bei Ihnen, bis die Bank geöffnet wird, und werde den Scheck selbst einlösen.«

So gingen wir, der Doktor, der Vater des Kindes und ich, mit unserem gemeinschaftlichen Freund in meine Wohnung, wo wir den Rest der Nacht verbrachten. Am folgenden Morgen begaben wir uns nach dem Frühstück alle zusammen zur Bank. Ich präsentierte den Scheck selbst mit dem Bemerken, daß ich allen Grund hätte, anzunehmen, es liege hier eine Fälschung vor. Aber damit war es nichts, der Scheck war echt.

»Pfui Teufel!« sagte Utterson.

»Ich sehe, du hast das gleiche Empfinden wie ich«, sprach Enfield weiter. Es ist eine seltsame Geschichte und dies um so mehr, als dieser Mensch so abstoßend häßlich war, daß niemand etwas mit ihm zu tun haben mochte. Dabei war aber der Aussteller des Schecks ein sehr vermögender und geachteter Mann, der überdies noch, was das Besondere ist, viel Gutes tut. Ich vermute, daß irgendeine alte dunkle Geschichte ihre Hand dabei im Spiel hat und ein ehrlicher Mann auf diese Weise die Streiche seiner Jugend büßen muß. – – Seit jener Zeit nenne ich das Gebäude »das Haus der dunklen Vergangenheit, obwohl dieser Name bei weitem nicht alles erklärt«, fügte Enfield nachdenklich hinzu.

Aus diesen Gedanken riß ihn der Rechtsanwalt Utterson mit der Frage: »Weißt du, ob der Aussteller des Wechsels in diesem Hause wohnt?«

»Wäre denn dies eine seiner würdige Wohnung?« entgegnete Enfield fragend. »Aber ich habe mir seine Adresse aufgeschrieben, er wohnt in einem ganz andern Stadtteil.«

»Und hast du dich niemals nach diesem Gebäude mit der Tür erkundigt?« fragte der Rechtsanwalt.

»Nein, das scheute ich. Über das Fragestellen habe ich überhaupt so meine eigenen Ansichten. Es sieht einer Gerichtssitzung gar zu ähnlich. Stellst du eine Frage, so gleicht diese einem Stein, den man vom Gipfel des Berges herunterwirft, und der dann andere Steine mit sich reißt, immer weiter und weiter rollt und schließlich einen lieben alten Vogel in seinem Nest trifft. Also gerade das, woran man am wenigsten dachte. Nein, ich habe es mir zum Grundsatz gemacht, desto weniger zu fragen, je abenteuerlicher mir ein Vorfall erscheint.«

»Ein ausgezeichneter Grundsatz!« meinte der Rechtsanwalt.

»Aber ich habe mir die Örtlichkeit selbst näher angesehen. Sie sieht kaum noch wie ein Haus aus. Es gibt auch keine andere Tür und es geht dort niemand ein noch aus, außer vielleicht von Zeit zu Zeit der Held meines Abenteuers. Im ersten Stockwerk gehn drei Fenster nach dem Hof hinaus, sie sind zwar stets geschlossen, aber dennoch sauber. Überdies gibt es dort noch einen Schornstein, der meistens qualmt, woraus ich schließe, daß jemand in dem Hause wohnen muß. Aber das ist dennoch nicht so ganz sicher, weil die Hofgebäude so ineinandergebaut sind, daß es schwer zu sagen ist, wo das eine aufhört und das andere beginnt.«

Eine Weile ging das Paar schweigend weiter, dann

sagte Utterson nochmals: »Lieber Enfield, das ist ein ausgezeichneter Grundsatz von dir.«

»Ja, das meine ich auch.«

»Aber dennoch möchte ich gerne etwas wissen«, sprach der Rechtsanwalt weiter. »Kannst du mir den Namen des Mannes sagen, der das Kind niederrannte!?«

»Warum nicht«, sagte Enfield. »Ich sehe keinen Grund, weshalb ich ihn verschweigen soll. Er hieß Hyde.«

»Hm!... Wie sah der Mann etwa aus?« fragte Utterson.

»Es fällt mir schwer, ihn zu beschreiben. In seiner ganzen Gestalt war etwas Abstoßendes, etwas durchaus Mißgestaltetes, mit einem Wort etwas Widerliches. Ich habe niemals zuvor jemand gesehen, der mir so durchaus mißfiel; aber ich weiß eigentlich kaum warum. Er muß irgendwie verwachsen sein, jedenfalls macht er den Eindruck eines verkrüppelten Menschen, obwohl ich die Stelle dieser Mißbildung nicht angeben kann. Wiewohl er ganz außergewöhnlich aussieht, so kann ich dennoch an ihm nichts Ungewöhnliches finden. Nein, beim besten Willen, ich kann ihn nicht beschreiben, und das ist nicht etwa Gedächtnisschwäche, denn es ist mir, als stünde er vor mir.«

Utterson ging sichtlich nachdenklich eine Weile schweigend weiter, aber endlich fragte er: »Bist du dessen auch sicher, daß er sich eines Schlüssels bediente?«

»Aber, lieber Freund...« fragte Enfield völlig überrascht.

»Ja ich weiß, es erscheint dir sonderbar, aber der Grund, weshalb ich nicht nach dem Namen des andern frage, der an der Geschichte beteiligt ist, ist der, daß ich ihn bereits kenne. Du siehst, Richard, deine Geschichte hat mir großen Eindruck gemacht, und wenn du in irgendeinem Punkt von der Wahrheit abgewichen bist, so tätest du gut daran, das zu berichtigen.«

»Ich meine, du hättest mich warnen sollen«, sagte der andere und seine Stimme klang ein wenig niedergeschlagen. »Aber ich bin streng bei der Wahrheit geblieben, wie du das nennst. Der Bursche hatte einen Schlüssel, oder besser gesagt, er hat ihn noch, denn erst vor einer Woche sah ich, wie er ihn benützte.«

Utterson seufzte tief, erwiderte aber kein Wort; der junge Mann fuhr fort: »Das ist wieder einmal eine Lehre, daß man nichts sagen soll; ich schäme mich, geschwätzt zu haben. Wir wollen einander versprechen, dieses Thema nicht wieder zu berühren.«

»Von ganzem Herzen«, sagte der Anwalt »gib mir die Hand darauf, Richard.«

Mr. Hyde wird gesucht

An jenem Abend kehrte Utterson in gedrückter Stimmung nach seiner Junggesellenwohnung zurück und setzte sich ohne den geringsten Hunger zu verspüren zu Tisch. Er war es sonst gewöhnt, Sonntags nach beendeter Mahlzeit ganz dicht beim Kamin zu sitzen, irgendein langweiliges Andachtsbuch vor sich auf dem Lesepult; schlug dann die Uhr der ganz in der Nähe gelegenen Kirche zwölf, so ging er gemächlich und dankbar zur Ruhe. In jener Nacht aber nahm er, sobald der Tisch abgeräumt war, eine Lampe und begab sich in sein Arbeitszimmer, schloß den Geldschrank auf und nahm aus dessen geheimsten Fach ein Schriftstück, das auf dem Umschlag die Aufschrift trug: »Dr. Jekylls letzter Wille«. Dann setzte er sich nieder und legte die Stirn in Falten und begann den Inhalt zu studieren. Das Dokument war eigenhändig geschrieben, denn der Rechtsanwalt Utterson hatte, wenngleich er es jetzt, da es nun einmal fertig war, in Verwahrung hatte, seinerzeit seine Mithilfe dazu verweigert. Das Dokument enthielt nicht nur die Verfügung, daß nach dem Tod des Dr. Jekyll sein ganzer Besitz und sein gesamtes Vermögen seinem Freunde und Wohltäter Edward Hyde zufallen solle, sondern auch noch die sonderbare Verfügung, daß für den Fall, daß Dr. Jekyll verschwinden sollte oder auf irgendeine unerklärliche Weise länger als drei Monate abwesend wäre, jener Hyde unverzüglich an Henry Jekylls Stelle treten und dabei nicht die Verpflichtung haben solle, irgendwelche Schulden oder Lasten zu übernehmen. Er sollte nur verpflichtet sein, eine geringe Summe für den Haushalt des Doktors zu bezahlen. Dieses Schriftstück ärgerte den Rechtsanwalt schon lange. Es ärgerte ihn sowohl als Advokat, als auch vom Standpunkte gesunder Vernunft. Denn alles Absonderliche schien ihm unschicklich.

Die Sache war ihm schon deshalb unangenehm, weil Hyde für ihn bisher nur ein Name war, über den er nichts weiter erfahren konnte. Aber nun erschien ihm die Angelegenheit noch schwieriger, da er so Häßliches über diesen Menschen gehört hatte. Und aus dem undurchsichtigen Nebel, der ihn bisher gestört hatte, formte sich nun deutlich die Gestalt eines Teufels.

»Ich hielt die ganze Angelegenheit für eine Tollheit«, sprach er für sich und legte das wichtige Schriftstück in den Geldschrank zurück »doch nun muß ich fürchten, daß sich dahinter etwas Schändliches verbirgt.«

Nach diesem Selbstgespräch löschte er die Lampe aus, zog seinen großen Mantel an und ging nach Cavendish-Square, jener Hochburg der Mediziner, wo auch sein

Freund, der berühmte Dr. Lanyon, hauste und seine Patienten empfing, die ihm von überall her zuströmten.

»Kann mir überhaupt jemand Näheres sagen«, dachte Utterson, »so ist es Lanyon.«

Der Diener erkannte ihn und begrüßte ihn ehrerbietig. Utterson brauchte nicht zu warten, sondern trat sogleich rasch in das Speisezimmer, wo Lanyon allein vor einem Glas Wein saß. Er war ein Mann von kräftigem, gesunden Aussehen, sein Gesicht war stark gerötet, sein Haar früh ergraut, seine Bewegungen gewandt; sein Benehmen lebhaft, doch sehr sicher. Als er Utterson bemerkte, sprang er auf und hieß ihn, ihm beide Hände reichend, herzlich willkommen. Diese beiden Männer waren alte Freunde, Kameraden aus der Schulzeit und aus dem College, achteten einander und freuten sich stets, wenn sie beisammen sein konnten.

Nachdem die Freunde eine Zeitlang harmlos geplaudert hatten, begann der Advokat allmählich von dem zu reden, womit seine Gedanken sich so unerfreulich beschäftigten.

»Ich glaube, Lanyon«, sagte er »du und ich sind wohl Henry Jekylls älteste Freunde.«

»Ich wünschte, seine Freunde wären ein wenig jünger«, meinte Dr. Lanyon, »doch ist es wohl so. Aber warum sagst du mir das? Ich sehe Jekyll jetzt nur noch selten.«

»So?« entgegnete Utterson. »Ich glaubte euch verbänden gemeinsame Interessen?«

»Ja, das war allerdings einmal der Fall«, war die Antwort. »Aber seit mehr als zehn Jahren ist Henry Jekyll mir ein zu großer Phantast geworden; er ist ganz merkwürdig. Dennoch nehme ich auch noch weiter, um unserer alten Freundschaft willen, Anteil an ihm. Aber ich sehe ihn nur mehr äußerst selten. Ein solcher unwissenschaftlicher Unsinn hätte selbst Damon und Phintias entzweit«, setzte der Doktor hinzu und wurde plötzlich rot vor Wut. Dieser Temperamentsausbruch beruhigte Utterson einigermaßen. Also, dachte er, haben sie sich nur über wissenschaftliche Fragen gestritten; und weil er keinen wissenschaftlichen Ehrgeiz besaß, so sagte er sich: »Also weiter ist es nichts.« Er ließ seinem Freund einige Augenblicke Zeit, um sich zu beruhigen, und tat dann die Frage, um deretwillen er eigentlich gekommen war: »Hast du je seinen Schützling – Hyde bei ihm getroffen?«

»Hyde?« wiederholte Lanyon. »Nein, ich habe nie von ihm gehört.«

Das war alles, was der Rechtsanwalt als Erfolg seiner Erkundigungen mit sich nach Hause nehmen konnte. Dort angekommen, warf er sich unruhig auf seinem Bett herum, bis der Morgen graute. Da seine Gedanken sich unaufhörlich um den einen Punkt drehten, so wurde es für ihn eine unruhige Nacht.

Von der nahen Kirchenuhr schlug es sechs und noch immer dachte Utterson über dieses Rätsel nach. Bis zu diesem Augenblick hatte sich nur sein Verstand mit der Angelegenheit beschäftigt, nun aber begann ihn auch noch seine Fantasie zu quälen, und wie er so in dem Dunkel der Nacht dalag, glitt Enfields Erzählung in leuchtenden Bildern an seinem Auge vorüber. Es schien ihm, als sehe er, eine von unzähligen Laternen erhellte nächtliche Stadt und die Gestalten eines eilig dahinschreitenden Mannes und eines Kindes, das vom Arzt kam und nach Hause lief. Diese beiden stießen dann aneinander; jenes reißende Tier in Menschengestalt überrannte das Kind und ging, ohne auf dessen Schreien zu achten, weiter. Oder er sah das Zimmer eines reichen Hauses, in dem sein Freund lag und im Traum lächelte;

plötzlich wurde die Tür jenes Zimmers geöffnet, die Vorhänge des Bettes zurückgeschlagen, und eine Gestalt zeigte sich, die den Schläfer weckte und die Macht besaß, daß er zu jener späten Stunde sich sofort erheben und nach dem Willen jener Erscheinung handeln mußte.

Diese beiden Bilder verfolgten den Anwalt die ganze Nacht hindurch; und schlief er selbst ein, so geschah es nur, um die Erscheinung noch leiser zwischen den schlafenden Häusern hindurchgleiten zu sehen, oder aber er sah sie immer schneller und schneller, fast mit schwindelerregender Geschwindigkeit, durch die endlosen erleuchteten Straßen eilen, an jeder Ecke ein Kind überrennen und es schreiend zurücklassen. Und dennoch hatte die Gestalt dieses Mannes kein Gesicht, an dem man ihn hätte erkennen können. Auch in seinem Traum konnte er das Gesicht nicht sehen oder es war vielmehr eines, das vor seinen Augen verschwamm, so daß er dadurch erst recht maßlos neugierig wurde, den lebendigen Hyde kennenzulernen. Er glaubte, könnte er ihn nur ein einzigesmal wirklich sehen, imstande zu sein, das ganze Geheimnis aufzuklären; wie ja das bei geheimnisvollen Dingen des öfteren geschieht, wenn man sie recht aus der Nähe betrachtet. Vielleicht wäre es ihm dann möglich, die Ursache zu finden, warum sein Freund soviel Anteil an diesem Mann nahm, ja geradezu dessen Sklave war; auch hoffte er dadurch der seltsamen Bestimmung des Testaments auf den Grund zu kommen. So mochte es immerhin die Mühe lohnen, sich diesen Mann anzusehen.

Seit jener Zeit überwachte Utterson die Tür in jener Seitengasse. Alle seine freien Stunden, vom frühen Morgen bis spät in die Nacht hinein, opferte er dieser Beobachtung und war dann auch immer auf seinem selbsterwählten Posten zu finden. Er war entschlossen, Hyde koste es was es wolle zu sehen.

Endlich wurde seine Ausdauer auch belohnt. Es war eine schöne Winternacht, die Straße war so sauber und spiegelglatt wie ein Tanzsaal; die Lichter der Laternen, die kein Windhauch bewegte, ließen jeden Gegenstand deutlich erkennen. Um diese Stunde war im Gegensatz zu dem lärmenden Treiben des übrigen London diese Nebenstraße verlassen und still. Das Geräusch des Alltagsleben, das aus allen Häusern klang, war weithin zu hören und der hallende Tritt der Vorübergehenden drang schon von ferne an das Ohr des Wartenden. Utterson stand erst einige Sekunden auf seinem Posten, als er einen, wie ihm schien, besonders leichten Schritt sich nähern hörte. Während seiner nächtlichen Streifen hatte er sich längst an das Geräusch gewöhnt, das der Schritt eines einzelnen Menschen, der noch ziemlich weit entfernt ist, hervorbringt. Aber seine Aufmerksamkeit war niemals zuvor so unbedingt in Anspruch genommen worden, und es bemächtigte sich nun seiner das bestimmte Vorgefühl des Erfolges, so daß er in den Hofeingang zurücktrat.

Als die Schritte das Ende der Straße erreichten, wurden sie schneller und hallender. Auch konnte der Anwalt von seinem Versteck aus bald erkennen, wie der Mensch, den er vor sich hatte aussah. Der war klein und einfach gekleidet; aber selbst auf diese Entfernung war sein Blick unheimlich. Der Herankommende überquerte, um den Weg abzukürzen, die Straße, ging schnurgerade auf die Tür zu und zog, als er vor ihr stand, gleich einem Menschen, der nach Hause kommt, den Schlüssel aus der Tasche.

Utterson trat aus seinem Versteck hervor, berührte die Schultern des Unbekannten und sagte: »Mr. Hyde, wie ich vermute?« Hyde prallte erschreckt zurück, faßte sich aber rasch und erwiderte, ohne den Anwalt anzusehen: »So heiße ich, und was wünschen Sie von mir?«

»Utterson aus der Gauntstraße, sie dürfen wohl schon von mir gehört haben. Ich bin ein alter Freund des Dr. Jekyll und weil ich Sie zu so guter Stunde treffe, so möchte ich Sie bitten, auch mir den Eintritt zu erlauben.«

»Dr. Jekyll werden Sie nicht antreffen, weil er nicht zu Hause ist«, entgegnete Hyde und steckte den Schlüssel ins Schloß. Dann aber fragte er, immer noch ohne aufzublicken, weiter: »Woher kennen Sie mich denn?«

»Darf ich Sie zuerst um einen Gefallen bitten?« sagte Utterson.

»Gerne«, erwiderte der andere »was kann ich tun?«

»Zeigen Sie mir Ihr Gesicht!«

Hyde schien zu zögern, doch besann er sich und blickte den Anwalt herausfordernd an. So starrten sie einander einige Augenblicke lang an.

»So, nun werde ich sie ja wohl wieder erkennen«, sagte Utterson, »und das mag vielleicht einmal von Vorteil sein.«

»O, ja«, versetzte Hyde, »es ist mir sogar recht lieb, daß wir einander gesehen haben. Übrigens will ich Ihnen meine Adresse geben.« Dabei nannte er die Hausnummer einer Straße im Stadtviertel Soho.

»Du lieber Gott«, dachte Utterson, »denkt er am Ende auch an das Testament?« Doch sprach er seinen Gedanken nicht laut aus und brummte einen Dank für die Adresse.

»Und jetzt sagen Sie einmal« fragte Hyde, »woher kennen Sie mich denn?«

»Man hat Sie mir beschrieben.«

»Wer?«

»O, wir haben gemeinsame Freunde«, sagte Utterson.

»Gemeinsame Freunde?« wiederholte Hyde ein wenig heiser. »Wer sind die denn?«

»Nun, zum Beispiel Jekyll«, antwortete der Anwalt.

»Der hat es Ihnen gewiß nicht gesagt!« rief Hyde ärgerlich aus. »Daß Sie lügen würden, dachte ich allerdings nicht.«

»Ich muß schon bitten, das ist ein ganz ungehöriger Ausdruck.«

Da lachte der andere gellend auf, öffnete unerklärlich rasch die Tür und verschwand im Haus.

Sobald Hyde fort war, blieb der Advokat noch einen Augenblick in sichtlicher Unruhe stehen. Dann begann er zu gehen, blieb aber alle Augenblicke stehen und griff, in Gedanken verloren, an die Stirn. Das Rätsel, das ihn auf seinem ganzen Weg beschäftigte, gehörte zu jenen, die nur selten eine Lösung finden. Hyde war klein, fast ein Zwerg und machte den Eindruck eines verwachsenen Menschen, ohne daß er aber erkennbar mißgestaltet gewesen wäre. Sein Lächeln war unheimlich. Dem Anwalt gegenüber war er seltsam schüchtern und zudringlich zugleich gewesen und hatte mit heiserer, gebrochener und ein wenig flüsternder Stimme gesprochen. Das alles sprach gegen ihn. Aber doch konnte keine dieser Eigenschaften die gleichsam unwillkürliche Abscheu und den Widerwillen erklären, womit ihn Utterson betrachtet hatte. »Ohne Zweifel steckt da etwas dahinter; wenn ich dafür nur einen Ausdruck finden könnte«, sagte sich der Anwalt. »Gott möge mich schützen, der Mann sieht gar nicht wie ein Mensch aus, eher wie ein Affe.«

Biegt man aus dieser Straße um die Ecke, so gelangt man auf einen ansehnlich großen Platz, den alte, nun freilich schon verfallene Häuser umgeben, von deren einstiger Schönheit freilich nichts mehr zu sehen ist. Kartenzeichner, Bauleute, Winkeladvokaten und Agenten zweifelhafter Unternehmungen wohnten dort. Aber ein Haus, das zweite an der Ecke, war noch in seinem alten Zustand erhalten und machte, wenngleich es nur von einer Laterne beleuchtet war und sonst völlig im Dunkel lag, den Eindruck eines reichen und vornehmen Hauses. Als Utterson es erreicht hatte, blieb er stehen und klopfte an die Tür. Ein gut gekleideter, älterer Diener öffnete ihm.

»Ist Dr. Jekyll zu Hause, Poole?« fragte der Anwalt.

»Ich will sehen Mr. Utterson«, erwiderte Poole und führte den Besucher in eine große hochgewölbte und gemütliche Halle, die, wie das so in Landhäusern üblich ist, mit Steinplatten ausgelegt war. Ein offenes, hellodierndes Kaminfeuer erwärmte den mit wertvollen Eichenmöbeln eingerichteten Raum.

»Wollen Sie hier am Kamin warten, Sir, oder soll ich Ihnen eine Lampe in das Speisezimmer bringen?«

»Danke, ich warte hier«, entgegnete der Anwalt, trat an den Kamin heran und lehnte sich an ihn. Diese Halle, in der er nun allein blieb, war ein Lieblingsplatz seines Freundes, des Doktors. Utterson selbst pflegte von ihr zu sagen, daß sie die entzückendste Halle von ganz London wäre. Aber in dieser Nacht schauderte sein Blut. Immer wieder sah er Hyde vor sich und hatte, was bei ihm nur selten geschah, das Leben satt. In dieser gedrückten Gemütsverfassung kam ihm das flackernde Feuer, das sich in den glänzenden Möbeln widerspiegelte, und sein über die Wände huschender Schatten wie eine Drohung vor. Er schämte sich, daß er wie erleichtert aufatmete, als Poole sehr bald wiederkam und ihm meldete, daß Dr. Jekyll ausgegangen wäre.

»Ich sah Hyde drüben durch die alte verfallene Türe ins Haus gehen, Poole«, sagte der Anwalt. »Gehört sich das, wenn Doktor Jekyll nicht zu Hause ist?«

»Ach ja, Sir, Mr. Hyde hat seinen eigenen Schlüssel«, antwortete der Diener.

»Hm, Ihr Herr scheint sehr viel Vertrauen zu dem jungen Mann zu haben«, meinte Utterson nachdenklich.

»Allerdings, Sir«, bestätigte Poole »und uns allen ist aufgetragen worden, ihm zu gehorchen.«

»Ich kann mich nicht erinnern, Mr. Hyde jemals hier getroffen zu haben.«

»Nein, gewiß nicht, Sir, denn er speist nur mittags hier. In diesem Teil des Hauses sehen wir ihn überhaupt nur sehr selten; Mr. Hyde kommt und geht meistens durch das Laboratorium.«

»Na denn, gute Nacht, Poole!«

»Gute Nacht, Mr. Utterson!«

Nachdenklich ging der Anwalt nach Hause.

»Armer Harry Jekyll« so dachte er, »mein Gefühl sagt mir, daß du auf Abwegen bist. In deiner Jugend hast du wohl über die Stränge geschlagen; doch ist das lange her. Aber vor Gott gibt es keine Verjährung.« In solchen Gedanken versunken, blickte der Anwalt auf seine eigene Vergangenheit zurück. In allen Winkeln seines Gedächtnisses suchte er nach einer alten Schuld, die er vielleicht an das Licht befördern könnte. Aber seine Vergangenheit war vollkommen makellos, und nur wenige Menschen konnten mit so wenig Beklemmung in dem Buch ihres Lebens lesen.

Als er aber wieder zu seinen früheren Gedanken zurückkehrte, sah er einen Schimmer von Hoffnung. »Könnte man«, so sagte er sich, »nur etwas Näheres über diesen Hyde erfahren, so müßte man, nach seinem Blicke zu urteilen, von dunklen Geheimnissen hören, mit denen verglichen Jekylls dunkelste gewiß noch der reinste Sonnenschein sind. So kann es unmöglich weitergehen. Mir graut, wenn ich daran denke, wie das

Schicksal sich gleich einem Dieb an Harry heranschleicht. Armer Harry, wie wird dein Erwachen sein!

Wie gefährlich ist das alles, denn wenn dieser Hyde eine Ahnung von dem Testament bekommt, so wird er doch gewiß ungeduldig auf die Erbschaft warten. Für alle Fälle muß ich das Rad des Schicksals aufhalten. Wenn Jekyll mich nur handeln ließe! Ja wenn er mich nur handeln ließe!«

Und wieder war es ihm, als sähe er die seltsamen Bestimmungen des Testamentes deutlich vor sich.

Man merkt Dr. Jekyll nichts an

Vierzehn Tage später wollte es der Zufall, daß Dr. Jekyll fünf oder sechs alte Bekannte, die alle vernünftige Leute und auch Kenner eines guten Tropfens waren, zu einem seiner so berühmten Mittagessen einlud. Utterson richtete es so ein, daß er noch blieb, nachdem die andern bereits gegangen waren. Das war nun gerade nichts Neues und geschah oft. Denn überall dort, wo man Utterson einmal schätzen gelernt hatte, war er sehr beliebt. Allen Hausherrn war es eine wirkliche Freude, den etwas trokkenen Anwalt noch zum Bleiben aufzufordern, wenn die Leichtsinnigen und Schwatzhaften wieder verschwunden waren: und sie saßen gerne mit ihm beisammen. Dr. Jekyll hielt es ebenso. Und wie er nun so als ein großer, gutgewachsener, prächtig aussehender Mann von fünfzig Jahren, in dessen Gesicht neben Klugheit und Freundlichkeit auch ein Zug Schlauheit lag, an der andern Seite des Kamins saß, konnte man aus seinen Augen lesen, daß er für Utterson aufrichtige und herzliche Freundschaft empfand.

»Ich möchte mit dir reden, Jekyll«, begann der Anwalt. »Du erinnerst dich ja wohl an dein Testament?«

Ein scharfer Beobachter hätte erraten, daß dieser Gesprächsstoff dem Doktor unangenehm war. Aber er ließ sich seinen Ärger nicht anmerken und antwortete: »Mein armer Utterson, es ist ein Unglück, einen solchen Klienten zu haben. Ich habe niemals einen Menschen in solcher Verzweiflung gesehen, wie du es über mein Testament bist, es sei denn jenen strengen Pedanten Lanyon, der sich über meine wissenschaftlichen Ketzereien, wie er das nannte, ärgerte. Oh, ich weiß, er ist ein sehr guter Kollege – du brauchst gar nicht die Stirn zu runzeln – sogar ein ausgezeichneter Kollege, und ich wünschte ihn öfters zu sehen. Aber das ändert nichts daran, daß er durch und durch ein Pedant ist, ein gänzlich unwissender, geschwätziger Pedant. Niemand hat mich mehr enttäuscht als Lanyon.«

»Du weißt, es hat mir nie gefallen«, fuhr Utterson unbekümmert fort, und ging auf den neuen Gesprächsstoff nicht ein.

»Mein Testament? Ja, das weiß ich«, sagte der Doktor ein wenig laut, »das hast du mir bereits gesagt.«

»Nun, so sage ich es dir nochmals«, versetzte der Anwalt, »denn ich habe etwas über den jungen Hyde gehört.«

Dr. Jekylls schönes Gesicht erbleichte bis in die Lippen und sein Blick verdüsterte sich. »Ich habe«, so sagte er, »keine Lust, noch mehr darüber zu hören, ich glaube, wir haben uns doch geeinigt, dieses Thema nicht zu berühren.«

»Es war aber etwas sehr Häßliches, was ich über ihn hörte«, meinte Utterson.

»Das ändert daran gar nichts, du kannst meine Lage nicht verstehen«, entgegnete der Doktor etwas unsicher. »Ich bin in einer ganz seltsamen, ganz merkwürdigen Lage. Es handelt sich um eines von jenen Dingen, die man durch vieles Reden nicht besser macht.«

»Jekyll«, sagte Utterson, »ich glaube, du kennst mich, ich bin ein Mensch, auf den man sich verlassen kann; schütte mir doch dein Herz aus und ich kann dir sicherlich aus dieser Angelegenheit heraushelfen.«

»Mein guter Utterson«, erwiderte der Doktor, »das ist wirklich ganz außerordentlich lieb von dir, und ich finde gar nicht die rechten Worte, dir zu danken. Ich glaube dir vollkommen und ich würde dir, dürfte ich wählen, mehr als jedem andern vertrauen, ja mehr als mir selbst; aber so wie du denkst, ist es nun doch nicht. Doch um dein gutes Herz zu beruhigen, will ich dir das eine sagen, daß ich mich von Hyde trennen kann, sobald es mir gefällt. Mein Wort darauf; nur habe ich eine kleine Bitte, von der ich weiß, daß du sie mir erfüllen wirst. Es ist eine vollkommene Privatangelegenheit, also bitte, laß die Sache auf sich beruhen.«

Utterson sah nachdenklich ins Feuer. »Du hast zweifellos vollkommen recht«, sprach er und erhob sich.

»Da wir nun aber einmal von der Sache gesprochen haben, so möchte ich doch eines daran für alle Fälle klarlegen. Ich nehme wirklich viel Anteil an dem armen Hyde. Ich weiß, daß du ihn gesehen hast, er erzählte es mir, und ich fürchte nur, er war gegen dich unhöflch. Aber trotzdem interessiere ich mich sehr für den jungen Mann, und wenn ich einmal nicht mehr sein sollte, Utterson, so möchte ich dich bitten, ihn zu dulden und ihm zu seinem Rechte zu verhelfen. Ich glaube, wenn du alles wüßtest, tätest du es, und es fiele mir ein Stein vom Herzen, wolltest du mir das versprechen.«

»Daß er mir je sympathisch sein wird, kann ich nicht versprechen«, erwiderte der Anwalt.

»Danach frage ich auch nicht«, versetzte Jekyll und legte seine Hand auf den Arm des andern, »ich bitte dich nur um Gerechtigkeit und darum, ihm mir zuliebe zu helfen, wenn ich einmal nicht mehr sein sollte.«

Utterson seufzte laut und sagte dann: »Also schön, ich verspreche es.«

Carew wird ermordet

Fast ein Jahr später, im Oktober des Jahres 18 . . wurde ganz London durch ein Verbrechen erschreckt, das mit besonderer Rohheit ausgeführt worden war. Die Sache erregte um so mehr Aufsehen, als der Ermordete eine hohe Stelle bekleidet hatte. Das, was man darüber hörte, war wenig, aber grauenvoll genug.

Ein Dienstmädchen, das in einem am Strom gelegenen Gebäude allein zu Hause gewesen war, begab sich um elf Uhr in ihre Kammer, um sich zu Bett zu legen. Obgleich es kurz vorher noch neblig gewesen war, war der Himmel nun in den ersten Stunden der Nacht wolkenlos und der volle Mond leuchtete in seiner ganzen Herrlichkeit über die kleine Gasse, in die das Fenster ihres Zimmers hineinsah. Das Dienstmädchen muß wohl romantischer Natur gewesen sein, denn sie setzte sich auf ihren Koffer, der dicht am Fenster stand, und versank in Träumereien. Niemals – so pflegte sie unter einem Strom von Tränen zu sagen, wenn sie jenes Erlebnis erzählte –, hatte sie sich so in Frieden mit allen Menschen gefühlt und noch niemals freundlicher von der Welt gedacht als in jenem Augenblick. Als sie so dasaß, sah sie einen älteren weißhaarigen netten Herrn durch das Gäßchen heraufkommen; und auf der entgegengesetzten Seite einen anderen auffallend kleinen Menschen, der ihm entgegenging, den sie aber zuerst kaum beachtete. Als die beiden gerade unter dem Fenster des Mädchens auf Rufweite aneinander herangekommen waren, grüßte der ältere Herr und sprach den zweiten sehr höflich an. Es machte nicht den Eindruck, als ob der Inhalt seiner Frage besonders wichtig wäre; aus seiner Handbewegung zu schließen, fragte er nur nach dem Weg. Der Mond schien ihm gerade ins Gesicht, als er sprach, und das Mädchen betrachtete es wohlgefällig, denn es schien ehrlich und freundlich und aus seinen Zügen sprach eine gewisse hoheitsvolle Würde und ein berechtigtes Selbstbewußtsein. Dann sah sie nach dem anderen und war überrascht, in ihm Mr. Hyde zu erkennen, der einmal ihren Herrn besucht hatte und den sie nicht leiden konnte. In der Hand trug er einen schweren Stock, mit dem er spielte; doch erwiderte er keinen Ton, hörte nur mit schlecht bemeisterter Ungeduld zu, bekam plötzlich einen Wutanfall, stampfte mit dem Fuß, fuchtelte mit dem Stock herum und benahm sich (nach der Beschreibung des Mädchens) wie ein Verrückter. Der alte Herr trat mit etwas überraschter und verletzter Miene einen Schritt zurück; das brachte Hyde noch mehr in Wut, und er schlug ihn zu Boden. Im nächsten Augenblick trat er sein Opfer in viehischer Wut mit Füßen, bearbeitete ihn mit einem Hagel von Schlägen, unter denen man die Knochen brechen hörte, während der Körper des Liegenden sich auf dem Straßenpflaster wand. Bei diesem schrecklichen Vorfall wurde das Mädchen ohmächtig.

Es war zwei Uhr morgens, als sie wieder zu sich kam und die Polizei holte. Der Mörder war längst verschwunden, aber sein Opfer lag, beispiellos zugerichtet, mitten in der kleinen Gasse. Der Stock, mit dem er die Tat ausgeführt hatte, war durch diese furchtbare Rohheit in der Mitte entzweigebrochen, obwohl er aus sehr starkem und zähem Holz gefertigt war. Die eine abgesplitterte Hälfte war in den Rinnstein gefallen, die andere hatte der Mörder zweifellos mitgenommen. Man fand bei dem Toten eine goldene Uhr und eine volle Börse, aber weder seine Visitenkarte noch sonstige Papiere, mit Ausnahme eines versiegelten und frankierten Schreibens, auf dem Uttersons Adresse stand und das der alte Herr aller Wahrscheinlichkeit nach zur Post hatte geben wollen.

Dem Anwalt wurde dieses Schreiben am nächsten Morgen, noch ehe er aufgestanden war, durch einen Boten überbracht; kaum hatte er es gesehen und das Nähere erfahren, so rief er feierlich: »Ich sage nichts, ehe ich nicht die Leiche gesehen habe; das wird ein sehr ernster Fall. Wollen Sie, bitte, einen Augenblick warten, bis ich mich angekleidet habe.«

Mit der gleichen ernsten Miene nahm er dann sein Frühstück ein und fuhr nach der Polizeistation, wohin man die Leiche gebracht hatte. Sobald er die betreffende Kammer betreten hatte, nickte er mit dem Kopf und sagte: »Ja, ich erkenne ihn. Ich bedaure, bestätigen zu müssen, daß dies Sir Danvers Carew ist.«

»Du lieber Gott«, rief der Beamte, »ist es denn möglich?« Und im nächsten Augenblick leuchtete der berufliche Ehrgeiz aus seinen Augen. »Das wird ein gewaltiges Aufsehen machen«, sagte er. »Vielleicht können Sie uns helfen, diesen Menschen zu erwischen.« Dann erzählte er ausführlich, was das Mädchen gesehen hatte, und zeigte dabei auch den zerbrochenen Stock.

Gleich anfangs hatte Utterson gefürchtet, den Namen Hyde zu hören, und als ihm nun der Stock gezeigt wurde, erkannte er ihn, so zerbrochen und zersplittert dieser auch war, als jenen, den er vor etlichen Jahren Henry Jekyll geschenkt hatte.

»Ist dieser Hyde klein?« forschte er weiter.

»Nach der Beschreibung des Mädchens ist er auffallend klein und sieht besonders bösartig aus«, erwiderte der Polizeibeamte.

Einen Augenblick lang überlegte Utterson, dann sah er auf und sagte: »Wenn Sie mit mir fahren wollen, so kann ich Sie, glaube ich, zu seinem Haus führen.«

Inzwischen war es neun Uhr morgens geworden und der erste Herbstnebel lag über der Stadt.

Eine ungeheure schokoladenbraune Wolkenmasse bedeckte gleichsam als ein Leichentuch den ganzen Himmel, der Wind aber zerriß hin und wieder den Nebel, so daß Utterson, als die Droschke langsam von Straße zu Straße fuhr, die mannigfaltigsten Farbentöne in der Dämmerung sah. Denn hier war es dunkel wie am späten Abend, dort schimmerte ein brauner oder gelbroter Schein gleich einer fernen Feuersbrunst. An einer anderen Stelle hatte sich der Nebel geteilt und ließ einen Streifen Tageslicht sehen. Das armselige Stadtviertel Soho erschien dem Anwalt bei diesen wechselnden Beleuchtungen, mit seinen schmutzigen Straßen und schmierigen Passanten, mit den noch nicht ausgelöschten oder wieder angezündeten Laternen, die vergeblich dieses Chaos zu erhellen versuchten, wie ein wüstes Traumbild. Seine Gedanken waren düster, und wenn er so hin und wieder einen Blick auf seinen Begleiter warf, so empfand er etwas von jener Angst vor dem Gesetz und dessen Dienern, die bisweilen auch den ehrlichsten Mann befällt.

Als der Wagen vor dem angegebenen Hause ankam, teilte sich der Nebel ein wenig und man sah nun eine elende Kneipe, ein ordinäres Weinhaus, einen Laden, in dem die einzelnen Speisen für wenige Pence zu haben waren.

In dem Haustor kauerten zerlumpte Kinder, und Frauen verschiedenster Nationalität gingen dort aus und ein, um ihren Morgenschnaps zu nehmen. Im nächsten Augenblick war der Nebel wieder so dick wie Umbra und bedeckte mit einem Schleier das unerfreuliche Bild. Hier wohnte Harry Jekylls Schützling, ein Mann, der eine viertel Milion Pfund zu erben hatte.

Eine alte weißhaarige Frau, deren Gesichtsfarbe gelb wie Elfenbein war, öffnete die Tür. Sie sah böse drein, was nur durch eine gewisse Scheinheiligkeit ein wenig abgeschwächt wurde, aber ihr Benehmen war ausgezeichnet.

»Ja«, sagte sie, »hier wohnt Mr. Hyde, aber er ist nicht zu Hause; er ist spät nachts heimgekommen und nach einer Stunde wieder ausgegangen. Das ist nichts Ungewöhnliches, da er überhaupt sehr unregelmäßig lebt und sehr oft abwesend ist; so habe ich ihn zum Beispiel seit zwei Monaten gestern das erste Mal wieder gesehen.«

»Schön«, sagte der Anwalt, »wir möchten sein Zimmer sehen.» Und als die Frau erklärte, dies wäre ganz unmöglich, setzte er hinzu: »Dann muß ich Ihnen wohl sagen, wer dieser Herr ist. Es ist der Inspektor Newcomen von Scotland Yard.«

Schadenfreude leuchtete aus den Augen der Frau. »Ach«, sagte sie, »man sucht ihn! Was hat er denn angestellt?«

Utterson und der Inspektor sahen einander an, und dieser meinte: »Beliebt scheint er ja nicht gerade zu sein! Und nun, meine gute Frau, möchten wir uns hier gern ein wenig umsehen.«

Hyde bewohnte in dem ganzen großen Haus, in dem

sonst niemand als die alte Frau lebte, nur wenige Zimmer; aber diese waren kostbar und geschmackvoll eingerichtet. Ein kleines Zimmer war von oben bis unten mit Weinflaschen angefüllt. Das Geschirr war aus Silber, die Wäsche sehr vornehm; an der Wand hing ein gutes Bild, wohl, wie Utterson vermutete, ein Geschenk Jekylls, der ein großer Kunstkenner war. Die Teppiche hatten schöne farbige Muster. Jetzt aber sahen die Zimmer aus, als hätte man in ihnen erst kürzlich und in großer Eile das Unterste zu oberst gekehrt. Auf dem Boden lagen Anzüge, deren Taschen umgekehrt waren, verschließbare Schubläden standen offen und auf dem Herd lag ein Haufen grauer Asche, als hätte man hier ein Bündel Papier verbrannt. Aus diesen Resten zog der Inspektor den Umschlag eines grünen Scheckbuches hervor, das dem Feuer widerstanden hatte. Hinter der Tür fanden sie die andere Hälfte des Stockes, und da dies seine Vermutungen bestätigte, so war der Beamte darüber höchst erfreut.

Ein Gang zur Bank, wo mehrere tausend Pfund auf den Namen des Mörders deponiert waren, trug noch einiges zu seiner Freude bei.

»Sie können sich darauf verlassen«, sagte er zu Utterson, »ich habe ihn schon. Er muß den Kopf verloren haben, denn sonst hätte er den Stock nicht hier zurückgelassen, und vor allem hätte er das Scheckbuch nicht verbrannt. Wir brauchen nichts zu tun, als vor der Bank auf ihn zu warten.«

Doch war das nicht so leicht, denn Hyde hatte wenig Bekannte, und selbst der Herr jenes Dienstmädchens hatte ihn nur zweimal gesehen; er hatte sich niemals fotografieren lassen, und die wenigen Leute, die ihn zu beschreiben vermochten, machten die widersprechendsten Angaben, wie das bei Zeugenaussagen zu sein pflegt. Nur in einem Punkt stimmten sie überein und zwar darin, daß der Entflohene auf jeden, der ihn sah, den Eindruck machte, als sei er verwachsen.

Der Brief

Es war schon spät am Nachmittag, als Utterson an die Tür des Dr. Jekyll klopfte, wo er sogleich von Poole begrüßt und durch die Wirtschaftsgebäude über ein Stück Land, das früher Garten gewesen war, zu jenem Gebäude geführt wurde, das man unter dem Namen Laboratorium oder Sezierhaus kannte. Der Doktor hatte das Haus von den Erben eines berühmten Chirurgen gekauft; da er aber mehr chemische als anatomische Interessen hatte, so hatte er das Blockhaus am Ende des Grundstückes zu einem andern Zweck bestimmt. Es war das erstemal, daß der Anwalt in diesem Teil der Wohnung seines Freundes empfangen wurde. Neugierig betrachtete er das graue, fensterlose Gebäude und sah sich erstaunt um, als er durch das Auditorium trat, in dem sich einst fleißige Studenten gedrängt hatten, das aber jetzt verlassen und still war. Auf den Tischen lagen chemische Apparate, auf dem Fußboden Kisten und Packstroh, und durch die blinden Fenster der Kuppeln drang nur ein schwacher Lichtschimmer herein. Am anderen Ende des Raumes führten etliche Stufen zu einer mit einem roten Tuch verhängten Tür, und durch diese wurde Utterson endlich in das Arbeitskabinett des Doktors eingelassen. Es war ein geräumiges Zimmer, an dessen Wänden ringsum Glasschränke standen. Unter anderm befand sich darin auch ein großer Spiegel und ein Arbeitstisch. Drei verstaubte und mit eisernen Gittern versicherte

Fenster gingen auf den Hof hinaus. Ein Feuer brannte im Kamin, auf dessen Rande eine Lampe stand, weil der Nebel selbst in die Häuser drang. Dicht neben dem Kaminfeuer saß Jekyll und sah todkrank aus. Er erhob sich nicht, um seinen Besuch zu begrüßen, sondern streckte ihm nur eine kalte Hand entgegen und hieß ihn mit veränderter Stimme willkommen.

»Nun«, sagte Utterson, »hast du schon das Neueste gehört?«

Der Doktor fuhr zusammen. »Ich hörte es durch das ganze Viertel ausrufen, als ich noch im Speisezimmer saß.«

»Nur ein Wort«, fuhr der Anwalt fort, »Carew war mein Klient, du bist es auch, und ich muß nun wissen, was ich zu tun habe. Du bist doch nicht so verrückt gewesen, diesen Mörder zu verstecken?«

»Utterson, ich schwöre dir bei Gott« rief der Doktor, »ich schwöre bei Gott, daß ich ihn niemals wiedersehen will. Ich gebe dir mein Wort, daß ich für diese Welt mit ihm fertig bin. Es ist alles aus, er bedarf meiner Hilfe nicht mehr; du kennst ihn nicht, so wie ich ihn kenne; er ist in Sicherheit, vollkommen in Sicherheit; merke dir, was ich sage, man wird nie wieder von ihm hören.«

Der Anwalt hörte ihm verdrossen zu, das aufgeregte Benehmen seines Freundes gefiel ihm nicht. »Du scheinst seiner ja sehr sicher zu sein«, sagte er, »und ich wünsche nur in deinem Interesse, daß du Recht behältst. Denn kommt es zu einer Untersuchung, so wird in deren Verlauf wohl auch dein Name genannt werden.«

»Ich bin seiner ganz sicher«, erwiderte Jekyll, »ich habe meine Gründe dafür, über die ich nicht sprechen kann. Doch in einem Punkt kannst du mir raten. Ich habe einen Brief bekommen und ich weiß nun nicht, ob ich ihn der Polizei übergeben soll. Ich möchte ihn dir anvertrauen, du wirst schon das Richtige finden; ich habe so großes Vertrauen zu dir.«

»Du fürchtest wohl, dieser Brief könnte zu seiner Entlarvung führen?« fragte der andere.

»Nein«, entgegnete der Anwalt. »Es ist mir völlig gleichgültig, was aus Hyde wird; ich habe mit ihm endgültig gebrochen. Ich dachte dabei an meinen eigenen Ruf, der durch diese verdammte Angelegenheit gefährdet ist.«

Utterson dachte eine Weile nach und war von dem Egoismus seines Freundes überrascht, atmete aber dennoch wie befreit auf. Schließlich sagte er: »Nun laß mich aber den Brief sehen!«

Der Brief war mit einer seltsam steilen Handschrift geschrieben und ›Edward Hyde‹ unterzeichnet. Der Inhalt dieses Schriftstückes war der, daß Dr. Jekyll, der Wohltäter des Absenders, dem er diese Wohltaten solange übel vergolten hätte, sich keine Sorge um die Sicherheit des Unterzeichneten zu machen brauche, da er Mittel zur Flucht besitze, auf die er vollkommen vertraue.

»Hast du noch den Umschlag?« fragte Utterson.

»Den habe ich verbrannt, ohne recht zu wissen, was ich tat; aber er trug keinen Poststempel, das Schreiben wurde nur so abgegeben.«

»Soll ich es behalten?«

»Ich möchte, daß du an meiner Stelle handelst«, war die Antwort. »Ich habe alles Vertrauen zu mir selbst verloren.«

»Ich will es mir noch einmal überlegen«, sagte der Anwalt. »Aber noch eins: war es Hyde, der dir in deinem Testament jene Bestimmung über dein mögliches Verschwinden diktierte?«

Der Doktor schien nahe daran, ohnmächtig zu werden, preßte die Lippen aufeinander und nickte.

»Ich wußte es ja«, sagte Utterson, »er wollte dich ermorden; du bist ihm noch glücklich entkommen.«

»Ich habe dabei, was noch weit wertvoller ist, eine heilsame Lehre erhalten. – Ach Gott, Utterson, welch eine Lehre!« Und er vergrub für einen Augenblick das Gesicht in seine Hände.

Als der Anwalt ging, sprach er noch einige Worte mit Poole. »Es wurde«, so sagte er »heute ein Brief hier abgegeben, wie sah denn der Bote aus?« Poole aber wußte bestimmt, daß alle Briefe nur mit der Post gekommen wären.

Diese Auskunft erweckte in Utterson neue Befürchtungen. Sicherlich war der Brief an der Tür des Laboratoriums abgegeben worden. Vielleicht war er sogar im Arbeitszimmer selbst geschrieben worden. Wenn es aber so war, dann mußte diese Angelegenheit anders angepackt und mit noch größerer Vorsicht behandelt werden.

»Das Neueste, ein entsetzlicher Mord an einem Parlaments-Mitglied!« riefen gerade die Zeitungsausträger auf der Straße. Utterson konnte sich des Gefühles nicht erwehren, daß auch der Name eines andern mit in den Strudel gerissen werden würde, den dieses Ereignis hervorrief. Eine schwere Entscheidung war zu treffen, und er sehnte sich nach einem guten Rat. So leicht war ein solcher nicht zu finden, aber er konnte immerhin danach suchen.

Bald danach saß er mit seinem Bürovorsteher Guest beisammen; eine Flasche guten alten Weines, die lange in seinem Keller begraben gewesen war, stand in einiger Entfernung vom Kamin zwischen den beiden. Noch lag der Nebel über der Stadt und die Laternen glühten wie feurige Kugeln.

Nach und nach wurde der Anwalt gesprächiger. Vor

niemandem hatte er weniger Geheimnisse als vor Guest, wußte aber dabei auch, daß dieser sie für sich behielt. Guest war des öftern aus geschäftlichen Gründen bei dem Doktor gewesen; er kannte auch den Diener Poole; er hatte sicherlich gehört, wie vertraut Hyde in diesem Hause ein- und ausgegangen war. Vielleicht, dachte Utterson, wäre es ganz gut, wenn er ihm diesen Brief zeigte, der das ganze Geheimnis der Angelegenheit aufklärte. Und vor allem war Guest ein bedeutender Handschriftenkenner.

Über dies war der Vorsteher ein Mann, dessen Ratschläge ausgezeichnet waren; es war nicht anzunehmen, daß er dieses Schriftstück lesen würde, ohne eine Bemerkung fallen zu lassen und dadurch – so dachte Utterson weiter – würde ihm vielleicht der Weg vorgezeichnet werden, den er nun zu gehen hätte.

»Mit Sir Danvers ist das eine traurige Geschichte«, sagte er.

»Ja gewiß. Sie hat ein gewaltiges Aufsehen gemacht«, erwiderte Guest, »der Mensch war natürlich verrückt.«

»Ich habe hier einen Brief von ihm«, sagte Utterson, »und ich möchte gerne Ihre Meinung darüber wissen; aber es bleibt unter uns, denn ich weiß gar nicht recht, was ich tun soll; zum mindesten ist das eine sehr unangenehme Geschichte. Aber hier ist der Brief; ganz ihr Fall: das Autogramm eines Mörders!«

Die Augen des andern leuchteten, er setzte sich sogleich hin und begann den Brief leidenschaftlich zu studieren. Endlich sagte er: »Nein, verrückt ist der nicht; aber es ist eine sonderbare Handschrift!« –

»Und auf jeden Fall ist der Verfasser dieses Briefes erst recht sonderbar«, ergänzte der Anwalt.

Da trat der Diener mit einem Billett ein. – »Ist das von Dr. Jekyll«, fragte der Vorsteher. »Ich glaube seine Handschrift zu erkennen. Handelt es sich um eine Privatangelegenheit?«

»Nichts als eine Einladung zum Abendessen, wollen Sie es sehen?«

»Nur einen Augenblick. Ich danke Ihnen.« Der Vorstand legte die beiden Schreiben nebeneinander und verglich sie aufmerksam. Dann gab er die beiden Schriftstücke dankend zurück und setzte hinzu: »Ein sehr interessantes Autogramm!«

Einen Augenblick lang kämpfte Utterson mit sich selbst, dann fragte er: »Was soll der Vergleich, Guest?«

»Die Handschriften gleichen einander sehr, in manchen Punkten sind sie vollkommen ähnlich, nur sind die Schriften verschieden geneigt.«

»Also ein wenig merkwürdig.«

»Ja, Sie haben recht, ein wenig merkwürdig.« – – –

»Ich möchte, daß über diese Unterredung nicht gesprochen wird«, sagte der Rechtsanwalt.

»Gewiß nicht«, entgegnete der Bürovorsteher, »ich verstehe vollkommen.«

Kaum war Utterson an diesem Abend allein, so schloß er das Schriftstück in seinen Geldschrank, von wo es von jener Zeit an ruhte. »Also, Henry Jekyll fälscht Handschriften für einen Mörder!« dachte er. Und das Blut erstarrte ihm in den Adern.

Dr. Lanyons seltsames Erlebnis

Die Zeit verging; tausende von Pfund wurden als Belohnung ausgesetzt; denn der Tod Sir Danvers' wurde als eine öffentliche Beleidigung angesehen; aber Hyde war den Augen der Polizei entrückt, als hätte er niemals gelebt. Über seine Vergangenheit erfuhr man so manches und alles war schändlich. Man hörte Geschichten von seiner Grausamkeit, von seiner Hartherzigkeit und seinem Jähzorn; man erzählte einander von seinem lasterhaften Leben, seinem merkwürdigen Verkehr, von dem Haß, den alle gegen ihn empfanden; aber wo er nun blieb, darüber vernahm man nicht das Geringste. Seit er am Tag des Mordes sein Haus in Soho verlassen hatte, war er spurlos verschwunden. Utterson erholte sich langsam von seiner Aufregung und fand seine Gemütsruhe wieder. Seiner Meinung nach war der Tod des Sir Danvers durch Hydes Verschwinden reichlich gesühnt. Für Dr. Jekyll aber begann, da dieser schlechte Einfluß nun gebrochen war, ein neues Leben. Er gab sein zurückgezogenes Leben auf, erneuerte die Beziehungen zu seinen Freunden und wurde wieder ihr gern gesehener Gast und Gastgeber. Er war immer tätig, ging viel spazieren und tat Gutes, wo er konnte. Sein Gesicht wurde heiterer und freundlicher, und der Doktor lebte zwei Monate lang in Frieden.

Am 8. Januar hatte Utterson ein kleines Mittagessen bei dem Doktor mitgemacht. Auch Lanyon war dabei gewesen. Am 12. Januar aber und auch am 14. blieb dem Anwalt die Türe Jekylls verschlossen. Der Doktor habe zu Hause zu tun und empfange niemand, so sagte Poole. Utterson versuchte es am 15. nochmals, aber er wurde wieder nicht empfangen. Weil er aber in den letzten zwei Monaten seinen Freund fast täglich gesehen hatte, bedrückte ihn dieser Rückfall in die Einsamkeit sehr. Fünf Tage darauf soupierte er mit Guest und am nächsten Tag ging der Anwalt zu Dr. Lanyon.

Dort wurde er wenigstens empfangen; doch als er eintrat, war er über das veränderte Aussehen des Doktors entsetzt. Das Zeichen des Todes stand auf seiner Stirn.

Der blühende Mann war leichenblaß geworden, Körper und Wangen waren verfallen, er war sichtlich kahler und älter geworden. Doch waren es weniger die Anzeichen einer körperlichen Krankheit, die die Aufmerksamkeit des Anwalts erregten als vielmehr sein Blick und die Art seines Benehmens, das auf eine tiefe innere Angst hinzudeuten schien. Es war nicht wahrscheinlich, daß der Arzt sich vor dem Tod fürchtete, und doch war Utterson schließlich versucht, es zu glauben. Er ist ja ein Arzt, so dachte er. Er mag seinen Zustand am besten kennen und weiß, daß seine Tage gezählt sind, und diese Erkenntnis mag schwerer sein, als daß er sie zu ertragen vermag. Dennoch sagte er, als Utterson eine Bemerkung über sein elendes Aussehen machte, ruhig und fest, er wäre ein dem Tod verfallener Mann.

»Ich habe einen Schrecken erlebt«, sagte er, »von dem ich mich nie wieder erholen werde. Es ist nur noch eine Frage von einigen Wochen. Mein Leben war schön. Ich liebte, ja ich liebte es sehr. Doch hin und wieder meine ich, daß wir, wüßten wir nur alles, recht froh wären, es zu verlassen!«

»Jekyll ist auch krank. Hast du ihn gesehen?«

Lanyons Züge veränderten sich, er streckte die Hände von sich und sagte mit erhobener, doch bebender Stimme: »Ich will von Dr. Jekyll nichts mehr sehen und hören; ich habe gänzlich mit ihm gebrochen und bitte dich, mir jegliche Erklärung über einen Menschen, der schon jetzt für mich gestorben ist, zu ersparen.«

»Beruhige dich!« sagte Utterson und fuhr nach einer Pause fort: »Kann ich in dieser Sache gar nichts tun? Wir sind drei alte Freunde, Lanyon; wir werden keine andern mehr finden.«

»Gar nichts kann man tun«, erwiderte Lanyon »frage ihn doch selbst!«

»Er will mich nicht sehen.«

»Das wundert mich nicht. Eines Tages, Utterson, nach meinem Tod, wirst du verstehn, wie alles zusammenhängt. Jetzt darf ich es dir nicht sagen.«

Sobald Utterson nach Hause gekommen war, schrieb er an Jekyll, beklagte sich darüber, daß dieser ihn nie empfange und erkundigte sich nach der Ursache des unglückseligen Bruchs mit Lanyon. Schon der nächste Tag brachte ihm eine lange, teils sehr pathetisch klingende und doch in ihrem Wesen sehr geheimnisvolle Antwort. Der Bruch mit Lanyon wäre nicht mehr gutzumachen. Jekyll schrieb: »Ich mache unserem alten Freund keine Vorwürfe und bin seiner Meinung, daß wir einander nicht wiedersehen können. Ich will in Zukunft ein vollkommen zurückgezogenes Leben führen. Du darfst darüber nicht erstaunt sein und auch nicht an meiner Freundschaft zweifeln, wenn meine Türe oft selbst Dir verschlossen bleibt. Du mußt Dich damit abfinden, wenn ich meine eigenen, verborgenen Wege gehe. Ich habe eine Strafe, eine Gefahr auf mich genommen, die ich Dir nicht nennen darf. War ich auch der größte Sünder, so bin ich nun auch der größte Dulder. Niemals habe ich geglaubt, daß es auf dieser Welt so unmenschliche Leiden und so furchtbare Schrecken gebe; und Du kannst mir nur dadurch dieses Los erleichtern, daß Du mein Schweigen achtest.« Der Brief erschütterte Utterson. Ein so großer unerwarteter Umschwung ließ auf eine Geisteskrankheit schließen; doch nach den Äußerungen und dem Benehmen Lanyons zu schließen, mußte der Grund tiefer liegen.

Eine Woche später legte sich Dr. Lanyon krank zu Bett und kaum vierzehn Tage darauf war er tot.

Am Abend nach dem Begräbnis, das Utterson sehr ergriffen hatte, schloß er die Tür seines Arbeitszimmers ab und griff nach einem versiegelten Schreiben seines toten Freundes. – »Privatsache. Nur zu eigenen Händen des Mr. J. G. Utterson; im Falle er aber vor mir sterben sollte, ist dieses Schriftstück ungelesen zu verbrennen.« In dem Schreiben fand er noch einen Umschlag mit der Aufschrift: »Bis zum Ableben oder Verschwinden des Henry Jekyll nicht zu öffnen.« – Utterson traute seinen Augen nicht. Wieder das Wort ›Verschwinden‹ wie in dem närrischen Testament, das er dem Verfasser längst zurückgegeben hatte. Und auch hier dieses Wort im Zusammenhang mit dem Namen Henry Jekyll.

Im Testament war es ja nichts anderes als der böse Einfluß Hydes gewesen. Aber was konnte es hier von Lanyons Hand geschrieben bedeuten? Eine gewaltige Neugierde befiel ihn, das Verbot zu mißachten, um das Geheimnis zu entschleiern; aber die Standesehre und die Treue zu dem verstorbenen Freund behielten die Oberhand und das Schriftstück wurde in das geheimste Fach seines Geldschrankes getan.

Das Fenster

Eines Sonntags, als Utterson seinen gewohnten Spaziergang mit Enfield unternahm, führte sie ihr Weg wieder einmal durch jene Seitenstraße, und als sie an die bewußte Tür kamen, blieben sie stehen und betrachteten sie genau.

»Diese Geschichte ist wenigstens zu Ende«, meinte Enfield. »Wir werden Mr. Hyde wohl niemals wiedersehen.«

»Ich hoffe es«, erwiderte Utterson. »Habe ich dir übrigens schon erzählt, daß ich ihn einmal gesehen habe und den gleichen Widerwillen spürte wie du und diesen vollkommen verstehe?«

»Das eine ohne das andere wäre auch unmöglich«, erwiderte Enfield. »Und für welch einen großen Esel mußt du mich gehalten haben, daß ich nicht wußte, daß diese Tür der rückwärtige Eingang zur Wohnung des Dr. Jekyll ist. Und wenn ich es herausfand, so bist du, wenigstens zum Teil, Schuld daran.«

»So, das hast du wirklich herausgefunden?« sagte Utterson. »Wenn es so ist, so wollen wir in den Hof gehen und einmal nach seinem Fenster sehen. Wenn ich dir die Wahrheit gestehen soll, so bin ich in großer Sorge um Jekyll und habe das Gefühl, als müßte es ihm eine Beruhigung sein, zu wissen, daß hier draußen einer seiner Freunde steht.«

Im Hof war es sehr kühl und ein wenig feucht; die Dämmerung war hereingebrochen, wenngleich der Himmel von der untergehenden Sonne noch weithin erstrahlte. Das mittlere der drei Fenster war zur Hälfte offen und Utterson sah an diesem Doktor Jekyll sitzen, der mit einem unendlich traurigen Ausdruck und einem verzweifelten Blick, wie ihn Gefangene haben, die frische Luft einatmete.

»Hallo, Jekyll!« rief der Anwalt. »Ich hoffe, es geht dir besser!«

»Ich fühle mich sehr krank, Utterson«, erwiderte der Doktor traurig, »sehr krank. Aber Gott sei Dank, es wird wohl nicht lange mehr dauern.«

»Du sitzt zuviel zu Hause«, sagte der Anwalt. »Du solltest einmal herunterkommen, dein Blut in Bewegung bringen, wie Mr. Enfield und ich. Das ist mein Vetter – Mr. Enfield – – Doktor Jekyll. Komm doch herunter, nimm deinen Hut und geh mit uns spazieren.«

»Das ist sehr freundlich, ich möchte gerne, aber nein,

nein, nein, es ist ganz unmöglich, ich wage es nicht. Doch freue ich mich sehr, dich zu sehen, Utterson, ich freue mich wirklich sehr; ich möchte dich und Mr. Enfield gerne heraufbitten, aber dieses Zimmer ist wirklich nicht danach.«

»Nun dann«, meinte der Anwalt gutgelaunt, »ist es wohl das Beste, wir bleiben hier unten stehen und unterhalten uns so mit dir.«

»Das wollte ich gerade vorschlagen«, sagte der Doktor lächelnd. Doch kaum hatte er es gesagt, als das Lächeln aus seinem Gesicht verschwand und dem Ausdruck furchtbarster Verzweiflung und eines Entsetzens Platz machte, der das Blut der beiden im Hofe stehenden Herren erstarren ließ. Da zugleich das Fenster zugeworfen wurde, sahen sie das nur für einen Augenblick, aber dieser Augenblick genügte. Sie verließen, ohne auch nur ein Wort zu sprechen, den Hof. Schweigend überquerten sie dann die Straße, und erst als sie in die nächste Straße einbogen, die auch Sonntags sehr belebt war, wagte Utterson sich umzublicken und seinen Begleiter anzusehen.

»Gott verzeihe uns, Gott verzeihe uns!« sagte er. – Enfield aber nickte nur ernst mit dem Kopf, und so gingen sie schweigend weiter.

Die letzte Nacht

Eines Abends saß Utterson nach dem Essen neben dem Kamin, als er durch das Eintreten Pooles überrascht wurde. – »Du lieber Himmel, Poole, was führt Sie zu mir?« rief er aus und setzte, ihn genauer anblickend, hinzu: »Was fehlt Ihnen? Ist der Doktor krank?«

»Mr. Utterson«, sagte der Diener, »irgend etwas ist bei uns nicht in Ordnung.«

»Setzen Sie sich, hier haben Sie ein Glas Wein und nun lassen Sie sich Zeit und erzählen sie mir genau, was los ist.«

»Ach, Sir«, erwiderte Poole »Sie kennen ja die eigentümliche Gewohnheit des Herrn Doktor, sich einzuschließen. Nun eben hat er sich wieder in sein Arbeitszimmer eingeschlossen, und das gefällt mir gar nicht, ich will auf der Stelle sterben, wenn mir das gefällt. Mr. Utterson, Sir, ich fürchte mich...«

»Mein Lieber«, sagte der Anwalt, »drücken Sie sich einmal deutlicher aus. Wovor fürchten Sie sich denn?«

»Ich fürchte mich schon seit einer ganzen Woche«, antwortete Poole und beachtete die Frage kaum. »Aber jetzt kann ich es nicht mehr ertragen.«

Das Aussehen des Dieners gab seinen Worten recht; er sah entsetzlich schlecht aus. Seit dem Augenblick, in dem er dem Anwalt das erstemal von seinen Befürchtungen sprach, hatte er ihn nicht mehr angesehen. Er hielt noch immer das Weinglas unberührt auf den Knien. Seine Augen aber starrten zu Boden. »Ich kann es nicht mehr ertragen«, wiederholte er.

»Schon gut, schon gut«, meinte der Anwalt, »ich sehe wohl, daß etwas Besonderes geschehen sein muß. Versuchen Sie nur, es mir zu erzählen.«

»Ich glaube, es ist etwas Schlimmes im Gang«, sagte Poole mit heiserer Stimme.

»Etwas Schlimmes?« rief der Anwalt erschreckt und auch ein wenig gereizt. »Etwas Schlimmes? Mensch, was meinen Sie denn eigentlich damit.«

»Ich wage es gar nicht zu sagen, Sir«, war die Antwort, »aber bitte, kommen Sie mit mir und überzeugen Sie sich selbst.«

Uttersons Antwort war, daß er sich erhob und nach Hut und Mantel griff. Überrascht bemerkte er, wie der Diener erleichtert aufatmete.

Es war eine stürmische kalte Märznacht. Der Mond war fahl und lag auf dem Rücken, als hätte ihn der Wind umgeworfen. Der Sturm machte jedes Gespräch unmöglich und peitschte den Eilenden das Blut ins Gesicht. Die Straßen waren wie leergefegt vom Wind, und so seltsam menschenleer glaubte Utterson jenen Teil Londons noch niemals gesehen zu haben. Soviel er auch dagegen ankämpfte, er vermochte sich des Gefühls nicht zu erwehren, daß ein großes Unglück geschehen sei. Über den Platz, zu dem sie nun kamen, wirbelte der Wind ganze Staubhosen, und die dürren Bäume der Gärten wurden vom Sturm gegen die Gitter gepeitscht. Ungeachtet des bitterkalten Wetters blieb Poole, der bisher einige Schritte vorausgegangen war, mitten auf der Straße stehen, nahm seinen Hut ab und wischte sich mit einem roten Taschentuch den Schweiß von der Stirn. Aber so schnell er auch gegangen war, so war es dennoch nicht eine Folge dieser Anstrengung, sondern einer quälenden Angst, denn sein Gesicht war leichenfahl und seine Stimme klang heiser und gebrochen, als er nun sagte:

»Nun sind wir da, Sir, und Gott gebe, daß es nicht allzu schlimm steht!«

»Amen, Poole«, sagte der Anwalt.

Dann klopfte der Diener vorsichtig an; die Tür wurde, soweit die Sicherheitskette es erlaubte, geöffnet und eine Stimme im Haus fragte: »Sind Sie es, Poole?«

»Ja, ja«, antwortete Poole, »öffnen Sie nur!« Als sie die hell erleuchtete Diele betraten, brannte ein lustiges Feuer im Kamin, um den sich sämtliche männliche und weibliche Dienstboten wie eine Herde Schafe versammelt hatten. Als sie Utterson sah, begann das Dienstmädchen kläglich zu jammern, der Koch rief laut: »Gott sei Dank!« und lief auf den Anwalt zu, als wollte er ihn umarmen.

»Was soll denn das heißen? Warum seid ihr alle hier?« fragte der Anwalt ärgerlich. »Das ist ja sonderbar und gehört sich auch nicht; eurem Herrn wäre das sicher nicht recht.«

»Sie fürchten sich«, meinte Poole.

Nun folgte tiefes Schweigen; niemand wagte etwas zu erwidern; das Dienstmädchen begann nur noch lauter zu schluchzen.

»Halt den Schnabel!« rief Poole mit einer Stimme, aus der man nur allzu deutlich auf seine eigene Nervenüberreizung schließen konnte.

»Und nun«, befahl Poole und wandte sich an den Küchenjungen, »gebt mir ein Licht, denn wir wollen der Sache sogleich auf den Grund gehen.« Dann ersuchte er Utterson, ihm durch den kleinen Hintergarten zu folgen.

»Sir«, sagte er, »gehen Sie so leise wie möglich. Sie sollen hören, ohne selbst gehört zu werden. Wenn er Sie aber ruft, so folgen Sie dieser Aufforderung auf keinen Fall.« Durch dieses Ansinnen wurden die Nerven des Rechtsanwalts Utterson dermaßen erschüttert, daß er sein seelisches Gleichgewicht fast vollkommen verlor. Doch er faßte sich bald wieder und folgte dem Diener durch das Laboratoriumsgebäude und durch den mit Instrumenten und Flaschen angefüllten Hörsaal bis zur Treppe. Dort gab ihm Poole ein Zeichen, stehen zu bleiben und zu horchen, indessen der Diener selbst das Licht niederstellte und mit zitternder Hand an die mit dem roten Tuch verhängte Tür des Arbeitskabinetts klopfte.

»Mr. Utterson ist hier, Sir; er möchte Sie sprechen«,

rief er und forderte den Anwalt nochmals durch ein Zeichen auf, zu horchen.

Von drinnen antwortete eine klägliche Stimme: »Sage ihm, daß ich niemanden empfangen kann.«

»Danke, Sir!« antwortete Poole mit einem fast triumphierenden Ton in der Stimme. Dann aber nahm er wieder das Licht und führte Utterson über den Hof in die große Diele zurück, wo inzwischen das Feuer ausgegangen war.

»Sir«, fragte er und sah Utterson in die Augen, »war das die Stimme meines Herrn?«

Der Anwalt erbleichte, sah den Diener ebenfalls scharf an und sagte dann: »Die Stimme scheint mir wirklich sehr verändert.«

»Verändert? Ja das finde ich auch«, sagte Poole. »Bin ich etwa darum schon zwanzig Jahre hier im Haus, um mich jetzt über die Stimme meines Herrn täuschen zu lassen? Nein, Sir, mein Herr ist verschwunden. Er muß schon vor acht Tagen umgebracht worden sein, als wir ihn so laut den Namen Gottes rufen hörten. Aber wer jetzt statt seiner dort drinnen ist und zu welchem Zweck, das ist eine verdammte Sache, Mr. Utterson!«

»Das ist eine sehr merkwürdige Geschichte, Poole, das klingt ja fast unglaublich«, sagte Utterson und biß sich in den Finger. »Nehmen wir an, es ist so, wie Sie denken, und Dr. Jekyll wäre wirklich ermordet worden, was könnte den Mörder veranlassen, noch hier zu bleiben? Das ist nicht sehr wahrscheinlich; das spricht gegen alle Vernunft.«

»Mr. Utterson, Sie sind nicht leicht zu überzeugen, aber ich will es doch versuchen. Diese ganze letzte Woche hindurch – denken Sie nur – hat er oder es, kurzum, das lebende Wesen dort drüben im Kabinett Tag und Nacht nach einer Medizin verlangt, die er nicht finden kann. Zuweilen war es die Gewohnheit meines Herrn, meines seligen Herrn, seine Befehle auf ein Stück Papier zu schreiben und dieses auf die Stufen vor seine Tür zu werfen. Diese ganze letzte Woche hindurch sahen wir nun nichts anderes als solche Zettel und eine verschlossene Tür. Täglich und oft zwei- bis dreimal am Tag kamen uns auf diesem Weg Befehle und Klagen zu, und ich mußte zu allen Apothekern der Stadt laufen. So oft ich dann das Verlangte brachte, erhielt ich wieder ein Papier, das mir befahl, das Zeug zurückzubringen da es nicht rein wäre, und bekam zugleich die Adresse einer andern Firma. Dieses Mittel wird sicher dringend gebraucht, Sir, gleichviel zu welchem Zweck.«

»Haben Sie einen dieser Zettel bei sich?« fragte Utterson.

Poole griff in seine Tasche und holte einen zerknitterten Fetzen Papier hervor, den der Anwalt, sich zum Lichte niederbeugend, aufmerksam besah. Der Inhalt lautete: »Doktor Jekyll übersendet den Herrn Maw seine besten Empfehlungen. Er versichert hiermit, daß das Mittel unrein und für seine augenblicklichen Zwecke nicht zu gebrauchen ist. Im Jahre 18. . hat Doktor Jekyll von den Herrn Maw einen großen Vorrat dieses Mittels erhalten. Nun bittet er, möglichst genau nachforschen zu wollen, und wenn noch etwas von derselben Qualität vorhanden sein sollte, es ihm sogleich zu schicken. Der Preis spielt keine Rolle. Denn den Wert, den dieses Mittel für Doktor Jekyll hat, kann wohl niemand beurteilen.« Bis hierher war dieser Brief in ganz ruhigem Ton gehalten; aber hier brach plötzlich mit einem Federstrich die ganze Aufregung des Schreibers hervor. »Um Gottes willen«, hatte er noch hinzugeschrieben, »verschaffen Sie mir etwas von dem alten Mittel!«

»Das ist ein merkwürdiges Schreiben!» sagte Utterson

und fragte dann in strengem Ton: »Wie kamen Sie dazu, es zu öffnen?«

»Der Mann bei Maws, dem ich es gab, wurde böse und warf es mir an den Kopf«, erwiderte Poole.

»Sind Sie sicher, daß dies die Handschrift des Doktors ist?« fragte der Anwalt.

»Es scheint so«, sagte der Diener traurig und fügte mit veränderter Stimme hinzu: »Aber was will eine Handschrift bedeuten; ich habe ihn gesehen.«

»Was, Sie haben ihn gesehen?« wiederholte Utterson. »Erzählen Sie!«

»Das ist es ja gerade«, sagte Poole. »Es war hier an dieser Stelle. Ich kam aus dem Garten und ging in das Auditorium. Allem Anschein nach hatte er sich herausgeschlichen, um sich nach diesem Gift oder was es sonst ist, umzusehen, denn die Tür des Arbeitskabinettes war offen und an der andern Seite des Zimmers stand er und kramte zwischen den Kisten. Als ich eintrat, sah er auf, stieß einen Schrei aus und flüchtete in sein Arbeitszimmer zurück. Ich habe ihn nur einen Augenblick lang gesehen. Aber die Haare standen mir zu Berge. Sir, wenn das mein Herr war, warum trug er dann eine Maske? Weshalb quickste er wie eine Ratte und lief davon, wenn er mein Herr war? Ich bin lange genug in seinen Diensten, und dann...«

Poole schwieg und strich sich mit der Hand über das Gesicht.

»Es sind das lauter merkwürdige Umstände«, sagte Utterson, »doch glaube ich nun klar zu sehen. Ihr Herr, Poole, ist von einer jener entsetzlichen Krankheiten befallen, die den Patienten quälen und entstellen; deshalb auch seine veränderte Stimme, seine Maske und das Bestreben, seinen Freunden auszuweichen. Daraus erklärt sich auch sein Bemühen, das Mittel zu finden, durch das der Ärmste sich ein wenig Hoffnung auf Genesung verschaffen kann. Gebe Gott, daß er nicht enttäuscht werde! Das ist die Erklärung, die ich habe; sie ist traurig genug und mir blutet das Herz, Poole, wenn ich daran denke, aber sie ist einfach und logisch und nimmt uns alle andern übertriebenen Vermutungen.«

»Sir«, sagte der Diener und erbleichte, »jenes Wesen war nicht mein Herr und das ist die Wahrheit. Mein Herr« – hier sah er sich um und begann nur mehr zu flüstern – »ist ein großer stattlicher Mann, und dieses Geschöpf glich eher einem Zwerge.« Utterson versuchte einen Einwand. »Oh!« rief Poole, »glauben Sie, ich kenne meinen Herrn nach zwanzig Jahren noch immer nicht? Glauben Sie, ich wüßte nicht, wie hoch sein Kopf reicht, wenn er in die Tür tritt, in der ich ihn doch Zeit meines Lebens täglich sah? Nein, Sir, dieser Mann mit der Maske war sicherlich nicht Doktor Jekyll. Weiß Gott, wer er war, aber Doktor Jekyll war er nicht. Ich bin fest überzeugt, daß ein Mord verübt wurde...«

»Poole«, entgegnete der Anwalt, »wenn Sie das sagen, so ist es meine Pflicht, mir darüber Gewißheit zu verschaffen. So gern ich auch die Gefühle Ihres Herrn schonen möchte und so sehr ich auch wegen dieses Zettels, der anscheinend beweist, daß er noch am Leben ist, in Verlegenheit bin, so halte ich es doch für meine Pflicht, jene Tür aufzubrechen.«

»Mr. Utterson, das ist einmal ein Wort!« rief der Diener aus.

»Und nun kommt die andere Frage«, sprach Utterson weiter »wer wird das tun?«

»Wer sonst als Sie und ich, Sir?« war die Antwort.

»Ausgezeichnet«, versetzte der Anwalt, »und wie das auch immer enden mag, ich will dafür sorgen, daß es nicht Ihr Schaden ist.«

»Im Hörsaal liegt eine Axt«, sagte Poole »und Sie können sich den Schürhaken aus der Küche nehmen.«

Der Anwalt nahm dieses grobe, aber wichtige Handwerkszeug in die Hand und schwang es prüfend. »Sind Sie sich darüber klar, Poole«, sagte Utterson und sah ihn an, »daß wir uns in große Gefahr begeben?«

»Ja, das kann man wirklich sagen, Sir«, erwiderte der Diener.

»Nun, aber wird es gut sein, wenn wir ganz aufrichtig zueinander sind. Wir beide denken uns mehr, als wir gesagt haben, und wir wollen offen miteinander reden. Haben Sie jene maskierte Gestalt erkannt?«

»Jenes Geschöpf, Sir, ging so schnell und war so vermummt, daß ich nichts auf meinen Eid nehmen könnte. Wenn sie aber der Meinung sind, daß es Mr. Hyde war, so muß ich allerdings sagen, daß er es nach meiner Überzeugung war. Jenes Wesen hatte etwa seine Gestalt, dieselbe schnelle, behende Art und seine Bewegungen; und wer anders könnte auch durch die Türe des Laboratoriums hereingekommen sein? Sie erinnern sich ja wohl, Sir, daß er zur Zeit des Mordes den Schlüssel noch bei sich hatte. Aber das ist noch nicht alles. Ich weiß nicht, Mr. Utterson, ob Sie jemals Mr. Hyde gesehen haben?«

»Ja«, antwortete der Anwalt, »ich habe ihn einmal gesprochen.«

»Dann müssen Sie gleich uns allen wissen, daß dieser Herr etwas ganz Merkwürdiges an sich hatte, sozusagen etwas Abstoßendes, ich kann das nicht so genau beschreiben; aber es lief einem kalt über den Buckel!«

»Ich gebe zu, etwas Ähnliches empfunden zu haben«, sagte Utterson.

»Ganz richtig, Sir. Als das Geschöpf mit der Maske wie ein Affe zwischen den Chemikalien umhersprang und dann in das Kabinett entwischte, lief es mir eiskalt über den Rücken. Oh, ich weiß, daß dies noch nichts beweist, soviel habe ich auch gelernt, aber wenn ich nach meinem Gefühl sprechen darf, so schwöre ich Ihnen auf die Bibel, daß es Mr. Hyde war.«

»Ja, ja«, sagte der Anwalt, »ich habe die gleichen Befürchtungen. Ich fürchtete immer Böses, und diese Bekanntschaft konnte nur zu etwas Schlimmem führen. Ach ja, ich glaube Ihnen vollkommen, ich glaube selbst, daß der arme Henry ermordet wurde und sein Mörder – weiß Gott warum – sich noch in jenem Zimmer bei seinem Opfer befindet. Nun aber wollen wir uns rächen. Rufen Sie Bradshaw!«

Der Hausknecht erschien, als er gerufen wurde, sah aber bleich und aufgeregt aus.

»Nimm dich zusammen, Bradshaw!« redete ihn der Anwalt an, »Die Ungewißheit lastet schwer auf euch allen; aber nun ist es unsere Absicht, der Geschichte ein Ende zu machen, Poole und ich wollen uns den Eintritt in das Arbeitszimmer mit Gewalt erzwingen. Sollte alles in Ordnung sein, so sind meine Schultern breit genug, um die ganze Verantwortung auf sich zu nehmen. Für den Fall, daß wirklich ein Unglück geschehen ist oder der Verbrecher durch die Hintertüre zu entkommen versuchen sollte, wird es gut sein, daß du mit dem Jungen, mit guten Stöcken bewaffnet, drüben um jene Ecke gehst und ihr euch beide an der Tür des Laboratoriums auf die Lauer stellt. Wir geben euch zehn Minuten Zeit, euren Posten zu beziehen.«

Als Bradshaw ging, sah der Anwalt nach seiner Uhr. »Und nun, Poole, an die Arbeit!« rief er, nahm den Schürhaken unter den Arm und begann das kleine Stück Gartenland zu überqueren. Der Mond war hinter den Wolken verschwunden und es war vollkommen finster. Der Wind pfiff nur stoßweise in dieses von Gebäuden umstandene Grundstück; und die Flamme der Kerze flackerte unruhig hin und her, bis sie in den großen Hörsaal eintraten, in dem sie sich schweigend niedersetzten und warteten. Ferne hörten sie das Brausen der Stadt, hier aber in dem Auditorium wurde die Stille nur durch das Auf- und Niedergehen im Arbeitsraum gestört.

»So, Sir, ist es täglich«, flüsterte Poole, »ja, und den größten Teil der Nacht ebenso. Nur wenn ein neues Mittel vom Chemiker kommt, hören die Schritte für eine Weile auf. Es ist das böse Gewissen, das ein solcher Feind der Ruhe ist. Mir ist es, als flöße bei jedem seiner Schritte Blut. Aber horchen Sie nochmals, ein wenig näher, bitte, – horchen Sie mit Ihrem Herzen und mit Ihren Ohren und sagen Sie mir, ob das die Schritte des Doktors sind.«

Die Schritte waren etwas unregelmäßig und seltsam schwankend; sie unterschieden sich dadurch sehr von dem schweren und hallenden Schritt des Doktors.

Utterson seufzte: »Und etwas anderes hörten Sie nie?«

Poole nickte. »Ja einmal«, antwortete er, »einmal hörte ich jenes Geschöpf weinen.«

»Weinen? Was wollen Sie damit sagen?« fragte der Anwalt erschrocken und voll Entsetzen.

»Es weinte wie ein Weib oder eine verirrte Seele«, sagte der Diener, »und es ergriff mich so sehr, daß ich am liebsten selbst geweint hätte.«

Nun waren die zehn Minuten um. Poole holte die Axt aus einem Haufen Stroh hervor und stellte das Licht auf den nächsten Tisch, damit es bei diesem Sturmangriff leuchten könne. Den Atem anhaltend, näherten sie sich der Stelle, wo in der Stille der Nacht die gleichmäßigen Schritte noch immer zu hören waren.

»Jekyll«, rief Utterson laut, »ich muß dich sehen!« – Er wartete einen Augenblick, aber da keine Antwort kam, rief er nochmals: »Ich warne dich, die Sache ist höchst verdächtig, ich will und werde dich sehen; wenn nicht im Guten, dann im Bösen, und wenn du nicht gutwillig darauf eingehst, durch Gewalt.«

»Utterson«, sagte drinnen eine Stimme, »um Gottes willen, Barmherzigkeit!«

»Oh, das ist nicht die Stimme Jekylls – das ist Hyde!« rief Utterson. »Schlag die Tür ein, Poole!«

Poole schwang die Axt; der Hieb erschütterte das ganze Gebäude, und die mit dem roten Tuch verhängte Tür gab in den Angeln nach.

Aus dem Arbeitszimmer drang ein tierischer Angstschrei. Immer wieder donnerte die Tür unter den Schlägen; aber das Holz war zäh und die Angeln fest. Erst beim fünften Hieb gaben die Schlösser nach und die Tür fiel nach innen auf den Teppich.

Die Bezwinger der Tür erschraken selbst über das von ihnen verursachte Getöse und über die nun folgende Stille. Einen Augenblick lang standen sie still und sahen hinein.

Von einer Lampe erhellt, lag das Kabinett vor ihren Augen; in dem Ofen brannte und krachte ein lustiges Feuer und der Kessel brummte sein eintöniges Lied; einige Schubladen standen offen, die Papiere auf dem Arbeitstisch waren geordnet, und nahe am Fenster standen die zur Bereitung des Tees nötigen Sachen. Wären nicht die Glasschränke voll Chemikalien gewesen, so hätte man den Raum für das angenehmste und gemütlichste Zimmer von ganz London halten können.

Aber mitten in diesem Zimmer lag der Körper eines sich windenden und zuckenden Mannes. Sie näherten sich auf den Fußspitzen, drehten ihn auf den Rücken und sahen in das Gesicht – Edward Hydes. Die Kleider waren ihm viel zu groß; sie waren für die Gestalt des

Doktors berechnet. Sein Gesicht zuckte noch, aber das Leben war entflohen. Utterson erkannte an dem Inhalt der zerbrochenen Phiole, die der Tote in der Hand hielt und an dem starken Geruch nach bitteren Mandeln, daß er die Leiche eines Selbstmörders vor sich habe.

»Zum Retten wie zum Strafen sind wir zu spät gekommen. Hyde ist vor seinen Richter getreten; es bleibt uns nur noch übrig, die Leiche Ihres Herrn zu suchen.«

Den größten Teil des Gebäudes nahm der Hörsaal ein, der durch Oberlicht beleuchtet war, und das Arbeitszimmer, dessen Fenster auf den Hof hinausgingen. Ein Gang verband den Hörsaal mit der Tür jener Seitenstraße, und auch aus dem Arbeitsraum führte eine Treppe zu diesem Gang. In dem Gebäude befanden sich noch einige kleine, dunkle Kammern und ein geräumiger Keller. Alle diese Räume wurden nun von den beiden genau durchsucht. In die Kammern brauchten sie nur flüchtig hinein zu sehen, denn diese waren leer und ganz verstaubt, da sie lange nicht geöffnet worden waren. Der Keller war angefüllt mit altem Gerümpel, das noch von dem Chirurgen, dem Vorgänger Jekylls herstammte. Als sie diese Tür öffneten, überzeugten sie sich bald, daß in dem Keller jedes weitere Suchen überflüssig sei, weil die Spinnweben, die schon seit Jahren über dem Eingang hingen, ihnen ins Gesicht fielen. Nirgends war weder von dem toten noch von dem lebenden Henry Jekyll auch nur eine Spur zu finden.

Poole klopfte mit dem Fuß auf die Steinplatten des Ganges, horchte auf den Klang und sagte: »Hier muß er begraben sein.«

»Oder er ist entflohen«, meinte Utterson und sah sich die nach der Seitenstraße führende Tür an. Sie war verschlossen, und am Boden, dicht neben ihr, fanden sie den bereits verrosteten Schlüssel.

»Er sieht nicht aus, als wäre er benützt worden«, bemerkte der Rechtsanwalt.

»Benützt?« wiederholte Poole, »sehen Sie denn nicht, Sir, daß er zerbrochen ist, als hätte ihn jemand mutwillig zerstampft?«

»Ja«, sagte Utterson, »die Bruchstellen sind ebenfalls schon verrostet.« Die beiden Männer sahen einander ganz erschrocken an. »Das geht über meinen Verstand, Poole«, meinte der Anwalt. »Gehen wir in das Arbeitszimmer zurück!«

Sie gingen schweigend wieder die Treppen hinauf, untersuchten nochmals genau das Arbeitszimmer und warfen einen scheuen Blick nach dem Toten. Auf einem Tisch fanden sie noch Überreste eines chemischen Versuches: auf gläsernen kleinen Schalen lagen, wie für ein Experiment bereit, das der Unglückliche noch hatte ausführen wollen, mehrere kleine Häufchen eines weißen Salzes.

»Das ist die Chemikalie, die ich ihm immer brachte«, bemerkte Poole. Während er dies sagte, kochte plötzlich der Kessel mit einem sie erschreckenden Geräusch über.

Das führte sie zu dem Ofen, wo der Lehnstuhl stand und alles für den Tee bereit lag. In der Tasse befand sich schon der Zucker. Auf dem Pult lagen mehrere Bücher, eines lag offen auf dem Tisch. Utterson war ganz erschüttert, als er sah, daß es ein frommes Buch war, das der Doktor oft gepriesen hatte, und in das von Jekylls eigener Hand furchtbare Gotteslästerungen hineingeschmiert waren.

Das nächste, das ihnen während ihrer Untersuchung auffiel, war der große Wandspiegel, in den sie entsetzt hineinsahen. Er war so gestellt, daß sie darin nur die rote Glut des an der Decke spielenden Feuerscheins sahen und ihre eigenen von Angst verzerrten Gesichter.

»Dieser Spiegel mag wohl seltsame Dinge gesehen haben«, flüsterte Poole.

»Und sicher nichts Geheimnisvolleres als sich selbst«, antwortete der Anwalt ebenso leise. »Denn was wollte Jekyll mit ihm?...« Er erschrak über diese Worte, überwand sich aber und setzte hinzu: »Ja, wozu mag ihn Jekyll wohl benützt haben?«

»Wer kann das wissen!« sagte Poole.

Dann traten sie an den Arbeitstisch. Oben auf den wohlgeordneten Papieren lag ein Brief, der die von der Hand des Doktor geschriebene Adresse Uttersons trug. Der Rechtsanwalt erbrach das Siegel, und sogleich fielen mehrere Beilagen zu Boden. Das erste Blatt war ein Testament, das die gleichen seltsamen Bestimmungen enthielt wie jenes, das Utterson dem Doktor vor einem halben Jahr zurückgegeben hatte. Auch dieses sollte im Fall seines Todes als letzter Wille gelten, im Fall seines Verschwindens aber als Geschenk. Nur las der Anwalt ganz gerührt statt des Namens Edward Hyde den Namen Gabriel John Utterson. Er sah Poole an, dann wieder das Papier und schließlich den toten Verbrecher, der ausgestreckt auf dem Teppich lag.

»Ich bin ganz wirr«, sprach er, »alle diese Tage hat er es vor Augen gehabt, und er hatte wirklich keinen Grund, mich zu lieben; er hätte doch wütend darüber sein müssen, daß ein anderer an seine Stelle getreten ist, und dennoch hat er das Testament nicht vernichtet.«

Dann griff er nach einem zweiten Blatt; es war eine kurze Notiz des Doktors und trug das Datum am oberen Rande.

»Poole«, rief der Anwalt, »er war noch heute hier und lebte noch! In so kurzer Zeit kann er nicht ermordet worden sein; er muß noch leben, er muß geflohen sein. Doch warum ist er entflohen, und wohin? Wir müssen vorsichtig sein, den ich fürchte, daß wir Ihrem Herrn sonst noch Unannehmlichkeiten bereiten.«

»Warum lesen Sie es nicht, Sir?« fragte Poole.

»Weil ich mich fürchte«, antwortete der Anwalt bedächtig. »Gebe Gott, daß ich dazu keine Ursache habe! Dann nahm er den Brief und las Folgendes:

Mein lieber Utterson!

Wenn dieses Schreiben in Deine Hände kommt, werde ich verschwunden sein, unter welchen Umständen, kann ich nicht voraussehen; aber mein Verstand und meine ganze nicht zu schildernde Lage sagen mir, daß mein Ende nun sicher und nahe ist. So gehe denn und lies zuerst den Bericht Lanyons, den er Dir zu übergeben versprach. Wenn Du aber mehr erfahren willst, dann lies die Berichte Deines unwürdigen und unglücklichen Freundes

Henry Jekyll

»Es lag doch noch ein drittes Schreiben da?« fragte Utterson.

»Hier, Sir«, sagte Poole und übergab ihm ein ansehnliches, mehrfach versiegeltes Paket.

Der Anwalt steckte es in die Tasche. »Ich sage niemandem etwas von diesem Brief. Ist Ihr Herr nun schon einmal tot oder entflohen, so wollen wir wenigstens seinen guten Namen retten. Es ist jetzt zehn Uhr; ich will nach Hause gehen und die Dokumente in aller Ruhe lesen. Aber um Mitternacht bin ich wieder zurück, und dann wollen wir die Polizei holen.«

Sie gingen und verschlossen die Türe des Hörsaals hinter sich. Utterson ließ die erstaunte Dienerschaft am Feuer zurück und ging ganz gebrochen nach Hause, um in seinem Arbeitszimmer die beiden Berichte zu lesen, die ihm das ganze Geheimnis aufklären sollten.

Vor vier Tagen, am 2. Januar, bekam ich mit der Abendpost einen eingeschriebenen Brief meines Kollegen und alten Schulkameraden Henry Jekyll. Ich war darüber sehr erstaunt, da wir einander bisher eigentlich nie geschrieben hatten; auch hatte ich ihn erst gestern gesehen und mit ihm soupiert. So sehr ich auch darüber nachdachte, so konnte ich mir doch nach allem nicht erklären, warum der Brief eingeschrieben war. Der Inhalt steigerte noch meine Überraschung; denn der Brief lautete so:

10. Dezember 18. .

Lieber Lanyon!

Du bist einer meiner ältersten Freunde; und wenn wir uns auch zuweilen über wissenschaftliche Fragen gestritten haben, so kann ich mich doch, wenigstens was mich anbelangt, an nichts erinnern, was unsere Freundschaft zerstört hätte. Ich hätte wohl niemals, wenn Du zu mir gesagt hättest: Jekyll, mein Leben, meine Ehre, mein Verstand, kurz alles hängt von Dir ab gezögert, Dir mein ganzes Vermögen, ja selbst meine linke Hand zu opfern, um Dir zu helfen. Lanyon, mein Leben, meine Ehre, mein Verstand hängen nun von Deiner Barmherzigkeit ab; wenn Du mir heute Nacht nicht beistehst, so bin ich verloren. Aus dieser Einleitung schließt Du vielleicht, daß ich etwas Unehrenhaftes von Dir verlange. Entscheide selbst!

Ich verlange, daß Du, was immer Du heute Nacht zu tun hast, aufschiebst – selbst wenn Du an das Bett eines Kaisers gerufen werden solltest. Sollte Dein Wagen Dir gerade nicht zur Verfügung stehen, so nimm eine Droschke und fahre mit diesem Brief als Ausweis unverzüglich zu mir. Mein Diener Poole hat seine Weisungen.

Du wirst von ihm und einem Schlosser empfangen werden. Die Tür meines Arbeitszimmers muß dann aufgebrochen werden; Du sollst aber allein hineingehen. Dort öffne, falls er verschlossen sein sollte, auch mit Gewalt, den Glasschrank links (Buchstabe E) und ziehe die vierte Schublade von oben oder (was das gleiche ist) die dritte von unten mit dem ganzen Inhalt heraus. In der deprimierten Stimmung, in der ich bin, habe ich geradezu eine tödliche Angst, Dich falsch zu führen; aber selbst, wenn ich mich irren sollte, so kannst Du die richtige Lade an ihrem Inhalt, einige Pulver, eine Phiole und ein Notizbuch erkennen. Ich bitte Dich, diese Schublade genauso, wie Du sie findest, mit Dir nach Cavendish Square zunehmen.

Dies ist der erste Teil Deines Freundschaftsdienstes. Nun zum zweiten. Wenn Du alles pünktlich ausführst, so kannst Du lange vor Mitternacht wieder zu Hause sein. Diesen Spielraum lasse ich Dir, nicht nur aus Furcht vor jenen Zufällen, die sich weder verhindern noch vorhersehen lassen, sondern auch deshalb, weil eine so späte Stunde, zu der Deine Dienerschaft schon schläft, die geeignetste Zeit für das ist, was Du noch zu tun hast. Punkt Mitternacht mußt Du allein in Deinem Sprechzimmer sein und persönlich einen Mann, der sich Dir in meinem Namen vorstellen wird, einlassen. Ihm übergibst Du die aus meinem Arbeitszimmer mitgenommene Schublade. Damit hast Du Deine Aufgabe beendet und mich zu heißem Dank verpflichtet. Wenn Du auf eine Erklärung bestehst, so wirst Du fünf Minuten später eingesehen haben, daß dies alles von großer Wichtigkeit war und verstehen, daß Du Dein Gewissen mit dem Tod oder mit dem Ende meiner Vernunft belastet hättest, wärest Du auch nur in einem Punkt von meinem Auftrag abgewichen.

So sehr ich Dir vertraue, so zittert doch mein Herz und meine Hand bei dem bloßen Gedanken, daß ich umsonst bitte. Denke in dieser Stunde an mich, in der ich an einem fremden Orte, unter der Last einer nahen Verzweiflung, Qualen erleide, die keine Fantasie sich ausmalen kann. Wenn Du aber meine Anordnungen genau befolgst, so werden meine Sorgen sehr bald, wie eine Geschichte, die erzählt ist, verschwinden. Hilf mir, lieber Lanyon, und rette

Deinen Freund H. J.

P.S. – Ich hatte dieses Schreiben bereits versiegelt, als mich ein neuer Schrecken befiel. Es kann sein, daß es für heute bereits zu spät ist und dieser Brief erst morgen in Deine Hände gelangt. In diesem Fall führe meinen Auftrag im Laufe des nächsten Tages aus und zu einer Zeit, die Dir am gelegensten ist. Meinen Boten aber erwarte dann in der darauffolgenden Mitternacht. Vielleicht ist es dann schon zu spät, und geschieht in jener Nacht nicht etwas Besonderes, so wirst Du zum letztenmal gesehen haben

Deinen Henry Jekyll.

Nachdem ich diese Zeilen gelesen hatte, war ich überzeugt, daß mein Kollege verrückt geworden sei. Aber ehe dies nicht mit Sicherheit festgestellt war, hielt ich es für meine Pflicht, seine Bitte zu erfüllen. So wenig mir die ganze Sache verständlich war, so wenig konnte ich auch über ihre Wichtigkeit urteilen; aber eine so dringende Bitte konnte ich nicht abschlagen, ohne die schwerste Verantwortung auf mich zu nehmen. Ich stand also sofort auf, nahm einen Wagen und fuhr zu dem Hause Jekylls. Der Diener erwartete mich; er hatte gleichzeitig mit mir einen eingeschriebenen Brief mit den nötigen

Weisungen erhalten, worauf er sogleich nach einem Schlosser und einem Zimmermann geschickt hatte. Während wir noch miteinander sprachen, kamen die Handwerker und wir gingen mit ihnen nach dem Operationshörsaal des alten Dr. Denman, von wo, wie Du sicher wissen wirst, das Arbeitszimmer am leichtesten zu erreichen ist. Die Türe war sehr stark, das Schloß ausgezeichnet. Der Zimmermann versicherte, es würde ihn, wenn Gewalt angewendet werden müsse, sehr viel Mühe und Arbeit kosten, sie aufzubrechen, und der Schlosser zweifelte, ob es überhaupt möglich sein werde. Doch war dieser ein kräftiger Mann und nach zwei Stunden Arbeit war die Türe offen. Der mit einem »E« in dem Brief bezeichnete Schrank war nicht versperrt; ich zog die Lade heraus, packte sie mit Stroh voll, hüllte sie in ein Tischtuch und nahm sie mit mir nach Cavendish Square.

Zu Hause begann ich den Inhalt genauer zu prüfen. Die Pulver waren sorgfältig verpackt; ich öffnete eines der Papiere und fand darin eine Substanz, die meiner Meinung nach ein einfaches, weißes, kristallinisches Salz war. Die Phiole, die ich dann aufmerksam untersuchte, war zur Hälfte mit einer blutroten Flüssigkeit angefüllt, die einen sehr scharfen Geruch verbreitete und mir aus Phosphor und einem ätherischen Öle bereitet schien. Die übrigen Bestandteile konnte ich nicht erraten. Das Buch war ein gewöhnliches Notizheft, es stand darin kaum etwas anderes als Daten. Diese umfaßten einen Zeitraum von mehreren Jahren; doch fast genau ein Jahr vor dem heutigen Tag brachen sie plötzlich ab. Hin und wieder war dem Datum eine kurze Bemerkung beigefügt; gewöhnlich nur das kurze Wort ›Doppelt‹, das ungefähr sechsmal unter mehreren hundert Aufzeichnungen vorkam. Ziemlich am Anfang der Liste stand, mit vielen Ausrufzeichen versehen, die Notiz: »Gänzlich mißlungen!!!« Obwohl dies alles meine Neugierde sehr reizte, so erklärte es mir doch nicht das Geringste. Hier war eine Phiole mit einer Flüssigkeit, dort ein Salz und die Aufzeichnungen über irgendein Experiment, das (wie so viele von Henry Jekylls Versuchen) zu keinem Ergebnis geführt hatte. Wie war es möglich, daß diese Dinge dadurch, daß sie sich in meinem Hause befanden, das Leben, die Ehre, und den Verstand meines abenteuerlichen Kollegen bedrohen sollten? Je eifriger ich darüber nachdachte, desto mehr wurde ich überzeugt, daß ich es hier mit einem Anfall von Geistesgestörtheit zu tun habe. Ich schickte alle meine Dienstboten zu Bett und lud dann einen alten Revolver, um damit eine Waffe zu meiner Verteidigung zur Hand zu haben.

Kaum hatte es über London Mitternacht geschlagen, als der Klopfer leise an die Türe schlug. Ich ging selbst und erblickte einen kleinen Mann, der sich an den Säulen der Türe herumdrückte.

»Kommen Sie von Dr. Jekyll?« fragte ich.

Verwirrt antwortete er: »Ja.« Ich forderte ihn auf, näher zu treten; als er dies tat, warf er noch einen scheuen Blick auf den im Dunkel liegenden Platz. In einiger Entfernung kam ein Schutzmann mit einer Laterne auf uns zu. Als er ihn bemerkte, schrak mein Besucher zusammen und trat hastig ein.

Ich muß gestehen, daß mich diese Wahrnehmung unangenehm berührte, und während ich hinter ihm in das hellerleuchtete Sprechzimmer trat, nahm ich meine Waffe zur Hand. Hier vermochte ich ihn wenigstens deutlich zu sehen. Soviel war sicher, daß er mir noch nie begegnet war. Ich habe schon gesagt, daß er klein war; außerdem fiel mir der unangenehme Ausdruck seines Gesichtes auf, sein trotz einer scheinbaren Schwäche kräftiger

Bau und ein merkwürdiges unbehagliches Gefühl, das ich in seiner Nähe empfand.

Dieser Mensch, der sozusagen vom ersten Augenblick an in mir ein aus Widerwillen und Neugierde gemischtes Gefühl hervorgerufen hatte, war in einer Weise gekleidet, die mich bei einer anderen Gelegenheit zum Lachen gereizt hätte. Obwohl seine Kleider aus einem guten Stoff waren, waren sie ihm doch nach jeder Richtung viel zu weit. Die Hosen schlotterten um seine Beine und waren unten mehrmals umgeschlagen, damit sie nicht auf dem Boden schleiften. Die Taille seines Rockes saß tief unter den Hüften und der Kragen lag in Falten auf seinen Schultern. Merkwürdigerweise reizte mich diese sonderbare Tracht nicht zum Lachen. In der ganzen übrigen Erscheinung dieses Mannes lag etwas so Merkwürdiges, etwas, das einen fesselte, überraschte und doch wieder abstieß. Zu dem Interesse, das das Wesen und der Charakter dieses Menschen in mir erregt hatte, gesellte sich nun noch die Neugierde, seinen Stand und seinen Beruf, seine Herkunft und sein Leben kennenzulernen.

»Haben Sie es gefunden?« fragte er. »Haben Sie es gefunden?« Und seine Ungeduld war so groß, daß er mich am Arm faßte und schütteln wollte.

Bei seiner Berührung überlief es mich kalt, und ich stieß ihn zurück. »Nur langsam, mein Herr, Sie vergessen, daß ich bis jetzt noch nicht das Vergnügen habe, Sie zu kennen. Bitte nehmen Sie Platz!« Ich ging ihm mit gutem Beispiel voran und setzte mich, soweit mir dies in der vorgeschrittenen Stunde, in Anbetracht der merkwürdigen Vorfälle und der Abscheu, die ich vor diesem Besuche empfand, möglich war, genau in der Weise ihm gegenüber, wie ich es sonst in Anwesenheit eines Patienten zu tun pflege.

»Verzeihen Sie, Dr. Lanyon«, sagte er sehr höflich. »Ihre Bemerkung ist sehr berechtigt; doch ließ mich meine Ungeduld gegen die Gesetze der Höflichkeit verstoßen. Ich komme im Auftrag Ihres Kollegen Jekyll in einer geschäftlichen Angelegenheit und soviel ich verstand...« Er machte eine Pause und griff mit seiner Hand an den Hals, woraus ich ersah, daß er einen Hustenanfall bekämpfte. – »So viel ich verstand, war es eine Schublade...«

Nun aber überkam mich Mitleid mit seiner sichtlichen Ungeduld; oder meine zunehmende Neugierde war die Ursache, daß ich sagte:

»Dort, mein Herr, ist das Gewünschte«, und zugleich zeigte ich auf die Schublade, die noch verdeckt hinter dem Tisch auf dem Boden stand.

Mit einem Satz sprang er auf sie zu, blieb dann plötzlich stehen und griff mit der Hand nach seinem Herzen. Wie er so krampfhaft seinen Mund bewegte, konnte ich seine Zähne knirschen hören, während sein Gesicht so verstört aussah, daß ich für sein Leben und seinen Verstand fürchtete.

»Beruhigen Sie sich doch«, sagte ich.

Er sah sich mit einem grauenhaften Lächeln nach mir um und riß, wie in einem verzweifelten Entschluß, das Tuch von der Schublade weg. Als er den Inhalt sah seufzte er erleichtert auf, so daß ich ganz verblüfft dasaß. Im nächsten Augenblick fragte er mit wieder vollkommen ruhiger Stimme: »Hätten Sie vielleicht ein in Grade eingeteiltes Reagenzglas bei der Hand?«

Mit einiger Anstrengung erhob ich mich und reichte ihm, was er begehrte.

Er dankte mir mit einem freundlichen Kopfnicken, maß ein kleines Quantum der roten Tinktur in dem Glas ab und schüttete eines der Pulver hinein. Die Mischung, die zuerst einen rötlichen Ton annahm, wurde, als die Kristalle schmolzen, hochrot und brauste dann plötzlich unter starker Dampfentwicklung auf. Einen Augenblick später beruhigte sich die Mischung und es war nun eine Flüssigkeit von schöner purpurroter Farbe zu sehen, die langsam in ein wässeriges Grün überging. Mein Besuch, der diese Verwandlungen aufmerksam verfolgt hatte, lächelte nun, stellte das Glas auf den Tisch, wandte sich zu mir und sah mich fragend an.

»Und nun,« sagte er, »bleibt mir noch eines übrig. Wollen Sie vernünftig sein? Wollen Sie sich von mir belehren lassen? Oder werden Sie mich, ohne eine Frage zu stellen, mit dem Glas aus dem Haus gehen lassen? Oder hat die Neugierde Sie schon zu sehr ergriffen? Überlegen Sie Ihre Antwort genau, denn es soll nach Ihrem Wunsche geschehen. Wünschen Sie es, so verlasse ich Sie, und Sie sind damit nicht reicher oder gescheiter als zuvor, es sei denn, daß man einen Dienst, den man einem armen Menschen in Todesangst erwiesen hat, als einen Gewinn für die Seele ansehen will. Im andern Fall werden Sie, wenn Sie es wünschen, in diesem Zimmer und im nächsten Augenblick eine neue wissenschaftliche Erfahrung machen, und es werden Ihnen dann neue Wege zu Ruhm und Ehre offen stehen. Sie werden etwas sehen, das selbst den Teufel von seinem Unglauben bekehren müßte.«

»Mein Herr,« sagte ich und heuchelte einen Gleichmut, den ich in Wirklichkeit gar nicht hatte. »Sie sprechen in Rätseln, und deshalb dürfen Sie sich nicht wundern, wenn ich Ihren Worten nur wenig Glauben schenke. Aber ich habe mich in diese mir unerklärliche Mitarbeit schon zu weit eingelassen, daß ich nun auch deren Zweck erkennen will.«

»Nun gut«, sagte mein Besuch. »Denken Sie an Ihr

Versprechen, Lanyon, denn was jetzt geschehen wird, fällt unter unser Berufsgeheimnis. Bisher hast du stets nur sehr kleinlichen und materialistischen Hypothesen gehuldigt, du hast die Möglichkeiten der transzendentalen Medizin abgeleugnet und so oft dir überlegene Menschen verspottet, nun sieh her!«

Er setzte das Glas an den Mund und leerte es auf einen Zug. Es folgte ein Schrei, er wankte und taumelte, sein Mund öffnete sich, die Augen wurden starr und er klammerte sich an den Tisch. Und während ich noch meine Aufmerksamkeit darauf richtete, schien es mir schon, als verändere sich sein Aussehen, sein Gesicht wurde schwarz, seine Gestalt schien sich aufzulösen und zu verändern, und im nächsten Augenblick fuhr ich entsetzt empor, taumelte an die Wand und hielt die Arme vor mich hin, als wollte ich mich vor diesem Zauber schützen.

»O Gott!« rief ich aus, »o Gott«, denn vor meinen Augen stand bleich und zitternd, einer Ohnmacht nahe, mit den Händen um sich tastend wie ein vom Tode auferstandener — — Henry Jekyll!

Ich bringe es nicht fertig, alles das niederzuschreiben, was er mir in den nun folgenden Stunden erzählte.

Aber jetzt, nachdem diese Erscheinung meinem Blicke entschwunden ist, frage ich mich, ob ich wirklich daran glaube, und weiß mir darauf keine Antwort. Mein Leben ist vernichtet, der Schlaf flieht mich, und tödlicher Schrecken und Entsetzen verfolgen mich Tag und Nacht. Ich fühle, daß meine Tage gezählt sind und ich bald sterben muß, und doch werde ich sterben ohne an das Wunder zu glauben!

Die moralische Verworfenheit, die mir jener Mensch, wenn auch unter Tränen der Reue, beichtete, lastet noch immer schwer auf meiner Seele und ich kann nur schaudernd daran denken. Ich kann Dir nur eines sagen, Utterson, und das ist (wenn Du es zu glauben vermagst) mehr als genug. Das Geschöpf, das sich in jener Nacht in mein Haus schlich, war, wie Jekyll es mir selbst gestand, unter dem Namen jenes Hyde bekannt, nach dem überall im Land gefahndet wurde, da er der Mörder Carews war.

Hastie Lanyon.

Henry Jekylls vollständige Erklärung

Ich wurde im Jahre 18. . geboren, besaß ein großes Vermögen, erfreute mich der schönsten Talente, war von Natur aus fleißig, genoß die Achtung der besten meiner Kameraden und hatte also alle Aussicht auf eine ehrenvolle und glänzende Laufbahn. Mein schlimmster Fehler war ein gewisses ungeduldiges, fröhliches Temperament, das sonst vielen Menschen zum Glück gereicht, mir aber schadete, da ein hochfahrendes Verlangen mich dazu trieb den Kopf hoch zu tragen und hochmütig dreinzusehen, wenn ich mich öffentlich zeigte.

So kam es, daß ich meine Vergnügungen vor den andern Menschen verbarg und bereits die Doppelnatur meines Wesens empfand, als ich in das Alter kam, in dem man vernünftig zu überlegen beginnt und ich mich in der Welt nach einem Berufe umsah. Viele Männer hätten sich der Seitensprünge, die ich mir zuschulden kommen ließ, gerühmt; aber im Hinblick auf die hohen Ziele, die mir vorschwebten, betrachtete und verheimlichte ich diese Laster mit einer fast krankhaften Scham. So war es also doch eher mein Streben nach dem Guten als meine Fehler, die mich zu dem machten, was ich wurde und die mich stärker unter diesem Einfluß des Guten und des Bösen leiden ließ als die meisten andern Menschen. Das führte mich zu tiefen quälenden Gedanken über das unbarmherzige Gesetz des Lebens, in dem einerseits wohl die Religion wurzelt, das aber andererseits auch die Ursache allen Elends ist. War ich solcherart ein Doppelwesen, so war ich dennoch kein Heuchler. Beide Teile meiner Natur waren vollkommen wirklich. Warf ich alle Hemmungen ab und überließ ich mich dem Laster, so war ich nicht weniger ich, als wenn ich vor den Augen aller Welt arbeitete, um die Wissenschaft zu fördern oder die Sorgen und Leiden der Menschheit zu lindern.

So kam es, daß meine wissenschaftlichen Studien, die sich ganz und gar dem Mystischen und Übersinnlichen zuwandten, ein helles Licht auf die Kämpfe meines Innern warfen. Tag und Tag kam ich, sowohl von der moralischen Seite her wie auch von der des Verstandes immer mehr zu jener Erkenntnis, deren teilweise Entdekkung mich so entsetzlich Schiffbruch leiden ließ, daß der Mensch nicht ein Wesen ist, sondern aus zweien besteht. Ich sage zwei, weil mein augenblickliches Wissen über diesen Punkt nicht hinausreicht. Andere werden meinen Spuren folgen und mich auf diesem Gebiet überholen. Ich glaube sogar voraussagen zu können, daß der Mensch zu der Erkenntnis kommen wird, daß er im Grunde genommen aus einer Unzahl von einander unabhängiger und gänzlich widersinniger Wesen besteht. Ich folgte freilich diesem Wege nur in einer Richtung. Von der moralischen Seite her lernte ich in meiner eigenen Person diese vollkommene Doppelnatur im Menschen erkennen. Ich begriff: konnte ich von einer meiner beiden Naturen sagen, daß sie vollkommen mein eigenes Ich sei, so war ich nur deshalb dazu berechtigt, weil ich in Wahrheit in beiden Naturen zugleich existierte.

Schon sehr früh, noch ehe der Gang meiner wissenschaftlichen Arbeiten mich dazu verführte, an die Möglichkeit eines solchen Wunders zu glauben, spielte ich oft in wachen Träumen mit dem Gedanken einer Trennung dieser beiden Naturen. Gelänge es mir, so sagte ich, jeder der beiden einen eigenen Körper zu geben, so müßte das Leben mit einem Schlag von allem befreit sein, das es uns jetzt so unerträglich macht. Der böse Teil könnte, befreit von dem Streben und den Gewissensbissen seines besseren Zwillingsbruders, seinen eigenen Weg gehen; und der gute könnte seinen aufwärtsführenden Pfad weiterverfolgen und das Gute, das seine Freude ist, tun, ohne sich noch länger seines schlechteren Teiles schämen zu müssen. War es doch der Fluch der Menschheit, daß diese beiden entgegengesetzten Naturen so eng verbunden waren und diese feindlichen Brüder einander im Innern eines jeden Menschen unaufhörlich bekämpften. Nun war die Frage, was geschähe, wenn man diese beiden trennen könnte.

So weit war die Sache, als meine Arbeit im Laboratorium mir das Ganze von einer neuen Seite her beleuchtete. Mehr denn je war ich überzeugt, daß der scheinbar so feste Körper, mit dem bekleidet wir durch unser Dasein wandern, ganz zufällig, wesenlos und nebelhaft ist. Nun entdeckte ich, daß gewisse Chemikalien die fleischliche Hülle zu verdrängen vermögen, wie etwa der Wind die Vorhänge eines Gartenhäuschen zurückschlägt. Aus zwei sehr guten Gründen will ich mich nicht näher auf die wissenschaftliche Seite meiner Beichte einlassen. Erstens, weil ich die Erfahrung machte, daß die ganze Bürde und Last unseres Lebens in dem Buch unseres Schicksal vorgezeichnet ist und das Geschick, will man ihm entfliehen, einen nur noch unbarmherziger und mitleidloser umklammert. Zweitens, weil –

mein Bericht beweist es nur zu sehr – meine Entdeckungen sehr unvollkommen waren. Es möge daher genügen, daß ich meinen Körper nicht nur als Materialisation gewisser Kräfte erkannte, sondern auch auf ein Mittel stieß, diese Mächte zu entthronen, um sie in einer zweiten menschlichen Gestalt in die Welt zu schicken. Diese neue Gestalt mußte nicht weniger natürlich sein, weil sie ja alle Merkmale der schlechten Eigenschaften meiner selbst in sich trüge.

Ich zögerte lange, ehe ich diese Theorie in die Praxis umsetzte. Ich war mir dessen wohl bewußt, daß es mich das Leben kosten könnte. Denn ein Mittel, das in dem Innersten des Menschen eine solche Umwälzung hervorruft und es so sehr verändert, konnte leicht durch den kleinsten Tropfen zuviel, oder durch das geringste Versehen in der Zusammensetzung jene immaterielle Hülle, die ich verändern wollte, gänzlich vernichten.

Längst schon hatte ich meine Tinktur bereitet. Ich hatte von einer berühmten chemischen Firma eine große Menge eines besonderen Salzes gekauft, das, wie ich durch meine Experimente wußte, die letzte noch erforderliche Substanz war. In einer unseligen Nacht mischte ich diese Grundstoffe, sah sie in dem Glas kochen und dampfen und stürzte, als sich die Lösung gesetzt hatte, mutig die ganze Dosis hinunter.

Es folgten wahre Folterqualen: ein Ziehen in allen Knochen, tödliche Übelkeit und eine Seelenangst, wie sie auch in der Stunde der Geburt oder des Todes kaum gefühlt werden kann. Allmählich ließen diese Qualen nach, und ich kam wieder zu mir, wie ein Mensch, der aus schwerer Krankheit erwacht.

Meine Gefühle waren mir seltsam fremd, etwas unbeschreiblich Neues und daher unendlich Wohltuendes war in ihnen. Ich fühlte mich jünger, leichter, glücklicher. In meinem Innern empfand ich eine gewaltige Unruhe; ein Strom ungeordneter Vorstellungen wirbelte in mir herum, ich fühlte mich losgelöst von allen Pflichten, und das Gefühl einer mir unbekannten doch nicht unschuldigen Freiheit erfüllt meine Seele. Vom ersten Augenblicke dieses neuen Lebens an erkannte ich, daß ich schlechter geworden sei, zehnmal schlechter als zuvor. Ich war der Sklave meiner bösen Leidenschaften; allein dieser Gedanke beglückte und berauschte mich in diesem Augenblick. Im Gefühl dieser seelischen Frische breitete ich die Arme aus und merkte plötzlich, daß ich kleiner geworden war.

Damals stand in meinem Zimmer noch kein Spiegel; der jetzt – da ich dies schreibe – hier steht, wurde erst später und eben wegen dieser Verwandlungen hierhergebracht. Die Nacht wurde zum Morgen und auch dieser wurde, so düster er auch war, beinahe schon zum Tage; doch alle Bewohner des Hauses lagen noch in tiefem Schlaf.

Von Hoffnung geschwellt und in dem Gefühl, gesiegt zu haben, entschloß ich mich zu dem Wagnis, in dieser neuen Gestalt bis in mein Schlafzimmer zu gehen. Ich eilte durch den Garten, wobei der Himmel, wie es mir schien, verwundert auf mich niedersah. Ich schlich, ein Fremder in meinem eigenen Haus, durch die Gänge, und als ich mein Zimmer betrat, sah ich im Spiegel zum erstenmale die Gestalt Edward Hydes.

Ich kann darüber nur theoretisch sprechen und nicht etwas Sicheres behaupten, sondern nur sagen, was ich für das Wahrscheinlichste halte. Die schlechtere Hälfte meines Wesens, auf die ich ja diese neuentdeckte Kraft verwandt hatte, war weniger kräftig und entwickelt als die gute, die ich soeben verlassen hatte. Im Laufe meines Lebens, das trotz allem durch Jahrzehnte hindurch ein unaufhörliches Arbeiten der Tugend und der Selbstzucht gewesen ist, war das Schlechte nicht so ausgebildet, doch auch nicht so erschöpft gewesen. Das war, glaube ich, der Grund, warum Edward Hyde um soviel kleiner, schmächtiger und jünger war als Henry Jekyll. Wie das Gute aus dem Antlitz des einen Wesens leuchtete, so war aus den Zügen des anderen klar und unverkennbar die Bosheit zu lesen. Das Böse, das, wie ich heute noch glaube, der sterbliche Teil des Menschen ist, hatte seinen Körper verunstaltet. Denn noch besah ich das Ungeheuer im Spiegel nicht mit Widerwillen, sondern hieß es sogar willkommen. Denn auch dieses war ich ja selbst. Es schien mir ganz natürlich und menschlich. Meinen Augen erschien das andere Wesen lebhafteren Geistes zu sein auch charakteristischer und in sich abgeschlossener als das ausdruckslose und doppelte Wesen, das bisher mein eigenes Wesen war.

Solange ich Edward Hyde war, bemerkte ich, daß jeder Mensch, bei der ersten Begegnung mit mir ein unwillkürliches Grauen empfand. Dies kam, wie ich annehme, daher, daß alle Menschen, mit denen ich in Berührung kam, ebenfalls aus einem guten und einem bösen Wesen bestehen. Dieser Edward Hyde aber war der einzige Mensch auf der Welt, der wirklich nur aus Bösem bestand.

Ich blieb nur einige Augenblicke vor dem Spiegel stehen, denn das zweite und wichtigere Experiment mußte noch ausgeführt werden. Ich mußte wissen, ob meine Persönlichkeit ganz verloren gegangen war und ob ich deshalb bis Morgengrauen aus meinem Haus, das ja dann nicht länger mein eigenes war, fliehen mußte. Ich eilte in mein Arbeitszimmer zurück, braute und trank noch einmal diese Mixtur, machte wieder die gleichen Qualen der Auflösung durch und erwachte mit der Persönlichkeit, der Gestalt und den Gesichtszügen Henry Jekylls.

In dieser Nacht war ich an dem verhängnisvollen Scheidewege angelangt. Es hätte alles anders kommen können und ich wäre aus diesen Qualen des Todes und der Wiedergeburt als Engel statt als Teufel neu erstanden, hätte ich meine Entdeckung in einem edleren Sinne weiter verfolgt und meine Versuche unter einem besseren und gläubigeren Stern ausgeführt. Das Getränk selbst war neutral; es war an sich weder teuflisch noch göttlich. Es erschütterte gleichsam nur die Türen meines Gefängnisses. Zu dieser Zeit schlief meine Tugend; das Böse in mir, durch Ehrgeiz erweckt, lauerte und ergriff gerne und rasch die Gelegenheit; und das Wesen, das dadurch entstand, war Edward Hyde. Wenngleich ich von nun an zwei Charaktere und zwei Gestalten besaß, so war mein eines Wesen vollkommen böse, das andere aber blieb der alte Henry Jekyll, jenes völlig ungereimte Gebilde, an dessen Veredlung und Besserung ich bereits längst verzweifelt war. Mein Werk war also ganz nach der bösen Seite geraten.

Sogar zu jener Zeit hatte ich meine Abneigung gegen das nüchterne Leben des Gelehrten noch nicht ganz überwunden. Ich war bisweilen noch genußsüchtig, und meine Vergnügungen waren zum mindesten nicht ehrbar. Da ich nicht nur sehr bekannt und geachtet war, sondern auch schon zu den älteren Herrn gezählt wurde, so waren mir diese Widersprüche in meinem Leben täglich unwillkommener. Hier trat die Versuchung durch die von mir entdeckte neue Macht an mich heran, bis ich ihr verfiel. Ich brauchte ja nur das Mittel zu trinken, um sogleich die Gestalt des berühmten Professors schwinden zu sehen und mich wie mit einem dicken Mantel mit dem Körper Edward Hydes zu umgeben. Als ich daran dachte, lachte ich. Es erschien mir manchmal geradezu humoristisch, und ich traf meine Vorkehrungen mit der größten Sorgfalt. Ich mietete und richtete jenes Haus in Soho ein, wo Hyde durch die Polizei gesucht wurde. Als Wirtschafterin nahm ich eine Person, von der ich wohl wußte, daß sie verschwiegen und gewissenlos sei. Überdies sagte ich meinen Dienstboten, daß ein Mr. Hyde, den ich ihnen beschrieb, in meinem Hause tun und lassen könne, was er wollte. Um jedem Mißverständnis vorzubeugen, kam ich sogar manchmal in meiner zweiten Gestalt zu Besuch, so daß die Leute im Haus mich genau kannten. Zunächst verfaßte ich jenes Testament, über das Du so böse warst, damit, wenn mir als Dr. Jekyll etwas zustieße, ich ohne einen materiellen Verlust als Edward Hyde weiterleben könnte. Nachdem ich mich so nach allen Seiten gesichert hatte, begann ich aus den seltsamen Vorrechten meiner Lage Nutzen zu ziehen.

Es hat früher Männer gegeben, die sich Schurken mieteten, die ihre Verbrechen ausführen mußten, während ihre eigene Person und ihr Ruf ungefährdet blieben. Ich aber war der erste, der das Gleiche tat, um seinen Lastern nachzugehen, der erste, der sich in dem einen Augenblick als ein ehrlicher Mann zeigen konnte, um im nächsten gleich einem Schuljungen diese Fesseln abzuwerfen und die Freiheit in vollen Zügen zu genießen.

Ich war in dieser unkenntlichen Maske vollkommen sicher. Überlege Dir doch nur, daß ich ja nicht einmal wirklich existierte. Ich brauchte nichts anderes zu tun, als mich hinter die Tür meines Laboratoriums zurückzuziehen; in ein bis zwei Minuten konnte ich meine Mixtur, die stets bereit stand, mischen und austrinken; was auch immer Hyde verbrochen haben mochte, es sank doch in ein Nichts zusammen wie der Hauch auf einem Spiegel.

An seiner Stelle saß seelenruhig ein Mann um Mitternacht bei der Lampe über seinen Studien, ein Mann, der über jeden Verdacht erhaben lachen konnte: Henry Jekyll.

Die Freuden, denen ich in meiner Maske nachging, waren, wie ich bereits sagte, meiner Stellung unwürdig; aber in der Gestalt Edward Hydes wurden sie bald zu Verbrechen. Kehrte ich von solchen Ausflügen heim, so wunderte ich mich hinterher oft selbst über die Schlechtigkeit meines Stellvertreters. Jener dienende Geist, den ich aus meiner Seele heraufbeschwor und ausschickte, war durchaus schlecht und böse; sein ganzes Handeln und seine Gedanken drehten sich nur um seine eigene Person; an den Qualen anderer fand er in tierischer Lust sein Vergnügen und war hartherzig wie ein Stein.

Bisweilen war Henry Jekyll über die Taten Edward Hydes entsetzt, aber dieser stand so gänzlich außerhalb des Gesetzes, daß diese Tatsache sein Gewissen beruhigte. Es war ja schließlich Hyde und nur Hyde allein, der alle Schuld trug. Jekyll selbst war nicht schlechter geworden, er erwachte stets unverändert mit allen seinen guten Eigenschaften und bemühte sich sogar nach Möglichkeit, das Böse, das Hyde verbrochen hatte, wiedergutzumachen. Das schläferte sein Gewissen ein.

Auf die Einzelheiten der Verbrechen, die ich auf diese Weise duldete – denn selbst jetzt kann ich noch nicht zugeben, daß ich sie selbst beging – will ich mich nicht weiter einlassen. Ich möchte nur von den Warnungen erzählen und berichten, wie auch meine Strafe sich allmählich vorbereitete. Eine Grausamkeit, die ich an einem Kinde verübte, erregte den Zorn eines zufällig Vorübergehenden, den ich am nächsten Tage als einen Deiner Bekannten erkannte. Der Arzt und die Angehörigen des Kindes nahmen für ihn Partei; eine Weile fürchtete ich sogar für mein Leben, und schließlich mußte Hyde, um ihre nur allzu gerechte Entrüstung zu beschwichtigen, sie zu jener Tür führen und ihnen einen auf den Namen Henry Jekyll lautenden Scheck ausstellen. Für die Zukunft war diese Gefahr leicht zu bannen, weil ich auf Edward Hydes Namen bei einer Bank ein Konto eröffnet hatte.

Ungefähr zwei Monate vor dem Mord an Sir Danvers, als ich wieder auf einem meiner Abenteuer gewesen und spät nach Hause gekommen war, erwachte ich am nächsten Tage mit einem merkwürdigen Gefühl. Ich sah mich ratlos um, erkannte die vornehme Zimmereinrichtung meines Hauses, betrachtete die Bettvorhänge und das Mahagonigetäfel und es schien mir, als wäre ich nicht dort erwacht, wo ich mich befand, sondern in dem viel kleineren Zimmer in Soho, wo ich gewohnt war, in dem Körper Edward Hydes zu schlafen. Ich lachte über mich selbst, grübelte über dieses psychologische Rätsel nach und verfiel darüber wieder in einen angenehmen Halbschlummer. So lag ich da, als mein Blick auf meine Hand fiel. Wie Du oft bemerkt haben wirst, war die Hand Henry Jekylls nach Form und Gestalt, wie es mein Beruf mit sich bringt, groß und fest, doch weiß und wohlgestaltet, während die auf der Bettdecke ruhende Hand, die ich trotz der fahlen Beleuchtung eines Londoner Morgens deutlich erkennen konnte, mager, rauh und knochig, bräunlich und stark mit Haaren bewachsen war. Es war die Hand Edward Hydes.

Etwa eine halbe Minute starrte ich dieses Wunder an, dann durchfuhr mich ein tödlicher Schreck, ich sprang aus dem Bett und lief zum Spiegel. Bei dem Anblick, der sich mir nun bot, überlief es mich eiskalt. Als Henry Jekyll war ich schlafen gegangen, als Edward Hyde war ich aufgewacht. »Wie war das zu erklären?« so fragte ich mich dann mit einem neuen Schrecken. »Wie konnte es wieder gut gemacht werden?« Es war schon spät am Morgen, die Dienstboten längst auf, alle meine Geheimmittel waren im Arbeitsraum und bis dorthin führte ein weiter Weg, zwei Treppen hinunter, durch den hintern Durchgang über den offenen Hof und durch den anatomischen Hörsaal. Ich konnte wohl mein Gesicht verhüllen, aber was nutzte mir das, da ja auch meine Gestalt verändert war. Aber dann erinnerte ich mich, daß ja meine Dienerschaft schon daran gewöhnt war, mich in dieser zweiten Gestalt ein- und ausgehen zu sehen. Ich zog mich darauf, so gut es ging, an, durcheilte schnell das Haus, wo Bradshaw mich anstarrte und erschreckt zurücksprang und sich wohl wunderte, Mr. Hyde zu so ungewohnter Stunde und dazu in diesem Aufzug zu sehen. Zehn Minuten später saß Dr. Jekyll in seiner wirklichen Gestalt in böser Laune beim Frühstück. Mein Appetit war allerdings gering.

Dieser unerklärliche Vorfall, der alle meine bisherigen Erfahrungen umstürzte, schien mir, gleich dem babylonischen Finger auf der Wand, mein Urteil zu verkünden. Ernsthafter als sonst dachte ich über die Folgen nach, die dieses Doppelleben für mich haben konnte.

Der Teil meiner selbst, der durch meine Macht hervorgebracht werden konnte, war in der letzten Zeit allzusehr geübt und verwöhnt worden; es schien mir auch, als hätte Edward Hyde an Körper zugenommen, und ich glaubte, wenn ich dessen Gestalt annahm, mein Blut auch kräftiger durch die Adern strömen zu spüren. Ich fing an, die Gefahr zu ahnen, daß meine eigentliche Natur völlig unterliegen würde, wenn es noch lange so weiter ginge; daß die Macht der freiwilligen Verwandlung von mir genommen werden könnte und ich dann ganz Edward Hyde bleiben müßte. Auch schien die Wirkung der Mixtur nicht immer die gleiche zu sein; einmal ziemlich zu Anfang war mir die Sache ganz mißglückt. Von da ab mußte ich die Dosierung verdoppeln und einmal, was mit der größten Todesgefahr verbunden war, sogar verdreifachen. Diese Unregelmäßigkeiten hatten bisher alle meine Freuden getrübt. Gelegentlich dieses Vorfalls machte ich die Wahrnehmung, daß während anfangs die Schwierigkeit daran lag, den Körper des Dr. Jekyll abzulegen, nun das Umgekehrte der Fall war. Dies alles sprach dafür, daß ich nach und nach mein besseres Ich verlor und allmählich ganz zu meinem andern und bösen Wesen wurde.

Ich fühlte, daß ich nun zwischen diesen beiden Naturen wählen mußte. Meine beiden Wesen hatten das gleiche Gedächtnis, aber alle andern Funktionen waren verschieden. Jekyll, der zuweilen sehr zart zu empfinden vermochte, dann aber wieder sich lüsternen Begierden hingab, entwarf und teilte die Vergnügungen und Abenteuer Hydes. Hyde aber hatte keinerlei Interesse für Jekyll oder er erinnerte sich seiner nur, wie der Räuber sich der Höhle erinnert, die ihm bei der Verfolgung Unterschlupf gewährt. Jekyll hatte mehr das Interesse eines Vaters. Hyde wiederum war gleichgültiger als ein Sohn. Wollte ich ganz Jekyll werden, so hieß das, allen diesen Reizen zu entsagen, denen ich mich seit langem heimlich hingegeben und die ich in der letzten Zeit auch in vollen Zügen genossen hatte. Ganz Hyde zu werden aber hieß, auf alle meine Bestrebungen und Interessen zu verzichten und fortan als ein Verachteter ohne Freunde in dieser Welt zu leben. Die Vorteile mögen ungleich erscheinen, aber etwas anderes gab den Ausschlag. Während Jekyll unter den sich selbst auferlegten Entsagungen litte, wäre sich Hyde dessen, was er verloren hätte, gar nicht bewußt. So seltsam nun meine Lage war, so war das Ergebnis etwas ganz Alltägliches; dieselben Entschlüsse, die jeder reumütige Sünder faßt, der der Versuchung erliegt, gewannen bei mir die Oberhand. Es erging mir wie den meisten Menschen: ich erwählte den besseren Teil, hatte aber nachher nicht die Kraft, gut zu bleiben.

Ja, ich gab dem alternden, unbefriedigten Doktor, der, umgeben von seinen Freunden, ehrliche Hoffnungen hegte, den Vorzug und sagte der Freiheit, der zügellosen Jugend, den heimlichen Vergnügungen, deren ich mich in der Gestalt Hydes erfreut hatte, ein entschiedenes Lebewohl. Ich traf diese Wahl vielleicht mit einem mir unbewußten Vorbehalt und gab weder das Haus in Soho auf, noch vernichtete ich die Kleider Hydes, die noch in meinem Arbeitszimmer lagen. Doch blieb ich zwei Monate lang meinem Entschluß treu; führte diese zwei Monate hindurch ein ernsteres und geordneteres Leben als je zuvor und erfreute mich des besten Gewissens. Aber die Zeit verscheuchte meine Befürchtungen; es ergriff mich ein Sehnen und Verlangen, als dränge Hyde nach Freiheit, und schließlich braute ich in einer schwachen Stunde wieder die geheimnisvolle Mischung und trank sie.

Unter tausenden erkennt wohl kaum ein Säufer, wenn er mit sich selbst über seine Laster abrechnet, die Gefahren, denen er sich durch seine rohen Ausschweifungen aussetzt; ebensowenig hatte ich, so oft ich auch schon meine Lage durchdacht hatte, das Fehlen jedes moralischen Halts und die Bereitwilligkeit zu allem Bösen, das den Charakter Edward Hydes ausmachte, erkannt. Und doch sollte ich gerade dadurch gestraft werden. Der Teufel in mir war lange genug gefesselt gewesen, jetzt trat er wie ein brüllender Löwe hervor. Als ich den Trank nahm, fühlte ich eine noch weit ungezügeltere Neigung zum Bösen als je vorher. So mag die unselige Ungeduld in meiner Seele entstanden sein, mit der ich auf die höfliche Anrede eines unglücklichen Opfers hörte. Ich erkläre wenigstens, daß wahrhaftig kein Mensch, der seines Verstandes mächtig ist, ein so schweres Verbrechen aus einem so unbedeutenden Anlaß hätte vollbringen können und daß ich ebenso überlegt zuschlug, wie ein krankes Kind, das seine Spielsachen zertritt. Aber ich hatte mich freiwillig aller dieser Hemmungen beraubt, durch die sonst sogar sehr böse Menschen in den Stand gesetzt werden, den Versuchungen einigermaßen aussichtsvoll zu begegnen; aber in meiner Lage war die Versuchung gleichbedeutend mit dem Unterliegen.

Der böse Geist in mir erwachte sofort zu voller Wut. Mit einer wahren Wollust mißhandelte ich den wehrlosen Körper; jeder einzelne Schlag war für mich eine Freude, und erst als ich müde wurde, erfaßte mich ein plötzliches Entsetzen. Ich sah mein Leben verloren, ich floh von dem Schauplatz der Tat, indem ich zugleich triumphierte und zitterte; mein Durst nach dem Bösen war befriedigt und gestillt, jedoch mein Leben war in größter Gefahr. Ich lief nach dem Haus in Soho, und um ganz sicher zu sein, vernichtete ich meine Papiere. Dann ging ich durch die hellerleuchteten Straßen weiter und war noch immer in derselben zwiespältigen Stimmung, in der ich noch Gefallen an meinem Verbrechen fand und leichten Herzens andere für die Zukunft erfand; doch zugleich eilte ich so schnell ich konnte vorwärts, um einer Verfolgung zu entgehen. Hyde hatte noch ein Lied auf den Lippen, als er den Trank mischte, und trank dem Ermordeten zu.

Kaum waren die Qualen der Verwandlung vorüber, als Henry Jekyll voll Dankbarkeit und Reue in die Knie sank und seine Hände betend zu Gott erhob. Der Schleier des Selbstbetrugs zerriß, und ich sah mein Leben als ein Ganzes vor mir. Ich verfolgte seinen Lauf von den Tagen der Kindheit an, da ich noch von meinem Vater an der Hand geführt wurde, und dann weiter durch alle Handlungen der Selbstverleugnung, die mein Beruf mit sich bringt, um dann wieder mit jenem Schreckensabend zu enden. Ich hätte laut aufschreien können, mit Tränen und Gebeten versuchte ich die furchtbare Stimme, mit der mein Gedächtnis zu mir redete, zu übertönen und zu dämpfen, dennoch sah selbst in meine Gebete das fratzenhafte Gesicht meiner Schlechtigkeit herein.

Als die Heftigkeit der Gewissensbisse abnahm, folgte ein Gefühl der Freude, denn jetzt lag der Weg klar vor mir. Hyde hatte sich nun unmöglich gemacht; ob ich wollte oder nicht, ich war nun mit meinem bessern Teil unlösbar verbunden. O wie freute ich mich! Und mit welcher Demut und Bereitwilligkeit fügte ich mich von Neuem in die Schranken des natürlichen Lebens. Wie aufrichtig war doch die Entsagung, mit der ich die Tür verschloß, durch die ich so oft ein- und ausgegangen war; den Schlüssel warf ich zu Boden und zertrat ihn mit den Füßen.

Am nächsten Tage hörte ich die Nachricht, daß der Mord beobachtet worden sei, daß die Schuld Hydes aller Welt bekannt sei und das Opfer eine von allen hochgeachtete Persönlichkeit wäre. Ich war froh, das zu erfahren und zugleich zu hören, daß auf diese Weise mein besseres Selbst gestärkt wurde und vor dem Schrecken des Schafotts bewahrt war. Nun war Jekyll meine einzige Zuflucht; Hyde brauchte sich nur einen Augenblick sehen zu lassen und alle Hände würden sich gegen ihn erheben, um ihn zu ergreifen oder zu töten.

Durch mein künftiges Leben wollte ich das Geschehene wiedergutmachen; und ich kann wohl sagen, daß mir das auch einigermaßen gelang. Du weißt ja selbst, wie ich mich in den letzten Monaten des verflossenen Jahres bemühte, die Leiden meiner Mitmenschen zu mildern. Du weißt, daß ich sehr viel für andere tat und daß mir die Tage ruhig, ja beinahe glücklich verliefen. Ich kann auch nicht sagen, daß dieses Leben voll Wohltaten mir überdrüssig geworden wäre; ich freute mich im Gegenteil täglich mehr daran. Allein ich litt noch immer unter dem Fluch eines Doppelwesens, und das Böse in mir, das solange gefesselt war, rang nach Freiheit. Ich wollte nicht etwa wieder die Gestalt Hydes annehmen – der Gedanke allein machte mich schaudern –, nein, der Grund, daß ich versucht wurde gegen das gute Gewissen zu handeln, lag in mir selbst, und schließlich unterlag ich wie irgendein gewöhnlicher Sünder.

Jede Sache erreicht schließlich ihr Ende, und das größte Gefäß läuft einmal über; dieser plötzliche Umschwung zerstörte mein inneres Gleichgewicht. Doch noch beunruhigte mich das nicht; alles schien so natürlich wie in jenen alten Tagen, da ich meine Entdeckung noch nicht gemacht hatte. Es war ein schöner klarer Tag im Monat Januar, und da der Frost gebrochen war, so war es feucht; doch war der Himmel wolkenlos, der Regent-Park bot zugleich ein winterliches Bild und war doch schon von milden Frühlingslüften durchweht. Ich saß in der Sonne auf einer Bank, das Tierische in mir versuchte mich, und die reineren Gefühle schlummerten; nach alledem war ich überzeugt, daß ich meinen Nächsten ähnlich war und ich lächelte, als ich mich mit andern Menschen verglich. Um wievieles besser war ich, der ich meinen guten Willen auch durch Taten bewies, als jene, die in den Tag hineinlebten und deren Nachlässigkeit oft an Faulheit, ja selbst an Grausamkeit grenzt.

In diesem Augenblick der Selbstverherrlichung erfaßte mich Todesangst und Grauen; doch war das bald vorüber und ich fiel in Ohnmacht. Als ich wieder erwachte, war eine Veränderung in meinem Innern vor sich gegangen; ich fühlte mich gehobener, verachtete die Gefahr und fühlte mich frei von allen Pflichten. Ich sah an mir nieder; die Kleidungsstücke hingen formlos um meine zusammengeschrumpften Glieder; die auf meinen Knien ruhende Hand war rauh und behaart. Ich war wieder einmal Edward Hyde. Noch kurz zuvor erfreute ich mich der Achtung aller Menschen, war reich und beliebt – zu Hause wartete das Mittagessen auf mich, und nun war ich der Abscheu der Menschheit, verfolgt und heimatlos, ein bekannter Mörder und reif für den Galgen.

Meine Sinne taumelten, aber verließen mich nicht ganz. Ich hatte schon mehr als einmal bemerkt, daß ich in meiner zweiten Gestalt meine geistigen Fähigkeiten mehr zu konzentrieren verstand. Daher kam es auch, daß dort, wo Jekyll in entscheidenden Augenblicken den Kopf hängen ließ, Hyde ihn aufrecht trägt. Meine Geheimmittel befanden sich in einem der Wandschränke meines Arbeitsraums. Wie konnte ich zu ihnen gelangen? Das war das Rätsel, das ich, den Kopf in die Hände stützend, zu lösen versuchte.

Die Türe des Laboratoriums hatte ich versperrt; betrat ich mein Haus, so würden mich meine eigenen Diener an den Galgen schleppen. Ich begriff, daß mir dies nur mit Hilfe einer zweiten Person gelingen könnte und dachte dabei an Lanyon. Aber wie konnte ich ihn erreichen? Wie ihn dazu überreden? Wie sollte ich selbst, wenn ich mich in den Straßen der Verfolgung entzöge, zu ihm gelangen? Und wie konnte ich, ein ihm ja dann unbekannter, unwillkommener Gast, den berühmten Physiker überreden, das Arbeitszimmer seines Kollegen

Dr. Jekyll zu berauben? Dann aber fiel mir ein, daß mir von meinem eigentlichen Wesen noch die Handschrift geblieben war; und weil mir dieser Hoffnungsstrahl aufleuchtete, so lag mit einem Mal der Weg, den ich einzuschlagen hatte, klar vor mir.

Da brachte ich, so gut es ging, meinen Anzug in Ordnung, rief eine Droschke an und fuhr in ein Hotel in die Portland Straße, dessen Name mir gerade einfiel. Der Kutscher konnte beim Anblick meiner Erscheinung, die allerdings belustigend genug war, so traurig auch das Los dessen, dem sie gehörte, sein mochte, das Lachen nicht unterdrücken. Ich knirschte vor Wut mit den Zähnen, und das Lächeln verschwand – zu seinem Glück – aus seinem Gesicht; für mich war es noch ein größeres Glück, denn sonst hätte ich ihn im nächsten Augenblick von seinem Sitz gerissen und erwürgt. Als ich in das Gastzimmer trat, sah ich mich mit einem so düstern Blikke um, daß die Kellner darüber erschraken; in meiner Gegenwart wagten sie einander nicht anzusehen, nahmen still meine Befehle entgegen, führten mich dann in ein abseits gelegenes Zimmer und brachten mir Schreibzeug. Hyde in Lebensgefahr, das war mir ein unbekanntes Gefühl; er fürchtete sich, er war als Mörder gezeichnet und dürstete doch nach neuen bösen Taten. Doch das Geschöpf war schlau; es unterdrückte mit aller Gewalt seine Wut und schrieb seine beiden wichtigen Briefe an Lanyon und Poole. Um ganz sicher zu sein, ließ er sie einschreiben.

Dann saß er den ganzen Tag in seinem Zimmer, kaute an den Nägeln, nahm sein Mittagessen ein und hatte niemanden zur Gesellschaft als die Angst. Die Kellner benahmen sich ihm gegenüber sichtlich gedrückt. Als die Nacht hereinbrach, nahm er einen geschlossenen Wagen und ließ sich durch alle Straßen der Stadt fahren.

Ich sage stets er, denn ich kann nicht ich sagen: Jene Höllengeburt hatte kaum etwas Menschliches an sich; in diesem Menschen gab es nichts als Furcht und Haß. Schließlich glaubte er, der Kutscher habe Verdacht geschöpft, entließ deshalb den Wagen und wagte es, zu Fuß weiter zu gehen. Mit seinen schlechtsitzenden Kleidern zog er die Blicke der nächtlichen Passanten auf sich, indessen in seiner Seele die beide früher genannten Leidenschaften wie ein Sturmwind tobten. Von der Furcht gejagt, schritt er eiligst vorwärts, sprach mit sich selbst und zählte, durch die entlegensten Gassen gehend, die Minuten bis Mitternacht. Einmal sprach ihn eine Frau an, die ihm, wie ich glaube, eine Schachtel Streichhölzer anbot; er warf sie ihr ins Gesicht und lief davon.

Als ich zu Lanyon kam, packte mich auf das tiefste das Entsetzen, das meinen alten Freund vor mir ergriff; aber es war nur wie ein Tropfen im Meer, verglichen mit dem Grauen, das ich empfand, wenn ich an die letzten Stunden dachte. In meiner Seele war eine Veränderung vor sich gegangen. Mich quälte nicht länger die Angst vor dem Galgen, sondern der Ekel, Hyde zu sein. Wie im Traum horchte ich auf die Strafpredigt Lanyons, kam halb träumend nach Hause und legte mich zu Bett. Nach den Erlebnissen dieses Tages verfiel ich in einen festen und tiefen Schlaf, den selbst die Schreckensbilder, die mich umschwebten, nicht zu stören vermochten. Am andern Morgen fühlte ich mich schwach, aber dennoch frischer. Ich fürchtete und haßte noch immer die in mir schlummernde Bestie und hatte durchaus nicht die Gefahren vergessen, denen ich ausgesetzt war; aber ich war froh, zu Hause und in der Nähe meiner Geheimmittel zu sein. Mein Herz war so von Dankbarkeit erfüllt, daß ich wieder hoffte.

Nach dem Frühstück schlenderte ich im Hofe umher

und freute mich an der frischen Luft, als ich wieder von jenen nicht zu beschreibenden Empfindungen befallen wurde, die stets die Wandlung meines Wesens ankündigten. Ich hatte gerade noch Zeit, in mein Arbeitszimmer zu flüchten, ehe mich wieder die wütenden Leidenschaften Hydes befielen. Diesmal mußte ich die doppelte Dosis nehmen, um mein eigentliches Wesen wieder zu gewinnen und sechs Stunden später saß ich abermal traurig am Feuer, die Schmerzen kehrten wieder und ich mußte mein Mittel nochmals anwenden.

Kurzum, ich konnte von jenem Tag an nur noch mit größter Anstrengung, und indem ich fortwährend mein Mittel anwandte, die Gestalt Dr. Jekylls beibehalten. Zu allen Tages- und Nachtzeiten erfaßte mich dieses Grauen, und wenn ich nur wenige Minuten schlief, so erwachte ich stets als Hyde. Durch die Anstrengung und die Schlaflosigkeit magerte ich ab, wie vom Fieber verzehrt, wurde schwach an Geist und Körper und hatte nur noch einen Gedanken: die Furcht vor dem bösen Teil meines Ich. Aber im Schlaf, oder wenn die Wirkung des Mittels nachließ, wurde ich fast unmerklich (denn die Schmerzen der Verwandlung verschwanden nach und nach) zu Mr. Hyde. Meine Fantasie verfolgte mich mit gespenstischen Gestalten, mein Herz war von unbegreiflichem Haß erfüllt und der Körper schien kaum stark genug, um dies alles zu ertragen. Mit Jekylls Schwäche wuchs die Macht Hydes. Der Haß, der diese beiden Wesen voneinander trennte, war bei beiden gleich groß. Jekyll hatte nun die volle Mißgestalt dieser Kreatur, die ihm bis in den Tod folgte, und zum Teil das Bewußtsein mit ihm teilte, gesehen. Über dieses Band hinaus, das ihn vollkommen zur Verzweiflung brachte, dachte er an Hyde, nicht nur als an etwas, das der Hölle entstammte, sondern hielt ihn auch geradezu für unorganisch. Es war gräßlich, daß dieser Unhold Sprache und Stimme besaß und daß dieses unvollkommene Gebilde Mienen und Gebärden hatte, ja ihm sogar die Macht zu sündigen gegeben war.

Und dieses Ungeheuer war mit ihm enger verbunden als ein Weib, ja sogar enger als sein eigenes Auge, es war in seinem Fleisch, er fühlte, wie es sich in ihm regte und nach Geborenwerden drängte. In jeder schwachen Stunde, im leisesten Schlaf, stand es gegen ihn auf und verdrängte ihn aus dem Leben. Der Haß Hydes gegen Jekyll war anderer Art. Die Angst vor dem Galgen drängte ihn dazu, Jekyll als sein Versteck zu benutzen, doch er fluchte dieser Notwendigkeit, fluchte der Abhängigkeit, in die er geraten war und vergalt den Haß, der ihm entgegengebracht wurde, doppelt. Daher auch die Streiche, die er mir spielte, indem er Lästerungen in meiner Handschrift auf die Seiten meiner Bücher schrieb, diese verbrannte und auch das Bild meines Vaters vernichtete.

Hätte er den Tod nicht so sehr gefürchtet, so hätte er sich getötet, um auch mich zu vernichten. Aber seine Lust am Leben war erstaunlich, ja noch mehr als das: ich, der ich krank bin und der ich bei dem bloßen Gedanken an ihn friere, ich habe Mitleid mit ihm, wenn ich an dieses leidenschaftliche Anklammern denke, und seine Angst sehe, die ihn befällt, wenn er daran denkt, daß ich Selbstmord begehen könnte.

Es wäre zwecklos, und es fehlt mir auch, so furchtbar das ist, die Zeit, um diesen Bericht fortzusetzen. Es mag genügen, daß niemand je solche Leiden ausgestanden hat. Und selbst diese brachten durch die Gewohnheit – nein, ich will dieses Wort nicht aussprechen – eine gewisse Unempfindlichkeit, ein Vertrautsein mit der Verzweiflung in meine Seele, und meine Strafe hätte wohl noch viele Jahre gedauert, wenn nicht jener Umstand eingetreten wäre, der mich nun ganz meines eigentlichen Wesens und meiner Natur beraubt.

Mein Vorrat an dem notwendigen Salz, den ich nie erneuert hatte, ging allmählich zur Neige. Ich ließ mir ein frisches Quantum holen und braute die Mixtur. Die Aufwallung und der erste Farbenwechsel erfolgten, doch schon der zweite nicht mehr; ich trank alles aus, aber ohne Erfolg. Du wirst durch Poole erfahren, wie ich in ganz London danach suchen ließ, aber vergebens. Und heute bin ich überzeugt, daß die erste Portion chemisch nicht rein war und eben diese mir unbekannte Unreinheit der Mischung solche Kraft verlieh.

Seither ist eine Woche vergangen und ich schließe meinen Bericht, während ich unter der Wirkung des letzten Restes meines alten Mittels stehe. Das ist also das letzte Mal, daß Henry Jekyll seine eigenen Gedanken fassen oder sein eigenes, jetzt so trauriges Gesicht im Spiegel sehen kann. Noch darf ich zögern, dieses Schreiben zu beenden. Denn wenn mein Bericht bisher noch der Zerstörung entging, so verdanke ich dies dem Zufall und meiner Klugheit. Überkäme mich die Verwandlung, während ich schreibe, so würde Hyde alles in Stücke zerreißen. Wenn aber einige Zeit darüber vergangen ist und ich es beiseite gelegt habe, so hält sein wunderbarer Trieb der Selbsterhaltung und die Beschränkung des Augenblicks ihn wohl nochmals von dieser Handlung ab. Und in der Tat hat ihn schon das Verderben, das uns beiden droht, ein wenig geändert und gebeugt.

Wenn eine weitere halbe Stunde vergeht, so weiß ich, daß ich wieder, und diesmal für immer, die Gestalt dieses scheußlichsten Wesens angenommen haben werde. Dann werde ich schauernd und weinend in meinem Stuhle sitzen oder mit der gespanntesten und entsetzlichsten Aufmerksamkeit in diesem Zimmer auf und abgehen, um auf jedes verdächtige Geräusch zu horchen. Wird Hyde auf dem Schafott sterben? Oder wird er den Mut finden, sich im letzten Augenblick selbst zu erlösen? Gott weiß es, und mir ist es gleich. Dies ist meine eigentliche Todesstunde, und was nun folgt, betrifft einen andern und nicht mich.

Jetzt eben, da ich die Feder niederlege und diese Beichte versiegle, ist auch das Leben des unglücklichen Henry Jekyll zu Ende...

Nach einer älteren anonymen Übersetzung

Markheim

S&C

»Ja«, sagte der Händler, »die Wechselfälle unseres Geschäfts sind vielfältig. Es gibt unwissende Kunden, dann profitiere ich durch mein größeres Wissen. Es gibt auch Unehrliche«, hier hielt er den Leuchter in die Höhe, daß das Licht voll auf seinen Besucher fiel, »und in diesem Falle«, fuhr er fort, »ziehe ich aus meiner Tugend Gewinn.«

Markheim kam gerade erst aus dem Tageslicht der Straße; seine Augen hatten sich noch nicht an das Gemisch von Licht und Dunkel in dem Laden gewöhnt. Bei diesen vielsagenden Worten und angesichts der Flamme blickte er schmerzhaft blinzelnd beiseite. Der Händler kicherte. »Sie kommen am Weihnachtstage zu mir«, redete er weiter, »obwohl Sie genau wissen, daß ich allein im Hause bin, die Läden heruntergelassen habe und streng darauf halte, Geschäften aus dem Wege zu gehen. Nun, Sie werden dafür zahlen müssen; Sie werden dafür zahlen müssen, daß ich jetzt Zeit versäume, während ich über meinen Rechnungsbüchern sitzen sollte; Sie müssen außerdem für ein gewisses Benehmen zahlen, das mir heute an Ihnen ganz besonders auffällt. Ich bin die Diskretion selbst und stelle keine unliebsamen Fragen; aber wenn mir ein Kunde nicht ins Auge sehen kann, muß er dafür zahlen.« Wieder kicherte der Händler und fuhr dann im üblichen Geschäftston, wenn auch mit einem Schatten von Ironie fort: »Sie können natürlich wie gewöhnlich einwandfrei nachweisen, wie Sie in den Besitz des Gegenstandes gelangt sind? Wieder mal aus Ihres Onkels Kabinett? Ein hervorragender Sammler, Herr!«

Der kleine blasse Händler mit dem krummen Rücken

stellte sich fast auf die Zehenspitzen, guckte über seine goldenen Brillengläser hinweg und schüttelte mit allen Zeichen des Unglaubens den Kopf. Markheim erwiderte seinen Blick mit grenzenlosem Mitleid und leisem Grauen. »Diesmal«, sagte er, »befinden Sie sich im Irrtum. Ich bin nicht gekommen, um zu verkaufen, sondern um zu kaufen. Ich will keine Raritäten losschlagen; meines Onkels Kabinett ist bis auf die Wände ausgeplündert; aber selbst, wenn es noch intakt wäre, würde ich nichts verkaufen wollen. Ich habe an der Börse Glück gehabt und würde die Sammlung daher eher vergrößern als vermindern; mein heutiges Anliegen ist die Einfachheit selbst. Ich suche ein Weihnachtsgeschenk für eine Dame«, fuhr er mit wachsender Geläufigkeit fort, je mehr er sich für die Rede, die er sich zurechtgelegt hatte, erwärmte, »und sicherlich schulde ich Ihnen dafür, daß ich Sie in einer so geringfügigen Angelegenheit störe, eine Genugtuung. Aber ich habe die Sache gestern versäumt; ich muß meine kleine Aufmerksamkeit heute beim Essen anbringen; wie Sie sich denken können, darf man eine reiche Heirat nicht vernachlässigen.«

Eine Pause folgte, in der der Händler diese Erklärung ungläubig abzuwägen schien. Das Ticken zahlreicher Uhren, die zwischen dem fremdartigen Trödel des Ladens verborgen hingen, und das ferne Rollen der Wagen aus einer der benachbarten Verkehrsstraßen füllten die kurze Stille. »Gut, Herr«, sagte der Händler, »es sei. Schließlich sind Sie ja ein alter Kunde; und wenn sich Ihnen wirklich, wie Sie sagen, die Gelegenheit zu einer vorteilhaften Heirat bietet, will ich der letzte sein, der sich Ihnen irgendwie in den Weg stellt. Hier habe ich etwas Hübsches für eine Dame«, fuhr er fort, »einen Handspiegel – fünfzehntes Jahrhundert, garantiert echt; stammt überdies aus einer guten Sammlung, wenn ich auch den Namen im Interesse meines Kunden verschweigen muß, der ganz wie Sie, verehrter Herr, der Neffe und einzige Erbe eines hervorragenden Sammlers ist.«

Der Händler hatte sich, während er in seiner trockenen, bissigen Art zu schwatzen fortfuhr, gebückt, um den Gegenstand von seinem Platz zu holen; währenddessen fuhr ein Zittern durch Markheims Glieder, ein Zucken von Hand und Fuß, und plötzlich jagte ein Sturm aufrührerischer Leidenschaften über sein Gesicht. Der Anfall verging so rasch, wie er gekommen war, und ließ keine Spur zurück, ausgenommen ein gewisses Beben der Hand, die jetzt den Spiegel in Empfang nahm.

»Ein Spiegel«, sagte er heiser und wiederholte deutlich nach einer Pause. »Ein Spiegel? Zu Weihnachten? Das ist doch nicht Ihr Ernst?«

»Warum denn nicht?« rief der Händler. »Warum kein Spiegel?« Markheim blickte ihn mit undefinierbarem Ausdruck an. »Sie fragen mich, warum ich keinen Spiegel will?« sagte er. »Sehen Sie her – sehen Sie selbst hinein – sehen Sie sich an! Lieben Sie es, sich zu betrachten? Nein! Ich auch nicht – und ich wüßte niemanden, der es täte.«

Das Männchen war zurückgeschnellt, als Markheim ihm so plötzlich den Spiegel hinhielt; jetzt aber, da er erkannte, daß er nichts Schlimmeres in der Hand hatte, kicherte er. »Ihre Zukünftige muß recht stiefmütterlich vom Schicksal bedacht sein«, meinte er.

»Ich bitte Sie um ein Weihnachtsgeschenk«, sagte Markheim, »und Sie geben mir dieses da – diesen verdammten Herold der Zeit, der von Sünden und Torheit spricht – diesen Handmahner des Gewissens! War das Ihre Absicht? Haben Sie dabei einen Hintergedanken?

Reden Sie, Sie tun gut daran. Kommen Sie und erzählen Sie mir von sich selbst. Ich rate aufs Geratewohl: im Grunde Ihres Herzens sind Sie ein recht mildtätiger Mann?«

Der Händler musterte seinen Besucher scharf. Seltsam, Markheim schien nicht zu lachen; auf seinem Gesicht leuchtete etwas wie erwartungsvolle Hoffnung, aber keine Scherzhaftigkeit.

»Wo wollen Sie hinaus?« fragte der Händler.

»Nicht mildtätig?« entgegnete düster der andere. »Nicht mildtätig; nicht fromm; nicht gewissenhaft; lieblos, ungeliebt; eine Hand zum Gelderraffen, eine Kassette für dessen Aufbewahrung. Ist das alles? Du großer Gott, Mensch, ist das alles?«

»Ich will Ihnen sagen, was ist«, begann der Händler mit einiger Schärfe und brach dann mit einem Kichern ab.

»Aber ich sehe ja, daß dies eine Liebesheirat ist, und Sie haben auf der Dame Gesundheit getrunken.«

»Ah«, rief Markheim mit seltsamer Neugier. »Ah, sind Sie je verliebt gewesen? Erzählen Sie mir davon.«

»Ich«, rief der Händler, »ich verliebt? Habe nie Zeit dazu gehabt und habe auch heute keine Zeit für diesen Unsinn. Wollen Sie den Spiegel?«

»Wozu die Eile?« entgegnete Markheim. »Es steht und plaudert sich hier doch recht angenehm; und das Leben ist so kurz und unsicher, daß ich keiner Freude entrinnen möchte, selbst einer so unschuldigen wie dieser nicht. Wir sollten vielmehr an allem, was uns gegeben ist, festhalten wie einer, der über einem Abgrund schwebt. Jede Sekunde stellt einen Abgrund dar, wenn man's recht bedenkt – einen schwindelnd tiefen Abgrund – tief genug, um uns bis zur Unkenntlichkeit unseres Menschentums zu zerschmettern. Und daher ist es besser, sich angenehm zu unterhalten. Wir wollen von einander reden, wozu diese Maske? Lassen Sie uns gegenseitig Vertrauen fassen. Wer weiß, vielleicht werden wir noch Freunde?«

»Ich habe Ihnen gerade noch ein Wort zu sagen«, erklärte der Händler. »Entweder Sie erledigen Ihren Einkauf, oder Sie scheren sich aus meinem Laden!«

»Wahr, sehr wahr«, sagte Markheim. »Genug der Torheiten. Zur Sache. Zeigen Sie mir etwas anderes.«

Der Händler bückte sich ein zweites Mal, um den Spiegel auf das Brett zurückzulegen; sein dünnes, blondes Haar fiel ihm über die Augen. Markheim trat, die eine Hand in der Tasche seines schweren Mantels vergraben, ein wenig näher. Er straffte sich zu seiner vollen Länge, und seine Lungen sogen sich voll Luft. Gleichzeitig malten sich die verschiedenartigsten Empfindungen auf seinem Gesicht: Furcht, Grauen und Entschlossenheit, faszinierte Aufmerksamkeit und physischer Widerwillen; unter der verzerrten Oberlippe wurden seine Zähne sichtbar.

»Vielleicht ist dies etwas Passendes«, bemerkte der Händler; und während er sich aufrichtete, stürzte sich Markheim von hinten auf sein Opfer. Die lange schmale Klinge blitzte auf und traf. Der Händler zappelte wie eine Henne, stieß mit der Schläfe gegen das Wandbrett und sank in einem Häufchen zu Boden.

Die Zeit hatte wohl ein Dutzend feiner Stimmen in jenem Laden, gewichtige und gemessene, wie es dem hohen Alter zukommt, schwatzhafte und eilige, und alle zählten in verworrenem Ticktack die Sekunden. Von der Gasse her übertönte das hastige Getrappel von Knabenstiefeln auf Pflastersteinen den Chor der schwächeren Stimmen und erweckte Markheim zum Bewußtsein seiner Umgebung. Er blickte sich furchtsam um. Die Kerze stand auf dem Ladentisch; mahnend zuckte die Flamme im Luftzug, und diese fast unmerkliche Bewegung erfüllte den ganzen Raum mit stummem Leben und wogender Unruhe wie das Meer: die steilen Schatten nickten, die schweren massigen Dunkelheiten schrumpften und wuchsen wie atmende Wesen, die Gesichter der Portraits und chinesischer Porzellangötter wandelten sich und verschwammen gleich Spiegelbildern im Wasser. Die innere Tür stand offen und spähte in das Heer der Schatten mit einem langen schmalen Streifen Tageslicht, der einem gestreckten Zeigefinger glich.

Von diesen Irrfahrten kehrten Markheims furchtbefallene Augen zu dem Körper seines Opfers zurück, wie er buckelig, mit gespreizten Gliedern, unglaublich klein und unendlich viel erbärmlicher als im Leben dalag. In den ärmlichen Kleidern eines Geizhalses und in dieser zusammengesunkenen Stellung war das Ganze nicht viel mehr als ein Haufen Lumpen. Markheim hatte sich vor diesem Anblick gefürchtet, und siehe! Es war ein Nichts. Und dennoch, während er dieses blutbesudelte Bündel alter Kleider betrachtete, begannen beredte Stimmen laut zu werden. Dort lag es und mußte es liegen; niemand war, der die geschickt gearbeiteten Angeln und Scharniere spielen ließ, der das Wunder der Bewegung zu steuern vermochte. Ja dort mußte es liegen, bis es gefunden wurde. Gefunden! Ja, und dann? Dann würde aus diesem toten Leib ein Schrei aufsteigen, von dem ganz England widerhallen mußte. Das Echo der Jagd würde die Welt erfüllen. Tot oder lebendig, hier lag der Feind. »Zeit war, da der gehemmte Geist entwich« – fuhr es ihm durch den Sinn, und das erste Wort zündete in seinem Hirn. Die Zeit, für das Opfer ausgelöscht, war nun, nach vollbrachter Tat, für den Mörder unaufhaltsam, ungeheuerlich, bedeutungsvoll geworden.

Dieser Gedanke erfüllte ihn ganz, als erst die eine und dann die anderen Uhren, in jeder möglichen Variation von Takt und Stimme, tief wie die Glocke einer Kathedrale, leicht und hell wie der Auftakt zu einem Walzer, die dritte Nachmittagsstunde zu schlagen begannen.

Der plötzliche Ausbruch so zahlreicher Stimmen in dem stummen Raum traf Markheim wie ein Fausthieb. Er raffte sich zusammen, schritt, die Kerze in der Hand, hin und her, unablässig von gleitenden Schatten verfolgt und zu Tode erschrocken von zufälligen Bildern. Aus zahlreichen prunkvollen Spiegeln, teils heimischen Ursprungs, teils in Venedig oder Amsterdam gefertigt, blickte ihm sein Gesicht in vielfältigen Wiederholungen gleich einem Heer von Spionen entgegen; seine eigenen Augen stellten ihn bei der Begegnung, und seine eigenen Schritte schreckten trotz ihrer Leichtigkeit die umgebende Stille auf. Und noch während er seine Taschen füllte, warf ihm sein Hirn mit unablässiger, tödlicher Monotonie die tausend Fehler seines Planes vor. Er hätte eine ruhigere Stunde wählen, sich ein Alibi beschaffen sollen; er hätte kein Messer gebrauchen, hätte vorsichtiger sein sollen. Es hätte genügt, den Händler zu binden und zu knebeln, statt ihn zu töten; er hätte verwegener sein und sich auch noch des Dienstboten entledigen sollen; alles hätte er anders machen sollen: brennendes Bedauern, zehrender, nimmer endender Kreislauf der Gedanken, um das zu ändern, was nicht zu ändern war; zweckloses Planen, Baumeister der unwiderruflichen Vergangenheit zu werden. Und im Hintergrund dieses fiebrischen Denkens füllten tierische Schrecken, wie das Scharren und Rascheln der Ratten auf dem öden Dachboden, die geheimsten Kammern seines Hirns mit Aufruhr; die Hand des Konstablers fiel schwer auf seine Schulter, und seine Nerven zuckten wie ein Fisch am

Angelhaken; oder es jagten Gerichtsschranken, Gefängnis, Galgen und der schwarze Sarg an seinem geistigen Auge vorüber. Furcht vor den Leuten auf der Straße belagerte ihn wie eine Armee eine Festung. Unmöglich konnte der Kampf bereits ruchbar geworden sein und die Neugier aufgestachelt haben. Und plötzlich sah er Leute in den Nachbarhäusern sitzen, regungslos, die Ohren gespitzt – die Einsamen, die dazu verurteilt waren, Weihnachten allein mit ihren Erinnerungen zu feiern, durch seine Tat aus zärtlichen Gedanken aufgeschreckt; glückliche Familien um den Tisch versammelt, aber unbeweglich, erstarrt, die Mutter mit erhobenem Finger: Menschen jeden Standes, jeden Alters, jeder Laune, aber alle um den eigenen Herd geschart, und alle spähend, lauschend und den Strick flechtend, der ihn henken sollte. Mitunter war es ihm, als könnte er nicht leise genug gehen; das Klirren der hohen böhmischen Gläser tönte laut wie eine Glocke; durch das sonore Tikken erschreckt, fühlte er sich versucht, die Uhren anzuhalten. Und wieder, in wechselndem Entsetzen, schien ihm das Schweigen selbst voller Gefahr: es mußte den Passanten auffallen, sie von Grauen erfüllt an die Stelle fesseln. Und sofort steigerte er die Sicherheit seines Auftretens, machte sich geräuschvoll im Laden zu schaffen und ahmte mit studierter Leichtigkeit das Treiben eines geschäftigen Mannes nach, der sich zwanglos in seinem Hause bewegt.

Jetzt aber fühlte er sich von so vielfachen Ängsten zerrissen, daß sein Gehirn dem Wahnsinn nahe war, aber gleichzeitig wachsam und schlau auf der Lauer lag. Der Nachbar, der sein bleiches Gesicht gegen die Scheiben preßte, der Passant, den eine grausige Ahnung stehenbleiben ließ, konnten im schlimmsten Falle nur Vermutungen hegen: wissen konnten sie nichts. Die Ziegelmauern und geschlossenen Fensterläden ließen nur Geräusche hinaus. Aber war er hier im Hause wirklich allein? Er wußte, daß er es war; er hatte das Dienstmädchen in dem ärmlichen Feiertagskleide fortgehen sehen, dem Schatz entgegen: ›Ausgang‹ in jeder Rüsche, in jeder lächelnden Falte ihres Gesichts. Ja, er war allein, natürlich war er allein; dennoch hörte er ganz genau über sich in der Leere des Hauses zarte Tritte – er war sich deutlich einer fremden Gegenwart bewußt. Ja, bestimmt; seine Fantasie schlich ihr in jedes Zimmer, in jeden Winkel nach; jetzt war es ein Ding ohne Gesicht, aber mit Augen, die sahen, und dann war es ein Schatten seiner selbst, und wieder war es das Abbild des toten Händlers, zu neuem Haß und neuer Tücke auferweckt.

Mit Widerstreben blickte er von Zeit zu Zeit nach der offenen Tür, von der seine Augen unwillkürlich zurückprallten. Das Haus war sehr hoch, das Oberlichtfenster sehr klein und schmutzig, der Tag von Nebel blind. Das Licht, das in das Erdgeschoß sickerte, war schmutzigtrüb und zeichnete sich nur matt auf der Ladenschwelle ab. Und doch – lauerte nicht ein schwankender Schatten dort in dem schmalen Dämmerstreifen?

Plötzlich fing ein äußerst jovialer Herr an, unter Rufen und Scherzen und fortgesetzten Wiederholungen des Namens des Händlers draußen mit einem Stock an die Ladentür zu pochen. Markheim blickte, zu Eis erstarrt, den Toten an. Nein, der lag ganz still, außer Hörweite dieses Klopfens und Rufens, in einem Ozean des Schweigens versunken, und sein Name, der ehedem für seine Ohren das Toben des Sturms übertönt haben mochte, war ein leeres Geräusch geworden. Nach einer Weile hörte der joviale Herr mit dem Klopfen auf und ging seiner Wege. Das war ein deutlicher Wink, mit dem, was es noch zu tun gab, nicht zu säumen; sich auf und davon zu machen aus dieser anklagenden Umgebung, unterzutauchen in die Millionen Londons, und, jenseits des Tages, jenen Hafen der Sicherheit und scheinbarer Unschuld zu erreichen – das Bett. Ein Besucher hatte sich bereits gemeldet; jeden Augenblick konnte ihm ein zweiter, hartnäckigerer folgen. Nach vollbrachter Tat um ihre Früchte betrogen zu werden, wäre zu furchtbar gewesen. Das Geld, das war jetzt Markheims vornehmste Sorge, und als Mittel dazu: die Schlüssel. Er warf einen Blick über die Schulter nach der offenen Tür, wo nach wie vor zitternde Schatten weilten. Ohne klaren psychischen Widerwillen, aber unter körperlichem Schaudern näherte er sich der Leiche seines Opfers. Der menschliche Charakter war ganz von ihr gewichen. Mit gespreizten Gliedern und gekrümmtem Rumpf glich sie einem lose mit Sägemehl ausgestopften Kleiderbündel; dennoch stieß dieses Ding ihn ab. Trotz der nichtssagenden Dürftigkeit des Anblicks fürchtete er sich vor der beredteren Sprache der Berührung. Er faßte die Leiche an den Schultern und legte sie auf den Rükken. Sie war seltsam leicht und geschmeidig, und die Arme und Beine, nahmen dabei, wie gebrochen, die sonderbarsten Stellungen an. Das Gesicht war ohne jeden Ausdruck, aber wachsbleich und die eine Schläfe entsetzlich mit Blut beschmiert. Das war das Einzige, was Markheim Widerwillen einflößte. Im Augenblick fühlte er sich in ein Fischerdorf zurückversetzt an einem gewissen Jahrmarktstag: ein grauer Himmel, ein pfeifender Wind, eine Volksmenge auf den Straßen, Blechmusik, Trommelwirbel und die näselnde Stimme einer Bänkelsängerin, dazu ein Knabe, der, zwischen Furcht und Interesse hin und her gerissen, im Gedränge untertauchte, sich hierhin und dorthin wandte, bis er auf dem Hauptrummelplatz eine Bude mit einer ungeheuren Plakatwand entdeckte: elende, roh gemalte, schreiende Bilder, die Brownrigg mit ihrem Lehrling, die Mannings mit ihrem ermordeten Gast, Weare mit der Mörderfaust Thurtells an der Kehle, und ein Dutzend andere berühmte Verbrecher darstellend. Das Ganze war so lebendig wie eine Fata Morgana; wieder war er der kleine Junge, wieder betrachtete er mit dem gleichen körperlichen Widerwillen diese gemeinen Bilder; wieder schlug der Trommellärm betäubend an sein Ohr. Einige Takte der damals gehörten Musik huschten ihm durch den Sinn, und hierbei überkam ihn zum erstenmal ein Ohnmachtsgefühl, eine Welle der Übelkeit, eine plötzliche Schwäche in den Kniegelenken, die es unverzüglich zu bekämpfen und zu überwinden galt.

Er hielt es für klüger, seinen Betrachtungen standzuhalten, als ihnen zu entfliehen. Fest sah er dem Toten ins Gesicht und zwang sich, die Art und Größe seines Verbrechens zu begreifen. Wie lange war es her, daß sich auf diesem Antlitz jedes wechselnde Empfinden gespiegelt, daß dieser Mund geredet, dieser Körper geglüht hatte von feuriger, gezügelter Energie? Und jetzt war durch seine Tat dieses Stückchen Leben angehalten worden, wie der Uhrmacher mit gestrecktem Finger das Räderwerk einer Uhr zum Stehen bringt. So suchte er Klarheit zu gewinnen; vergeblich! So suchte er sich zu reuigerem Bewußtsein aufzupeitschen; vergeblich: dasselbe Herz, das vor den Abbildern des Verbrechens zurückgeschreckt war, blieb unberührt von der Wirklichkeit. Höchstens fühlte er ein schwaches Bedauern für dieses Wesen, dem umsonst ein gütiges Geschick alle Gaben in die Wiege gelegt hatte, die die Welt in einen Zaubergarten verwandeln, und das, ohne je gelebt zu haben, jetzt gestorben war. Von Reue kein Hauch.

Gewaltsam schüttelte er diese Gedanken ab; er fand

die Schlüssel und schritt auf die offene Tür zu. Draußen begann es heftig zu regnen, und das Geräusch der auf das Dach fallenden Tropfen verbannte das Schweigen. So wie in gewissen Höhlen das ständig rieselnde Wasser ein nie endenwollendes Echo erweckt, so füllte sich das Haus mit ihrem Widerhall, der sich mit dem Ticken der Uhren vermischte. Im Näherschreiten war es Markheim, als antwortete seinen behutsamen Tritten ein anderer, fremder Tritt, der vor ihm die Treppe hinaufschlich. Immer noch zitterte der Schatten auf der Türschwelle. Mit dem Zentnergewicht seines Willens zwang Markheim seine Muskeln zum Gehorsam und schob die Tür vollends zurück.

Das schwache, dunstige Tageslicht schimmerte trübe auf dem kahlen Fußboden, auf der Treppe, auf der blinkenden Ritterrüstung, die mit aufgepflanzter Hellebarde auf dem Treppenabsatz stand, auf den dunklen Holzschnitzereien und gerahmten Bildern, die sich von der gelben Holzbekleidung der Wände abhoben. Das Prasseln der Regentropfen hallte so laut im Hause wider, daß Markheim in ihnen vielfältige Stimmen und Geräusche zu unterscheiden vermeinte. Fußtritte und Seufzer, den schweren Schritt eines in der Ferne marschierenden Regiments, das Klingen von Goldmünzen auf dem Ladentisch, das Knarren von Türen, die von heimlicher Hand offen gehalten wurden, mischten sich, so schien es ihm, in das Geräusch des auf die Dachkuppel klatschenden Regens und in das Rauschen des Wassers in den Leitungsrohren. Das Bewußtsein fremder Gegenwart brachte Markheim dem Wahnsinn nahe. Von allen Seiten umlagerten und verfolgten ihn unsichtbare Wesen. Er hörte, wie sie sich in den oberen Räumen bewegten; er spürte, wie sich der Tote aufrichtete und lebendig wurde, und als er sich mit starker Überwindung anschickte, die Treppe hinaufzusteigen, flohen Füße geräuschlos vor ihm her und schlichen ihm heimlich nach. Wäre er nur taub, fuhr es ihm durch den Sinn, wie ruhig würde seine Seele sein. Und wieder lauschte er gespannt und segnete jenen immerwachen Sinn, der auf Vorposten stand und als zuverlässige Schildwache sein Leben beschirmte. Unablässig drehte und wendete er unruhig den Kopf; seine Augen, die aus ihren Höhlen hervorzutreten schienen, spähten und schweiften nach allen Seiten, und von allen Seiten her ward ihnen ein halber Lohn durch ein namenloses Etwas, dessen schwindende Spur sie erhaschten. Die vierundzwanzig Stufen zum oberen Stockwerk waren vierundzwanzig Höllenstrafen.

Auf diesem Flur gähnten Markheim drei Türen entgegen, drohende Hinterhalte, die wie drei Kanonenmündungen seine Nerven erschütterten. Er fühlte, nichts war stark genug, um ihn fortan gegen die spähenden Augen der Menschen zu stählen und zu wappnen. Er sehnte sich danach, zu Hause zu sein, hinter festen Mauern, in den Bettüchern vergraben, allen unsichtbar außer Gott. Bei diesem Gedanken wunderte er sich, als ihm die vielen Geschichten von anderen Mördern einfielen, die angeblich vor der Rache des Himmels gezittert hatten. Diese Berichte stimmten nicht, wenigstens nicht was ihn betraf. Er fürchtete sich vor den Gesetzen der Natur, er fürchtete, sie könnten in ihrem gefühllosen und unabänderlichen Ablauf eine vernichtende Spur seines Verbrechens festhalten. Mit verzehnfachtem sklavischem, abergläubischem Grauen fürchtete er irgend einen Riß in der Kontinuität menschlicher Erfahrungen, irgend einen unwillkürlichen Bruch der Naturgesetze. Er spielte ein Spiel der Geschicklichkeit, dessen Ausgang von den Regeln, von den berechneten Wirkungen bestimmter Ursachen abhing. Wie, wenn nun die Natur, wie der besiegte Tyrann das Schachbrett umstürzte, seine Gesetzesfolge zertrümmern würde? Das Gleiche hatte Napoleon erlitten, als der Winter den Zeitpunkt seines Beginns änderte. Das gleiche konnte ihn, Markheim, treffen: die festen Mauern könnten durchsichtig werden und sein Treiben enthüllen wie ein gläserner Stock das Treiben der Bienen. Die starken Dielen könnten gleich trügerischem Flugsand nachgeben und ihn verschlingen. Wie, wenn plötzlich das Haus einstürzte und ihn mitsamt dem Leichnam seines Opfers einschlösse? Oder wenn in dem Nachbarhaus Feuer ausbräche und ringsum die Feuerwehr auf ihn eindränge? Das waren die Dinge, die er fürchtete, die Dinge, die man gewissermaßen als Hand Gottes bezeichnen könnte, die Er der Sünde entgegenstreckt. Vor Gott selbst fürchtete er sich nicht; gewiß, seine Tat war eine Ausnahmetat, aber ungewöhnlich waren auch seine Entschuldigungsgründe, die Gott allein kannte. Bei ihm, nicht aber bei den Menschen, war er der Gerechtigkeit sicher.

Nachdem er unbehelligt das Wohnzimmer betreten und die Tür hinter sich geschlossen hatte, fühlte er seine Furcht weichen. Die Einrichtung bildete einen Wirrwarr; der Teppich fehlte, statt dessen standen zahlreiche Packkisten und Möbelstücke in wüstem Durcheinander; dazwischen standen mehrere hohe Spiegel, in denen er sich von allen Seiten erblickte, gleich einem Schauspieler in seltsamen Posen; zahlreiche Gemälde, gerahmte und ungerahmte, mit der Vorderseite gegen die Wand gelehnt, eine kostbare Sheraton-Anrichte, ein eingelegter Sekretär und ein mächtiges altes Bett mit schweren Vorhängen ergänzten das Bild. Die Fenster blickten auf den Hof, aber zum Glück verbargen ihn die geschlossenen Läden vor den Nachbarn. Markheim rückte eine der Kisten vor den Sekretär und begann nacheinander die Schlüssel zu probieren. Es war ein langwieriges, angreifendes Geschäft, vielleicht war der Sekretär ausgeräumt. Und die Zeit drängte. Die angespannte Arbeit ernüchterte ihn. Er schielte von Zeit zu Zeit nach der Türe – ja mitunter blickte er sie an wie ein belagerter Kommandant, um befriedigt festzustellen, daß sich seine Verteidigungsmaßnahmen in gutem Zustand befänden. In Wahrheit war er jetzt völlig gefaßt. Das Plätschern des Regens auf der Straße klang wieder natürlich und angenehm in seinen Ohren. Nach einer Weile drangen aus der entgegengesetzten Richtung die Töne eines Klaviers zu ihm herüber, die sich der Melodie eines Chorals anschmiegten, und zahlreiche Kinderstimmen nahmen die Weise und die Worte auf. Wie majestätisch und trostreich klang die Melodie, wie frisch waren die jugendlichen Stimmen. Markheim lauschte lächelnd, während er die Schlüssel ordnete; in seinem Geiste drängten sich beredte Bilder und Gedanken: Kinder auf dem Wege zur Kirche und Orgelgebraus, Kinder auf der Wiese, Badende am Bachesrand, kleine Beerenleser im Gemeindewäldchen, jugendliche Drachenspieler unter einem windigen, wolkenzerrissenen Himmel; bei der nächsten Kadenz war er wieder in die Kirche zurückversetzt, in die schläfrige Hitze eines Sommersonntags, hörte die hohe, klangvolle Stimme des Geistlichen (die ihm in der Erinnerung noch ein leises Lächen entlockte) und sah die gemalten Jakobitengrabmäler sowie die matten Buchstaben der zehn Gebote an der Kanzel.

Und während er so beschäftigt und abwesend zugleich dasaß, riß es ihn plötzlich auf die Füße. Ein Strahl von Eis und ein Strahl von Feuer, eine Woge pochenden Blutes, und er stand angenagelt, jeder Nerv gespannt. Ein langsamer, fester Schritt kam die Treppe herauf, und nach einer Weile legte eine Hand sich auf die Türklinke, das Schloß klirrte und die Tür öffnete sich. Furcht hielt Markheim wie mit Eisenklammern. Er wußte nicht, was sich nahte; war der Tote auferstanden, kamen die offiziellen Häscher menschlicher Justiz, ihn zu packen, war ein zufälliger Zeuge blind in das Haus hereingestolpert, um ihn dem Galgen zu überliefern? Als sich jedoch ein Gesicht durch die Öffnung schob, im Zimmer umherblickte, ihm in freundschaftlichem Erkennen zunickte und lächelte und sich dann wieder zurückzog, löste sich seine Furcht in einem heiseren Schrei des Entsetzens. Bei diesem Laut kehrte der Besucher wieder um. »Haben Sie mich gerufen?« fragte er freundlich, und mit diesen Worten trat er, die Tür hinter sich schließend, in das Zimmer. Markheim stand und starrte ihn krampfhaft an. Vielleicht lag ein Schleier über seinen Augen, aber es war ihm, als ob die Konturen des Ankömmlings sich wandelten und verschwammen, wie die der Götzen bei dem unruhigen Kerzenlicht im Laden. Mitunter kam er ihm bekannt vor, dann wieder schien er ihm selbst zu gleichen; und dabei lastete unablässig, gleich einem schweren Stein und voll lebendigsten Entsetzens, die Überzeugung auf seiner Brust, daß jenes Wesen dort nicht von der Erde und auch nicht vom Himmel sei.

Und dennoch – das Geschöpf sah seltsam alltäglich aus, wie es so dastand und Markheim lächelnd ansah, und als es gar hinzufügte: »Sie suchen, wie ich annehme, das Geld?« erklangen diese Worte in dem üblichen Ton eines höflichen Mannes.

Markheim antwortete nicht.

»Ich muß Sie darauf aufmerksam machen«, fuhr der andere fort, »daß das Dienstmädchen sich heute früher als gewöhnlich von seinem Schatz getrennt hat und bald hier sein wird. Sollte Herr Markheim hier im Hause gefunden werden, so brauche ich ihn wohl nicht erst auf die Folgen hinzuweisen.«

»Sie kennen mich?« rief der Mörder.

Der Besucher lächelte. »Seit langem gehören Sie zu meinen ganz besonderen Freunden«, entgegnete er, »und schon lange habe ich Sie beobachtet und Ihnen helfen wollen.«

»Wer sind sie?« rief Markheim. »Der Teufel?«

»Wer ich bin«, erwiderte der andere, »hat nichts mit dem Dienst zu tun, den ich Ihnen leisten möchte.«

»Nein«, rief Markheim, »nein! Mir von Ihnen helfen lassen? Niemals; von Ihnen nicht. Noch kennen Sie mich nicht; dem Himmel sei Dank, mich nicht.«

»Ich kenne Sie«, entgegnete der Gast in freundlich strengem, aber festem Ton. »Ich kenne Sie bis auf den Grund Ihrer Seele.«

»Mich kennen!« rief Markheim. »Wer kennt mich? Mein Leben ist nichts als eine Travestie, eine Verleumdung meiner selbst. Ich habe gelebt, um meine Natur Lügen zu strafen. Alle Menschen tun das; alle Menschen sind besser als die Maske, die sie tragen, die sich ihnen anschmiegt und sie erstickt. Sehen Sie nicht, wie das Leben sie packt und mit sich reißt, wie Räuber einen Menschen in einen Mantel hüllen und mit sich schleppen? Könnten diese Leute nur, wie sie wollten – wenn Sie ihre Gesichter sähen, sie erschienen ganz anders; sie würden als Heroen und Heilige erglänzen. Ich bin schlimmer als die meisten; trage eine ärgere Verkleidung; meine Entschuldigung kennen nur Gott und ich allein. Hätte ich Zeit, ich würde mich Ihnen enthüllen.«

»Sich mir enthüllen?«

»Ihnen vor allem«, entgegnete der Mörder. »Ich hielt Sie für intelligent. Ich glaubte – da Sie wirklich existieren – sie verstünden in den Herzen zu lesen. Und doch wollen Sie mich nach meinen Taten beurteilen! Überlegen Sie, was das heißt: nach meinen Taten! Ich bin unter Riesen zur Welt gekommen, habe unter Riesen gelebt; Riesen haben mich, von dem Tag meiner Geburt an, bei der Hand genommen und fortgeschleppt – die Riesen des Zufalls, der Umgebung. Und Sie wollen mich nach meinen Taten beurteilen? Vermögen Sie nicht in mein Inneres zu blicken? Können Sie nicht begreifen, daß ich das Böse hasse? Erkennen Sie nicht in meinem Innern die klare Schrift des Gewissens, die keine willkürlichen Sophismen auszulöschen vermochten, trotzdem ich sie gar zu oft unbeachtet ließ? Erkennen Sie in mir nicht jenes Wesen, das so weit verbreitet ist wie die Menschheit selbst – einen Sünder wider Willen?«

»Alles, was Sie sagen, klingt sehr schön«, lautete die Antwort, »geht mich aber nichts an. Fragen der Charakterstärke fallen nicht in mein Gebiet, es ist mir ganz gleichgültig, durch welchen Zwang Sie sich haben mitreißen lassen, vorausgesetzt, daß es in der richtigen Richtung geschah. Aber die Zeit fliegt; das Dienstmädchen hat es zwar nicht eilig; sie sieht sich die Volksmenge an und die Bilder an den Anschlagsäulen, ihr Kommen aber rückt doch immer näher, und vergessen Sie nicht, es bedeutet das gleiche, als käme der langbeinige Galgen selbst durch die festlichen Straßen auf Sie zugeschritten! Soll ich Ihnen helfen, ich, der ich alles weiß? Soll ich Ihnen sagen, wo das Geld zu finden ist?«

»Um welchen Preis?« fragte Markheim.

»Ich erweise Ihnen diesen Dienst als Weihnachtsgabe«, versetzte der andere.

Markheim mußte unwillkürlich in bitterem Triumph lächeln. »Nein«, sagte er, »ich begehre nichts aus Ihren Händen; und wenn ich vor Durst stürbe und Ihre Hand hielte den Wasserkrug an meine Lippen, ich würde Kraft genug besitzen, ihn zurückzuweisen. Vielleicht bin ich zu leichtgläubig, aber ich will nichts tun, um mich dem Bösen zu verschreiben.«

»Oh, bitte, ich habe nichts gegen eine Reue auf dem Totenbett«, bemerkte der Besucher.

»Weil Sie an ihre Wirksamkeit nicht glauben«, rief Markheim.

»Das möchte ich nicht sagen«, erwiderte der andere; »aber ich betrachte diese Dinge von einer anderen Warte, und mit dem Leben erlischt auch mein Interesse. Der Mensch lebt, um mir zu dienen, um unter der Maske der Religion Bosheit und Übelwollen zu verbreiten, oder um – wie Sie – in einem Dasein voll willfähriger Schwäche gegenüber seinen Trieben, Unkraut ins Weizenfeld zu säen. Jetzt, da er sich dem Tor zur Freiheit nähert, vermag er seinen Dienst nur um die eine Tat noch zu bereichern – er bereut, stirbt lächelnd und erweckt bei den Furchtsameren unter meinen Anhängern Hoffnung und Zuversicht. Ich bin kein harter Herr. Versuchen Sie es mit mir. Nehmen Sie meine Hilfe an. Verfügen Sie weiter im Leben über meine Dienste, wie Sie es bisher getan haben; packen Sie noch nachdrücklicher zu, bedienen Sie sich Ihrer Ellbogen an der Tafel; und wenn die Nacht sich niedersenken und der Vorhang fallen will, wird es Ihnen ein Leichtes sein, sich mit Ihrem Gewissen auszusöhnen und mit Gott einen Frieden auf Gegenseitigkeit zu schließen. Dessen kann ich Sie zu Ihrem Trost versichern. Soeben komme ich von solch einem Totenbett; das Zimmer war voll ehrlicher Leidtragender, die alle den letzten Worten des Mannes lauschten, und als ich in jene Augen blickte, die sich jeder mitleidigen Regung gegenüber zu Stahl verhärtet hatten, fand ich sie voll lächelnder Hoffnung.«

»Und halten Sie mich wirklich für ein solches Geschöpf?« fragte Markheim. »Glauben Sie wirklich, ich kennte kein höheres Ziel als zu sündigen, wieder zu sündigen und immerfort zu sündigen, um mich zuletzt durch eine Hintertür in den Himmel zu schleichen? Mein Herz bäumt sich auf bei diesem Gedanken. Sind das Ihre Erfahrungen mit der Menschheit oder setzen Sie eine solche Schlechtigkeit nur bei mir voraus, weil meine Hände rot von Blut sind? Ist dies Verbrechen des Mordes wirklich so ruchlos, daß es die Quelle des Guten selbst versiegen ließe?« –

»Mord ist für mich kein besonderer Begriff«, versetzte der andere. »Alle Sünden sind Morde, so wie das ganze Leben ein Krieg ist. Ich sehe Ihresgleichen, gleich hungernden Seeleuten auf einem Floß, die Brotkrusten dem Hunger selbst aus den Händen reißen und einander gegenseitig verschlingen. Ich gehe der Sünde nach bis über den Moment ihrer Entstehung und habe erkannt, daß ihre Folge überall der Tod ist. In meinen Augen trieft das hübsche Mädchen, das am Vorabend eines Balles mit gewinnendem Liebreiz die Mutter hintergeht, nicht weniger von Menschenblut als der eigentliche Mörder. Sagte ich, daß ich der Sünde nachgehe? Ich gehe auch der Tugend nach; sie unterscheiden sich von einander nicht um Haaresbreite. Beide sind Sicheln in der Hand des Mähers Tod. Das Böse, für das ich lebe, wurzelt nicht im Handeln, sondern im Charakter. Ich liebe den schlechten Menschen, nicht die schlechte Tat, deren Früchte, könnten wir sie nur weit genug bei ihrem Sturz den sausenden Katarakt der Zeit hinab verfolgen, sich vielleicht segensreicher erweisen als die köstlichste Frucht der Tugend. Nicht weil Sie einen Händler getötet haben, sondern weil Sie Markheim sind, erbiete ich mich, Ihnen zur Flucht zu verhelfen.«

»Ich will Ihnen mein ganzes Herz enthüllen«, lautete

Markheims Antwort. »Das Verbrechen, bei dem Sie mich ertappt haben, war mein letztes. Auf dem Wege zu ihm habe ich viel gelernt, ja, die Tat selbst ist mir zur denkwürdigen Lehre geworden. Bisher bin ich wider meinen Willen zu dem getrieben worden, was mir fern lag; ich war der gehetzte, gepeitschte Sklave der Armut. Es gibt robuste Tugenden, die diesen Versuchungen zu widerstehen vermögen; die meine war nicht von dieser Art: mich dürstete nach Genuß. Heute aber, dank dieser Tat, sammle ich sowohl gute Lehren wie Reichtümer, den erneuten Entschluß und die Kraft, wieder ich selbst zu sein. Ich bin in Zukunft in allen Dingen Herr meiner Handlungen; ich sehe mich bereits als einen ganz anderen; diese Hände werden künftig Werkzeuge des Guten sein; Frieden wohnt in diesem Herzen. Etwas aus der Vergangenheit überkommt mich; etwas, von dem mir an Sabbatabenden träumte, wenn die Orgel erklang; Vorahnungen, die ich hatte, wenn ich über großen, reinen Büchern weinen mußte, oder als unschuldiges Kind mit meiner Mutter sprach. Dort liegt mein Leben; ich bin einige Jahre in der Fremde umhergeirrt, jetzt aber sehe ich den Ort meiner Bestimmung wieder vor mir liegen.«

»Sie wollen dieses Geld, glaube ich, auf der Börse gebrauchen?« bemerkte der Gast. »Dort haben Sie aber, so viel ich weiß, schon einige Tausende verloren?«

»Ah«, sagte Markheim, »diesmal ist es eine ganz sichere Sache.«

»Auch dieses Mal«, sagte der Gast sehr bestimmt, »werden Sie verlieren.«

»Aber ich setze doch nur die Hälfte aufs Spiel«, rief Markheim.

»Sie werden auch die andere Hälfte verlieren«, widersprach der andere.

Auf Markheims Stirn brach der Schweiß aus. »Gesetzt, dem wäre so«, rief er. »Angenommen, ich verliere alles, angenommen, ich stürze zurück in Armut und Elend, soll deswegen ein Teil meines Wesens, und zwar der schlimmere Teil, bis zuletzt das Gute in mir verdrängen? Gut und Böse in mir sind gleich mächtig und zerren mich nach verschiedenen Seiten. Ich liebe nicht nur das eine, ich liebe alles. Ich kann von großen Taten träumen, von Verzicht und Märtyrertum, und obwohl ich mich zu diesem Verbrechen erniedrigt habe, ist mir doch Mitleid nicht fremd. Ich bemitleide die Armen; wer kennt ihre Nöte besser als ich? Ich bemitleide sie und helfe ihnen; ich schätze die Liebe, ich liebe ein ehrliches Lachen; es ist nichts Gutes und Wahres unter der Sonne, das ich nicht von ganzem Herzen liebte. Sollten wirklich meine Laster allein mein Leben bestimmen, und meine Tugenden brach liegen wie toter Ballast des Gehirns? Niemals! Auch das Gute ist eine Quelle zur Tat.«

Allein der Gast hob warnend den Finger. »Sechsunddreißig Jahre lang haben Sie in dieser Welt gelebt«, sagte er, »durch wechselvolle Schicksale und Launen habe ich Sie ununterbrochen von Stufe zu Stufe sinken sehen. Fünfzehn Jahre sind es her, daß sie mit einem Diebstahl begannen. Noch vor drei Jahren hätte das Wort Mord genügt, um Ihnen das Blut aus den Wangen zu treiben. Gibt es wirklich noch ein Verbrechen, eine Grausamkeit, eine gemeine Handlung, vor der Sie heute zurückschräken? In fünf Jahren werde ich Sie auch dabei ertappen. Tiefer, immer tiefer führt Ihr Weg; und nichts, außer dem Tode, vermag Sie aufzuhalten.«

»Wahr«, knirschte Markheim heiser, »ich habe bis zu einem gewissen Grade dem Bösen nachgegeben. Aber so geht es allen; selbst Heilige werden durch die bloße Tatsache des Lebens weniger wählerisch und passen sich der Farbe ihrer Umgebung an.«

»Ich will eine einzige schlichte Frage an Sie richten«, sagte der andere, »und auf Grund Ihrer Antwort werde ich Ihnen Ihr moralisches Horoskop stellen. Sie sind in vielen Dingen laxer geworden; vielleicht mit Recht. Wenigstens geht das allen Menschen so. Aber das zugegeben, sind Sie in irgend einem wenn auch noch so geringfügigen Punkt sich selbst gegenüber strenger geworden, oder lassen Sie all ihren Trieben die Zügel schießen?«

»In irgend einem Punkt?« wiederholte Markheim in qualvoller Überlegung. »Nein«, fügte er verzweifelt hinzu, »nirgends! Überall ist es mit mir bergab gegangen.«

»Dann«, sagte der Besucher, »dann begnügen Sie sich mit dem, was Sie sind; Sie werden sich niemals ändern; die Worte Ihrer Rolle auf dieser Bühne sind unwiderruflich niedergeschrieben.«

Markheim stand lange schweigend; der Besucher unterbrach als erster die Stille. »Soll ich Ihnen, da dem so ist, das Geld zeigen?« fragte er.

»Und die Gnade?« rief Markheim.

»Haben Sie es mit der nicht auch schon versucht?« entgegnete der andere. »Sah ich Sie nicht vor zwei, drei Jahren bei religiösen Versammlungen? Hat nicht Ihre Stimme in dem Choral am lautesten geklungen?«

»Wahr, wahr«, stöhnte Markheim, »ich sehe klar, wohin mich die Pflicht jetzt führt. Ich danke Ihnen aus tiefster Seele für die Lehren, die Sie mir gegeben haben. sie haben mir die Augen geöffnet, endlich erkenne ich mich als den, der ich bin.«

In diesem Augenblick tönte der grelle Klang einer Türglocke durch das Haus, und der Besucher änderte, wie auf ein verabredetes und erwartetes Zeichen, sein Benehmen. »Das Dienstmädchen!« rief er. »Es ist zurückgekommen, wie ich es Ihnen voraussagte; jetzt gilt es, nur noch eine einzige schwierige Aufgabe zu erfüllen.

Sie müssen sagen, daß ihr Herr erkrankt sei; Sie müssen sie hereinlassen mit zuversichtlicher, aber ernster Miene. Nur ja kein Lächeln, keine Übertreibung, und ich bürge für den Erfolg! Sobald das Mädchen eingetreten und die Tür verschlossen ist, wird der gleiche behende Griff, mit dem Sie sich des Händlers entledigten, auch diese letzte Gefahr aus dem Wege räumen. Dann bleibt Ihnen der ganze Abend, ja die ganze Nacht, wenn Sie das wollen, um die Schätze dieses Hauses zu plündern und für Ihre Sicherheit zu sorgen. Es ist Hilfe, die sich Ihnen in der Maske der Gefahr nähert. Auf!« rief er, »auf, mein Freund! Ihr Leben hängt nur noch an einem Faden: auf zur Tat!«

Markheim blickte seinem Ratgeber fest ins Gesicht. »Bin ich auch verdammt, Böses zu tun«, sagte er, »so bleibt mir doch eine Tür zur Freiheit offen – ich kann mich jederzeit der Kraft des Handelns begeben. Ist auch mein Leben vom Übel, so kann ich es doch niederlegen. Erliege ich auch, wie Sie sagen, der geringsten Versuchung, so kann ich doch in einen Bereich jenseits aller Versuchungen fliehen. Meine Liebe zum guten ist zur Unfruchtbarkeit verdammt; wohlan, es sei! Mir bleibt ja noch der Haß des Bösen, und aus ihm kann ich, das werden sie zu Ihrer bitteren Enttäuschung erfahren, Kraft und Mut schöpfen.«

Über die Züge des Besuchers ging eine wunderbare, lichte Verwandlung; sie verklärten sich und zerschmolzen in zärtlichem Triumph, und in diesem Glanz verblaßten und schwanden sie allmählich dahin. Markheim wartete nicht, um diese Verwandlung zu beobachten und zu verstehen. Er öffnete die Tür und schritt langsam und in Gedanken versunken die Treppe hinab. Ernst und gemessen folgte ihm seine Vergangenheit. Er sah sie, wie sie wirklich war, häßlich und quälend wie ein

Traum, willkürlich und ungesetzlich wie ein Straßenkampf – eine einzige Niederlage. Das Leben, so wie er es jetzt überblickte, lockte ihn nicht mehr; am jenseitigen Ufer jedoch gewahrte er für sein Lebensschiff einen stillen Ankerplatz. Im Gange blieb er stehen und schaute in den Laden hinein, wo immer noch über der Leiche die Kerze flackerte. Es war seltsam still. Gedanken über den Toten drangen, während er vor sich hinstarrte, auf ihn ein. Und dann zerriß der ungeduldige Lärm der Glocke abermals das Schweigen. Er trat dem Mädchen auf der Schwelle mit einer Art Lächeln entgegen.

»Sie täten gut, zur Polizei zu gehen«, sagte er, »ich habe Ihren Herrn ermordet.«

Übersetzt von Curt Thesing

Die krumme Janet

Phiz del.

Der hochwürdige Herr Murdoch Soulis war schon lange Jahre Pastor des Heidemoordorfes Balweary im Tale der Dule. Ein gestrenger, finster dreinblickender alter Mann, den die Gläubigen fürchteten, hauste er in seinen letzten Lebensjahren ohne Verwandte, Diener oder sonst welche menschliche Gesellschaft in dem kleinen, einsamen Pfarrhaus unter dem ›Hängegebüsch‹, wenngleich er Gesichtszüge von eiserner Unbewegtheit hatte, so war sein Blick doch wild, verstört und unsicher; und wenn er bei Ermahnungen unter vier Augen die Zukunft der Unbußfertigen schilderte, dann schienen seine Blikke durch die Stürme der Zeiten bis zu den Schrecken der Ewigkeit vorzudringen. Viele junge Leute, die er auf das heilige Abendmahl vorbereitete, wurden bei seinen Reden von entsetzlicher Furcht ergriffen. Jedes Jahr am Sonntag nach dem siebzehnten August hielt er eine Predigt über I. Petri, Kap. V, 8: »Der Teufel geht umher wie ein brüllender Löwe«, und regelmäßig übertraf er sich bei diesem Text selbst, sowohl durch die schaurige Natur des Themas als auch durch sein schreckliches Gebaren auf der Kanzel. Die Kinder gerieten außer sich vor Angst, und die Alten sahen orakelhafter drein denn je und ergingen sich den ganzen Tag über in jenen Andeutungen, gegen die schon Hamlet angekämpft hatte. Das Pfarrhaus selbst stand am Ufer der Dule zwischen einigen dichten Bäumen; die eine Seite wurde vom ›Gebüsch‹ verdeckt, nach der anderen blickte es auf unfreundliche, vermoorte Bergkuppen, die in den Himmel ragten. Schon bald nach Herrn Soulis' Amtsantritt wurde es von allen, die sich etwas auf ihre Umsicht einbildeten, in der Dämmerung gemieden; und die ehrsamen Hausväter schüttelten, wenn sie in der Dorfschenke zusammensaßen, die Köpfe bei dem Gedanken, spät abends an dieser nicht geheuren Gegend vorbeizumüssen. Ein Ort vor allem war es, um es genauer zu sagen, der ihnen besonderes Grauen einflößte. Das Pfarrhaus stand zwischen der Landstraße und der Dule, mit je einem Giebel nach den beiden Seiten; die Rückfront ging nach dem Kirchspiel Balweary hinaus, das fast eine halbe Meile entfernt lag, und vorne nahm ein öder, von einer Dornenhecke umgebener Garten den Raum zwischen Fluß und Straße ein. Das Haus hatte zwei Stockwerke mit je zwei großen Räumen. Es stand nicht unmittelbar am Garten, sondern an einem Gäßchen oder Durchgang, der einerseits in die Straße mündete und andererseits durch die hohen Weiden und Holunderstauden begrenzt wurde, welche den Fluß säumten. Und dieser Wegstreifen war es, der bei den Pfarrkindern von Balweary einen so schlechten Ruf genoß. Der Pastor ging ihn oft in der Dunkelheit, manchmal laut stöhnend, so inbrünstig waren seine stummen Gebete. Nur wenn er nicht daheim und die Pfarrhaustür verschlossen war, dann wagten es die mutigeren unter den Schulbuben, ihre Anschleichspiele an diesen berüchtigten Ort zu verlegen.

Daß ein rechtgläubiger Mann Gottes mit tadelfreiem Charakter von einer solchen Atmosphäre des Grauens umgeben war, setzte die wenigen Fremden, welche der Zufall oder eine geschäftliche Angelegenheit in jenes unbekannte, abseits gelegene Gebiet führte, stets in Erstaunen und veranlaßte sie zu neugierigen Fragen. Aber selbst unter den Leuten der Gemeinde ahnten viele nichts von den merkwürdigen Begebenheiten, die sich in Herrn Soulis' erstem Amtsjahr zugetragen hatten. Und von jenen, die genauer Bescheid wußten, waren einige von Natur aus zurückhaltend und andere scheu, wenn es um diesen besonderen Vorfall ging. Nur ab und zu erwärmte sich einer der älteren Leute über seinem dritten Becher und erzählte mutig, warum der Pastor so sonderbar aussah und so einsam lebte.

Vor fünfzig Jahren, als Herr Soulis nach Balweary kam, war er noch ein junger Mann – ein energischer Bursche, wie die Leute sagten – voller Buchwissen und ganz groß in der Auslegung der Heiligen Schrift, aber, wie das bei einem so jungen Mann nur natürlich war, ohne praktische Erfahrung in der Religion. Die jüngeren Leute waren sehr angetan von seinem klugen Mundwerk. Aber die älteren, besonnenen, ernsten Männer und Frauen fühlten sich gar zum Gebet veranlaßt; für den jungen Mann, von dem sie glaubten, er schwätze sich selbst etwas vor, und für die Gemeinde, die wahrscheinlich noch übel mit ihm fahren würde. Es war noch vor den Tagen der Gemäßigten – die Pest komme über sie; aber mit den bösen Dingen geht es wie mit den guten – beide kommen schön langsam, Schritt für Schritt. Und es gab sogar damals schon Leute, die sagten, die Universitätsprofessoren wären ganz von Gott verlassen, und die jungen Burschen, die bei ihnen studierten, täten besser daran, sich wie ihre Vorfahren zur Zeit der Verfolgung ins Torfmoor zu setzen, die Bibel unter den Arm geklemmt und den Geist des Gebets im Herzen. Darüber jedenfalls, daß Herr Soulis zu lange auf der Universität gewesen war, bestand kein Zweifel. Er plackte und mühte sich um viele Dinge, nur nicht um das, was nottat. Einen Haufen Bücher brachte er mit – mehr als je zuvor in der ganzen Umgebung gesehen worden waren; und der Fuhrmann hatte seine liebe Not mit ihnen, denn um ein Haar wären sie alle miteinander im Teufelsmoor zwischen hier und Kilmackerlie ersoffen. Gewiß, es waren Bücher Gottes, zumindest nannte man sie so. Aber die ernsthaften Leute wollten nicht einsehen, daß man so viele brauchte, wenn doch die ganze Bibel in der Falte eines Plaids Platz hatte. Dann saß er auch noch den halben Tag und die halbe Nacht darüber – was doch kaum schicklich war – und schrieb einfach; und zuerst fürchteten sie, er würde seine Predigten ablesen, doch kaum stellte sich heraus, daß er selbst ein Buch schrieb, und das gehörte sich nun ganz gewiß nicht für einen seines Alters und seiner geringen Erfahrung.

Nun, jedenfalls mußte man ihm ein altes, ehrbares Frauenzimmer suchen, das ihm die Pfarre in Ordnung hielt und das Essen kochte; und da empfahl man ihm eine alte Vettel – Janet M'Clour hieß sie – und unternahm tatsächlich nichts dagegen, als er sie anstellte. Zwar rieten ihm viele ab, denn für die anständigen Leute von Balweary war Janet mehr als verdächtig. Vor langer Zeit hatte ein Dragoner sie mit einem Bankert sitzenlassen. Sie war seit vielleicht dreißig Jahren nicht mehr bei der Beichte gewesen; und Kinder hatten gesehen, wie sie im Dunkel auf Key Loans vor sich hinmurmelte, und das war eine merkwürdige Zeit und ein merkwürdiger Ort für eine gottesfürchtige Frau. Immerhin hatte der Gutsherr persönlich Janet dem Pastor vorgeschlagen, und damals wäre auch einem Pastor kein Weg zu weit gewesen, um der Herrschaft zu schmeicheln. Sagten ihm die Leute, daß Janet mit dem Teufel im Bunde stünde, dann war das seiner Meinung nach nichts als Aberglaube, und hielt man ihm die Bibel vor und die Hexe von Endor, so hämmerte er ihnen ein, daß diese Tage vorbei wären und der Teufel durch Gottes Barmherzigkeit in Ketten läge.

Nun, als es sich in der Gemeinde herumsprach, daß Janet M'Clour als Dienstmagd ins Pfarrhaus kommen sollte, da waren die Leute über sie und ihn ziemlich wütend; und einige Weiber hatten nichts Besseres zu tun, als zu ihr hinzurennen und ihr alles vorzuhalten, was man von ihr wußte, von dem Soldatenbankert bis zu den beiden Kühen von John Tamson. Janet sprach für gewöhnlich nicht viel, und die Leute ließen sie ihre eigenen Wege gehen, ohne sie zu grüßen. Aber wenn sie einmal loslegte, dann konnte sie mit ihrem Mundwerk den Müller taub machen. Nun, diesmal ging sie hoch, und es gab keinen Klatsch in Balweary, den sie nicht aufwärmte und jedem unter die Nase rieb. Sagte jemand ein Wort, wußte sie gleich zwei darauf; bis zu guter Letzt die Weiber auf sie losgingen und ihr die Kleider vom Leibe rissen und sie durch das Dorf zur Dule schleppten, um zu sehen, ob sie eine Hexe wäre oder nicht, ob sie schwimmen konnte oder ertrinken würde. Das Weibsstück kreischte so laut, daß man sie bis ans ›Hängegebüsch‹ hören konnte, und sie kämpfte für zehn. Mehr als eines der Weiber trug die Spuren ihrer Krallen noch Tage danach. Und gerade, als es am wildesten herging, wer mußte doch (um seiner Sünden willen) vorbeikommen, wenn nicht der neue Pastor!

»Weiber«, sagte er (und er hatte eine imposante, laute Stimme), »ich befehle euch im Namen des Herrn, sie loszulassen.«

Janet rannte zu ihm hin – sie war halb verrückt vor Angst –, klammerte sich an ihn und bat ihn um Christi willen, sie vor den Klatschweibern zu schützen, und die wiederum erzählten ihm alles, was man von ihr wußte, und vielleicht noch etwas mehr.

»Weib«, sagte er zu Janet, »ist das wahr?«

»Kein Wort davon stimmt«, erwiderte sie, »so wahr ich vor Gott stehe und so wahr mich Gott erschaffen hat. Bis auf das Kind«, sagte sie, »war ich meiner Lebtag ein ehrsames Weib.«

»Willst du«, sagte Herr Soulis, »im Namen Gottes hier

vor mir, Seinem unwürdigen Diener, dem Teufel und seinen Werken abschwören?«

Nun, es schien, als er das verlangte, grinste sie so, daß alle, die es sahen, erschraken, und man konnte hören, daß ihr die Zähne im Munde klapperten; aber es gab nur den einen oder den anderen Weg, und so hob Janet die Hand und schwor vor allen dem Teufel ab.

»Und jetzt«, sagte Herr Soulis zu den Weibern, »macht, daß ihr heimkommt, alle miteinander, und bittet Gott um Verzeihung.«

Und er reichte Janet den Arm, obschon sie wenig mehr als ein Hemd anhatte, und führte sie durch das Dorf bis zu ihrer Haustür wie eine richtige Dame, und dabei kreischte und lachte sie, daß es ein Skandal war.

In dieser Nacht versanken viele nachdenkliche Leute lange im Gebet, doch als der Morgen kam, war ganz Balweary von einer solchen Furcht befallen, daß sich die Kinder versteckten und sogar die Mannsleute nur verstohlen hinter den Türen hervorsahen. Denn Janet kam durch das Dorf – sie oder nur ihr Abbild, das konnte keiner sagen –, und ihr Hals war verrenkt, so daß ihr Kopf nach einer Seite hing wie bei einem Gehenkten, und ein Grinsen stand auf ihrem Gesicht wie bei einer Leiche, die noch nicht fürs Grab zurechtgemacht worden war. Nach und nach gewöhnten sie sich daran und starrten sie sogar an, um zu sehen, was eigentlich mit ihr los war. Aber von dem Tag an konnte sie nicht mehr wie ein Christenmensch sprechen, sondern sabberte und klickte mit den Zähnen, als wären sie eine Schere; und von jenem Tag an kam der Name Gottes nie wieder über ihre Lippen. Hin und wieder versuchte sie es, aber es wollte nicht gelingen. Diejenigen, die am meisten wußten, sagten am wenigsten. Aber sie nannten das Ding nie Janet M'Clour, denn ihrer Meinung nach war die alte Janet inzwischen in der tiefsten Hölle. Dem Pastor jedoch war nicht zu raten, noch zu helfen. Er predigte über nichts anderes als die Grausamkeit der Leute, die daran schuld wäre, daß Janet einen Schlag abbekommen hätte. Er schalt die Kinder, die sie ärgerten, und noch am selben Abend holte er Janet ins Pfarrhaus und lebte dort ganz allein mit ihr unter dem ›Hängegebüsch‹.

Nun, die Zeit verging, und die Müßigen dachten allmählich leichter über diese finstere Angelegenheit. Der Pastor war beliebt. Abends saß er immer noch bis spät über seinen Schriften, und sogar nach Mitternacht sahen die Leute unten am Ufer der Dule seine Kerze brennen. Und er schien zufrieden mit sich und genauso dünkelhaft wie immer, doch jedermann konnte sehen, daß er dahinsiechte. Was Janet betraf, die kam und ging; und hatte sie schon früher nicht viel geredet, jetzt hatte sie allen Grund, noch weniger zu reden. Sie ließ sich mit niemandem ein. Aber sie war gruselig anzusehen, und keiner hätte ihr im Finstern begegnen mögen, nicht einmal, wenn man ihm den Pfarracker von Balweary geschenkt hätte.

Gegen Ende Juli kam eine Hitzewelle, wie man sie hierzulande noch nie erlebt hatte. Es war windstill und drückend warm. Die Herden gingen nicht den Schwarzen Berg hinauf. Die Kinder waren zu müde zum Spielen. Und dann war es plötzlich wieder windig, heiße Böen jagten durch die Täler, und dazu kamen kurze Schauer, die keine Erleichterung brachten. Wir dachten schon, am nächsten Morgen würde es ein Gewitter geben; aber der Morgen kam, und dann der nächste, und immer noch war dasselbe unheimliche Wetter, das Mensch und Tier niederdrückte. Von allen, die darunter litten, traf es keinen so schwer wie Herrn Soulis. Er konnte weder schlafen noch essen, so erzählte er dem Kirchenrat. Und wenn er nicht an seinem anstrengenden Buch schrieb, wanderte er durch die Gegend wie einer, der vom Teufel besessen war, während jeder vernünftige Mensch im Hause blieb.

Über dem ›Hängegebüsch‹ im Schutze des Schwarzen Berges befindet sich ein Stück eingefriedetes Land mit einem Eisentor, und es scheint, daß dort in den alten Tagen der Friedhof von Balweary lag, den die Papisten geweiht hatten, ehe das Licht der Gnade über unserem Königreiche schien. Das hier war nun der Lieblingsort von Herrn Soulis, und er saß oft dort und überdachte seine Predigten, und es war in der Tat ein friedliches Plätzchen. Nun, als er eines Tages über die öde Kuppe des Schwarzen Berges kam, sah er erst zwei, dann vier, dann sieben Raben immer rund um den Friedhof fliegen. Sie flogen tief und schwerfällig und krächzten einander im Fluge zu, und es war Herrn Soulis klar, daß etwas Ungewöhnliches sie aufgescheucht hatte. Angst bekam er nicht so leicht, und so ging er direkt auf die Mauer zu. Und was fand er dort? Einen Menschen oder zumindest das Abbild eines Menschen, der da drinnen auf einem Grab hockte. Er war groß und schwarz wie die Hölle, und seine Augen waren sonderbar anzusehen. Herr Soulis hatte schon oft genug von schwarzen Männern erzählen gehört, aber der hier hatte etwas so Furchtbares an sich, daß ihn das Grauen packte. So heiß ihm war, jetzt fuhr ihm ein kaltes Schaudern bis ins Mark; aber dennoch sprach er den Schwarzen an und sagte: »Mein Freund, bist du hier fremd?« Der schwarze Mann erwiderte kein Wort. Er stand auf und schlurfte hastig auf die andere Mauer zu. Doch dabei sah er sich in einem fort nach dem Pastor um, und der Pastor starrte ihm nach, bis der schwarze Mann einen Augenblick später über die Mauer wegsprang und in den Schutz der Bäume lief.

Herr Soulis rannte hinter ihm her, weshalb, das wußte er kaum. Doch er war schon ganz erschöpft von dem Spaziergang und dem heißen, ungesunden Wetter; und so schnell er auch rennen mochte, er konnte den schwarzen Mann nur einen Moment lang zwischen den Birken sehen, bis er am Fuß des Berges angelangt war, und da erblickte er ihn noch einmal, wie er hüpfend und springend über die Dule zum Pfarrhaus hinüberging.

Herrn Soulis gefiel es ganz und gar nicht, daß dieser furchterregende Kerl so tat, als fühlte er sich im Pfarrhaus von Balweary zu Hause. Und er rannte noch schneller und mit nassen Schuhen durch den Bach und den Weg hinauf, aber, Deibel, da war kein schwarzer Mann zu sehen. Er trat auf die Straße hinaus, aber da war keiner. Er sah sich im ganzen Garten um, aber nein, nirgends ein schwarzer Mann. Schließlich drückte er die Klinke herunter, ein wenig ängstlich, was nur natürlich war, und ging ins Pfarrhaus. Und da stand Janet M'Clour mit ihrem schiefen Hals vor ihm und war nicht gerade erfreut, ihn zu sehen. Und ihm fiel später immer ein, daß er, als er sie jetzt ansah, das gleiche kalte, tödliche Grauen spürte.

»Janet«, sagte er, »hast du einen schwarzen Mann gesehen?«

»Einen schwarzen Mann?« fragte sie. »Gott behüte uns! Sie sind wohl nicht gescheit, Herr Pastor. In ganz Balweary gibt es keinen schwarzen Mann.«

Aber ihr müßt verstehen, das sprach sie nicht deutlich, sondern knautschte es hervor wie ein Pferd mit dem Zaumzeug im Maul.

»Nun, Janet«, sagte er, »wenn hier kein schwarzer Mann war, dann habe ich den Bösen selbst gesehen.«

Und er setzte sich wie einer im Fieber, und die Zähne klapperten in seinem Mund.

»Pfui!« sagte sie. »Sie sollen sich was schämen, Herr Pastor«, und gab ihm einen Schluck von dem Brandy, den sie immer bei sich hatte.

Darauf ging Herr Soulis in sein Studierzimmer zu seinen vielen Büchern. Es war eine lange, niedrige, finstere Stube, zum Sterben kalt im Winter und nicht einmal im Hochsommer sonderlich trocken, denn das Pfarrhaus stand dicht am Wasser. So setzte er sich, und er dachte an alles, was sich ereignet hatte, seit er in Balweary war, und an seine Heimat und die Tage seiner Kindheit, als er barfüßig über die Hänge gelaufen war. Und der schwarze Mann ging ihm immer im Kopf umher wie der Kehrreim eines Liedes. Und je mehr er dachte, desto mehr dachte er an den schwarzen Mann. Er versuchte zu beten, doch es kamen ihm nicht die rechten Worte; und, so erzählt man sich, er versuchte an seinem Buch zu schreiben, aber auch das wollte ihm nicht gelingen. Zuweilen dachte er, der schwarze Mann stünde an seiner Seite, und er war von Schweiß bedeckt, kalt wie Brunnenwasser. Dann kam er wieder wie ein Christenmensch zur Besinnung und machte sich aus alledem nichts.

Am Ende ging er ans Fenster und starrte hinunter in das Wasser der Dule. Die Bäume stehen dort unheimlich dicht, und das Wasser unter dem Pfarrhaus ist tief und schwarz. Und da stand Janet mit hochgeschürzten Rökken und wusch die Wäsche. Sie drehte dem Pastor den Rücken zu, und er merkte kaum, was er da anschaute. Dann drehte sie sich um und zeigte ihr Gesicht. Herr Soulis wurde von dem gleichen kalten Schaudern erfaßt wie schon zweimal an diesem Tage, und ihm fiel das Gerede der Leute ein, daß Janet schon längst tot sei und ein Gespenst in ihrem kalten Leib umginge. Er zog sich ein wenig zurück und beobachtete sie mit scharfen Augen. Sie stampfte auf der Wäsche herum und summte vor sich hin und – Gott verzeih uns, aber es war ein schreckliches Gesicht. Manchmal sang sie lauter, aber kein Mensch, der aus einem Weibe geboren war, konnte die Worte ihres Liedes verstehen. Manchmal sah sie auch schräg nach unten hin, doch da gab es nichts für sie zu sehen. Da ging dem Pastor ein Gruseln durch den Leib bis auf die Knochen; und das war eine Warnung des Himmels. Aber Herr Soulis schalt sich selbst, wie er später sagte, weil er so schlecht von einem armen kranken alten Weib dachte, das nur ihn zum Freunde hatte. Und er sprach ein kurzes Gebet für sich und sie und trank ein wenig kaltes Wasser – denn essen mochte er nicht – und ging in der Dämmerung in sein kühles Bett.

Diese Nacht wird Balweary nie vergessen, die Nacht des siebzehnten August siebzehnhundertzwölf. Es war zuvor heiß gewesen, wie ich schon erzählte, aber in dieser Nacht war es heißer denn je. Die Sonne ging zwischen drohend aussehenden Wolken nieder. Es wurde kohlschwarz; kein Stern, kein Windhauch. Man konnte die Hand vor den Augen nicht sehen, und selbst die alten Leute warfen die Decken vom Bett und rangen nach Luft. Bei all den Dingen, die ihm im Kopf herumgingen, war es höchst unwahrscheinlich, daß Herr Soulis viel zum Schlafen kommen würde. Er lag und wälzte sich herum, und das gute, kühle Bett, in das er gekrochen war, erhitzte ihn bis auf die Knochen. Mal schlief er, und mal wachte er; mal hörte er die Uhr schlagen, und mal jaulte ein Köter im Moor, als ob jemand gestorben wäre. Mal dachte er, Gespenster flüsterten ihm was ins Ohr, und mal sah er Irrlichter im Zimmer. Er kam zu dem Schluß, daß er krank sein müßte, und krank war er, wenn er auch nicht wußte, was ihm fehlte.

Schließlich ging ihm ein Licht auf, er setzte sich im Hemd an den Bettrand und dachte noch einmal über den schwarzen Mann und Janet nach. Er wußte nicht, wie er auf die Idee kam – vielleicht, weil er kalte Füße hatte –, aber es dämmerte ihm mit einem Male, daß zwischen den beiden eine Beziehung bestand und daß eines von ihnen – oder auch beide – ein Gespenst war. Und just in diesem Moment hörte man aus Janets Zimmer, das neben seinem lag, ein Füßegetrampel, als ob Männer rauften, und danach einen lauten Krach. Und dann jagte ein Wind um alle vier Ecken des Hauses; und zuletzt war alles wieder still wie in einem Grab. Herr Soulis fürchtete sich weder vor Menschen noch vor dem Teufel. Er suchte seine Zünderschachtel und brannte eine Kerze an, und in drei Schritten war er an Janets Tür. Sie war nicht verschlossen, und so stieß er sie auf und sah mutig hinein. Es war ein großes Zimmer, so groß wie das des Pastors, und es war mit schweren, gediegenen alten Möbeln eingerichtet, denn er hatte keine anderen. Da war ein Himmelbett mit alten Vorhängen und ein herrlicher Eichenschrank, vollgestopft mit den Gottesbüchern des Pastors, die man hierher gebracht hatte, damit sie aus dem Wege waren. Ein paar alte Lumpen von Janet lagen hier und da auf dem Boden verstreut, aber von Janet war nichts zu sehen, ebensowenig wie von den Spuren eines Kampfes. Er ging hinein (und es gibt kaum einen, der ihm dahin gefolgt wäre), sah sich um und horchte. Doch es gab nichts zu hören, weder im Pfarrhaus noch in der ganzen Gemeinde Balweary, und nichts war zu sehen außer den langen Schatten, die sich um die Kerze drehten. Und dann klopfte dem Pastor das Herz mit einemmal ganz wild und blieb stehen, und ein kalter Wind blies ihm durch das Haar. Was für ein schlimmer Anblick war das für den armen Mann! Denn Janet hing an einem Nagel neben dem alten Eichenschrank. Der Kopf lag wie immer auf der Schulter, die Augen waren starr, die Zunge hing ihr aus dem Mund, und ihre Fersen waren glatt zwei Füße über dem Boden.

»Gott sei uns allen gnädig!« dachte Herr Soulis. »Die arme Janet ist tot.« Er trat einen Schritt näher an die Leiche heran; und dann schlug ihm das Herz wie wild gegen die Rippen. Sie hing – durch welche Zauberei, steht einem Menschen schlecht zu urteilen an – an einem einzigen Nagel und an einem einzigen Wollfaden, wie man ihn zum Strümpfestopfen benutzt.

Es ist abscheulich, wenn man nachts mit solchen Ausgeburten der Finsternis allein sein muß, aber Herr Soulis war stark im Herrn. Er drehte sich um, verließ das Zimmer und verschloß die Tür hinter sich. Stufe um Stufe ging er die Treppe hinunter, mit bleischweren Gliedern, und er stellte die Kerze auf den Tisch am Fußende der Treppe. Er konnte nicht beten und nicht denken, er triefte von kaltem Schweiß, und er hörte nichts als das Poch-poch-poch seines eigenen Herzens. Vielleicht stand er eine Stunde so da, vielleicht auch zwei, er achtete nicht darauf, als er plötzlich im oberen Stockwerk eine leise, unheimliche Bewegung hörte. Füße gingen in der Kammer, in der die Leiche hing, hin und her. Dann wurde die Tür geöffnet, obwohl er genau wußte, daß er sie verschlossen hatte. Dann hörte man einen Schritt auf dem Treppenabsatz, und ihm schien es, als schaut die Leiche über das Geländer zu ihm hinunter.

Er nahm wieder die Kerze (denn das Licht wollte er nicht entbehren), und so leise er nur konnte, ging er geradewegs aus dem Pfarrhaus bis zum Ende des Gäßchens. Es war immer noch stockdunkel. Die Kerzenflamme brannte ruhig und hell wie in einem Zimmer, als er sie auf den Boden stellte. Nichts regte sich, nur die Dule gluckste und sabbelte durch das Tal, und jene unheimlichen Schritte kamen im Pfarrhaus die Treppe hinuntergetappt. Er kannte sie nur zugut: Es waren Janets Füße, und mit jedem Stückchen, das sie näher kam, kroch ihm die Kälte tiefer in die Eingeweide. Er empfahl seine Seele dem Herrn, der ihn erschaffen und erhalten hatte. »Und, o Gott«, sagte er, »gib mir in dieser Nacht die Kraft, gegen die Mächte des Bösen anzukämpfen.«

Inzwischen kamen die Schritte durch den Hausgang auf die Tür zu. Er konnte eine Hand die Wand entlang tappen hören, so als müßte sich das scheußliche Wesen den Weg ertasten. Die Weiden rüttelten gegeneinander und stöhnten, ein langgezogener Seufzer kam über die Berge. Die Flamme der Kerze wurde hin und her geworfen. Und da stand der Leichnam der toten Janet, in dem grobgewebten Kleid und der schwarzen Haube, den Kopf wie immer auf der Schulter, und das Grinsen im Gesicht – lebend, hättet ihr gesagt; tot, wie Herr Soulis genau wußte – auf der Schwelle des Pfarrhauses.

Es ist sonderbar, daß die Seele des Menschen an einem so vergänglichen Leib gefesselt ist; der Pastor aber sah dies, und es brach ihm nicht das Herz. Sie blieb nicht lange dort stehen. Sie bewegte sich weiter und kam langsam auf die Stelle zu, wo Herr Soulis unter den Weiden stand. Das ganze Leben in seinem Körper, die ganze Stärke seines Geistes glänzten in seinen Augen. Es schien, als wolle sie sprechen, fände aber keine Worte, und sie machte ein Zeichen mit der linken Hand. Es kam ein Windstoß wie das Fauchen einer Katze. Die Kerze ging aus, die Weiden kreischten wie Menschen; und Herr Soulis wußte, jetzt ging es um Leben oder Tod.

»Hexe, Gevatterin, Teufelin!« schrie er. »Ich befehle dir bei der Macht Gottes, hebe dich hinweg – wenn du tot bist, ins Grab – wenn du verdammt bist, in die Hölle.«

Und in diesem Augenblick schlug Gottes Hand aus

dem Himmel herab das Ungeheuer auf der Stelle. Der alte tote, entweihte Leichnam des Hexenweibes, der so lange nicht im Grab ruhen konnte und von den Teufeln umhergetrieben wurde, lohte auf wie Zunder und sank in Asche auf dem Boden zusammen. Schlag auf Schlag folgten der Donner und der klatschende Regen. Und Herr Soulis sprang über die Hecke des Gartens und rannte auf das Dorf zu, wobei er einen wilden Schrei nach dem anderen ausstieß.

Am gleichen Morgen sah John Christie den Schwarzen Mann am großen Heidegrab vorbeigehen, als es sechs schlug. Vor acht zog er an der Pferdestation von Knockdow vorbei, und kurze Zeit später sah ihn Sandy M'Lellan rasch den Hang von Kilmackerlie hinunterhüpfen. Es gibt kaum einen Zweifel daran, daß er es war, der so lange in Janets Körper wohnte; aber nun war er endlich fort, und seitdem hat der Teufel uns in Balweary nie mehr heimgesucht.

Übersetzt von Leni Sobez

Der Leichenräuber

Nacht für Nacht saßen wir vier im kleinen Gastzimmer des *George* in Debenham – der Leichenbestatter und der Wirt, Fettes und ich. Ob es stürmte, schneite oder hagelte, wir waren da, jeder in seinem angestammten Sessel. Fettes war ein alter, versoffener Schotte, ein Mann von Bildung und wohl auch etwas Vermögen, da er keiner Arbeit nachging. Er war schon vor vielen Jahren nach Debenham gekommen, und sein Stammplatz im *George*, sein Widerwille gegen die Kirche, seine alten, unrühmlichen Laster waren allen bekannt, und niemand verlor mehr ein Wort darüber. Wir nannten ihn den Doktor, weil er einige medizinische Kenntnisse besaß und auch ein paarmal, in Notfällen, gebrochene Beine geschient und ausgerenkte Gelenke wieder eingerenkt hatte. Aber sonst wußten wir eigentlich nichts von ihm. Er saß zumeist, Abend für Abend, in seinem Sessel, ein Glas in der Hand, in einem Zustand alkoholisierter Melancholie.

Eines Abends, es hatte gerade neun geschlagen, und der Wirt hatte sich vor wenigen Minuten zu uns gesetzt, berichtete er uns, daß einer der Gäste des Hotels plötzlich krank geworden sei. Es war ein sehr reicher Mann aus London, und er hatte sofort seinen berühmten Londoner Arzt telegraphisch zu sich rufen lassen.

»Er ist angekommen«, sagte der Wirt, nachdem er seine Pfeife angesteckt hatte. »Der berühmte Dr. Macfarlane.«

Fettes hatte bereits sein drittes Glas vor sich stehen und murmelte verständnislos: »Macfarlane?«

»Ja, so heißt er«, sagte der Wirt, »Dr. Wolfe Macfarlane.«

Fettes wurde schlagartig nüchtern, seine Augen wurden klar, seine Stimme deutlich, und wir starrten ihn an wie einen Toten, der eben aus dem Grab auferstanden war.

»Sie müssen entschuldigen«, sagte er. »Ich bin Ihrem Gespräch nicht ganz gefolgt. Wer ist dieser Macfarlane?« Und als ihm der Wirt die Frage beantwortet hatte, murmelte er: »Das ist unmöglich, das ist unmöglich...«

»Kennen Sie ihn, Doktor?«

»Nein, nein. Aber dieser Name ist zu selten, als daß man ihn zweimal hören könnte. Sagen Sie, Wirt, wie alt schätzen Sie ihn?«

»Er ist jedenfalls nicht mehr jung«, sagte der Wirt, »und sein Haar ist weiß. Aber er wirkt jünger als Sie.«

»Er ist aber in Wirklichkeit älter, einige Jahre älter. Es ist der Rum, den Sie in meinem Gesicht sehen, Rum und Sünde. Dieser Mann hat vielleicht ein unempfindlicheres Gewissen – und eine gute Verdauung.«

»Falls Sie diesen Arzt wirklich kennen, scheinen Sie die gute Meinung des Wirts über ihn nicht zu teilen«, sagte ich.

Fettes antwortete nicht.

»Ja, ich muß ihn sehen«, sagte er plötzlich.

Wir hörten, wie oben, im ersten Stock, eine Tür geschlossen wurde, und dann kamen Schritte die Treppe herab.

»Das ist der Doktor«, sagte der Wirt. »Jetzt können Sie ihn sehen.«

Fettes ging zur Tür der Gaststube, und wir wurden Zeugen, wie er und der Arzt einander begegneten. Dr. Macfarlane war ein distinguierter, lebhafter Mann – und ein erfolgreicher Mann, wie seine elegante und offensichtlich kostspielige Garderobe verriet – ein lebhafter Gegensatz zu unserem Saufkumpan: kahlköpfig, schmutzig, abgerissen, dem er jetzt am Fuß der Treppe gegenüberstand.

»Macfarlane!« sagte Fettes etwas lauter, als es nötig gewesen wäre.

Der berühmte Arzt blieb stehen, und sein Mund öffnete sich, als ob er nach Luft schnappen wollte. »Fettes, Sie?« flüsterte er heiser.

»Ja, ich«, sagte Fettes. »Oder glaubten Sie, ich sei auch tot? So leicht werden Sie mich nicht los.«

»Seien Sie still!« sagte Macfarlane scharf. »Dieses Wiedersehen kommt so überraschend – ich sehe, daß es auch Sie verwirrt. Aber ich freue mich – ich freue mich aufrichtig. Leider muß ich mich sofort wieder verabschieden, weil ich den Abendzug noch erreichen möchte. Aber wenn Sie mir Ihre Adresse geben, kann ich sicher etwas tun, um Ihre Situation...«, er räusperte sich, »... Sie sehen aus, als ob Sie Hilfe gebrauchen könnten.«

»Geld!« schrie Fettes, »Geld von Ihnen! Das Geld, was Sie mir damals gegeben haben, habe ich in die Gosse geworfen!«

Dr. Macfarlane, der bei seiner letzten Bemerkung etwas Selbstvertrauen gewonnen zu haben schien, fiel wieder in einen Zustand peinlicher Verwirrung zurück.

»Mein lieber Freund«, sagte er, »ich hatte selbstverständlich nicht die Absicht, Sie zu beleidigen. Trotzdem werde ich Ihnen meine Adresse hinterlassen und...«

»Ich will gar nicht wissen, unter welchem Dach Sie wohnen«, unterbrach der andere. »Bis jetzt habe ich immer noch geglaubt, daß es einen Gott gibt. Seit ich Sie wiedergesehen habe, weiß ich, daß es keinen gibt. Verschwinden Sie!«

Dr. Macfarlane stand reglos zwischen Treppe und Tür. Seine Augen hinter den Brillengläsern glitzerten gefährlich. Er sah, daß der Kutscher seiner Droschke neugierig durch die offene Tür hereinstarrte und daß auch wir, die anderen Gäste, der kleinen Szene mit Interesse folgten. Die Gegenwart von so vielen Zeugen veranlaßte ihn, den Rückzug anzutreten. Er duckte sich und wollte zur Tür laufen. Doch Fettes war mit ihm noch nicht fertig. Als er an ihm vorbeilief, packte er ihn beim Arm und flüsterte scharf: »Haben Sie es wieder gesehen?«

Der große, reiche Londoner Arzt schrie heiser auf und floh wie ein gestellter Dieb. Sekunden später hörten wir das Rollen der Droschkenräder, und er war auf dem Weg zum Bahnhof.

»Um Gottes willen, Mr. Fettes!« sagte der Wirt, der als erster sein seelisches Gleichgewicht wiederfand. »Was war denn in Sie gefahren?«

Fettes wandte sich uns zu und blickte uns ernst an. »Sie sollten lieber den Mund halten«, sagte er. »Dieser Macfarlane ist ein gefährlicher Bursche, wenn man ihm in die Quere kommt.« Und ohne ein weiteres Wort, ohne sich zu verabschieden, verließ er den Pub.

Wir andern setzten uns wieder in unsere Sessel und unterhielten uns bis spät in die Nacht über das seltsame Wiedersehen zwischen Fettes und Dr. Macfarlane. Bevor wir uns trennten, hatte jeder von uns eine Theorie über das Geheimnis entwickelt, das Macfarlane und Fettes miteinander verband. Ich darf behaupten, daß niemand von uns so gut wie ich dazu geeignet war, hinter dieses Geheimnis zu kommen, und heute gibt es sicher keinen anderen Menschen, der Ihnen die entsetzlichen, widernatürlichen Zusammenhänge besser schildern könnte.

In seinen jungen Jahren studierte Fettes Medizin an der Universität von Edinburgh. Er besaß Talent und eine rasche Auffassungsgabe, die es ihm erlaubte, seine Hausarbeiten auf ein Minimum zu beschränken. Zu der Zeit wirkte an der Universität ein Tutor, den wir hier nur als Mr. K. bezeichnen wollen. Er unterrichtete in Anatomie und war durch sein Wissen und seine pädagogischen Fähigkeiten bei den Studenten sehr beliebt. Mr. Fettes glaubte, den Grundstein zum Erfolg gelegt zu haben, als er die Aufmerksamkeit dieses meteorhaft aufsteigenden Mannes errang und von ihm im zweiten Studienjahr zum Hilfs-Assistenten ernannt wurde.

Diese Stellung brachte ihm die Verantwortung über den Anatomiesaal, und es gehörte auch zu seinen Aufgaben, die angelieferten Leichen in Empfang zu nehmen und an die Studenten zu verteilen. Aus diesem Grund ordnete Mr. K. an, daß er im Gebäude der Anatomie Wohnung bezog. Oft wurde er, nach einer wilden, turbulenten Nacht, von den beiden unheimlichen, widerlichen Typen herausgeklopft, welche im Auftrag von Mr. K. die Anatomie mit dem notwendigen Material versorgten. Er half ihnen, ihre traurige Bürde abzuladen, zahlte den vereinbarten Preis und versuchte dann, noch ein paar Stunden Schlaf zu erwischen, um sich von den Strapazen der Nacht zu erholen.

Nur wenige junge Männer hätten so ein Leben inmitten der Mementi menschlicher Vergänglichkeit ohne seelischen Schaden überstanden. Er aber hatte sein Gewissen gegen jede Art von Reaktion gefeit. Ihn interessierte das Schicksal anderer Menschen nicht, er war zum Sklaven seines eigenen Ehrgeizes, seiner eigenen, niedrigen Wünsche und Leidenschaften geworden. Sein einziges Bestreben war, seinen Vorgesetzten, Mr. K., zufriedenzustellen und sich dessen Wohlwollen zu erhalten. Und für diese Bemühungen entschädigte er sich nachts durch ausschweifende, wilde Gelage. Mit dieser Regelung war sein Gewissen mehr als zufrieden.

Seine einzige wirkliche Sorge – die er übrigens mit Mr. K. teilte – war die Sicherstellung einer ständigen Versorgung mit Leichen, und dieses Geschäft war nicht nur sehr unerfreulich, sondern konnte für alle Beteiligten auch äußerst üble Folgen haben. Es war Mr. K.'s Grundsatz, keinerlei Fragen zu stellen. »Sie bringen die Leichen, und wir zahlen den Preis«, pflegte er zu sagen. »Und vor allem keine Fragen«, warnte er seine Assistenten immer wieder. Niemals deutete er an, daß die Leichen Mordopfer sein könnten. Er hätte so eine Unterstellung auch entsetzt von sich gewiesen. Aber Fettes hatte sich oft darüber gewundert, daß das ›Material‹ so frisch war, und die gemeinen Visagen der beiden Subjekte, welche ihm die Leichen brachten, hatten mit der Zeit einen bösen Verdacht in ihm aufsteigen lassen. Aber er kannte seine Pflicht und wußte, daß sie eine dreifache war: erstens, anzunehmen, was ihm gebracht wurde, zweitens, den vereinbarten Preis zu zahlen, und drittens, die Augen gegenüber jedem Anzeichen eines Verbrechens zu verschließen.

An einem Morgen im November wurde diese Politik des Schweigens einer harten Prüfung unterzogen. Er war die ganze Nacht über wach gewesen, von unerträglichen Zahnschmerzen geplagt, und als er in den frühen Morgenstunden endlich eingeschlafen war, hatte ihn das bekannte Klopfzeichen aus dem Schlaf gerissen. Die Nacht war mondhell, und es war bitterkalt. Die beiden Nachtschatten waren später als sonst gekommen und schienen in Eile. Während sie den Sack von der angelieferten Leiche zogen, suchte er das Geld heraus. Sein Blick fiel dabei auf das tote Gesicht, und er fuhr entsetzt zusammen.

»Mein Gott!« schrie er. »Das ist ja Jane Galbraith!«

Die beiden Männer sagten nichts.

»Ich kenne sie! Gestern war sie noch gesund und munter! Es ist unmöglich, daß Sie diese Leiche auf ehrliche Weise bekommen haben!«

»Sie müssen sich irren, Sir«, sagte einer der beiden Galgenvögel.

Aber der andere blickte Fettes finster an und verlangte sofort sein Geld.

Der junge Mann erkannte die Gefahr, stammelte ein paar Entschuldigungen, zählte das Geld auf den Tisch und atmete erleichtert auf, als die beiden ihn verlassen hatten. Dann betrachtete er die Tote eingehend und war sich bald völlig sicher, daß sie das Mädchen war, mit dem er gestern noch gescherzt und getrunken hatte. Und mit Entsetzen sah er auch die unverwechselbaren Zeichen von Gewaltanwendung an ihrem Körper. Eine Panik erfaßte ihn, und er floh in sein Schlafzimmer. Hier überlegte er sich, welche Konsequenzen er aus seiner Entdeckung ziehen sollte. Da ihn jedoch jeder Schritt in direkten Konflikt mit Mr. K.'s Anweisungen und in unmittelbare persönliche Gefahr bringen würde, beschloß er, sich vorerst mit seinem unmittelbaren Vorgesetzten, dem anderen Assistenten der Anatomie, darüber auszusprechen.

Der junge Dr. Wolfe Macfarlane, klug, elegant und völlig skrupellos, war Fettes durch ihre gemeinsamen Aufgaben eng verbunden: Wenn die Versorgung mit Leichen stockte, fuhren die beiden jungen Mediziner in Macfarlanes Gig aufs Land und holten Nachschub von einem der Dorffriedhöfe.

Als Macfarlane an diesem Vormittag erschien, führte Fettes ihn sofort zu der Leiche und zeigte ihm die verdächtigen Symptome.

»Ja, das sieht komisch aus«, gab Macfarlane zu.

»Und was sollen wir tun?«

»Tun? Was wollen Sie denn tun? Je weniger darüber geredet wird, desto besser, würde ich sagen.«

»Irgend jemand könnte sie wiedererkennen«, widersprach Fettes. »Sie war ziemlich bekannt hier.«

»Hoffen wir das beste«, sagte Macfarlane. »Aber selbst wenn jemand sie erkennen sollte, was dann? Die Hauptsache ist, daß *Sie* sie nicht erkennen, mein Freund. Wenn Sie Dreck aufrühren, könnten Sie Mr. K. in unendliche Schwierigkeiten bringen – und sich selbst ebenfalls. Ich bin seit langem überzeugt, daß alle Toten, die wir bekommen, ermordet worden sind.«

»Macfarlane!« rief Fettes entsetzt.

»Tun Sie doch nicht so, als ob Sie das nicht ebenfalls vermutet hätten.«

»Vermuten ist eine Sache, aber...«

»Aber beweisen eine andere, ich weiß. Und mir tut dieses Mädchen genauso leid wie Ihnen.« Er tippte die Tote mit dem Spazierstock an. »Wie gesagt, das beste ist, sie nicht zu erkennen. Das ist, was ein Mann von Welt tun würde und – vor allem – was Mr. K. von uns erwartet. Warum hat er wohl gerade uns beide zu seinen Assistenten bestimmt? Weil er keine alten Klatschweiber um sich haben will!«

Dies war genau der richtige Ton, um einen jungen Mann wie Fettes zu beeinflussen. Er stimmte Macfarlane zu, die Leiche des armen Mädchens wurde seziert, und niemand verlor ein Wort über die Sache.

Eines Nachmittags traf Fettes in einer Taverne Macfarlane in Gesellschaft eines Fremden. Es war ein kleiner, untersetzter Mann mit einem blassen Gesicht und kohlschwarzen Augen. Er hatte ein intelligentes Gesicht; doch wurde dieser Anschein von seinen rohen, ungehobelten Manieren widerlegt. Trotzdem schien er Macfarlane irgendwie in der Hand zu haben. Er kommandierte ihn herum, fuhr ihn an, wenn Macfarlane es wagte, ihm zu widersprechen oder einer Anweisung nicht sofort Folge leistete, und hetzte ihn auf die entwürdigendste Weise herum.

»Macfarlane, schenken Sie Ihrem Freund ein neues Glas ein«, sagte er und grinste Fettes vertraulich an. »Macfarlane haßt mich«, kicherte er dann. »Am liebsten würde er mich abstechen.«

»Wir Mediziner haben eine bessere Methode«, sagte Fettes, der schon ziemlich betrunken war. »Wenn wir jemanden nicht mögen, bringen wir ihn in die Anatomie und lassen ihn von unseren Studenten sezieren.«

Macfarlane blickte ihn scharf an.

Als es Abend wurde, bestellte Gray – das war der Name des Fremden – ein opulentes Mahl, und als sie gegessen hatten, befahl er Macfarlane, die Rechnung zu bezahlen. Fettes bemerkte, daß Macfarlane sich vor Wut kaum noch beherrschen konnte, und kicherte amüsiert vor sich hin, als er mit unsicheren Schritten nach Hause wankte.

Am nächsten Tag ließ Macfarlane sich nicht sehen, und Fettes nahm an, daß er wahrscheinlich wieder den unmöglichen Gray von einer Taverne zur anderen begleiten mußte. Als er mit seiner Arbeit fertig war, suchte er die beiden in allen ihm bekannten Pubs, konnte sie jedoch nirgends entdecken. Also ging er wieder nach Hause und schlief den Schlaf der Gerechten.

Gegen vier Uhr morgens wurde er geweckt. Als er die Tür öffnete, sah er zu seinem Erstaunen Macfarlane und seine Gig, und auf dem Sitz der Gig lag eins dieser länglichen, in einen Sack gehüllten Bündel, die ihm so vertraut waren.

»Sind Sie allein auf einem Friedhof gewesen?« fragte er. »Wie sind Sie zurechtgekommen?«

Macfarlane antwortete nicht, sondern gab ihm ein Zeichen, sich um das Abladen zu kümmern. Als die Leiche auf dem Tisch lag, sagte er: »Sehen Sie sich das Gesicht an.«

Fettes starrte ihn verwundert an, tat dann aber doch, was der andere von ihm verlangte.

Der Tote war Mr. Gray!

»Richardson kann den Kopf haben«, sagte Macfarlane sachlich. »Der wartet doch schon lange auf einen Kopf.«

Fettes brachte vor Entsetzen keinen Ton heraus.

»Und da wir gerade beim Geschäft sind«, sagte Macfarlane ungerührt, »Sie müssen mich natürlich bezahlen.«

Fettes fand endlich seine Stimme wieder. Sie klang heiser und gepreßt. »Sie bezahlen?« schrie er. »Dafür?«

»Aber natürlich«, sagte der andere ruhig. »Die Abrechnung muß doch stimmen. Wo ist die Kasse?«

Schweigend deutete Fettes auf einen Schrank.

»Geben Sie mir den Schlüssel«, sagte Macfarlane und streckte die Hand aus.

Ohne zu zögern tat Fettes, was der andere von ihm verlangte. Macfarlane schloß den Schrank auf, nahm Geldkassette und Kassenbuch heraus, machte eine Eintragung auf die Ausgabenseite und nahm sich einen entsprechenden Betrag. »Jetzt müssen Sie nur noch unterschreiben«, sagte er kühl und schob Fettes das Kassenbuch zu.

»Ich denke nicht daran, meinen Hals in die Schlinge zu stecken, um Ihnen einen Gefallen zu tun«, sagte Fettes heiser.

»Um mir einen Gefallen zu tun? Sehen Sie denn nicht ein, daß es allein in Ihrem Interesse ist? Angenommen, ich würde Schwierigkeiten bekommen, was würde wohl mit Ihnen passieren? Sie müssen eins verstehen: Mr.

Gray ist genauso ein Fall wie Miß Galbraith. Wer A sagt, muß auch B sagen, das sollten Sie einmal begreifen.«

Eine namenlose Angst preßte Fettes' Herz zusammen. »Mein Gott, was habe ich getan?« schrie er. »Und wann hat es angefangen? Im Namen der Vernunft, warum werde ich so hart dafür bestraft, daß ich eingewilligt habe, sein Assistent zu werden?«

»Mein lieber Freund«, sagte Macfarlane, »was sind Sie doch für ein Kind. Was kann Ihnen denn passieren, solange Sie Ihren Mund halten? Sie müssen begreifen, daß es zwei Arten von Menschen gibt, die Löwen und die Lämmer. Wenn Sie ein Lamm sind, werden Sie eines Tages auf diesem Tisch landen, wie Jane Galbraith und Mr. Gray; aber wenn Sie ein Löwe sind, fahren Sie eines Tages einen Wagen, wie Mr. K. und ich, wie alle Menschen von Verstand und Mut. Sie haben jetzt ein wenig die Fassung verloren, das ist alles. Sie sind doch klug, ein geborener Führer. Und verlassen Sie sich auf meine Erfahrung: In drei Tagen werden Sie über Ihre Angst lachen wie über einen dummen Schuljungenstreich.«

Damit ließ Macfarlane ihn allein, um seine Gig noch vor Hellwerden in die Remise zu fahren. Fettes war allein mit seiner Verzweiflung. Er sah ein, daß es keine Rettung mehr für ihn gab, daß er tiefer und tiefer gesunken und jetzt ein willenloses Werkzeug Macfarlanes geworden war.

Aber bevor die von Macfarlane vorausgesagten drei Tage verstrichen waren, hatte Fettes alle Skrupel verloren und gratulierte sich sogar zu seinem Mut und seiner Weitsicht. Von seinem Komplizen sah er während dieser Zeit und auch in den folgenden Tagen nur wenig, und wenn sie sich trafen, gab sich Macfarlane ausgesprochen nett und liebenswürdig, kam jedoch mit keinem Wort auf die zurückliegende Auseinandersetzung zurück.

Wenige Tage später ergab sich jedoch wieder die Notwendigkeit einer Zusammenarbeit. Die Lieferungen waren wieder einmal hinter dem ständig wachsenden Bedarf zurückgeblieben, und zur gleichen Zeit erhielten sie Nachricht von einer Beerdigung auf dem ländlichen Friedhof von Glencorse. Es war die Frau eines Farmers, die ihr ganzes Leben lang nur durch ihre gute Butter und ihren frommen Lebenswandel von sich reden gemacht hatte und die sie nun, tot und nackt, aus ihrem Grab reißen und in die Stadt karren wollten, die sie nur selten in ihrem Sonntagsstaat besucht hatte.

Am späten Nachmittag brachen sie auf, in warme Mäntel gehüllt, eine große Flasche neben sich auf dem Kutschbock. Es regnete ohne Unterlaß, und ein eisiger Wind wehte. Trotz der Flasche war es eine unangenehme und schweigsame Fahrt bis Penicuik, wo sie den Abend verbringen wollten.

Sie ließen das Pferd füttern, bestellten sich ein Dinner und einen großen Krug Bier, und kurz vor Mitternacht brachte der Knecht die Gig, wie befohlen, vor die Tür. Die Lampen waren angezündet und brannten hell, als die beiden Männer aufbrachen. Sie hatten vorher verkündet, daß sie nach Peebles fahren wollten, und lenkten den Wagen in die angegebene Richtung. Als sie jedoch außer Sicht waren, löschten sie die Lichter und fuhren auf einem Feldweg nach Glencorse.

Der kleine Friedhof lag in völligem Dunkel, und sie mußten eine der beiden Wagenlaternen anstecken, um überhaupt etwas sehen zu können.

Sie waren beide kräftige, junge Männer und erfahren in diesem Geschäft. Knapp zwanzig Minuten nach dem ersten Spatenstich verriet ihnen ein dumpfes Dröhnen, daß sie den Sargdeckel freigelegt hatten. Macfarlane, dessen Spaten gerade auf einen Stein gestoßen war, warf ihn über die Schulter. Glas klirrte, und es wurde stockdunkel. Der Stein hatte die Laterne zerschlagen.

Ihre grausige Arbeit war jedoch schon so weit fortgeschritten, daß sie ohne Licht auskommen zu können glaubten. Sie brachen den Sarg auf, zerrten die Leiche heraus und stopften sie in den triefend nassen Sack. Dann warfen sie den Sack auf die Gig, setzten sich zu beiden Seiten neben ihre nächtliche Beute und trieben das Pferd an.

Sie waren beide bis auf die Haut naß geworden und hockten fröstelnd auf dem Bock. Die zwischen ihnen lehnende Leiche wurde bei jedem Stoß, bei jeder Erschütterung des leichten Wagens gegen sie geworfen, und diese ständigen Berührungen mit der Toten zerrten an ihren Nerven. Macfarlane versuchte, die Spannung durch einen zotigen Witz über die alte Farmersfrau zu mildern, doch brach er rasch ab, als sich der Kopf der Toten beim nächsten Stoß in einer fast vertraulich wirkenden Geste auf seine Schulter legte.

Das durchnäßte Sackleinen wehte ihnen ins Gesicht, und Fettes fühlte einen eisigen Schauer über seinen Rükken laufen. Er starrte das Bündel an, und es schien ihm plötzlich größer als vorher. Er hatte den entsetzlichen Verdacht, daß sie Zeuge eines unheiligen Wunders geworden waren, daß irgendeine entsetzliche Veränderung mit der Leiche vor sich gegangen war.

»Um Gottes willen, halten Sie an!« schrie er nach einer Weile und brachte die Worte kaum über seine zitternden Lippen. »Wir brauchen Licht!«

Anscheinend war es Macfarlane ebenfalls unheimlich geworden. Wortlos hielt er das Pferd an, stieg ab und steckte die Wagenlaterne an.

Der Regen peitschte ihnen ins Gesicht, und die Laterne verbreitete ein nebeliges, unsicheres Licht. Trotzdem konnten die beiden jungen Männer jetzt sehen, was sie vom Friedhof mitgebracht hatten. Die Nässe hatte den Sack fest um die Gestalt der Toten modelliert. Deutlich zeichnete sich der Kopf ab, die breiten Schultern.

»Das ist keine Frau«, flüsterte Macfarlane heiser.

»Es war eine Frau, als wir sie aufluden«, flüsterte Fettes.

»Halten Sie die Lampe. Ich muß ihr Gesicht sehen.«

Fettes nahm die Lampe, und Macfarlane löste die Verschnürungen des Sackes. Er zog ihn vom Kopf der Leiche, und das Licht der Laterne fiel auf ein bleiches glattrasiertes Gesicht, das den beiden jungen Männern oft in ihren Träumen erschienen war.

Ein gellender Schrei zerriß die Nacht, und beide stürzten in kopfloser Panik in das Dunkel. Die Lampe fiel klirrend zu Boden und erlosch. Das erschrockene Pferd galoppierte an und raste in Richtung Edinburgh. Der einzige Passagier der Gig war die Leiche des vor langer Zeit gestorbenen und längst sezierten Mr. Gray.

Übersetzt von Hans Maeter

Quartier für die Nacht

Es war spät im November 1456. Über Paris fiel der Schnee mit strenger, unnachgiebiger Beharrlichkeit; zuweilen machte der Wind einen Ausfall und zerblies ihn in fliegende Wirbel; zuweilen lullte der Wind ein, und Flocke um Flocke kam aus der schwarzen Nacht herunter, schweigend, kreisend, unablässig. Armen Seelen, die unter nassen Augenbrauen nach oben sahn, schiens ein Wunder, woher das alles kam. Meister François Villon hatte an einem Kneipenfenster, nachmittags, zwei Möglichkeiten in Vorschlag gebracht: Wars nur dieser heidnische Jupiter, Gänse rupfend auf dem Olymp? Oder waren die heiligen Engel in der Mauser? – Er wäre bloß, setzte er hinzu, ein armer Meister der Künste, und da die Frage einigermaßen ans Göttliche rührte, dürfte er nicht wagen, sie zu entscheiden. Ein alter, alberner Priester von Montargis, der unter der Kumpanei war, lud den jungen Lumpen zu einer Flasche Wein ein, zu Ehren dieses Witzes und der Grimassen, die ihn begleiteten; und er schwor bei seinem eigenen, weißen Bart, er wäre genau so ein unehrerbietiger Hund gewesen in Villons Alter.

Die Luft war beißend und geschärft, aber nicht tief unterm Frierpunkt, und die Flocken waren dick, naß und backig. Die ganze Stadt war in Leinen gewickelt. Eine Armee hätte vom einen Ende zum andern marschieren können, und nicht ein Fußtritt hätte Alarm verursacht. Gab es ein paar verspätete Vögel am Himmel, so sahen sie die Seine-Insel als breiten, weißen Flecken und die Brücken als schmale, weiße Sparren auf dem schwarzen Grunde des Stroms. Hoch oben darüber lagerte der Schnee zwischen dem Maßwerk der Münstertürme. Manche Nische war vollgeweht; manche Steinfigur hatte eine hohe weiße Haube auf ihrem grotesken oder heiligen Kopf. Die Wasserspeier waren in lange falsche Nasen umgewandelt, herabgesenkt zu ihrer Spitze. Das Laubwerk glich aufrechtstehenden Kissen, geschwollen auf der einen Seite. In den Pausen, die der Wind machte, gab es ein dumpfes Tönen von dem Tropfen im Umkreis der Kirche.

Der Kirchhof von St. Jean hatte sein Teil Schnee abbekommen. Alle Gräber waren gehörig zugedeckt; hohe weiße Dächerspitzen standen in ernster Ordnung herum; die würdigen Bürger waren lange zu Bett, benachtmützt wie ihre Behausungen; in der ganzen Nachbarschaft war kein Licht, ausgenommen dem kleinen Blinklicht einer Lampe, die im Kirchenchor schaukelnd hing und zuweilen, im Takt ihrer Schwingungen, die Schatten anstieß. Die Uhr war knapp an Zehn, als die Patrouille mit Hellebarden und einer Laterne vorüberkam; sie schlugen in ihre Hände und sahen nichts Verdächtiges am Kirchhof von St. Jean.

Doch war da, mit dem Rücken an die Friedhofsmauer gelehnt, ein kleines Haus, das noch wach war; wach aus einem übeln Grunde in diesem schnarchenden Bezirk. Äußerlich gab es nicht viel, diesen Grund zu verraten; nur einen Strom warmen Dunstes aus dem Rauchfang, einen Fleck auf dem Dach, wo der Schnee schmolz, ein paar halbverwischte Fußstapfen vor der Tür. Drinnen aber, hinter verschlossenen Läden, hielten Meister François Villon, der Poet, und etliche von der Diebsbande, mit der er Umgang hatte, die Nacht lebendig und ließen die Flasche kreisen.

Vom gewölbten Kamin aus streute ein großer Haufen lebendig hoher Scheiter eine kräftige und rötliche Glut aus. Mit dem Rücken davor rekelte sich Domine Nikolas, der pikardische Mönch, die Röcke hochgezogen, die fetten Schenkel entblößt, gegen die behagliche Wärme. Sein langgezogener Schatten schnitt den Raum in zwei Hälften; nur zur Rechten und Linken von seiner breiten Person entwischte der Feuerschein und stand in einer kleinen Pfütze zwischen seinen gespreizten Beinen. Sein Gesicht hatte die zerquetschte Biermiene des Dauersäufers, überzogen mit einem Netzwerk blutgestopfter Adern, purpurn unter gewöhnlichen Umständen, jetzt aber von bläßlichem Violett, denn selbst mit der Kehrseite zum Feuer zwickte die Kälte ihn vorn. Seine Kapuze, halb nach hinten gefallen, machte an jeder Seite seines Stiernackens einen seltsamen Auswuchs. So rekelte er sich, brummte und halbierte den Raum mit dem Schatten eines wuchtigen Leibgestells.

Rechts von ihm hudelten Villon und Guy Tabary sich über einem Fetzen Pergament zusammen; Villon machte eine Ballade, die er die ›Ballade vom Bratfisch‹ nennen wollte, und Tabary an seiner Schulter sabberte Bewunderung. Der Poet war ein Splint von Mensch, dunkel, klein, mager, hohlwangig und mit dünnen, schwarzen Strähnen. Seine vierundzwanzig Jahre trug er mit fieberiger Lebhaftigkeit. Gier hatte Runzeln um seine Augen gelegt, schlimmes Lächeln seinen Mund faltig gemacht. Wolf und Schwein verschlangen sich in seinem Gesicht. Eine beredte, scharfe, häßliche, weltliche Miene. Seine Hände, klein und griffig, hatten Finger, knotig wie Strikke, und flatterten fortwährend vor ihm in heftigem und ausdrucksvollem Gebärdenspiel. Was den Tabary angeht, so atmete ein breiter, behaglicher, staunender Schwachsinn von seiner plattgedrückten Nase und den Sabberlippen: Dieb war er geworden, wie er gerad so gut der anständigste Bürger hätte werden können durch Majestät des Zufalls, der die Lebensläufe menschlicher Entriche und Esel lenkt.

Zur andern Hand des Mönchs machten Montigny und Thevenin Pensete ein Glücksspiel. Um jenen hing ein Ruch von Geburt und Erziehung – wie um einen gefallenen Engel, merklich an dem Geschmeidigen, Langen, Höfischen seiner Gestalt, an dem Adlerhaften, Dunklen seiner Züge. Thevenin, die arme Seele, war höchst oben auf: er hatte am Nachmittag im Faubourg St. Jacques einen schönen Schurkenstreich verübt, und die ganze Nacht hatte er von Montigny gewonnen. Ein plattes Lächeln erleuchtete sein Gesicht; rosig, in einer Girlande roter Locken, glänzte sein Kahlkopf; sein kleiner, vorstehender Bauch zitterte unter stillen Glucksern, wenn er seinen Gewinn einstrich.

»Paar oder unpaar?« sagte Thevenin.

Montigny nickte grimmig.

»Der eine tafelt gern mit Glorie«, schrieb Villon, »auf Silbertellern Käse und Zichorie. Auf – auf – hilf mir aus, Guido!« Tabary kicherte.

»Auf goldnen Schüsseln Petersilie«, kritzelte der Poet. Draußen war der Wind aufgefrischt; er trieb den Schnee vor sich her, erhob seine Stimme mitunter zu einem siegreichen: Huup! und machte ein Grabesgebrumm im Kamin. Die Kälte war mit dem Weitergang der Nacht schärfer geworden. Villon, die Lippen vorschiebend, machte Windstöße nach mit einem Laut zwischen Pfeifen und Stöhnen – ein unheimliches, unbehagliches Talent des Poeten, das der pikardische Mönch verabscheute.

»Kannst du's klappern hören am Galgen?« sagte Villon. »Sie tanzen da alle oben auf dem Nichts ihre Satansgigue. Losgetanzt, Galane, ihr werdet nicht wärmer davon! Huih! Was fürn Windstoß! Da kam einer herunter! Eine Mispel weniger am dreibeinigen Mispelbaum, was? – Domine Nikolas, heute nacht wirds kalt sein an der St.-Denis-Straße.«

Domine Nikolas zwinkerte mit seinen großen Augen und schien am Adamsapfel ersticken zu wollen. Montfaucon, der greuliche, große Pariser Galgen, stand dicht an der St.-Denis-Straße, und der Scherz ging ihm an die Nieren. Hingegen Tabary lachte unmäßig über die Mispeln; er hatte nie etwas Leichtfertigeres gehört, hielt sich die Seiten und krähte. Villon versetzte ihm einen Nasenstüber, der seine Lustigkeit in einen Hustenanfall verkehrte.

»Oh, hör auf mit dem Radau«, sagte Villon, »und besinn dich auf einen Reim mit ›Petersilie‹!«

»Paar oder unpaar?« sagte Montigny hündisch.

»Von Herzen gern«, sprach Thevenin.

»Ist noch was in der Flasche?« fragte der Mönch.

»Mach eine andre auf«, sagte Villon. »Wie kannst du bloß hoffen, deinen Schweinskopf von Leib mit Kleinigkeiten wie Flaschen zu füllen? Und wie meinst du in den Himmel zu kommen? Wie viele Engel können entbehrt werden, einen einzelnen Mönch aus der Pikardie nach oben zu holen? Oder hältst du dich für einen andern Elias und denkst, sie schicken eine Kutsche für dich?«

»Hominibus impossibile«, erwiderte, sein Glas füllend, der Mönch.

Tabary verging vor Entzücken.

Villon versetzte ihm noch einen Nasenstüber.

»Lach über meine Witze, wenns beliebt«, sagte er.

»Es war ausgezeichnet!« versetzte Tabary.

Villon schnitt eine Fratze. »Denk an Reime auf – ›silie‹«, sagte er. »Was geht dich Lateinisch an? Du wirst froh sein, nichts davon zu wissen bei der großen Sitzung, wenn der Teufel nach Guido Tabary clericus ruft – der Teufel mit dem Buckel und rotglühenden Fingernägeln. Da wir vom Teufel reden«, setzte er im Flüsterton hinzu, »sieh Montigny an!«

Alle drei äugten versteckt nach dem Spieler. Er schien sich des Glücks nicht zu erfreun. Sein Mund war ein wenig schief gezogen, ein Nasloch fast zu, das andre weit aufgeblasen. Der schwarze Hund war hinter ihm, wie es in gruseliger Ammenmetapher heißt; und er atmete kaum unter seiner gespenstischen Last.

»Er sieht aus, als könnte er ihn erdolchen«, wisperte mit runden Augen Tabary.

Der Mönch schudderte, wandte das Gesicht ab und spreizte die offenen Hände zu den roten Glutstücken. Die Kälte wars, die solche Wirkung auf Domine Nikolas hatte, nicht ein Übermaß von moralischer Empfindlichkeit.

»Also los«, sagte Villon, »mit dieser Ballade! Wie geht sie soweit?« Und Takt schlagend mit der Hand, las er sie Tabary laut vor.

Beim vierten Verse wurden sie unterbrochen durch eine kurze und verhängnisvolle Bewegung unter den Spielern. Die Runde war aus, und Thevenin öffnete eben den Mund, einen neuen Sieg auszuschrein, als Montigny aufsprang, schnell wie eine Natter, und ihm nach dem Herzen stach. Der Stoß wirkte, ehe er Zeit hatte, einen Schrei zu tun; ehe er Zeit hatte, sich zu bewegen. Ein- oder zweimal überlief ein krampfhaftes Zittern seinen Körper; die Fäuste gingen auf und schlossen sich, seine Absätze klapperten auf den Dielen; dann rollte sein Kopf über eine Schulter nach hinten, die Augen weit offen –, und Thevenin Pensetes Geist war zurückgekehrt zu dem, der ihn gemacht hatte.

Jedermann sprang auf die Füße – aber die Geschichte war in zwei Augenblicken vorüber. Die vier lebenden Kerle sahen sich auf ziemlich geisterhafte Weise an; der Tote betrachtete einen Winkel der Zimmerdecke mit einem eigenartigen, häßlichen Blick.

»Mein Gott!« sagte Tabary; und er fing an zu beten auf lateinisch.

Villon brach in ein hysterisches Gelächter aus. Er kam einen Schritt vor, duckte sich mit einer lächerlichen Verbeugung zu Thevenin und lachte noch lauter. Dann saß er plötzlich auf einen Stuhl wie ein Haufen und fuhr fort bitter zu lachen, als ob er sich in Stücke schütteln wollte.

Montigny gewann seine Haltung zuerst wieder.

»Laß sehn, was er bei sich hat«, bemerkte er; und er leerte die Taschen des Toten mit geübter Hand; das Geld teilte er auf dem Tisch in vier Teile. »Hier für euch«, sagte er. Der Mönch nahm sein Teil mit einem tiefen Seufzer an sich und mit einem versteckten Blick auf den toten Thevenin, der anfing, in sich hineinzusinken und seitwärts vom Stuhl zu rutschen.

»Wir hängen alle dran!« schrie Villon, seine Lustigkeit überschluckend. »Eine Galgensache für jeden von uns Lumpenkerlen hier – nicht zu reden von denen, die nicht hier sind.« Die rechte Hand hebend, machte er in der Luft eine abscheuliche Geste, streckte die Zunge heraus und warf den Kopf auf eine Seite, wie um das Aussehn eines Gehenkten abzubilden. Dann steckte er sein Teil an der Beute zu sich und vollführte ein Fußgescharr, um den Blutumlauf wiederherzustellen.

Tabary war der letzte, der sich bediente, schoß auf die Beute zu und zog sich ans andre Ende des Raumes zurück. Montigny stieß Thevenin aufrecht in den Stuhl und zog den Dolch heraus, dem ein Strahl von Blut folgte.

»Ihr tätet besser, Kerls, euch fortzumachen«, sagte er und wischte die Klinge am Wams seines Opfers ab.

»Das täten wir, denk ich«, erwiderte Villon und schluckte.

»Verdammnis über den Dickkopf«, brach er aus, »er

steckt mir wie ein Kloß in der Kehle. Was berechtigt einen Menschen, rote Haare zu haben, wenn er tot ist?« Er fiel wieder in einen Haufen auf den Stuhl und bedeckte hübsch das Gesicht mit den Händen.

Montigny und Domine Nikolas lachten laut; sogar Tabary stimmte schwach ein.

»Kindlein, weine!« sagte der Mönch.

»Ich hab' immer gesagt, er wäre ein Frauenzimmer«, setzte Montigny höhnisch hinzu. »Sitz gerade, kannst du nicht?« sprach er weiter, den ermordeten Leichnam abermals schüttelnd. »Tritt das Feuer aus, Nick!«

Nick aber war besser beschäftigt; er nahm ruhig Villons Börse, dieweil der Poet, schlottrig und zitternd, auf dem Stuhl saß, wo er kaum drei Minuten früher eine Ballade gemacht hatte. Montigny und Tabary verlangten stumm einen Anteil der Beute, den der Mönch schweigend versprach, indem er den kleinen Sack in den Busen seiner Kutte gleiten ließ. – Auf mancherlei Weise ist eine künstlerische Natur ungeeignet fürs praktische Leben.

Kaum war der Diebstahl fertig, so schüttelte sich Villon, sprang auf die Füße und begann beim Zerstreuen und Auslöschen der Gluten zu helfen. Unterweilen öffnete der Mönch die Tür und spähte behutsam auf die Straße. Die Küste war klar; keine Patrouille, die sich einmischen konnte, in Sicht. Dennoch wurde es für das schlauste gehalten, einzeln auszuschlüpfen; und da Villon selber Eile hatte, der Nachbarschaft des Toten zu entwischen, und die übrigen noch mehr Eile, ihn loszuwerden, ehe er den Verlust seines Geldes entdecken konnte, war er auf allgemeines Abkommen der erste, der hinaus auf die Straße trat.

Der Wind hatte triumphiert und alle Wolken vom Himmel gefegt. Nur ein paar Dunstfetzen, mondscheindünn, flossen über die Sterne weg. Es war bitter kalt, und infolge einer gewöhnlichen Lichtwirkung schienen die Dinge noch schärfer umgrenzt als im breitesten Tageslicht. Die schlafende Stadt war völlig still – eine Gesellschaft weißer Hauben, ein Feld voll kleiner Alpen unter zwinkernden Sternen. Villon verfluchte sein Glück. Wenn es doch noch schneien wollte! Jetzt, wohin er auch ging, ließ er eine unwiderlegbare Spur in den glitzernden Straßen hinter sich; wohin er auch ging, blieb er gekettet an das Haus beim Kirchhof St. Jean; wohin er auch ging, mußte er – sich plackend mit eignen Füßen – den Strick spinnen, der ihn an die Untat knüpfte und ihn an den Galgen knüpfen würde. Der Blick des Toten kam ihm wieder mit neuer Bedeutung; er schnippte mit den Fingern, wie um selber seinen Lebensgeistern aufzuhelfen, und, aufs Geratewohl eine Straße einschlagend, ging er kühnlich vorwärts durch den Schnee.

Zwei Dinge beschäftigten ihn sonderlich im Gehn: die Aussicht auf die Galgen zu Montfaucon in dieser lichten, windigen Phase der Nacht einerseits, andrerseits der Blick des Toten mit seinem kahlen Kopf und der Girlande roter Locken. Beide schlugen ihm kalt aufs Herz, er beschleunigte weiterhin seine Schritte, als könnte er durch bloße Flinkheit der Füße unbehaglichen Gedanken entwischen. Mitunter blickte er mit plötzlichem nervösem Ruck über die Schulter zurück; er war jedoch das einzige, bewegliche Wesen in den weißen Straßen, es sei denn, daß der Wind um eine Ecke stürzte und den Schnee, der zu frieren begann, in Kaskaden von glitzerndem Dunst aufwarf.

Auf einmal gewahrte er eine große Strecke vor sich einen schwarzen Klumpen und zwei Laternen. Der Klumpen war in Bewegung, und die Laternen schwankten, als würden sie von Gehenden getragen. Eine Patrouille wars. Und obgleich sie nur seine Weglinie kreuzte, hielt er es für klüger, außer Augenweite zu kommen, so schnell er konnte. Er war nicht in der Laune, sich anrufen zu lassen, und war sich bewußt, eine höchst augenfällige Spur im Schnee zu ziehn. Gerade stand ein großes Haus zu seiner Linken mit ein paar Türmchen und einem breiten Vordach überm Tor; es war – er erinnerte sich – halb zerfallen und hatte lange leer gestanden; also machte er drei Schritte drauf zu und sprang in den Schutz der Vorhalle. Hübsch dunkel wars drinnen nach dem Glimmerlicht der verschneiten Straßen, und er tastete sich mit ausgestreckten Händen vorwärts, als er über eine Masse stolperte, die ein unbeschreibliches Gemisch von Widerständen bot, hart und weich, fest und locker. Sein Herz machte einen Satz, er sprang zwei Schritte hinter sich und starrte furchtsam auf das Hindernis. Danach brach er in ein kleines Lachen der Erleichterung aus. Es war nur eine Frau, und die war tot. Er kniete neben sie hin, um sich über diesen letzten Punkt zu vergewissern. Sie war kalt wie Eis und steif wie ein Stock. Im Windzug flatterte ein kleiner Fetzen Kopfputz um ihr Haar, ihre Wangen waren erst am Nachmittag dick rot geschminkt. Gänzlich leer waren ihre Taschen; aber im einen Strumpf, unterm Strumpfband, fand Villon zwei von jenen kleinen Münzen, die unter dem Namen Weißlinge gingen. Das war wenig genug, doch wars immerhin etwas – und den Poeten bewegte ein tiefes Gefühl des Pathos, daß sie sterben mußte, bevor sie ihr Geld ausgegeben hatte. Dies deuchte ihn ein düstres und beklagenswertes Mysterium; er starrte von den Weißlingen in seiner Hand auf die Tote und wieder auf die Weißlinge, den Kopf schüttelnd über das Rätsel des menschlichen Lebens. Heinrich der Fünfte von England, der in Vincennes starb, gerade nachdem er Frankreich erobert hatte – und diese arme Dirne, die in eines großen Mannes Torweg von einem kalten Luftzug umgebracht war, ehe sie Zeit gehabt hatte, ihre zwei Weißlinge zu vergeuden – das schien ihm eine grausame Art, für die Welt zu sorgen. Zwei Weißlinge hätten so wenig Zeit in Anspruch genommen, um sich verschwenden zu lassen; und doch hätte ein guter Geschmack mehr im Munde sein können, ein Lippenschlecken mehr, bevor der Teufel die Seele bekam und der Körper Vögeln und Würmern überlassen wurde. Er wollte lieber seinen ganzen Talg aufbrauchen, bevor das Licht ausgeblasen und die Laterne zerschlagen wurde

Er fühlte, derweil diese Gedanken ihn durchzogen, halb mechanisch nach seiner Börse. Jählings hörte sein Herz zu schlagen auf; über seinen Rücken kroch eine Gänsehaut, und ein kalter Schlag schien auf seine Kopfhaut zu fallen. Er stand versteinert einen Augenblick; dann brach der Verlust auf ihn ein, und er war im Nu schweißbedeckt. Geld ist für Verschwender so lebendig und tatsächlich – ein so dünner Schleier zwischen ihnen und ihrem Vergnügen! Nur eine Grenze kennt ihre Glückseligkeit – die der Zeit; und ein Verschwender im Besitz von ein paar Kronenstücken ist der Kaiser von Rom, bis sie verschwendet sind. Sein Geld zu verlieren, ist für solch einen der abscheulichste Glücksumschlag, ein Fall vom Himmel zur Hölle, vom All ins Nichts, in einem Atemzug. Und dies um so mehr, wenn er den Kopf dafür in die Schlinge gesteckt hat; wenn er am Morgen hätte gehenkt werden können für diese selbe Börse, so teuer erworben, so töricht dahingegangen! Villon stand und fluchte; er schmiß die zwei Weißlinge auf die Straße; er schüttelte die Faust zum Himmel; er stampfte, er erschrak nicht bei der Entdeckung, daß er auf den armen Leichnam trampelte. Danach begann er schleunig seinen Schritten nach dem Hause beim Kirchhof zurückzufolgen. Alle Angst vor der Wache hatte er vergessen, die jedenfalls längst vorübergekommen war; er hatte keinen andern Gedanken als den seiner verlorenen Börse. Umsonst wars, daß er rechts und links auf den Schnee schaute; nichts war zu sehn. In den Straßen hatte er sie nicht fallen gelassen. War sie im Haus hingefallen? Liebend gern wäre er hineingegangen, um nachzusehn; aber der Gedanke an den grausigen Bewohner entmannte ihn. Zudem sah er beim Näherkommen, daß ihre Anstrengungen, das Feuer zu löschen, nicht von Erfolg gewesen waren; im Gegenteil, es war in eine Lohe ausgebrochen, und in den Ritzen von Tür und Fenster spielte ein Wechsellicht, das seine Furcht vor der Obrigkeit und dem Pariser Galgen wieder belebte.

Er drehte um nach dem Haus mit der Vorhalle und tappte auf dem Schnee herum nach dem Gelde, das er in seiner kindischen Leidenschaft hingeworfen hatte. Aber nur einen Weißling konnte er finden; der andre war vermutlich auf die Kante gefallen und tief eingesunken. Einen einzigen Weißling in der Tasche, schwanden ihm gänzlich alle Pläne für eine rauschende Nacht in einer wüsten Kneipe. Und es war nicht die Vergnüglichkeit allein, die seinem Griff lachend entfloh; tatsächlicher Verdruß, tatsächlicher Schmerz warfen sich über ihn, wie er, reuegefüllt, unter dem Überdach stand. Der Schweiß war an ihm getrocknet; obgleich jetzt der Wind sich gelegt, hatte ein bündiger Frost eingesetzt, mit jeder Stunde strenger, und er fühlte sich betäubt und im Herzen krank. Was war zu machen? Er wollte es, so spät es war und so unwahrscheinlich der Erfolg, mit dem Hause seines Adoptivvaters versuchen, des Kaplans von St. Benoît.

Er lief den ganzen Weg und klopfte bänglich. Keine Antwort. Er klopfte wieder und wieder, Mut fassend mit jedem Pochen, und endlich wurden Schritte hörbar, die sich drinnen näherten. Ein vergittertes Fenster fiel in der eisenbeschlagenen Tür und ließ einen Guß von gelbem Licht heraus.

»Halten Sie Ihr Gesicht hoch zum Fenster«, sagte der Kaplan von innen.

»Ich bins nur«, winselte Villon.

»Oh, du bists nur, wahrhaftig?« erwiderte der Kaplan; und er verfluchte ihn mit entsetzlichen, unpriesterlichen Verwünschungen, daß er ihn zu solcher Stunde störte, und hieß ihn zur Hölle gehen, aus der er käme.

»Meine Hände sind blau bis an die Gelenke«, gab Villon vor. »Meine Füße sind abgestorben und voll Geprikkel; meine Nase tut mir weh in der scharfen Luft, die Kälte liegt mit im Herzen. Ich sterbe vielleicht, ehs Tag wird. Nur dies eine Mal, Vater, und bei Gott, ich wills nie wieder versuchen!«

»Du hättest früher kommen sollen«, sagte der Geistliche kühl. »Junge Leute brauchen ab und zu eine Lehre.« Er schloß das Fenster und zog sich bedächtig ins Innere des Hauses zurück.

Villon war außer sich; er hieb auf die Tür ein mit Händen und Füßen und schrie sich heiser nach dem Kaplan.

»Lausiger alter Fuchs!« schrie er. »Wenn ich dich beim Kragen hätte, würde ich dich im Fluge kopfunter in die Grube ohne Boden schicken.«

Eine Tür im Innern fiel zu, deutlich hörbar für den Poeten vom Ende langer Gänge her. Er fuhr mit der Hand über den Mund unter einer Verwünschung. Darauf ergriff ihn der Humor seiner Lage; er lachte und sah leicht zum Himmel auf, wo die Sterne über seine Niederlage zu blinzeln schienen. Was war zu machen? Es sah heftig nach einer Nacht in den gefrorenen Straßen aus. Das Bild der Toten platzte in seine Einbildung und erschreckte ihn herzlich; was im früheren Teil der Nacht ihr zugestoßen war, das konnte ganz gut ihm zustoßen vor Morgen. Und er so jung und mit so unermeßlichen Möglichkeiten liederlichen Vergnügens vor sich! Er hatte ein höchst pathetisches Empfinden bei der Erkenntnis seines eigenen Geschicks – wie wenn es das eines anderen gewesen wäre – und machte sich eine kleine imaginäre Vignette von der Szene im Morgengrauen, wenn sie seinen Leichnam finden würden.

All seine Aussichten übermusternd, drehte er den Weißling zwischen Daumen und Zeigefinger. Unglücklicherweise stand er sich schlecht mit etlichen alten Freunden, die früher einmal, wenn er in solcher Patsche gesteckt hätte, Mitleid mit ihm gehabt haben würden. Er hatte sie in Versen verunglimpft, hatte sie geschlagen und betrogen; und doch, jetzt, wo er in einer so engen Zwickmühle saß, dachte er, am Ende wäre da einer, der vielleicht nachgeben würde. Es war eine Möglichkeit. Zumindest wars wert, es zu versuchen, und er wollte gehen und zusehn.

Auf seinem Wege begegneten ihm zwei Zufälle, die seine Gedanken auf sehr unterschiedliche Weise färbten. Zuerst nämlich geriet er in die Fußspur einer Patrouille und ging einige hundert Ellen darin weiter, obgleich sie außerhalb seiner Wegrichtung lag. Dies richtete seinen Geist auf; er hatte wenigstens seine Spur verwirrt; denn er war noch von dem Gedanken besessen, daß ihm Leute rings um Paris über den Schnee nachgingen und ihn am nächsten Morgen beim Kragen haben würden, ehe er wach wäre. Das zweite wirkte sehr verschiedenartig auf ihn. Er war um eine Straßenecke gekommen, wo nicht lange zuvor eine Frau mit ihrem Kinde von Wölfen zerrissen wurde. Dies war gerade die Art Wetter, überlegte er, wo es sich Wölfe in den Kopf setzen könnten, wieder nach Paris zu kommen; und ein einzelner Mann in diesen verlassenen Straßen würde die Aussicht auf Schlimmeres haben als auf einen bloßen Schrecken. Stehen bleibend, besah er den Fleck mit unbehaglicher Teilnahme: es war ein Kreuzungspunkt, wo mehrere Straßen einander schnitten; er blickte eine nach der anderen hinunter und hielt horchend den Atem an, um etwaige galoppierende schwarze Wesen überm Schnee zu entdecken oder den Laut eines Heulens zwischen sich und dem Flusse zu hören. Er erinnerte sich, daß seine Mutter ihm die Geschichte erzählt und den Fleck angegeben hatte, als er noch Kind war. Seine Mutter! Wenn er nur gewußt hätte, wo sie lebte, wäre er wenigstens eines Obdachs sicher gewesen. Er beschloß, am Morgen nachzufragen – nein, er würde sogar gehen und nach ihr sehn – das arme alte Mädchen! – Unter derlei Gedanken erreichte er sein Ziel – seine letzte Hoffnung für die Nacht.

Das Haus war ganz dunkel wie seine Nachbarn; und doch, nach einigen Klopfern hörte er eine Bewegung oben, eine aufgehende Tür, und eine vorsichtige Stimme fragte, wer da wäre. Der Poet nannte sich, laut flüsternd, und wartete, nicht ohne einiges Beben, auf die Folgen. Und er hatte nicht lange zu warten. Plötzlich wurde ein Fenster geöffnet, und ein Eimer voll Spülwasser platschte auf die Türstufen herunter. Villon war nicht unvorbereitet auf etwas der Art und hatte sich so weit geschützt, wie die Beschaffenheit des Vordaches zuließ; aber trotzdem war er von der Mitte abwärts jämmerlich durchnäßt. Seine Trikots fingen stracks an zu gefrieren. Tod infolge von Frost und Blöße starrte ihm ins Gesicht; ihm fiel ein, daß er zur Lungenschwäche neigte, und er begann versuchsweise zu husten. Aber der Ernst der Gefahr festigte seine Nerven. Ein paar hundert Ellen von der Tür, wo er so roh behandelt war, blieb er stehen und überlegte, den Finger an der Nase. Er konnte nur eine Art, Nachtquartier zu erlangen, sehn, und das war die, es zu nehmen. Nicht weit von hier hatte er ein Haus bemerkt, das aussah, als wäre da leicht einzubrechen, und schleunig begab er sich dorthin, unterwegs sich mit der Vorstellung von einem Raum unterhaltend – noch warm –, mit einem Tisch, noch beladen mit den Überbleibseln eines Abendbrots –, wo er den Rest der schwarzen Stunden hinbringen und den er verlassen würde am andern Morgen mit einem Arm voll wertvoller Teller. Er überlegte, welche Speisen und welche Weine er bevorzugen sollte ; und indem er das Verzeichnis seiner Lieblingsleckerbissen entrollte, stellte er sich Bratfisch dar mit einer seltenen Beimischung von Angst und Vergnügen.

»Ich werde diese Ballade niemals fertig schreiben«, dachte er bei sich; und dann, mit neuem Schauder der Erinnerung, »oh Verdammung über seinen Dickkopf!« wiederholte er hitzig und spie auf den Schnee.

Das fragliche Haus sah auf den ersten Blick finster aus; als Villon aber eine vorläufige Besichtigung vorgenommen hatte auf der Suche nach der handlichsten Stelle, um es in Angriff zu nehmen, traf ein kleines Lichtgezwinker sein Auge hinter einem verhängten Fenster hervor.

»Teufel auch!« dachte er. »Da ist einer wach! So ein Gelehrter oder Heiliger – verfluchte Bande! Können sie sich nicht besaufen und im Bett liegen und schnarchen wie ihre Nachbarn? Wozu gibt es denn Abendläuten und arme Teufel von Glöcknern, die am Strickende in Glokkentürmen herumspringen? Wozu ist denn der Tag nütze, wenn die Menschen die ganze Nacht aufsitzen? Daß sie die Masern kriegten!« Er grinste, innewerdend, wohin die Logik ihn gebracht hatte. »Jedermann kümmre sich um seine Sachen – also«, setzte er hinzu, »und wenn sie hier wach sind, beim Himmel, kann ich diesmal zu einem ehrlichen Abendbrot kommen und den Teufel hineinlegen.«

Er trat kühn an die Tür und klopfte mit sicherer Hand. Bei beiden Gelegenheiten zuvor hatte er ängstlich geklopft und mit der Befürchtung, Aufmerksamkeit zu erregen; jetzt aber, wo er eben die einbrecherische Absicht des Eintretens verworfen hatte, schien ihm Anpochen ein mächtig einfaches und unschuldiges Vorgehen. Der Schall seiner Schläge widerhallte durch das Haus mit dünnem, fantastischem Echo, als wäre es ganz leer; doch der Laut war kaum hingestorben, als ein gemessener Schritt herankam, ein paar Bolzen fortgezogen wurden und ein Türflügel sich breit aufschlug, wie wenn denen im Innern keine Arglist, oder Angst vor Arglist, bekannt wäre. Die hohe Gestalt eines Mannes, hager und muskulös, jedoch ein wenig gebeugt, trat Villon gegenüber. Sein Kopf war massig im Schädelbau, aber fein gemeißelt; die Nase am Ende flach, aber verfeinert nach oben, wo sie sich mit einem Paar strenger und ehrenfester Brauen vereinte; Mund und Augen waren von zartem Gefältel umgeben, und das ganze Antlitz beruhte auf einem dichten weißen Bart, der kühn war und viereckig beschnitten. Sichtbar wie es war beim Schein einer flakkernden Handlampe, sah es vielleicht edler aus, als es zu erscheinen ein Recht hatte; jedoch wars ein schönes Gesicht, mehr ehrenhaft als geistig, kräftig, rechtlich und einfach.

»Sie klopfen spät, Herr«, sagte der alte Mann höflich mit tönender Stimme.

Villon grinste und brachte zu seiner Verteidigung viele dienstfertige Worte vor. In derartigen Lebenslagen hatte der Bettler in ihm die Oberhand, und der Mann von Genie barg sein Haupt mit Verwirrung.

»Sie frieren«, wiederholte der Alte, »und sind hungrig? Gut, treten Sie ein.« Und er forderte ihn ins Haus mit einer recht adligen Handbewegung.

Ein großer Herr, dachte Villon, während sein Wirt, die Lampe auf den Fliesenboden der Halle setzend, die Bolzen wieder an ihre Plätze stieß.

»Verzeihen Sie, wenn ich vorangehe«, sagte er, als das getan war. Und er führte den Poeten treppauf in einen weiten Raum, durchwärmt von einem Becken mit Holzkohlen und erhellt durch eine große, von der Decke hängende Lampe. An Möbeln war er sehr arm: nur etwas goldenes Geschirr auf einem Wandbrett, einige Folianten, und ein Gestell mit einer Rüstung zwischen den Fenstern. Ein paar schöne Bildwebereien hingen an den Wänden; eine davon stellte die Kreuzigung des Herrn dar, eine andre eine Szene mit Schäfern und Schäferinnen an einem fließenden Wasser. Über dem Kamin hing ein Wappenschild.

»Wollen Sie sich setzen«, sagte der alte Mann, »und verzeihen, wenn ich Sie verlasse? Ich bin heute nacht allein in meinem Haus, und wenn Sie essen sollen, muß ich selber für Sie sorgen.«

Villon, kaum daß sein Wirt gegangen war, sprang von dem Stuhl, auf den er sich eben niedergelassen, und begann den Raum zu durchspüren mit der Heimlichkeit und Leidenschaft einer Katze. Er wog die goldenen Karaffen in der Hand, öffnete sämtliche Folianten, untersuchte die Zeichen des Wappens und prüfte den Stoff, mit dem die Sessel bespannt waren. Die Vorhänge hebend, sah er, daß auf den Fenstern in reicher Glasmalerei Figuren dargestellt waren von – soweit er sehen konnte – kriegerischer Bedeutung. Dann stand er in der Mitte des Zimmers, tat einen tiefen Atemzug und blickte, ihn mit aufgeblähten Backen anhaltend, um und um im Raum, indem er sich auf den Fersen drehte, als wollte er jeden Zug des Gemaches seinem Gedächtnis ganz fest einprägen.

»Sieben Stück Geschirr«, sagte er. Wenns zehn gewesen wären, hätt ichs riskiert. Ein feines Haus, und ein feiner alter Herr – alle Heiligen stehen mir bei!«

Jetzt, da er den Schritt des alten Mannes den Korridor wieder heraufkommen hörte, stahl er sich flugs zu seinem Stuhl zurück und begann bescheiden seine nassen Beine an der Kohlenpfanne zu rösten.

Sein Gastgeber trug einen Teller mit Fleisch in der einen und einen Krug mit Wein in der andern Hand. Den Teller setzte er auf den Tisch, indem er Villon bedeutete, den Stuhl heranzurücken, trat zum Wandbrett und brachte zwei Becher, die er füllte.

»Ich trinke auf bessere Umstände für Sie«, sagte er, Villons Becher mit dem seinen ernsthaft berührend.

»Auf unsre bessere Bekanntschaft«, sagte, kühner geworden, der Poet. Ein einfacher Mann aus dem Volke wäre durch die Artigkeit des alten Edelmannes eingeschüchtert worden, aber Villon war in dieser Beziehung abgehärtet; er hatte früher vor großen Herren Späße getrieben und sie für so schwarze Schurken befunden wie sich selber. Also widmete er sich den Speisen mit rabenartigem Appetit, dieweil der alte Mann, rücklings angelehnt, ihn mit stetem und neugierigem Auge beobachtete.

»Sie haben Blut an der Schulter, Mann«, sagte er.

Montigny mußte seine feuchte Rechte darauf gelegt haben, als er das Haus verließ. Er verfluchte Montigny von Herzen.

»Keins, das ich vergoß«, stammelte er.

»Das hatte ich nicht angenommen«, erwiderte sein Gastfreund ruhig. »Eine Rauferei?«

»Ja, etwas der Art«, bestätigte Villon klappernd.

»Vielleicht einer umgebracht?«

»O nein, nicht umgebracht«, sagte der Poet, mehr und mehr verwirrt. »Es ging durchaus anständig zu – erstochen durch Zufall! Ich hatte die Hände nicht dazwischen, Gott schlag mich tot!« setzte er hitzig hinzu.

»Ein Gauner weniger, wenn ich so sagen darf«, bemerkte der Hausherr.

»So dürfen Sie sagen«, stimmte Villon bei, grenzenlos erleichtert. »Ein so großer Gauner, wie es zwischen hier und Jerusalem geben kann. Er drehte seine Zehen nach oben wie ein Schöps – aber es war unflätig anzusehn. Sie haben tote Leute gesehn, Herr, wenn ich fragen darf, zu Ihrer Zeit?« fügte er bei, auf die Rüstung blickend.

»Viele«, sagte der alte Mann. »Ich war im Kriege, wie Sie denken können.«

Villon legte Messer und Gabel hin, die er grade eben aufgenommen hatte.

»War einer davon kahl?« fragte er.

»O ja – und so weißhaarig wie ich.«

»Ach, ich dächte – auf das Weißhaarige sollt es mir nicht so sehr ankommen«, sagte er. »Seins war rot.« Und er hatte einen neuen Anfall von Schaudern und Lachen, was er in einem großen Schluck Wein ersäufte. »Ich bin ein bißchen angekratzt, wenn ich dran denke«, fuhr er fort. »Ich kannte ihn – verdammt noch mal! Und dann – von der Kälte kriegt ein Mensch Einbildungen – oder von Einbildungen kriegt der Mensch Kälte – ich weiß nicht was von beiden.«

»Haben Sie Geld?« fragte der alte Mann.

»Ich habe einen Weißling«, erwiderte der Poet und lachte; »ich nahm ihn in einer Vorhalle aus dem Strumpf einer toten Hure. Sie war so tot wie Cäsar, die arme Schneppe, und so kalt wie eine Kirche; Stücke Band saßen in ihrem Haar. Es ist eine harte Welt für Wölfe und Huren und arme Halunken wie mich.«

»Ich«, sagte der alte Herr, »bin Enguerrand de laf Feuillée, Herr von Brisetout, Amtmann des Patatrac. Wer und was mögen Sie sein?«

Villon erhob sich und machte eine geziemende Verbeugung. »Ich bin François Villon genannt, ein armer Meister der Künste an dieser Universität. Ich weiß etwas Lateinisch und eine Menge Laster. Ich kann Chansons machen, Balladen, Lieder, Ringellieder und Rondells, und ich liebe den Wein ungemein. Geboren wurde ich auf einem Hängeboden, und sterben werde ich nicht unwahrscheinlicherweise an einem Galgen. Ich kann hinzufügen, mein Herr, daß ich von heute nacht an Eurer Gnaden ganz gehorsamster Diener bin – über mich zu befehlen.«

»Nicht mein Diener«, sagte der Ritter. »Mein Gast für diesen Abend – und nicht mehr.«

»Ein überaus dankbarer Gast«, sagte Villon höflich und trank mit stummer Geste seinem Gastfreund zu.

»Sie sind verschlagen«, begann der Alte, an seine Stirn klopfend, »äußerst verschlagen; Sie haben Verstand; Sie sind ein Schreiber; und doch nehmen Sie einer toten Frau auf der Straße ein kleines Geldstück ab. Ist das nicht eine Art Diebstahl?«

»Es ist eine, im Kriege viel geübte Art Diebstahl, mein Herr.«

»Kriege sind das Feld der Ehre«, erwiderte der Alte stolz. »Dort spielt der Mann um sein Leben; er ficht im Namen seines Herrn Königs, seines Herrn Gotts und aller Herrlichkeiten der hohen Heiligen und Engel.«

»Gesetzt«, sagte Villon, »ich wäre wirklich ein Dieb –

sollte ich nicht ebenfalls um mein Leben spielen und gegen hohe Einsätze?«

»Um Gewinst, nicht um Ehre.«

»Gewinst?« wiederholte Villon achselzuckend. »Gewinst! Arme Kerle brauchen Abendbrot und nehmens. Ebenso der Soldat im Felde. Sieh da was sind all diese Requirierungen, von denen man so viel hört? Wenn sie kein Gewinn sind für die, die sie machen, sind sie Verlust genug für die andern. Der Krieger trinkt an einem behaglichen Feuer, dieweil der Bürger seine Nägel beißt, um ihm Wein und Holz zu schaffen. Ich habe eine schöne Masse Bauern an Bäumen hängen sehen im Land, – ah, ich habe dreißig Stück an einer einzigen Ulme gesehn, – eine höchst armselige Figur machten sie. Und als ich einen fragte, wie alle die ans Hängen gekommen wären, wurde mir gesagt, das wäre, weil sie nicht genug Taler zusammenkratzen konnten, um die Kriegsleute zu befriedigen.«

»Diese Dinge sind eine Notwendigkeit des Kriegs, welche der Niedriggeborene mit Standhaftigkeit überdauern muß. Es ist wahr, daß manche Hauptleute arg übertreiben; in jedem Range gibt es Geister, die durch Mitleid nicht leicht bewegt werden; und freilich trägt mancher Waffen, der nichts Besseres ist als ein Räuber.«

»Da sehn Sie's«, sagte der Poet, »Sie können den Soldaten nicht vom Räuber trennen; und was ist ein Dieb anders als ein vereinzelter Räuber mit umsichtigen Manieren? Ich stehle ein paar Hammelkoteletts, ohne nur jemandes Schlaf zu stören; der Pächter brummt ein bißchen und ißt nichtsdestoweniger auskömmlich zu Abend von dem, was übrigblieb. Sie kommen daher, blasen glorreich die Trompete, nehmen das ganze Schaf weg und schlagen den Pächter obendrein zum Erbarmen. Ich hab' keine Trompete; ich bin bloß Jean, Jacques oder Pierre; ich bin ein Hund und Halunke, und Hängen ist zu gut für mich – aus dem Herzen gesprochen; sobald Sie aber den Pächter fragen, wen von uns er vorzieht, sobald werden Sie herausfinden, wegen wessen von uns er fluchend wach liegt in kalten Nächten.«

»Betrachten wir uns Zwei«, sagte Seine Herrlichkeit. »Ich bin alt, stark und geehrt. Wenn ich morgen vor meine Tür gesetzt würde – hundert wären stolz, mir Obdach zu geben. Arme Leute würden hinausgehn und mit ihren Kindern die Nacht auf der Straße verbringen, wenn ich nur den Wunsch andeutete, allein zu sein. Und ich finde Sie auf, obdachlos herumwandernd und toten Frauen am Straßenrand ihre Heller abnehmend. Ich fürchte niemand und nichts; ich sah Sie zittern und die Fassung verlieren – bei einem Wort. Ich erwarte Gottes Ruf zufrieden im eigenen Hause oder, wenn es dem König gefällt, mich wieder hinauszurufen, auf dem Schlachtfeld. Sie blicken nach dem Galgen aus; ein rauher, eiliger Tod, ohne Hoffnung oder Ehre. Ist da kein Unterschied zwischen diesen beiden?«

»So weit wie zum Monde«, gab Villon zu. »Wenn aber ich als Graf von Brisetout geboren wäre und Sie als der arme Scholar François, würde der Unterschied um irgend etwas geringer sein. Sollte nicht ich meine Knie an dieser Kohlenpfanne gewärmt haben, und würden nicht Sie nach Hellern im Schnee herumgetappt sein? Wäre nicht ich der Soldat gewesen und Sie der Dieb?«

»Ein Dieb!« schrie der alte Mann. »Ich ein Dieb! Wenn Sie Ihre Worte verstünden, so würden Sie sie sicher bereun!«

Villon streckte mit einer Geste von unnachahmlicher Frechheit die Hände aus. »Wenn Euer Gnaden mir nur die Ehre erwiesen hätte, meiner Beweisführung zu folgen!« sagte er.

»Ich tue Ihnen zu viel Ehre an, mich zu Ihrer Gegenwart herbeizulassen«, sagte der Ritter. »Lernen Sie Ihre Zunge im Zaum halten, wenn Sie mit alten und ehrenhaften Männern reden, oder ein Hastigerer als ich dürfte Sie in schärferer Weise strafen!« Und er stand auf und ging am unteren Ende des Gemaches hin und her, mit Unmut und Abneigung streitend. Villon füllte verstohlen seinen Becher neu und setzte sich bequemer im Stuhl, die Beine überschlagend, den Kopf in eine Hand stützend und den Ellbogen gegen die Rücklehne. Er war jetzt gefüllt und erwärmt; und er war in keiner Weise in Angst um seinen Wirt, nachdem er ihn so gerecht, wie das zwischen zwei so verschiedenen Naturen möglich war, eingeschätzt hatte. Die Nacht war zum großen Teil verbracht und – alles in allem – auf sehr tröstliche Weise; auch fühlte er sich moralisch eines sicheren Abgangs am Morgen gewiß.

»Sagen Sie mir eins«, sprach der Alte, im Gange anhaltend: »Sind Sie wirklich ein Dieb?«

»Ich berufe mich auf die geheiligten Rechte der Gastfreundschaft«, erwiderte der Poet – »Herr Graf, ich bins.«

»Sie sind sehr jung«, fuhr der Ritter fort.

»Ich wäre niemals so alt geworden«, versetzte Villon seine Finger weisend, »wenn ich mir nicht mit diesen zehn Talenten geholfen hätte. Sie sind meine stillenden Mütter und nährenden Väter gewesen.«

»Sie können noch bereuen und sich ändern!«

»Ich bereue täglich«, sagte der Dichter. »Wenige Leute sind der Reue dermaßen ergeben wie der arme François. Was die Änderung angeht, so laß einen meine Umstände ändern. Der Mensch darf nicht aufhören zu essen, wenns nur darum wäre, daß er nicht aufhören soll zu bereuen.«

»Die Änderung muß im Herzen beginnen«, wandte der alte Mann feierlich ein.

»Teurer Graf«, antwortete Villon, »stellen Sie sich wahrhaftig vor, ich stehle zu meinem Vergnügen? Ich hasse Stehlen wie irgendein Stück Arbeit oder Gefahr. Mir klappern die Zähne, wenn ich einen Galgen sehe. Aber ich muß essen, muß trinken, muß in irgendeine Art Gesellschaft kommen. Teufel auch! Der Mensch ist kein Einzeltier – cui deus feminam tradit. Machen Sie mich zum Königstruchseß, machen Sie mich zum Abt von St. Denis; machen Sie mich zum Amtmann des Patatrac; dann werde ich tatsächlich verändert sein. Aber solange Sie mich den armen Scholar François Villon sein lassen, ohne einen Heller – ja, natürlich, da bleibe ich derselbe.«

»Die Gnade Gottes ist allmächtig.«

»Ich wäre ein Ketzer, wenn ich sie in Frage stellte«, sagte François. »Sie hat Sie zum Grafen von Brisetout gemacht und zum Amtmann des Patatrac; sie hat mir nichts als den flinken Witz unterm Hut gegeben und diese zehn Zehen an die Hände. Darf ich mir einschenken? Ich danke Ihnen ehrerbietigst. Bei Gottes Gnade, Sie haben einen ganz hervorragenden Weinberg.«

Der Graf von Brisetout ging auf und nieder, die Hände hinter dem Rücken. Vielleicht war sein Gemüt noch nicht ganz beruhigt über die Parallele von Dieben und Soldaten; vielleicht hatte Villon ihm Teilnahme abgewonnen durch irgendeinen Querfaden der Zuneigung; vielleicht war sein Geist einfach verwirrt durch eine so ungewöhnliche Beweisführung; was aber die Ursache sein mochte – er begehrte irgendwie, den jungen Mann zu einer bessern Denkungsart zu bekehren, und konnte sich nicht entschließen, ihn wieder hinaus auf die Straße zu treiben.

»Noch etwas ist da, das ich hier nicht verstehen kann«, sagte er endlich. »Ihr Mund ist voller Feinheiten, und der Teufel hat Sie so weit irregeführt; der Teufel aber ist nur ein äußerst schwacher Geist vor Gottes Wahrheit, und all seine Feinheiten schwinden auf ein Wort wahrhaftiger Ehre, wie Dunkelheit am Morgen. Hören Sie mich noch einmal! Ich lernte vor langer Zeit, daß ein Edelmann ritterlich leben solle und in Ehrfurcht vor Gott, vorm König, vor seiner Dame; und wenn ich auch viele seltsame Dinge habe verrichten sehn, so habe ich doch gestrebt, meine Wege nach dieser Regel zu lenken. Sie ist nicht nur in allen Adelschroniken geschrieben, sondern in jedermanns Herzen, wenn er sich bemühen will, zu lesen. Sie sprechen von Holz und Wein, und ich weiß sehr wohl, daß Hunger eine schwer zu bestehende Prüfung ist; aber Sie sprechen nicht von andern Bedürfnissen; Sie sagen nichts von Ehre, von Glauben an Gott und Menschen, von Höflichkeit, von Liebe ohne Makel. Mag sein, daß ich nicht sehr klug bin – und doch, ich denke, ich bins –, aber Sie scheinen mir wie einer, der den Weg verlor und einen großen Irrweg im Leben machte. Die kleinen Bedürfnisse befriedigten Sie und haben die großen und einzig wirklichen völlig vergessen, wie einer, der an einem Zahnweh doktern wollte beim Jüngsten Tage. Denn solche Dinge wie Ehre und Liebe und Glauben sind nicht allein edler als Futter und Getränk, sondern ich glaube vielmehr, daß wir sie tiefer begehren und schärfer durch ihre Abwesenheit leiden. Ich rede so zu Ihnen, wie ich denke, daß Sie mich am leichtesten verstehn werden. Sind Sie nicht, derweil sie sich sorgen, Ihr Gekröse zu füllen, Verächter andern Hungers in Ihrem Herzen, der Ihnen die Freuden Ihres Lebens raubt und Sie immerwährend im Elend erhält?«

Villon war von all dem Predigen empfindlich zerstochen. »Sie denken, ich hätte kein Ehrgefühl!« schrie er. »Ich bin arm genug, Gott mags wissen! Es ist hart, reiche Leute in Handschuhn zu sehn und sich selbst, wie man in die Hände bläst. Ein leerer Darm ist 'ne bittre Sache, obschon Sie so leicht von reden. Wenn Sie so oft einen gehabt hätten wie ich, würden sie vielleicht Ihre Weise ändern. Jawohl, ich bin ein Dieb – machen Sie's Beste draus –, aber ich bin kein Höllenteufel, Gott schlag mich tot, ich wünschte, Sie wüßten, daß ich meine eigene Ehre habe, so gut wie Sie Ihre, wenn ich auch nicht den ganzen Tag lang von plappre, als obs ein Wunder Gottes wäre, eine zu haben. Mir kommt sie ganz natürlich vor; ich lasse sie im Kasten, bis sie gebraucht wird. Also was! sehn Sie mal zu, wie lange bin ich in diesem Raum mit Ihnen? Sagten Sie mir nicht, Sie wären allein Im Hause? Sehn Sie Ihre goldenen Teller an! Sie sind kräftig, wenns beliebt, aber alt und unbewaffnet, und ich hab' mein Messer. Was hätt ich nötig als einen Ruck mit dem Ellbogen, und da wären Sie – mit dem kalten Eisen im Gedärm, und da wär ich und trippelte auf die Straße mit einem Arm voll goldner Becher. Bilden Sie sich ein, ich hätte nicht Witz genug, das zu sehn? Und ich verachtete diese Handlung. Da sind Ihre verdammten Kelche, so sicher wie in der Kirche; da sind Sie, und Ihr Herz tickt so gut wie neu; und hier bin ich mit meinem einen Weißling, den Sie mir zwischen die Zähne geworfen haben! Und Sie meinen, ich hätte kein Ehrgefühl – Gott schlag mich tot!«

Der Alte streckte den rechten Arm aus. »Ich werde Ihnen sagen, was sie sind«, sagte er. »Sie sind ein Halunke, Mann, ein unverschämter und ein schwarzherziger Halunke und Vagabund. Ich habe eine Stunde mit Ihnen verbracht. Oh, glauben Sie mir, ich fühle mich entehrt! Und Sie haben an meinem Tisch gegessen und getrunken. Aber nun ekelt mich Ihre Anwesenheit; der Tag ist da, und der Nachtvogel macht sich zu seiner Hühnerstiege davon. Wollen sie vor mir gehn oder hinter mir?«

»Wie's beliebt«, versetzte der Poet und lachte. »Ich halte Sie für pünktlich ehrenhaft.« Er leerte seinen Becher gedankenvoll. »Ich wollte, ich könnte hinzusetzen, Sie hätten Geist«, fuhr er fort, mit den Fingerknöcheln an die Stirn pochend. »Das Alter! das Alter! Gehirn steif und rheumatisch.«

Aus Ursachen der Selbstachtung ging der alte Mann vor ihm her; Villon folgte, pfeifend, die Daumen im Gürtel.

»Gott erbarm sich Ihrer!« sagte der Graf von Brisetout an der Tür.

»Adieu, Papa«, erwiderte Villon gähnend. »Vielen Dank für kalten Hammel.«

Die Tür schloß sich hinter ihm. Über den weißen Dächern war die Morgendämmerung angebrochen. Ein frostiger, unbehaglicher Morgen eröffnete den Tag. Villon stand und reckte sich von Herzen mitten auf der Straße.

»Ein sehr langweiliger alter Herr«, dachte er. »Wüßt ich nur, was seine Becher wert sein mögen!«

Übersetzt von Irma und Albrecht Schaeffer

HEYNE
BÜCHER

ROBERT LOUIS STEVENSON

Unheimliche Geschichten II

Ausgewählt und herausgegeben
von Manfred Kluge

WILHELM HEYNE VERLAG
MÜNCHEN

HEYNE ALLGEMEINE REIHE
Nr. 01/6671

Mit Illustrationen von
George Cruikshank, H. K. Browne,
George Cattermole, Leech, Phiz u. a.

Printed in Germany 1986
Umschlaggestaltung: Atelier Ingrid Schütz, München
Gesamtherstellung: Ebner Ulm

ISBN 3-453-02264-5

Inhalt

Olalla

»Meine Arbeit ist jetzt getan«, sagte der Doktor »und ich darf schon sagen, gut getan. Nur noch eines ist nötig und das ist, Sie aus dieser kalten, giftigen Stadt herauszubekommen;wir müssen Ihnen zwei Monate frische Luft und ein ruhiges Gewissen verschaffen. Letzteres ist Ihre Sache, zu ersterem aber kann ich Ihnen verhelfen. Zufällig ist vor ein paar Tagen ein Pater vom Land hierher gekommen. Wir sind trotz der verschiedenen Berufe gute Freunde, und darum wandte er sich in einem Fall großen Elends, den er in seiner Gemeinde hat, an mich. Es handelt sich um eine Familie – aber Sie kennen ja Spanien nicht, und es dürften Ihnen die Namen unserer Granden kaum bekannt sein. Es mag also genügen, wenn ich Ihnen sage, daß sie einmal sehr große Leute waren und heute ganz ruiniert sind. Sie haben nichts mehr als ihren Stammsitz, die Residencia und einige Meilen ödes Bergland, in dem nicht einmal eine Ziege ihr Futter finden würde. Das Haus aber, ein schönes altes Gebäude, liegt hoch oben auf den Bergen in ausgezeichneter Luft. Bei der Erzählung meines Freundes dachte ich gleich an Sie. Ich sagte ihm, ich hätte einen verwundeten Offizier, der Luftveränderung brauche, und schlug ihm vor, seine Freunde sollten Sie als Mieter aufnehmen. Wie ich ja vorausgesehen hatte, machte der Pater ein bedenkliches Gesicht. Daran sei gar nicht zu denken, meinte er. Meinetwegen könnten sie dann verhungern, entgegnete ich ihm; denn mit solch dummen Stolz habe ich kein Mitleid. Wir gingen auseinander und keiner war mit dem anderen recht zufrieden. Gestern kam zu meinem Erstaunen der Pater wieder und machte mir einen Vorschlag: die Schwierigkeiten hätten sich als nicht so groß erwiesen, als er fürchtete; mit anderen Worten: diese stolzen Leute hatten einfach ihren Dünkel in die Tasche gesteckt. Ich habe das Angebot angenommen und unter der Voraussetzung, daß Sie einwilligen, in der Residencia ein Zimmer für Sie bereitstellen lassen. Die Bergluft wird Sie neu beleben und die Stille, in der Sie dort leben werden, ist mehr wert, als alle Arzneien der Welt.«

»Doktor«, sagte ich, »Sie sind die ganze Zeit mein guter Engel gewesen und Ihr Rat ist mir Befehl. Aber bitte erzählen Sie mir doch etwas von meinen künftigen Gastgebern!«

»Darauf komme ich ja jetzt«, sagte mein Freund; »und da liegt auch eine Schwierigkeit. Diese Bettler sind, wie ich Ihnen schon sagte, von sehr hoher Abkunft, maßlos hochmütig und aufgeblasen. Seit einigen Generationen leben Sie immer einsamer; von den Reichen ziehen sie sich zurück, weil diese Leute ihnen überlegen sind, und von den Armen, weil sie zu tief unter ihnen stehen. Da die Armut sie nun zwingt, einem Gast ihre Tür zu öffnen, so tun sie es doch nicht, ohne eine höchst unliebenswürdige Bedingung daran zu knüpfen. Sie wünschen, daß Sie für die Familie ein Fremder bleiben. Sie werden verpflegt, von vornherein aber ist jeder Gedanke an einen näheren Verkehr auszuschalten.«

Ich will nicht leugnen, daß mich das reizte und meinen Wunsch, dorthin zu gehen, verstärkte. Ich hatte das Vertrauen in mich, daß ich, wenn ich nur wollte, die Schranke niederreißen könne. »In der gestellten Bedingung finde ich eigentlich nichts Beleidigendes«, sagte ich, »ich kann mich in das Gefühl, das sie beherrscht, ganz gut hineindenken.«

»Diese Familie kennt Sie ja allerdings nicht«, entgegnete höflich der Doktor, »aber wenn sie erst wüßte, daß

Sie der schönste und sympathischste Mann sind, der jemals von England gekommen ist – ich weiß, daß es in Ihrem Land viele schöne Männer gibt, wohingegen die Angenehmen recht selten sind – würden sie zweifelsohne liebenswürdiger empfangen werden. Aber da Sie die Sache so von der guten Seite auffassen, hat das ja weiter nichts zu sagen. Mir erscheint es als eine Unhöflichkeit, für Sie aber ist es kein Verlust, denn die Familie wird Sie nicht sehr reizen: eine Mutter, ein Sohn, eine Tochter und ein altes Weib, von dem man sagt, daß es schwachsinnig sei, ein Bauerntölpel und ein Bauernmädchen, die alle bei ihrem Beichtvater in hohem Ansehen stehen, woraus man schließen darf, daß sie jedenfalls höchst uninteressant sind. Das ist alles nichts, was das Interesse eines schmucken Offiziers erregen könnte.«

»Und doch sagen Sie, sie seien von hoher Abkunft?« entgegnete ich, nur um zu widersprechen.

»Nun, da möchte ich doch bitten, Folgendes auseinanderzuhalten«, erwiderte der Doktor. »Die Mutter zwar ist von hoher Abkunft, nicht aber die Kinder. Die Mutter war der letzte Sproß eines moralisch degenerierten und finanziell ruinierten fürstlichen Geschlechts, Ihr Vater war nicht nur arm, sondern auch verrückt und das Mädchen verwilderte bis zu seinem Tod in der Residencia. Dann, als das meiste, was an Vermögen noch da war, auch noch verschwunden und die Familie ausgestorben war, verwilderte das Mädchen immer mehr, bis es sich schließlich verheiratete, weiß der Himmel mit wem. Einige sagen, es sei ein Maultiertreiber oder ein Schmuggler gewesen, andere behaupten, sie wären überhaupt keine regelrechte Ehe eingegangen und Felipe und Olalla seien Bastarde. Die Verbindung, wie sie auch sein mochte, wurde vor einigen Jahren auf tragische Weise aufgelöst, aber sie leben in solcher Abgeschlossenheit, und als der Mann starb, war das Land in hellem Aufruhr, daß Genaueres über sein Ende nur dem Geistlichen bekannt sein dürfte.«

»Ich vermute, daß ich dort sonderbare Erfahrungen machen werde«, sagte ich.

»An Ihrer Stelle würde ich mir keine romantischen Hoffnungen machen«, entgegnete der Arzt. »Ich fürchte, daß Sie nur recht nüchterne, reizlose Wirklichkeit dort antreffen werden. Den Felipe habe ich zufällig gesehen. Und was soll ich Ihnen über ihn sagen? Er ist ungebildet, verschlagen und tölpelhaft, auch etwas schwachsinnig, und die übrige Familie wird nicht viel anders sein. Nein, nein, Señor Commandante, unsere schönen Berge werden Ihre einzige Gesellschaft sein; wenn Sie Naturschönheiten zu schätzen wissen, so kann ich Ihnen mein Ehrenwort geben, daß Sie keine Enttäuschung erleben werden.«

Am nächsten Tag kam Felipe mit einem derben, von einem Maultier gezogenen Bauernkarren, um mich abzuholen. Kurz bevor es Mittag schlug, bestieg ich das Fuhrwerk, nachdem ich mich von dem Doktor, dem Wirt und anderen guten Leuten, die mir in meiner Krankheit beigestanden waren, verabschiedet hatte. Wir verließen die Stadt durch das östliche Tor und fuhren in die Sierra hinauf. Seit man mich nach dem Verlust der Kolonne als Sterbenden zurückgelassen hatte, war ich nun Gefangener gewesen; daher genügte der Geruch der Erde allein schon, um bei mir ein befriedigtes Lächeln auszulösen. Die Landschaft, durch die wir fuhren, war wild und felsig, vereinzelt standen Korkeichen und Kastanienbäume, und Sturzbäche bahnten sich ihren jähen Weg. Wir waren schon einige Meilen vorwärts gekommen und die Stadt lag wie ein Spielzeug unter uns, als ich mich meines Gefährten erinnerte. Wenn man ihn so ansah, schien er nur ein kleiner, tölpelhafter, wohlgebauter Bauernjunge zu sein, so wie der Doktor ihn beschrieben hatte, lebhaft und rührig, aber ohne jede Kultur. Dieser erste Eindruck mußte für die meisten Beobachter ausschlaggebend sein. Was mir aber auffiel, war sein zwangloses Plaudern, das in Widerspruch mit den mir gestellten Empfangsbedingungen stand. Er sprach undeutlich und zusammenhanglos, so daß man ihm nur mit größter Aufmerksamkeit folgen konnte. Ich hatte schon früher mit Menschen gesprochen, die geistig ähnlich veranlagt waren und die wie er nur durch die Sinne unter dem Eindruck der im Augenblick gesehenen Gegenstände zu leben schienen. Sein Reden – ich hörte nur oberflächlich zu – erinnerte an das Geschwätz der Fuhrleute, die ja viel von ihrer Zeit gedankenlos verbringen und nur die vorbeiziehenden Bilder in sich aufnehmen. Aber das traf bei Felipe nicht zu. Er war, wie er selbst zugab, nicht gern unterwegs. »Ich wünschte, ich wäre jetzt zu Haus«, sagte er. Nun sah er einen Baum an der Straße stehen, da unterbrach er sich, um mir zu sagen, daß er früher einmal eine Krähe auf ihm hatte sitzen sehen.

»Eine Krähe?« wiederholte ich, da mir die Albernheit der Bemerkung aufgefallen war und ich glaubte, nicht richtig gehört zu haben.

Aber schon hatte sich ein anderer Gedanke seiner bemächtigt; er lauschte mit größter Aufmerksamkeit, den Kopf zur Seite geneigt und stieß mich hart an, um mir Stillschweigen zu gebieten. Dann lächelte er und schüttelte den Kopf.

»Was haben Sie gehört?« fragte ich.

»Oh, s'ist alles in Ordnung«, sagte er; dann fing er an, sein Maultier mit unmenschlichem Schreien anzutreiben, sodaß es in den Bergen nur so widerhallte.

Ich besah ihn mir nun schärfer. Verhältnismäßig gut gebaut, leicht, geschmeidig und stark hatte er auch angenehme Gesichtszüge; seine gelben Augen waren sehr groß, wenn auch nicht besonders ausdrucksvoll. Alles in allem war er ein netter Bursche, und ich fand weiter nichts an ihm auszusetzen als seinen dunklen Teint und die Neigung zur Behaartheit, zwei Eigenschaften, die mir unangenehm sind. Sein Geist aber schien mir rätselhaft und zog mich an. Des Doktors Ausspruch – ein Schwachsinniger – ging mir wieder durch den Kopf, und ich fragte mich, ob das eigentlich die richtige Bezeichnung sei. Die Straße ging jetzt bergabwärts an dem Ufer eines wilden Gebirgsflusses entlang. Das Wasser donnerte wild in der Tiefe, die Schlucht widerhallte von seinem Getöse und der Wind trieb einen feinen Sprühregen in die Höhe. Das Bild machte einen gewaltigen Eindruck, aber die Straße war ja hier durch die Felsen wohl geschützt, und das Maultier schritt sicher vorwärts. Ich war daher um so mehr erstaunt, meinen Gefährten vor Furcht erblassen zu sehen. Die Stimme dieses Wildbaches war unbeständig, bald sank sie müde, um gleich darauf in heiseres Gebrüll umzuschlagen. Manchmal schien die Wassermenge anzuschwellen; dann schoß sie mit noch lauterem Getöse wild und donnernd die Schlucht hinunter. Ich bemerkte, daß jedesmal, wenn das Tosen stärker wurde, mein Wagenlenker zusammenschreckte und noch bleicher wurde. Ich erinnerte mich an den schottischen Aberglauben, der mit dem Fluß Kelpie in Verbindung gebracht wird; sollte hier in Spanien etwas ähnliches vorliegen? Nun wandte ich mich an Felipe und versuchte ihn auszufragen.

»Was ist denn los?« sagte ich.

»Oh! Ich fürchte mich«, erwiderte er.

»Vor was fürchten Sie sich? Dies scheint mir doch die

sicherste Stelle auf dieser so sehr gefährlichen Straße zu sein.«

»Es macht einen Lärm«, sagte er mit solch einem Ausdruck kindischer Furcht, daß meine Zweifel behoben waren.

Der junge Bursche hatte den Verstand eines Kindes; sein Geist war, wie sein Körper, rührig und behend, aber in der Entwicklung stecken geblieben. Von dem Augenblick sah ich ihn mit Mitleid an und hörte seinem Geplapper zuerst mit Nachsicht, zuletzt mit Vergnügen zu.

Gegen vier Uhr nachmittags hatten wir den Paß überschritten. Wir nahmen vom Sonnenschein, der noch im Westen glühte, Abschied und fuhren nun die andere Seite des Gebirgszuges hinab. Dicht am Rand von vielen Abgründen und durch dunkles Gehölz führte der Weg. Von allen Seiten hörte man das Geräusch des fallenden Wassers, nicht gewaltig und drohend wie in der Schlucht, sondern ein fröhliches, musikalisches Plätschern. Da hob sich auch die Laune meines Kutschers wieder. Er fing an, mit merkwürdiger Stumpfheit musikalischen Empfindens, in lautem Falsett zu singen, weder in Melodie noch in Tonart richtig, sondern ganz willkürlich und doch mit einer Art natürlichen Affekts, der angenehm wie Vogelsang wirkte.

Die Dunkelheit nahm zu, und immer mehr geriet ich in den Bann dieses kunstlosen Singsangs; ich lauschte und erwartete immer noch eine bestimmte Melodie, vergebens. Ich fragte ihn endlich, was er denn eigentlich singe. »Oh« rief er, »ich singe eben!« Was mich so sehr fesselte, war die Art, unermüdlich in kleinen Abständen immer dieselbe Note zu wiederholen; das war aber nicht so monoton, als man glauben möchte, jedenfalls klang es nicht unangenehm. Sein Gesang schien eine herrliche Zufriedenheit mit der Welt auszudrücken.

Es war Nacht geworden, als wir vor einer großen dunklen Masse, von der ich vermutete, daß es die »Residencia« sei, halt machten. Mein Kutscher sprang von dem Karren herunter und schrie und pfiff eine ganze Weile vergeblich; endlich tauchte von irgendwoher aus der Dunkelheit ein alter Bauer auf, der eine Kerze in der Hand trug. Bei deren Schein konnte ich einen großen Torbogen in maurischem Stil erkennen, der durch ein eisernes Gittertor verschlossen war. Neben dem Tor fand sich eine Pforte, die Felipe öffnete. Der Bauer brachte das Fahrzeug in einen Schuppen, ich ging durch die Pforte, die sogleich hinter mir wieder verschlossen wurde. Beim matten Schein der Kerze sah ich, daß ich durch einen Hof schritt, dann ging es eine steinerne Treppe hinauf, dann wieder, nachdem wir eine lange, offene Galerie entlang gegangen waren, abermals eine Treppe. Endlich kamen wir an die Tür eines großen, kahlen Raumes. Ich verstand, daß dies mein Zimmer sei. Es hatte drei Fenster, die Wände waren mit schönem Holz getäfelt und auf dem Fußboden lagen statt eines Teppichs die Felle wilder Tiere. Im Kamin brannte ein gutes Feuer, das launenhafte Schatten im Zimmer spielen ließ. Dicht dabei stand ein Tisch, auf dem das Abendbrot hergerichtet war. Ich war angenehm überrascht und verhehlte meine Freude auch Felipe gegenüber nicht, der in seiner Einfalt mit Wärme meinem Lob beistimmte. »Ein schönes Zimmer«, sagte er, »ein sehr schönes Zimmer. Und auch Feuer ist angezündet worden. Feuer ist etwas Gutes, da lacht einem das Herz im Leibe. Und das Bett«, fuhr er fort und trug das Licht hinüber – »sehen Sie, die feinen Bettlaken – wie sanft, wie weich, wie weich!« Er fuhr immer wieder mit der Hand über den Stoff, legte dann den Kopf darauf und rieb seine Wangen in den Laken mit einer Art roher Befriedigung, die mir unangenehm war.

Ich nahm ihm die Kerze ab, da ich Angst hatte, er könne das Bett in Brand stecken, und ging zum Tisch zurück; als ich sah, daß auch ein Krug mit Wein darauf stand, goß ich ein Glas voll ein und rief ihm, er solle herkommen und trinken. Er richtete sich sogleich auf und lief mit dem Ausdruck großer Hoffnung auf mich zu, aber als er den Wein sah, schauderte er zurück.

»Oh, keinen Wein«, rief er, »der ist für Sie. Ich hasse ihn.«

»Gut, Señor«, sagte ich, »dann werde ich auf Ihr Wohl und das Gedeihen Ihres Hauses und Ihrer Familie trinken. Da ich eben Ihre Familie erwähne –« setzte ich hinzu, nachdem ich getrunken hatte, »werde ich nicht das Vergnügen haben, meine Aufwartung der Señora, Ihrer Mutter, persönlich machen zu dürfen?«

Bei diesen Worten verschwand mit einemmal alle Kindlichkeit aus seinem Gesicht und an deren Stelle trat ein unbeschreiblicher Ausdruck der Schlauheit und der Verschlossenheit. Gleichzeitig wich er aber auch vor mir zurück, als sei ich ein sprungbereites Raubtier oder ein gefährlicher Gesell mit einer Waffe in der Hand; als er bei der Tür angelangt war, sah er mich trotzig mit zusammengekniffenen Augen an. »Nein«, sagte er endlich, und im nächsten Augenblick war er lautlos aus dem Zimmer geschlüpft. Ich hörte seinen leichten Tritt in der Ferne verhallen, tiefe Stille herrschte dann im Haus.

Nachdem ich meinen Abendimbiß eingenommen hatte, zog ich den Tisch näher an das Bett heran und wollte mich niederlegen. Da nun die Kerze ihren Schein anders warf, fiel mir ein Bild auf, das an der Wand hing. Es war das Porträt einer noch jungen Dame. Nach ihrer Tracht wie auch nach der Malerei zu urteilen, mußte sie schon lange tot sein, aber Augen, Gesichtszüge und Haltung waren so lebendig, als sähe ich in einem Spiegel eine lebende Person. Sie war von ebenmäßiger Schlankheit, über ihrer Stirn lagen Zöpfe roten Haares gleich einer Krone, ihre Augen, die in goldenem Braun zu erstrahlen schienen, bannten die meinen durch ihren Blick, während ihr schön geformtes Gesicht durch einen Zug von Grausamkeit, Trotz und Sinnlichkeit entstellt wurde. Etwas in Gesicht und Figur, etwas Unsagbares, gleichsam das Echo eines Echos, erinnerte an die Gesichtszüge und die Haltung Felipes. Eine Weile blieb ich vor dem Bild stehen und war teils unangenehm berührt, teils über die sonderbare Ähnlichkeit erstaunt. So tief war also das edle Geschlecht dieser Dame, die auf mich von der Leinwand herunterblickte, gesunken, daß es jetzt in Bauernkleidern einherging und auf der Karrendeichsel hokkend ein Maultier lenkte, um einen Mieter in die Residencia zu fahren! –

Das erste Morgenlicht fiel direkt auf das Porträt, und ich betrachtete es mit wachsendem Wohlgefallen. Seine Schönheit stahl sich in mein Herz, sodaß meine Skrupel einer nach dem andern verstummten. Ich wußte genau, daß, wenn man sich in eine solche Frau verliebte, es Brief und Siegel bedeute für das eigene Verkommen. Und trotzdem würde ich mich, wenn sie am Leben wäre, in sie verlieben! Tag für Tag ward mir die doppelte Erkenntnis ihrer Schlechtigkeit und meiner Schwäche klarer. Sie wurde die Heldin meines wachen Träumens, in dem ihre Augen zwar zu Verbrechen verführten, aber auch genügend dafür belohnten. Sie warf einen dunklen Schatten in meine Seele. Wenn ich dann draußen in der schönen Natur mich aufhielt und fühlte, wie meine Kräfte wieder zunahmen, war es mir oft ein beruhigender Gedanke, daß meine Zauberin im Grab wohl verwahrt lag, daß ihre Schönheit zerstört, ihre Lippen in ewigem Schweigen versiegelt, ihr Bann auf immer gebrochen sei.

Und doch konnte ich mich eines Angstgefühls nicht erwehren: vielleicht war sie doch nicht tot oder im Körper eines Nachkommen wieder auferstanden.

Felipe brachte mir meine Mahlzeiten auf mein Zimmer, seine Ähnlichkeit mit dem Bild verfolgte mich. Zeitweise war sie nicht zu sehen, dann aber, wenn irgendein plötzlicher Wechsel in seinem Benehmen eintrat oder sein Gesichtsausdruck ein anderer wurde, war es mir, als sähe ich ihren Geist. War er schlechter Laune, dann war diese Ähnlichkeit am größten. Sicher mochte er mich leiden; er war stolz darauf, daß ich ihn beachtete, und er versuchte, durch allerlei einfältige und kindliche Handlungen mein Interesse an sich wachzuhalten. Er liebte es, vor meinem Feuer zu sitzen und in seiner sonderbaren zusammenhanglosen Art zu plaudern oder auch seine endlosen, merkwürdigen Lieder ohne Worte zu singen; dann strich er wohl hie und da mit der Hand einschmeichelnder, zärtlicher Art über die Kleider, was mir immer ein gewisses Unbehagen verursachte, dessen ich mich schämte. Aber trotz alledem hatte er auch grundlose Zornesausbrüche oder Anfälle hartnäckigen Trotzes. Mit einem Wort des Vorwurfes warf er beispielsweise die Platte um, von der ich eben essen wollte; das tat er nicht in plötzlichem Impuls, sondern als Herausforderung, besonders wenn ich irgendwelche Anspielungen machte, die auf eine Auskunft hinzielten. Von Natur aus war ich ja nicht neugierig, um so weniger, als ich mich ja in einem fremden Heim unter fremden Menschen aufhielt; aber wenn auch nur der Schatten einer Katze sich zeigte, wich er zurück, verschlossen, gefährlich. Dann war es mir manchen Augenblick, als sei dieser Bauernjunge der Bruder der Dame in dem Rahmen. Seine Launen gingen aber immer rasch vorüber und mit ihnen verschwand dann auch die Ähnlichkeit.

Die erste Zeit sah ich außer Felipe keinen Menschen, ausgenommen das Bild, wenn das gezählt werden kann. Da aber nun kein Zweifel mehr herrschen konnte, daß der Junge tatsächlich schwachsinnig sei und unter Wutanfällen leide, wird man sich wundern, daß ich seine doch gefährliche Gesellschaft ertrug. Es ist ja richtig, daß eine Zeitlang das Verhältnis kein angenehmes war, aber bald ereignete sich ein Zwischenfall, durch den ich ganz Herr über ihn wurde.

Das kam so: Von Natur aus faul, liebte er es, herumzuvagabundieren, doch blieb er immer in der Nähe des Hauses. Nicht nur, daß er mich bediente, er beschäftigte sich auch jeden Tag im Garten oder in dem kleinen Gut, das zur Residencia gehörte. Der Bauer, den ich in der Nacht meiner Ankunft gesehen hatte, arbeitete gemeinsam mit ihm, doch war Felipe der Fleißigere von beiden, wenn er auch oft mitten in der Arbeit seinen Spaten hinwarf und sich in die eben gezogene Furche legte, um zu schlafen. Seine Ausdauer und Energie waren bewundernswert, da sie durchaus nicht seiner Veranlagung entsprachen und nur das Ergebnis einer großen Selbstüberwindung waren. Ich bewunderte dies, konnte mir aber ein derartiges Pflichtgefühl bei einem so wetterwendischen Burschen wie Felipe nicht erklären. Erst glaubte ich, der Einfluß des Paters sei die Ursache; dann aber sah ich eines Tages den Geistlichen in die Residencia kommen, wo er über eine Stunde verweilte. Felipe arbeitete jedoch während seiner Anwesenheit ununterbrochen im Garten.

Einmal faßte ich den Entschluß, den Jungen seiner Arbeit abspenstig zu machen und ihn zu einem Spaziergang mit mir zu verleiten. Es war ein herrlicher Sommertag und die Natur hatte ihr freundlichstes Gesicht aufgesetzt. Nun zeigte sich Felipe von einer ganz anderen Seite. Seine Fröhlichkeit überraschte mich, er entwickelte eine entzückende Grazie und Behendigkeit. Er hüpfte und rannte freudestrahlend um mich herum, blieb dann wieder stehen, schaute, horchte und schien die Welt wie einen stärkenden Trank in sich aufzunehmen. Dann wieder sprang er mit einem Satz in einen Baum, turnte in den Ästen herum und schien überhaupt da oben zu Hause zu sein. So wenig er auch mit sprach und so unbedeutend sein Geschwätz war, so war doch seine Gesellschaft recht anregend und der Anblick seines Glücks entzückend. An der Behendigkeit und der Exaktheit seiner Bewegungen konnte man seine Freude haben. Vielleicht wäre ich gedanken- und rücksichtslos genug gewesen, diese Spaziergänge zu einer Gewohnheit zu machen, hätte nicht der Zufall meiner Freude ein jähes Ende bereitet. Durch Schnelligkeit oder List war es ihm gelungen, ein Eichhörnchen im Wipfel eines Baumes zu fangen. Er war damals vorausgelaufen, aber ich sah, wie er sich auf den Boden fallen ließ, sich niederkauerte und wie ein Kind vor Freude schrie. Dieses Schreien klang frisch und unschuldig; als ich aber meine Schritte beschleunigte, schnitten mir die Schmerzenslaute des Eichhörnchens tief ins Herz. Ich habe viel von Grausamkeit junger Burschen gehört und gesehen, vor allem aber von den Bauern; was ich aber jetzt sah, war derartig, daß ich einen Wutanfall bekam. Ich stieß den Kerl zur Seite, riß ihm das arme Geschöpf aus den Händen und tötete es rasch, um es von seinen Leiden zu befreien. Dann wandte ich mich an den Tierquäler, stellte ihn wütend zur Rede und legte ihm Schimpfnamen bei, vor denen er zurückwich. Dann zeigte ich nach der Residencia und bedeutete ihm, sich wegzuscheren, denn ich wollte mit einem Menschen und nicht mit Ungeziefer spazieren gehen. Nun fiel er auf die Knie, und in einer geläufigeren

Sprache als sonst bat er flehentlichst, ich möge ihm verzeihen, er wolle sich bessern. »Oh, ich gebe mir soviel Mühe«, sagte er. »Oh! Señor Kommandante, verzeihen Sie diesmal Felipe! Ich will nie wieder ein Tierquäler sein.« Davon war ich nun mehr gerührt, als ich mir merken lassen wollte, schließlich aber ließ ich mich überreden und zuletzt schüttelten wir uns die Hände und der Zwist war beigelegt. Zur Strafe befahl ich ihm aber, das Eichhörnchen zu begraben. Ich sprach von dem unglücklichen Geschöpfchen, von seiner Schönheit und sagte ihm welche Qualen es ausgestanden habe und wie niederträchtig es sei, wenn man seine Kraft so mißbrauche. »Sieh mal, Felipe«, sagte ich, »Sie sind ja in der Tat stark, aber in meinen Händen sind Sie ebenso hilflos wie dieses arme, kleine Tier. Legen Sie mal Ihre Hand in meine. Sie können sie nun nicht mehr zurückziehen. Nehmen wir an, ich sei so grausam wie Sie und hätte an den Schmerzen anderer meine Freude. Ich drücke jetzt nur ein wenig fester und gleich spüren Sie, wie weh es tut.« Er schrie laut auf, sein Gesicht wurde aschfahl, während ihm Schweißtropfen auf die Stirn traten. Als ich ihn wieder freigab, stürzte er zu Boden, rieb seine Hand und wimmerte wie ein kleines Kind. Aber die ihm so erteilte Lehre nahm er sich zu Herzen, sei es als Wirkung meiner Worte oder aus Respekt vor meiner körperlichen Kraft. Seine Neigung zu mir wurde nun zu einer hündischen Treue. –

Meine Gesundheit besserte sich sehr rasch. Die Residencia lag ziemlich hoch von Bergen umschlossen, nur an einer Stelle hatte man zwischen zwei Bergkegeln Aussicht auf eine Ebene. In solcher Höhe war die Luft sehr gut, große Wolken türmten sich über den Bergen, man konnte das dumpfe Poltern vieler Gebirgsflüsse in der Ferne hören und es bot sich da Gelegenheit zu schönen

Naturstudien. Gleich zu Anfang war ich von der herrlichen Landschaft und dem alten, baufälligen Schloß, in dem ich meinen Wohnsitz aufgeschlagen hatte, entzückt. Das Schloß war ein längliches Gebäude mit bastionähnlichen Vorsprüngen an beiden Enden. Einer dieser Vorbauten war beim Tor, beide hatten Schießscharten. Das untere Stockwerk hatte nach außen keine Fenster, sodaß bei einer Belagerung das Schloß ohne Artillerie nicht eingenommen werden konnte. Der große innere Hof war mit Granatbäumen bepflanzt; von ihm führte eine breite Marmortreppe zu einer offenen Galerie, die von schlanken Pfeilern getragen um das ganze Gebäude ging. Andere Treppen im Schloß führten zu den übrigen Stockwerken. Alle Fenster waren mit Läden fest verschlossen; in den oberen Teilen der Mauern waren Steine herausgefallen, und an einer Stelle war einmal durch einen Sturm ein Teil des Daches weggerissen worden. Das ganze, von einem Hain von Korkeichen umgebene Gebäude sah in dem flimmernden Sonnenschein aus wie Dornröschens Schloß. Der Hof vor allem war die reinste Stätte des Schlummers. Man vernahm nur das heisere Gurren der Tauben, und nie war dort Wind zu spüren; stürmte es draußen, so fiel der Bergstaub drinnen dicht wie Regen und hüllte die roten Granatblüten in einen Schleier. Unter den Arkaden im Erdgeschoß ließen gewisse Anzeichen vermuten, daß da Menschen lebten. Obwohl dieser Raum nach vorne offen war und auf den Hof ging, war er doch mit einem Kamin ausgestattet, in dem immer ein lustiges Holzfeuer flackerte, während die Steinfliesen mit Fellen bedeckt waren.

An dieser Stelle sah ich zum ersten Mal meine Wirtin. Sie hatte eines der Felle nach vorne gezogen und saß an einen Pfeiler gelehnt in der Sonne. Was mir zu allererst auffiel, war ihr Kleid, das kostbar und farbenprächtig war, sodaß es von dem staubigen Hof ebenso stark abstach wie die Blüten der Granatbäume. Wie sie so zurückgelehnt dasaß und mich mit unsichtbaren Augen zu beobachten schien, hatte ihr Gesicht geradezu den Ausdruck einer idiotenhaft guten Laune und Zufriedenheit. Trotzdem aber lag in ihrer schönen Erscheinung eine so edle Ruhe, daß sie an Vollkommenheit eine Statue übertraf.

Als ich an ihr vorüberging, zog ich meinen Hut. In ihrem Gesicht malte sich sofort Abwehr, um aber ebenso rasch wieder zu verschwinden wie eine Brise, die nur rasch die Oberfläche eines Teiches zu kräuseln vermag. Von meinem Gruß nahm sie keine Notiz. Ich ging etwas verstimmt weiter, um meinen üblichen Spaziergang zu machen, verfolgt von diesem Bild marmorner Bewegungslosigkeit. Als ich zurückkam, war sie noch fast in der nämlichen Stellung, doch stellte ich etwas erstaunt fest, daß sie bis zum nächsten Pfeiler gerückt war, um dem Sonnenschein zu folgen. Diesmal wandte sie sich mit einer banalen, höflichen Begrüßungsformel an mich. Sie sprach undeutlich und zischend in jenem tiefen Brustton, den ich schon von ihrem Sohn gewöhnt war. Ich antwortete aufs geradewohl hin, da ich sie nicht genau verstanden hatte. Was mich aber sehr störte, waren ihre Augen. Sie waren außergewöhnlich groß, ihre Iris golden wie bei Felipe; in diesem Moment waren die Pupillen jedoch so erweitert, daß die Augen fast schwarz aussahen. Weit mehr als ihre Größe überraschte mich der ausdruckslose Blick.

Nie hatte ich einen derartig stupiden Blick gesehen. Während ich mit ihr sprach, mußte ich meine Augen wegwenden. Erstaunt und verwirrt ging ich dann auf mein Zimmer. Als ich dort das Gesicht des Porträts betrachtete, dachte ich wieder an dieses Wunder von Familienähnlichkeiten. Meine Wirtin war ja älter und stärker als die im Porträt dargestellte Dame; ihre Augen waren von anderer Farbe, ihr Gesicht frei von dem bösartigen Ausdruck, der meinen Blick immer wieder auf das Bild lenkte, obwohl er mich abstieß; es zeigte weder Böses noch Gutes – ein vollkommen nichtssagender Ausdruck. Und doch war eine Ähnlichkeit vorhanden, nicht im Einzelnen, aber doch im Ganzen. Es schien, als hätte der Meister nicht nur das Bild einer lächelnden Frau mit falschen Augen gemalt, sondern auch zugleich die Haupteigenschaft eines Geschlechts.

Ob ich von da an kam oder ging, ich konnte sicher sein, die Señora an eine Säule gelehnt in der Sonne sitzend anzutreffen. Manchmal lag sie auch auf einem Teppich vor dem Kaminfeuer. Und nur von Zeit zu Zeit verlegte sie ihr Quartier nach dem obersten Absatz der Marmortreppe, wo sie sich mit der größten Gleichgültigkeit mitten in meinen Weg legte. Nie sah ich sie auch nur das geringste tun, außer ihr dichtes, kupferfarbenes Haar immer wieder und wieder zu bürsten oder mir in ihrer schönen, verschleierten Stimme ihre nichtssagende Begrüßung entgegen zu stammeln. Sie schien immer auf ihre Bemerkung stolz zu sein, gerade als ob ihr leeres Geschwätz besonders geistreich sei. Man konnte aus ihren Worten die große Selbstzufriedenheit dieser Frau erkennen. Bald sprach sie von der Wärme, die für sie wie auch für ihren Sohn ein Hochgenuß war, dann von den Blumen der Granatbäume, dann wieder von den weißen Tauben und den langgeflügelten Schwalben, die durch den Hof dahinschossen. Wenn sie so dicht an den Simsen vorbeiflogen oder mit der Geschwindigkeit eines Pfeiles an ihr vorbeiglitten, sodaß sie den Luftzug spürte, dann kam ein wenig Leben in sie. Dann richtete sie sich wohl etwas auf und schien aus ihrem selbstzufriedenen Hinbrüten vorübergehend aufzuwachen. Sonst lag sie unbeweglich tagaus tagein da, in Vergnügen und Nichtstun versunken. Ihre ewige Selbstzufriedenheit ärgerte mich anfangs, aber dann fand ich den Anblick einem Beruhigungsmittel ähnlich; mit der Zeit wurde es mir zur Gewohnheit, viermal des Tages, wenn ich ausging und nach Hause kam, in einer Art verschlafenen Zustands mich mit ihr – ich weiß nicht über was – zu unterhalten. Ihre langweilige, ich möchte fast sagen tierische Gesellschaft wurde mir beinahe angenehm, während ihre Schönheit und grenzenlose Dummheit beruhigend auf mich wirkten. Ich fing sogar an, aus ihren Bemerkungen eine Art transzendentaler Vernunft herauszuhören, während ihre geradezu unerschöpfliche Gutmütigkeit mich mit Bewunderung und Neid erfüllte. Diese meine Sympathie erwiderte sie. Ich kann nicht sagen, daß sich ihr Gesicht verändert hätte, wenn ich kam, denn es drückte immer nur größte Zufriedenheit aus; ich erkannte aber diese Freude an Folgendem: Als ich einmal wieder in ihrer Nähe auf der Marmorstufe saß, streckte sie plötzlich eine Hand aus und streichelte die meine. Das geschah ganz rasch und mechanisch, gleich darauf fiel sie auch schon wieder in ihre übliche Stellung zurück. Ich sah sie etwas erstaunt an, doch ihr Gesichtsausdruck war nichtssagend wie immer; sie hatte dieser impulsiven Geste also gar keine weitere Bedeutung beigemessen.

Der Anblick der Mutter und, wenn ich mich so ausdrücken kann, die Bekanntschaft mit ihr, bestätigten nur mein Urteil über den Sohn. Durch dauerndes Ineinanderheiraten der Familie, wie das nun einmal bei Adeligen und Vornehmen so Sitte ist, war das ganze Geschlecht völlig degeneriert. Körperlich waren sie ja alle noch immer von makelloser Schönheit, aber geistig war diese Degeneration an der Mutter am deutlichsten festzustellen; es hatte also der Kreuzung mit einem plebejischen Maultiertreiber oder Schmuggler bedurft, um den Stumpfsinn der Mutter in die sonderbare Geschäftigkeit des Sohnes umzuwandeln. Von den beiden war mir die Mutter lieber. Der schöne, aber unzuverlässige und jähzornige Felipe konnte wirklich als gefährlich betrachtet werden. An die Mutter konnte ich nur immer mit Sympathie denken, und wie oft Zuschauer unbewußt Partei ergreifen, so stand ich in der Feindschaft zwischen Mutter und Sohn auf ihrer Seite. Hauptsächlich äußerte sich dieser Zwist bei der Mutter. Kam der Sohn in ihre Nähe, hielt sie den Atem an, während die Pupillen ihrer ausdruckslosen Augen sich wie in Furcht und Abscheu krampfhaft zusammenzogen. Diese Aufregungen waren ja zwar immer rasch vorüber und auch nur oberflächlicher Art, aber diese latente Abneigung ging mir nicht aus dem Sinn. Ich fragte mich immer wieder, was wohl der Grund hierzu sein mochte und ob der Sohn denn auch wirklich schuldig sei.

Seit ungefähr zehn Tagen war ich in der Residencia, als sich plötzlich ein sturmartiger Wind erhob, der Wolken von Staub mit sich führte. Er wehte von den mit Sumpffieber verseuchten Niederungen über schneebedeckte Sierras herauf. Die Nerven wurden aufgepeitscht und gereizt, die Augen brannten von dem Staub, die Beine schmerzten unter dem Gewicht des Körpers, und das bloße Aufeinanderlegen der Hände war schon ein unerträgliches Gefühl. Der Wind kam durch die Täler dahergefegt und tobte heulend und pfeifend um das Haus, ermüdend und deprimierend. Er blies nicht stoßweise, sondern mit der Regelmäßigkeit eines Wasserfalls; oben auf dem Berg mußte er wohl noch stärker, in wahren Wutanfällen toben. Von Zeit zu Zeit hörte man in der

Ferne ein jämmerliches Geheul, dann wieder flog auf einer der Bergterrassen eine dichte Staubwolke auf, als hätte dort eine Explosion stattgefunden.

Beim Aufwachen schon befiel mich eine eigenartige Spannung und Bedrücktheit, und dieses Gefühl nahm im Lauf des Tages noch zu. Ich kämpfte dagegen an und wollte meinen üblichen Spaziergang machen; umsonst, das tolle, wütende, ununterbrochene Toben des Sturms ließ keine gute Laune aufkommen und hatte bald meine Kräfte erschöpft. Glühend von der trockenen Hitze und ganz verstaubt ging ich zur Residencia zurück. Durch den verlassenen Hof fegte von Zeit zu Zeit der Wind, riß die Granatblüten ab und schlug die Fensterläden heftig auf und zu. Unter der Galerie ging die Señora mit gerötetem Gesicht und glänzenden Augen auf und ab; sie schien wie ein ärgerlicher Mensch mit sich selbst zu sprechen. Als ich sie begrüßte, war ihre einzige Antwort nur eine unwillige Bewegung, dann setzte sie ihr unruhiges Wandeln fort. Das Wetter hatte also auch dieses apathische Geschöpf außer Fassung gebracht; nun schämte ich mich weniger meiner eigenen Nervosität.

Den ganzen Tag stürmte es. Ich blieb in meinem Zimmer, versuchte zu lesen oder ging auf und ab, dem Höllenlärm lauschend. Die Nacht brach herein, und ich hatte nicht einmal eine Kerze. Ich sehnte mich nach irgend jemand zur Gesellschaft und schlich mich in den Hof. Er lag schon im ersten Dunkel, aber das Arkadenzimmer war durch ein starkes Feuer rot erleuchtet. Hoch war das Holz im Kamin aufgeschichtet, obenauf tanzten lustig die Flammen. In diesem grellen, wechselnden Licht ging die Señora auf und ab. Sie gestikulierte wild, schlug die Hände zusammen, streckte die Arme aus und blickte, wie in stummer Bitte, gen Himmel. Trotz ihrer ruckartigen Bewegungen trat die Schönheit und die Grazie dieser Frau deutlich hervor; in ihren Augen aber lag ein Schein, der mir unangenehm auffiel. Eine Weile sah ich ihr zu, scheinbar ohne daß sie meiner gewahr wurde, dann machte ich kehrt und tastete mich in der Dunkelheit wieder in mein Zimmer zurück.

Als Felipe mir mein Abendbrot und Kerzen brachte, war ich nicht mehr Herr meiner Nerven. Wäre der Junge so gewesen wie gewöhnlich, hätte ich ihn bei mir behalten, wenn nötig sogar mit Gewalt, nur um nicht allein zu sein. Aber auch Felipe litt stark unter dem Wind. Den ganzen Tag über hatte er gefiebert und nun, da die Nacht hereingebrochen war, war er in eine gedrückte, aufgeregte Stimmung geraten, die sehr schlecht zu der meinen paßte. Sein sorgenvolles Gesicht, sein Erschrecken, Erbleichen und plötzliches Lauschen gingen mir auf die Nerven; als er dann noch eine Platte fallen ließ, die auf dem Fußboden zerschellte, sprang ich vor Nervosität sogar von meinem Stuhl auf.

»Ich glaube, daß wir heute alle verrückt sind«, sagte ich und lachte krampfhaft.

»Es ist der unheimliche Wind«, erwiderte er gedrückt, »man hat das Gefühl, als müsse man etwas tun und doch weiß man nicht, was.«

Diese treffende Erklärung fiel mir auf, aber Felipe konnte manchmal in sehr richtigen Worten die körperlichen Empfindungen ausdrücken. »Ihre Mutter scheint auch sehr unter dem Wetter zu leiden«, sagte ich. »Fürchten Sie nicht, daß ihr nicht wohl ist?«

Er sah mich einen Augenblick starr an. »Nein«, sagte er in einem fast herausfordernden Ton; dann legte er die Hand an die Stirn und jammerte, der Wind und der Lärm hätten aus seinem Kopf ein Mühlrad gemacht. »Wer könnte sich da wohlfühlen?« rief er, und ich konnte seiner Frage nur beistimmen.

Früh legte ich mich zu Bett, müde von der Unruhe des Tages. Dieser giftige Wind ließ mich aber nicht schlafen, und unruhig wälzte ich mich hin und her. Zeitweiser Halbschlaf gaukelte mir die schrecklichsten Träume vor, die mich immer wieder aufschreckten. Zuletzt verlor ich jedes Gefühl für die Zeit. Es mußte schon spät in der Nacht sein, als mich ganz plötzlich durchdringendes Jammergeschrei wachriß.

Ich sprang aus dem Bett und meinte, geträumt zu haben – doch nein, das Schreien erscholl durchs ganze Haus – ein wildes, widerliches Schmerzensgeheul. Ich täuschte mich nicht – ein lebendes Geschöpf, ein Verrückter oder irgendein Tier wurde da aufs grausamste gequält. Der Gedanke an Felipe mit dem Eichhörnchen schoß mir durch den Sinn. Ich sprang zur Tür – sie war von außen versperrt. Mit aller Kraft warf ich mich dagegen, umsonst; ich war in meinem Zimmer gefangen. Das Brüllen erscholl ohne Unterbrechung. Bald erlosch es fast zu einem Stöhnen und ich war überzeugt, daß ein Mensch diese Schreckenslaute ausstieß; dann aber brach es mit erneuter Kraft und Wildheit los und erfüllte das Haus mit einem höllischen Geschrei. Ich blieb an der Tür stehen und lauschte, bis das entsetzliche Brüllen endlich verstummt war. Lange noch blieb ich auf, und es schien mir, als höre ich noch immer das schauderhafte Schreien aus dem Rasen des Sturmes heraus. Als ich mich dann endlich wieder in mein Bett legte, war ich wie zerschlagen.

Daß ich nun nicht mehr einschlafen konnte, ist wohl leicht begreiflich. Warum hatte man mich in mein Zimmer eingeschlossen? Wer mochte wohl jene entsetzlichen Schreie ausgestoßen haben? Ein menschliches Wesen? Das wollte ich nicht glauben. Ein Tier? Das Gebrüll war doch nicht ganz tierisch, und welches Tier, Löwe oder Tiger vielleicht ausgenommen, hätte so die starken Mauern der Residencia zu erschüttern vermocht? Während ich mir nun die geheimnisvollen Ereignisse dieser Nacht hin und her überlegte, fiel mir plötzlich ein, daß ich bis jetzt noch nicht die Gelegenheit gefunden hatte, die Tochter des Hauses zu sehen. Was war wahrscheinlicher, als daß die Tochter der Señora, Felipes Schwester, geistesgestört sei? Oder was war wahrscheinlicher, als daß diese geistesschwachen Menschen ihre kranke Verwandte mißhandelten? Das war wohl eine Lösung, doch wenn ich an das Gebrüll dachte – es lief mir bei dem Gedanken daran ein Eisschauer durch den ganzen Körper –, schien sie mir wieder nicht zu genügen; denn nicht einmal Grausamkeit und Mißhandlung konnten dem Wahnsinn solche Schreie entlocken. Eines aber war mir klar: ich durfte in einem Haus, wo derartige Dinge geschahen, nicht gleichgültig bleiben, sondern mußte nötigenfalls eingreifen.

Bei Tagesanbruch hatte sich der Wind ausgetobt, nichts mehr erinnerte an die schreckliche Nacht. Felipe trat mit sichtlicher Fröhlichkeit an mein Bett. Als ich durch den Hof schritt, sonnte sich die Señora in ihrer üblichen Unbeweglichkeit, und als ich aus dem Tor getreten war, schien mir die ganze Natur ernst zu lächeln, der Himmel war von einem kalten Blau und große Wolken zogen an ihm hin, während die Berge in starken Licht- und Schatteneffekte sich scharf abhoben. Ein nur kurzer Spaziergang brachte mich ins Gleichgewicht, und ich kam wieder auf meinen in der Nacht gefaßten Entschluß zurück, das Geheimnis zu ergründen. Da ich von meinem Beobachtungsposten aus gesehen hatte, daß Felipe wieder seinen Gartenarbeiten nachging, begab ich mich sogleich in die Residencia, um meinen Plan auszuführen. Die Señora schien in tiefen Schlummer versunken.

Ich blieb eine Weile stehen und sah sie an, sie aber rührte sich nicht; wenn auch meine Absichten der Diskretion vielleicht entbehrten, so brauchte ich eine solche Hüterin nicht zu fürchten. Ich ging dann langsam weiter, stieg die Treppe hinauf und fing an, das Haus auszukundschaften.

Den ganzen Vormittag ging ich von Tür zu Tür und trat nacheinander in große, verblaßte Zimmer. Einige waren durch die verschlossenen Läden in tiefstes Dunkel gehüllt, andere wiederum erstrahlten im hellen Tageslicht, aber alle waren sie leer und ungastlich. Es war ein reiches, vornehmes Haus gewesen, doch das Zerstörungswerk der Zeit war allzu sichtbar. Überall hingen Spinnweben, Tarantellas krochen auf den Simsen herum, große, ekelhafte Giftfliegen, die ihre Nahrung auf Aas suchen und deren Stich tödlich ist, nisteten in der wurmstichigen Vertäfelung und summten schwerfällig durch die Zimmer. Hier und dort standen wohl ein oder zwei Schemel, ein Bett, ein Sofa oder ein geschnitzter Lehnstuhl. Überall sah man die Spuren einstiger Größe, an allen Wänden hingen Ahnenbilder, nach denen man beurteilen konnte, welch edles Geschlecht einst in der Residencia gewohnt haben mochte. Viele der Männerporträts wiesen hohe Orden auf, und man sah, daß die Verstorbenen erlesene Stellungen inne gehabt hatten; die Frauen waren alle reich gekleidet und, die meisten Bilder trugen den Namenszug berühmter Künstler. Es war eigentlich nicht dieses Zeichen einstiger Größe, das mich so fesselte, trotzdem ich ihm als Kontrast den jetzigen Zerfall der Familie und des Hauses entgegenstellte. Nie in meinem Leben aber hatte ich so deutlich das Wunder der regelmäßigen Fortpflanzung einer Rasse und deren stetiges Auferstehen in körperlicher Vollendung gesehen wie hier. Daß ein Kind in seiner Entwicklung mit der Zeit Eigentümlichkeiten eines Vorfahren zeigt, das ist eine so alltägliche Erscheinung, daß man sie gar nicht mehr beachtet. Aber diese Einheit des Aussehens, der Gesichtszüge, der Haltung, wie sie diese früheren Generationen mit den jetzigen Bewohnern der Residencia aufwiesen, das grenzte für mich geradezu an ein Wunder. Wie ich so zufällig an einem alten Spiegel vorbeikam, blieb ich davor stehen und betrachtete lange meine Gesichtszüge, um einerseits die Familienähnlichkeit, andererseits die Bande, die mich an sie knüpften, herauszulesen.

Zuletzt öffnete ich bei meiner Entdeckungsreise auch die Tür eines Zimmers, das die Merkmale des Bewohntseins trug. Es war sehr groß und ging nach Norden, wo die Aussicht auf die Berge am düstersten war. Im Kamin glomm und rauchte noch das verlöschende Feuer, ein Stuhl stand dicht dabei. Das Zimmer glich der Zelle eines Asketen, der Stuhl war ungepolstert, Wände und Fußboden kahl, und mit Ausnahme der herumliegenden Bücher war kein Gegenstand zu sehen, der zur Arbeit oder Unterhaltung hätte dienen können. Der Anblick von Büchern in dem Haus einer solchen Familie versetzte mich in größtes Erstaunen. Rasch blätterte ich sie durch, um mich über den Inhalt zu orientieren. Religion, Geschichte und Philosophie waren vertreten, meist waren es sehr alte Bücher, in lateinischer Sprache geschrieben. An einigen sah man, daß sie immer wieder durchstudiert wurden, andere waren zerrissen und beiseite geworfen worden, wie in einem Ausbruch von Mutwillen oder Tadel. Zuletzt, als ich so durch das leere Zimmer schlenderte, sah ich mit Bleistift beschriebene Blätter, die auf einem Fenstertisch lagen. Neugierig nahm ich eines zur Hand und las diese ungelenken Verse:

»Die Freude kam mit Leid und Schmerz.
Der Kummer trug den Lilienkranz.
Die Freude nach der Sonne wies,
O Jesu, Herz, wie schien sie süß.
Des Kummers Hand sie zeigte mir,
O Jesulein, den Weg zu Dir.

Verwirrt und beschämt legte ich das Blatt wieder hin und verließ rasch das Zimmer. Weder Felipe noch seine Mutter konnten die Bücher gelesen oder diese Verse geschrieben haben. Ich war also in das Zimmer der Tochter geraten. Gott allein weiß, wie mein eigenes Herz mich für die begangene Indiskretion strafte. Der Gedanke, in die Geheimnisse eines Mädchens, das in solch sonderbaren Verhältnissen lebte, eingedrungen zu sein und die Furcht vor Entdeckung lasteten auf mir, als hätte ich ein Verbrechen begangen. Überdies machte ich mir Vorwürfe wegen der Vermutungen, die ich in der Nacht angestellt hatte, und daß ich das abscheuliche Schreien einer Person zugeschrieben hatte, die ich jetzt als eine Heilige und Asketin kennenlernte, die innerlich ihren unseligen Verwandten ganz fern stand. Wie ich mich über das Geländer der Galerie beugte, die Granatblüten und die in frohe Farben gekleidete Frau sah, die sich gerade faul und zufrieden in den Sonnenschein legte, da verglich ich unwillkürlich dieses Bild mit dem kalten Nordzimmer, in dem die Tochter wohnte.

Bei meinem Nachmittagsspaziergang sah ich den Pater in die Residencia gehen. Meine Gedanken über die Tochter hatte die Schrecknisse der vergangenen Nacht fast ganz aus meinem Gedächtnis verwischt; als ich aber den ehrenwerten Mann sah, fielen sie mir wieder ein. Ich kehrte um, ging durch das Gehölz, stellte mich am Weg auf und erwartete ihn. Als er nahe genug war, trat ich vor und stellte mich ihm als den Mieter der Residencia vor. Er hatte ein ehrliches, dickes Gesicht, auf dem leicht die verschiedenen Empfindungen zu lesen waren, die er bei meinem Anblick verspürte; ich war ja nicht nur ein Ausländer, sondern auch ein Ketzer, obwohl ich mir meine Wunden im Kampf um die gute Sache geholt hatte. Von der Familie, die die Residencia bewohnte, sprach er mit achtungsvoller Zurückhaltung. Ich erwähnte so nebenbei, daß ich die Tochter des Hauses noch nicht gesehen hatte, worauf er meinte, dies sei ganz in der Ordnung. Endlich faßte ich Mut und sprach von dem Geschrei, das mich in der Nacht so sehr gestört hatte. Schweigend hörte er mich an, dann blieb er mit einer halben Wendung stehen und machte eine höchst eindeutige Geste, mit der er das Gespräch abbrechen wollte.

»Schnupfen Sie«, sagte er und bot mir seine Dose. Als ich verneinend gedankt hatte, fügte er hinzu: »Ich bin ein alter Mann und darf mir erlauben, Sie daran zu erinnern, daß Sie Gast in dem Haus sind.«

»Sie übernehmen also die Verantwortung, wenn ich den Dingen ihren Lauf lasse und nicht einschreite«, erwiderte ich fest, obwohl ich unter dem mir gemachten Vorwurf errötet war.

Mit einem Gruß, der ein gewisses Unbehagen verriet, sagte er nur »Ja«, machte kehrt und ließ mich stehen. Zu etwas war die Unterredung mit ihm aber doch gut gewesen: er hatte mein Gewissen beruhigt und mein Taktgefühl erweckt. Ich strengte mich sehr an, die Vorfälle der letzten Nacht ganz aus meinem Gedächtnis zu verbannen und grübelte wieder über meine fromme Dichterin nach. Trotzdem war es mir nicht möglich, die Tatsache, daß man mich in mein Zimmer eingesperrt hatte, ganz zu vergessen. Als mir Felipe mein Abendbrot brachte, ging ich daher in beiden Punkten zum Angriff über.

»Man sieht nie Ihre Schwester«, sagte ich beiläufig.

»Oh nein, sie ist ein gutes, gutes Mädchen«, sagte er geistesabwesend.

»Ich vermute, daß Ihre Schwester fromm ist?« fragte ich nach einer Pause.

»Oh«, rief er und faltete inbrünstig die Hände, »eine Heilige, sie hält mich aufrecht.«

»Sie sind glücklich«, entgegnete ich, »denn die meisten Menschen, ja sogar ich selbst haben den Hang zum Bösen.«

»Señor«, sagte Felipe ernst, »das möchte ich nicht sagen. Sie sollten ihren guten Engel nicht versuchen. Wenn einer abwärts geht, wo soll er dann hinkommen?«

»Ha, Felipe«, sagte ich, »ich wußte ja gar nicht, daß Sie Talent zum Predigen haben und sogar ein sehr großes, möchte ich sagen. Ich vermute, daß Sie es Ihrer Schwester zu verdanken haben?«

Er schaute mich groß an und nickte. »Nun denn«, fuhr ich fort, »so hat Ihre Schwester Ihnen sicher oft Ihre Sünde der Grausamkeit vorgeworfen?«

»Dutzendmal!« rief er eifrig. Dies war sein ständiger Ausdruck für alles, was öfter geschah. »Ich habe ihr gesagt, daß Sie es auch getan hätten – ich habe mich daran erinnert«, setzte er hinzu – »und es hat sie gefreut.«

»Nun Felipe«, sagte ich jetzt, »was war denn das für ein Geschrei vergangene Nacht. Ganz gewiß das Schreien eines Geschöpfes, das gequält wurde.«

»Der Wind«, entgegnete Felipe und sah in das Feuer. Ich nahm seine Hand in die meine, da leuchtete sein Gesicht in heller Freude und er lächelte, denn er hielt es für eine Liebkosung. Beinahe hätte ich meine Absicht aufgegeben, doch wurde ich Herr über diese Schwäche. »Der Wind?« wiederholte ich; »und doch glaube ich, daß es diese Hand war –« ich hob seine Hand hoch – »die mich eingeschlossen hat.« Der Junge zitterte, sagte aber kein Wort. »Nun gut«, fuhr ich fort, »ich bin ein Fremder und Euer Gast. Es wäre ungehörig, würde ich mich in Eure Angelegenheiten mischen oder irgendwelche Kritik üben; wenn nötig, können Sie ja Ihre Schwester fragen, sie wird die beste Beraterin sein. Was mich aber betrifft, so will ich keines Menschen Gefangener sein, und darum verlange ich den Schlüssel.« Eine halbe Stunde später ging plötzlich meine Tür auf, und klirrend fiel der Schlüssel auf die Fliesen. –

Ein oder zwei Tage darauf kam ich etwas vor zwölf Uhr mittags von einem Spaziergang nach Hause. Die Señora lag wieder schlafend auf der Schwelle, unter dem Laub saßen bewegungslos die Tauben, das ganze Haus lag unter dem Zauber der Mittagsruhe; ein leiser Wind spielte um die Galerie, raschelte in den Granatbäumen und ließ allerlei hübsche Schatten tanzen. Diese Stille machte mir Lust, auch Siesta zu halten. Ich ging leise über den Hof und die Marmortreppen hinauf. Mein Fuß war auf der letzten Stufe, als sich eine Tür öffnete und ich Olalla gegenüberstand. Erstaunt und überrascht über ihre Schönheit, blieb ich wie gebannt stehen. In dem Dunkel der Galerie schien sie wie ein farbiger Edelstein zu strahlen; ihre Augen sahen in die meinen, unsere Blicke banden uns wie gefaltete Hände; die Augenblicke, die wir uns so gegenüberstanden, waren geheiligt und wie eine Vermählung der Seelen. Wie lange es dauerte, bis ich aus dieser Verzückung erwachte, weiß ich nicht. Als ich mich wieder gefaßt hatte, grüßte ich hastig und ging die nächste Treppe hinauf. Sie rührte sich nicht, folgte mir aber mit ihren großen sehnsüchtigen Augen.

In meinem Zimmer öffnete ich das Fenster und sah hinaus; ich konnte nicht begreifen, was mit den düstren

Bergen vorgegangen sein mochte, daß sie unter dem hohen Himmel so jauchzten und erglühten. Ich hatte sie gesehen – Olalla! Und die Steinmassen der Berge, der stumme, unergründliche Azur meiner Träume war für immer verschwunden, an ihre Stelle war dieses Mädchen getreten, dem Gott in verschwenderischer Weise Schönheit und Lebenskraft verliehen hatte, das schlank war wie das Rohr und behend wie das Reh, in dessen großen Augen die Fackeln der Seele aufleuchteten. Ich war ihr ganz verfallen, die seelische Kraft, die aus ihren Augen strahlte, hatte mich bezwungen und sich meines Herzens bemächtigt, sie durchdrang mich, sie und ich waren nur noch eins.

Ich kann nicht sagen, daß meine Begeisterung abnahm, im Gegenteil, meine Seele hielt aus, gleichsam als sei sie in einer starken Feste, die von kalten und trüben Betrachtungen belagert wird. Daß ich sie auf den ersten Blick liebte, darüber war ich mir nicht im Zweifel. Was aber sollte nun werden? Sie war das Kind eines erblich belasteten Hauses, die Tochter der Señora, Felipes Schwester; das machte sich sogar trotz ihrer Schönheit bemerkbar. Sie hatte sowohl das Leichte, Behende des einen wie die blumenhafte Schönheit der Mutter. Und doch konnte ich diesen halbzurechnungsfähigen Burschen ebensowenig als ihren Bruder, wie jenes unbewegliche, schöne Weib mit den unsäglich dummen Augen als ihre Mutter gelten lassen. Wenn ich nur an diese beiden dachte, empfand ich den größten Widerwillen. Und wenn ich sie nicht heiraten konnte, was sollte dann werden? Sie stand ja ohne allen Schutz da. In dem einzigen langen Blick, den wir ausgetauscht, hatten ihre Augen eine Schwäche zugegeben, die der meinen gleichkam. Und doch hatte ich sofort erkannt, daß sie die Lernbegierige sei, die in dem kalten, gegen Norden gelegenen Zimmer wohnte, die Verfasserin der Verse, die solche Trauerstimmung verrieten. Fliehen wäre das einzig Richtige gewesen. Dazu fand ich nicht den Mut, aber ich nahm mir vor, äußerst vorsichtig zu sein.

Als ich mich vom Fenster wegwandte, fielen meine Blicke auf das Porträt; wie der Schimmer einer Kerze im Sonnenlicht, so verblaßte für mich das Bild, das mich mit seinen gemalten Augen verfolgte, seitdem ich Olalla gesehen hatte. Wieder fiel mir die Ähnlichkeit und der sich so beharrlich erhaltende Typus dieses niedergehenden Geschlechts auf; ich erinnerte mich, daß ich vor dem das Gemälde eher für eine Fantasie des Malers als für das Porträt eines wirklichen Geschöpfes, das wirklich gelebt hatte, gehalten hatte. Nachdem ich jetzt aber Olalla gesehen hatte, war ich mir über die Wahrheit des Bildes klar. Wohl war ich früher schon großer Schönheit begegnet, ohne davon entzückt gewesen zu sein, und oft hatten mich Frauen angezogen, die außer für mich nicht schön waren, aber in Olalla fand ich alles vereinigt, was ich gewünscht, aber mir vorzustellen nicht gewagt hatte.

Am nächsten Tag sah ich sie nicht. Das Herz tat mir weh und meine Augen sehnten sich nach ihr, wie die Menschen sich nach dem Morgen sehnen. Am übernächsten Tag aber, als ich zur gewohnten Stunde von meinem Spaziergang zurückkam, war sie wieder auf der Galerie, und unsere Blicke vereinigten sich erneut. Ich hätte sprechen mögen, gern wäre ich näher zu ihr getreten, aber so stark sie mein Herz auch wie ein Magnet anzog, so hielt mich doch eine besondere Kraft zurück; ich konnte nur grüßen und dann weitergehen. Sie ließ meinen Gruß unbeantwortet und folgte mir nur mit ihren herrlichen Augen.

Ihr Blick stand nun ganz fest in meinem Gedächtnis, und wie ich ihre Züge an meinem inneren Auge vorüberziehen ließ, schien mir, als lese ich in ihrem Herzen. Sie war so kokett wie ihre Mutter gekleidet, deren Gefallen an kräftigen Farben sie teilte. Ich wußte, daß das Kleid, welches sie trug, von ihr selbst gemacht war; es schmiegte sich an ihren Körper mit einer besonderen Grazie. – Überdies war, nach Sitte des Landes, die Taille in der Mitte oben ausgeschnitten. Trotz der Armut, die im Hause herrschte, ruhte auf ihrem braunen Busen an einem Band eine goldene Münze. Dies waren Beweise ihrer angeborenen Lebensfreude und ihres instinktiven Schönheitsgefühls. Andererseits konnte ich aber auch in ihren Augen die unergründliche Tiefe ihrer Leidenschaft und ihres Kummers wie auch die überirdischen Gedanken lesen. Der Körper war herrlich, aber die Seele, die darin wohnte, war weit kostbarer. Sollte ich diese unvergleichliche Blume in diesen rauhen Bergen verwildern lassen? Sollte ich die große Gabe, die mir mit der beredten Schweigsamkeit ihrer Augen angeboten wurde, verachten? Ich hatte eine Seele vor mir, die eingekerkert war, und ich sollte ihr das Kerkertor nicht öffnen? Ich gab alle Bedenken auf. Und wäre sie des Herodes Kind, ich schwor mir, daß sie die Meine werden müßte! Am selben Abend machte ich mich mit Hinterlist und Falschheit daran, mich des Bruders zu versichern.

Ein dritter Tag ging ergebnislos vorüber – eine öde Wüste leerer, dahingleitender Stunden. Um keine Gelegenheit zu versäumen, hielt ich mich den ganzen Nachmittag im Hof auf, wo ich mich zum Schein mit der Señora mehr als gewöhnlich unterhielt. Ich studierte sie jetzt mit dem zartesten, aufrichtigsten Interesse, und wie für Felipe, so hatte ich auch jetzt für die Mutter ein sich steigerndes Gefühl der Duldung. Aber immer wieder war ich aufs neue über sie erstaunt. Sogar wenn ich mit ihr sprach, schlief sie für eine kleine Weile ein, um dann wieder aufzuwachen, ohne irgendwie verlegen zu sein. Auch fiel mir auf, daß sie öfters auffallend ihre Stellung änderte, wobei sie sich wie in einer Art Wollust zu genießen schien; sie lebte eben nur körperlich, und ihr Denken endete bei ihren Gliedern. An was ich mich aber gar nicht gewöhnen konnte, waren ihre Augen. Jedesmal, wenn sie diese schönen, aber vollkommen ausdruckslosen Sterne auf mich richtete, konnte ich beobachten, wie ihre Pupillen sich ständig veränderten, sich dehnten und zusammenzogen – beides in rascher Folge. Es ist mir unmöglich, die richtige Bezeichnung für das Gefühl des Unbehagens, der Enttäuschung, des Unwillens und des Abscheus zu finden, das mich überkam, wenn ich in diese Augen sah. Ich versuchte es mit den verschiedenartigsten Gesprächen, aber alles war bei ihr umsonst; dann fing ich an, von ihrer Tochter zu reden, doch auch da war sie gleichgültig. Sie sagte nur, sie sei schön – wie bei Kindern war das Wort ›schön‹ für sie der Inbegriff von allem; einen höheren Gedanken zu haben war ihr unmöglich – und als ich bemerkte, daß Olalla sehr schweigsam zu sein schien, gähnte sie mir einfach ins Gesicht und meinte, daß Reden wenig Wert habe, wenn man nichts zu sagen wisse. »Die Leute sprechen viel, sehr viel«, setzte sie hinzu und sah mich mit stark erweiterten Pupillen an, dann gähnte sie abermals, und ich mußte wieder einmal ihren entzückenden Mund bewundern. Diesmal folgte ich dem recht deutlichen Wink. Ich überließ sie ihrer Ruhe, ging in mein Zimmer hinauf, setzte mich an das offene Fenster und sah nach den Bergen; ich versank in schöne, tiefe Träumerei und lauschte in der Einbildung der Stimme, die ich noch nicht vernommen hatte.

Am Morgen des fünften Tages erwachte ich in einer so glücklichen Verfassung, daß sie das Schicksal geradezu herauszufordern schien. Ich war meiner selbst sicher, leichten Herzens und entschlossen, meine Liebe zu bekennen. Warum sollte ich noch länger schweigen? Ich würde reden, den Zwang abschütteln und so zu den Freuden einer vollständigen menschlichen Vertrautheit gelangen. Als ich ihr aber begegnete, bemächtigte sich meiner wieder jene Leidenschaft, die meinen Geist bannte und die Sprache wie in kindischer Befangenheit versagen ließ, doch trat ich näher an sie heran. Wie ich so auf sie zuschritt, wich sie zwar ein wenig zurück, aber ihre Augen sahen unverwandt in die meinen. Als ich ihr nun so nahe war, daß ich sie hätte berühren können, blieb ich stehen. Keines Wortes mächtig, wollte ich sie schon stillschweigend an mein Herz drücken; doch hatte ich noch Vernunft und Selbstbeherrschung genug, um mir bewußt zu werden, wie unstatthaft solch eine Begrüßung wäre. So standen wir uns denn eine Sekunde schweigend gegenüber; nur unsere Augen schienen noch zu leben, unsere Blicke zogen uns zueinander hin, und doch leistete jeder Widerstand. Endlich, mit größter Anstrengung und einem Gefühl der Bitterkeit und Enttäuschung, drehte ich mich um und ging schweigend meiner Wege.

Was für eine Macht beherrschte mich, daß ich nicht sprechen konnte? Warum sprach aber auch sie nicht? Warum ging sie wortlos von mir mit fasziniertem Blick? War das Liebe? Oder war es nur gedankenlose, unvermeidliche Anziehung, ähnlich der des Magneten, der Stahl anzieht? Nie hatten wir noch ein Wort gewechselt, wir waren einander vollkommen fremd und doch, irgendein riesenstarkes Etwas brachte uns in aller Stille zusammen. Einerseits ärgerte ich mich darüber, anderseits wußte ich aber doch, daß sie es wert sei. Ich hatte ihre Bücher gesehen, und ihre Verse gelesen; dadurch war es mir möglich, bis zu einem gewissen Punkt die Seele meiner Angebeteten zu verstehen, während sie ja gar nichts von mir wußte. Sie kannte nur mein angenehmes Äußere und wurde doch angezogen wie ein zur Erde fallender Gegenstand; die Gesetze, die für die Erde gelten, trieben sie wider ihren Willen in meine Arme. Der Gedanke einer solchen Liebe schreckte mich ab: so wollte ich nicht geliebt werden! Ich fing an, das Mädchen tief zu bedauern. Ich war mir bewußt, wie sehr sie diese Demütigung empfinden mußte, sie, eine Jüngerin der Wissenschaft, Felipes fromme Führerin, die nun machtlos der Tatsache gegenüberstand, einen Mann zu lieben, mit dem sie überhaupt nie ein Wort gewechselt hatte. Das Gefühl des Mitleids raffte alle anderen Gedanken hinweg. Ich sehnte mich nur danach, sie zu treffen, sie zu trösten, sie zu beruhigen, ihr zu versichern, daß meinerseits ihre Liebe erwidert werde, und daß ihre Wahl, wenn auch blindlings getroffen, doch nicht auf einen Unwürdigen gefallen sei.

Am nächsten Tag war herrliches Wetter. Tiefes Blau wölbte sich über die Berge, die Sonne leuchtete mit Macht und das Säuseln des Windes in den Bäumen und das Herabstürzen der vielen Gebirgsströme, das man in der Ferne vernahm, erfüllte die Luft mit einer leisen, geisterhaften Musik. Ich aber war in düsterster Laune. Mein Herz sehnte sich nach Olalla, wie das Kind sich nach seiner Mutter sehnt. Ich setzte mich auf einen flachen Stein am Rande der niedrigen Klippen, die das Plateau im Norden begrenzten; von dort sah ich in das bewaldete Tal eines Stromes, das kein menschlicher Fuß noch betreten hatte. In dieser meiner Stimmung freute es mich, daß das Tal unbewohnt war. Nur Olalla fehlte; ich stellte mir vor, wie herrlich es wäre, mit ihr in dieser wilden, schönen Umgebung zu leben.

Wie ich so fantasierte, fühlte ich plötzlich, daß Olalla sich mir nahte. Sie trat aus einem Korkeichenhain und kam gerade auf mich zu. Ich erhob mich und wartete. In ihrem leichten Gang lag, obwohl sie ruhig und langsam ging, soviel Leben und Feuer, daß ich darüber erstaunte. Trotz ihrer Ruhe fühlte ich, daß sie, hätte sie sich nicht so in der Gewalt gehabt, zu mir geflogen wäre. Wie sie so näher kam, hielt sie die Augen gesenkt, und als sie ganz dicht zu mir getreten war, sprach sie mich an, ohne mich dabei anzusehen. Beim ersten Ton ihrer Stimme fuhr ich zusammen. Darauf hatte ich ja schon lange gewartet, das sollte die letzte Probe sein, die meine Liebe zu bestehen haben würde. Und siehe, ihre Sprache war klar und deutlich, nicht stammelnd oder unvollkommen wie die der Mutter und des Bruders, die Stimme, obwohl tiefer, als man es von Frauen gewöhnt ist, klang doch jugendlich und weiblich. Sie sprach in einem schönen vollen Alt, der hin und wieder etwas heiser klang. Nicht allein die Stimme drang in mein Herz, sondern sie sprach zu mir von sich selber; und doch sollten die Worte, die ich vernahm, mich in Verzweiflung versetzen. »Sie werden von hier fortgehen«, sagte sie, »heute noch!«

Ihr Beispiel brach nun die Fesseln, die mich bis jetzt in ihrer Gegenwart am Sprechen gehindert hatten, es war mir, als sei eine Last oder ein Bann von mir genommen. In welche Worte ich meine Antwort kleidete, weiß ich nicht mehr; ich stand vor ihr auf der Klippe und gab ihr die ganze Glut meiner Liebe zu erkennen, sagte ihr, daß ich nur noch an sie dächte, von ihr des Nachts träume und daß ich gern mein Vaterland, meine Sprache und meine Freunde verlieren würde, um auf immer an ihrer Seite leben zu dürfen. Dann, als ich mich wieder ganz in der Gewalt hatte, sagte ich ihr, daß ich sie als einen herrischen, frommen Geist wohl durchschaut hätte, einen

Geist, dem ich sehr nahe stand, an dessen Streben ich Anteil haben möchte. »Die Natur«, sagte ich ihr, »ist Gottes Stimme und es ist für die Menschen gefährlich, wenn sie ihr nicht folgen; wenn wir so stumm uns zueinander hingezogen gefühlt haben, als sei ein Liebeswunder geschehen, so ist dies eine himmlische Fügung und wir müssen füreinander geschaffen sein. Wir sind wahnwitzige Rebellen«, rief ich – »Rebellen gegen Gottes Willen, wenn wir unseren Gefühlen nicht Folge leisten.«

Sie schüttelte den Kopf. »Sie werden heute die Residencia verlassen«, wiederholte sie, dann schüttelte sie den Kopf und setzte in einem scharfen Ton hinzu: »Nein, nicht heute«, rief sie, »morgen!«

Als ich ihre Unschlüssigkeit bemerkte, gewann ich meine ganze Macht wieder; ich breitete die Arme aus und rief sie bei ihrem Namen, sie kam zu mir und hing an meinem Hals. Um uns herum schienen die Hügel zu schwanken, die Erde erbebte, ich fühlte einen Schlag durch meinen ganzen Körper gehen, durch den ich betäubt und geblendet wurde. Aber im nächsten Augenblick hatte sie mich schon zurückgestoßen, sich aus meinen Armen gerissen und war mit der Geschwindigkeit eines Rehes in die Korkeichengruppe geflohen.

Ich stand allein da und rief in die Berge hinein, dann kehrte ich um und ging nach der Residencia zurück; es schien mir, als schwebte ich. Sie hatte mich weggeschickt und doch wußte ich, daß ich nur ihren Namen zu rufen brauchte, um sie sogleich in meine Arme schließen zu können. Das waren aber nur Mädchenlaunen, von denen sogar sie nicht frei war. Gehen? Ich nicht, Olalla – O, ich nicht, Olalla, meine Olalla! Ganz in meiner Nähe sang ein Vogel – in dieser Jahreszeit eine Seltenheit. Er sang mir vor, guten Mutes zu sein. Die ganze Natur von den ruhigen mächtigen Bergen bis hinunter zum lichtesten Blatt und zur kleinsten Fliege, die im Schatten des Haines umhersurrte, alles das tauchte wie etwas noch nie Geschehenes vor meinen Augen auf. Wie der Hammer auf dem Amboß, so mächtig fielen die Sonnenstrahlen hernieder, die Hügel schienen in der heißen Luft zu zittern, der Boden sandte unter diesen kräftigen Strahlen Düfte aus, die einen betäubten, das Gehölz schien in der Glut zu brodeln. Ich fühlte das Beben der Arbeit und des Entzückens, sich ungestüm durch die Erde dahinzuwälzen, etwas Elementares, Derbes, Heftiges und Wildes, das sich in die Liebe mischte, die in meinem Herzen jauchzte, es war wie ein Schlüssel, mit dem man die Geheimnisse der Natur lesen kann. Sogar die Steine, die unter meinen Tritten aneinanderstießen, schienen lebend und freundlich gesinnt. Olalla! Ihre Berührung hatte mich so gestimmt, daß ich im Einklang mit der alten Erde vibrierte, daß meine Seele wieder auf jene Höhe gelangte, die die Menschen mit der Zeit durch ein höfliches Zusammenleben ganz und gar vergessen haben. Wie Wut brannte die Liebe in mir, die Zärtlichkeit ward wild, ich haßte, betete an, bemitleidete und verzehrte Olalla wie in Ekstase. Sie schien wie das Glied, das mich einerseits an die toten Dinge schmiedete, andererseits mich aber mit unserem reinen erbarmungsvollen Gott verband.

In meinem Kopf schwirrte es, ich trat jetzt in den Hof der Residencia; der Anblick der Mutter war mir wie eine Offenbarung. Da saß sie wieder behaglich zufrieden, zwinkerte in den hellen Sonnenschein mit dem Ausdruck faulen Genusses auf ihrem Gesicht, ein Geschöpf, das allem anderen gleichgültig und fremd gegenüber stand. Bei diesem Anblick schwand meine Erregung und ich war wie beschämt.

Ich blieb einen Augenblick stehen, raffte mich zusammen und wechselte ein paar Worte mit ihr. Sie sah mich mit einem Ausdruck unermeßlicher Güte an; ihre Stimme klang undeutlich, wie aus dem Reich des Friedens kommend, in dem sie immer schlummerte, und zum ersten Mal kam es wie Achtung über mich für ein Geschöpf, das so unschuldig und so gleichmäßig glücklich war.

Als ich in mein Zimmer trat, sah ich auf dem Tisch ein Stück des gelben Papiers liegen, das ich schon von dem Nordzimmer her kannte. Es war mit Bleistift beschrieben in Olallas Schrift; klopfenden Herzens nahm ich es zur Hand und las: »Wenn Sie es mit Olalla gut meinen, wenn Sie sich gegen ein Geschöpf, dem großes Unrecht geschehen, ritterlich benehmen wollen, verlassen Sie heute dieses Haus, ich beschwöre Sie, aus Mitleid, aus Ehrgefühl, im Namen dessen, der für die Menschen gestorben ist, gehen Sie!« Wie vor den Kopf geschlagen sah ich eine Weile auf das Papier, dann kam ein Gefühl der Ermüdung und des Schreckens über mich, draußen schien sich die Sonne zu verdunkeln und ich zitterte am ganzen Körper. Die gähnende Leere, vor der ich nun stand, entnervte mich; nicht nur mein Herz, nicht mein Glück standen auf dem Spiel, sondern sogar mein Leben. Ich konnte sie nicht verlieren, das sagte ich mir vor und wiederholte es immer wieder. Nun ging ich wie im Schlaf zum Fenster, streckte die Hand aus, um es zu öffnen und fuhr mit ihr durch die Scheibe. Das Blut spritzte aus meinem Handgelenk; mit sofort eingetretener vollkommener Selbstbeherrschung und Ruhe drückte ich den Daumen der linken Hand fest auf die Wunde und überlegte, was jetzt wohl zu tun sei. In meinem leeren Zimmer befand sich nichts, das mir von Nutzen hätte sein können, außerdem war ich mir bewußt, daß ich der Hilfe bedürfe. Nun fiel mir ein, daß Olalla selbst mir vielleicht helfen könne, ich verließ also mein Zimmer und ging hinunter, immer den Daumen fest auf die Wunde gedrückt.

Von Olalla und Felipe war nichts zu sehen; so begab ich mich denn zum Aufenthaltsort der Señora, die jetzt ganz dicht am Feuer saß; kein Grad der Hitze schien für sie zu groß zu sein.

»Verzeihen Sie«, sagte ich, »wenn ich Sie störe, aber ich muß um Hilfe bitten.«

Schläfrig sah sie auf und fragte mich, was es sei, und während sie sprach, schien mir, als atme sie tief ein, während ihre Nasenflügel sich blähten; sie wurde plötzlich ganz lebendig.

»Ich habe mich geschnitten und ziemlich schwer«, sagte ich, »da, sehen Sie her!« Und ich hielt ihr meine beiden Hände hin, an denen das Blut heruntertroff.

Sie riß ihre großen Augen weit auf, wobei die Pupillen sich zu fast unsichtbaren Punkten zusammenzogen. Ein Schleier schien von ihrem Gesicht gefallen zu sein, es trug jetzt einen scharfen Ausdruck, der aber doch unergründlich blieb. Wie ich noch so dastand und über den Eindruck, den ihr mein Unfall machte, etwas staunte, trat sie raschen Schrittes auf mich zu, bückte sich, ergriff meine Hand, die im nächsten Augenblick an ihrem Mund war, und biß mich bis auf den Knochen. Der Schmerz, den der Biß mir verursachte, das Hervorschießen des Blutes, das Unglaubliche dieser Handlung: blitzartig wurde mir dies alles bewußt. Ich trieb sie zurück, doch sie sprang mich wieder und immer wieder an. Dabei stieß sie ein tierisches Gebrüll aus, das mir nur zu bekannt war: es war das schauderhafte Gebrüll, das mich in der Sturmnacht aus dem Schlaf geschreckt hatte. Der Wahnsinn schien ihr Kraft zu verleihen, die meine aber nahm durch den Blutverlust rasch ab, und überdies war ich durch den widerlichen Angriff ganz verwirrt. Schon hatte sie mich gegen die Wand gedrückt, als Olalla zwischen uns sprang, während Felipe, der ihr gleich gefolgt war, sich auf seine Mutter stürzte und sie auf den Boden zwang. Eine der Ohnmacht ähnliche Schwäche befiel mich, ich sah, hörte und fühlte, war aber unfähig, eine Bewegung zu machen. Ich hörte, wie der Kampf auf dem Fußboden zwischen Mutter und Sohn weitertobte, hörte das scheußliche Brüllen des menschlichen Raubtieres, das verzweifelte Anstrengungen machte, um sich wieder auf mich stürzen zu können. Ich fühlte, wie Olalla mich in ihre Arme nahm, wie ihr Haar über mein Gesicht fiel, wie sie mit der Kraft eines Mannes mich aufrichtete und mich, indem sie mich halb zog und halb trug, in mein Zimmer hinaufschaffte, wo sie mich auf das Bett legte. Dann eilte sie zur Tür, verschloß sie und blieb einen Augenblick stehen, um dem wüsten Brüllen, das durch die Residencia hallte, zu lauschen. Rasch und leise kam sie wieder zu mir, verband meine Hand, legte sie auf ihren Busen, seufzte und klagte in Lauten, die dem Girren der Tauben ähnlich waren. Sie sprach kein Wort, aber diese Töne waren schöner als Worte, unendlich zart und rührend. Doch als ich so dalag, kam mir ein Gedanke, der mir ins Herz schnitt, der mich wie ein Schwerthieb verwundete, ein Gedanke wie ein Wurm in einer Blume, der meine Liebe entweihte. Ja, es waren wunderbare Töne, die ich da hörte; menschliche Zärtlichkeit verursachten sie, aber war ihre Schönheit menschlich?

Den ganzen Tag blieb ich liegen. Lange noch schallte das Gebrüll dieses schrecklichen weiblichen Wesens, das noch immer mit einem schwachsinnigen Balg kämpfte, durch das Haus und erfüllte mich mit namenlosem Kummer und Ekel. Es war der Todesschrei meiner Liebe, die gemordet worden war; nicht nur tot war sie, sondern sie war wie eine Beleidigung meiner selbst. Und doch, ich mochte denken, wie ich wollte, immer noch stieg sie wie ein süßer Strom in mir auf, und wenn ich Olallas Blicke sah oder wenn sie mich berührte, wurde mein Herz weich.

Als das Schreien aufgehört hatte, wurde an der Tür gekratzt; ich wußte, daß es Felipe sei, Olalla öffnete und sprach mit ihm – was sie sprachen, weiß ich nicht. Dieses eine Mal ausgenommen, wich sie nicht von meinem Bett; bald kniete sie und betete inbrünstig, bald stand sie daneben und blickte mich an. Während sechs Stunden konnte ich mich an ihrer Schönheit erlaben, ich sah die goldene Münze, die durch das Aus- und Einatmen sich auf ihrem Busen hob und senkte, ich sah ihre Augen, ob sie sich verdüsterten oder wieder erhellten, stets maßlose Güte ausstrahlen, ich sah das schöne Antlitz und durch das Kleid hindurch die tadellosen Linien des Körpers.

Endlich wurde es Nacht, durch die im Zimmer zunehmende Dunkelheit entschwand sie immer mehr meinen Blicken. Aber die Berührung ihrer weichen Hand glaubte ich noch immer in der meinen zu spüren und es war mir, als ob wir uns unterhielten. So dazuliegen in größter Schwäche und doch die Geliebte sozusagen in großen Zügen genießen zu dürfen, das bedeutet ein Wiedererwachen der Liebe, gegen das die schlimmsten Enttäuschungen nicht ankämpfen können. Ich versuchte, mir Vernunft zu predigen, ich verschloß meine Augen gegen die gesehenen Greuel und war bereit, mich mit dem Schlimmsten abzufinden. Was hatte es auch zu sagen, wenn dies starke Gefühl vorherrschte, wenn ihre Augen mich noch immer fesselten, wenn jetzt sogar jede Fiber meines erschlafften Körpers sich nach ihr sehnte? Spät in der Nacht, als ich mich wieder etwas stärker fühlte, sprach ich mit ihr:

»Olalla«, sagte ich, »das tut nichts, ich frage nicht, ich bin zufrieden; ich liebe Sie.«

Sie kniete nieder und betete eine Weile, ehrfurchtsvoll ließ ich sie gewähren. Der Mond war unterdessen aufgegangen und schien seitwärts in das Zimmer, sodaß ich sie, wenn auch undeutlich, sehen konnte. Als sie wieder aufstand, bekreuzigte sie sich.

»Es ist an mir zu sprechen«, sagte sie, »und Sie sollen mich anhören. Ich weiß, daß Sie nur ahnen können. Ich habe gebetet; wie habe ich für Sie gebetet, daß Sie dieses Dach verlassen möchten. Ich habe sie darum gebeten und ich weiß, daß Sie meiner Bitte nachgekommen wären oder, wenn nicht – Oh lassen sie es mich glauben!«

»Ich liebe Sie«, sagte ich.

»Und doch haben Sie in der Welt gelebt«, sagte sie – dann, nach einer Weile: »Sie sind ein Mann und sind klug und ich bin nur ein Kind. Verzeihen Sie mir, wenn es den Anschein hat, als lehrte ich, ich, die ich so unwissend bin wie die Bäume auf den Bergen, aber die, die viel lernen, streifen doch nur das Wissen, sie erfassen die Gesetze, sie verstehen den Wert der Idee – aber das Grauenhafte der wirklichen Tatsache schwindet aus ihrem Gedächtnis. Wir, die wir mit dem Bösen zu Hause sitzen, wir erinnern uns, glaube ich, wir werden gewarnt und belauert. Gehen Sie, gehen Sie lieber jetzt und denken Sie an mich. So werde ich dann ein Leben unter Ihren liebsten Erinnerungen in Ihrem Gedächtnis führen, ein Leben, das ebensogut das meine ist wie das, das ich in diesem Körper führe.«

»Ich liebe Sie«, sagte ich noch einmal, dann streckte ich meine schwache Hand aus, nahm die ihre, führte sie an meine Lippen und küßte sie. Sie leistete keinen Widerstand, schreckte aber etwas zurück; ich konnte sehen, wie sie mit gerunzelter Stirn mich anschaute. Ihr

Blick war traurig und erstaunt, aber nicht unfreundlich. Dann schien sie einen anderen Entschluß gefaßt zu haben; sie ergriff meine Hand, beugte ihren Körper etwas vor und legte sie auf ihr klopfendes Herz. »Hier«, rief sie, »fühlen Sie den Schlag meines Lebens. Es schlägt nur für Sie, es gehört Ihnen. Aber gehört es denn überhaupt mir? Es ist wohl mein, daß ich es Ihnen anbieten könnte, genauso wie ich diese Münze von meinem Hals nehmen, wie ich einen Zweig von einem Baum abbrechen und sie Ihnen geben könnte. Und doch nicht mein! Ich bin oder glaubte doch irgendwo an einem ganz anderen Ort zu sein – wenn ich überhaupt lebe –, an dem ich eine machtlose Gefangene bin, die von einer Menge, die ich verachte, hin- und hergestoßen und mißhandelt wird. Dieses Organ, das auch an die Rippen der Tiere schlägt, erkennt Sie bei der Berührung als seinen Herrn, ja es liebt Sie! Aber meine Seele, liebt die Sie auch? Ich glaube nicht, ich weiß es nicht und fürchte mich zu fragen. Doch als Sie mit mir sprachen, kamen Ihre Worte von der Seele; Sie fragen aus der Seele – es ist nur aus der Seele, daß Sie mich nehmen würden.«

»Olalla«, sagte ich, »die Seele und der Körper sind eins, so ist es auch meistens in der Liebe. Was der Körper wählt, liebt die Seele, wo der Körper sich anklammert, dort spaltet die Seele, Körper für Körper, Seele zur Seele, sie kommen zusammen, wenn Gott ihnen das Zeichen gibt und der niedrigere Teil – wenn wir überhaupt etwas als niedrig bezeichnen können – ist nur eine Stufe, der Grundstein des Höchsten.«

»Haben Sie«, sagte Olalla, »die Porträts in dem Haus meiner Väter gesehen? Haben Sie meine Mutter oder Felipe angesehen? Haben Ihre Augen je auf dem Bild geruht, das an Ihrem Bett hängt? Die, die für dieses Porträt saß, ist vor einigen Jahrhunderten gestorben, sie hat viel

Böses in ihrem Leben getan. Aber sehen Sie hin, das ist meine Hand bis zur kleinsten Linie, das sind meine Augen, mein Haar. Was ist denn mein eigen und was bin ich? Wenn doch nicht eine einzige Linie meines armen Körpers, den Sie lieben und um dessentwillen Sie irrtümlich mich zu lieben glauben, nicht eine meiner Bewegung, nicht ein Ton meiner Stimme, nicht ein Blick meiner Augen, nein, nicht einmal jetzt, da ich mit dem rede, den ich liebe, mir gehört, sondern andern, die vor mir waren, schon gehörte? Andern, die seit Jahrhunderten tot sind, die andere Männer mit diesen Augen betört haben! Andere Männer haben die Stimme vernommen, die heute an Ihre Ohren klingt. Die Hände der Verstorbenen regieren und leiten mich, ich bin eine Puppe, die ihnen gehorcht, ich bin nur eine Neubildung von Gesichtszügen von Äußerlichkeiten derer, die schon lange nichts Böses mehr tun können, da sie in die ewige Ruhe des Grabes versanken. Bin es ich, die Sie lieben, mein Freund? Oder ist es das Geschlecht, dem ich entstamme? Ist es das Mädchen, das von sich nichts weiß, das keine Verantwortung über sich tragen kann, oder der Strom, von dem sie ein Nebenarm ist, der Baum, von dem sie die aussterbende Frucht ist? Die Familie lebt, sie ist alt und doch ewig jung, aber sie trägt ihr ewiges Schicksal mit sich; wie auf der See eine Welle der anderen, so folgt einer von uns dem andern, wie zum Hohn mit einer Art Willen ausgestattet; in Wirklichkeit aber sind wir wie Marionetten. Wir reden von Seelen, die aber ist stets die gleiche in diesem Geschlecht.«

»Sie lehnen sich gegen das allgemeine Gesetz auf«, sagte ich. »Sie lehnen sich gegen die Stimme Gottes auf, die er so einnehmend zum Überzeugen, so gebieterisch zum Befehlen schuf. Lauschen Sie ihr, wie sie zwischen uns spricht! Ihre Hand klammert sich an die meine, Ihr

Herz klopft, wenn ich Sie berühre, die unbekannten Elemente, aus denen wir bestehen, erwachen, laufen zusammen bei einem einzigen Blick. Ebenso unabänderlich wie die Sterne im Weltall an ihre Bahn gezwungen sind, treibt es uns zueinander.«

»Mein Gott!« sagte sie, »was kann ich Ihnen denn noch sagen? Vor achthundert Jahren herrschten meine Ahnen über diese Provinz. Sie waren weise, groß, schlau und grausam, sie gehörten zu einem der hervorragendsten Geschlechter Spaniens, ihre Fahnen flogen in den Kriegen an der Spitze, und der König nannte sie seine Vettern. Die Menschen aber, wenn der Strick hergerichtet wurde, um sie zu hängen, oder wenn sie ihre Hütten in Rauch aufgehen sahen, verfluchten sie und ihr Geschlecht. Nun aber trat eine Veränderung ein. Der Mensch hat sich emporgerungen, und wenn er ursprünglich tierisch war, so kann er auch wieder auf solch eine Stufe hinabsinken. Der Hauch der Ermüdung wehte über ihr menschliches Sein, sie ließen nach und fingen an, immer tiefer zu sinken, ihr Verstand verfiel in Schlaf, um nur ruckweise in wilder, sinnloser Leidenschaft hie und da aufzuflackern. Die Schönheit erbte sich immer fort, nicht aber der leitende Verstand, noch das menschlich fühlende Herz; die Saat gedieh, sie war in Fleisch gehüllt, das Fleisch bedeckte die Knochen, aber es waren die Knochen und das Fleisch von Raubtieren, während der Verstand dem der Fliegen glich. Ich spreche mit Ihnen, wie ich muß; Sie haben ja selbst gesehen, wie es mit meinem fluchbeladenen Geschlecht steht. Es scheint mir, als stünde ich auf einer kleiner Erhöhung inmitten des um mich herum zusammenstürzenden Bodens, von da sehe ich vor mich und hinter mich, sehe, was wir schon verloren haben und was wir verdammt sind noch zu verlieren. Und ich – ich, die ich abseits und allein in dem Haus der Toten lebe – mit meinem Körper, den ich hasse – soll ich trotzdem dazu beitragen, den Fluch fortzusetzen? Soll ich auch noch einen anderen in diese verhexte, vom Sturm zerschlagene Hütte, in der ich jetzt leide, fesseln? Soll ich dieses von vornherein mit einem Fluch belastete Stück Menschheit, das wieder, wenn es lebt, frisches Gift ausströmt, der Nachwelt wie ein verheerendes Feuer entgegenschleudern? Aber ich habe meinen Schwur getan: Unser Geschlecht soll vom Erdboden verschwinden. Eben trifft mein Bruder die nötigen Vorkehrungen, bald wird sein Tritt auf der Treppe zu vernehmen sein, dann werden Sie mit ihm gehen und auf ewig meinem Gesichtskreis entschwinden. Denken Sie manchmal an mich, an die, der die Lehre des Lebens so rauh gelehrt wurde, die sie aber mit Mut annahm. Denken Sie an die, die Sie wirklich geliebt hat, die sich selbst aber so sehr haßte, daß ihr ihre Liebe verhaßt war und die Sie wegschickte, während sie sich darnach sehnte, Sie auf immer an ihrer Seite zu haben, die keine süßere Hoffnung hat, als Sie vergessen zu können, aber auch keine größere Furcht als die, vergessen zu werden.«

Während sie so sprach, war sie zur Tür gegangen, ihre Stimme klang weicher und wie aus der Ferne kommend. Beim letzten Wort war sie verschwunden, und ich lag allein in dem vom Mond erleuchteten Zimmer.

Was geschehen wäre, wenn nicht die große Schwäche mich an das Bett gefesselt hätte, vermag ich nicht zu sagen. So aber überkam mich maßlose, entsetzliche Verzweiflung.

Es dauerte nicht lange und ich sah in der geöffneten Tür den rötlichen Schein einer Laterne. Felipe trat ins Zimmer, lud mich ohne ein Wort zu sagen auf seine Schultern und trug mich hinunter zum großen Gittertor, wo der Wagen bereitstand. Als seien sie aus Pappe ausgeschnitten, so scharf hoben sich die Hügel im Mondschein ab; auf der glitzernden Fläche des Plateaus und zwischen den niederen Bäumen, die im Nachtwind schwankten, erhob sich die große, schwere, dunkle Masse der Residencia; in der nördlichen Fassade waren die drei Fenster von Olallas Zimmer schwach erleuchtet. Solange ich sie sehen konnte, schaute ich nach ihnen hin, dann ging die Straße ins Tal hinunter, und sie entschwanden meinen Blicken. Schweigend ging Felipe neben der Wagendeichsel. Von Zeit zu Zeit mäßigte er die Gangart des Maultieres, um nach mir zu sehen; dann kam er ganz nahe heran und legte seine Hand auf meinen Kopf. Es lag soviel Liebe in der Berührung, die Bewegung hatte so etwas Spontanes, wie wenn ein treuer Hund seinem Herrn seine Anhänglichkeit zu verstehen geben will, daß ich in helle Tränen ausbrach.

»Felipe«, sagte ich, »bringen Sie mich an einen Ort, wo man keine Fragen an mich stellen wird.«

Er sagte kein Wort, drehte aber um und fuhr ein Stück des Weges zurück, den wir gerade gekommen waren. Dann nahm er einen Seitenweg und fuhr mich nach einem kleinen und wenig bevölkerten Gebirgsdorf. Ich erinnere mich nur undeutlich, daß bei Tagesanbruch der Karren hielt, man mir heraushalf und ich in ein kahles Zimmer getragen wurde, wo mich dann ein bleierner Schlaf befiel.

Am nächsten wie an den folgenden Tagen saß der alte Pater mit seiner Schnupftabakdose und seinem Gebetbuch oft bei mir. Nach einiger Zeit, als ich wieder zu Kräften kam, sagte er mir, ich sei auf dem besten Weg zur Genesung und solle meine Abreise nach Möglichkeit beschleunigen. Er nahm dabei eine Prise und sah mich von der Seite an. Ich stellte mich nicht, als wisse ich von nichts, denn ich dachte mir, daß er Olalla gesprochen habe. »Mein Herr«, sagte ich, »Sie wissen, daß ich nicht aus Neugierde frage, aber wie verhält es sich denn mit dieser Familie?«

Er erzählte mir, daß sie sehr unglücklich und ein dem Untergang geweihtes, sehr armes und heruntergekommenes Geschlecht sei.

»Aber Olalla ist nicht vernachlässigt worden«, sagte ich, »und zwar zweifellos dank Ihrer Fürsorge. Sie ist gebildet und klug in einem Maß, das man sonst bei Frauen nicht antrifft.«

»Ja,« sagte er, »die Señorita ist gebildet. Aber die Familie ist vernachlässigt worden.«

»Die Mutter?« forschte ich.

»Ja, auch die Mutter«, sagte der Pater und nahm eine neue Prise. »Aber Felipe ist ein guter Junge.«

»Die Mutter ist sonderbar?« fragte ich.

»Sehr sonderbar«, antwortete der Priester.

»Hochwürden, ich glaube, daß wir, wie die Katze um den heißen Brei gehen«, sagte ich. »Sie müssen in meiner Angelegenheit mehr wissen, als Sie zugeben wollen. Sie müssen auch wissen, daß meine Neugierde in vielen Punkten ganz gerechtfertigt ist. Wollen Sie mir gegenüber nicht ehrlich sein?«

»Mein Sohn«, sagte der alte Herr, »ich werde, was die Dinge anbelangt, von denen ich weiß, sehr offen mit Ihnen sein; aber was die Dinge betrifft, von denen ich nichts weiß, so ist eine große Verschwiegenheit nicht nötig, um darüber Stillschweigen zu bewahren. Ich werde mit Ihnen nicht diskutieren, da ich Sie ja sehr gut verstanden habe. Ich kann nur sagen, daß wir alle in Gottes Hand sind und daß seine Wege nicht die unseren sind. Ich habe sogar mit meinen kirchlichen Vorgesetzten darüber gesprochen, aber auch sie blieben stumm. Es ist ein unergründliches Geheimnis.«

»Ist sie verrückt«, fragte ich.

»Ich werde Ihnen ehrlich antworten«, sagte der Priester. »Als sie jung war – Gott verzeihe mir, ich fürchte, daß ich das wilde Reis vernachlässigt habe –, war sie ganz gewiß geistig gesund und doch, obwohl es nicht zu solchen Auswüchsen kam, war diese Neigung doch schon zu bemerken. Sie hatte sie von ihrem Vater und vor ihm hatten sie schon andere aus der Familie gehabt. Vielleicht, daß ich darum die ganze Sache zu leicht nahm. Aber solche Sachen pflanzen sich nicht nur im einzelnen, sondern im ganzen Geschlecht fort.«

»Als sie jung war –«, fing ich an und einen Augenblick versagte mir die Stimme; nur mit der größten Anstrengung konnte ich hinzusetzen: »war sie da wie Olalla?«

»Gott behüte!« rief der Pfarrherr aus. »Gott behüte, daß irgend jemand so etwas von meinem Lieblingsbeichtkind denke. Nein, nein, die Señorita – ihre Schönheit ausgenommen, und ich wünschte, ganz aufrichtig gesagt, sie wäre nicht so schön – sieht ihrer Mutter, wie sie in ihrem Alter war, nicht im geringsten ähnlich. Ich möchte nicht, daß Sie so etwas denken, obwohl, weiß der Himmel, es für Sie vielleicht besser wäre.«

Nachdem er mir das gesagt hatte, richtete ich mich in meinem Bett auf und erschloß dem alten Mann mein Herz.

Ich sagte ihm alles von unserer Liebe, von ihrem Entschluß, und meiner eigenen Abscheu über das Vorgefallene. Dann bat ich ihn, mir zu sagen, wie er sich zu der Sache stelle.

Er hörte mir geduldig und ohne ein Zeichen des Erstaunens zu, und als ich schwieg, saß er einige Augenblicke still da. Dann hub er an: »Die Kirche...« Sofort brach er aber wieder ab, um sich zu entschuldigen. »Ich hatte vergessen, mein Sohn, daß Sie kein rechtgläubiger Christ sind«, sagte er. »Ja, in der Tat, in einer so ganz außergewöhnlichen Sache hätte die Kirche wohl auch kaum entscheiden können. Aber wollen Sie vielleicht meinen Rat haben? Die Señorita ist in einem Fall wie diesem doch der beste Richter; ich würde ihr Urteil annehmen.«

Hierauf verließ er mich und besuchte mich von diesem Tage an nicht mehr mit derselben Regelmäßigkeit. Sogar als ich anfing, wieder spazierenzugehen, ging er mir sichtlich aus dem Weg; auch die Dorfbewohner mieden mich und weigerten sich, mir Führerdienste in den Bergen zu leisten. Sie sahen mich mißtrauisch an, und ich merkte, daß die Abergläubigsten sich bekreuzigten, wenn ich in die Nähe kam. Zuerst glaubte ich, daß meinen ketzerischen Ideen zuschreiben zu müsssen, aber mit der Zeit kam ich dahinter, daß ich wegen meines Aufenthaltes in der Residencia so gefürchtet war. Jeder vernünftige Mensch verlacht solchen Aberglauben, dennoch warf ihr Benehmen einen düsteren Schatten auf meine Liebe.

Einige Meilen westlich des Dorfes war ein Einschnitt in der Sierra, durch den man direkt auf die Residencia hinunterblicken konnte; dieser Platz wurde nun das Ziel meines täglichen Spazierganges. Auf dem Gipfel lag ein Wäldchen, an dessen Rand neben dem Fußweg ein mächtiger, flacher Felsen ragte, auf dem ein lebensgroßes Kruzifix mit außerordentlich schmerzvollen Zügen errichtet war. Da oben saß ich nun Tag für Tag und sah auf das Plateau und das große Haus hinunter, sah Felipe, der, nicht größer als eine Fliege, seiner Gartenarbeit nachging. An manchen Tagen war die Aussicht durch Nebel getrübt, die aber dann wieder von dem Wind vertrieben wurden. An anderen Tagen wieder schlummerte die ganze Ebene im flammenden Sonnenschein oder es regnete so stark, daß gar nichts zu sehen war.

Eines Tages, als ich wieder auf meinem Felsen saß, kam ein in einen Mantel gehüllter, ziemlich knorriger Bauer des Wegs. Er war hier fremd und kannte mich sicher nicht, nicht einmal dem Ruf nach; denn statt mir aus dem Weg zu gehen, kam er heran und setzte sich neben mich. Wir kamen bald ins Gespräch. Unter anderem erzählte er mir auch, daß er früher Maultiertreiber gewesen und viel in diesen Bergen herumgekommen sei; später sei er dann mit seinen Maultieren der Armee gefolgt, hätte dabei gut verdient und lebe jetzt vom Ertrag seiner Geschäfte zurückgezogen mit seiner Familie.

»Kennen Sie jenes Haus?« fragte ich und deutete auf die Residencia, denn jeder Unterhaltung, die mich davon abhielt, an Olalla zu denken, wurde ich bald überdrüssig.

Er sah mich mit finsterer Miene an und bekreuzigte sich. »Nur zu gut«, sagte er, »da drin war es, wo einer meiner Kameraden sich dem Satan verkaufte. Die heilige Jungfrau behüte uns vor Versuchung! Er hat auch schwer büßen müssen, denn er brennt heute an der glühendsten Stelle der Hölle!«

Furcht überkam mich und ich konnte nichts antworten. Als ob er ein Selbstgespräch führe, redete der Mann weiter: »Ja«, sagte er »O ja, ich kenne es, ich bin an seinen Toren vorbeigekommen. Im Paß lag Schnee, der Sturm tobte und ganz gewiß irrte der Tod in dieser Nacht in den Bergen umher; aber noch Schlimmeres lauerte an diesem Herd. Ich nahm ihn beim Arm, Señor, und zerrte ihn ans Gittertor, ich beschwor ihn, bei allem, was ihm lieb und teuer war, mit mir zu gehen, ich kniete mich vor ihn in den Schnee und ich sah auch, daß mein Bitten nicht umsonst war. Gerade in dem Augenblick trat sie auf die Galerie und rief ihn beim Namen! Er drehte sich nach ihr um und sah hinauf, wie sie da oben stand mit einer brennenden Lampe in der Hand und ihm zulächelte, damit er zurückkehre. Laut rief ich Gott um Hilfe an, ich umschlang ihn fest mit meinen Armen, er aber schob mich zur Seite und ließ mich allein. Er hat seine Wahl getroffen. Gott steh uns bei, ich würde wohl für ihn beten, aber was hätte das für einen Zweck? Es gibt Sünden, von denen uns nicht einmal der Papst freisprechen kann.«

»Und was ist denn aus Ihrem Freund geworden?« fragte ich.

»Das weiß nur Gott«, sagte der Maultiertreiber. »Wenn alles, was man hört, wahr ist, so war sein Ende wie seine Sünde so furchtbar, daß einem das Haar zu Berg steht.«

»Wollen Sie damit sagen, daß er getötet wurde?« fragte ich.

»Das steht wohl fest, daß er getötet wurde«, entgegnete der Mann. »Aber wie, ja wie? Aber es ist schon Sünde, von solchen Dingen auch nur zu reden.«

»Die Leute in jenem Haus...«, hub ich an.

Aber in einem Ausbruch wilder Leidenschaft unterbrach er mich.

»Die Leute«, schrie er. »Was für Leute? In jenem Haus des Teufels gibt es weder Männer noch Weiber! Sie haben schon so lange hier gelebt und nie etwas gehört?«

Nun beugte er sich ganz zu mir und raunte mir etwas ins Ohr, als fürchte er, die Vögel des Gebirges würden, wenn er es laut sage, vor Entsetzen erstarren.

Was er mir sagte, war nicht wahr, es war nicht einmal neu, sondern nur eine Neuauflage von bäuerlichem Unwissen und Aberglauben, eine Geschichte, die so alt wie die Menschheit selbst war. In den alten Zeiten, meinte er, hätte die Kirche dieses Vampirnest ausgebrannt, aber der Arm der Kirche habe nicht mehr die alte Kraft. Die Hand der Menschen hätte seinen Freund Miguel ungestraft gelassen, dafür sei er aber der viel schrecklicheren Strafe Gottes verfallen. Das sei ein Unrecht, dem abgeholfen werden müsse. Der Pater werde alt und sei sogar selbst verhext, aber die Augen seiner Herde seien jetzt offen für die sie bedrohende Gefahr, und der Tag würde kommen – er werde gar nicht mehr lange auf sich warten lassen –, an dem der Rauch dieses Hauses zum Himmel aufsteigen würde.

Er ging seines Weges und ließ mich voller Entsetzen und Schrecken zurück. Ich wußte nicht, was zu tun sei. Sollte ich den Pater warnen oder selbst die unheimliche Botschaft in die Residencia hinunterbringen? Das Schicksal enthob mich aller Erwägung, denn wie ich noch so unschlüssig dastand, sah ich eine verschleierte Frauengestalt den Bergpfad heraufkommen. Kein Schleier konnte mich täuschen, ich erkannte sofort Olalla. Hinter einer Kante des Felsens versteckt, wartete ich, bis sie den Gipfel erreicht hatte, dann trat ich vor. Sie erkannte mich und blieb stehen, sprach aber kein Wort, und auch ich schwieg; lange sahen wir uns in leidenschaftlicher Traurigkeit an.

»Ich dachte, Sie seien weggegangen«, sagte sie endlich. »Das ist alles, was Sie für mich tun können – zu gehen. Es ist doch das einzige, um das ich Sie jemals bat, und trotzdem bleiben Sie noch. Wissen Sie denn nicht, daß jeder Tag Ihres Bleibens für uns wie auch für Sie eine immer drohendere Gefahr ist? Ein Gerede geht im Berg herum, man glaubt, daß Sie mich lieben, und das werden die Leute nicht dulden.«

Daß sie von der Gefahr wußte, nahm mir einen Stein vom Herzen. »Olalla«, sagte ich, »ich bin bereit, heute zu gehen, nein jetzt gleich, aber nicht allein.«

Sie trat zur Seite, kniete vor das Kruzifix und betete. Ich stand neben ihr und sah bald sie, bald den Gegenstand ihrer Anbetung an, sie die lebende Figur einer Büßerin, über ihr das grauenhaft angepinselte Bild mit gemalten Wunden und hervortretenden Rippen. Die Stille wurde nur durch den Klageruf eines Vogels unterbrochen, der über unseren Köpfen seine Kreise zog. Nun stand Olalla auf, drehte sich nach mir um, lüftete den Schleier und sah mich, an das Kreuz gelehnt, mit blassem, bekümmerten Gesicht an. »Ich habe dem Kreuz Treue geschworen«, sprach sie. »Der Pater sagt, Sie seien kein Christ, aber blicken Sie empor und sehen Sie in das Gesicht des Schmerzenmannes. Alle sind wir, wie Er war – die Erben der Sünde. Wir müssen alle eine Vergangenheit tragen und für sie büßen, obwohl sie nicht unsere eigene ist, aber in jedem, ja sogar in mir, ist ein Funke des Göttlichen. Wie er müssen wir eine kleine Weile dulden, bis der Morgen anbricht, der uns den Frieden bringt. Lassen Sie mich denn allein meinen Weg wandeln, so werde ich mich am wenigsten vereinsamt fühlen. Mein Freund ist Er, der Freund aller Betrübten. So werde ich am glücklichsten werden; denn ich habe von irdischem Glück Abschied genommen, und willig erkenne ich den Kummer als mein Los.«

Ich sah in das Gesicht des Gekreuzigten, und obwohl ich kein Freund von solchen Bildern bin, wurde mir trotz der häßlichen, grotesken Kunst dieses Kruzifixes doch einiger Sinn in dieser Darstellung klar. Das Gesicht sah mit schmerzvoll tödlicher Verzerrung auf mich hernieder, aber die Strahlen einer Glorie umspielten es und erinnerten mich an die Freiwilligkeit des Opfers. Da stand es und krönte gleichsam den Felsen, wie so viele Kreuze an den Wegen stehen, um dem Wanderer zu sagen, daß das Vergnügen nicht das Höchste, sondern daß der Schmerz das Los der Edlen sei und daß man alles ertragen und nur das Gute tun solle. Vergebliche Symbole der edlen und traurigen Wahrheiten.

Ich wandte mich ab und ging still den Bergpfad hinunter. Als ich mich zum letzten Mal umsah, ehe das Wäldchen mich aufnahm, stand Olalla noch immer an das Kruzifix gelehnt, oben auf dem Felsen.

Nach einer älteren anonymen Übersetzung

Die tollen Männer

ERSTES KAPITEL

Eileen Aros

Es war ein schöner Morgen Ende Juli, als ich zu Fuß die letzte Strecke Weges nach Aros antrat. Ein Boot hatte mich nachts zuvor in Grisapol abgesetzt; ich hatte mit dem mageren Frühstück des kleinen Gasthofes vorlieb genommen, hatte Sack und Pack zurückgelassen, um es gelegentlich auf dem Seewege abzuholen, und trat nun fröhlichen Herzens den Marsch quer über die Landzunge an.

Heimisch war ich, der Nachkomme eines reinen Niederlandgeschlechtes, hierzulande nicht. Aber ein Onkel von mir, Gordon Darnaway, hatte nach einer ärmlichen Jugend und einigen Jahren zur See sich hier auf den Inseln ein junges Weib genommen; Mary Maclean war ihr Name, die letzte ihres Hauses; und als sie bei der Geburt einer Tochter starb, war Aros, der meerumspülte Hof, in seinen Besitz übergegangen. Mehr als den nackten Lebensunterhalt bot ihm dieser nicht, wie ich wohl wußte. Er war ein Mann, den das Mißgeschick verfolgte; mit dem kleinen Kinde belastet, scheute er sich, von neuem den Kampf mit dem Leben aufzunehmen, und blieb in Aros zurück, ruhelos und dem Schicksal grollend. Jahre der Einsamkeit waren über ihn hinweggegangen, ohne ihm Hilfe oder Zufriedenheit zu bringen. Inzwischen starb unsere Familie im Niederlande langsam aus. Keinem jenes Geschlechtes war sonderlich viel Glück beschieden; mein Vater war vielleicht der Glücklichste von allen: er überlebte nicht nur die meisten, sondern hinterließ auch einen Sohn als Erben seines Namens und ein wenig Geld, um ihn zu stützen. Ich war Student an der Edinburger Universität und lebte leidlich auf eigene Kosten, wenn auch ohne Sippe und Freundschaft, als Kunde von meinem Dasein sich zu meinem Onkel Gordon auf der Roß von Grisapol verlor; und er, für den Blut dicker als Wasser war, schrieb mir noch am selben Tage, als er von mir erfuhr, und lehrte mich, Aros als meine Heimat zu betrachten. So kam es, daß ich meine Ferien in jenen Gegenden, weitab von menschlicher Gesellschaft und Behagen, unter den Klippfischen und dem Moorgeflügel, verlebte; und darum kehrte ich an jenem Julitage, nach beendetem Studium, so leichten Herzens dorthin zurück.

Die Roß, wie wir sie nennen, ist eine Landzunge, weder breit noch hochgelegen, aber so wild, wie Gott sie nur je geschaffen hat, rechts und links von weitem Meer umgeben, in dem wüste Inseln und Riffe den Seemann bedrohen; das Ganze im Osten überragt von einigen sehr hohen Klippen und dem mächtigen Gipfel des Ben Kyaw. ›Nebelberg‹ sollen die Worte auf Gälisch bedeuten, und er trägt seinen Namen mit Recht. Denn jener Bergrücken, der über dreitausend Fuß hoch liegt, fängt alle vom Meere hergetriebenen Wolken auf; ja, häufig schien es mir, als ob er sie selber erzeuge, da Ben Kyaw auch dann noch einen Schleier trug, wenn der ganze Himmel bis zum Meeresspiegel rein und klar war. Auch Wasser spendete der Berg, der infolgedessen bis zu seinem Scheitelpunkt versumpft war. Ich habe es erlebt, daß wir auf der Roß im hellsten Sonnenscheine saßen, während der Regen wie schwarzer Krepp sich auf den Berg niedersenkte. Aber diese Feuchtigkeit ließ ihn mir mitunter nur noch schöner erscheinen; denn wenn die Sonnenstrahlen auf seine Lehne fielen, funkelten die vielen Felsen und Wasserläufe bis nach dem fünfzehn Meilen entlegenen Aros hin wie Edelsteine.

Der Weg, dem ich folgte, war ein Hirtenpfad. Er barg so viele Krümmungen, daß die Länge meiner Reise sich fast verdoppelte; er führte über rauhes Gestein, das man nur sprungweise überqueren konnte, und über weiche Niederungen, in denen man fast bis zum Knie im Moor versank. Nirgends war eine Spur von Anbau; in den ganzen zehn Meilen von Grisapol bis Aros fand sich kein einziges Haus. Natürlich waren Häuser vorhanden, – zum mindesten deren drei; aber sie lagen rechts und links so weit ab vom Wege, daß kein Fremder sie von dort hätte aufspüren können. Die Roß ist zum großen Teil von Granitblöcken bedeckt, von denen einzelne ein zweiräumiges Haus an Größe übertreffen, und die einer neben dem andern ruhen. Farne und dichtes Heidekraut wachsen in den Spalten und dienen den Vipern als Brutstätte. Woher immer der Wind blies, brachte er Seeluft mit sich, salzig wie auf einem Schiff; die Möwen waren so zahlreich wie das Moorgeflügel auf der Roß; und überall, wo der Weg ein wenig stieg, blitzte der leuchtende Meeresspiegel zündend auf. Mitten im Landinnern habe ich bei Hochflut an windigen Tagen das Tosen der Brandung, die gegen Aros anläuft, vernommen, laut wie Schlachtgebrüll, und die mächtigen furchtbaren Stimmen der Wirbel, die wir die ›Tollen Männer‹ nennen.

Aros selbst – Aros Jay habe ich die Einheimischen es nennen hören, und sie sagen, es bedeute ›das Haus Gottes‹ – ist nicht eigentlich ein Teil der Roß und auch keine Insel. Es bildet die südwestliche Ecke des Festlandes, schmiegt sich ihm eng an und ist nur an einer Stelle durch ein kleines Watt, das an seinem schmalsten Übergang keine vierzig Fuß mißt, von der Küste getrennt. Bei Hochflut war es hier klar und still wie in einem Teiche oder Binnenfluß; nur die Pflanzen und Fische waren andere und das Wasser selbst grün statt braun; bei Ebbe jedoch, wenn der Tiefstand erreicht war, konnte man an ein, zwei Tagen im Monat trockenen Fußes von Aros nach dem Festland gehen. Es gab stellenweise gute Weide, wo mein Onkel die Schafe, die ihm zur Nahrung dienten, grasen ließ; vielleicht war das Gras hier, weil die kleine Insel höher gelegen war als die Landzunge; ich bin jedoch allzu unwissend, um hierüber zu entscheiden. Das Haus war für die dortigen Verhältnisse gut und hatte zwei Stockwerke. Es blickte mit der Front nach Westen, über die Bucht hinaus; hart in der Nähe befand sich ein Landungssteg für die Boote, und von der Tür aus konnte man die Nebel auf Ben Kyaw brauen sehen.

Überall an der dortigen Küste, besonders aber bei Aros, wandern die großen Granitblöcke, von denen ich gesprochen habe, scharenweise, wie Viehherden an einem Sommertage, ins Meer hinaus. Dort stehen sie und gleichen nichts in der Welt so sehr wie ihren Nachbarn auf dem Lande; nur trennt sie statt der stillen Erde die schluchzende salzige Flut, und statt des Heidekrautes umblühen sie Büschel von Seenelken; an ihrem Sockel aber windet sich statt der giftigen Sandviper der große Seeaal. – An windarmen Tagen kann man stundenlang im Boot zwischen ihnen hin- und herirren, und das Echo folgt einem durch das ganze Labyrinth; bei Flut jedoch stehe der Himmel dem Menschen bei, der jenen Kessel brodeln hört.

An der Südwestspitze von Aros sind diese Blöcke überaus zahlreich und von weit größerem Umfang. Ja, weiter draußen im Meer müssen sie eine gewaltige Wucht erreichen, ist doch die offene See an die zehn Meilen im Umkreis mit ihnen so dicht besät wie ein ländlicher Ort mit Häusern. Einige ragen dreißig Fuß über das Meer empor; andere wieder sind unsichtbar, aber alle sind den Schiffen gefährlich, und an klaren Tagen, wenn der Wind von Westen blies, habe ich, von Aros aus, die großen, schweren weißen Sturzwellen an vierundsechzig solchen begrabenen Riffen branden sehen. Aber in der Nähe der Küste ist die Gefahr am größten, denn hier, am Ende der Landzunge, bildet die wie ein Mühlstrudel rasende Flut einen weiten brodelnden Wassergürtel, – die Roost genannt. Oft bin ich bei totenstiller Ebbe hier draußen gewesen, – und seltsam wahrlich ist der Ort. Die See wirbelt und schäumt und kocht wie ein Hexenkessel mit einem hin und wieder schwatzenden, hüpfenden Geräusch, als spräche die Roost mit sich selber. Wenn aber die Flut wieder zu steigen beginnt, vor allem bei schwerer See, gibt es niemanden, der sich dem Ort auf eine halbe Meile im Boot nahen dürfte, und kein Schiff, das hier steuern und flott bleiben könnte. Man kann das Getöse noch auf sechs Meilen Entfernung hören. – Nach der Seeseite zu ist der stärkste Wirbel; hier ist auch die Stelle, wo die mächtigen Sturzwellen, die wir hierzulande die ›Tollen Männer‹ nennen, zusammen ihren Tanz aufführen – einen Totentanz. Es heißt, daß sie mitunter fünfzig Fuß hoch steigen; damit muß aber nur das grüne Wasser gemeint sein, denn die Gischt steigt doppelt so hoch. Ob sie ihren Namen ihren Bewegungen, die rasch und wild und possenhaft sind, oder ihrem Toben verdanken, das bei Flutwechsel ganz Aros erdröhnen läßt, ist mehr, als ich zu sagen vermag.

In Wahrheit ist jener Teil des Inselmeeres bei südwestlichem Wind nicht mehr und nicht weniger als eine Falle. Fände ein Schiff durch die Riffe seinen Weg und hätte es die ›Tollen Männer‹ glücklich überwunden, so müßte es an der Südküste von Aros, in der Bucht von Sandag, wo die vielen traurigen Ereignisse, von denen ich berichten will, unserer Familie zustießen, stranden. Der Gedanke an all diese Gefahren an einem mir seit so langer Zeit vertrauten Orte, heißt mich die jetzt eingeleiteten Arbeiten zur Errichtung von Leuchtstationen an den Küstenvorsprüngen und Bojen längs den Engen unserer eisenumgürteten und ungastlichen Inseln besonders begrüßen.

Das Landvolk kannte manche Märe über Aros, wie ich von meines Onkels Knecht Rorie, einem alten Diener der Macleans, der bei der Heirat ohne weiteres seine Dienste auf ihn übertrug, wußte. Es ging die Sage von einem unglücklichen Seegespenst, das sein Wesen auf eine eigene, unselige Art in den kochenden Wirbeln der Roost trieb. Eine Seejungfrau war einmal am Strande von Sandag einem Dudelsackpfeifer begegnet und hatte ihm dort eine liebe lange Mittsommernacht hindurch vorgesungen, so daß er am anderen Morgen vom Wahnsinn befallen aufgefunden wurde und von jenem Tage an bis zu seinem Tode nur eine Rede führen konnte; wie sie ursprünglich auf Gälisch lautete, weiß ich nicht, aber man hat sie übersetzt: »Ach, das süße Singen aus der See.« Von Seehunden, die jene Küste umlagern, weiß man, daß sie Menschen auf menschliche Weise angesprochen haben und großes Unglück voraussagten. Hier war es auch, wo ein gewisser Heiliger auf der Fahrt nach Irland, wo er die Hebrider bekehren wollte, zum ersten Male landete. Und ich meine, er hatte einiges Recht auf seinen Heiligentitel, denn mit Schiffen, wie sie in vergangenen Zeiten üblich waren, eine so stürmische Fahrt vollbringen und an einer so heiklen Küste landen, grenzt wahrlich an das Wunderbare. Ihm oder einigen seiner mönchischen Diener, die dort eine Zelle besaßen, verdankt das Inselchen auch seinen schönen, heiligen Namen: das Haus Gottes.

Unter diesen Altweibergeschichten gab es eine, der

ich mehr Glauben zu schenken geneigt war: wie man mir sagte, strandete in jenem Unwetter, das die Schiffe der unbesieglichen Armada an der ganzen Nord- und Westküste Schottlands zerstreute, ein mächtiges Fahrzeug bei Aros und ging vor den Augen vereinzelter Menschen, die sich auf einem der Hügel versammelt hatten, mit Mann und Maus und wehender Flagge unter. Diese Erzählung hatte einige Wahrscheinlichkeit für sich, denn an der Nordküste, zwanzig Meilen von Grisapol, lag ein anderes Schiff derselben Flotte auf dem Meeresboden. Man erzählte die Märe, wie es mir schien, ausführlicher, und nachdrücklicher als ihre Mitlegenden, und eine Einzelheit insbesondere trug viel dazu bei, mich von ihrer Wahrheit zu überzeugen: der Name des Schiffes war im Gedächtnis der Leute geblieben und klang echt spanisch in meinen Ohren. Die ›Espiritu Santo‹ war es genannt – ein gewaltiges Schiff von vielen Stockwerken und Kanonen, beladen mit Kostbarkeiten, mit Granden aus Spanien und wilden Soldadoes, die jetzt klaftertief, westlich von Aros in der Bucht von Sandag, von ihren Kriegen und Fahrten bis in alle Ewigkeiten ausruhten. Vorbei mit den Saluten für das feste Schiff, ›der heilige Geist‹, vorbei mit günstigen Winden und glücklichen Abenteuern; nun faulte es tief unter dem Tang, beim Toben der ›Tollen Männer‹, wenn die steigende Flut sich vor der Insel bäumte. Von jeher war mir dies ein seltsamer Gedanke, der noch an Seltsamkeit wuchs, je mehr ich über Spanien erfuhr, von wo aus es die Segel gehißt, in Begleitung einer so stolzen Schar und von König Philipp, dem üppigen Monarchen, ausgesandt. Und nun muß ich berichten, daß die ›Espiritu Santo‹ an jenem Tage auf meinem Wege von Grisapol mir viel im Sinne lag. Ich hatte die wohlwollende Aufmerksamkeit unseres damaligen Rektors der Edinburger

Universität, des berühmten Schriftstellers Dr. Robertson, gewonnen und war von ihm mit der Ordnung und Auslese einiger alter Schriften betraut worden; und an einer Stelle fand ich zu meiner größten Überraschung eine Aufzeichnung über dasselbe Schiff, die ›Espiritu Santo‹, mitsamt dem Namen seines Kapitäns, und wie es mit einem großen Teil des spanischen Schatzes beladen gewesen und auf der Roß von Grisapol gesunken sei. Die genaue Stelle jedoch hatte man von den wilden Stämmen jenes Ortes und jener Zeit trotz aller Nachforschungen des Königs nicht erkunden können. Wenn ich das eine nun zum anderen fügte und König Jamies Goldsuchertätigkeit mit unserer Inseltradition verband, mußte in mir der Glaube erstarken, daß der Ort, den der König vergeblich zu erfragen suchte, kein anderer als die enge Bucht von Sandag auf meines Onkels Gebiet sein konnte; und da ich von jeher einen Hang zur Technik besaß, hatte ich hin und her überlegt, wie jenes gute Schiff, mitsamt seinen Ingots, Unzen und Dublonen zu heben und unser Haus Darnaway zu seinem lang entschwundenen Ansehen und Reichtum zurückzubringen sei.

Es war ein Plan, den ich rasch bereuen sollte. Meinem Denken wurde gar bald eine andere Richtung gegeben, und seitdem ich Zeuge eines seltsamen Gottesurteils geworden bin, hat mein Gewissen den Gedanken an die Schätze der Toten nicht ertragen können. Aber selbst zu jener Zeit muß ich mich von schmutziger Habgier freisprechen. Begehrte ich Reichtum, dann nicht für mich selbst, sondern um einer willen, die meinem Herzen nahestand – für meines Onkels Tochter, Mary Ellen. Sie hatte eine Zeitlang auf dem Festlande die Schule besucht und eine gute Erziehung genossen, ohne die sie armes Kind glücklicher dran gewesen wäre. Denn Aros war für sie nicht der rechte Ort, mit Rorie, dem alten Diener, und ihrem Vater als einzigen Gesellschaftern. Dieser, schlecht und recht auf dem Lande unter den Kameroniern erzogen, ein langjähriger Clyde- und Inselschiffer, der jetzt aus tiefstem Herzen mißvergnügt seine Schafe regierte und eine spärliche Küstenfischerei ums liebe Brot betrieb, war einer der unglücklichsten Männer Schottlands. Erschien mir, der nur ein, zwei Monate blieb, der Aufenthalt dort langwierig, wieviel mehr dann noch ihr, die jahraus, jahrein unter den Schafen und schwirrenden Möwen, bei Tanz und Sang der ›Tollen Männer‹ auf der Roost, ihre Tage in jener Einöde verbrachte.

ZWEITES KAPITEL

Was das Wrack nach Aros brachte

Es war zwischen Flut und Ebbe, als ich endlich Aros erreichte, und es blieb mir nichts übrig, als mich am Ufer aufzustellen und nach Rorie um das Boot zu pfeifen. Ich brauchte das Signal nicht zu wiederholen, schon beim ersten Ton war Mary an der Tür und winkte als Antwort mit dem Taschentuch, während der alte Knecht langbeinig über den Kies zum Landungssteg hinunterschlurfte. Trotz aller Eile brauchte er viel Zeit, bis er herübergerudert war, und ich sah ihn einige Male innehalten, zum Heck gehen und neugierig ins Kielwasser hinabstarren. Als er sich mir näherte, erschien er mir ausgemergelt und gealtert, und es war mir, als wiche er meinen Blikken aus. Der Kahn war durch zwei neue Keile und verschiedene Flicke aus einem seltenen, fremdländischen Holz, dessen Name ich nicht kannte, ausgebessert.

»Aber Rorie«, sagte ich, als wir die Rückfahrt antraten, »das ist ja kostbares Holz. Wie seid ihr dazu gekommen?«

»Es wär woll schwer zu hobeln«, meinte er widerwillig; und im gleichen Augenblicke ließ er die Ruder fallen und machte abermals einen jener plötzlichen Vorstöße nach dem Heck, die ich auf seiner Herfahrt bemerkt hatte, und starrte, auf meine Schulter gestützt, entsetzt in das Wasser.

»Was ist los?« fragte ich, ziemlich erschrocken.

»Es war woll ein großer Fisch«, sagte der Alte und griff die Ruder wieder auf, und außer einigen seltsamen Blikken und einem vielsagenden Kopfschütteln war nichts mehr aus ihm herauszuholen. Mir selber zum Trotz griff eine gewisse Unruhe auf mich über; ich drehte mich gleichfalls um und beobachtete das Kielwasser. Das Meer war hier im Mittelpunkte der Bucht still und durchsichtig, aber außerordentlich tief. Eine Zeitlang sah ich nichts; schließlich war mir jedoch, als wenn etwas Dunkles – ein großer Fisch, vielleicht auch nur ein Schatten – haarscharf der Spur des gleitenden Kahnes folge. Und dann erinnerte ich mich einer abergläubischen Überlieferung Rories: wie anläßlich einer der vernichtenden Blutfehden zwischen den Clans von Morveen jahrelang ein in jenen Gewässern völlig unbekannter Fisch der dortigen Fähre zu folgen pflegte, bis keiner mehr den Übergang zu machen wagte. »Er wird woll auf den Richtigen lauern«, sagte Rorie.

Mary erwartete mich am Strande und führte mich den Abhang hinauf nach dem Haus von Aros. Draußen und drinnen war vieles anders geworden. Der Garten war mit dem gleichen Holz, das ich am Boote bemerkt hatte, eingezäunt, in der Küche befanden sich einige mit seltenem Brokat bezogene Stühle; Brokatvorhänge verkleideten die Fenster; auf der Anrichte stand eine stumme Uhr; eine Messinglampe hing von der Decke herunter; der Mittagstisch war mit dem feinsten Leinenzeug und Silber gedeckt; und alle diese neuen Kostbarkeiten standen in der alten, mir so wohlbekannten Küche, mit der hochlehnigen Bank und den Hockern und dem alten Wandbett für Rorie, mit den Pfeifen auf dem Kaminsims und den dreieckigen Spucknäpfen, die statt mit Sand mit Muscheln gefüllt waren; mit den nackten Steinwänden und dem kahlen Holzboden und den drei aus Flicken zusammengesetzten Teppichen, die früher ihren einzigen Schmuck bildeten; Armeleuteflickereien, die es in der

Stadt nicht gab, aus selbstgewebtem Zeug, schwarzem Sonntagstuch und Öltuchresten, die auf der Ruderbank abgewetzt waren. Der Raum hatte, ebenso wie das Haus, dank seiner Sauberkeit und Wohnlichkeit weit und breit als eine Art Wunder gegolten, und ihn jetzt durch diese unpassenden Ergänzungen entstellt zu finden, erfüllte mich mit Entrüstung, ja mit Zorn. Angesichts der schweren Aufgabe, die ich mir in Aros gestellt hatte, war dieses Gefühl freilich grundlos und ungerecht, trotzdem loderte es im Augenblicke in meinem Herzen auf.

»Mary, Mädchen«, sagte ich, »dies ist der Ort, den ich gelernt hatte als mein Heim zu betrachten, und doch kenne ich ihn nicht. –«

»Es ist mein Heim von Haus aus, nicht von Gewohnheit«, antwortete sie, »der Ort, wo ich geboren bin und wo ich wohl auch sterben werde; und ich mag weder diese Veränderungen, noch die Art, in der sie gekommen sind, noch was sie mit sich brachten. Mir wäre lieber, sie ruhten, so Gott will, auf dem Meeresboden, und die ›Tollen Männer‹ tanzten über sie hinweg.« Mary war stets ernst – das war vielleicht der einzige Zug, den sie mit ihrem Vater gemeinsam hatte – der Ton jedoch, mit dem sie diese Worte sprach, war noch ernster als gewöhnlich. –

»Ja«, sagte ich, »ich fürchtete, sie wären durch ein Schiffsunglück, will sagen, durch den Tod zu Euch gekommen; dennoch übernahm ich, als mein Vater starb, sein Gut ohne Reue.«

»Dein Vater starb einen reinen, graden Tod, sagen die Leute«, war Marys Antwort.

»Wohl wahr«, entgegnete ich, »und ein Wrack ist wie ein Gottesgericht. Wie war sein Name?«

»Sie nannten es die ›Christ-Anna‹« sagte eine Stimme

hinter mir, und als ich mich umdrehte, sah ich meinen Onkel auf der Schwelle stehen.

Er war ein sauertöpfischer, galliger kleiner Mann, mit einem langen Gesicht und sehr dunklen Augen, sechsundfünfzig Jahre alt und mit einem Äußeren, das halb an den Schäfer, halb an den Seemann erinnerte. Ich habe ihn niemals lachen hören; er pflegte ausführlich in der Bibel zu lesen und betete viel, nach Art der Kameronier, unter denen er aufgewachsen war. Ja, vielfach gemahnte er mich an einen Hochlandprediger aus den mörderischen Zeiten vor der Revolution. Allein er schöpfte niemals sonderlichen Trost und, so viel ich weiß, nicht einmal Rat aus seiner Frömmigkeit. Er pflegte seine schwarzen Stunden zu haben, in denen er sich vor der Hölle fürchtete; aber er hatte ein rauhes Leben geführt, auf das er voller Neid zurückblickte, und war nach wie vor ein rauher, kalter, finsterer Mann.

Als er so aus dem Sonnenlicht zur Tür hereintrat, mit seiner Kappe auf dem Kopf und einer Pfeife im Knopfloch baumelnd, schien er mir wie Rorie gealtert und bleicher; die Falten waren tiefer in sein Gesicht gegraben, und das Weiße seiner Augen schimmerte gelblich wie altes Elfenbein oder Totenknochen.

»Ja«, sagte er, mit besonderer Betonung des ersten Wortes, »die ›Christ-Anna‹, ein heiliger Name. –«

Ich bot ihm meine Begrüßung und ein Kompliment auf seine Gesundheit, denn ich fürchtete, er sei vielleicht krank gewesen.

»Ich bin bei Leibe«, erwiderte er ziemlich unwirsch, »jawohl, bei Leibe, und in den Sünden des Leibes, wie du selbst. Essen«, sagte er plötzlich zu Mary und fuhr dann, zu mir gewendet, fort: »Schöne Sachen, teure Sachen, die wir da haben, nicht wahr? Die Uhr da ist gut, aber sie geht nicht, und das Gehänge ist auch gut; lauter gute, feine Sachen, Sachen, für die die Leute den Frieden Gottes hergeben, der höher ist als die Vernunft: Sachen, für derengleichen und für weniger als derengleichen die Leute dem Herrgott ins Antlitz trotzen und baß in der Hölle brennen; und darum nennt sie die Schrift, wie ich gelesen habe, verflucht. Mary, Frauenzimmer«, unterbrach er sich mit ziemlicher Schärfe, »warum hast du nicht die beiden Leuchter vorgeholt?«

»Was brauchen wir sie am hellichten Mittag?« war die Gegenfrage.

Aber mein Onkel ließ sich nicht von seinem Gedanken abbringen. »Wir wollen sie benutzen, solange wir noch können«, sagte er, und so mußte das für den armen Inselhof so ungeeignete Gedeck noch um zwei schwere Leuchter aus getriebenen Silber vermehrt werden.

»In der Nacht vom zehnten Februar, so um die zehnte Stunde, ist es an Land gelaufen«, fuhr er zu mir gewendet fort. »Wind war nicht, aber eine starke Dünung, und es war in den Strudel der Roost geraten. Rorie und ich hatten es den ganzen Tag vor dem Wind treiben sehen. Es war kein lenksames Schiff, mein' ich, die ›Christ-Anna‹, es wollte sich weder steuern lassen noch gehorchen. Einen argen Tag haben sie mit ihm gehabt. Die Hände kamen nimmer von der Takelung runter und es war grimmig kalt – allzu kalt für Schnee – und sobald sie einen Luftzug bekamen, der ihnen die leere Hoffnung einblies, gings weiter. Mann, Mann, einen saueren Tag hatten sie zu guter Letzt! Fest, festen Herzens mußte der sein, der auf jenen Planken glücklich das Land gewinnen wollte.«

»Und sind alle untergegangen?« rief ich. »Gott steh' ihnen bei!«

»Ruhig!« sagte er streng. »An meinem Herde darf keiner für die Toten beten.«

Ich verteidigte meinen Ausruf gegen jede papistische Deutung, und er schien meine Worte mit ungewöhnlichem Entgegenkommen aufzunehmen, wobei er fortfuhr, über das, was anscheinend sein Lieblingsthema geworden war, zu schwatzen.

»Wir fanden es in der Sandager Bucht, Rorie und ich, mitsamt all den Sachen da. Du weißt, die Bucht hat eine tückische Stelle, wenn die Strömung stark auf die ›Tollen Männer‹ geht. Bei Hochflut aber, wenn man die Roost drüben am anderen Ende von Aros hört, läuft eine Gegenströmung stracks in die Bucht hinein. Nun, die Sache hat der ›Christ-Anna‹ den Garaus gemacht. Sie muß heckvorwärts aufgelaufen sein, denn ihr Bug ist oftmals unter Wasser und das Hinterdeck auch bei Hochflut klar; Mann, Mann, der Stoß, mit dem sie aufgelaufen ist! Der Herr schütz' uns alle! Ein heilloses Leben, das zur See, – ein kaltes, böses, bitteres Leben. Manch einen Sprung in die Tiefe hab' ich selbst getan zu meiner Zeit, aber warum der Herr jenes arge Wasser geschaffen hat, ist mehr als ich je hab' begreifen können. Er hat die Täler und die Triften, den guten grünen Garten und das feste, sichere Land geschaffen. –

»Und sie preisen und lobsingen dir,
»Die du sie froh gemacht«, –

wie der Psalm im Versmaß sagt. Nicht, daß ich meinen Glauben auf solch Geklingel gründen möchte, aber es ist lieblich und leichter zu behalten.

»Und wer auf fernen Schiffen,
»Dem Meere sich vertraut,
»Des Herren Werk und Wunder
»In seiner Tiefe schaut«,

heißt es.

Nun, es hört sich gar anmutig an, und David hat vielleicht nicht viel vom Meere gewußt. Meiner Seel, wenn's nicht in der Bibel stände, ich wäre versucht zu glauben, daß nicht der Herr, sondern der Böse selbst das Meer geschaffen hat. Es kommt nichts Gutes aus ihm heraus, die Fische ausgenommen; und David wird wohl an das Bild des Herrn, der auf den Fluten wandelte, gedacht haben. Arge Wunder sind's gewesen, die Gott der ›Christ-Anna‹ gezeigt. Wunder hab' ich gesagt? Gottesgerichte, Gerichte der Finsternis, dort unten, unter den Drachen der Tiefe! Und ihre Seelen – denk an ihre Seelen, Mann, die vielleicht unvorbereitet waren! Das Meer – ein strackser Weg zur Hölle!«

Mir fiel während meines Onkels Rede auf, daß seine Stimme unnatürlich bewegt und sein Benehmen ungewöhnlich erregt waren. So beugte er sich zum Beispiel bei diesen letzten Worten vor, berührte mein Knie mit gespreizten Fingern und schaute mir bleichen Antlitzes ins Gesicht; ich sah, daß in seinen Augenhöhlen Feuer brannte, und daß die Falten um seinen Mund sich spannten und zuckten.

Selbst der Eintritt Rories und der Beginn unserer Mahlzeit vermochten ihn nicht einen Augenblick von seinem Gedankengange abzubringen. Zwar ließ er sich herbei, mir einige Fragen über meine Universitätserfolge zu stellen, aber mir war, als wäre er nur halb mit den Gedanken bei der Sache, und selbst bei seinem extemporierten Tischgebet, das wie gewöhnlich lang und weitschweifig war, konnte ich die Spuren seiner Gedankentätigkeit verfolgen. Er betete, »daß Gott in Gnaden sich vier armer, schwacher, törichter und sündhafter Geschöpfe in ihrer Verlassenheit am Rande der großen, mächtigen Gewässer erbarmen möge.« –

Bald kam es zu einem Gedankenaustausch zwischen ihm und Rorie.

»War es da?« fragte mein Onkel.

»Oh ja!« sagte Rorie.

Ich bemerkte, daß beide gleichsam bei Seite und in einiger Verlegenheit sprachen, und daß Mary selbst errötete und auf ihren Teller niedersah. Teils um meine Eingeweihtheit zu zeigen, teils um die Gesellschaft der Peinlichkeit zu entreißen, teils auch aus Neugierde verfolgte ich das Thema weiter.

»Ihr meint den Fisch?« fragte ich.

»Welchen Fisch?« rief mein Onkel. »Fisch, sagt Er! Fisch! Deine Augen sind geblendet, Mann. Dein Kopf ist von weltlicher Weisheit stumpf! Fisch! Ein Geist ist es!« Er sprach mit großer Heftigkeit, wie im Zorn. Mag sein, daß ich nicht willens war, mich so kurz abweisen zu lassen, denn junge Leute lieben den Widerspruch; zum mindesten erinnere ich mich, ihm eine rasche Gegenantwort erteilt zu haben, die seinen kindischen Aberglauben verwarf.

»Und Er kommt von der Universität«, höhnte mein Onkel Gordon. »Gott weiß, was sie die jungen Leute dort lehren; sicherlich nichts Nützliches! Glaubt Er denn, Mann, daß in der salzigen Wüste da draußen Tag für Tag nichts anderes ist als Seegras, Seegetier und der Sonnenschein? Nein; das Meer ist wie das Land, nur gefährlicher. Gibt es Menschen auf dem Lande, dann auch im Meer – tot mögen sie wohl sein, aber Menschen sind es; und was die Teufel anbetrifft, so gibt es keine wie die Meerteufel. Die Landteufel sind, wenn man's recht betrachtet, gar nicht so schlimm. Vor langer Zeit, als ich noch ein junger Bursch war, kannt' ich einen alten kahlen Geist im Moor von Peewie. Ich habe ihn selbst gesehen, wie er, grau wie Grabgestein, am Erdboden hockte. Und eine garstige Kröte war er, bei meiner Seel'. Ja, wäre ein Verworfener, einer der in des Herrn Zorne wandelt, vorbeigegangen, mit der Sünde in seinen Eingeweiden,

den und seinesgleichen hätte das Geschöpf wohl angesprungen. Aber im tiefen Meer gibt es Teufel, die sich selbst an einen Kommunikanten haften. Ich sage Euch, wäret Ihr mit den armen Burschen auf der ›Christ-Anna‹ untergegangen, Ihr hättet des Meeres Barmherzigkeit kennengelernt! Hättet Ihr es so lange befahren wie ich, Ihr würdet den Gedanken an das Meer hassen, wie ich es tue. Hättet Ihr Euch der Augen bedient, die Euch, der Herrgott gegeben, Ihr wäret der Bosheit jenes falschen, bitteren, kalten, unsteten Geschöpfes und alles dessen, was nach Gottes Ratschluß in ihm lebt, inne geworden: Hummer und Krebse und dergleichen, die von den Toten leben; und mächtige, großmäulige, schnaubende Wale, und die Fische samt all' ihresgleichen – kaltblütiges, blindäugiges, unheimliches Gezücht. Oh«, schrie er, »oh über das Grauen – das Grauen des Meeres!«

Wir waren alle ein wenig erschrocken über diesen Ausbruch, und der Sprecher selbst versank nach jenem letzten heiseren Ausruf anscheinend in seine eigenen finsteren Gedanken. Aber Rorie, der nach abergläubischen Märchen gierte, brachte ihn durch eine Frage auf das Thema zurück.

»Ihr habt wohl niemals einen Seeteufel gesehen?« fragte er.

»Nicht ausdrücklich«, erwiderte der andere. »Ich zweifle, ob ein bloßer Mensch einen ausdrücklich sehen und bei Leibe bleiben kann. Ich bin mit einem Burschen gefahren – Sandy Gabart nannten sie ihn; der hatte einen richtig gesehen und ist auch richtig dran gestorben. Wir hatten sieben Tage zuvor den Clyde verlassen – harte Arbeit hatte es gegeben – und waren nordwärts bestimmt mit Sämereien und Waren und allerlei für den Macleod. Dabei waren wir hart an die Cutchullens geraten, hatten eben bei Soa gekreuzt und hatten nun gute

Fahrt, die, wie wir glaubten, wohl bis Copnahow anhalten würde. Ich weiß die Nacht noch gut; der Mond steckte in Nebelfetzen; eine starke Brise lag auf dem Wasser, stark, aber nicht stetig, und – was keiner von uns gerne hörte – über unseren Köpfen von den finsteren alten Felsen von Cutchullen her schrie und heulte ein zweiter Wind. Nun, Sandy war vorne bei dem Klüversegel, wir konnten ihn nicht sehen, denn das Großsegel, das sich grade erst aufblähte, lag dazwischen, als er ganz plötzlich aufschrie. Ich renne ums liebe Leben, denn ich dachte, wir wären allzu nahe an Soa herangeraten; aber nein, das war es nicht, es war des armen Sandys Todesschrei oder doch hart daran, denn nach einer halben Stunde war er tot. Alles was er zu sagen wußte, war, daß ein Seeteufel oder Seegeist oder Seegespenst oder dergleichen den Bugspriet hinaufgeklettert wäre und ihm einen einzigen kalten Blick zugeworfen hätte. Und noch bevor Sandy den Geist aufgab, wußten wir gar wohl, was das Ding hatte besagen wollen, und warum der Wind in den Spitzen der Cutchullens heulte; denn runter kam er. Wind habe ich ihn genannt? Es war der Zornwind Gottes, und die ganze Nacht über kämpften wir wie Männer, die den Verstand verloren haben, und das erste, was wir wußten, war, daß wir in Loch Uskevagh an Land gingen, und in Benbecula krähten die Hähne.«

»Es wird wohl ein Meermann gewesen sein«, sagte Rorie.

»Ein Meermann!« schrie mein Onkel in maßloser Verachtung. »Altweibergeschwätz! Ein Meermann! Es gibt nichts dergleichen.«

»Aber wie sah denn das Geschöpf aus?« fragte ich.

»Wie es aussah? Gott verhüte, daß wir es erfahren möchten! Es trug eine Art Kopf auf den Schultern – mehr wußte kein Mensch zu sagen.«

Dann erzählte Rorie, den die Kränkung brannte, verschiedene Geschichten von Meermännern, Meerjungfern und Seepferden, die auf den Inseln an Land gestiegen seien und die Besatzungen der Schiffe auf dem Meere angegriffen hätten, und mein Onkel hörte trotz seines Unglaubens mit unruhigem Interesse zu.

»Gut, gut«, sagte er, »es mag ja so gewesen sein; vielleicht habe ich unrecht; aber ich finde kein Wort von Meermännern in der Schrift.»

»Ihr werdet wohl auch kein Wort von Aros Roost dort finden«, warf Rorie ein, und sein Einwand schien zu überzeugen.

Nach dem Essen führte mein Onkel mich hinaus ins Freie nach einem Abhang hinter dem Hause. Es war ein heißer, stiller Nachmittag; kaum daß hin und wieder eine schwache Welle das Meer kräuselte, und kaum ein Laut, außer den vertrauten Stimmen der Schafe und Möwen. Dieser Stille in der Natur war es vielleicht zu verdanken, daß mein Verwandter sich vernünftiger und ruhiger zeigte. Er sprach gleichmäßig und fast heiter von meiner Laufbahn, mit gelegentlichen Hinweisen auf das verlorene Schiff oder die Schätze, die es nach Aros gebracht. Ich meinerseits hörte ihm gleichsam wie im Traume zu, betrachtete aus vollem Herzen die wohlbekannte Szene und trank freudig die Seeluft und den Rauch der Torfstücke, die Mary angezündet hatte.

Wohl eine Stunde war so vergangen, als mein Onkel, der die ganze Zeit über verstohlen den Wasserspiegel der kleinen Bucht beobachtet hatte, sich erhob und mich bat, seinem Beispiele zu folgen. Hier muß ich hinzufügen, daß die starke Flut an der Südwestspitze von Aros eine beunruhigende Wirkung rings auf die ganze Küste ausübt. Im Süden, in der Bucht von Sandag, herrscht zu gewissen Zeiten von Flut und Ebbe eine kräftige Strömung; in der nördlichen Bucht, der Bucht von Aros dagegen, wo das Haus steht, auf die mein Onkel jetzt herniederblickte, waren einzig gegen Schluß der Ebbe gewisse Zeichen sichtbar, – und auch die zu schwach, um aufzufallen. Bei bewegtem Wasser war nichts zu sehen; bei Meeresstille jedoch, wie sie häufig herrscht, tauchen auf dem glasigen Wasserspiegel gewisse rätselhafte, wirre Zeichen auf – Seerunen könnte man sie nennen. – Dergleichen ist an tausend Stellen an der Küste zu finden, und manch junger Bursch mag sich, wie ich, die Zeit damit vertrieben haben, daß er sich mühte, aus ihnen irgendwelche Beziehungen zu sich selbst oder zu denen, die ihm teuer waren, herauszulesen. Auf diese Zeichen lenkte mein Onkel jetzt, einen tiefen Widerwillen bekämpfend, meine Aufmerksamkeit.

»Siehst du das Zeichen dort auf dem Wasser?« fragte er, »das neben dem grauen Stein? Ja? Es wird doch kein Buchstabe sein, was meinst du?«

»Natürlich ist es einer«, antwortete ich. »Ich habe es schon oft bemerkt. Es gleicht einem C.«

Er stieß einen tiefen Seufzer aus, als hätte ihn meine Antwort bitter enttäuscht, und fügte dann leise hinzu: »Ja, ja. Für die Christ-Anna.«

»Ich habe es früher stets auf mich selbst bezogen, Oheim«, sagte ich, »auf meinen Namen Charles.«

»Du hast es also schon früher gesehen?« fuhr er fort, ohne auf meine Bemerkung zu achten. »So, so. Aber gar geheuer ist es doch nicht. Vielleicht hat es dort schon die liebe lange Zeit bis auf den heutigen Tag gelauert. Mann, ist das ein grausiger Gedanke!« Er brach plötzlich ab. »Du siehst doch wohl kein zweites?« fragte er.

»Doch«, sagte ich. »Ich sehe einen zweiten Buchstaben ganz deutlich, nahe bei der Roß, dort wo der Weg mündet, – ein M.«

»Ein M«, wiederholte er sehr leise. »Und wie deutest du das?« erkundigte er sich.

»Ich glaubte immer, daß es Mary bedeutete, Oheim«, antwortete ich errötend, überzeugt, daß ich an der Schwelle einer entscheidenden Erklärung stände.

Allein jeder von uns verfolgte, des anderen nicht achtend, seine eigenen Gedanken. Mein Onkel schenkte meinen Worten wiederum keine Aufmerksamkeit, sondern ließ schweigend den Kopf hängen, und ich hätte annehmen können, daß er mich überhaupt nicht gehört, wäre seine nächste Rede nicht eine Art Echo der meinigen gewesen.

»Ich würd' nichts von dem Geschwätz zu Mary sagen«, bemerkte er und begann weiterzugehen.

Am Rande der Bucht von Aros läuft ein Rasenstreifen, auf dem leicht gehen ist; ihm entlang folgte ich schweigend meinem schwelgenden Verwandten. Vielleicht war ich auch ein wenig enttäuscht, eine so gute Gelegenheit für mein Liebesgeständnis versäumt zu haben. Weit stärker jedoch beschäftigte mich die Veränderung, die mit meinem Onkel vorgegangen war. Er war niemals ein gewöhnlicher oder, im engeren Sinne des Wortes, liebenswürdiger Mensch gewesen; aber selbst in seinen schlimmsten Zeiten hatte ich nichts gekannt, was eine solch merkwürdige Veränderung hätte ahnen lassen. Unmöglich konnte man sich der Tatsache verschließen, daß ihn etwas drückte; und als ich im Geiste die verschiedenen Worte an mir vorüberziehen ließ, die sich durch den Buchstaben M ausdrücken ließen, – Misere, Mary, Milde, Mangel, Mißgunst und so weiter – hielt ich mit einer Art Schrecken bei dem Worte Mord inne. Ich war dabei, den häßlichen Klang und die verhängnisvolle Bedeutung des Wortes zu erwägen, als die Richtung unseres Spazierganges uns an einen Punkt brachte, von wo aus sich die Aussicht nach beiden Seiten erschloß, rückwärts nach der Bucht von Aros und dem Gehöft und vorwärts auf die hohe See, in der im Norden eine Reihe verstreuter Inseln lagen, und die sich nach Süden hin blau und offen dem Himmel entbreitete. Hier blieb mein Führer stehen und starrte eine Weile auf die ungeheure Fläche. Dann legte er, sich zu mir wendend, eine Hand auf meinen Arm.

»Du meinst, dort drinnen wäre nichts?« fragte er, mit seiner Pfeife die Richtung andeutend. Und plötzlich rief er laut in einer Art Ekstase: »Ich sage dir, Mann, die Toten sind dort drunten – zahlreich wie die Ratten!«

Er drehte sich schroff um, und wir gingen, ohne ein weiteres Wort, den Weg zurück nach dem Haus von Aros. Ich brannte darauf, mit Mary allein zu sein; aber erst nach dem Abendessen gelang es mir, sie zu sprechen, und dann nur auf kurze Zeit. Ich hielt mich nicht mit Umwegen auf, sondern redete grade heraus von dem, was mir am Herzen lag.

»Mary«, sagte ich, »ich bin nicht ohne Hoffnung nach Aros gekommen. Sollte sie begründet sein, so können wir alle vielleicht fort von hier, an einen anderen Ort, und des täglichen Brotes und einigen Behagens sicher sein; ja, weit mehr als das wird uns vielleicht blühen, das zu versprechen jetzt in mir als Überschwang erscheinen möchte. Doch es gibt eine Hoffnung, die meinem Herzen näher liegt als Geld.« Hier machte ich eine Pause. »Du wirst leicht erraten, was das ist, Mary«, sagte ich. Sie blickte schweigend von mir hinweg. Das war nun gar geringe Ermutigung, aber ich ließ mich nicht irre machen. »Mein Lebtag habe ich die ganze Welt von dir gehalten«, fuhr ich fort; »die Zeit verfliegt, und ich halte nur noch mehr von dir. Im Leben könnt' ich nicht dran denken, ohne dich glücklich oder froh zu werden: du bist mein Augapfel.« Noch immer blickte sie hinweg und sprach kein Wort, aber ich meinte ihre Hände zittern zu sehen. »Mary«, rief ich angstvoll, »magst du mich nicht?«

»O, Charlie, Bub, ist es an der Zeit, davon zu sprechen?« sagte sie. »Laß mich noch eine Weile; laß mich, wie ich bin. Das Warten soll dein Schaden nicht sein!«

Aus ihrer Stimme erriet ich, daß sie dem Weinen nahe war, und hatte nur noch den einen Gedanken, sie zu trösten. »Mary Ellen«, sagte ich, »nichts mehr davon; ich bin nicht gekommen, um dich zu betrüben: dein Weg sei mein Weg, und deine Zeit soll meine sein. Du hast mir alles gesagt, was ich zu wissen wünschte. Und jetzt nur noch das eine: was quält dich?«

Sie gestand, daß es ihr Vater sei, wollte aber auf nichts eingehen, sondern schüttelte nur den Kopf und sagte, daß er nicht wohl und nicht er selber sei, und daß es jammerschade wäre. Von dem Wrack wußte sie nichts. »Ich bin nicht dort gewesen«, sagte sie. »Weshalb sollte ich dorthingehen, Charlie, Bub? Die armen Seelen sind längst zur Rechenschaft gezogen, und ich wollte, sie hätten ihr Gut mitgenommen, die Ärmsten.«

Das klang nun freilich nicht sonderlich ermutigend für meine Absicht, ihr von der ›Espiritu Santo‹ zu erzählen, aber ich tat es dennoch, und schon beim ersten Wort stieß sie einen Ruf der Überraschung aus. »Im Monat Mai«, sagte sie, »war einer in Grisapol, ein kleiner, gelber, schwarzer Kerl, sagen die Leute, mit goldenen Ringen an den Fingern und einem Barte, und er hat allenthalben weit und breit nach dem gleichen Schiffe gesucht.«

Es war gegen Ende April gewesen, daß Dr. Robertson mir jene Papiere gegeben hatte, und plötzlich dämmerte mir auf, daß sie für diesen spanischen Geschichtsforscher oder für einen Mann, der sich als solchen ausgab, und der mit vornehmen Empfehlungen versehen sich wegen einer Forschungsexpedition über den Verbleib der großen Armada an den Rektor gewandt hatte, vorbereitet wurden. Wenn ich eins zum andern fügte, glaubte ich, daß der Besuch mit den goldenen Ringen an den Fingern vielleicht mit Dr. Robertsons Geschichtsschreiber aus Madrid identisch war. In dem Falle war es wahrscheinlich, daß er eher für sich selbst als zur Information einer gelehrten Gesellschaft nach dem Schatze suchte. Ich beschloß daher, bei meinen Nachforschungen keine Zeit zu verlieren; lag das Schiff in der Sandager Bucht, wie wohl er und ich vermuteten, so sollte es nicht diesem beringten Abenteurer, sondern Mary und mir und der guten, alten, ehrlichen und freundlichen Familie Darnaway zugute kommen.

DRITTES KAPITEL

Land und See in der Bucht von Sandag

Ich war am nächsten Morgen früh munter und machte mich, sobald ich einen Bissen gegessen hatte, auf meinen Forschungsgang. Eine innere Stimme sagte mir ganz deutlich, daß ich das Schiff der Armada finden würde; und wenn ich mich auch nicht gänzlich diesen hoffnungsfrohen Gedanken hingab, war ich doch leichten Herzens und wandelte wie auf Luft. Aros ist eine sehr rauhe kleine Insel; ihr Boden ist mit großen Felsblöcken bedeckt und zottig von Farn und Heidekraut. Mein Weg führte mich in fast grader nordsüdlicher Richtung über den höchsten Hügelrücken hinweg, und obwohl die ganze Entfernung noch keine zwei Meilen betrug, brauchte ich dazu doch mehr Zeit und Kraft als zu vier Meilen ebenen Weges. Auf der Anhöhe hielt ich an; sie war nicht sehr hoch – noch keine dreihundert Fuß nach meiner Schätzung –, überragte aber das benachbarte Flachland der Roost um vieles und gewährte eine umfassende Aussicht auf das Meer und die Inseln. Die Sonne, die schon eine ganze Weile aufgegangen war, brannte heiß auf meinen Nacken; die Luft war schwül und gewitterschwer, wenn auch von durchsichtiger Klarheit. Nordwestlich, in weiter Ferne, wo die Inseln am dichtesten lagen, hatte sich ein halb Dutzend kleiner Wolkenfetzen zusammengeballt, und das Haupt Ben Kyaws trug nicht nur einige Nebelschleier, sondern eine feste Nebelhaube. Eine Drohung lag im Wetter. Wohl war das Meer so glatt wie Glas: selbst die Roost glich nur einem weißen Rand am weiten Wasserspiegel und die ›Tollen Männer‹ einer Reihe von Schaumkappen. Aber meinen Augen und Ohren, denen alle diese Orte so vertraut waren, erschien des Meeres Schlummer voller Unruhe. Ein Laut, einem langen Seufzer ähnlich, stieg zu mir empor, und die Roost selbst schien mir in ihrer Ruhe auf Unheil zu sinnen, muß ich doch hinzufügen, daß wir alle, die wir in diesen Gegenden lebten, diesem seltsamen und gefährlichen Geschöpf der Fluten wenn auch nicht prophetisches Wissen, so doch zum mindesten die Gabe warnender Prophezeiung beimaßen.

Ich beschleunigte meinen Schritt und war bald den Aroser Abhang hinunter nach jenem Teil abgestiegen, den wir die Bucht von Sandag nennen. Diese ist im Vergleich zu der Insel selbst ein ziemlich großes Wasser, gegen alles, die vorherrschenden Winde ausgenommen, wohl geschützt, sandig und schal, im Westen von niedrigen Dünen begrenzt und im Osten sich an einige klafterhohe Felsen anschmiegend. Dies war die Seite, wo zu gewissen Zeiten der Flut die von meinem Onkel erwähnte Strömung stark gegen die Bucht trieb; kurz danach jedoch, wenn die Roost zu steigen beginnt, setzt eine noch stärkere, tiefere Gegenströmung ein, und sie ist es auch wohl gewesen, die den Boden hier so tief ausgehöhlt hat. Von der Bucht von Sandag aus ist nichts als ein kleiner Ausschnitt des Horizontes sichtbar und, bei schwerer See, die Sturzwellen, die sich an einem unsichtbaren Riffe brechen.

Schon von der halben Berghöhe herab erkannte ich das Wrack vom vergangenen Februar, eine Brigg von beträchtlicher Tonnage, die mit zerbrochenem Rücken hoch und trocken im östlichen Winkel der Dünen lag. Ich hielt in grader Richtung auf sie zu und hatte bereits den Dünenrand fast erreicht, als mein Blick plötzlich wie gebannt auf eine von Farn und Heidekraut gesäuberte Stelle fiel, auf der sich einer jener niedrigen, länglichen, gräberähnlichen Hügel erhob, die wir von den Friedhöfen her so gut kennen. Ich hielt, wie von einer Kugel getroffen, inne. Man hatte mir nichts von einer Leiche oder einem Begräbnis hier auf der Insel gesagt; Rorie, Mary und mein Onkel hatten alle drei geschwiegen. Von Mary zum mindesten war ich überzeugt, daß sie nichts wußte; dennoch stand hier vor meinen Augen der unumstößliche Beweis einer Tatsache. Hier war ein Grab; und ich mußte mich mit einem Schauder fragen, welche Art von Mensch dort seinen letzten Schlaf hielt und an jener öden, meerumbrausten Ruhestatt des Zeichens des Herrn harrte? Mein Geist gab mir keine Antwort, außer der einen, die ich anzunehmen mich fürchtete. Schiffbruch mußte er unter allen Umständen erlitten haben; vielleicht stammte er wie die ehemaligen Matrosen der Armada aus einem gesegneten Lande jenseits des Meeres; vielleicht war er einer meines Stammes, der mit dem Rauch seiner heimatlichen Hütte vor Augen hier elendiglich verderben mußte. Ich stand eine Weile barhäuptig an seiner Seite und wünschte fast, es hätte in unserer Religion gelegen, für den unglücklichen Fremdling ein Gebet zu sprechen oder nach altem klassischen Brauch sein Mißgeschick äußerlich zu ehren. Ich wußte wohl, daß seine unsterbliche Seele, obgleich sein Gebein dort als ein Teil von Aros ruhte, bis die Posaune des Gerichts ertönte, in weite Fernen entflohen war, um die Wonnen des ewigen Sabbats oder die Qualen der Hölle zu kosten. Dennoch zitterte ich innerlich wie vor Furcht, daß er, während ich an seiner Grabstätte wachte, sich in meiner Nähe an dem Ort seiner Leiden aufhielt.

Gewiß ist, daß ich mit gleichsam überschattetem Gemüt mich von dem Grab hinweg dem kaum weniger melancholischen Schauspiel des Wracks zuwandte. Der Schiffsrumpf lag höher, als die ersten Flutwellen reichten; und dicht vor dem Vordermast oder vor der Stelle, wo er gesessen hatte – denn jetzt, wahrlich, besaß das Schiff keine Masten mehr, da beide bei dem Unglück abgebrochen waren – war er zersplissen; und da der Strand sich scharf neigte, und der Bug viele Fuß tiefer lag als das Heck, klaffte der Riß weit auseinander, so daß man durch das ganze arme Schiff hindurch bis auf die andere Seite sehen konnte. Sein Name war auch schwer lesbar, und ich konnte nicht klar erkennen, ob es nach der norwegischen Stadt Christiania oder nach der guten Christin in dem alten Buch, Christian Weib, Christiana getauft war. Dem Bau nach war es ein ausländisches Schiff, ich konnte seine Nationalität indes nicht feststellen. Ursprünglich war es grün gestrichen gewesen, aber die Farbe war abgeblaßt und verwittert und schälte sich in Streifen ab. Die Trümmer des Hauptmastes lagen zur Hälfte im Sande begraben daneben. Es bot in der Tat einen trostlosen Anblick, und ich sah nicht ohne Bewegung die Tauenden ihm zur Seite baumeln, die in den Händen so mancher lärmender Matrosen gewesen, oder die kleine Springluke, die die Leute bei ihrer Arbeit hinauf- und hinabgeeilt, oder den armen nasenlosen Engel von einer Gallionsfigur, der in so manche Woge hinabgetaucht war.

Ich weiß nicht, ob sie in erster Linie vom Schiff oder von dem Grab ausgingen, aber ich empfand, als ich so mit der einen Hand gegen die zerbeulten Planken gelehnt dastand, plötzlich einige melancholische Skrupel. Die Heimatlosigkeit der Menschen, ja selbst der leblosen Schiffe, die an fremden Ufer gestrandet sind, fiel mir schwer auf die Seele. Aus dergleichen jammervollen Mißgeschicken Profit zu schlagen, erschien mir als eine unmännliche und schmutzige Handlung, und ich fing an, meine Aufgabe für eine Art Sakrileg zu halten. Als ich mich indes Marys erinnerte, faßte ich wieder Mut. Mein Onkel würde niemals in eine unvorsichtige Heirat willigen und sie, nach meiner festen Überzeugung, nie ohne seine volle Zustimmung heiraten. Es kam mir also zu, für meine Frau zu sorgen, und, mich selbst auslachend, dachte ich daran, wie lang es her sei, daß jene schwimmende Burg, die ›Espiritu Santo‹, ihr Gerippe in der Bucht von Sandag gelassen, und welche Schwäche es wäre, so lang erloschene Rechte und Schicksalsschläge, die im Laufe der Zeit längst vergessen waren, zu achten.

Ich hatte meine Theorie, nach der ich nach den Überresten suchen wollte. Die Richtung der Strömung wie die Lotmessungen wiesen mich nach der Ostseite der Bucht unter die Felsvorsprünge. War das Schiff wirklich in der Bucht von Sandag gescheitert, und hielten nach all den Jahrhunderten noch einige Trümmer davon zusammen, so mußte ich es dort finden. Das Wasser erreicht, wie gesagt, sehr bald eine große Tiefe und mißt hart an den Uferfelsen bereits mehrere Faden. Wie ich so am Rande spazieren ging, konnte ich weit und breit den sandigen Meeresboden überschauen. Die Sonne leuchtete klar und stetig in seine grünen Tiefen. Die Bucht schien einem ungeheuren durchsichtigen Kristall zu gleichen; nichts verriet das Wasser außer einem leisen Beben im Innern, einem Zittern der Sonnenstrahlen und des Netzwerks von Schatten und einem gelegentlichen matten Plätschern und ersterbendem Glucksen am Uferrand. Die Schatten der Felsen erstreckten sich zu ihren Füßen um einige Längen ins Meer hinaus, so daß mein eigener Schatten, wenn ich mich weiterbewegte und tief über den Rand beugte, mitunter über die halbe Bucht hinausragte. Dieser Schattengürtel war es, den ich vor allem nach der ›Espiritu Santo‹ durchforschte, denn hier war auch die Unterströmung am stärksten. So kühl die ganze Wasserfläche an jenem siedend heißen Tage schien, hier lockte sie am kühlsten und barg in meinen Augen eine geheimnisvolle Anziehungskraft. So sehr ich indes auch spähte, ich vermochte nichts zu entdecken als einige Fische oder einen Klumpen Seetang und verstreutes Gestein, das von oben abgebröckelt war und jetzt am sandigen Meeresboden ruhte. Zweimal schritt ich von einem Ende des Felsgestades bis zum anderen, ohne irgendwo eine Spur des Wracks oder mit einer einzigen Ausnahme auch nur eine Stelle zu finden, wo es möglicherweise hätte sein können. Letztere war eine große Felsterrasse, die sich in einer Tiefe von rund fünf Faden ziemlich hoch vom Sandboden abhob, und die, von oben gesehen, einem Auswuchs der Felsen glich, auf denen ich stand. Das Ganze bildete eine einzige, grottenähnliche Masse von Seetang, deren wahre Beschaffenheit ich nicht erkennen konnte, die jedoch in Größe und Form einem Schiffsrumpf nicht unähnlich war. Hier zum mindesten, war meine beste Chance. Lag die ›Espiritu Santo‹ nicht dort unter dem Seetang begraben, dann lag sie überhaupt nicht in der Sandager Bucht; ich bereitete mich daher vor, diese Frage ein für allemal zu entscheiden und entweder als reicher Mann nach Aros zurückzukehren oder auf ewig von meinen Träumen kuriert zu sein.

Ich entkleidete mich vollständig und stellte mich zaudernd, mit gefalteten Händen, hart am Rande auf. Die Bucht lag in jener Stunde vollkommen regungslos; weit und breit kein Laut, außer von einer Schar von Tümmlern, die irgendwo außer Sicht hinter der Landzunge ihre Versammlung hielten; dennoch hielt mich eine gewisse Furcht auf der Schwelle meines Abenteuers zurück.

Trübselige Meeresgedanken, Bruchstücke von meines Onkels Aberglauben, Bilder von Toten, von Gräbern und zerborstenen alten Schiffen zogen an meinem Innern vorüber. Allein die kräftige Sonne auf meinen Schultern wärmte mich bis ins Herz hinein, und ich beugte mich vornüber und tauchte in die See.

Mit äußerster Anstrengung vermochte ich einen Büschel des Seetangs, der die Terrasse so dicht umwucherte, zu fassen. Dank diesem provisorischen Anker sicherte ich mich vollkommen, indem ich einen ganzen Armvoll des starken, schleimigen Gewächses ergriff. Meine Füße gegen den Rand stemmend, blickte ich mich um. Nach allen Seiten erstreckte sich die ebene Sandfläche, bis zu den Füßen der Felsen hin, wo durch den Wechsel der Fluten ein Gang ausgegraben war, der einem Gartenweg glich. Vor mir lag, so weit ich sehen konnte, nichts als der gleiche sanft-wellige, von der Sonne durchflutete Meeresboden. Allein die Terrasse, an die ich mich klammerte, war mit starken Gewächsen so dicht bestanden wie ein Moorhügel mit Heidekraut, und der Felsen, aus dem sie hervorquollen, war unter der Oberfläche mit einem Vorhang braunen Tangs drapiert. In diesem Labyrinth von Formen, die sich in der Wellenbewegung hin und her schaukelten, waren die Dinge schwer zu unterscheiden; und ich war nach wie vor unsicher, ob meine Füße sich gegen die natürliche Felswand oder gegen die Planken des Schatzschiffes der Armada stemmten, als der gesamte Tangbüschel in meiner Hand nachgab. Im Nu war ich an der Oberfläche, und die Ufer der Bucht und das lichte Wasser schwammen in purpurner Glorie vor meinen Augen. Ich kletterte auf die Felsen zurück und warf die Meerpflanze vor meine Füße zu Boden. Im gleichen Augenblick gab es einen hellen Klang, wie von einer fallenden Münze. Ich bückte mich, und wahrhaftig! – dort lag eine mit Rost bezogene eiserne Schuhschnalle. Der Anblick dieser armen menschlichen Relique griff mir ans Herz; aber nicht mit Hoffnung oder Furcht, sondern mit trübseligster Melancholie. Ich nahm sie in die Hand, und der Gedanke an ihren Besitzer tauchte wie die leibhaftige Gegenwart eines lebendigen Menschen vor mir auf. Sein wettergebräuntes Gesicht, seine Seemannshände, seine vom Schreien vor dem Ankerspill heisere Matrosenstimme, ja der Fuß sogar, der einstmals jene Schnalle auf unsicher schwankendem Deck getragen hatte – seine ganze menschliche Körperlichkeit, die einem Geschöpf, wie ich selbst es war, glich, mit Haaren, Blut und sehenden Augen – erschien mir in jener sonnigen Einsamkeit nicht wie ein Gespenst, sondern wie ein Freund, dem ich ein feiges Unrecht angetan. Lag das mächtige Schatzschiff mit seinen Kostbarkeiten, Ketten und Kanonen, so wie es vor Spanien in See gestochen, tatsächlich dort unten? Sein Deck ein Garten für die Meeralgen, seine Kabine ein Brutplatz für Fische, geräuschlos bis auf das dumpf schlagende Wasser, bewegungslos, den schaukelnden Seetang auf seiner Brustwehr ausgenommen; jene alte, volkreiche, schwimmende Burg jetzt ein Riff in der Sandager Bucht? Oder, was mir wahrscheinlicher erschien, war dies nur ein Stückchen Strandgut aus dem Schiffsunglück der fremden Brigg? War diese Schuhschnalle erst vor kurzem gekauft und von einem Manne getragen worden, der aus der Weltgeschichtsperiode stammte, die auch die meine war, der tagtäglich dieselben Neuigkeiten erfahren, der die gleichen Gedanken gedacht, ja der vielleicht im selben Gotteshaus wie ich gebetet hatte? Wie dem auch sein mochte, düstere Gedanken stürmten auf mich ein; die Worte meines Onkels: »Die Toten sind dort unten«, klangen in meinen Ohren, und obgleich ich noch einmal unterzutauchen beschloß, trat ich doch voll heftigen Widerwillens an den Felsrand.

Im gleichen Augenblick ging eine starke Veränderung über das Antlitz der Bucht. Verschwunden war das klare, durchsichtige Innere, das einem mit Glas gedeckten Hause glich, in dem der grüne Meersonnenschein lautlos schlummerte. Eine Brise hatte wohl ihre Oberfläche getrübt, und eine Art finstere Unruhe erfüllte ihren Busen, in dem grelle Lichter und wolkige Schatten durcheinander wirbelten. Selbst durch die unterirdische Terrasse lief ein verschwommenes Beben. Es schien plötzlich eine ernstere Sache geworden zu sein, sich an jenen Ort voll lauernder Gefahren zu wagen; und als ich zum zweiten Male in das Meer hinabsprang, geschah es zitternden Herzens.

Ich verankerte mich wie bei dem ersten Mal, und suchte tastend in dem wiegenden Tang umher. Alles, worauf ich stieß, fühlte sich kalt, weich und gallertartig an. Das Dickicht wimmelte von Krabben und Hummern, die ungeschickt hin und her watschelten, und ich mußte mein Herz gegen die Greuel ihrer Aaswelt stählen. Allseitig fühlte ich die Risse und Adern lebendigen Gesteins; keine Balken, kein Eisen, keinerlei Spuren eines Wracks; hier lag die ›Espiritu Santo‹ nicht. Ich weiß, daß mich statt der Enttäuschung fast ein Gefühl der Erleichterung überkam, und ich wollte schon aufhören, als etwas geschah, das mich zu Tode erschrocken an die Oberfläche schnellen ließ. Ich hatte mich bei meinen Untersuchungen etwas verspätet: mit dem Flutwechsel wurde die Strömung stärker, und die Bucht von Sandag hatte aufgehört, für einen Einzelschwimmer gefahrlos zu sein. Nun, gerade im letzten Augenblick, zog die Strömung plötzlich stark an und überschwemmte das Meergestrüpp wie eine Welle. Ich verlor meinen Halt und wurde auf die Seite geschleudert, und als ich instinktiv nach einem neuen Halt suchte, schlossen sich meine Finger über etwas Hartem und Kalten. Ich glaube, ich wußte sofort, was es war. Wenigstens ließ ich den Tang augenblicks fahren, schnellte an die Oberfläche und kletterte in der darauf folgenden Sekunde auf die hilfreichen Felsen hinauf, einen menschlichen Beinknochen umklammernd.

Der Mensch ist ein materielles Geschöpf, langsam im Denken und träge in der Erkenntnis der Zusammenhänge. Das Grab, das Wrack der Brigg, die rostige Schuhschnalle waren sicherlich deutliche Anzeichen. Ein Kind hätte ihre traurige Geschichte lesen können; dennoch packte mich das ganze Grauen vor dem Beinhaus des Meeres erst in dem Augenblick, als ich dieses Stück Mensch leibhaftig in Händen hielt. Ich legte den Knochen neben die Schnalle, raffte meine Kleider auf und rannte, so wie ich war, über die Felsen nach dem bewohnten Gestade. Ich konnte mich nicht weit genug von dem Orte entfernen; kein Schatz war groß genug, um mich zurückzulocken. Das Gebein der Ertrunkenen sollte in Zukunft vor mir sicher sein, mochte es nun auf Seetang oder auf gemünztem Golde ruhen. Sobald ich jedoch wieder auf der guten Erde stand und meine Nacktheit vor der Sonne geschützt hatte, kniete ich, mit dem Gesicht dem Wrack zugewandt, nieder und sandte aus vollem Herzen ein langes, leidenschaftliches Gebet für alle armen Seelen auf dem Meere zum Himmel. Eine warmherzige Bitte ist niemals umsonst; sie mag verweigert werden, aber der Bittende wird, meinem Glauben nach, stets entlohnt durch eine gnadenvolle Heimsuchung. Das Grauen, zum mindesten, wurde von mir genommen; ich vermochte wieder mit ruhigem Gemüt jene gewaltige, strahlende Schöpfung Gottes, das Meer, zu betrachten, und als ich heimwärts den rauhen Abhang von Aros erklomm, war mir von meiner Sorge nichts geblieben als der feste Entschluß, mich nie wieder mit dem Raube gestrandeter Schiffe oder mit den Schätzen der Toten einzulassen.

Ich hatte bereits einen guten Teil des Weges zurückgelegt, als ich innehielt, um Atem zu schöpfen und mich umzusehen. Der Anblick, der sich mir bot, war doppelt merkwürdig.

Der Sturm, den ich vorausgesehen hatte, näherte sich mit fast tropischer Schnelligkeit. Der auffallend leuchtende Meeresspiegel hatte den häßlich stumpfen Hauch runzeligen Bleis angenommen. Schon begannen die weißen Wogen am Horizont, ›des Schiffers Töchter‹, vor einer Brise zu fliehen, von der man in Aros noch nichts spürte, und von längs den Krümmungen der Sandager Bucht drang der Anprall schäumender Wellen zu mir herüber. Die Veränderung am Himmel war noch auffallender. Im Südwesten war ein ganzer Kontinent schwerer drohender Wolken aufgestiegen, aus dessen Rissen die Sonne eine Garbe von Lichtstrahlen sandte, während von seinen Rändern her tintenschwarze Wolkenstreifen den noch unbewölkten Himmel durchzogen. Die Gefahr war nicht zu verkennen und rückte immer näher. Noch während ich stand und schaute, wurde die Sonne ausgelöscht. Jeden Augenblick konnte das Unwetter mit aller Macht über Aros losbrechen. Die Plötzlichkeit dieses Wetterwechsels hielt meinen Blick so fest am Himmel gebannt, daß einige Sekunden vergingen, ehe ich ihn auf die zu meinen Füßen ausgebreitete und im nächsten Augenblick der Sonne beraubte Bucht richtete. Die Anhöhe, auf der ich stand, überschaute seitlich ein kleines Amphitheater niedriger und zur See abfallender Hügel und daran anschließend den halbmondförmigen Strand und die Sandager Bucht in ihrer ganzen Ausdehnung. Auf diese Szene hatte ich so manches Mal hinabgeblickt, ohne jemals einen Menschen wahrzunehmen. Eben erst hatte ich ihrer Einsamkeit den Rücken gekehrt; wer beschreibt daher mein Erstaunen, als ich an jenem verlassenen Ort ein Boot mit einer Reihe von Männern sah? Das Boot war neben den Felsen gelandet. Zwei barhäuptige Burschen in Hemdsärmeln und mit einem Bootshaken bewaffnet, hielten es bei der immer stärker werdenden Strömung mit Mühe und Not am Ankerplatz fest, während etwas weiter weg am Uferrand zwei schwarzgekleidete Männer von anscheinend höherem Range ihre Köpfe über einer Sache zusammensteckten, die ich auf den ersten Blick nicht erkennen konnte, die mir aber eine Sekunde später klar wurde, – sie waren dabei, mit dem Kompaß ihren gegenwärtigen Standort festzustellen. Gerade in diesem Augenblick sah ich den einen eine Papierrolle entbreiten und mit dem Finger darauf zeigen, als vergleiche er einzelne Punkte auf der Landkarte. Währenddessen schritt ein dritter auf und ab, stöberte in den Felsen umher und spähte über den Rand ins Wasser. Während ich sie noch in lähmender Verwunderung anstarrte und mein Geist das mühsam zu erfassen suchte, was meine Augen ihm berichteten, bückte sich dieser dritte plötzlich zu Boden und holte seine Gefährten mit einem so lauten Ruf herbei, daß es bis zu mir herübertönte. Die anderen liefen auf ihn zu, wobei sie in ihrer Eile sogar den Kompaß fallen ließen, und ich konnte den Knochen und die Schuhschnalle unter den außergewöhnlichen Gesten und Ausrufen der Überraschung von Hand zu Hand wandern sehen. Im gleichen Augenblick hörte ich die Seeleute aus dem Boot herüberrufen und sah sie westwärts auf die Wolkenmasse zeigen, die mit wachsender Geschwindigkeit den

Himmel einhüllte. Die anderen schienen zu beraten, allein die Gefahr war zu bedeutend, als daß man ihr hätte trotzen könne, und so sprangen sie ins Boot, meine Funde mit sich nehmend, und machten sich mit aller Kraft der Ruder davon.

Ich machte kein Aufsehen von der Angelegenheit, sondern wandte mich um und lief nach Hause. Wer diese Männer auch sein mochten, mein Onkel mußte sofort von ihrer Anwesenheit erfahren. Die Zeiten waren damals noch so, daß ein Einfall der Jakobiten nicht unmöglich erschien; vielleicht war gar Prinz Charlie, von dem ich wußte, daß mein Onkel ihn haßte, einer der drei Führer, die ich auf den Felsen gesehen hatte. Allein während ich von Stein zu Stein sprang und im Laufen die Sache überdachte, erschien mir diese Möglichkeit mehr und mehr unwahrscheinlich. Der Kompaß, die Landkarte, das Interesse, das sie an der Schnalle genommen, und das Benehmen des einen Fremden, der so oft ins Wasser gestarrt hatte, alles schien auf eine ganz andere Erklärung für ihre Gegenwart auf diesem entlegenen, unbekannten Inselchen des westlichen Ozeans hinzudeuten. Der Madrider Historiker, die von Dr. Robertson eingeleiteten Untersuchungen, der bärtige Fremde mit den Ringen, mein eigenes fruchtloses Suchen am gleichen Morgen bis in den Tiefen der Sandager Bucht reihten sich in meinem Gedächtnis Stück für Stück aneinander, und plötzlich war ich gewiß, daß die Spanier auf der Jagd waren nach dem verschollenen Schatz und dem untergegangenen Schiff der Armada. Nun sind aber die auf entlegenen Inseln wie Aros wohnenden Leute für ihre Sicherheit selbst verantwortlich; in der Nähe ist niemand, der sie beschützen oder ihnen auch nur zu Hilfe eilen könnte, und die Gegenwart einer Bande ausländischer Abenteurer, die arm, habgierig und aller Wahrscheinlichkeit nach auch gesetzlos waren, erfüllte mich mit Befürchtungen für meines Onkels Geld, ja selbst für die Sicherheit seiner Tochter. Ich überlegte mir immer noch, wie wir sie loswerden könnten, als ich außer Atem auf der Aroser Anhöhe ankam. Die ganze Welt lag im Schatten; nur im äußersten Osten an einer Bergspitze des Festlandes hing ein verspäteter Sonnenstrahl wie ein Edelstein. Es hatte zu regnen begonnen, nicht stark, aber in schweren Tropfen; das Meer wurde mit jedem Augenblick unruhiger, und schon schlang sich ein weißer Gürtel um Aros und die benachbarte Küste von Grisapol. Das Boot hielt immer noch auf die See zu, und jetzt entdeckte ich erst, was mir vorhin auf halber Höhe verborgen geblieben war – einen großen, vielmastigen, stattlichen Schoner, der an der Südspitze von Aros vor Anker lag. Da ich ihn am Morgen, als ich so angelegentlich nach den Wetteraussichten ausgespäht, nicht gesehen hatte, und ein Segel an dieser einsamen Küste eine Seltenheit war, war es klar, daß er vorige Nacht hinter der wüsten Insel Gour vor Anker gegangen sein mußte, womit der unumstößliche Beweis geliefert war, daß seine Bemannung die hiesige Küste nicht kannte: denn jener Ankerplatz ist trotz seines sicheren Aussehens nicht viel mehr als eine Schiffsfalle. Bei einer so unwissenden Schiffsmannschaft an einer so ungastlichen Küste schien es nicht unwahrscheinlich, daß der kommende Sturm auf seinen Flügeln den Tod mit sich bringen würde.

VIERTES KAPITEL

Der Sturm

Ich fand meinen Onkel unter dem Giebeldache stehend, die Wetterzeichen beobachtend, eine Pfeife zwischen den Fingern.

»Onkel«, sagte ich, »in der Sandager Bucht sind Männer an Land...«

Weiter kam ich nicht; ich vergaß in der Tat nicht nur meine Worte, sondern selbst meine Müdigkeit, so seltsam war die Wirkung auf Onkel Gordon. Er ließ seine Pfeife fallen und lehnte sich mit hängendem Unterkiefer, starren Augen und totenblassem Gesicht an die Hausmauer. Wir müssen einander wohl eine Viertelminute lang schweigend angeblickt haben, ehe er die folgende sonderbare Antwort gab: »Hatte er eine Pelzkappe auf?«

Ich wußte jetzt so gut, wie wenn ich dabei gewesen wäre, daß der Mann, der in Sandag begraben lag, eine Pelzkappe getragen hatte, und daß er lebend an Land gekommen war. Zum ersten und einzigen Male verlor ich die Geduld mit dem Mann, der mein Wohltäter und der Vater des Mädchens war, das ich zu meiner Frau zu machen hoffte.

»Diese waren lebende Menschen«, sagte ich, »vielleicht Jakobiten, vielleicht Franzosen, vielleicht Seeräuber, vielleicht auch Abenteurer, die hierher gekommen sind, um das spanische Schatzschiff zu suchen; was sie aber auch sein mögen, sie sind jedenfalls Eurer Tochter und meiner Kusine gefährlich. Und was Euer eigenes angstgequältes Gewissen betrifft, so kann ich Euch nur sagen, daß der Tote dort, wo Ihr ihn gebettet habt, gut schläft. Ich habe heute morgen an seinem Grabe gestanden; er wird nicht erwachen, bevor die Posaune des Gerichts ertönt.«

Mein Verwandter sah mich während meiner Rede blinzelnd an; dann schlug er eine Weile den Blick zu Boden und zerrte blöde an seinen Fingern: es war klar, daß er der Sprache nicht mächtig war.

»Kommt«, sagte ich. »Ihr müßt an andere denken. Ihr müßt mit mir den Berg hinaufsteigen und Euch das Schiff ansehen.«

Ohne ein Wort oder einen Blick gehorchte er und folgte langsam meinen ungeduldigen Schritten. Alle Spannkraft schien aus seinem Körper gewichen, und statt wie sonst von einem Stein zum anderen zu springen, kletterte er mühsam die Felsen hinauf und hinunter. Es gelang mir auch nicht, ihn durch meine Rufe zur Eile anzuspornen. Ein einziges Mal antwortete er weinerlich und im Tone eines Menschen, der körperliche Schmerzen leidet: »Ja, ja doch, ich komme schon.«

Lang ehe wir den Gipfel erreichten, empfand ich nur noch Mitleid mit ihm. War das Verbrechen auch ungeheuerlich gewesen, die Strafe war ihm augenscheinlich angemessen.

Endlich hatten wir die Spitze erreicht und konnten uns umsehen. Alles lag düster und drohend vor unseren Augen; der letzte Sonnenstrahl war verschwunden. Wind blies, wenn auch nicht stark, so doch in kurzen, unruhigen Stößen; der Regen hatte dagegen aufgehört. Trotz der kurzen Zeit, die bis zu meiner Rückkehr vergangen war, hatte die Macht der Wellen ungeheuer zugenommen. Schon schlugen sie hier und dort über den äußeren Riffen zusammen und klagten und stöhnten in den Grotten von Aros. Ich spähte, anfangs vergeblich, nach dem Schoner aus.

»Da ist er«, sagte ich schließlich; indes verursachten Lage und Kurs, die er inzwischen angenommen, mir einiges Kopfzerbrechen. »Sie können doch nicht auf die offene See hinaus wollen«, rief ich.

»Das ist ihre Absicht«, sagte mein Onkel, und es klang etwas wie Freude aus seiner Stimme. Im gleichen Augenblick machte der Schoner eine Drehung, die ihn in eine Richtung brachte, welche jeden Zweifel ausschloß. Die Fremden hatten bei dem drohenden Sturm vor allem daran gedacht, vom Lande abzukommen. Bei diesem Wind jedoch, in diesen von Klippen besäten Gewässern und gegen eine so mächtige Strömung, bedeutete ihr Kurs den sicheren Tod.

»Du großer Gott!« rief ich. »Sie sind verloren, alle miteinander.«

»Ja«, entgegnete mein Onkel, »alle – alle sind verloren. Es bleibt ihnen nichts übrig, als Kyle Dona zu gewinnen. Bei dem Tempo aber kämen sie nicht durch, und wenn sie den Bösen zum Steuermann hätten. Eine schöne Nacht für ein Schiffsunglück«, fuhr er fort und berührte meinen Arm mit den Fingerspitzen, »meinst du nicht auch? Schon das zweite dies Jahr! Huh, werden die ›Tollen Männer‹ tanzen!«

Ich sah ihn an, und in diesem Augenblick fing ich an, an seinem Verstande zu zweifeln. Er blickte, wie Sympathie heischend, halb schüchtern, halb freudig, zu mir auf, und alles, was bereits gewesen war, versank angesichts dieser neuen Katastrophe.

»Wenn es nicht schon zu spät wäre«, rief ich voller Entrüstung, »würde ich das Boot nehmen und hinausfahren, um sie zu warnen.«

»Nein, nein«, protestierte er, »du darfst nicht dazwischenkommen, darfst dich nicht in solche Sachen mischen. Es ist Sein Wille.« Hier lüftete er die Mütze. »Und eine schöne Nacht, eine herrliche Nacht hat Er dazu ausersehen.«

Etwas wie Furcht begann sich in mein Herz einzuschleichen. Ich erinnerte ihn daran, daß wir noch nicht gegessen hätten, und schlug vor, nach Hause zu gehen. Aber nein! Um nichts in der Welt war er dazu zu bewegen, seinen Beobachtungsposten zu verlassen.

»Ich muß mir die Sache ansehen, Charlie, Junge«, erklärte er und rief, als der Schoner zum zweiten Male beidrehte: »Schau, die verstehen's! Mit denen konnt' es die Christ-Anna nicht aufnehmen!«

Die Männer an Bord mußten bereits einige, wenn auch noch nicht den zwanzigsten Teil der Gefahren erkannt haben, die ihr todgeweihtes Schiff umgaben. Bei jeder Pause, die der launenhafte Wind machte, mußten sie gewahr werden, wie sehr die Strömung sie zurücktrieb. Je fruchtloser der Kampf, um so straffer zogen sie die Taue. Mit jeder Minute donnerte und schäumte die steigende Flut über neuen, begrabenen Riffen. Wieder und wieder brachen sich die Sturzwellen in dröhnendem Verderben unmittelbar unter dem Schiffsbug, und in den Wogentälern trieb brauner Schlick und triefender Tang. Wahrlich, jetzt galt es, die Gewalt über das Tauwerk zu behalten! Gott weiß es, an Bord jenes Schiffes war keine einzige Hand müßig. Und den Ablauf dieser, für jedes menschlich fühlende Herz so grauenvollen Szene verfolgte mein irregeleiteter Onkel mit gespannter Aufmerksamkeit und wollüstiger Kennermiene. Als ich mich umwandte, um den Berg hinabzugehen, lag er oben flach auf dem Bauch, die ausgestreckten Hände im Heidekraut verkrampft, geistig und körperlich scheinbar um Jahre verjüngt.

In trüber Stimmung langte ich zu Hause an und wurde bei Marys Anblick noch niedergeschlagener. Ich fand sie mit gelassener Miene, die kräftigen Arme entblößt, beim Brotbacken. Schweigend nahm ich einen Haferkuchen von der Anrichte und setzte mich nieder, um zu essen.

»Bist müde, Bub?« fragte sie nach einer Weile.

»Nicht so sehr ermüdet, Mary«, antwortete ich, mich erhebend, »als des Aufschubs und vielleicht auch dieses Ortes müde. Du kennst mich gut genug, um, was ich auch sage, gerecht zu beurteilen. Nun, Mary, des einen darfst du sicher sein: du wärest besser an jedem anderen Ort als hier.«

»Das eine weiß ich jedenfalls«, gab sie zur Antwort, »ich werde dort sein, wo meine Pflicht ist.«

»Du vergißt, daß du auch eine Pflicht gegen dich selber hast«, sagte ich.

»So, so, Bub«, entgegnete sie, heftig den Teig schlagend, »hast du das etwa in der Bibel gelesen?«

»Mary«, sagte ich feierlich, »du darfst mich jetzt nicht auslachen. Gott weiß, daß mir nicht nach Lachen zumute ist. Das Allerbeste wäre, wir könnten deinen Vater mitnehmen, aber, ob mit oder ohne ihn, ich will dich von hier fort wissen, mein Mädchen; um deinet-, meinet- und auch deines Vaters willen möchte ich dich weit, weit von hier fort wissen. Ich bin mit anderen Gedanken hierhergekommen; ich bin hergekommen, wie einer, der nach Hause kommt. Jetzt ist alles anders, und ich habe nur noch den einen Gedanken und die eine Hoffnung – zu fliehen, ja, das ist das Wort, von dieser verfluchten Insel zu fliehen – wie ein Vogel des Vogelstellers Schlinge flieht.«

Sie hatte mittlerweile mit ihrer Arbeit aufgehört.

»Und glaubst du wirklich«, sagte sie, »glaubst du wirklich, ich hätte weder Augen noch Ohren? Weißt du denn nicht, daß ich mich fast zu Tode gegrämt habe um diese Kostbarkeiten (wie er sie nennt, Gott verzeih's ihm) und sie am liebsten in die See würfe? Glaubst du wirklich, ich könnte mit ihm tagaus, tagein zusammenleben, ohne das zu sehen, was du in ein, zwei Stunden gesehen hast? Nein«, sagte sie, »ich weiß, daß Unrecht an ihnen klebt; welches Unrecht weiß ich nicht und will es auch nicht wissen. Ich hab' noch nie gehört, daß ein arg Ding durch unnütz Fragen besser geworden wäre. Aber, Bub, du darfst niemals verlangen, daß ich meinen Vater verlasse. Solange noch Atem in ihm ist, werde ich bei ihm sein. Es wird nicht mehr lange sein, Charlie, kann ich dir sagen, nicht mehr lange. Er trägt das Zeichen an der Stirn, und es ist vielleicht besser so, – ja, besser.«

Ich schwieg eine Weile, da ich nicht wußte, was ich sagen sollte, und als ich endlich aufsah, um zu sprechen, kam sie mir zuvor.

»Charlie«, sagte sie, »was für mich recht ist, braucht's für dich nicht zu sein. Es ist Sünde über dies Haus gekommen und Unglück. Du bist ein Fremder; nimm dein Hab und Gut und geh fort an einen besseren Ort und zu besseren Menschen, und wenn es dich je zurücktreibt, und sei es nach zwanzig Jahren, du wirst mich wartend finden.«

»Mary Ellen«, sagte ich, »ich habe dich gebeten, mein Weib zu sein, und du hast so gut wie dein Jawort gegeben. Und damit gut! Wo du bist, da werde ich auch sein, so wahr ich mich vor meinem Gott zu verantworten habe.«

Bei diesen Worten brach plötzlich ein tobender Wind los, der einen Augenblick später still zu stehen und schaudernd das Haus von Aros zu umkreisen schien. Es war der erste Ausbruch, der Prolog kommenden

Sturms, und als wir uns zusammenschreckend umsahen, fanden wir, daß wie bei Abenddämmerung eine Finsternis sich um das Haus gelagert hatte.

»Gott erbarme sich aller armen Menschen auf dem Meere!« sagte Mary. »Meinen Vater werden wir bis morgen früh nicht zu Gesicht bekommen.«

Dann erzählte sie mir, während wir beim Feuer saßen und auf die steigenden Windstöße horchten, wie diese Veränderung mit meinem Onkel gekommen war. Den ganzen Winter über war er düster und unstet gewesen. Immer wenn die Roost stieg, oder, wie Mary sagte, die ›Tollen Männer‹ tanzten, pflegte er bei Nacht stundenlang auf dem vorspringenden Uferfelsen und bei Tage auf der Aroser Höhe auf der Lauer zu liegen, den Kampf der Wellen beobachtend und den Horizont nach einem Segel absuchend. Nachdem am zehnten Februar das Wrack mitsamt den Kostbarkeiten in Sandag ans Land gespült war, war er anfänglich unnatürlich vergnügt gewesen, und seine Aufregung hatte um keinen Grad nachgelassen, nur hatte sich dazu allmählich eine wachsende Melancholie gesellt. Er vernachlässigte seine Arbeit und hielt auch Rorie von der seinen ab. Die beiden pflegten sich stundenlang unter dem Giebeldache vorsichtig, ja mit schuldbewußter Miene zu unterhalten, und wenn sie dann ihrerseits an den einen oder anderen Fragen stellte, wie sie es wohl anfangs getan hatte, war man ihr verwirrt ausgewichen. Seitdem Rorie den Fisch bemerkte hatte, der der Fähre folgte, hatte sein Herr nur ein einziges Mal seinen Fuß auf das Festland gesetzt, und das war in der Zeit des stärksten Flutwechsels gewesen, als er bei Ebbe trocken hinübergehen konnte. Drüben hatte er sich dann verspätet und sich plötzlich durch die wiederkehrende Flut von Aros abgeschnitten gefunden. Mit einem Schrei des Entsetzens hatte er sprungweise die Furt überquert und war fiebernd vor Angst daheim angelangt. Die Furcht vor dem Meere, quälende, nagende Gedanken an das Meer verfolgten ihn auf Schritt und Tritt in seinen Reden und Gebeten, und selbst wenn er schwieg, zeugte sein Ausdruck von ihrer Gegenwart. Zum Essen erschien Rorie allein; kurz darauf jedoch kam mein Onkel, steckte sich eine Flasche unter den Arm und ein Stück Brot in die Tasche und machte sich, diesmal von Rorie gefolgt, auf den Rückweg zu seinem Beobachtungsposten. Ich hörte, daß der Schoner näher an Land zurückgetrieben worden war, daß die Besatzung den Kampf jedoch mit dem Mut und dem Geschick der Verzweiflung fortsetzte, und die Nachricht erfüllte meine Seele mit Dunkelheit.

Kurz nach Sonnenuntergang brach der Sturm mit voller Gewalt los, ein Sturm, wie ich ihn im Sommer und in der Schnelligkeit, mit der er heraufzog, selbst im Winter nie wieder erlebt habe. Mary und ich saßen schweigend da, während das Dach über unserem Kopf in allen Fugen krachte, das Unwetter draußen heulte und die Regentropfen zischend in das prasselnde Feuer fielen. Unsere Gedanken waren weit weg bei den armen Leuten auf dem Schoner oder bei meinem nicht minder unglücklichen Onkel, der obdachlos auf dem Felsenvorsprung auf der Lauer lag. Trotzdem schreckten wir von Zeit zu Zeit zusammen, wenn der Wind sich erhob und gleich einem festen Körper gegen den Giebel schlug oder plötzlich abflaute und sich zurückzog, sodaß das Feuer hell aufflammte und unsere Herzen hoch aufschlugen. Dann wieder packte der Sturm das Dach an allen vier Enden und schüttelte und rüttelte es wie ein zorniger Leviathan, und im nächsten Augenblick glitt er in kalten, matten Wirbeln schaudernd durchs Zimmer an uns vorbei, sodaß das Haar sich auf unseren Köpfen sträubte. Und wieder brach er in einen Chor melancholischer Stimmen aus, säuselte dumpf im Schornstein und umstrich mit sanftem, flötengleichem Klageton das Haus.

Es mochte acht Uhr geworden sein, als Rorie erschien und mich geheimnisvoll zur Tür zog. Es schien, daß mein Onkel selbst seinem standhaften Gefährten Furcht eingeflößt hatte, und Rorie bat mich, voller Unruhe über sein fantastisches Gebaren, die Wache mit ihm zu teilen. Ich beeilte mich, seinem Wunsche zu willfahren, um so mehr als Furcht und Grauen und die elektrische Spannung der Nacht mich selber unruhig machten und zum Handeln trieben. Ich hieß Mary guten Mutes sein, da ich ja einen Schutz für ihren Vater bedeutete, hüllte mich fest in einen Plaid und folgte Rorie ins Freie.

Die Nacht war, obwohl Mittsommer dicht hinter uns lag, dunkel wie im Januar. Tastendes Zwielicht wechselte mit der tiefsten Finsternis, ohne daß man die Ursache hierfür aus den sausenden Schrecken des Himmels herauszulesen vermochte. Der Sturm sog einem den Atem aus den Nüstern; das ganze Himmelsgewölbe glich einem einzigen, ungeheuren, donnernden Segel, und wenn eine vorübergehende Stille sich auf Aros niedersenkte, konnten wir die Windstöße von ferne jammern hören. Über dem ganzen Niederland der Roost tobte der Orkan mit gleicher Stärke wie auf hoher See, und Gott allein weiß, mit welcher Wut er das Haupt Ben Kyaws umraste. Regen und Gischt hüllten uns wie nasse Laken ein. Rings um die Insel hämmerte die Brandung mit regelmäßigen, wuchtigen Donnerschlägen gegen Riffe und Strand. Bald laut, bald leise, wie die Klangsymphonie eines Orchesters, schwoll diese stetige Tonflut. Und hoch über allem Wirrwarr erklangen die wechselnden Stimmen der Roost und das abgerissene Gebrüll der ›Tollen Männer‹. In jener Stunde wurde mir blitzschnell klar, woher diese Ihren Namen bezogen. Denn ihr Lärmen, das die anderen Geräusche der Nacht überschrie, erschien mir, wenn nicht gar ausgelassen lustig, so doch von unheimlicher, fast menschlicher Jovialität. Wie eine Schar wilder Männer, die ihren Verstand vertrunken und sich der Macht der Rede begeben haben, ihren Wahnsinn stundenlang in die Nacht hinausschreien, so schrien in meinen Ohren und tollten diese tödlichen Wirbel an Aros vorbei.

Arm in Arm erkämpften Rorie und ich uns taumelnd und mit Anstrengung Meter für Meter unseren Weg. Wir glitten auf dem schlüpfrigen Boden aus und fielen stolpernd über Steine. Zerschunden, zerschlagen, bis auf die Haut durchnäßt und außer Atem brauchten wir fast eine halbe Stunde, um die kurze Strecke von dem Aroser Gehöft bis zu dem Felsvorsprung, von dem aus man die Roost übersehen konnte, zurückzulegen. Hier war, wie es schien, der Lieblingsausguck meines Onkels. Dort, wo die Klippe am höchsten und steilsten ragt, bildet ein kleiner brüstungsähnlicher Erdhügel einen Unterschlupf gegen die gemeinen Winde, von wo aus ein Mensch in Ruhe die Brandung und den irren Streit der Wogen beobachten kann. Wie man von einem Fenster aus einen Vorfall auf der Straße verfolgt, so blickt man von diesem Posten herab auf das Steigen und Fallen der ›Toten Männer‹. Freilich schaut man in einer Nacht wie dieser nur auf eine Welt der Finsternis, in der die Wasser kochen und schäumen, die Wogen mit der Wucht und dem Gepolter einer Explosion aneinander rennen und Türme von Gischt schnell wie Gedanken auf- und niedertauchen. Niemals zuvor hatte ich die ›Tollen Männer‹ in solcher Raserei gesehen. Die Wucht, Höhe und Geschwindigkeit ihrer Sprünge lassen sich nicht schildern. Hoch über unsere Köpfe stiegen ihre weißen Säulen in die Dunkelheit empor, um im nächsten Augenblick gespenstergleich wieder zu verschwinden. Mitunter sah man drei solcher Säulen zugleich in die Höhe streben und versinken; dann wieder packte sie ein Windstoß – und der Gischt schlug schwer wie eine Woge über uns zusammen. Dennoch wirkte das Schauspiel eher aufreizend in seiner Ausgelassenheit als gewaltig und eindrucksvoll. Jedes Denken wurde durch den ohrenzerreißenden Lärm unterbunden; eine fröhliche Leere bemächtigte sich des menschlichen Gehirns, ein Zustand, der an Irrsinn grenzte. Ich selbst ertappte mich dabei, wie ich dem Tanz der ›Tollen Männer‹ gleich einer Melodie auf einem Kirmesinstrument folgte.

Meinen Onkel wurde ich zuerst in jenem flüchtigen Dämmerlicht gewahr, das zeitweilig die pechschwarze Finsternis der Nacht unterbrach, als wir uns noch einige Meter von ihm entfernt befanden. Er stand, den Kopf nach hinten gebogen, die Flasche an den Lippen, aufrecht hinter der Brüstung. Als er die Flasche wegstellte, erkannte er uns und begrüßte uns mit spöttischem Handschwenken.

»Hat er getrunken?« schrie ich Rorie zu.

»Wenns bläst, ist er immer betrunken«, erwiderte Rorie gleichfalls mit erhobener Stimme; trotzdem hatte ich Mühe, ihn zu verstehen.

»War er – denn auch im Februar so?« fragte ich.

Rories ›Ja‹ war mir eine Quelle der Freude. Der Mord war also nicht kaltblütiger Überlegung entsprungen; er war eine Tat des Wahnsinns, ebensowenig zu verurteilen wie zu verzeihen. Mein Onkel war, wenn man will, ein gefährlicher Irrer, nicht grausam und schlecht, wie ich gefürchtet hatte. Aber – welch eine Szene für eine Zecherei! Welch schreckliches, unglaubliches Laster hatte dieser arme Mensch sich ausersehen! Von jeher hatte ich die Trunkenheit für einen wilden, fast furchtbaren Genuß gehalten, mehr teuflisch als menschlich. Und nun gar Trunkenheit hier draußen, in dieser brüllenden Finsternis, auf einer Felsklippe über dieser Hölle von Gewässern, mit einem Kopf, in dem es wirbelte wie in der Roost, mit schwankendem Fuß am Rande des Verderbens, das Ohr gierig nach den Zeichen des Schiffsuntergangs gespannt – wahrlich, diese Art von Trunkenheit war, wenn überhaupt in irgendeinem Menschen glaublich, für meinen Onkel, der fest einem Glauben der Verdammnis anhing und von dunkelsten Befürchtungen gepeinigt war, eine moralische Unmöglichkeit. Und dennoch war es so; als wir die geschützte Stelle erreicht hatten und wieder atmen konnten, sah ich des Mannes Augen mit unheimlichem Glanz die Nacht durchleuchten.

»Ah, Charlie, Mann, es ist großartig!« rief er. »Sieh her!« fuhr er fort und zog mich an den Rand des Abgrunds, von wo der betäubende Lärm und die Wolken von Gischt aufstiegen, »sieh doch, wie sie tanzen, sieh doch, Mann! Ist es nicht die reine Sünde?«

Er sprach das Wort mit sichtbarem Behagen aus, und es war mir, als passe es in die Szene.

»Sie heulen nach dem Schoner«, redete er in seiner dünnen, irren Stimme weiter, die unter dem schützenden Abhang klar vernehmbar war, »und er kommt auch immer näher, jawohl, immer näher, näher und immer näher; und sie wissen es auch; die da unten wissen es ganz genau; sie wissen, daß es mit ihm vorbei ist. Charlie, Bursch, sie sind alle betrunken auf dem Schoner, alle stockbetrunken. Auf der ›Christ-Anna‹ hatten die am Heck auch alle einen Rausch. Niemand kann ohne Schnaps auf dem Meere untergehen. Rede du nur«, fuhr er in plötzlichem Zorne auf, »was verstehst du davon?

Ich sage dir, daß es anders nicht möglich ist; sie wagen's nicht, ohne Schnaps zu ertrinken. Hier«, meinte er, mir die Flasche hinhaltend, »nimm einen Schluck.«

Ich war im Begriff, abzulehnen, als Rorie warnend mich berührte, und wirklich hatte ich mich bereits eines Besseren besonnen. Ich nahm daher die Flasche und tat nicht nur einen kräftigen Zug, sondern verschüttete dabei noch glücklich den größeren Teil ihres Inhalts. Es war reiner Alkohol und benahm mir beim Schlucken fast den Atem. Mein Verwandter merkte den Verlust nicht, sondern bog abermals den Kopf zurück und trank den Rest bis zur Neige. Dann warf er laut lachend die Flasche zu den ›Tollen Männern‹ hinab, die ihren Empfang durch lärmende steile Sprünge zu begrüßen schienen.

»Hier, Kinder«, schrie er, »hier ist euer Teil! Vor Morgengrauen werdet ihr einen fetteren Bissen erhalten!«

Da, während einer plötzlichen Windstille, tönte aus einer Entfernung von noch nicht zweihundert Metern eine klare menschliche Stimme aus der Finsternis zu uns herauf. Im nächsten Augenblick stürmte der Wind brausend über die Felsklippe hin, und die Roost brüllte und sprudelte und tanzte in erneuter Wut. Doch wir hatten den Ton gehört und wußten mit qualvoller Sicherheit, daß jetzt das verlorene Schiff vor seinem Untergange stand und daß das, was wir gehört hatten, der letzte Kommandoruf seines Herrn gewesen war. Vorn über den Rand gebeugt, alle Sinne bis aufs Äußerste gespannt, erwarteten wir dicht aneinandergedrängt das unvermeidliche Ende. Eine lange Zeit, scheinbar eine Ewigkeit, verging, bis der Schoner plötzlich auf einen einzigen kurzen Augenblick vor einem Hintergrund ragenden, leuchtenden Schaumes auftauchte. Noch sehe ich das gereffte, lose flatternde Großsegel, als der Mastbaum schwer auf das Deck hinstürzte; noch sehe ich die schwarzen Umrisse des Schiffsbugs und meine, auf der Ruderpinne den ausgestreckten Körper eines Mannes unterscheiden zu können. Dennoch zog das ganze Bild mit Blitzesschnelle vorüber; die gleiche Woge, die es uns enthüllte, begrub das Schiff für immer unter sich; der Todesschrei vieler Stimmen stieg zu uns empor und wurde vom Brausen der ›Tollen Männer‹ erstickt. Und damit nahm die Tragödie ihr Ende. Das starke Schiff mitsamt all seinem Gerät, mit so zahlreichen Menschenleben, die anderen sicherlich teuer und zum mindesten den Eigentümern selbst kostbar wie der Himmel waren, war, während in der Kabine vielleicht noch die Lampe brannte, im Nu in den brodelnden Wassern versunken. Wie ein Traum war es entschwunden. Und der Wind fuhr fort zu stürmen und zu heulen, und die gefühllosen Wasser der Roost stiegen und sanken wie zuvor.

Wie lange wir drei dort sprachlos und bewegungslos verharrten, weiß ich nicht, aber es muß eine lange Zeit gewesen sein. Schließlich krochen wir hintereinander, fast mechanisch, zu dem schützenden Abhang zurück. Während ich so, tief unglücklich und nicht völlig Herr meiner Sinne, gegen die Brüstung lehnte, konnte ich meinen Verwandten in veränderter, trüber Stimmung vor sich herschwatzen hören. Einmal wiederholte er mit weinerlicher Eintönigkeit: »Wie sie kämpfen mußten – wie schwer sie kämpfen mußten, die armen Burschen, die armen Burschen!« – Dann wieder jammerte er: »Daß das ganze Zeug hin wäre«, weil das Schiff, statt am Ufer zu stranden, bei den ›Tollen Männern‹ untergegangen war; und in all diese irren Reden hinein spielte ein Name – Christ-Anna – mit schaudernder Ehrfurcht ausgesprochen. Währenddem ließ der Sturm mit merklicher Schnelligkeit nach. Nach einer halben Stunde war der Wind zu einer Brise abgeflaut, und den Wechsel begleitete oder verursachte ein schwerer, kalter, klatschender Regen. Ich muß dann eingeschlafen sein, und als ich völlig durchnäßt, steif und ohne jede Erfrischung erwachte, war der Tag angebrochen, ein grauer, nasser, trostloser Tag. Der Wind blies in matten, unruhigen Stößen, es war Ebbe, die Roost hatte ihren niedrigsten Stand erreicht, und nur die starke Brandung, die rings um Aros gegen die Küste hämmerte, war Zeuge von den Schrecknissen der Nacht.

FÜNFTES KAPITEL

Ein Mann aus dem Meere

Rorie machte sich auf den Heimweg, zu einem warmen Zimmer und Frühstück; mein Onkel dagegen hatte es sich in den Kopf gesetzt, die Küste von Aros abzusuchen, und ich empfand es als meine Pflicht, ihn überall zu begleiten. Er war jetzt gefügig und ruhig, wenn auch körperlich und geistig von unsicherer Schwäche, und betrieb seine Untersuchungen mit kindischem Eifer. Er kletterte die Felsen weit hinunter und lief am Strande den fliehenden Wellen nach. Jede zerbrochene Planke, jeder Fetzen Taus waren in seinen Augen ein Schatz, den es sich bei Gefahr des Lebens zu sichern galt. Zu sehen, wie er so mit schwankenden Schritten der Brandung nachjagte und sich den Schlingen und Fallen der tangbewachsenen Felsen aussetzte, hielt mich in ständiger Aufregung. Mein Arm war stets bereit, ihn zu stützen, meine Hand hielt ihn beim Rocke fest; ich half ihm, seine armseligen Funde aus dem Bereich der wiederkehrenden Wellen herauszuziehen. Eine Amme, die ein siebenjähriges Kind zu betreuen hat, hätte die gleiche Aufgabe gehabt.

Wenn auch die Reaktion auf den Wahnsinn der verflossenen Nacht ihn schwächte, so erwiesen sich doch die in ihm schwellenden Leidenschaften stark wie die eines gesunden Mannes. Seine Furcht vor dem Meere lebte, wenn auch vorübergehend überwunden, doch in unverminderter Kraft fort. Wäre das Meer eine See lebendigen Feuers gewesen, er hätte nicht ängstlicher vor einer

Berührung mit ihm zurückschrecken können, und als er einmal ausglitt und bis zur Wade in einen Wassertümpel hineinfuhr, glich der Schrei, den er aus tiefster Seele ausstieß, einem Todesschrei. Eine Weile danach saß er schwer schnaufend wie ein Hund da, jedoch die Beutegier siegte abermals über seine Furcht; und abermals wankte er in den quirlenden Gischt hinaus; abermals kroch er unter den platzenden Wasserblasen auf den Felsen umher, sein Sinnen und Trachten anscheinend ausschließlich auf Treibholz gerichtet, das im besten Falle noch dazu gedient hätte, ins Feuer geworfen zu werden. Dabei schalt er, trotz seines Entzückens über seine Funde, unablässig über sein Mißgeschick.

»Aros«, sagte er, »ist kein guter Ort für Schiffsunglükke, gar kein guter Ort. Die ganzen Jahre über, in denen ich hier gewohnt habe, ist dies das zweite, und dabei sind die besten Sachen hin, glatt hin!«

»Onkel«, sagte ich, da wir inzwischen ein Stück offenen Strandes erreicht hatten, wo nichts ihn ablenken konnte, »ich sah dich gestern, wie ich dich niemals zu sehen erwartet hatte – du warst betrunken.«

»Nein, nein«, sagte er, »so schlimm war's nicht. Ich hatte allerdings getrunken. Um die Wahrheit zu sagen, ich kann es nicht ändern. Keiner ist für gewöhnlich so nüchtern wie ich; aber wenn ich den Wind pfeifen höre, werd' ich, glaub' ich, verrückt.«

»Du bist religiös«, antwortete ich, »und Trinken ist eine Sünde.«

»Ja, wenn's keine Sünde wäre«, entgegnete er, »würd' ich wohl gar nicht danach fragen. Es ist schierer Trotz, siehst du. In dem Meere dort lebt ein gut Stück von der alten Erbsünde; unchristlich bleibt's, und wenn man's noch so milde betrachtet. Wenn es nun gar tobt und der Wind schreit – das Meer und der Wind sind so eine

Art Vettern, mein ich, – und die ›Tollen Männer‹, die verrückten Burschen, brüllen und lachen, und die armen Seelen so die liebe lange Nacht da draußen in der Öde auf ihren Nußschälchen gegen den Tod ankämpfen – ja dann kommt's über mich wie Besessenheit. Ich bin ein Teufel, ich weiß es. An die armen Schifferleute denk ich gar nicht; ich bin für das Meer, ich bin wie einer seiner eigensten ›Tollen Männer‹.«

Ich glaubte, ihn mit seinen eigenen Waffen schlagen zu können. Ich wandte mich dem Meere zu; die Brandung rollte lustig weiter, Welle für Welle jagte mit fliegender Mähne gegen den Strand, bäumte und bog sich und stürzte über die nächste hinweg auf den zerstampften Sand. Draußen waren die Salzluft, die aufgeschreckten Möwen, das zerstreute Heer der Seestreitrosse, die sich wiehernd begrüßten, während sie sich zum Sturmlauf gegen Aros sammelten; und dicht vor uns schlängelte sich jene Linie über die Sandfläche, über die hinaus sie trotz ihrer großen Zahl und Wut niemals zu dringen vermochten.

»Bis hierher sollst du und nicht weiter«, sagte ich; »hier sollen sich legen deine stolzen Wellen.« Und dann zitierte ich, so feierlich als ich es nur irgend vermochte, eine Strophe, die ich schon oft zuvor dem Chor der Wellen angepaßt hatte:

»Der Herr, der ob den Wolken thront,
»Gebeut dem sündigen All,
»Erhabener als der Wasser Wucht
»Und wilder Wogen Schwall.«

»Ja«, sagte mein Verwandter, »zuletzt wird der Herr triumphieren; daran zweifle ich nicht. Aber hier auf Erden wagen die törichten Menschen ihm ins Gesicht zu trotzen. Es ist nicht klug; ich sage nicht, daß es klug ist; aber es ist Lebenslust, Augenweide, Würze der Freude.«

Ich schwieg hierauf. Wir hatten begonnen, den schmalen Streifen Land zu überschreiten, der zwischen uns und Sandag lag. Ich hielt daher mit den wenigen mir übrig gebliebenen Argumenten zurück, kraft derer ich die bessere Natur dieses Mannes zu rühren hoffte, bis wir auf dem Schauplatz seines Verbrechens angelangt waren. Auch er verfolgte das Thema nicht weiter, sondern ging in festerer Haltung neben mir. Der Appell an seine Vernunft wirkte wie ein Kräftigungsmittel. Ich sah, daß er das Suchen nach wertlosem Plunder über einer tiefen, düsteren und dennoch anregenden Grübelei vergessen hatte. In drei bis vier Minuten hatten wir den Abhang erklommen und befanden uns bereits auf dem Abstieg nach Sandag. Das Wrack war durch die See arg mitgenommen; der Rumpf war herumgeschleudert und weiter ins Meer gezogen worden; vielleicht lag auch das Heck etwas höher, denn die beiden Teile waren jetzt ganz von einander losgerissen. Als wir neben dem Grabe angelangt waren, hielt ich inne, entblößte trotz des heftigen Regens mein Haupt und sprach zu meinem Oheim, ihn fest ins Auge fassend: »Ein Mann wurde durch die Vorsehung Gottes von Todesgefahr errettet; er war arm, er war nackend, er war durchnäßt und müde, er war ein Fremdling. Er hatte alles Recht der Welt auf das Mitleid deines Herzens; vielleicht war er das Salz der Erde, heilig, hilfreich und gut; vielleicht war er von Sünden beladen ein Mensch, für den der Tod den Anfang der Höllenpein bedeutete. Ich frage dich hier im Angesichte des Himmels: Gordon Darnaway, wo ist der Mann, für den Christus gestorben ist?«

Bei den letzten Worten schrak er merklich zusammen; aber es kam keine Antwort, und sein Gesicht drückte kein anderes Gefühl als unruhige Besorgnis aus.

»Du warst meines Vaters Bruder«, fuhr ich fort; »du

hast mich gelehrt, dein Haus als mein Vaterhaus zu betrachten, und wir sind beides sündige Menschen, die vor des Herrn Angesicht in den Sünden und Fährnissen des Lebens wandeln. Durch das Böse, was wir tun, führt Gott uns zum Guten; wir sündigen, ich wage nicht zu sagen durch seine Versuchung, aber ich kann getrost sagen mit seiner Zustimmung, und für jeden, den viehischen Menschen ausgenommen, sind seine Sünden der Anfang der Weisheit. Gott hat dich durch dies Verbrechen gewarnt; er warnt dich auch jetzt noch durch das blutige Grab zu unseren Füßen; und wenn keine Reue, keine Besserung, keine Umkehr zu Ihm folgen sollte, wessen sollen wir uns dann in der Folge versehen, wenn nicht eines denkwürdigen Gerichts?«

Noch während ich diese Worte sprach, glitten meines Onkels Augen von meinem Gesicht hinweg. Sein Aussehen erfuhr eine unbeschreibliche Veränderung: die Gesichtszüge schienen zusammenzuschrumpfen, die Farbe wich aus seinen Wangen, zitternd hob er die eine Hand und wies damit über meine Schulter hinweg in die Ferne, und wieder fiel der vielgenannte Name von seinen Lippen: Die Christ-Anna!

Ich drehte mich um, und wenn ich mich auch nicht im gleichen Maße wie er entsetzte, wozu der Grund bei mir, dem Himmel sei Dank, wegfiel, war ich dennoch erschrocken über den Anblick, der sich mir bot. Die Figur eines Mannes stand aufrecht auf dem Kabinenverschlag des gescheiterten Schiffes, den Rücken zu uns gekehrt. Er schien, die Hand über den Augen, die offene See abzusuchen, und seine Gestalt, die sehr hoch war, hob sich in ihrer ganzen Größe gegen den Horizont ab. Wohl tausendmal habe ich betont, daß ich nicht abergläubisch bin, aber in diesem Augenblick, da mein ganzes Denken auf Tod und Sünde gerichtet war, erfüllte mich die unerklärliche Erscheinung eines Fremden auf dieser meerumschlossenen, einsamen Insel mit einem Erstaunen, das an Schrecken grenzte. Es schien kaum möglich, daß eine Menschenseele bei einem Seegang, wie er gestern Nacht an der Küste von Aros tobte, lebendig das Land erreichen konnte, und das einzige Fahrzeug meilenweit in der Runde war vor unseren Augen bei den ›Tollen Männern‹ untergegangen. Zweifel stürmten auf mich ein, die jede Ungewißheit unerträglich machten; ich trat, um die Frage ein für allemal sofort zu entscheiden, vor und rief die Gestalt an, wie man ein Schiff anruft.

Der Mann drehte sich um, und ich meinte ihn bei unserem Anblick zusammenschrecken zu sehen. Sofort kam mir mein Mut wieder, und ich machte ihm durch Zeichen und Rufe klar, näher zu kommen. Er sprang auch sogleich auf den Strand hinunter und begann, sich uns zögernd und mit vielen Pausen zu nähern. Bei jedem neuen Beweis seiner Unruhe wurde ich selbstsicherer und trat abermals einen Schritt vor, indem ich ihm mit dem Kopf und mit der Hand Mut zuwinkte. Es war klar, daß der Schiffbrüchige nicht sonderlich viel Gutes über die Gastlichkeit unserer Insel gehört hatte, und in jenen Zeiten genoß die Bevölkerung im hohen Norden in der Tat in dieser Hinsicht einen schlechten Ruf.

»Sieh doch«, sagte ich, »der Mann ist ein Schwarzer!« Gerade in diesem Augenblick brach mein Verwandter mit einer Stimme, die kaum wiederzuerkennen war, in einen ununterbrochenen Strom von Flüchen und Gebeten aus. Ich sah ihn an; er war auf die Knie gesunken, sein Gesicht war qualverzerrt. Bei jedem Schritt, den der Schiffbrüchige näher trat, schrillte seine Stimme lauter, verdoppelten sich Beredsamkeit und Inbrunst seiner Sprache. Ich nenne seine Worte Gebete, denn sie waren an Gott gerichtet; sicherlich aber hat nie zuvor eine Kreatur solche himmelschreiende Widersinnigkeiten seinem Schöpfer zugerufen: wahrlich, wenn Gebet Sünde sein kann, dann war es diese wahnsinnige Rede. Ich lief auf ihn zu, packte ihn an den Schultern und zerrte ihn auf die Füße.

»Schweig, Mann«, rief ich, »ehre deinen Gott mit Worten, wenn nicht mit Taten. Hier, auf dem Schauplatz deiner Schuld, sendet Er dir die Möglichkeit zur Sühne. Vorwärts, nimm sie wahr! Geh jenem Geschöpf, das zitternd dein Erbarmen heischt, wie ein Vater entgegen.«

Mit diesen Worten versuchte ich, ihn zu dem Schwarzen hinzudrängen, aber er schlug mich zu Boden, entriß sich meiner Faust, indem er einen Fetzen seiner Jacke in meiner Hand zurückließ, und floh wie ein Hirsch den Aroser Berg hinauf. Ich erhob mich taumelnd, betäubt und verletzt; der Neger war überrascht, vielleicht auch erschrocken auf halbem Wege zwischen mir und dem Wrack stehen geblieben; mein Onkel hatte, in großen Sprüngen von Fels zu Felsen schnellend, bereits einen beträchtlichen Teil des Weges zurückgelegt, und ich sah mich also im Augenblick zwischen Pflicht und Pflicht zerrissen. Ich entschied mich – und ich hoffe zu Gott, daß ich recht getan – zugunsten des armen Burschen am Strande, war doch sein Unglück zum mindesten nicht von ihm selbst geschaffen und von der Art, daß ich es bestimmt zu lindern vermochte; außerdem hatte ich begonnen, meinen Onkel als einen unheilbaren, hoffnungslosen Wahnsinnigen zu betrachten. Ich schritt daher auf den Schwarzen zu, der mein Kommen mit verschlungenen Armen, wie einer, der auf jedes Schicksal gefaßt ist, erwartete. Bei meinem Herannahen streckte er mir mit großer Gebärde, wie ich sie auf der Kanzel gesehen habe, die Hand entgegen und sagte etwas im Predigerton, von dem ich kein Wort verstand. Ich versuchte, ihn zuerst englisch und dann gälisch anzureden, beides aber vergeblich, und ich sah ein, daß wir uns auf die Sprache des Ausdrucks und der Gesten verlassen mußten. Hierauf bedeutete ich ihm, daß er mir folgen solle, was er bereitwilligst, mit einer ernsten Verneigung gleich einem gefallenen König, tat. Währenddessen war keinerlei Veränderung über sein Gesicht gegangen; während des Wartens hatte er weder Besorgnis, noch jetzt, da er der Furcht behoben war, Erleichterung gezeigt. War er, wie ich annahm, ein Sklave, so konnte ich nicht umhin zu glauben, daß er in seinem Heimatlande von erhabener Stellung gestürzt war, und trotz seiner Erniedrigung rang seine Haltung mir Bewunderung ab. Als wir an dem Grabe vorbeikamen, hielt ich inne und wies mit der Hand und den Augen zum Himmel, als Zeichen meiner ehrfürchtigen Trauer um den Toten, und als Antwort verbeugte er sich tief mit ausgebreiteten Armen. Die Bewegung war befremdlich und wirkte doch wie eine althergebrachte Sitte; wahrscheinlich gehörte sie zum Zeremoniell des Landes, woher er kam. Gleichzeitig wies er auf meinen Onkel, dessen hockende Gestalt wir auf einer Erhöhung über uns sehen konnten, und berührte mit dem Finger seine Stirn, zum Zeichen daß er ihn für verrückt hielt.

Wir gingen den langen Weg am Strande nach Hause, da ich auf dem Abkürzungspfad quer über die Insel meinen Onkel aufzuschrecken fürchtete, und beim Gehen hatte ich Muße, die kleine dramatische Szene, durch die ich meinen Vermutungen Gewißheit zu verschaffen hoffte, in mir ausreifen zu lassen. Ich blieb daher auf einem der Felsen stehen und fing an, vor dem Neger die Handlungen des Mannes nachzuahmen, den ich tags zuvor in Sandag beim Aufnehmen der geographischen

Lage belauscht hatte. Er verstand mich sofort, und mir die Komödie aus den Händen nehmend, zeigte er mir, wo das Boot war, wies auf das Meer hinaus, wie um die Lage des Schoners anzugeben, und dann auf das Felsufer hin, wobei er mit fremdländischer aber klar erkennbarer Betonung die Worte ›Espiritu Santo‹ aussprach. Ich hatte also mit meinen Mutmaßungen recht gehabt; die angebliche historische Untersuchung war nur ein Mäntelchen für die Schatzsucherei gewesen; der Mann, der Dr. Robertson hinters Licht geführt hatte, war derselbe, der im Frühjahr in Grisapol aufgetaucht war, und der jetzt mit vielen anderen unter der Roost von Aros begraben lag: dahin hatte ihre Goldgier sie gebracht, dort waren ihre Knochen zu ewigem, unruhigem Schlummer eingegangen! Inzwischen fuhr der Schwarze mit seiner Nachahmung der Szene fort; jetzt blickte er himmelwärts, wie wenn er das Herannahen eines Unwetters beobachtete; dann, in dem Charakter eines Seemannes, winkte er den anderen zu, an Bord zu kommen; im nächsten Augenblick lief er als Offizier am Ufer entlang, um in das Boot zu springen, und wieder bog er sich als eifriger Bootsmann über die Ruder. Die ganze Zeit über jedoch bewahrte er die gleiche feierliche Miene, so daß er mir kein einziges Lächeln entlockte. Schließlich deutete er in einer nicht mit Worten zu beschreibenden Pantomime an, wie er selbst zu dem Wrack hinaufgegangen sei, um es zu untersuchen, und wie seine Kameraden ihn zu seinem Leidwesen und seiner Empörung im Stich gelassen; und zuletzt faltete er noch einmal die Arme über der Brust und neigte den Kopf wie jemand, der sich in sein Schicksal ergeben hat.

Nachdem somit das Geheimnis seiner Gegenwart aufgeklärt war, machte ich ihm durch eine Skizze das Schicksal des Schiffes und aller, die an Bord gewesen waren, klar. Er zeigte weder Überraschung noch Kummer, sondern schien durch ein plötzliches Öffnen und Heben der Hand seine früheren Freunde oder Gebieter (welches sie nun gewesen sein mochten) dem Willen Gottes anzuempfehlen. Eine wachsende Achtung stieg in mir auf, je länger ich ihn beobachtete. Ich sah, daß er starken Geistes und ernsten, gesetzten Charakters war, wie ich sie zum Umgang liebte, und noch ehe wir das Aroser Gehöft erreichten, hatte ich ihm seine unheimliche Farbe, wenn ich sie auch nicht ganz vergessen konnte, gänzlich verziehen.

Mary erzählte ich rückhaltlos das Vorgefallene, wenn auch, wie ich zugeben muß, das Herz mir dabei versagte; aber ich hatte unrecht, an ihrem Gerechtigkeitsgefühl zu zweifeln.

»Du hast recht getan«, sagte sie, »Gottes Wille geschehe.« Und sie machte sich sogleich daran, uns aufzuwarten.

Sobald ich mich gesättigt hatte, bat ich Rorie, den Schiffbrüchigen, der immer noch aß, im Auge zu behalten, und machte mich auf die Suche nach meinem Onkel. Ich sah ihn, noch ehe ich weit gegangen war, auf derselben Stelle auf dem höchsten Gipfel in anscheinend derselben Haltung sitzen. Von jenem Punkte aus breitete, wie gesagt, der größere Teil von Aros und der Roost sich wie eine Landkarte zu seinen Füßen aus. Es war klar, daß er nach allen Richtungen scharfen Ausguck hielt, denn kaum war mein Kopf über dem Rande der ersten Anhöhe aufgetaucht, als er aufsprang und sich umwandte, als wolle er mir entgegentreten. Sofort rief ich ihn an, so gut es ging und in dem gleichen Ton und mit den gleichen Worten, deren ich mich häufig bediente, wenn ich ihn zu Tisch bat. Er antwortete nicht einmal durch eine Bewegung. Ich trat etwas weiter vor und versuchte abermals zu verhandeln, mit dem gleichen Resultat. Als ich mich ihm indes zum zweiten Male näherte, flammte seine irrsinnige Furcht wieder auf, und noch immer schweigend wie das Grab, aber mit unglaublicher Schnelligkeit begann er vor mir den steinigen Bergrükken entlang zu fliehen. Eine Stunde zuvor war er todmüde und ich relativ frisch gewesen. Jetzt aber schöpfte er frische Kraft aus der Glut des Wahnsinns, und jeder Gedanke an Verfolgung wäre umsonst gewesen. Ja, der Versuch allein hätte vielleicht schon genügt, um seine Furcht aufzupeitschen und damit auch das Gefährliche unserer Lage zu verschärfen. Mir blieb daher nichts übrig, als nach Hause zu gehen, und Mary meinen traurigen Bericht zu erstatten.

Sie nahm ihn, wie auch den ersten, mit ruhiger Fassung entgegen und brach, indem sie mich aufforderte, mich hinzulegen und der Ruhe zu pflegen, die ich so dringend nötig hatte, selbst auf, um ihren irregeleiteten Vater zu suchen. In jenen Jahren hätte viel dazu gehört, um mich des Schlafes und des Appetits zu berauben. Ich schlummerte lang und fest, und Mittag war längst vergangen, als ich aufwachte und mich die Treppe hinunter zur Küche begab. Mary, Rorie und der schwarze Schiffbrüchige saßen schweigend um das Feuer herum und ich sah, daß Mary geweint hatte, wie ich bald erfuhr, mit gutem Grund. Erst sie und dann Rorie waren aufgebrochen, um meinen Onkel zu suchen; nacheinander hatten sie ihn oben auf dem Hügel hockend gefunden, und vor beiden war er stumm und eilig geflohen. Rorie hatte vergeblich versucht, ihn einzuholen; der Wahnsinn lieh seinen Sprüngen eine nie geahnte Kraft. Er setzte von Fels zu Fels über die breitesten Abgründe hinweg, jagte wie der Wind über die Hügel, floh die Kreuz und die Quer wie ein gehetzter Hase vor den Hunden; schließlich mußte Rorie es aufgeben, und das letzte, was er von ihm sah, war, wie er wieder wie zuvor auf der Aroser Anhöhe saß. Selbst in der tollsten Jagd, selbst als der schnellfüßige Diener für einen Augenblick sehr nahe daran war, ihn einzufangen, hatte der arme Irre keinen Laut von sich gegeben. Er floh stumm wie ein Tier, und dieses Schweigen hatte seinem Verfolger Entsetzen eingeflößt. Die Lage hatte etwas Herzzerreißendes. Wie war dieser Geisteskranke einzufangen? Wie sollten wir ihn inzwischen ernähren, und was würden wir später mit ihm anfangen? Das waren die drei Schwierigkeiten, die es zu lösen galt.

»Der Schwarze«, sagte ich, »ist die Ursache dieses Anfalls. Vielleicht ist es sogar seine Anwesenheit im Hause die meinen Onkel auf dem Berge festhält. Wir haben getan, was recht und billig ist; wir haben ihn unter diesem Dache erwärmt und gespeist; jetzt schlage ich vor, daß Rorie ihn mit dem Fischerboot übersetzt und ihn über die Roost nach Grisapol geleitet.« Mary stimmte diesem Vorschlage von Herzen zu; wir forderten daher den Schwarzen auf, uns zu folgen, und begaben uns alle vier nach dem Landungssteg. Wahrlich, der Himmel hatte sich gegen Gordon Darnaway erklärt; etwas Unerhörtes hatte sich auf Aros ereignet: während des Unwetters hatte sich das Boot losgerissen, war gegen die rauhen Pfähle des Steges gerannt und lag jetzt mit eingebeultem Bug vier Fuß tief im Wasser. Mindestens drei Tage waren nötig, um es wieder flott zu machen. Aber ich ließ mich nicht entmutigen. Ich führte die ganze Gesellschaft bis zu der Stelle, wo das Wrack am schmalsten war, schwamm auf die andere Seite und winkte dem Schwarzen, mir zu folgen. Er gab mir durch Zeichen zu verstehen, daß er der Kunst nicht mächtig sei. Die Wahrheit sprach aus seinen Gesten, keinem von uns wäre es eingefallen, sie zu bezweifeln, und als auch diese Hoffnung vernichtet war, mußten wir unverrichteter Sache nach dem Hof zurückkehren. Der Neger schritt ohne Verlegenheit in unserer Mitte.

An jenem Tage konnten wir nur noch einen letzten Versuch unternehmen, uns mit dem unglücklichen Geisteskranken in Verbindung zu setzen. Wieder sahen wir ihn auf seinem Ausguck hocken; wieder floh er uns schweigend. Aber wir ließen zu seiner Pflege wenigstens Nahrung und einen schweren Mantel zurück; der Regen hatte zudem aufgehört, und es versprach eine milde Nacht zu werden. Wir glaubten, uns jetzt bis zum Morgen ausruhen zu können; Ruhe tat uns vor allem not, damit wir den ungewöhnlichen Anstrengungen gewachsen waren, und da niemand Lust zum Reden verspürte, trennten wir uns zeitig.

Ich lag lange wach und grübelte über einen Feldzugsplan für den morgigen Tag nach. Ich wollte den Schwarzen auf der Sandager Seite aufstellen, von wo aus er meinen Onkel auf das Haus zutreiben sollte. Rorie und ich sollten im Westen und Osten die Kette, so gut es ging, schließen. Je mehr ich die Bodengestaltung der Insel überlegte, desto überzeugter wurde ich, daß es zwar schwer aber möglich war, ihn auf die Niederung an der Sandager Bucht zu treiben; war das erst einmal gelungen, so war ein Entkommen trotz der Kraft seines Wahnsinns kaum zu befürchten. Auf seiner Furcht vor dem Schwarzen baute ich meinen Plan auf, denn ich wußte, daß er, welche Richtung zur Flucht er auch immer wählen mochte, nicht auf den Mann zulaufen würde, den er von den Toten auferstanden glaubte; und so war denn wenigstens eine Richtung des Kompasses gesichert.

Als ich endlich einschlief, war es nur, um nach kurzer Zeit durch einen Traum von Schiffsunglücken, Schwarzen und Abenteuern unter dem Meeresspiegel wieder aufgeschreckt zu werden. Ich war so fieberhaft erschöpft und erregt, daß ich aufstand, die Treppe hinunterging und vor das Haus trat. Drinnen in der Küche schliefen Rorie und der Schwarze; draußen war eine wunderbar klare Sternennacht, die nur hier und da eine verirrte Wolke, Nachzüglerin des Sturmes, trübte. Es war dicht vor der Hochflut, und die ›Tollen Männer‹ schrien und tobten durch die dunkle, windlose Stille. Nie zuvor, selbst nicht als der Sturm am ärgsten raste, hatte ich ihrem Gesang mit dumpferer Beklemmung gelauscht. Jetzt, da alle Winde heimgegangen waren, da die Tiefe sich in ihren Sommerschlaf zurückgewiegt und die Sterne ihr sanftes Licht über Land und Meer ergossen, schrien diese Strudel immer noch nach Aufruhr und Verderben. Ja, schien es doch, als wären sie ein Teil des Bösen in der Welt und von allem Leid des Lebens. Und ihr sinnloses Lärmen war nicht der einzige Laut, der das Schweigen der Nacht durchbrach. In das Tosen der Roost mischte sich, bald schrill und durchdringend, bald fast ersterbend, der Klang einer menschlichen Stimme. Ich erkannte sie als die meines Onkels; und eine große Furcht vor den Strafen Gottes und vor dem Bösen in der Welt bemächtigte sich meiner. Ich flüchtete mich in das Dunkel des Hauses wie an eine Freistatt und lag lang grübelnd über diese Mysterien im Bette wach.

Es war spät, als ich zum zweiten Male erwachte, und ich sprang in meine Kleider und eilte in die Küche. Sie war leer; Rorie und der Schwarze waren beide vor längerer Zeit heimlich auf und davon; bei dieser Entdeckung stand mir das Herz still. Auf Rories Treue konnte ich mich verlassen, nicht aber auf seinen Verstand. Hatte er sich so wortlos hinweggestohlen, dann war es nur, um meinem Onkel zu dienen. Welchen Dienst aber konnte er ihm allein, geschweige denn in Begleitung des Mannes der für meinen Onkel die Verkörperung seiner Schrecken war, zu leisten hoffen? Selbst wenn es nicht schon zu spät war, um tödliches Unheil zu verhüten, galt es doch keinen Augenblick länger zu zögern. Bei diesem Gedanken war ich schon aus dem Hause heraus; und manchen Lauf entlang den rauhen Hängen von Aros habe ich gemacht, aber keinen, der sich mit dem an jenem verhängnisvollen Morgen vergleichen kann. Keine zwölf Minuten brauchte ich, glaube ich, für den ganzen Anstieg. Mein Onkel war von seinem Ausguck verschwunden. Zwar war der Korb erbrochen und das Fleisch auf dem Rasen verstreut, aber er hatte keinen Bissen davon gegessen, wie es sich später herausstellte. Daneben war rings in weitem Umkreis keine Spur von einem menschlichen Wesen zu entdecken. Der klare Himmel war bereits taghell erleuchtet; schon blühte die Sonne in rötlichem Schimmer auf dem Gipfel Ben Kyaws auf, während die zottigen Hügel von Aros rings unter mir und der Schild des Meeres im durchsichtig grauen Zwielicht der Morgendämmerung dalagen.

»Rorie!« schrie ich, und noch einmal »Rorie!« Meine Stimme erstarb im Schweigen; keine Antwort kam. Hatte man es tatsächlich unternommen, meinen Onkel zu fangen, so war es klar, daß sich die Jäger, statt auf ihre Schnellfüßigkeit in erster Linie auf ihre Geschicklichkeit im Pirschen verließen. Ich lief weiter, wobei ich mich an die höchsten Vorsprünge hielt und nach rechts und links ausspähte, und blieb erst auf dem Sandager Berge stehen. Vor mir lagen das Wrack, der kahle Sandgürtel, die träge schwellenden Wogen und das lang sich hinstrekkende Felsgestade; zur Rechten und Linken in wildem Durcheinander Erdhügel, Anhöhen und Schluchten der Insel. Und nirgends ein menschliches Wesen.

Plötzlich erstrahlte die Sonne über Aros, und Schatten und Farben sprangen ins Leben. Keine halbe Minute später brach unter mir, im Westen, unter einer Schafherde eine Panik aus. Ein Schrei ertönte. Ich sah meinen Onkel daherstürmen. Ich sah den Schwarzen in wildem Eifer hinter ihm herjagen, und noch bevor ich alles begriffen hatte, tauchte Rorie auf, der ihm auf Gälisch, wie einem Hunde, der eine Schafherde treibt, Anweisungen zuschrie.

Ich sprang hinzu, um mich dazwischen zu werfen, doch hätte ich besser daran getan, zu bleiben, wo ich war, denn so war ich es, der dem Wahnsinnigen den letzten Ausweg abschnitt. Im Augenblick sah er nichts vor sich als das Grab, das Wrack und die See in der Sandager Bucht. Doch Gott weiß, daß ich alles zum Besten tat. Mein Onkel Gordon erkannte, in welche für ihn furchtbare Richtung die Jagd ihn trieb. Er machte kehrt und bog im Zickzack rechts und links aus. Allein so stark ihn das Fieber in seinen Adern auch stieß, der Schwarze war flinker als er. Mochte er sich noch so sehr drehen und wenden, stets kam er ihm zuvor und hetzte ihn weiter, dem Schauplatz seines Verbrechens zu. Plötzlich schrie der Unglückliche auf, daß die Ufer vielfältig widerhallten; und jetzt riefen sowohl Rorie und ich dem Schwarzen zu, er möge einhalten. Doch alles war vergebens, denn es stand anders geschrieben. Der Verfolger rannte immer weiter, die Jagd stürmte immer noch schreiend an uns vorüber; sie bogen an dem Grabe aus und streiften die Planken des Wracks; blitzschnell hatten sie den Sandgürtel überquert, und noch immer jagte mein Onkel weiter, stracks in die Brandung hinein, und der Schwarze auf Armeslänge hinter ihm her. Rorie und ich blieben beide stehen, denn die Sache war über Menschenkraft hinausgewachsen; hier waren Gottes Ratschlüsse, die sich vor unseren Augen vollzogen. Niemals gab es ein rascheres Ende. An jener steilen Küste brauchte es eines einzigen Sprunges, um sie in die Tiefe zu schnellen; keiner von ihnen konnte schwimmen. Noch einmal mit ersticktem Schrei bäumte der Schwarze sich auf, dann hatte sie die seewärts rasende Strömung gepackt; und sind sie je wieder an die Oberfläche gekommen, was Gott allein weiß, so muß es zehn Minuten später gewesen sein, am äußersten Ende der Roost, wo die Seevögel kreisen und fischen.

Übersetzt von Marguerite Thesing

Das Holzhaus in den Dünen

ERSTES KAPITEL

Ich schlage in dem Strandwald bei Graden mein Lager auf und erblicke ein Licht im Holzhause

Ich war in meinen jungen Jahren ein großer Einsiedler. Es war mein Stolz, mich aus eigener Kraft durchzubringen und selber für meinen Unterhalt zu sorgen; und ich kann sagen, daß ich weder Freunde noch Bekannte hatte, bis ich jene Freundin traf, die mein Weib und die Mutter meiner Kinder wurde. Nur mit einem einzigen Mann hatte ich eine Zeitlang einen näheren Verkehr; dies war R. Northmour, der Besitzer von Ost-Graden in Schottland. Wir hatten uns im College kennengelernt; und obgleich wir uns nicht besonders gern mochten oder auch nur näher miteinander verkehrten, so stimmte unsere Gemütslage doch so sehr überein, daß wir uns ganz gut vertrugen. Wir hielten uns für Menschenfeinde; doch bin ich später der Meinung geworden, daß wir ganz einfach weiter nichts waren als ein Paar mürrische Burschen.

Unser Verhältnis war eigentlich keine Kameradschaft, sondern ein Nebeneinanderleben in Ungeselligkeit. Northmours überaus heftiges Temperament machte es ihm nicht leicht, mit irgendeinem Menschen in Frieden zu leben, außer mit mir. Und da er mich in meinem stillen Wesen gewähren ließ, da ich kommen und gehen konnte, wie ich wollte, so war es mir möglich, das Zusammensein mit ihm ohne Widerwillen zu ertragen. Ich denke, wir nannten einander Freunde.

Als Northmour sein Examen machte und ich mich dafür entschied, von der Hochschule ohne ein solches abzugehen, lud er mich zu einem Dauerbesuch nach Ost-Graden ein; und so wurde ich zuerst mit dem Schauplatz meiner Abenteuer bekannt.

Das Herrenhaus von Graden stand in einer öden Heidelandschaft, etwa drei Meilen von der Küste der Nordsee entfernt. Es war so groß wie eine Kaserne; und da es von weißem Sandstein erbaut war, der in der scharfen Seeluft leicht verwitterte, so war es inwendig feucht und zugig, von außen aber halb zur Ruine verfallen. Ein behaglicher Aufenthalt für zwei junge Leute konnte ein solcher alter Kasten nicht sein. Aber in dem nördlichen Teil der Besitzung, in einer Wildnis von Dünen und beweglichen Sandhügeln, zwischen einer Baumpflanzung und der See stand ein kleines Holzhaus, eine Art Belvedere, eine moderne Anlage, die ganz und gar unseren Bedürfnissen entsprach.

In dieser Einsiedelei verbrachten Northmour und ich vier stürmische Wintermonate. Wir sprachen wenig, lasen viel und waren nur selten außerhalb der Mahlzeiten miteinander zusammen. Ich wäre vielleicht länger geblieben; aber in einer Märznacht sprang plötzlich ein Streit auf, der mich zur Abreise nötigte. Ich erinnere mich, daß Northmour zornige Worte gebrauchte, und ich habe ihm vermutlich eine scharfe Antwort darauf gegeben. Er sprang von seinem Stuhl auf und packte mich. Ich mußte um mein Leben kämpfen – das ist keine Übertreibung –, und nur mit großer Anstrengung wurde ich seiner Meister; denn er war beinahe ebenso stark wie ich und schien den Teufel im Leibe zu haben. Am nächsten Morgen benahmen wir beide uns, wie wenn nichts vorgefallen wäre; aber mein Feingefühl ließ es mir besser erscheinen, sein Haus zu verlassen, und er machte auch keinen Versuch, mich von diesem Vorsatz abzubringen.

Es dauerte neun Jahre, bis ich wieder in diese Gegend kam. Ich wanderte damals mit einem Plankarren, einem Zelt und einem kleinen Kochherd. Den ganzen Tag ging ich zu Fuß neben dem Wagen her, und nachts lagerte ich mich, wenn es möglich war, wie ein Zigeuner in einer Talmulde oder am Rande eines Waldes. Ich glaube, ich durchzog auf diese Weise die meisten wilden und öden Gegenden, in England sowohl wie in Schottland. Da ich weder Freunde noch Verwandte hatte, so plagte mich kein Briefwechsel, und ich hatte weiter nichts zu tun, als daß ich zweimal im Jahr mir von meinen Sachwaltern mein Einkommen schicken ließ. Mich entzückte ein solches Leben, und ich war fest überzeugt, daß ich als ein solcher Landstreicher alt werden und schließlich in einem Straßengraben sterben würde. Die einzige Aufgabe für mich bestand darin, weltentlegene Winkel zu finden, wo ich ohne Furcht vor Spionen mein Lager aufschlagen konnte. Als ich mich in einem anderen Teil dieser Grafschaft befand, fiel mir plötzlich das Holzhaus in den Dünen ein. Keine große Landstraße führte innerhalb drei Meilen an ihm vorüber. Die nächste Stadt – und auch diese war eigentlich nur ein Fischerdorf – lag sechs bis sieben Meilen entfernt. In einer Länge von zehn Meilen und in einer Breite von einer halben bis zu drei Meilen erstreckte diese Einöde sich an der See entlang. Der Strand, der den natürlichen Zugang bildete, war voll von Triebsandstellen. Ich darf wohl sagen, es gibt im ganzen Vereinigten Königreich kaum einen besseren Ort, um sich vor der Welt zu verbergen. Ich beschloß, eine Woche im Strandwald bei Ost-Graden zuzubringen, machte einen langen Tagesmarsch und traf an einem stürmischen Septembertage gegen Abend dort ein.

Die Gegend bestand, wie ich schon sagte, aus Sandhügeln und Dünen. Dünen nennt man den Sand, der zum

Stillstand gekommen und mehr oder weniger fest mit Graswuchs bedeckt ist.

Das Holzhaus stand auf einer ebenen Fläche; dicht dahinter begann der Wald mit einer von den Winden zerzausten Fliederhecke; auf der Vorderseite befanden sich ein paar zackige Sandhügel zwischen dem Hause und der See. Felsgestein, das an dieser Stelle zutage trat, hatte eine Schutzwehr für den Sand gebildet, so daß hier ein Vorgebirge zwischen zwei seichten Buchten in das Meer vorsprang. Unmittelbar vor der Flutlinie trat der Fels wieder zutage und bildete eine zwar kleine, aber sich deutlich abgrenzende Insel. Die Triebsandstellen hatten bei niedrigem Wasserstand große Ausdehnung und waren in der ganzen Gegend wegen ihrer Gefährlichkeit verrufen. Man sagte, dicht am Strande, zwischen der Insel und dem Vorgebirge, werde ein Mensch in vier und einer halben Minute von ihnen eingeschluckt; es mag aber wohl sein, daß diese genaue Zeitbestimmung wenig begründet war.

Der ganze Ort wimmelte von Kaninchen, und unzählige Möwen flatterten und kreischten beständig um das Holzhaus herum.

An Sommertagen hatte man eine schöne Aussicht, ja die Gegend machte dann geradezu einen fröhlichen Eindruck; aber an einem Septemberabend mit starkem Wind und einer schweren Brandung, die unmittelbar an den Dünen schäumte, konnte man an diesem Ort nur an ertrunkene Seeleute und Schiffbrüchige denken. Ein Segelschiff, das im Luv kreuzte, und ein im Triebsand dicht unter mir halbvergessenes großes Wrack vervollständigten das Bild.

Dem Holzhaus war noch nicht viel von Alter anzumerken, obgleich es schon vom vorigen Besitzer, Northmours Oheim, einem törichten und verschwenderischen Kunstliebhaber, erbaut worden war. Es war zwei Stockwerke hoch, in italienischem Stil errichtet; ein kleiner Garten umgab es, worin nur einige Herbstblumen wuchsen. Mit seinen geschlossenen Fensterläden sah es nicht wie ein verlassenes Haus aus, sondern wie wenn es überhaupt noch niemals von Menschen bewohnt gewesen wäre.

Northmour war offenbar nicht zu Hause; ob er nach seiner Gewohnheit verdrossen in der Kajüte seiner Segeljacht hockte oder einen seiner fantastischen Ausflüge in die Welt und Gesellschaft machte, wozu ihn zuweilen ein plötzlicher Einfall trieb – das konnte ich natürlich nicht wissen. Über dem Ort lag eine Einsamkeit, die selbst für einen Einsiedler wie mich etwas Beängstigendes hatte; der Wind heulte mit seltsam klagenden Tönen in den Schornsteinen; und mit einem Gefühl der Erleichterung, wie wenn ich heimkäme, wandte ich mich hinweg und betrat hinter meinem Karren den Saum des Waldes.

Der Strandwald bei Graden war angepflanzt worden, um die Äcker dahinter zu beschützen und dem landwärts vordringenden Dünensand Einhalt zu tun. Wenn man ihn von der Küste her betrat, sah man hinter den Holundersträuchern andere anspruchslose Bäume; sie waren aber allesamt verkrüppelt und eigentlich nur Gebüsch. Sie hatten einen harten Kampf um ihr Dasein zu führen: in wilden Winterstürmen bogen sie sich ganze Nächte lang; schon im Frühsommer wirbelten die fallenden Blätter und begann der Herbst. Nach dem Lande zu stieg der Boden zu einem kleinen Hügel an, der mit der Insel zusammen den Schiffern als Landmarke diente. Wenn der Hügel nach Norden zu neben der Insel hervortrat, mußten die Schiffe gut nach Osten halten, um an Graden Neß und Graden Bullers vorbeizukommen.

Wo der Hügel sich senkte, floß ein Bächlein zwischen den Bäumen durch; das von ihm mitgeführte Erdreich und das tote Laub hatten hier und da Dämme gebildet, und der Bach war an vielen Stellen übergetreten, so daß stehende Wasserlachen entstanden waren. Ein paar zerfallene Hütten lagen in diesem Walde; wie Northmour mir erzählt hatte, waren es geistliche Niederlassungen gewesen, die früher fromme Eremiten beherbergt hatten.

Ich fand eine Höhle oder kleine Bodeneinsenkung mit einer Quelle frischen Wassers. Dort rodete ich die Brombeerstauden aus, schlug mein Zelt auf und machte ein Feuer an, um mir mein Abendessen zu kochen. Mein Pferd pflockte ich etwas tiefer in den Wald hinein an, wo ein Rasenfleck war. Die Ränder der Höhle verbargen nicht nur den Schein meines Feuers, sondern schützten mich auch gegen den starken und kalten Wind.

Meine Lebensweise war zu jener Zeit abhärtend und mäßig. Ich trank niemals etwas anderes als Wasser und aß selten eine bessere Speise als Hafermehl; und ich brauchte so wenig Schlaf, daß ich oftmals, obwohl ich schon mit der Morgendämmerung aufstand, lange Stunden im Dunkeln wach lag oder die Sterne am Nachthimmel betrachtete.

So ging es mir auch jetzt im Strandwald bei Graden; obgleich ich schon um acht Uhr mit dankbarem Herzen einschlief, war ich schon vor elf Uhr vollkommen wieder wach, ohne die geringste Schläfrigkeit oder Übermüdung zu spüren. Ich stand auf und setzte mich an das Feuer, sah die Bäume im Sturm sich biegen und die Wolken oben am Himmel entlangjagen, und horchte auf den Wind und auf das Brausen der Wogen am Strande, bis ich schließlich der Untätigkeit überdrüssig wurde, meine Talmulde verließ und nach dem Waldsaum schlenderte. Ein junger Mond, in Nebel vergraben, lieh meinen Schritten ein schwaches Licht, aber das Licht wurde heller, als ich in die Dünen hinausging. In demselben Augenblick traf der Wind, der vom Seewasser salzig schmeckte und Sandkörner mit sich führte, mich mit voller Gewalt ins Gesicht, so daß ich meinen Kopf senken mußte.

Als ich ihn wieder erhob, um mich umzusehen, bemerkte ich im Holzhause ein Licht. Es blieb nicht auf einer Stelle, sondern wanderte von einem Fenster zum anderen, wie wenn irgend jemand die verschiedenen Gemächer mit einer Lampe oder Kerze untersuchte. Sehr überrascht, beobachtete ich dieses Licht einige Sekunden lang. Als ich am Nachmittag gekommen war, war das Haus offenbar verlassen gewesen; jetzt wurde es ebenso offenbar bewohnt. Es war mein erster Gedanke, daß vielleicht eine Diebesbande eingebrochen wäre und jetzt Northmours Schränke plünderte; dieser Schränke waren viele, und sie waren nicht übel ausgestattet. Aber was konnte Diebe nach Ost-Graden verlocken? Und dann – alle Fensterläden waren geöffnet worden; dem Charakter solcher Leute hätte es besser entsprochen, sie zu schließen. Ich verwarf also diese Annahme und entschied mich für eine andere: Northmour selber mußte eingetroffen sein und war jetzt dabei, das Holzhaus zu lüften und zu mustern.

Ich habe bereits gesagt, daß zwischen ihm und mir keine wirkliche Zuneigung sei; aber hätte ich ihn sogar wie einen Bruder geliebt gehabt; damals war ich so viel mehr in Einsamkeit verliebt, daß ich nichtsdestoweniger seiner Gesellschaft würde ausgewichen sein. So machte ich also kehrt und lief davon, so schnell ich konnte, und ich empfand eine aufrichtige Befriedigung, als ich ruhig wieder bei meinem Feuer saß. Ich war der Begegnung mit einem Bekannten entgangen: also hatte ich noch eine behagliche Nacht vor mir. Am Morgen konnte ich entweder mich drücken, bevor Northmour auf den Beinen war, oder ich konnte ihm einen Besuch machen, der so kurz oder so lang war, wie es mir paßte.

Als aber der Morgen kam, schien die ganze Lage mir so scherzhaft zu sein, daß ich meine Menschenscheu vergaß. Northmour war meiner Willkür preisgegeben; ich traf meine Vorbereitungen zu einem tüchtigen derben Possen, obgleich ich wohl wußte, daß mein Nachbar nicht der Mann war, mit dem man ohne weiteres seinen Spaß treiben konnte. Ich kicherte schon im voraus bei dem Gedanken an meinen Erfolg und versteckte mich hinter den Holundersträuchern am Waldsaum, von wo aus ich die Tür des Holzhauses stets im Auge hatte. Die Fensterläden waren alle wieder geschlossen, und dies kam mir, wie ich mich noch erinnere, sonderbar vor; das Haus mit seinen weißen Mauern und grünen Fensterläden sah in dem Morgenlicht schmuck und wohnlich aus.

Stunde auf Stunde verging, und noch immer war von Northmour keine Spur zu sehen. Ich wußte, daß er ein Langschläfer war; als es aber beinahe Mittag geworden war, da verlor ich die Geduld. Die Wahrheit zu sagen, hatte ich mir vorgenommen, in dem Holzhause zu frühstücken, und der Hunger begann an meinen Eingeweiden zu nagen. Es war jammerschade, die Gelegenheit zu einem lustigen Streich unbenutzt vorübergehen zu lassen; aber der derbere Hunger nach Speise war stärker – ich verzichtete mit Bedauern auf meinen Spaß und verließ den Wald.

Das äußere Aussehen des Hauses erfüllte mich, als ich näher kam, mit Unruhe. Es schien seit dem vorigen Abend unverändert zu sein; ich aber hatte – ich weiß eigentlich selber nicht warum – erwartet, es werde einige äußerliche Merkmale tragen, daß es bewohnt sei. Aber nein: die Fenster waren alle dicht geschlossen; aus dem Schornstein stieg kein Rauch auf, und die Holztür war sogar mit Vorhängeschlössern verwahrt. Northmour war also am vorigen Abend durch die Hintertür hereingekommen; dies war die natürliche, ja die notwendige Schlußfolgerung; und man kann sich vorstellen, wie überrascht ich war, als ich um das Haus herumgegangen war und die Hintertür in gleicher Weise versichert fand.

Sofort verfiel ich wieder auf die ursprüngliche Annahme, daß Diebe dagewesen seien; und ich machte mir selber scharfe Vorwürfe, daß ich in der vorigen Nacht untätig geblieben war. Ich untersuchte alle Fenster im Erdgeschoß, aber an keinem von ihnen waren Spuren von einem gewaltsamen Eingriff vorhanden; ich versuchte die Vorhängeschlösser, aber sie waren beide in gutem Stande. Es war also rätselhaft, wie die Diebe – wenn es Diebe waren – es fertiggebracht hatten, in das Haus zu gelangen. Ich sagte mir, sie müßten auf das Dach des Vorhauses geklettert sein, wo Northmour seine fotografischen Aufnahmen zu entwickeln pflegte, und mußten dann von dort aus, entweder durch das Fenster des Studios oder durch das meines früheren Schlafzimmers, ihren Einbruch vollends bewerkstelligt haben.

Ich folgte ihrem von mir angenommenen Beispiel, kletterte auf das Dach und untersuchte die Fensterläden der beiden Zimmer. Beide waren in Ordnung; aber dadurch ließ ich mich nicht schlagen, und es bedurfte nur einer kleinen Kraftanwendung und einer der Läden flog zurück, wobei er den Rücken meiner eigenen Hand schrammte. Ich erinnere mich, daß ich die Wunde an meine Lippen führte und vielleicht eine halbe Minute lang dastand und wie ein Hund sie leckte, wobei ich gedankenlos über die öden Dünen und die See hinblickte;

und während dieses Zeitraumes erblickte mein Auge eine große Schonerjacht, einige Meilen nach Nordosten. Dann schob ich das Fenster in die Höhe und kletterte hinein.

Ich ging durch das ganze Haus und war über alle Maßen verwundert. Kein Zeichen von Unordnung war zu sehen, sondern im Gegenteil: die Zimmer waren ungewöhnlich sauber und freundlich. Ich fand in den Kaminen Holz und Kohlen aufgeschichtet, die nur angezündet zu werden brauchten; drei Schlafzimmer waren mit einem Luxus zurechtgemacht, der durchaus nicht Northmours Gewohnheiten entsprach; die Waschkrüge waren mit Wasser gefüllt; die Betten waren gemacht, im Speisezimmer war ein Tisch für drei Menschen gedeckt; in der Speisekammer lag auf den Borden ein reichlicher Vorrat von kaltem Fleisch, Wildbret und Gemüsen.

Offenbar wurden Gäste erwartet – aber wozu Gäste, da Northmour doch Gesellschaft haßte? Und vor allem: warum wurde das Haus so heimlich in tiefster Nacht zum Empfang von Gästen gerüstet? Und warum waren die Fensterläden geschlossen und die Türen mit Vorhängeschlössern versperrt?

Ich verwischte alle Spuren meines Besuches und kletterte sehr gedankenvoll und ernst geworden wieder aus dem Fenster heraus.

Die Schonerjacht lag immer noch auf derselben Stelle, und für einen Augenblick ging mir der Gedanke durch den Kopf, es könnte der ›Red Earl‹ sein, der den Besitzer des Holzhauses und seine Gäste brächte. Aber der Bug des Schiffes zeigte nach der entgegengesetzten Richtung.

ZWEITES KAPITEL

Die nächtliche Landung der Jacht

Ich kehrte in meine Höhlung zurück, um mir etwas Essen zu kochen, dessen ich sehr bedurfte, sowie auch um für mein Pferd zu sorgen, das ich am frühen Morgen etwas vernachlässigt hatte. Von Zeit zu Zeit ging ich an den Waldrand; aber an dem Holzhause war keine Veränderung zu erblicken, und auf den Dünen war den ganzen Tag über keine Menschenseele zu sehen. Der Schoner draußen auf der See war das einzige Lebenszeichen, soweit mein Blick reichte. Er kreuzte, dem Anschein nach ohne bestimmten Zweck, oder lag still, und so ging das Stunde um Stunde; als aber der Abend dunkler wurde, kam der Schoner allmählich näher an den Strand. Ich wurde immer fester überzeugt, daß die Jacht Northmour und seine Freunde trug, und daß diese wahrscheinlich an Land kommen würden, sowie es ganz dunkel wäre; nicht nur weil dies zu der Geheimnistuerei in bezug auf die im Hause getroffenen Zurüstungen paßte, sondern auch weil vor elf Uhr die Flut nicht hoch genug gestiegen sein würde, um Graden Floe und die anderen Triebsandstellen zu bedecken, durch die der Strand gegen Eindringlinge verteidigt wurde.

Den ganzen Tag über war der Wind immer schwächer geworden, und infolgedessen auch der Seegang geringer; aber gegen Sonnenuntergang setzte der schwere Sturm vom vorigen Tage wieder ein. Als die Nacht einbrach, wurde es sofort pechfinster. Von der See her kamen böige Windstöße, die wie eine ganze Batterie Kanonen donnerten; ab und zu kam ein Regenguß, und je höher die Flut stieg, desto schwerer rollte die Brandung.

Als ich auf meinen Beobachtungsposten hinter den Holunderbüschen ging, wurde eine Laterne bis an die Mastspitze des Schoners hinaufgezogen; ich erkannte daran, daß er näher am Lande lag, als wie ich ihn in der letzten Dämmerung zuletzt gesehen hatte. Ich zog daraus den Schluß, daß es ein Zeichen für Northmours Helfer am Strande sein mußte; deshalb ging ich in die Dünen hinein und sah mich um, ob ich etwas Dementsprechendes bemerken könnte.

Ein schmaler Fußweg lief am Waldsaum entlang; er bildete die geradeste Verbindung zwischen dem Dünenhause und dem Herrenhause. Als ich in dieser Richtung ausspähte, sah ich keine Viertelmeile entfernt einen Lichtfunken, der sich schnell näherte. Nach dem Hin- und Herschwanken zu urteilen, schien es eine Laterne zu sein, die ein Mensch auf dem Fußwege trug. Diese Person stolperte offenbar von Zeit zu Zeit oder wurde durch besonders heftige Windstöße zurückgeschleudert. Ich versteckte mich wieder zwischen den Holunderbüschen und wartete neugierig auf das Herankommen der Gestalt. Sie stellte sich als eine Frau heraus, und als sie ein paar Ellen weit an meinem Hinterhalt vorüberkam, konnte ich die Züge ihres Gesichtes erkennen: die schweigsame und taube alte Frau, die Northmours Kindermädchen gewesen war, war seine Verbündete bei dieser geheimnisvollen Angelegenheit.

Ich folgte ihr in geringer Entfernung, indem ich mir die unzähligen Erhöhungen und Vertiefungen der Dünen zunutze machte; die Finsternis verbarg mich, und außerdem kam mir nicht nur die Taubheit der alten Amme, sondern auch das Tosen des Sturmes und der Brandung zustatten.

Sie ging in das Dünenhaus hinein, begab sich sofort in das obere Stockwerk hinauf, öffnete eines der Fenster, das nach der See hinausging, und setzte ein Licht hinein. Unmittelbar darauf wurde die Laterne von der Mastspitze des Schoners heruntergeholt und ausgelöscht. Der Zweck war erreicht, und die Leute an Bord waren sicher, daß sie erwartet wurden.

Die alte Frau nahm ihre Arbeiten wieder auf. Obgleich die anderen Fensterläden geschlossen blieben, konnte ich einen Lichtschimmer sich im Hause hin und her bewegen sehen; und Feuerfunken, die aus einem Schornstein nach dem anderen aufstiegen, zeigten mir an, daß die Kamine geheizt wurden.

Ich war jetzt überzeugt, daß Northmour und seine Gäste an Land kommen würden, sobald der Triebsandgrund unter Wasser wäre. Es war eine wilde Nacht, um ein Boot an den Strand zu bringen, und meine Neugier war mit einiger Unruhe vermischt, als ich daran dachte, wie gefährlich die Landung wäre. Mein früherer Freund war allerdings ein höchst exzentrischer Mensch. Aber eine solche Waghalsigkeit war beunruhigend und grenzte an Wahnsinn.

In dem Widerstreit meiner Gefühle ging ich dicht an den Strand und legte mich platt auf den Bauch in eine Kuhle, etwa sechs Fuß von dem schmalen Pfad entfernt, der zu dem Dünenhaus führte. Von dieser Stelle aus würde ich imstande sein, die Ankömmlinge zu mustern, und wenn sie sich als Bekannte erweisen sollten, konnte ich sie begrüßen, sobald sie gelandet waren.

Ziemlich lange vor elf Uhr, als der Wasserstand noch gefährlich niedrig war, erschien eine Bootslaterne dicht am Strande. Hierdurch aufmerksam gemacht, konnte ich eine andere Laterne bemerken, die sich noch in einer ziemlichen Entfernung draußen auf See befand, heftig hin und her geworfen wurde und zuweilen hinter hohen Wogen außer Sicht kam. Das Wetter, das immer schlimmer wurde, je mehr die Nacht vorrückte, und die gefährliche Lage der Jacht auf Legerwall hatten sie wahrscheinlich dazu gebracht, eine Landung so früh zu versuchen, wie dies überhaupt möglich war.

Kurze Zeit darauf kamen vier Matrosen, die eine sehr schwere Kiste trugen, und ein fünfter Mann mit einer Laterne dicht an mir vorüber; sie wurden von der alten Frau in das Dünenhaus eingelassen. Sie gingen wieder an den Strand hinunter und kamen dann mit einer anderen Kiste an mir vorüber, die noch größer, aber anscheinend nicht so schwer wie die erste war. Noch ein drittes Mal machten sie den Weg und bei dieser Gelegenheit trug einer von den Matrosen einen ledernen Handkoffer, die anderen einen Damenkoffer und eine Reisetasche. Dies erregte meine Neugier außerordentlich. Wenn sich unter Northmours Gästen eine Frau befand, so bedeutete das eine Veränderung seiner Gewohnheiten und eine Abtrünnigkeit von seiner Lieblingsauffassung des menschlichen Lebens, daß ich wohl berechtigt war, mich zu wundern.

Als mein Freund und ich das Dünenhaus bewohnt hatten, war dieses ein Tempel des Weiberhasses gewesen. Und jetzt sollte dessen Dach eine Angehörige des verabscheuten Geschlechtes beherbergen! Mir fielen ein paar Einzelheiten ein: einige Anzeichen von einer beinahe koketten Zierlichkeit, die mir am Tage aufgefallen waren, als ich mir die Zurüstungen in dem Hause angesehen hatte. Ihr Zweck war mir jetzt klar, und ich begriff selber nicht, wie ich so stumpfsinnig hatte sein können, ihn nicht sofort zu erkennen.

Während ich mich diesem Gedanken hingab, näherte eine zweite Laterne sich mir vom Strande her. Ein Matrose, den ich noch nicht gesehen hatte, trug sie. Er führte zwei andere Personen nach dem Dünenhause. Diese beiden waren ohne Frage die Gäste, für die das Haus in Stand gesetzt worden war, und ich spannte Augen und Ohren an, um sie genau zu betrachten, als sie an meinem Versteck vorüberkamen.

Die eine Person war ein ungewöhnlich großer Mann, mit einem Reisehut, den er über die Augen gezogen hatte, und in einem von oben bis unten zugeknöpften Hochlandsmantel, dessen Kragen er aufgeschlagen hatte, um sein Gesicht zu verbergen.

Man konnte weiter nichts erkennen, als daß er, wie schon gesagt, ungewöhnlich groß war, und daß er in sehr gebeugter Haltung nur mühsam gehen konnte. An seiner Seite, entweder sich an ihn anschmiegend oder ihn stützend – ich konnte nicht unterscheiden, was davon der Fall war – ging ein hochgewachsenes junges Weib von schlankem Wuchs. Sie war außerordentlich blaß; aber in dem Lichte der Laterne wurde ihr Gesicht so von dunklen wechselnden Schatten überspielt, daß sie ebensowohl so häßlich wie die Sünde sein konnte, als so schön wie ich sie später fand! Gerade als sie bei mir vorbeikamen, machte das Mädchen irgendeine Bemerkung, die in dem Tosen des Sturmes unterging.

»Still!« sagte ihr Begleiter; und in dem Tone, worin das Wort hervorgestoßen wurde, lag etwas, das mir durch Mark und Bein ging und mich aufregte. Das Wort schien aus einer Brust hervorzukommen, die von Todesangst gepeinigt wurde. Niemals in meinem Leben habe ich seitdem wieder eine Silbe so voll von Ausdruck vernommen; und ich höre sie noch jetzt zuweilen wieder, wenn in Fiebernächten mein Geist sich mit den alten Zeiten beschäftigt.

Als der Mann dieses Wort sprach, wandte er sich zu

dem Mädchen, und ich erhaschte einen Blick auf einen starken roten Bart und auf eine Nase, die in der Jugend gebrochen zu sein schien; und seine hellen Augen funkelten in einer starken und offenbar ärgerlichen Aufregung aus seinem Antlitz hervor.

Die beiden gingen weiter und wurden ebenfalls in das Dünenhaus eingelassen.

Einzeln oder in Gruppen gingen die Matrosen wieder an den Strand hinunter. Der Wind trug zu mir den Klang einer rauhen Stimme herüber, die ihnen zuschrie: »Schiebt ab!«

Dann näherte nach einer Pause eine andere Laterne sich mir. Es war Northmour allein.

Mein Weib und ich, eine Frau und ein Mann, haben uns oft übereinstimmend darüber gewundert, wie ein Mensch gleichzeitig so schön und so abstoßend sein könnte wie Northmour. Er trat auf wie ein vollendeter Gentleman; auf seinen Gesichtszügen lagen Klugheit und Mut so deutlich zu lesen; aber man brauchte ihn nur anzusehen, selbst wenn er seine liebenswürdigen Augenblicke hatte, um sofort zu erkennen, daß er die Gemütsart eines Sklavenschiffskapitäns hatte. Ich habe niemals einen Charakter gekannt, der so aufbrausen und so rachsüchtig gewesen wäre; in ihm vereinigte sich die Lebhaftigkeit des Südländers mit dem verbissenen, tödlichen Haß des Nordländers, und beide Züge standen deutlich auf seinem Gesicht geschrieben, das wie eine Art Warnungssignal wirkte. An Gestalt war er groß, kräftig und beweglich; Haar und Gesichtsfarbe waren sehr dunkel; seine Züge waren schön geformt, aber durch den beständigen drohenden Ausdruck entstellt.

In diesem Augenblick war er etwas bleicher als für gewöhnlich. Seine Stirn war gerunzelt, seine Lippen zuckten und im Gehen sah er sich scharf nach allen Seiten um, wie wenn er von Befürchtungen verfolgt würde. Und trotzdem kam er mir vor, wie wenn ein Ausdruck des Siegesbewußtseins auf seinem Gesicht läge: als ob er bereits viel vollbracht hätte und einem erstrebten Ziele nahe wäre.

Teilweise aus einem gewissen Zartgefühl – das allerdings zu spät kam – teilweise weil es mir Vergnügen machte, einen alten Bekannten zu überraschen, gedachte ich ihm meine Anwesenheit ohne Aufschub kundzugeben.

Ich sprang plötzlich auf, trat vor und sagte:

»Northmour!«

Niemals in meinem Leben habe ich eine so ungeheure Überraschung an einem Menschen gesehen. Er sprang auf mich zu, ohne ein Wort zu sagen; in seiner Hand blitzte etwas; und er stieß mit einem Dolch nach meinem Herzen. In demselben Augenblick traf ihn meine Faust, daß er zusammenstürzte. Ob meine eigene Schnelligkeit oder seine Unsicherheit dies herbeiführte, weiß ich nicht; jedenfalls streifte die Klinge nur meine Schulter, während der Griff und seine Faust mir einen heftigen Schlag auf den Mund versetzten.

Ich floh, aber nicht weit. Ich hatte oft und oft bemerkt, wie ausgezeichnet Sanddünen dazu geeignet sind, lange im Hinterhalt zu liegen, ungesehen vorzudringen oder sich zurückzuziehen. Keine zehn Schritte von der Stelle, wo Northmour den Angriff auf mich gemacht hatte, warf ich mich wieder ins Gras nieder. Die Laterne war zu Boden gefallen und erloschen. Aber wie groß war mein Erstaunen, als ich Northmour in großen Sätzen nach dem Dünenhaus laufen und in dieses hineinschlüpfen sah; ich hörte, wie er hinter sich den Türriegel zustieß, so daß das Eisen klirrte.

Er hatte mich nicht verfolgt. Er war davongelaufen.

Northmour, den ich als den unversöhnlichsten und kühnsten Menschen kannte, war davongelaufen!

Ich konnte kaum meinen Sinnen trauen. Aber bei dieser seltsamen Geschichte, an der alles unglaublich war, kam es allerdings auf eine Unglaublichkeit mehr oder weniger nicht an. Denn warum würde das Dünenhaus so heimlich instand gesetzt? Warum war Northmour mit seinen Gästen in tiefster Nacht gelandet, in einem Wind, der ein halber Sturm war, zu einer Zeit, als der Triebsandgrund noch kaum mit Wasser bedeckt war?

Warum hatte er mich zu töten versucht? Hatte er meine Stimme nicht erkannt? Und vor allen Dingen – warum hatte er einen Dolch stoßfertig in der Hand gehalten? Ein Dolch oder auch nur ein scharfes Messer paßte gar nicht zu der Zeit, in der wir lebten. Und ein vornehmer Herr, der an der Küste seines eigenen Landbesitzes von seiner eigenen Jacht landet, ist für gewöhnlich nicht auf ein Handgemenge mit blankem Stahl vorbereitet – selbst nicht, wenn es bei Nacht und unter etwas geheimnisvollen Umständen geschieht.

Je mehr ich über die Sache nachdachte, desto unsicherer fühlte ich mich. Ich zählte mir die einzelnen Umstände der geheimnisvollen Geschichte noch einmal an den Fingern ab: Das Dünenhaus heimlich zur Aufnahme von Gästen zurechtgemacht; die Gäste gehen mit Lebensgefahr an Land und unter Umständen, die auch die Jacht in große Gefahr bringen. Die Gäste oder wenigstens einer von ihnen sind in einer ganz unverkennbaren, anscheinend aber grundlosen Angst; Northmour trägt einen bloßen Dolch in der Hand; Northmour sticht nach seinem besten Bekannten, als dieser ein einziges Wort sagt. Und endlich – das war nicht am wenigsten wunderbar – Northmour flieht vor dem Mann, den er zu töten versucht hat, und verriegelt sich, wie wenn er verfolgt würde, hinter der Tür seines Hauses. Das waren mindestens sechs verschiedene Gründe, um aufs höchste erstaunt zu sein. Jeder dieser Gründe fügte sich in die anderen ein, und alle zusammen bildeten eine zusammenhängende Geschichte. Ich schämte mich beinahe, meinen eigenen Sinnen zu trauen.

Während ich so voller Erstaunen in der finsteren Nacht dastand, begann ich heftige Schmerzen von den Verletzungen zu fühlen, die ich bei der Balgerei erhalten hatte. Ich schlich mich durch die Dünen und erreichte auf einem Umweg wieder den Schutz des Waldes.

Unterwegs kam wieder die alte Kinderfrau ein paar Schritte entfernt an mir vorüber; sie hatte wieder ihre Laterne in der Hand und war offenbar auf dem Rückwege nach dem Herrenhause von Graden. Dies war ein siebenter verdächtiger Umstand. Allem Anschein nach sollten Northmour und seine Gäste ihre Küche und Hausarbeit allein besorgen, während die alte Frau in der großen, leeren Kaserne, die ein Schloß genannt wurde, wohnen blieb. Es mußte unbedingt ein wichtiger Grund vorhanden sein, da man sich mit so vielen Unbequemlichkeiten abfand, um alles geheimzuhalten.

Mit solchen Gedanken beschäftigt, ging ich nach meiner Kuhle. Größerer Sicherheit halber trat ich die glühenden Kohlen meines Feuers aus und zündete meine Laterne an, um die Wunde an meiner Schulter zu untersuchen. Es war eine unbedeutende Schramme, obgleich sie ziemlich stark blutete; ich verband sie, so gut ich konnte – denn sie war ziemlich schwierig zu erreichen – mit ein paar Leinwandfetzen, nachdem ich sie mit kaltem Quellwasser ausgewaschen hatte.

Während ich hiermit beschäftigt war, erklärte ich in meinem Sinn Northmour und seinem Geheimnis den Krieg. Ich bin von Natur kein zorniger Mensch, und ich glaube, in meinem Herzen war mehr Neugier als Rache. Aber meine Kriegserklärung war ganz ernst gemeint, und um mich vorzubereiten, nahm ich meinen Revolver zur Hand, zog die Patronen heraus und reinigte die Waffe mit peinlichster Sorgfalt, worauf ich sie wieder lud. Meine nächste Sorge galt dem Pferd. Es konnte sich losreißen oder es konnte wiehern und auf diese Weise mein Lager im Strandwalde verraten. Daher beschloß ich, es aus meiner Nähe fortzuschaffen, und lange vor dem Anbruch der Morgendämmerung führte ich es über die Dünen in der Richtung auf das Fischerdorf zu.

DRITTES KAPITEL

Ich mache die Bekanntschaft meiner späteren Frau

Zwei Tage lang schlich ich um das Dünenhaus herum, wobei das durchschnittene Gelände mir sehr zustatten kam. Ich wurde ein Meister in der erforderlichen Taktik. Diese niedrigen Hügel und flachen Kuhlen, die ein ganzes Gebirge bildeten, wurden sozusagen ein Mantel der Finsternis für mich bei dieser Verfolgung, die nicht ganz vornehm war, aber alle meine Gedanken beherrschte. Obgleich ich diesen Vorteil hatte, konnte ich über Northmour und seine Gäste nur wenig herausbringen.

Frische Lebensmittelvorräte wurden unter dem Schutz der Finsternis durch die alte Frau vom Herrenhause herangebracht. Northmour und die junge Dame gingen, zuweilen zusammen, meistens aber einzeln, eine Stunde oder auch vielleicht zwei an dem Strande bei dem Triebsandgrunde auf und ab. Ich mußte annehmen, daß dieser Spaziergang deshalb von ihnen gewählt worden war, weil er nur von der See her beobachtet werden konnte. Aber ich selber befand mich in einer nicht weniger ausgezeichneten Lage; denn unmittelbar an diese Stelle stießen die höchsten und zerklüftetsten Dünen an; und wenn ich mich platt auf den Leib legte, konnte ich Northmour oder die junge Dame auf ihren Spaziergängen beobachten.

Der große Mann schien verschwunden zu sein. Er überschritt nicht nur niemals die Schwelle, sondern ließ nicht einmal sein Gesicht an einem Fenster sehen, wenigstens konnte ich derartiges nicht bemerken. Allerdings wagte ich bei hellem Tage nicht über eine gewisse Entfernung hinaus mich dem Hause zu nähern, da man von dem oberen Stockwerk aus die Dünentäler überblikken konnte. Nachts aber, wenn ich mich näher heranwagen konnte, waren die Fenster des Erdgeschosses verbarrikadiert, wie wenn sie eine Belagerung auszuhalten hätten. Manchmal dachte ich, der große Mann müsse wohl bettlägerig sein, denn ich erinnerte mich, wie schwer ihm das Gehen gefallen war; manchmal aber dachte ich, er müsse überhaupt gänzlich wieder verschwunden sein, so daß also Northmour und die junge Dame allein miteinander das Dünenhaus bewohnten. Dieser Gedanke war mir sogar schon damals peinlich.

Ob nun die beiden Mann und Frau sein mochten oder nicht, so hatte ich jedenfalls reichliche Gründe zu der Annahme, daß sie nicht eben in freundlichen Beziehungen ständen. Obgleich ich niemals eines von ihren Worten hören konnte und nur selten einen bestimmten Ausdruck auf ihren Gesichtern zu erkennen vermochte, so war doch unverkennbar in ihrem ganzen Verhalten zueinander eine steife Förmlichkeit, woraus zu entnehmen war, daß sie entweder einander nicht näher kannten oder daß sie in Feindschaft lebten. Die junge Dame ging schneller, wenn sie mit Northmour war, als wenn sie allein war, und mir war klar, daß das Bestehen eines Liebesverhältnisses zwischen einem Mann und einem Weibe die Schritte eher verlangsamen als beschleunigen müßte. Außerdem hielt sie sich immer einen guten Schritt von ihm ab und trug ihren Schirm auf der Seite, die zwischen ihnen war, wie wenn sie ihn dadurch von sich abhalten wollte. Northmour suchte fortwährend näher an sie heranzukommen; und da das Mädchen ebenso immer zur Seite wich, so bewegten sie sich in einer Art Diagonale über den Strand und würden schließlich in die Brandung hineingeraten sein, wenn sie lange genug weitergegangen wären. Aber sobald es soweit war, wechselte das Mädchen in unauffälliger Weise seinen Platz, so daß Northmour zwischen sie und die See kam. Ich beobachtete diese Manöver mit freudiger Zustimmung und mußte unwillkürlich vor mich hinlachen, sooft ich wieder eine solche Bewegung vor sich gehen sah.

Am Morgen des dritten Tages ging sie eine Zeitlang ganz allein, und ich bemerkte zu meinem großen Kummer, daß mehr als einmal Tränen aus ihren Augen strömten. Wie man sehen wird, war mein Herz bereits mehr beteiligt, als ich selber glaubte. Sie ging mit festen, und doch leichten Schritten und trug ihr Haupt mit einer Anmut, die man sich nicht vorstellen kann; jeder Schritt war etwas Bewunderungswertes und ihr ganzes Wesen strömte in meinen Augen Lieblichkeit und Vornehmheit aus.

Es war ein ruhiger und sonniger Tag; die See war still, die Luft von einer scharfen und kräftigen Würze erfüllt. Das schöne Wetter verlockte sie offenbar, noch einen zweiten Spaziergang zu machen, was sie sonst nicht zu tun pflegte. Bei dieser Gelegenheit wurde sie von Northmour begleitet, und sie waren erst eine kurze Weile auf dem Strande gewesen, da sah ich, wie er mit Gewalt ihre Hand an sich riß. Sie sträubte sich und stieß einen Schrei aus, der beinahe ein Kreischen war. Ich sprang auf, ohne daran zu denken, daß ich mich in einer zweifelhaften Lage befand; aber bevor ich noch einen Schritt gemacht hatte, sah ich, wie Northmour den Hut abnahm und eine sehr tiefe Verbeugung machte, wie wenn er sie um Entschuldigung bäte. Da duckte ich mich sofort wieder in meinen Hinterhalt.

Sie wechselten noch ein paar Worte; dann machte er

abermals eine Verbeugung, verließ den Strand und ging in das Dünenhaus zurück. Er kam dicht an mir vorüber, und ich konnte sehen, daß sein Gesicht gerötet war und daß er düster vor sich hinblickte, während er zornig mit seinem Stock in die Gräser hieb. Nicht ohne Genugtuung sah ich die Spur meiner Hand in einer derben Schramme unter seinem rechten Auge, dessen Höhle in beträchtlicher Ausdehnung von einer braun ud blauen Stelle umgeben war.

Eine Zeitlang blieb das Mädchen auf der Stelle stehen, wo er sie verlassen hatte, und sah über das Inselchen hinüber auf die leuchtende See hinaus. Dann raffte sie sich plötzlich auf, wie ein Mensch, der einen Gedanken von sich abschüttelt und sich zusammennehmen will, und ging mit schnellen, entschlossenen Schritten den Strand entlang. Sie war offenbar über das soeben Vorgefallene sehr aufgebracht. Sie hatte vergessen, wo sie war. Denn ich sah sie stracks auf den Triebsand losgehen, und zwar gerade auf die Stelle, wo er am gefährlichsten ist. Noch zwei oder drei Schritte, und ihr Leben wäre in ernstlicher Gefahr gewesen. Da ließ ich mich an der sehr abschüssigen Düne heruntergleiten, lief auf sie zu und rief, sie solle nicht weitergehen.

Sie blieb stehen und drehte sich um. Keine Spur von Furcht war ihr anzusehen, und sie ging in der Haltung einer Königin gerade auf mich zu. Ich war barfuß und wie ein gewöhnlicher Matrose gekleidet, abgesehen davon, daß ich eine ägyptische Leibbinde trug. Wahrscheinlich hielt sie mich zuerst für irgendeinen Menschen aus dem Fischerdorf, der Angelköder suchte.

Als ich ihr zum erstenmal gegenüberstand, sah sie mich fest und gebieterisch an. Ich war von Bewunderung und Erstaunen erfüllt, und sie kam mir sogar noch schöner vor, als ich erwartet hatte. Sie sah kühn und trotzdem mädchenhaft zurückhaltend aus und hatte etwas Eigenartiges und doch Anziehendes in ihrem Wesen. Ich war von Bewunderung ganz hingerissen.

»Was soll dies heißen?« fragte sie.

»Sie gingen geradewegs in Graden Floe hinein.«

»Sie sind nicht aus dieser Gegend«, sagte sie wieder; »Sie sprechen wie ein gebildeter Mann.«

»Ich glaube, ich habe ein Recht auf solche Bezeichnung, obgleich ich in dieser Verkleidung bin.«

Aber ihr Frauenauge hatte bereits den ägyptischen Gürtel bemerkt, und sie rief:

»Oh! Ihre Leibbinde verrät Sie!«

»Sie haben den Ausdruck ›verrät‹ gebraucht. Darf ich Sie bitten, mich nicht zu verraten? Ich war um Ihretwillen genötigt, mich zu zeigen; aber wenn Northmour meine Anwesenheit erführe, so könnte das für mich mehr als unangenehm werden.«

»Wissen Sie, zu wem Sie sprechen?«

»Doch nicht zu Northmours Gemahlin?«

Sie schüttelte den Kopf. Diese ganze Zeit über sah sie mir so scharf ins Gesicht, daß es mich verlegen machte; plötzlich rief sie:

»Sie haben ein ehrliches Gesicht. Seien Sie so ehrlich wie Ihr Gesicht, mein Herr, und sagen Sie mir, was Sie wünschen und was Sie befürchten. Glauben Sie etwa, ich könnte Ihnen etwas zuleide tun? Ich glaube, Sie könnten viel eher mir schaden! Aber Sie sehen nicht unfreundlich aus. Was bedeutet das, was bezwecken Sie damit – Sie, ein Gentleman –, daß Sie wie ein Spion um diesen einsamen Ort herumschleichen? Sagen Sie mir – wen hassen Sie?«

»Ich hasse niemanden, und ich fürchte keinen Menschen, dem ich von Angesicht zu Angesicht gegenüberstehe. Mein Name ist Cassilis – Frank Cassilis. Ich führe das Leben eines Landstreichers, weil es mir Spaß macht. Ich bin einer von Northmours ältesten Freunden, und als ich ihn vor drei Nächten hier in diesen Dünen anredete, stach er mich mit einem Messer in die Schulter.«

»Das waren Sie!« rief sie.

»Warum er dies tat«, fuhr ich fort, ohne ihren Zwischenruf zu beachten, »ist mehr, als ich erraten kann, und es ist mir auch gleichgültig. Ich habe nicht viele Freunde und bin überhaupt kein Mensch, der auf Freundschaft großen Wert legt; aber niemand soll mich durch Schreckmittel von einem Ort vertreiben! Ich hatte mein Lager im Strandwald von Graden, bevor er kam – ich lagere noch jetzt dort. Wenn Sie glauben, ich wolle Ihnen oder Ihren Angehörigen Böses tun, so haben Sie das Mittel dagegen in Ihrer Hand. Sagen Sie ihm, mein Lager sei in der Hemlock-Kuhle, und er kann mich diese Nacht in aller Sicherheit im Schlaf erstechen.«

Mit diesen Worten zog ich meine Mütze ab und kletterte wieder in die Dünen hinauf.

Ich weiß nicht, warum – aber ich hatte ein merkwürdiges Gefühl, daß mir ein Unrecht angetan worden sei, und fühlte mich als Helden und Märtyrer, während ich auch tatsächlich kein Wort zu meiner Verteidigung sagen konnte, ja nicht einmal einen einleuchtenden Grund für mein Verhalten hätte angeben können. Ich war aus einer zwar natürlichen, aber eines Gentleman nicht würdigen Neugier in Graden geblieben; allerdings wuchs noch ein anderer Beweggrund außer diesem ersten allmählich heran, aber dieser zweite Grund war von der Art, daß ich ihn zu jener Zeit der Dame meines Herzens nicht gut hätte sagen können.

Soviel ist sicher: in dieser Nacht dachte ich an nichts anderes; und obgleich ihr ganzes Benehmen und ihre Lage verdächtig erschienen, konnte ich es doch nicht übers Herz bringen, an ihrer Ehrenhaftigkeit zu zweifeln. Ich hätte mein Leben darauf verwetten können, daß sie von jedem Tadel frei wäre, und daß sie Aufklärung des Geheimnisses, wenn auch jetzt noch alles im Dunklen läge, zutage bringen würde, daß sie mit vollem Recht und aus gebieterischen Gründen an diesen Ereignissen Anteil hätte.

Allerdings konnte ich, so sehr ich meine Fantasie anstrengte, mir auf ihre Beziehungen zu Northmour keinen Vers machen. Trotzdem war ich überzeugt, auf dem rechten Wege zu sein, wenn auch meine Schlußfolgerungen mehr instinktiv als vernunftgemäß waren. Und als ich mich an diesem Abend zum Schlaf ausstreckte, da legte ich sozusagen den Gedanken an sie unter mein Kopfkissen.

Am nächsten Tage kam sie ungefähr zur gleichen Stunde aus dem Dünenhause zum Vorschein. Sobald die Dünen sie vor Beobachtungen vom Hause her schützten, ging sie näher an diese heran und rief leise meinen Namen. Ich bemerkte mit Erstaunen, daß sie totenblaß war und sich offenbar in großer Aufregung befand.

»Herr Cassilis!« rief sie noch einmal, und das zum drittenmal: »Herr Cassilis!«

Ich erschien sofort und sprang von der Düne herab auf den Strand. Ein deutlicher Ausdruck von Erleichterung überzog ihr Antlitz, sobald sie mich sah.

»Oh!« rief sie in einem heiseren Ton, wie ein Mensch, dem eine schwere Last von der Seele genommen wird. Dann sprach sie weiter:

»Gott sei Dank, daß Sie noch heil und gesund sind! Ich wußte, Sie würden hier sein, wenn Sie noch am Leben wären.«

War dies nicht seltsam? So schnell und so weise bereitet nur die Natur unsere Herzen auf solche große Liebe vor, die ein ganzes Leben lang währt, daß meine spätere Frau sowohl wie ich schon am zweiten Tage unserer Bekanntschaft ein Vorgefühl hatten. Auch ich hatte trotz alledem gehofft, sie werde mich aufsuchen; und sie war überzeugt gewesen, sie werde mich finden.

»Bleiben Sie nicht«, fuhr sie hastig fort, »bleiben Sie nicht an diesem Ort! Versprechen Sie mir, daß Sie nicht länger im Walde dort schlafen werden. Sie wissen nicht, wie ich leide; diese ganze Nacht konnte ich nicht schlafen, weil ich immer an Ihre Gefahr denken mußte.«

»Gefahr?« wiederholte ich. »Gefahr – von wem? Von Northmour?«

»Nicht doch! Glaubten Sie denn, ich würde nach dem, was Sie mir sagten, ihm etwas erzählt haben?«

»Nicht von Northmour? Aber von wem denn? Ich sehe keinen Menschen, vor dem ich mich zu fürchten brauchte.«

»Sie dürfen mich nicht fragen«, antwortete sie; »denn ich darf Ihnen nichts sagen. Aber glauben Sie mir doch, und entfernen Sie sich! Glauben Sie meinen Worten und gehen Sie schnell, schnell! Wenn Ihnen Ihr Leben lieb ist!«

Eine solche Aufforderung ist niemals dazu angetan, auf einen mutigen jungen Mann Eindruck zu machen. Ihre Worte bestärkten mich nur in meiner Hartnäckigkeit, und jetzt war es Ehrensache für mich, zu bleiben, wo ich war. Und gerade ihre Angst um mich bestärkte mich noch mehr in meinem Entschluß.

»Sie müssen mich nicht für neugierig halten, Madame«, antwortete ich; »ich will mich nicht in Ihre Angelegenheiten einmischen – aber, wenn Graden ein so gefährlicher Ort ist, so ist es wohl auch für Sie selbst gefährlich, hierzubleiben.«

»Sie und Ihr Vater –« fuhr ich fort; aber sie unterbrach mich mit einem fast atemlosen Ausruf:

»Mein Vater! Woher wissen Sie von ihm?«

»Ich sah Sie beisammen, als Sie landeten«, lautete meine Antwort; ich weiß nicht, warum, aber sie schien uns beiden befriedigend zu sein.

»Aber«, fuhr ich fort, »Sie brauchen keine Furcht vor mir zu haben. Ich sehe, daß Sie irgendeinen Grund haben, verborgen zu bleiben, und Sie können mir glauben: Ihr Geheimnis ist bei mir so sicher aufgehoben, wie wenn ich im Triebsand von Graden Floe läge. Ich habe seit Jahren kaum einmal mit einem Menschen ein Wort gesprochen; mein Pferd ist mein einziger Begleiter, und selbst dieses arme Tier ist augenblicklich nicht bei mir. Sie können sich auf mein Schweigen verlassen. Also sagen Sie mir die Wahrheit, meine liebe junge Dame. Sind Sie nicht in Gefahr?«

»Herr Northmour sagt, Sie sind ein Ehrenmann; und ich brauche Sie nur anzusehen, um dies zu glauben. Ich will Ihnen nur soviel sagen: Sie haben recht – wir sind in einer furchtbaren, entsetzlichen Gefahr, und Sie teilen diese Gefahr mit uns, wenn Sie bleiben, wo Sie jetzt sind.«

»Ah! Sie haben von Northmour etwas über mich gehört? Und er gibt mir ein gutes Zeugnis?«

»Ich fragte ihn gestern abend nach Ihnen«, antwortete sie. »Ich behauptete« – sie stockte einen Augenblick – »ich behauptete, Sie vor langer Zeit einmal getroffen und mit Ihnen über ihn gesprochen zu haben. Das war nicht wahr; aber ich konnte mir nicht anders helfen, ohne Sie zu verraten, und Sie hatten mich in eine schwierige Lage gebracht. Er sprach sehr hoch von Ihnen.«

»Und – diese eine Frage dürfen Sie mir wohl noch erlauben – droht diese Gefahr von Northmour?«

»Von Herrn Northmour?« rief sie. »O nein! Er ist gerade bei uns, um diese Gefahr zu teilen.«

»Mir aber raten Sie, davonzulaufen? Offenbar schätzen Sie mich nicht für hoch ein!«

»Warum sollten Sie bleiben? Sie sind kein Freund von uns.«

Ich weiß nicht, was über mich kam – denn eine solche Schwäche war mir nicht begegnet, seitdem ich ein Kind gewesen war – aber diese Antwort kränkte mich so tief, daß mir die Tränen in die Augen kamen, während ich ihr schweigend ins Gesicht sah.

»Nein, nein!« sagte sie in verändertem Tone; »meine Worte waren nicht unfreundlich gemeint.«

»Ich hatte mich einer Beleidigung schuldig gemacht«, sagte ich und streckte ihr meine Hand mit einem so bittenden Blick entgegen, daß es sie gerührt haben muß; denn sie reichte mir sofort, und sogar bereitwillig, die ihrige.

Ich hielt ihre Hand eine Zeitlang fest und sah ihr in die Augen. Plötzlich entriß sie mir ihre Hand, offenbar vergaß sie gänzlich ihre Bitte und daß sie mir ein Versprechen hatte abnehmen wollen, und lief mit größter Schnelligkeit davon, ohne sich umzusehen, bis sie mir aus den Augen war. Und da wußte ich, daß ich sie liebte, und dachte in frohem Herzen, daß sie – sie selber – mich nicht mit gleichgültigem Auge sah. Sie hat dies später oft geleugnet; aber sie tat es stets lächelnd und meinte es nicht ernst. Ich für meinen Teil bin überzeugt, unsere Hände würden nicht so fest ineinandergelegen haben, wenn ihr Herz sich nicht bereits mir zugeneigt hätte. Übrigens brauchen wir darüber nicht zu streiten; denn nach ihrem eigenen Geständnis begann sie am nächsten Morgen mich zu lieben.

Und doch ereignete sich an diesem Morgen sehr wenig. Sie kam wie am vorhergehenden Tage und rief mich aus meinem Versteck, schalt mich, daß ich immer noch in Graden wäre, und als sie fand, daß ich hartnäckig blieb, fragte sie mich genauer aus, wie ich dorthin gekommen wäre. Ich sagte ihr, durch welche Reihenfolge von Zufällen ich dazu gekommen wäre, Zeuge ihrer Landung zu werden, und daß ich mich zum Bleiben entschlossen hätte, teils wegen der Teilnahme, die Northmours Gäste in mir erregt hätten, teils wegen seines Mordanfalles auf mich.

In bezug auf die ersteren war ich wohl etwas unaufrichtig; denn ich suchte es so darzustellen, wie wenn sie gleich beim ersten Male, als ich sie in den Dünen gesehen, großen Eindruck auf mich gemacht hätte. Es ist für mich eine Herzenserleichterung, dieses Geständnis zu machen, obgleich mein Weib jetzt bei Gott ist, also alles weiß und auch das weiß, daß ich dabei ehrliche Absichten hatte; denn solange sie liebte, hatte ich niemals die Kühnheit, ihr diesen Glauben wieder zu nehmen, obgleich mein Gewissen mich oftmals antrieb, ihr auch dies zu sagen. In einer Ehe, wie wir sie führten, ist selbst ein so kleines Geheimnis gleich der Erbse, die der Prinzessin den Schlaf nahm.

Unser Gespräch kam dann auf andere Gegenstände, und ich erzählte ihr viel von meinem einsamen Wanderleben; sie hörte nur zu und sagte selten ein Wort. Obgleich wir ganz unbefangen sprachen und zuletzt unsere Unterhaltung nur scheinbar gleichgültige Gegenstände betraf, befanden wir beide uns in einer süßen Aufregung. Nur zu bald mußte sie wieder gehen, und wir trennten uns, wie in gegenseitiger Übereinstimmung, ohne uns die Hand zu reichen, denn wir wußten beide, daß dies unter uns eine leere Förmlichkeit bedeutete.

Am nächsten Tage, dem vierten unserer Bekanntschaft, trafen wir uns auf derselben Stelle, aber ganz früh am Morgen. Wir waren beide schon ganz vertraut und trotzdem sehr schüchtern. Nachdem sie noch einmal von meiner Gefahr gesprochen hatte – deshalb, sagte sie, sei sie noch einmal gekommen –, begann ich ihr zu sagen, wie wertvoll mir ihre freundliche Teilnahme wäre; bisher sei niemals einem Menschen etwas daran gelegen gewesen, von meinem Leben zu hören, und bis gestern hätte ich auch niemals daran gedacht, etwas daraus zu erzählen. Ich hatte mir während der Nacht viel zurechtgelegt, was ich ihr sagen wollte. Plötzlich unterbrach sie mich, indem sie heftig ausrief:

»Und doch – wenn Sie wüßten, wer ich bin, würden Sie kein Wort mit mir sprechen!«

Ich sagte ihr, ein solcher Gedanke sei Wahnsinn; obwohl wir uns erst so kurze Zeit kennten, sei sie für mich doch bereits eine teure Freundin. Aber meine Beteuerungen schienen sie nur noch mehr aufzuregen, und sie rief:

»Mein Vater ist auf der Flucht und muß sich verbergen!«

»Meine Liebe«, sagte ich – zum erstenmal ohne den Zusatz ›junge Dame‹ –, »was macht das mir aus? Wenn er zwanzigmal auf der Flucht wäre, würde das an meinen Gefühlen für Sie etwas ändern?«

»Oh, aber die Ursache!« rief sie; »die Ursache! die ist« – sie zögerte eine Sekunde lang – »die ist eine Schande für uns!«

VIERTES KAPITEL

Ich erfahre auf eine überraschende Weise, daß ich im Strandwalde von Graden nicht allein bin

Dies war meines Weibes Geschichte, wie ich unter Tränen und Schluchzen aus ihr herausholte:

Sie hieß Clara Huddlestone. Der Name klang meinen Ohren sehr schön; aber nicht so schön, wie jener andere Name: Clara Cassilis, den sie während des längeren und – dafür danke ich Gott – glücklicheren Teiles ihres Lebens trug. Ihr Vater Bernard Huddlestone, hatte ein Bankgeschäft von sehr bedeutendem Umfange gehabt. Als vor vielen Jahren seine Verhältnisse in Unordnung gerieten, hatte er sich auf gefährliche und schließlich verbrecherische Hilfsmittel eingelassen, um sich vor dem Zusammenbruch zu retten. Alles war vergeblich; er geriet in immer fürchterlichere Schwierigkeiten und fand schließlich, daß zugleich mit seinem Vermögen auch seine Ehre verloren war.

Ungefähr um diese Zeit hatte Northmour sich mit großem Eifer, obgleich er nur geringe Ermutigung fand, um seine Tochter beworben. An ihn, von dem er wußte, daß er geneigt sein würde, ihm zu helfen, hatte Bernard Huddlestone in seiner Not sich gewandt.

Der unglückliche Mann hatte nicht nur Ruin und Schande und nicht nur gesetzliche Verfolgung über sein Haupt gebracht. Wie es scheint, wäre er leichten Herzens ins Gefängnis gegangen. Was er befürchtete, was ihn bei Nacht nicht schlafen oder mit einem plötzlichen Schreck aus dem Schlummer auffahren ließ, war die

Angst vor einem geheimen, plötzlichen Mordanschlag gegen sein Leben. Infolgedessen wünschte er seine Vergangenheit zu begraben und auf eine der Inseln im südlichen Stillen Ozean zu entfliehen, und Northmours Jacht, den ›Red Earl‹, wollte er für diese Flucht benutzen. Die Jacht hatte sie heimlich an der Küste von Wales aufgenommen und dann in Graden abgesezt, um für die längere Seereise instand gesetzt und verproviantiert zu werden. Clara konnte nicht daran zweifeln, daß ihre Hand den Preis für die Rettungsfahrt bilden sollte, denn obgleich Northmour niemals unfreundlich oder auch nur unhöflich war, hatte er sich doch bei verschiedenen Gelegenheiten etwas anmaßend in Worten und Benehmen gezeigt.

Ich brauche nicht zu sagen, daß ich sie mit gespannter Aufmerksamkeit anhörte, und daß ich über das, was mir geheimnisvoll klang, viele Fragen an sie richtete. Ich tat es vergeblich, sie hatte keine klare Vorstellung, von welcher Art die drohende Gefahr wäre und wie sie wahrscheinlich sich äußern würde. Ihres Vaters Angst war ungeheuer; sie warf ihn auch körperlich völlig zu Boden, und er hatte mehr als einmal daran gedacht, sich einfach der Polizei zu stellen. Aber diesen Plan hatte er endgültig aufgegeben; denn er war überzeugt, daß nicht einmal unsere englischen Gefängnisse ihn vor seinen Verfolgern schützen könnten. Er hatte in den letzten Jahren viele Geschäfte mit Italien und mit Italienern gemacht, die in London wohnten. Clara glaubte, daß diese Geschäfte in irgendwelcher Verbindung mit der ihn bedrohenden Gefahr ständen. Er hatte eine große Angst bekommen, als er an Bord des ›Red Earl‹ einen italienischen Matrosen gefunden hatte, und er hatte Northmour wiederholt dieserhalb bittere Vorwürfe gemacht. Northmour hatte erklärt, Peppo – so hieß der

Matrose – sei ein ganz famoser Bursche, dem man unbedingt trauen könne; der alte Huddlestone aber hatte seitdem immer wieder erklärt: alles sei verloren, es sei nur noch eine Frage von Tagen, und durch Peppo werde er schließlich doch noch zugrunde gehen.

Ich sah in der ganzen Geschichte weiter nichts als Wahnvorstellungen eines vom Unglück erschütterten Weißen. Huddlestone hatte durch seine italienischen Geschäfte schwere Verluste gehabt; deshalb war der bloße Anblick eines Italieners ihm verhaßt, und es war ganz natürlich, daß ein Italiener die Hauptrolle in den Wahngebilden spielte, die ihn ängstigten.

»Was Ihr Vater braucht«, sagte ich, »ist ein guter Doktor und irgendeine beruhigende Arznei.«

»Aber Herr Northmour?« warf Clara ein; »der ist durch keine Verluste aufgeregt worden, und trotzdem teilt er die Angst meines Vaters.«

Ich mußte unwillkürlich lachen über diese Einfalt und sagte:

»Meine Liebe, Sie selber haben mir gesagt, welchen Lohn er zu erwarten hat. Sie dürfen nicht vergessen, daß in der Liebe jedes Mittel erlaubt ist, und wenn Northmour die Ängste Ihres Vaters noch zu steigern sucht, so geschieht das durchaus nicht, weil er Furcht vor irgendeinem Italiener hat, sondern ganz einfach, weil eine reizende Engländerin ihn bezaubert hat.«

Sie erinnerte mich an den Angriff, den er in der Nacht der Landung auf mich selber gemacht hatte, und diesen konnte ich allerdings auch nicht erklären. Kurz und gut, nachdem wir alles durchgesprochen hatten, machten wir ab, daß ich mich sofort nach dem Fischerdorf West-Graden, wie es genannt wurde, begeben sollte. Dort sollte ich alle Zeitungen lesen, die ich auftreiben konnte, um auf diese Weise selber zu sehen, ob für die fortgesetzte Beunruhigung ein tatsächlicher Grund vorhanden wäre. Hierüber sollte ich am nächsten Morgen, zu derselben Stunde und an demselben Ort, Clara meinen Bericht machen. Sie sprach diesmal nicht mehr davon, daß ich mich entfernen sollte; sie machte kein Geheimnis mehr daraus, daß sie meine Nähe als hilfreich und angenehm empfand; und ich für mein Teil hätte sie nicht verlassen können, und wenn sie mich auf den Knien darum gebeten hätte.

Vor zehn Uhr vormittags war ich schon in West-Graden; denn ich war zu jener Zeit ein ausgezeichneter Fußgänger, und die Entfernung betrug, wie ich schon erwähnt habe, wenig mehr als sieben Meilen auf gutem Wege über elastischen Rasen. Das Dorf ist eins der armseligsten an jener Küste, und das will viel heißen. In einer Talmulde liegt eine Kirche; in den Klippen befindet sich ein erbärmlicher Hafen, in welchem schon viele Boote bei ihrer Heimkehr vom Fischfang untergegangen sind. Vier oder fünf Dutzend Steinhäuser bilden am Strande entlang zwei Straßen, von denen die eine zum Hafen führt, die andere in einem rechten Winkel an sie anstößt; an der Ecke dieser beiden Straßen liegt eine sehr dunkle, ungemütliche Herberge, das erste ›Hotel‹ dieses Nestes.

Ich hatte mich etwas besser gekleidet und sah einigermaßen so aus, wie es meiner Lebensstellung entprach. Ich suchte sofort den Pfarrer in seinem kleinen Hause neben dem Kirchhof auf. Er kannte mich, obgleich mehr als neun Jahre vergangen waren, seitdem wir uns zuletzt getroffen hatten; und als ich ihm erzählte, ich sei lange auf einer Fußwanderung gewesen und in bezug auf die Zeitereignisse etwas in Rückstand geraten, lieh er mir bereitwillig einen Armvoll Zeitungen, die mir über den ganzen letzten Monat bis zum Tage vorher Auskunft geben konnten. Mit diesen suchte ich den Gasthof auf, bestellte mir etwas zum Frühstück und setzte mich hin, um die Geschichte des Huddlestoneschen Bankerotts zu studieren.

Er hatte allem Anschein nach ungeheures Aufsehen gemacht. Tausende von Menschen waren dadurch verarmt; ein Mann hatte sich eine Kugel durch den Kopf geschossen. Es war für mich eine eigentümliche Beobachtung, daß ich beim Lesen dieser Einzelheiten eigentlich mehr Mitgefühl mit Huddlestone als mit seinen Opfern empfand – so vollkommen beherrschte mich schon die Liebe zu Clara. Natürlich war bereits eine Belohnung auf die Festnahme des Bankiers ausgesetzt; und da sein Verbrechen unentschuldbar und die öffentliche Entrüstung allgemein sehr stark war, so war auf die Festnahme der ungewöhnlich hohe Betrag von siebenhundertfünfzig Pfund ausgeschrieben worden. Man berichtete, er habe sehr große Geldsummen in seinem Besitz. An dem einen Tage hatte man ihn in Spanien gesehen; am nächsten wußte man ganz genau, daß er sich in der Gegend zwischen Manchester und Liverpool oder an der Küste von Wales versteckt hielt. Den folgenden Tag meldete ein Telegramm seine Ankunft in Cuba oder Yukatan. Aber in allen diesen Nachrichten stand niemals ein Wort von einem Italiener oder war das geringste Geheimnisvolle.

Nur im allerletzten Artikel war eine Stelle, die nicht so ganz klar war. Die Bücherrevisoren, die mit der Verwaltung der Masse beauftragt waren, hatten, so schien es, festgestellt, daß ein Betrag von sehr vielen Tausenden von Pfunden eine Zeitlang eine große Rolle in den Geschäftsbüchern der Firma Huddlestone gespielt hatte, dann aber plötzlich vollkommen verschwunden war. Diese Summe war aber von nirgendwoher gekommen und verschwand in der gleichen geheimnisvollen Weise.

Nur einmal war ein Name angedeutet – oder vielmehr, die Buchstaben X. X. standen an Stelle eines Namens. Soviel stand aber fest, daß diese große Summe zum erstenmal vor sechs Jahren zu einer sehr kritischen Periode in die Betriebsmittel des Geschäftes hineingekommen war. Der Name eines sehr hohen Herrn, eines königlichen Prinzen war in Verbindung mit dieser Geldsumme genannt worden. Man nahm an, daß ›der feige Desperado‹ – diesen Ausdruck gebrauchte der Zeitungsschreiber – bei seiner Flucht noch einen großen Teil dieses geheimnisvollen Geldes im Besitz gehabt habe.

Ich dachte noch über diesen Fall und dessen einzelne Tatsachen nach und versuchte sie in irgendeine Verbindung mit der Herrn Huddlestone bedrohenden Gefahr zu bringen, da trat ein Mann in die Schenkstube ein und verlangte mit einem unverkennbar ausländischen Akzent etwas Brot und Käse.

»Siete Italiano?« fragte ich ihn.

»Si, Signore«, war die Antwort.

Ich sagte, es sei ungewöhnlich, so weit nach Norden zu einen Landsmann von ihm zu finden. Hierauf zuckte er nur die Achseln und antwortete, man gehe eben überall hin, wo man Arbeit bekommen könne. Was für Arbeit er in West-Graden zu finden hoffen konnte, war mir nicht recht begreiflich, und die Begegnung mit diesem Mann machte einen so unangenehmen Eindruck auf mich, daß ich den Wirt, der mir etwas Kleingeld aufzählte, fragte, ob er denn früher schon einen Italiener im Städtchen gesehen hätte. Er sagte, er habe mal ein paar Norweger gesehen, die an der anderen Seite von Graden Neß Schiffbruch gelitten hätten und von dem Rettungsboot von Cauld Haven an Land gebracht worden wären.

»Nein«, sagte ich; »ich meine einen Italiener, wie der Mann, der eben Brot und Käse kaufte.«

»Was?« rief der Wirt; »war der schwarze Bursche mit den weißen Zähnen ein Italiener? Na, das war der erste Italiener, den ich in meinem Leben je gesehen habe, und 's wird auch wohl der letzte gewesen sein.«

Während er noch sprach, sah ich zufällig zum Fenster hinaus auf die Straße und bemerkte drei Männer, die sehr eifrig miteinander sprachen; sie waren keine dreißig Schritte entfernt. Einer von ihnen war mein neuer Bekannter von der Schenkstube. Die anderen beiden mußten, nach ihren hübschen, gelblichen Gesichtern zu urteilen, derselben Rasse angehören. Ein paar Kinder standen um sie herum, gestikulierten und schnatterten und äfften offenbar die Sprache und die Gebärden der fremden Männer nach. Die drei sahen in der öden schmutzigen Straße. auf der sie standen, auffallend fremdländisch aus. Ich gestehe, daß in diesem Augenblick meine Ungläubigkeit einen Stoß erhielt, von dem sie sich niemals wieder erholte. So viele Vernunftgründe ich auch mir selber vorhielt – ich konnte nicht abstreiten, was meine eigenen Augen gesehen hatten, und auch mich begann die Furcht vor den Italienern zu packen.

Es war schon wieder beinahe Abend geworden, als ich meine Zeitungen ins Pfarrhaus zurückbrachte; hierauf schritt ich rüstig durch die Dünen meinem Lager zu. Niemals werde ich diesen Gang vergessen! Es war sehr kalt geworden, und der Wind heulte immer lauter. Er strich durch das kurze Gras, feine Regenschauer gossen vom Himmel herunter, und ein ungeheures Wolkengebirge begann sich aus dem Meere aufzutürmen. Einen trüberen Abend kann man sich schwerlich vorstellen, und – mögen nun meine Nerven schuld daran gewesen sein, auf die alles, was ich gesehen und gehört hatte, schon seine Wirkung ausgeübt hatte – genug, meine Gedanken waren ebenso trübe wie das Wetter.

Von den oberen Fenstern des Dünenhauses konnte man einen beträchtlichen Streifen der Dünen in der Richtung auf West-Graden zu übersehen. Um nicht bemerkt zu werden, mußte ich mich deshalb an den Strand halten, bis die höheren Sandhügel mir Deckung gewährten. Von dort konnte ich durch die Dünentäler hindurch querfeldein nach meinem Waldrand hinübergehen.

Die Sonne wollte untergehen. Die Ebbe hatte den Strand entblößt, und die ganze gefährliche Triebsandstelle lag frei. Ich ging, in meine trüben Gedanken versunken, mit gesenktem Kopf meines Weges – da wurde ich plötzlich wie vom Donner gerührt, als ich menschliche Fußstapfen im Sande abgedrückt sah. Sie liefen in derselben Richtung wie der Weg, den ich ging, aber sie befanden sich tiefer unten am Strande, anstatt an dem Rande des Heidekrautes, auf welchem ich selber ging; und als ich sie genau untersuchte, erkannte ich sofort an der plumpen Form der Füße, daß sie einem Fremden angehörten, der mit mir und den Bewohnern des Dünenhauses nichts zu tun hatte. Und nicht nur dies – daran, daß er in der unvorsichtigsten Weise ganz dicht an den gefährlichsten Stellen vorüber entlanggegangen war, erkannte man deutlich, daß er in der Gegend fremd sein mußte und von dem berüchtigten Triebsand von Graden Floe noch niemals etwas gehört hatte.

Schritt vor Schritt folgte ich den Fußstapfen, bis ich, ungefähr eine Viertelmeile weiter, bemerkte, daß sie sich am Südostrande von Graden Floe verloren. Wer er auch gewesen sein mochte – dort war der Unglückliche umgekommen. Ein oder zwei Möwen, die ihn vielleicht hatten versinken sehen, kreisten mit ihrem gewöhnlichen melancholischen Gepfeife über seinem Grab. Die Sonne hatte mit einer letzten Anstrengung die Wolken durchbrochen und übergoß die weite Fläche der Triebsandgründe mit einem purpurnen Schein. Ich stand eine Weile still und starrte auf diese Stelle – von meinen eigenen Gedanken durchkältet und entmutigt und mit einem starken, alles beherrschenden Bewußtsein von der Nähe des Todes. Ich erinnere mich, daß ich darüber nachdachte, wie lange die Tragödie wohl gedauert habe und ob man im Dünenhause wohl die Schreie des Opfers gehört haben mochte. Und dann wollte ich mich mit Aufgebot aller meiner Willenskraft losreißen – da fiel ein besonders starker Windstoß über den Strand her, und ich sah einen Hut, bald hoch oben in der Luft, bald über den Grund hinrollend. Er war von spitziger, kegelförmiger Gestalt und sah so aus, wie die Hüte, die ich in Graden auf den Köpfen der Italiener gesehen hatte.

Ich glaube – doch bin ich dessen nicht ganz sicher – ich stieß einen Schrei aus. Der Wind trieb den Hut nach dem Strande zu, und ich lief um den Rand des Triebsandes herum, um ihn aufzufangen. Der Wind ließ einen Augenblick nach, und der Hut fiel einen Augenblick auf den Triebsand. Dann erhob der Wind sich wieder, und der Hut fiel ein paar Schritte vor mir nieder.

Ihr könnt euch denken, wie eifrig ich mich des Hutes bemächtigte! Er hatte schon einiges durchgemacht; er sah in der Tat noch abgegriffener und schäbiger aus als die anderen, die ich an dem Tage schon gesehen hatte. Das Futter war rot; es trug einen Stempel mit dem Namen des Fabrikanten, den ich inzwischen vergessen habe, und mit dem Erzeugungsort. Dieser lautete: Venedig. Bekanntlich nannten die Österreicher die italienische Stadt Venezia so, die schöne Stadt, die damals, und noch eine Zeitlang nachher, zu ihren Besitzungen gehörte.

Ich war ganz betroffen. Auf allen Seiten sah ich Italiener, die nur in meiner Einbildung vorhanden waren, und zum ersten – ich darf sagen: auch zum letzten – Male in meinem Leben überwältigte mich ein sogenannter panischer Schrecken. Ich meine: ich wußte nichts, wovor ich hätte Furcht haben sollen, und trotzdem hatte ich, das gebe ich zu, eine Heidenangst, und nur mit Widerstreben kehrte ich zu meinem so leicht aufzufindenden, einsamen Lager im Strandwalde zurück.

Dort aß ich etwas kalten Haferbrei, den ich am Abend vorher übriggelassen hatte; denn ich wollte nicht gern ein Feuer anmachen. Das Essen machte mich kräftig und gab mir neuen Mut, und mit gefaßtem Herzen legte ich mich zum Schlafen nieder.

Wie lange ich geschlafen haben mag, davon habe ich keine Ahnung. Aber ich erwachte schließlich von einem hellen Lichtschein, der mir gerade ins Gesicht fiel. Er weckte mich auf wie ein Faustschlag. Im Nu hatte ich mich auf meine Knie aufgerichtet. Aber das Licht war ebenso plötzlich, wie es gekommen war, wieder verschwunden. Die Finsternis war undurchdringlich. Von der See her kamen furchtbare Windstöße, vom Himmel goß es wie mit Mulden herab, und das Tosen des Unwetters verschlang alle anderen Geräusche.

Es wird mindestens eine halbe Minute gedauert haben, bis ich völlig bei Bewußtsein war. Wären nicht zwei besondere Umstände gewesen, so hätte ich geglaubt, daß irgendein besonders grausiger Alpdruck mich aufgeschreckt hätte. Erstens war jetzt mein Zelttuch, das ich sorgfältig befestigt hatte, lose und flatterte im Winde. Zweitens konnte ich, mit einer Deutlichkeit, die jeden Gedanken an eine Sinnestäuschung ausschloß, den Geruch von heißem Metall und brennendem Öl wahrnehmen. Die Schlußfolgerung war klar. Ich war von irgendeinem geweckt worden, der mir das Licht einer Taschenlaterne hatte ins Gesicht fallen lassen. Er hatte mein Gesicht gesehen und sich dann sofort entfernt. Es war nur ein Aufblitzen gewesen, und dann wieder finster. Ich fragte mich, was der Anlaß eines so sonderbaren Verhaltens gewesen sein könne, und die Antwort konnte nicht zweifelhaft sein. Der Mensch, wer auch immer er gewesen sein mochte, hatte mich zu kennen geglaubt, und hatte gesehen, daß er sich geirrt hatte. Indes blieb eine andere Frage noch ungelöst; und auf diese – das darf ich wohl sagen – fürchtete ich mich, eine Antwort zu geben: was würde er getan haben, wenn er mich gekannt hätte?

Meine Befürchtungen wurden augenblicklich von mir selber abgelenkt; denn ich sah, daß ich nur aus Versehen besucht worden war, und ich bekam die Überzeugung, daß irgendeine furchtbare Gefahr das Dünenhaus bedrohte. Ich bedurfte einer gewissen Willenskraft, um mich in das finstere, wirre Dickicht zu wagen, das meine Kuhle umgab und über sie hinüberhing. Aber ich tastete meinen Weg zu den Dünen hinunter – vom Regen durchnäßt, von den Windstößen hin und her geworfen und betäubt; bei jedem Schritt fürchtend, daß meine ausgestreckte Hand einen im Hinterhalt lauernden Feind berühren würde. Die Dunkelheit war so vollständig, daß ich von einer ganzen Armee hätte umzingelt sein können, ohne etwas davon zu wissen, und der Sturm toste so laut, daß meine Ohren mir ebensowenig helfen konnten wie meine Augen.

Den ganzen Rest der Nacht, die mir unendlich dünkte, patrouillierte ich die Umgebung des Dünenhauses ab, ohne ein lebendes Wesen zu sehen und ohne etwas anders zu hören als das Riesenkonzert, das Sturm, Brandung und Regen zusammen machten. Ein Licht im oberen Stockwerk des Dünenhauses schimmerte durch eine Ritze des Fensterladens hindurch und leistete mir Gesellschaft, bis die Morgendämmerung kam.

FÜNFTES KAPITEL

Ein Gespräch zwischen Northmour, Clara und mir

Mit der ersten Dämmerung zog ich mich aus dem freien Felde in meinen alten Hinterhalt zwischen den Dünen zurück, um dort auf Clara zu warten. Der Morgen war grau, stürmisch und trüb, aber bevor noch die Sonne aufging, legte der Wind sich etwas, dann schlug er um und wehte nur stoßweise von der See her. Die Wogen gingen nicht mehr so hoch, aber der Regen strömte immer noch unbarmherzig vom Himmel hernieder. In der ganzen Dünenwildnis war kein lebendes Geschöpf zu sehen. Trotzdem war ich überzeugt, daß die ganze nächste Gegend von versteckten Feinden scharf beobachtet wurde. Das Licht war so überraschend plötzlich auf mein Gesicht gefallen, als ich in meiner Kuhle schlafend lag. Dieser Umstand und der Hut, der vom Winde über Graden Floe getrieben worden war – das waren zwei sprechende Anzeichen von der Gefahr, die Clara und die Leute im Dünenhause umlauerte.

Es war vielleicht halb acht oder sogar schon näher an acht Uhr, als ich endlich die Tür sich öffnen und die liebe Gestalt im Regen auf mich zukommen sah. Ich erwartete sie bereits auf dem Strand, bevor sie noch an den Dünen vorbei war.

»Es hat mir solche Schwierigkeiten gemacht, zu Ihnen zu kommen!« rief sie mir entgegen; »Sie wollten nicht, daß ich in den Regen hinausginge.«

»Clara«, sagte ich, »Sie haben Angst!«

»Nein«, antwortete sie, mit einer Einfachheit, die

mein Herz mit Vertrauen erfüllte. Denn mein Weib war die beste nicht nur, sondern auch die tapferste aller Frauen; nach meinen Erfahrungen sind diese beiden Eigenschaften sonst nicht miteinander vereinigt; aber bei ihr waren sie's; sie verband den höchsten Mut mit den köstlichsten und schönsten Tugenden.

Ich erzählte ihr, was sich ereignet hatte, und obwohl ihre Wange sichtlich erbleichte, behielt sie sich vollkommen in der Gewalt.

»Sie sehen jetzt, daß ich vollkommen in Sicherheit bin«, sagte ich zum Schluß. »Sie haben nicht die Absicht, mir etwas zuleide zu tun; denn wenn sie das gewollt hätten, wär ich diese Nacht ein toter Mann.«

Sie legte ihre Hand auf meinen Arm und rief:

»Und mir hat mein Gefühl nichts gesagt!«

Der Ton, in dem sie diese Worte sprach, durchschauerte mich mit Entzücken. Ich legte meinen Arm um sie und zog sie an mich, und bevor wir beide noch daran dachten, lagen ihre Hände auf meinen Schultern und meine Lippen auf ihrem Munde. Und doch war bis zu dem Augenblick kein Wort von Liebe zwischen uns gewechselt worden. Bis auf den heutigen Tag erinnere ich mich der Berührung ihrer Wange: sie war vom Regen kalt und naß, und gar oft seitdem hab' ich, wenn sie sich gewaschen hatte, wieder ihre nasse Wange geküßt und dabei an jenen Morgen am Strande gedacht. Jetzt, da sie von mir genommen ist und ich allein und einsam durch die Welt pilgere, denk ich an unsere Liebkosungen von einst und an die tiefe ehrliche Zärtlichkeit, die uns vereinte, und der Verlust, den ich erlitt, erscheint im Vergleich damit nur als eine Kleinigkeit.

So mögen wir wohl einige Sekunden gestanden sein – den Liebenden vergeht die Zeit gar schnell – da wurden wir von einem schallenden Gelächter aus nächster Nähe aufgeschreckt. Es war kein natürlich heiteres Lachen, sondern scheingeheuchelt zu sein, um ein zorniges Gefühl zu verbergen. Wir drehten uns beide um; doch ließ ich meinen Arm um Claras Hüften liegen, und sie suchte sich mir nicht zu entwinden. Und da stand, ein paar Schritte von uns entfernt, auf dem Strande Northmour – den Kopf gesenkt, die Hände auf dem Rücken gekreuzt, die Nüstern weiß vor Leidenschaft.

»Ah, Cassilis!« sagte er, als ich ihm mein Gesicht zuwandte.

»Eben der«, sagte ich ganz ruhig; denn ich war nicht im geringsten aus der Fassung gebracht.

»Auf diese Weise also, Fräulein Huddlestone«, fuhr er langsam, aber wütend fort, »auf diese Weise halten Sie Ihrem Vater und mir die Treue? Solchen Wert legen Sie auf Ihres Vaters Leben? Und so vernarrt sind Sie in diesen jungen Herrn, daß Sie jede Rücksicht auf Gefahr, auf Anstand und auf gewöhnliche menschliche Klugheit außer acht lassen –«

Fräulein Huddlestone – wollte ich ihn unterbrechen; aber jetzt brach plötzlich seine Wut los; er ließ mich nicht zu Worte kommen und schrie mich an:

»Halte du deinen Mund! Ich spreche mit dem Mädchen!«

»Das Mädchen, wie du sie nennst, ist mein Weib!« sagte ich; und Clara schmiegte sich bei diesen Worten nur noch inniger an mich an, und so wußte ich, daß sie meinen Worten beistimmte.

»Dein, was?« schrie er. »Du lügst!«

»Northmour«, sagte ich; »wir wissen alle, daß du ein aufgeregter Mensch bist; ich dagegen lasse mich durch Worte niemals aus meiner Ruhe bringen. Trotzdem rate ich dir, leiser zu sprechen; denn ich bin überzeugt, daß wir nicht allein sind.«

Er sah sich um, und es war deutlich zu bemerken, daß seine Leidenschaftlichkeit sich etwas besänftigt hatte.

»Was meinst du damit?« fragte er.

Ich antwortete nur:

»Italiener!«

Er stieß einen lauten Fluch aus und sah erst mich, dann Clara an.

»Herr Cassilis weiß alles, was ich weiß«, sagte mein Weib.

»Ich möchte wissen«, brach er los, »woher zum Kukkuck Herr Cassilis kommt, und was zum Kuckuck Herr Cassilis hier tut. Sie sagen, Sie seien mit ihm verheiratet – das glaube ich nicht! Wenn Sie es wären, würde Graden Floe bald die Scheidung besorgen – vier und eine halbe Minute, Cassilis! Ich habe meinen Privatfriedhof für meine Freunde.«

»Bei dem Italiener dauerte es etwas länger«, sagte ich.

Er sah mich einen Augenblick verblüfft an; dann bat er mich beinahe höflich, meine Geschichte zu erzählen.

»Du bist mir gegenüber zu sehr im Vorteil, Cassilis«, setzte er hinzu.

Natürlich erfüllte ich seinen Wunsch, er hörte mich, mit verschiedenen Ausrufen zwar, aber sonst ruhig an, als ich ihm erzählte, wie ich nach Graden gekommen war; daß ich es war, den er in der Nacht der Landung zu erstechen versucht hatte; und was ich später von den Italienern gesehen und gehört hatte.

»Nun«, sagte er, als ich fertig war, »jedenfalls ist es jetzt so weit – sie sind hier: daran ist nicht zu zweifeln. Und was, wenn ich fragen darf, gedenkst du zu tun?«

»Ich gedenke, bei euch zu bleiben und euch zu helfen«, sagte ich.

»Du bist ein tapferer Mann«, sagte er mit einer ganz besonderen Betonung.

»Ich habe keine Furcht«, antwortete ich.

»Wenn ich also richtig verstanden habe«, fuhr Northmour fort, »seid ihr zwei verheiratet? Und das sagen Sie mir ganz ruhig ins Gesicht, Fräulein Huddlestone.«

»Wir sind noch nicht verheiratet«, sagte Clara, »aber wir werden es sein, sobald es möglich ist.«

»Bravo! Und unsere Abmachung? Den Teufel noch mal – Sie sind nicht dumm, Frauchen! Da darf ich auch das Kind beim rechten Namen nennen. Wie steht's mit unserer Abmachung? Sie wissen so gut wie ich, daß Ihres Vaters Leben davon abhängt. Ich brauche nur meine Hände in die Hosentaschen zu stecken und davonzugehen, und ihm ist die Kehle abgeschnitten, bevor es Abend ist!«

»Ja, Herr Northmour«, sagte Clara mit großer Geistesgegenwart, »aber gerade das werden Sie niemals tun! Sie schlossen einen Handel ab, der eines Gentleman unwürdig war; trotzdem aber sind Sie doch ein Gentleman, und Sie werden niemals einen Menschen im Stich lassen, dem Sie zu helfen begonnen hatten!«

»Aha! Sie denken, ich werde meine Jacht umsonst hergeben? Sie denken, ich werde dem alten Herrn zuliebe Leben und Freiheit riskieren? Und dann zum Schluß wahrscheinlich auf der Hochzeit den Brautführer machen? Na«, setzte er nach einer kleinen Pause mit einem sonderbaren Lächeln hinzu, »vielleicht haben Sie gar nicht so unrecht, aber fragen Sie nur Cassilis, der kennt mich. Bin ich ein Mann, dem man trauen kann? Bin ich zuverlässig und gewissenhaft? Bin ich gütig?«

»Ich weiß, Sie reden viel, und manchmal glaube ich, großen Unsinn«, erwiderte Clara; »aber ich weiß, Sie sind ein Gentleman, und habe nicht die geringste Furcht.«

Er sah sie mit einem eigentümlichen Ausdruck von

Zustimmung und Bewunderung an; dann wandte er sich zu mir und sagte:

»Glaubst du, ich würde sie ohne Kampf aufgeben, Frank. Ich sage dir: sieh dich vor! Wenn wir das nächste Mal aneinandergeraten –«

»So wird dies das drittemal sein«, unterbrach ich ihn.

»Allerdings, ganz recht! Ich hatte es vergessen. Na, aller guten Dinge sind drei.«

»Du meinst wohl, beim drittenmal wirst du die Mannschaft vom ›Red Earl‹ zu deiner Hilfe haben.«

»Hören Sie, was er sagt?« fragte er Clara.

»Ich höre zwei Männer wie Feiglinge reden«, sagte sie; »ich würde mich selbst verachten, wenn ich so spräche oder auch nur so dächte. Und keiner von Ihnen beiden glaubt ein Wort von dem, was er sagt; um so ruchloser und törichter ist solches Gerede.«

»Sie ist ein Staatsweib!« rief Northmour; »aber sie ist noch nicht Frau Cassilis! mehr sage ich nicht. Der Augenblick ist mir nicht günstig.«

Plötzlich sagte Clara zu meiner Überraschung:

»Ich lasse die Herren allein. Mein Vater ist schon zu lange allein gewesen. Aber denken Sie beide an eines: Sie müssen Freunde sein; denn Sie sind beide meine guten Freunde.«

Sie hat mir später gesagt, warum sie so handelte: solange sie geblieben wäre, hätten wir beide miteinander gestritten.

Und ich glaube, sie hatte recht; denn kaum war sie gegangen, so begannen wir mit einer gewissen Vertraulichkeit zueinander zu reden.

Northmour starrte ihr nach, als sie über die Düne ging, stieß einen Fluch aus und rief:

»Sie ist das einzige Weib auf der Welt! Sieh, wie sie geht!«

Ich ergriff sofort diese Gelegenheit, um etwas mehr Aufklärung zu erhalten, und sagte:

»Höre mal, Northmour! Wir sind doch alle in der Klemme, nicht wahr?«

»Das will ich glauben, mein Junge!« antwortete er mit Nachdruck, indem er mir in die Augen blickte. »Die ganze Hölle ist gegen uns losgelassen – das ist die nackte Wahrheit. Du magst mir glauben oder nicht – aber habe Angst um mein Leben.«

»Sage mir nur eines: was wollen sie eigentlich, diese Italiener? Was verlangen sie von Huddlestone?«

»Das weißt du nicht?« rief Northmour. »Der alte Schuft hatte Gelder von den Carbonari in Aufbewahrung – zweihundertundachtzigtausend Pfund. Natürlich verspielte er die an der Börse. Es sollte eine Revolution im Trentino stattfinden oder in Parma; aber die Revolution wurde natürlich zu Wasser, weil das Geld nicht mehr da war, und das ganze Wespennest ist jetzt hinter Huddlestone her. Wir können sehr froh sein, wenn wir unsere Haut retten.«

»Die Carbonari«, rief ich aus; »dann allerdings mag Gott uns gnädig sein!«

»Amen! Und nun, hör: Ich habe dir gesagt, wir sind in der Klemme, und offen gestanden: ich bin froh, wenn du uns helfen willst. Wenn ich Huddlestone nicht retten kann, möchte ich wenigstens das Mädchen retten. Komm mit mir ins Dünenhaus und bleibe bei uns! Hier meine Hand darauf: ich werde als dein Freund handeln, bis der alte Mann entweder in Sicherheit oder tot ist. Aber sobald das abgemacht ist, bist du wieder mein Nebenbuhler. Ich warne dich: nimm dich in acht!«

»Topp!« rief ich; und wir schüttelten uns die Hände.

»Nun wollen wir sofort in unsere Festung gehen!« sagte Northmour; und er ging durch den Regen mir voran.

SECHSTES KAPITEL

Ich werde dem ›Langen‹ vorgestellt

Clara ließ uns ins Dünenhaus ein, und ich sah mit Überraschung, wie vollständig und stark die Verteidigungsanstalten waren.

Eine sehr starke und doch leichtbewegliche Barrikade beschützte die Tür gegen jeden gewaltsamen Angriff von außen, und die Fensterläden des von einer Lampe schwach beleuchteten Eßzimmers, in das ich sofort geführt wurde, waren noch kunstreicher befestigt. Die Holzbretter waren durch Stangen und Querriegel verstärkt, und diese wurden wieder durch ein ganzes System von Sparren und Stützen festgehalten, die zum Teil vom Fußboden, zum Teil von der Decke aus gingen, während andere die Fensterläden mit der gegenüberliegenden Wand verbanden. Es war ein festes und sehr sinnreich ausgedachtes Stück Zimmermannsarbeit, und ich machte keinen Versuch, meine Bewunderung zu verhehlen.

»Der Baumeister bin ich!« sagte Northmour. »Du erinnerst dich der Planken im Garten? Das sind sie.«

»Ich wußte nicht, daß du so viele Künste verstehst«, sagte ich.

»Bist du bewaffnet?« fuhr er fort und deutete gleichzeitig auf eine Reihe von Pistolen und Gewehren, sämtliche in tadellosem Zustande, die gegen die Wand gelehnt waren oder auf den Tischen lagen.

»Danke«, antwortete ich; »ich habe meine Pistole immer bei mir gehabt, seitdem wir uns zum letztenmal trafen. Aber, um dir die Wahrheit zu sagen: ich habe seit gestern nachmittag nichts zu essen gehabt.«

Northmour holte etwas kaltes Fleisch, über das ich mich sofort hermachte; dazu setzte er mir eine Flasche guten Burgunders vor, den ich mir, durchnäßt wie ich war, ohne Gewissensbisse zu Gemüte führte. Ich bin stets grundsätzlich ein strenger Alkoholgegner gewesen; aber man braucht Grundsätze nicht zu übertreiben, und bei dieser Gelegenheit mag ich wohl dreiviertel von der Flasche geleert haben.

Während ich aß, bewunderte ich fortwährend die Verteidigungsmaßnahmen, und schließlich sagte ich:

»Wir könnten eine Belagerung aushalten.«

»Jaaa«, sagte Northmour in sehr gedehntem Ton; »eine sehr kurze – vielleicht. Ich zweifle nicht so sehr an der Widerstandsfähigkeit des Hauses; was mich kaputt macht, ist die doppelte Gefahr: wenn es zum Schießen kommt, wird ganz bestimmt selbst in dieser einsamen Gegend irgend jemand es hören, und dann – na, dann ist es ganz dasselbe, bloß ganz anders, wie die Redensart lautet: entweder von Gesetzes wegen ins Loch gesperrt oder von den Carbonari abgeschlachtet. Nur zwischen diesen beiden Dingen haben wir die Wahl. Es ist ein verdammt ekliges Ding auf dieser Welt, das Gesetz gegen sich zu haben, und das sage ich auch immer dem alten Herrn da oben. Er ist auch vollständig meiner Meinung.«

»Da du davon sprichst«, sagte ich, »was für eine Art von Mensch ist er?«

»Oh, der! Das ist ein ziemlich übler Bursche. Meinetwegen könnten sämtliche Teufel Italiens ihm morgen das Genick umdrehen. Ich habe mich nicht seinetwegen auf die Geschichte eingelassen. Du verstehst mich? Es ist ein Geschäft um Claras Hand, und ich kriege sie auch.«

»Das werden wir sehen. Aber wie wird Herr Huddlestone es aufnehmen, daß ich hier ins Haus komme?«

»Überlasse das Clara!« antwortete Northmour.

Ich hätte ihn wegen dieser plumpen, vertraulichen Bezeichnung ins Gesicht schlagen mögen, aber ich achtete den Burgfrieden, wie übrigens, das muß ich sagen, auch Northmour es tat. Solange die Gefahr anhielt, verdunkelte kein Schatten unsere Beziehungen. Es freut mich aufrichtig, daß ich ihm dieses Zeugnis geben kann; ich sehe aber auch nicht ohne Stolz auf mein eigenes Betragen zurück. Denn gewiß waren niemals zwei Männer in einer so peinlichen Lage, die jeden Augenblick zum Streit führen konnte.

Sobald ich gegessen hatte, machten wir uns daran, das Erdgeschoß zu besichtigen. An einem Fenster nach dem anderen prüften wir sämtliche Stützen und machten ab und zu eine unbedeutende Veränderung daran; dann klangen die Schläge des Hammers unheimlich laut durch das ganze Haus. Ich erinnere mich, daß ich den Vorschlag machte, Schießscharten anzubringen; er sagte mir aber, diese befänden sich bereits an den Fenstern des oberen Stockwerks.

Diese Besichtigung war eine aufregende Arbeit und sie versetzte mich in eine niedergeschlagene Stimmung. Es waren zwei Türen und fünf Fenster zu verteidigen, und wir waren, Clara mitgerechnet, nur zu vieren gegen eine unbekannte Anzahl von Feinden. Ich teilte Northmour meine Bedenken mit, und er antwortete mir, ohne mit einem Muskel zu zucken, er sei vollkommen meiner Meinung.

»Vor morgen früh«, sagte er, »sind wir alle abgeschlachtet und liegen im Triebsand von Graden Floe. Das steht für mich geschrieben.«

Ich schauderte unwillkürlich zusammen, als er von

dem Triebsand sprach, machte ihn aber darauf aufmerksam, daß sie im Walde meiner geschont hätten.

»Bilde dir nur nichts ein!« sagte er; »damals warst du nicht mit dem alten Herrn in demselben Boot; jetzt bist du's. Uns alle erwartet Graden Floe – merke dir meine Worte!«

Ich zitterte um Clara; und gerade in diesem Augenblick hörten wir ihre liebe Stimme, die uns zurief, wir möchten nach oben kommen. Northmour ging mir voran und klopfte, als wir oben waren, an die Tür von »Onkels Schlafzimmer«, wie wir früher die Stube genannt hatten, die der Erbauer des Dünenhauses für sich selber bestimmt hatte.

»Herein, Northmour! Herein, lieber Herr Cassilis!« sagte eine Stimme von drinnen.

Northmour stieß die Tür weit auf und ließ mich zuerst eintreten. Wie ich hineinkam, konnte ich die Tochter durch die Seitentür in das Studio nebenan schlüpfen sehen, das als Schlafzimmer für sie eingerichtet worden war.

Das Bett war an die Wand zurückgezogen, während es früher, als ich es zum letztenmal gesehen hatte, ganz offen dem Fenster gegenübergestanden hatte. In diesem Bett saß Bernard Huddlestone, der bankbrüchige Flüchtling. Obgleich ich ihn nur in dem schwankenden Licht der Laterne einen Augenblick bei den Dünen gesehen hatte, konnte ich ihn doch sofort wiedererkennen. Er hatte ein langes, blasses Gesicht, das von einem langen, roten Vollbart umrahmt war. Seine gebrochene Nase und die vorstehenden Backenknochen gaben ihm ein etwas kalmückisches Aussehen, und seine hellen Augen funkelten in der Erregung hohen Fiebers.

Er trug ein schwarzes Seidenkäppchen; eine große Bibel lag aufgeschlagen vor ihm auf dem Bett, daneben eine goldene Brille, und ein Haufen anderer Bücher war auf einem Nachttischchen aufgestapelt.

Die grünen Vorhänge gaben seinem Gesicht eine Leichenfarbe; er saß aufrecht in Kissen, die gegen seinen Rücken gestopft waren; er war stark gekrümmt und sein Kopf war bis über seine Knie vornübergebeugt. Ich glaube, er hätte binnen sehr wenigen Wochen an der Auszehrung sterben müssen, wenn er nicht auf andere Weise seinen Tod gefunden hätte.

Er streckte mir eine lange, dünne und unangenehm behaarte Hand entgegen und sagte:

»Kommen Sie, kommen Sie näher, Herr Cassilis! Noch ein Beschützer – Ahem! – Noch ein Beschützer. Stets willkommen als ein Freund meiner Tochter, Herr Cassilis. Wie haben sie mich verspottet, meiner Tochter Freunde! Mein Gott im Himmel soll Sie dafür segnen und belohnen!«

Ich gab ihm natürlich meine Hand, weil es nicht anders ging; aber die Teilnahme für Claras Vater, die ich zu empfinden geglaubt hatte, wurde durch sein Äußeres und durch die winselnden, falschen Töne, in denen er sprach, sofort ertötet.

»Cassilis ist ein tüchtiger Mann«, sagte Northmour; »soviel wert wie zehn.«

»Das höre ich!« rief Huddlestone eifrig; »meine Tochter sagte es mir schon. Ach, Herr Cassilis, sehen Sie, jetzt wird meine Sünde an mir vergolten! Es steht mit mir schlecht, sehr schlecht. Aber ich hoffe, ich bin auch ebenso reuig! Wir alle müssen schließlich zum Gnadenthron gelangen, Herr Cassilis, ich komme allerdings spät, aber mit ungeheuchelter Demut, das hoffe ich fest!«

»Papperlapapp!« sagte Northmour grob.

»Nein, nein, lieber Northmour!« rief der Bankier, »so

müssen Sie nicht reden! Sie müssen nicht versuchen, mich in meinem Glauben zu erschüttern. Sie vergessen, mein lieber Junge, Sie vergessen, daß ich vielleicht schon in dieser Nacht vor meinen Schöpfer gerufen werde.«

Seine Aufregung war kläglich anzuhören, und ich fühlte ein Gefühl der Entrüstung gegen Northmour in mir aufsteigen. Ich wußte wohl, daß er ungläubig war, aber ich verdammte ihn aus voller Überzeugung, als er nun fortfuhr, den armen Sünder in seinem Zustand der Reue zu verhöhnen.

»Puh, mein lieber Huddlestone!« sagte er. »Sie sind ungerecht gegen sich selber. Sie sind inwendig und auswendig ein Mann der Welt und hatten schon alle möglichen Missetaten vollbracht, bevor ich nur geboren war. Ihr Gewissen ist gegerbt wie südamerikanisches Leder – nur Ihre Leber haben Sie vergessen zu gerben, und die ist der Sitz des ganzen Unbehagens – glauben Sie mir das nur!«

»Spitzbube! Unartiger Junge!« sagte Huddlestone mit drohendem Finger. »Ich bin kein Moralprediger, wenn Sie das meinen, Moralprediger habe ich immer gehaßt. Aber trotz alledem und alledem habe ich doch niemals den letzten Halt verloren und immer an etwas Besseres geglaubt. Ich bin ein arger Sünder gewesen, Herr Cassilis, das suche ich gar nicht zu leugnen; aber das war, nachdem meine Frau gestorben war, und das wissen Sie ja: mit einem Witwer ist es eine ganz andere Sache. Ein Sünder – nun ich will es nicht leugnen; aber es gibt auch eine Abstufung, wollen wir hoffen. Und weil wir gerade davon reden – horch!« unterbrach er sich plötzlich. Mit erhobener Hand, mit ausgespreizten Fingern, das Gesicht von Entsetzen verzerrt, saß er da.

»Nur der Regen, Gott sei Dank!« sagte er nach einer Pause mit unbeschreiblicher Erleichterung.

Etliche Sekunden lang lag er in seinen Kissen, wie wenn er einer Ohnmacht nahe wäre; dann raffte er sich wieder auf und begann in etwas zitterigen Tönen mir abermals dafür zu danken, daß ich bereit sei, für ihn einzustehen.

»Nur eine Frage, Herr Huddlestone«, sagte ich, als er innehielt. »Ist es wahr, daß Sie Geld bei sich haben?«

Die Frage schien ihm unangenehm zu sein; er gab jedoch zu, wenn auch widerstrebend, daß er ein wenig habe.

»Nun«, fuhr ich fort, »sie sind hinter Ihrem Gelde her, nicht wahr? Warum geben Sie es ihnen nicht heraus?«

»Ach!« antwortete er und schüttelte den Kopf; »das habe ich ja schon versucht, Herr Cassilis; aber leider! Sie wollen Blut haben!«

»Huddlestone, was Sie da sagen, ist nicht ganz ehrlich!« sagte Northmour. »Sie sollten erwähnen, daß die von Ihnen angebotene Summe über zweihunderttausend Pfund zu wenig war. Der Fehlbetrag ist wohl der Erwähnung wert; es ist, wie man zu sagen pflegt, ein tüchtiger Batzen Geld. Und dann, siehst du, denken die Kerle auf ihre italienische Weise: sie sind der Meinung, und da haben sie wohl auch ganz recht, daß sie ebensogut alles beides haben können, weil sie sich nun einmal die Umstände gemacht haben: Nicht bloß das Geld, sondern auch das Blut, und ohne daß ihnen das Extravergnügen eine Extramühe macht.«

»Ist das Geld hier im Hause?« fragte ich.

»Jawohl; und ich wollte, es läge auf dem Meeresgrund statt dessen«, sagte Northmour; und plötzlich schrie er den alten Huddlestone an, dem ich gedankenlos den Rücken zugekehrt hatte:

»Was schneiden Sie mir Gesichter? Glauben Sie vielleicht, Cassilis würde Sie verraten?«

Huddlestone beteuerte, daß nichts ihm ferner gelegen habe.

»Es ist wirklich reizend!« versetzte Northmour in unhöflichstem Ton. »Sie werden uns vielleicht schließlich die ganze Sache noch verekeln! Was wolltest du sagen?« setzte er hinzu, indem er sich wieder zu mir wandte.

»Ich wollte eine Beschäftigung für den Nachmittag vorschlagen: laß uns dieses Geld hinaustragen, Stück für Stück, und vor die Haustür legen. Wenn die Carbonari kommen, dann gehört es ja doch auf alle Fälle ihnen.«

»Nein, nein!« rief Huddlestone; »es gehört ihnen nicht, es kann ihnen nicht gehören! Es sollte pro rata unter alle meine Gläubiger verteilt werden.«

»Hören Sie mal, Huddlestone!« sagte Northmour; »lassen Sie uns mal mit dem Unsinn zufrieden!«

»Na ja – aber meine Tochter!« stöhnte der Unglückliche.

»Ihrer Tochter wird es ganz gut gehen. Hier sind zwei Freier, Cassilis und ich – wir sind beide keine Bettler, und sie hat zwischen uns zu wählen. Und um mich mit Ihnen nicht länger zu streiten – Sie selber haben kein Anrecht auf einen einzigen Heller, und wenn ich mich nicht sehr irre, werden Sie sicher bald ein toter Mann sein.«

Sicherlich waren diese Worte sehr grausam; aber der alte Huddlestone war ein Mann, der wenig Mitgefühl erregte. Obgleich ich sah, wie er sich krümmte und zusammenschauderte, billigte ich doch im geheimen die harten Worte; ja, ich verstärkte sie sogar noch selber und sagte:

»Northmour und ich sind vollkommen bereit, Ihnen zu helfen, daß Sie Ihr Leben retten, aber nicht, daß Sie gestohlenes Gut in Sicherheit bringen.«

Er kämpfte eine Zeitlang mit sich selber, wie wenn er auf dem Punkt stände, seinem Ärger freien Lauf zu lassen, schließlich aber siegte doch seine Vorsicht, und er sagte:

»Meine lieben Jungens, macht mit meinem Gelde, was ihr wollt. Ich lasse es in euren Händen. Laßt mich jetzt allein, ich muß mich sammeln.«

Und so gingen wir hinaus, und fürwahr, herzlich gern! Das letzte, was ich sah, war, daß er seine große Bibel wieder an sich herangezogen hatte und mit zitternden Händen seine Brille aufsetzte.

SIEBENTES KAPITEL

Ein Wort wird zum Fenster hineingerufen

Die Erinnerung an diesen Nachmittag wird stets meinem Gedächtnis eingegraben bleiben. Northmour und ich waren überzeugt, daß ein Angriff unmittelbar bevorstehe. Und wenn es in unserer Macht gelegen wäre, die Ereignisse in irgendeiner Weise zu beeinflussen, so hätten wir diese Nacht dazu verwandt, den entscheidenden Augenblick zu beschleunigen, nicht ihn zu verzögern. Wir mußten auf das schlimmste gefaßt sein, aber wir konnten uns nichts vorstellen, was so elend gewesen wäre wie die ungewisse Spannung, unter der wir jetzt litten.

Ich bin niemals ein eifriger Leser gewesen, obgleich ich in meinem Leben viel gelesen habe; aber niemals fand ich Bücher so albern wie die, die ich an diesem Nachmittag in die Hand nahm und wieder beiseite warf. Wie die Stunden vorrückten, wurde es uns sogar unmöglich, uns zu unterhalten. Fortwährend horchte entweder der eine oder der andere auf irgendein Geräusch oder spähte von einem Fenster des oberen Stockwerkes über die Dünen hinaus. Aber kein Zeichen deutete darauf hin, daß unsere Feinde anwesend wären.

Wir besprachen immer und immer wieder meinen Vorschlag bezüglich des Geldes; wären wir im vollen Besitz unserer Geisteskräfte gewesen, so hätten wir ihn sicherlich als unklug verworfen; aber unsere Unruhe nahm uns die Besinnung: wir griffen nach einem Strohhalm und beschlossen, meinen Vorschlag auszuführen, obgleich wir dadurch klar und deutlich für alle bekanntmachten, daß Huddlestone sich im Dünenhause befand.

Die Summe bestand teils in barem Gelde, teils in Banknoten und teils in Reisekreditbriefen, die an James Gregory zahlbar waren. Wir nahmen das ganze Geld, zählten es und steckten es in ein Handköfferchen, das Northmour gehörte. Sodann setzten wir einen Brief in italienischer Sprache auf, den er an den Griff des Koffers band. Der Brief war von uns beiden unterschrieben, und wir erklärten unter unserem Eide, daß dies das ganze Geld sei, das bei dem Bankerott des Hauses Huddlestone gerettet worden sei.

Dies war vielleicht die verrückteste Handlung, die jemals zwei sich für vernünftig haltende Menschen begingen! Wäre das Köfferchen in andere Hände geraten, als in die, für die es bestimmt war, so waren wir durch unser eigenes schriftliches Zeugnis einer verbrecherischen Handlung überführt. Aber wie ich schon sagte, keiner von uns war in der Verfassung, klar und nüchtern zu urteilen; wir wollten nur irgend etwas tun – einerlei, ob recht oder unrecht, wenn wir nur nicht dieses entsetzliche Warten länger erdulden mußten. Da wir außerdem beide überzeugt waren, daß in den Dünentälern Spione verborgen lägen, die alle unsere Bewegungen beobachteten, so hofften wir, unser Erscheinen mit dem Koffer könnte zu einer Verhandlung und vielleicht zu einer Verständigung führen.

Es war beinahe drei Uhr, als wir aus der Tür des Dünenhauses herauskamen. Der Regen hatte aufgehört; die Sonne schien ganz heiter. Niemals hatte ich die Möwen so dicht um das Haus herumfliegen und sich so furchtlos menschlichen Wesen nähern sehen. Auf der Schwelle selbst flatterte eine Möwe mit schwerem Flügelschlag an unseren Köpfen vorbei und gellte mir ihr wildes Geschrei ins Ohr hinein.

»Da hast du ein Omen«, sagte Northmour, der wie alle Freidenker sehr zu Aberglauben geneigt war; »sie denken, wir seien schon tot!«

Ich gab ihm irgendeine herzhafte Antwort, aber sie kam mir nicht so recht aus dem Herzen, denn der Vorfall hatte Eindruck auf mich gemacht.

Ein paar Ellen vor der Gartentür setzten wir das Köfferchen auf einen Rasenfleck nieder, und Northmour ließ ein weißes Taschentuch über seinem Kopfe flattern. Keine Antwort. Wir erhoben unsere Stimmen und riefen auf italienisch: wir seien als Unterhändler da, um den Streit zu schlichten; aber kein Laut brach die Stille, außer dem Geschrei der Möwen und dem Donner der Brandung.

Als wir unsere Versuche aufgaben, fühlte ich es wie ein schweres Gewicht auf meinem Herzen, und ich sah, daß Northmour ungewöhnlich blaß war. Er sah nervös über seine Schulter, wie wenn er befürchtete, daß irgendeiner sich zwischen ihn und die Tür des Dünenhauses geschlichen hätte.

»Bei Gott«, flüsterte er mir zu, »dies ist zuviel für mich!«

Ich erwiderte, ebenfalls flüsternd:

»Wenn vielleicht überhaupt jemand da wäre!«

»Sieh dorthin!« antwortete er mit einer Kopfbewegung, wie wenn er sich fürchtete, mit der Hand in der Richtung zu zeigen.

Ich blickte in die von ihm angedeutete Richtung; und siehe! aus dem nördlichen Teil des Strandwaldes stieg eine dünne Rauchsäule zu dem jetzt wolkenlosen Himmel empor.

»Northmour«, sagte ich, immer noch flüsternd, »es ist

nicht möglich, diese Spannung noch länger zu ertragen. Da ist mir der Tod fünfzigmal lieber. Bleibe du hier und bewache das Haus; ich will hinausgehen und mich vergewissern, und wenn ich stracks in ihr Lager gehen soll!«

Er sah sich noch einmal mit hervorgequollenen Augen in der Runde um und gab mir dann durch ein Nicken zu verstehen, daß er mit meinem Vorschlage einverstanden war.

Mein Herz schlug wie ein Schmiedehammer, als ich mit schnellen Schritten in der Richtung auf den Rauch zuging. Obgleich ich bis zu diesem Augenblick vor Kälte gezittert hatte, fühlte ich eine plötzliche Hitze meinen ganzen Körper durchströmen.

Das Gelände war nach dieser Seite zu sehr durchschnitten; hundert Menschen hätten innerhalb ebenso vielen Geviertteilen neben meinem Wege versteckt liegen können. Aber ich hatte mich nicht vergeblich in solchen Künsten geübt: ich wählte meinen Weg so, daß ich immer verborgen blieb und stets mehrere Dünentäler gleichzeitig übersehen konnte.

Es dauerte nicht lange, so wurde ich für meine Vorsicht belohnt. Als ich plötzlich auf die Höhe einer Düne kam, die etwas höher als die umliegenden Sandhügel war, sah ich keine dreißig Schritte von mir einen Mann, der ganz tief gebückt so schnell, wie es ihm in dieser Haltung möglich war, in einer Dünenmulde entlanglief. Ich hatte einen von den Spionen aus seinem Hinterhalt aufgescheucht. Sobald ich ihn erblickte, rief ich auf englisch und auf italienisch laut hinter ihm her. Als er sah, daß er sich nicht länger verstecken konnte, richtete er sich auf, sprang aus der Mulde heraus und lief in schnurgerader Richtung auf den Waldrand zu.

Ich hatte keine Veranlassung, ihn zu verfolgen; ich

hatte erfahren, was ich wissen wollte: daß wir im Dünenhause belagert und bewacht wurden. Ich ging daher sofort, indem ich mich nach Möglichkeit an meine alten Fußstapfen hielt, nach der Stelle zurück, wo Northmour neben dem Handköfferchen stand und auf mich wartete. Er war sogar noch bleicher als bei meinem Fortgehen, und seine Stimme zitterte ein wenig, als er mich fragte:

»Konntest du sehen, wie er aussah?«

»Ich sah nur seinen Rücken«, antwortete ich.

»Laß uns ins Haus gehen, Frank. Ich glaube, ich bin kein Feigling – aber ich kann dies nicht mehr aushalten!« flüsterte er.

Um das Dünenhaus herum war alles still und sonnig, als wir wieder hineingingen; sogar die Möwen kreisten in weiteren Bögen und schwebten über dem Strande und den Dünen, und diese Einsamkeit erschreckte mich mehr, als ein ganzes Regiment unter Waffen es getan hätte. Erst als die Tür verbarrikadiert war, konnte ich wieder aufatmen, und es fiel mir wie eine Last vom Herzen. Northmour und ich sahen einander fest an, und ich glaube, jeder von uns machte sich seine eigenen Gedanken über das weiße und verstörte Gesicht des anderen.

»Du hattest recht«, sagte ich; »'s ist alles aus. Wir wollen uns die Hand schütteln, alter Junge, zum letztenmal.«

»Ja, wir wollen uns die Hand schütteln. Denn so wahr ich hier stehe, ich habe keinen bösen Gedanken gegen dich, aber denke daran: wenn es durch irgendeine Unmöglichkeit sich fügen sollte, daß wir diesen Schuften entwischen, dann will ich dich unterkriegen – einerlei, ob durch anständige oder durch unanständige Mittel!«

»Ach – du langweilst mich!«

Er schien verletzt zu sein und ging schweigend bis an den Fuß der Treppe; dort blieb er stehen und sagte:

»Du verstehst mich nicht. Ich bin kein Schwindler, und ich sehe mich vor; das ist alles. Ob ich dich langweile oder nicht, Cassilis, das ist mir piepe; ich spreche, wie mir zu Sinn ist, und nicht um dir Spaß zu machen. Geh lieber nach oben und mache dem Mädchen den Hof; ich bleibe hier.«

»Und ich bleibe bei dir«, antwortete ich. »Glaubst du etwa, ich möchte etwas voraus haben?«

»Frank«, sagte er lächelnd, »es ist schade, daß du ein Esel bist; denn du hast das Zeug zu einem Mann. Ich glaube, ich muß heute verhext sein – du kannst mich nicht ärgerlich machen, selbst wenn du's versuchst. Weißt du was?« fuhr er sanft fort, »ich glaube, wir beiden, du und ich, sind die beiden unglücklichsten Männer in England. Wir sind nun dreißig Jahre geworden, haben nicht Weib und Kind, haben nicht einmal ein Geschäft, um das wir uns bekümmern müßten – klägliche, verlorene, arme Teufel sind wir beide! Und jetzt streiten wir uns um ein Mädchen! Wie wenn's nicht etliche Millionen im Vereinigten Königreich gäbe! O Frank, Frank! Wer bei diesem Spiel verliert, sei es du oder ich, der tut mir von Herzen leid! Ihm wäre besser – wie heißt es doch in der Bibel? – ihm würde ein Mühlstein um den Hals gehängt und er würde ins tiefste Meer geworfen. Laß uns ein Glas trinken!« sagte er plötzlich zum Schluß, aber ohne jede Leichtfertigkeit im Ton.

Seine Worte rührten mich, und ich stimmte ihm zu. Er setzte sich an den Tisch im Eßzimmer, hielt das Glas Sherry vor sein Auge und sagte:

»Wenn du siegst, Frank, werde ich anfangen zu trinken. Was willst du tun, wenn es anders kommt?«

»Das weiß Gott.«

»Na, einstweilen wollen wir mal anstoßen: auf die Italia irredenta!«

Die übrigen Stunden des Tages vergingen in derselben fürchterlichen Spannung und Erwartung. Ich deckte den Tisch für die Mahlzeit, während Northmour und Clara diese in der Küche zurechtmachten. Ich konnte ihre Unterhaltung hören, während ich hin und her ging, und bemerkte zu meiner Überraschung, daß diese die ganze Zeit mich betraf. Northmour machte spöttische Bemerkungen über Claras Wahl eines Gatten; aber er sprach fortwährend mit einem gewissen Gefühl von mir, und wenn er etwas an mir tadelte, so betraf dieser Tadel zugleich ihn selber. Dies erweckte ein Gefühl der Dankbarkeit in meinem Herzen; und dieses Gefühl und die unmittelbare Nähe der Gefahr trieben mir Tränen in die Augen. Eigentlich, so dachte ich – und vielleicht war dieser Gedanke lächerlich eitel – müßten hier drei sehr edle Menschen um eines diebischen Bankiers willen zugrunde gehen.

Bevor wir uns zu Tisch setzten, sah ich von einem der oberen Fenster nach draußen hinaus. Der Tag begann sich zu neigen; die Dünen waren vollkommen menschenleer; das Köfferchen lag immer noch unberührt auf demselben Platz, auf den wir es vor Stunden gestellt hatten.

Der alte Huddlestone setzte sich in einem langen gelben Schlafrock an das eine Ende des Tisches, Clara an das andere; Northmour und ich saßen einander gegenüber zwischen den beiden. Die Lampe brannte hell; der Wein war gut; die Speisen waren zwar zum größten Teil kalt, aber in ihrer Art vortrefflich. Wie wenn wir uns stillschweigend verabredet hätten, wurde jede Anspielung auf die drohende Katastrophe sorgfältig vermieden, und in Anbetracht unserer traurigen Lage waren wir lustiger als man hätte erwarten können.

Von Zeit zu Zeit standen allerdings Northmour oder

ich vom Tisch auf und machten eine Runde durch das Haus, um unsere Verteidigungsanstalten zu besichtigen. Dies brachte jedesmal den alten Huddlestone zum Bewußtsein seiner traurigen Lage; er starrte mit entsetzten Augen um sich, und auf seinem Gesicht lag für einen Augenblick ein Ausdruck größter Angst. Aber dann leerte er schnell sein Glas, wischte sich mit seinem Taschentuch die Stirn ab und beteiligte sich wieder am Gespräch.

Ich war erstaunt über seine witzigen und klugen Bemerkungen. Huddlestone war sicherlich kein gewöhnlicher Charakter, und er hatte gesunde Ansichten. Obwohl es mir niemals möglich gewesen wäre, diesen Mann zu lieben, begann ich doch zu begreifen, wie er ein so erfolgreicher Geschäftsmann hatte sein können, und daß er ein sehr angesehener und geachteter Mann gewesen war, bevor sein Haus zusammenbrach. Er war ein ausgezeichneter Gesellschafter, und obgleich ich ihn nur bei dieser einzigen und sehr ungünstigen Gelegenheit sprechen hörte, muß ich ihn zu den glänzendsten Plauderern rechnen, die ich in meinem Leben kennengelernt habe.

Er erzählte mit großem Behagen und anscheinend ohne sich im geringsten zu schämen, von den Manövern eines schurkischen Börsenmaklers, den er in seiner Jugend gekannt und sich zum Muster genommen hatte, und wir hörten alle drei ihm mit einer eigentümlichen Mischung von Heiterkeit und Verlegenheit zu, als wir plötzlich in sehr überraschender Weise gestört wurden.

Ein Geräusch, wie wenn jemand mit einem nassen Finger über eine Fensterscheibe striche, unterbrach Huddlestone in seiner Erzählung, und im Nu waren wir alle vier weiß wie Papier und saßen mit gelähmten Zungen und bewegungslos um den Tisch herum.

»Eine Schnecke!« sagte ich endlich; denn ich hatte gehört, daß diese Tiere ein ähnliches Geräusch machen sollten.

»Hol der Kuckuck deine Schnecken!« sagte Northmour. »Schscht!«

Derselbe Ton wiederholte sich noch zweimal in regelmäßigen Zwischenräumen; und dann rief eine furchtbare Stimme durch die Fensterläden hindurch das italienische Wort: »Traditore!«

Huddlestone warf den Kopf zurück; seine Augenlider zuckten. Im nächsten Augenblick fiel er bewußtlos unter den Tisch. Northmour und ich waren gleichzeitig an den Waffenschrank gerannt und hatten ein Gewehr ergriffen. Clara war aufgesprungen und griff mit der Hand an ihre Kehle.

So standen wir und warteten; denn wir dachten bestimmt, die Stunde des Angriffs sei da. Aber eine Sekunde verging nach der anderen, und rings um das Dünenhaus herum war kein Laut zu hören, als das Brausen der Brandung.

»Rasch!« rief Northmour, »rasch, wir gehen nach oben, bevor sie kommen!«

ACHTES KAPITEL

Huddlestones Ende

Indem wir alle drei zugriffen, gelang es uns mit Ach und Krach, Bernard Huddlestone die Treppe hinaufzuschaffen; wir legten ihn auf das Bett in ›Onkels Schlafstube‹.

Während des Transportes, wobei wir ihn hart genug anfaßten, gab er kein Zeichen von Bewußtsein. Als wir ihn hingelegt hatten, blieb er liegen, ohne einen Finger zu bewegen. Seine Tochter öffnete sein Hemd und wusch ihm Kopf und Brust; Northmour und ich aber liefen an das Fenster.

Das Wetter war immer noch hell; der Mond, der jetzt beinahe voll war, war aufgegangen und verbreitete ein sehr helles Licht über die Dünen. Trotzdem konnten wir, so sehr wir auch unsere Augen anstrengten, nichts bemerken, was sich bewegte. Von ein paar dunklen Flecken in dem Gewirr der Sanddünen ließ sich nicht genau feststellen, was sie eigentlich bedeuteten: es konnten Menschen sein, die sich zusammengekauert hatten, es konnten auch Schatten sein; etwas Genaues ließ sich darüber nicht sagen.

»Gott sei Dank, daß das Aggie heute nicht kommen soll«, sagte Northmour.

Aggie hieß seine alte Kinderfrau; er hatte bis jetzt nicht an sie gedacht; aber daß er überhaupt an sie dachte, war ein Zug, der mich an dem Mann überraschte.

Es blieb uns wieder nichts anderes übrig, als zu warten. Northmour ging an das Kaminfeuer und hielt seine Hände aufgespreizt über die glühenden Kohlen, wie wenn ihn fröre. Ich folgte ihm mechanisch mit den Augen und drehte dabei meinen Rücken dem Fenster zu. In demselben Augenblick ließ draußen ein sehr schwacher Knall sich vernehmen; eine Kugel zersplitterte eine Fensterscheibe und fuhr, zwei Zoll breit von meinem Kopf in den Holzladen hinein.

Ich hörte Clara aufschreien, und obgleich ich mich sofort mit einem Sprung aus der Schußrichtung herausbrachte und in eine Ecke lief, war sie sozusagen vor mir dort und fragte mich, ob ich getroffen sei. Ich fühlte, daß ich jeden Tag und den ganzen Tag auf mich könnte schießen lassen, wenn mir solche Teilnahme als Lohn wurde. Ich beruhigte sie mit den zärtlichsten Liebkosungen und vergaß dabei gänzlich unsere Lage, bis Northmours Stimme mich wieder zu mir brachte.

»Eine Windbüchse!« sagte er; »sie wünschen kein Geräusch zu machen.«

Ich schob Clara beiseite und sah ihn an. Er hatte seine Hände auf dem Rücken gekreuzt und stand vor dem Feuer. An dem finsteren Ausdruck seines Gesichtes erkannte ich, daß eine heiße Leidenschaft in ihm kochte. Ich hatte einen solchen Blick schon einmal an ihm gesehen, nämlich in jener Märznacht, in dem Nebenzimmer, unmittelbar bevor er den Angriff auf mich machte. Ich konnte allerdings seinen Zorn vollkommen begreifen, aber ich muß gestehen, ich zitterte wegen der Folgen.

Er starrte gerade vor sich hin, aber er konnte uns aus dem Augenwinkel sehen, und offenbar schwoll der Zorn in ihm mit Sturmesgewalt an.

Draußen lauerten die Feinde auf uns, und nun sollte mir noch ein Kampf in unseren vier Wänden bevorstehen? Dieser Gedanke peinigte mich.

Während ich ihn scharf ins Auge faßte, jeden Zug seines Gesichtes beobachtete und mich auf das schlimmste gefaßt machte, sah ich, wie plötzlich seine Züge sich entspannten. Er ergriff die Lampe, die neben ihm auf dem Tisch stand, wandte sich zu uns und sagte:

»Vor allen Dingen müssen wir eins wissen: wollen sie uns alle niedermetzeln oder nur Huddlestone? Haben sie dich mit ihm verwechselt oder feuerten sie auf dich, um deiner eigenen schönen Augen willen?«

»Ganz gewiß haben sie mich für ihn gehalten«, antwortete ich; »ich bin beinahe ebenso groß wie er, und mein Haar ist blond.«

»Das werde ich feststellen!« antwortete Northmour. Und er trat an das Fenster heran, hielt die Lampe über seinen Kopf und stand so eine halbe Minute lang, ruhig dem Tode ins Gesicht sehend.

Clara wollte vorwärtsstürzen und ihn von dem gefährlichen Platz zurückreißen; aber ich war verzeihlicherweise so selbstsüchtig, sie mit Gewalt zurückzuhalten.

Northmour trat vom Fenster zurück und sagte kalt:

»Ja, sie wollen nur Huddlestone.«

»Oh, Herr Northmour!« rief Clara. Weiter konnte sie nichts sagen; die Waghalsigkeit, die sie soeben gesehen hatte, schien über alle Worte zu sein.

Northmour aber sah mich mit zurückgeworfenem Kopf an; seine Augen glühten von einem triumphierenden Feuer. Ich begriff sofort, daß er nur deshalb sein Leben aufs Spiel gesetzt hatte, um Claras Aufmerksamkeit auf sich zu lenken und mir den Ruhm zu nehmen, der Held der Stunde zu sein. Er schnipste mit den Fingern und sagte:

»Das Feuer ist nun eröffnet worden. Wenn sie erst anfangen warm zu werden, werden sie es nicht mehr so genau nehmen.«

Eine Stimme rief uns vom Eingang her an. Wir konnten vom Fenster aus einen Mann im Mondschein stehen sehen. Er stand unbeweglich, sein Gesicht blickte zu uns auf, und in der Hand hielt er einen weißen Lappen. Obgleich er etliche Schritte vom Hause entfernt bei den Dünen stand, konnten wir das Mondlicht in seinen Augen glitzern sehen, als wir auf ihn herunterblickten.

Er öffnete wieder seine Lippen und sprach mehrere Minuten lang ohne Unterbrechung so laut, daß er in jedem Winkel des Dünenhauses zu verstehen war, und daß man ihn sicherlich auch am Saum des Waldes verstehen konnte. Es war dieselbe Stimme, die früher schon durch die Fensterläden des Speisezimmers das Wort ›Traditore!‹ gerufen hatte. Diesmal aber sprach er sich in längerer Rede deutlich aus. Wenn der Verräter ›Oddlestone‹ ausgeliefert würde, sollten alle anderen verschont bleiben; wenn nicht, so würde kein einziger entrinnen, um die Geschichte zu erzählen.

»Nun, Huddlestone, was sagen Sie dazu?« fragte Northmour, indem er sich nach dem Bett wandte.

Bis zu diesem Augenblick hatte der Bankier kein Lebenszeichen von sich gegeben, und ich wenigstens habe angenommen, daß er immer noch in Ohnmacht liege; aber er antwortete sofort, und zwar in solchen Tönen, wie ich sie sonst niemals gehört habe, außer von einem Kranken, der im Fieberwahn lag. Mit herzzerreißenden Worten beschwor er uns, ihn nicht zu verlassen. Es war der unangenehmste, widerwärtigste Auftritt, den ich mir vorstellen kann. »Genug!« rief Northmour. Dann stieß er das Fenster auf, lehnte sich in die Nacht hinaus und schrie in frohlockendem Tone, ohne die geringste Rücksicht auf die Anwesenheit einer Dame zu nehmen, dem Abgesandten die fürchterlichsten Schimpf- und Hohnworte, bald auf englisch, bald auf italienisch zu und hieß ihn gehen, woher er gekommen sei. Ich glaube, in diesem Augenblick entzückte Northmour nichts so sehr wie der Gedanke, daß wir alle unfehlbar umkommen müßten, bevor die Nacht vorüber wäre.

Unterdessen steckte der Italiener seine Parlamentärflagge in die Tasche und verschwand mit gemächlichen Schritten in den Dünen.

»Sie führen auf ehrenhafte Art Krieg«, sagte Northmour; »es sind lauter Gentlemen und Soldaten. Ich möchte wahrhaftig lieber, wir ständen auf der anderen Seite – du, Cassilis, und ich und auch Sie, mein Liebling – und könnten dieses Geschöpf da im Bett einem anderen überlassen. Ei was! Macht nicht so entsetzte Gesichter, ihr Tugendbolde! Wir gehen alle mit Extrapost in die sogenannte Ewigkeit, und tun am besten, wir behalten den Kopf oben, solange wir noch Zeit dazu haben. Ich sage euch, wenn ich Huddlestone erdrosseln und dann Clara in meine Arme schließen könnte – ich könnte mit reinem Gewissen stolz und ganz zufrieden sterben. Und auf alle Fälle – bei Gott, einen Kuß will ich haben!«

Bevor ich dazwischenspringen konnte, hatte er das sich sträubende Mädchen mit roher Gewalt im Arm und mehrere Male geküßt. Im nächsten Augenblick hatte ich ihn wütend gepackt und warf ihn gegen die Wand. Er lachte laut und lange, und ich fürchtete, er hätte infolge der Spannung den Verstand verloren; denn selbst in seiner lustigen Jugendzeit hatte er nur selten und immer sehr ruhig gelacht.

»Nun, Frank«, sagte er, als seine Lustigkeit sich etwas gelegt hatte, »nun bist du dran! Hier ist meine Hand. Grüß Gott; lebe wohl!«

Als er mich entrüstet stehenbleiben sah, während ich Clara an mich gepreßt hielt, schrie er mich plötzlich an.

»Mensch! ärgerst du dich? Glaubtest du denn, wir würden in allen anmutigen Formen gesellschaftlicher Höflichkeit in den Tod gehen? Ich nahm ihr einen Kuß;

ich freue mich, daß ich ihn bekam; und nun kannst du dir auch einen nehmen, wenn du Lust hast, und auf diese Weise die Rechnung ausgleichen.«

Ich wandte mich mit einem Gefühl der Verachtung, das ich nicht zu verbergen suchte, von ihm ab.

»Wie du willst!« sagte er; »du warst dein Leben lang ein Philister, und willst als Philister sterben.«

Dann setzte er sich auf einen Stuhl, legte eine Büchse über den Schoß und unterhielt sich damit, das Schloß schnappen zu lassen; aber ich konnte sehen, daß seine übermütige Stimmung – die ich nur dieses eine Mal an ihm bemerkt hatte – bereits verflogen war, und daß er wieder in einer düsteren, mürrischen Laune sich befand.

Während dieser ganzen Zeit hätten unsere Feinde in das Haus eindringen können, ohne daß wir etwas davon gemerkt hätten! Wir hatten tatsächlich beinahe die Gefahr vergessen, die über uns schwebte. Auf einmal stieß der alte Huddlestone einen Schrei aus und sprang vom Bett herunter. Ich fragte ihn, was los sei.

»Feuer!« schrie er. »Sie haben das Haus angezündet.«

Northmour war augenblicklich aufgesprungen und wir beide liefen durch die Verbindungstür in das Nebenzimmer. Dieses war von einem roten Licht erhellt. Beinahe gleichzeitig mit unserem Eintritt schlug eine turmhohe Lohe vor dem Fenster empor, und eine Scheibe fiel klirrend nach innen auf den Teppich.

Sie hatten den Vorbau in Brand gesteckt, in welchem Northmour seine photographischen Platten zu entwikkeln pflegte.

»Heiße Arbeit!« sagte Northmour; »wir wollen es in deinem alten Zimmer versuchen!«

Wir liefen sofort dorthin, stießen den Fensterladen auf und sahen hinaus. An der ganzen Rückwand des Dünenhauses befand sich Brennholz; dieses war mit Petroleum getränkt worden, wie wir wenistens annehmen mußten; denn trotz dem Regen, der den ganzen Morgen gefallen war, brannte der ganze Holzstoß lichterloh. Das Feuer hatte schon den Vorbau erfaßt und machte mit jedem Augenblick Fortschritte; die Hintertür bildete den Mittelpunkt eines brennenden Scheiterhaufens; als wir in die Höhe blickten, konnten wir sehen, daß die Dachbalken bereits glommen, denn das Dach hing ziemlich weit über und wurde von starken Holzbalken getragen.

Zugleich begannen erstickende heiße Rauchwolken das Haus zu erfüllen. Nach rechts wie nach links war kein menschliches Wesen zu sehen.

»Ah, schön!« rief Northmour. »Das Ende ist das, Gott sei Dank!«

Wir gingen in ›Onkels Stube‹ zurück. Der alte Huddlestone war dabei, sich die Stiefel anzuziehen; er zitterte immer noch an allen Gliedern, aber auf seinem Gesicht lag ein Ausdruck von Entschlossenheit, die ich bis dahin noch nicht an ihm bemerkt hatte. Clara stand dicht neben ihm; sie hatten ihren Mantel in beiden Händen, um ihn über ihre Schultern zu werfen; in ihren Augen lag ein seltsamer Ausdruck, wie wenn sie auf ihren Vater hoffte und zugleich doch an ihm zweifelte.

»Na, Buben und Mädels«, sagte Northmour, »wie wär's mit einem Ausfall? Der Backofen wird allmählich heiß; es ist nicht zu empfehlen, daß wir hier drin bleiben und uns backen lassen; ich jedenfalls wünsche den Leuten an den Leib zu kommen, damit die Geschichte aus ist!«

»Es bleibt uns nichts anderes übrig«, antwortete ich.

Und Clara sowohl wie der alte Huddlestone sagten, allerdings mit sehr verschiedener Betonung:

»Nichts.«

Als wir die Treppe hinuntergingen, war die Hitze ungeheuer, und das Brüllen der Flammen betäubte unsere Ohren. Wir hatten kaum den Hausflur erreicht, da zersprang das Treppenfenster – ein dicker Flammenarm fuhr durch die Öffnung hinein, und das Innere des Hauses strahlte in fürchterlicher Glut. In demselben Augenblick hörten wir im oberen Stockwerk einen schweren Fall. Das ganze Dünenhaus stand offenbar in Flammen, wie eine Schachtel Streichhölzer. Die Flammen leuchteten himmelhoch über Land und See und das ganze Haus drohte jeden Augenblick über unseren Köpfen zusammenzustürzen.

Northmour und ich spannten unseren Revolver. Huddlestone, der bereits vorher eine Feuerwaffe zurückgewiesen hatte, schob uns gebieterisch zurück und sagte:

»Clara soll die Tür öffnen. So muß die Entdeckung sein, wenn die draußen eine Salve abfeuern. Und ihr stellt euch hinter mich! Ich bin der Sündenbock; meine Sünden werden an mir heimgesucht.«

Während ich atemlos mit schußfertiger Pistole dicht hinter ihm stand, hörte ich ihn mit zitternder Stimme Gebete murmeln; und ich gestehe – so sehr man mir auch das verdenken mag – ich verachtete ihn, daß er in einem so entscheidenden und verhängnisvollen Augenblick an Gebete dachte.

Unterdessen hatte Clara, die totenbleich war, aber sich vollständig beherrschte, die Barrikade von der Haustür entfernt. Im nächsten Augenblick hatte sie sie aufgerissen. Der Feuerschein und das Mondlicht übergossen die Dünen mit einem unbeständigen, in der Farbe wechselnden Glanz, und weit am Himmel entlang konnten wir eine hellbeleuchtete Rauchwolke sehen.

Dem alten Huddlestone verlieh offenbar der Augenblick mehr Kräfte, als er von Natur hatte; er stieß Northmour und mich mit einem gleichzeitigen Schlag beider Fäuste zurück, und als wir infolgedessen an jedem Eingreifen verhindert waren, warf er seine Arme über den Kopf in die Höhe, wie ein Mensch, der tauchen will, lief aus der Tür heraus und schrie:

»Hier bin ich! Ich – Huddlestone! tötet mich und verschont die anderen!«

Sein plötzliches Erscheinen muß wohl unsere im Versteck liegenden Feinde überrascht und betäubt haben; denn Northmour und ich hatten so viel Zeit, zur Besinnung zu kommen, Clara zwischen uns zu nehmen und dem Alten zu Hilfe zu springen, ohne daß etwas Weiteres sich ereignete. Aber kaum hatten wir die Schwelle überschritten, so fielen aus allen Richtungen von den Dünen her ungefähr ein Dutzend Schüsse mit Blitz und Knall. Huddlestone taumelte, stieß einen furchtbaren Schrei aus, der mir durch Mark und Bein drang, warf die Arme in die Luft und fiel rücklings auf den Rasen nieder.

»Traditore! Traditore!« riefen die unsichtbaren Rächer.

Und gerade in diesem Augenblick stürzte ein Teil vom Dach des Dünenhauses ein – so schnellen Fortschritt hatte das Feuer gemacht. Ein verworrenes, aber schreckliches Geräusch folgte dem Einsturz und eine ungeheure Flammensäule stieg zum Himmel auf. Sie muß in diesem Augenblick von der See her auf zwanzig Meilen zu sehen gewesen sein, an der Küste in West-Graden und im Binnenlande vom Gipfel des Graystiel, der am weitesten nach Osten gelegenen Höhe der Caulderberge.

Wie Bernard Huddlestone bestattet wurde, das mag Gott wissen; aber jedenfalls hatte er im Augenblick seines Todes einen schönen Scheiterhaufen.

NEUNTES KAPITEL

Wie Northmour seine Drohung ausführte

Es würde mir sehr schwer fallen, zu erzählen, was unmittelbar nach diesem tragischen Ereignis folgte. Wenn ich in der Erinnerung auf diesen Augenblick zurückschaue, sehe ich nur verworrene und schwankende Bilder, wie ein Schläfer, den der Alp drückt.

Ich erinnere mich, daß Clara einen gebrochenen Seufzer ausstieß; sie wäre zu Boden gesunken, wenn nicht Northmour und ich ihren bewußtlosen Körper aufgefangen hätten.

Ich glaube nicht, daß wir angegriffen wurden; ich erinnere mich nicht einmal, einen Angreifer gesehen zu haben, und ich glaube, wir ließen den alten Huddlestone liegen, ohne uns auch nur nach ihm umzusehen. Ich weiß nur noch so viel, daß ich wie von einem panischen Schrecken erfaßt nur immerzu lief; bald trug ich Clara in meinen Armen allein, bald teilte ich ihre Last mit Northmour, bald versuchten wir abwechselnd der eine dem anderen die teure Gestalt zu entreißen. Weshalb wir nach meinem Lager in der Hemlock-Kuhle liefen oder wie wir es erreichten, das ist vollständig aus meinem Gedächtnis verschwunden.

Meine Erinnerung beginnt erst mit dem Augenblick, als wir Clara an der Außenseite meines kleinen Zeltes niedergelegt hatten. Northmour und ich taumelten gleichzeitig zu Boden und er schlug mit dem Kolben seines Revolvers in verhaltener Wut nach meinem Kopfe. Er hatte mich bereits zweimal verwundet, und dem Blutverlust, der dadurch entstand, möchte ich es zuschreiben, daß ich plötzlich wieder bei voller Besinnung war.

Ich packte ihn am Handgelenk und rief:

»Northmour, du kannst mich später töten, laß uns erst für Clara sorgen.«

Er lag in diesem Augenblick auf mir. Kaum waren diese Worte über meine Lippen gekommen, so war er auch schon aufgesprungen und lief auf das Zelt zu; und im nächsten Augenblick preßte er Clara an seine Brust und bedeckte Hände und Gesicht des bewußtlosen Mädchens mit langen Küssen.

»Pfui!« rief ich, »schäme dich!«

Und obgleich ich immer noch schwindlig war, schlug ich ihn mehrere Male kräftig auf den Kopf und die Schultern.

Er ließ Clara los und sah mir in dem trüben Mondlicht ins Gesicht. Dann sagte er:

»Ich hatte dich unter mir, und ich ließ dich gehen. Und jetzt schlägst du mich! Feigling!«

»Du bist der Feigling«, antwortete ich. »Wünschte sie deine Küsse, als sie noch bei Bewußtsein war? O nein! Und jetzt stirbt sie vielleicht, und du vergeudest diese kostbare Zeit durch Mißbrauch ihrer Hilflosigkeit. Tritt zur Seite und laß mich ihr helfen!«

Er sah mir einen Augenblick blaß und drohend ins Gesicht; plötzlich trat er beiseite und sagte:

»So hilf ihr denn!« Ich warf mich neben ihr auf die Knie und öffnete, so gut ich es verstand, ihr Kleid und ihr Mieder; aber während ich damit beschäftigt war, packte plötzlich eine eiserne Faust meine Schulter, und Northmour rief wütend:

»Laß deine Hände von ihr! Denkst du, ich habe kein Blut in den Adern?«

»Northmour«, rief ich, »wenn du weder selber ihr helfen, noch mich ihr helfen lassen willst – dann muß ich dich töten! Verstehst du mich?«

»Das ist auch besser! Laß auch sie sterben – was liegt daran? Weg von dem Mädchen! Und komm heran!«

»Du wirst bemerken«, sagte ich, indem ich mich halb aufrichtete, »daß ich sie noch nicht geküßt habe.«

»Wage es nur!« schrie er.

Ich weiß nicht, was über mich kam; es war einer von den Augenblicken in meinem Leben, deren ich mich am tiefsten schäme, obgleich ich – wie meine Frau später oft sagte – wohl wußte, daß meine Küsse ihr stets willkommen sein würden, einerlei, ob sie lebte oder tot wäre. Ich warf mich wieder auf die Knie, strich ihr das Haar aus der Stirn und drückte in zärtlicher Ehrfurcht einen Augenblick meine Lippen auf ihre kalte Stirn. Es war ein Kuß, wie ein Vater ihn geben könnte; es war ein Kuß, wie ihn wohl ein Mann, der bald sterben sollte, einem Weibe geben durfte, das bereits tot war.

»Und jetzt«, sagte ich, »steh ich Ihnen zu Diensten, Herr Northmour.«

Aber ich sah zu meiner Überraschung, daß er mir den Rücken zugekehrt hatte.

»Hören Sie nicht?« fragte ich.

»Ja«, sagte er; »ich höre. Wenn du fechten willst – ich bin bereit. Wenn nicht, so tu was du willst und rette Clara. Mir ist alles eins.«

Ich ließ mir dies nicht zweimal sagen, sondern beugte mich wieder über Clara und bemühte mich von neuem, sie ins Leben zurückzurufen. Sie lag immer noch bleich und leblos da; ich begann zu fürchten, daß ihre liebe Seele wirklich entflohen sei, ohne Wiederkehr, und Entsetzen und völlige Trostlosigkeit packten mein Herz.

Ich rief in den zärtlichsten Tönen ihren Namen; ich streichelte und rieb ihre Hände; bald legte ich ihren Kopf tiefer, bald stützte ich ihn wieder auf meinen Schoß; aber alles schien vergeblich zu sein – schwer lagen ihre Lider über den Augen.

»Northmour«, sagte ich, »da liegt mein Hut. Um Gottes Willen, bringe etwas Wasser von der Quelle.«

Fast im Nu war er mit dem Wasser an meiner Seite.

»Ich habe es in meinem eigenen gebracht«, sagte er; »du mißgönnst mir doch nicht diesen Vorzug?«

Northmour, wollte ich sagen, während ich ihr Kopf und Brust wusch; aber er unterbrach mich zornig und sagte:

»Oh, halt den Mund!« rief er. »Sage gar nichts! Das ist das Beste, was du tun kannst!«

Ich hatte sicherlich keine Lust zu sprechen; ich hatte nur Gedanken für die teuere Geliebte und ihren Zustand. Und so fuhr ich schweigend fort, mich nach Kräften zu bemühen, um sie wieder zu Bewußtsein zu bringen; und als der Hut leer war, gab ich ihn Northmour und sagte nur das eine Wort:

»Mehr!«

Er hatte mehrere Male frisches Wasser geholt, als endlich Clara ihre Augen wieder aufschlug. Da sagte er:

»Nun, da es ihr jetzt besser geht, so kannst du mich entbehren, nicht wahr? Ich wünsche Ihnen gute Nacht, Herr Cassilis!«

In demselben Augenblick war er im Dickicht verschwunden. Ich zündete ein Feuer an; denn vor den Italienern hatte ich keine Furcht mehr; sie hatten ja alle meine kleinen Habseligkeiten, die in meinem Lager waren, unangetastet gelassen.

Clara war infolge der Aufregung und der entsetzlichen Katastrophe des Abends völlig zusammengebrochen; doch gelang es mir, ich weiß selber nicht wie, durch Zureden, ermutigende Worte, Wärme und ein paar einfache Arzneimittel, die ich gerade zur Hand hatte, sie körperlich und seelisch wieder etwas zu Kräften zu bringen.

Der Tag war schon angebrochen, da hörte ich ein scharfes ›Hist!‹ aus dem Dickicht. Ich sprang auf, aber gleich darauf hörte ich Northmour in ruhigstem Ton sagen:

»Komm mal her, Cassilis – aber allein; ich möchte dir etwas zeigen.«

Ich befragte Clara mit meinen Augen, und da ich ihre schweigende Erlaubnis erhielt, so ließ ich sie allein und kletterte aus der Kuhle heraus. In einiger Entfernung sah ich Northmour sich an einen Holunderbusch lehnen. Sobald er mich bemerkte, begann er nach dem Strande hinunterzugehen. Ich hatte ihn beinahe eingeholt, als er den Waldsaum erreichte. Da blieb er stehen und sagte:

»Sieh!«

Noch ein paar Schritte, und ich war im Freien. Das Morgenlicht lag kalt und klar über der wolkigen Umgegend. Das Dünenhaus war nur noch eine rauchgeschwärzte Ruine; das Dach war eingestürzt, desgleichen eine der Giebelwände; fern und nah waren die ganzen Dünen mit kleinen verbrannten Holzstückchen übersät. Ein dicker Qualm stieg kerzengerade in die windstille Morgenluft empor, und ein großer Haufen glühender Kohlen füllte die nackten Wände des Hauses aus, wie Kohlen in einem offenen Kamin. Dicht bei dem Inselchen lag eine Schonerjacht, und ein gut bemanntes Boot ruderte mit kräftigen Schlägen dem Strande zu.

»Der ›Red Earl‹!« rief ich. »Der ›Red Earl‹ zwölf Stunden zu spät!«

»Greife mal in deine Tasche! Bist du bewaffnet?« fragte Northmour.

Ich folgte seiner Aufforderung, und ich glaube, ich

muß totenbleich geworden sein. Mein Revolver war mir fortgenommen worden.

»Du siehst, ich habe dich in meiner Gewalt«, fuhr er fort. »Ich entwaffnete dich heute nacht, während du dich um Clara bemühtest; aber heute morgen – hier! – nimm deine Pistole! Keinen Dank!« rief er, indem er abwehrend die Hand hob. »Ich liebe so was nicht; es ist das einzige, womit du mich noch ärgern könntest.«

Er schritt durch die Dünen nach dem Boot hinunter, und ich ging ein paar Schritte hinter ihm. Als wir am Dünenhaus vorüberkamen, blieb ich stehen und suchte nach der Stelle, wo Huddlestone gefallen war; aber es war keine Spur von ihm zu sehen, nicht einmal eine Blutlache.

»Der Triebsand von Graden Floe«, sagte Northmour.

Er ging weiter, bis wir den Strand erreicht hatten. Da sagte er:

»Nicht weiter, bitte! Möchtest du sie nach Schloß Graden schaffen?«

»Ich danke dir. Ich will versuchen, sie zum Pfarrer in West-Graden zu bringen.«

Der Bug des Bootes lief knirschend auf den Sand auf, und ein Matrose mit einem Tau in der Hand sprang an Land.

»Warte eine Minute, Junge!« rief Northmour; und dann sagte er mir leise ins Ohr:

»Du brauchst ihr von dem allen nichts zu sagen.«

»Im Gegenteil!« rief ich laut; »sie soll alles wissen, was ich ihr sagen kann.«

»Du verstehst mich nicht«, antwortete er mit großer Würde. »Es hat keinen Zweck, daß du es ihr sagst; sie erwartet es von mir. Leb wohl!«

Er nickte mir zu. Ich reichte ihm meine Hand; aber er sagte:

»Entschuldige mich. Ich weiß, es ist kleinlich; aber das kann ich nicht über mich bringen. Ich will keine Gefühlsduselei, mich als weißhaariger Wanderer an eurem Herde niederzulassen und so weiter. Ganz im Gegenteil, ich hoffe zu Gott, daß meine Augen weder dich noch sie jemals wiedersehen.«

»Nun, Gott behüte dich, Northmour!« sagte ich herzlich.

»O ja«, erwiderte er.

Er ging über den Strand hinunter. Der Matrose, der an Land gesprungen war, half ihm ins Boot hinein; dann schob er es ins Wasser und schwang sich selber auf den Bug hinauf. Northmour ergriff das Steuer; das Boot erhob sich auf die Wogen, und die Riemen in den Dollen klangen scharf und taktmäßig durch die Morgenluft.

Sie waren noch nicht halbwegs zum ›Red Earl‹ hinüber, und ich sah ihnen immer noch nach, wie sie fuhren, da stieg die Sonne aus der See herauf.

Noch ein Wort, und meine Geschichte ist fertig. Jahre nachher fiel Northmour unter Garibaldis Fahnen im Kampfe für die Befreiung Tirols.

Nach einer älteren anonymen Übersetzung

ROBERT LOUIS STEVENSON

Unheimliche Geschichten III

Ausgewählt und herausgegeben
von Manfred Kluge

WILHELM HEYNE VERLAG
MÜNCHEN

HEYNE ALLGEMEINE REIHE
Nr. 01/6671

Mit Illustrationen von
George Cruikshank, H. K. Browne,
George Cattermole, Leech, Phiz u. a.

Printed in Germany 1986
Umschlaggestaltung: Atelier Ingrid Schütz, München
Gesamtherstellung: Ebner Ulm

ISBN 3-453-02264-5

Inhalt

Der Strand von Falesa

C. STANFIELD R.A. del.
THOS. WILLIAMS. Sc.

ERSTES KAPITEL

Eine Südseehochzeit

Zum ersten Male sah ich die Insel zwischen Nacht und Morgen. Der Mond ging im Westen unter, aber er war noch groß und hell. Gegen Osten und mitten in der rosig gefärbten Dämmerung glänzte der Morgenstern wie ein Diamant. Die Landbrise wehte uns entgegen und duftete stark nach wilden Zitronen und Vanille; auch nach anderem noch, aber dies beides war am auffälligsten; und ihre Kälte brachte mich zum Niesen. Ich muß noch einfügen, daß ich jahrelang auf einer flachen Insel in der Nähe des Äquators gelebt hatte und zum größten Teil einsam unter Eingeborenen. Aber hier erwartete mich ein neues Erlebnis: sogar die Sprache war mir ganz fremd, und der Anblick dieser Wälder und Berge und ihr seltsamer Duft belebte mein Blut.

Der Kapitän blies die Lampe am Kompaßhäuschen aus. »Dort«, sagte er, »dort steigt Rauch auf, Herr Wiltshire, hinter dem Felsenvorsprung. Das ist Falesa, dort ist Ihr Laden; es ist das letzte Dorf nach Osten; nach der Windseite wohnt keiner, ich weiß auch nicht, warum. Wenn Sie das Glas nehmen, können Sie die Häuser erkennen.«

Ich nahm das Glas, und der Strand sprang näher, und ich sah das Gewirr von Wäldern und das Schäumen der Brandung; und die braunen Dächer und das schwarze Innere der Häuser lugten zwischen den Bäumen vor.

»Sehen Sie den weißen Punkt da nach Osten?« fuhr

der Kapitän fort. »Das ist Ihr Haus, aus Korallen gebaut und hoch gelegen, mit einer Veranda, so breit, daß drei nebeneinander drauf stehen können; das beste Geschäft im Südpazifik. Als der alte Adams das sah, nahm er meine Hände und schüttelte sie und sagte: ›In ein weiches Nest setz' ich mich ja hier!‹ – ›Allerdings‹, habe ich da noch gesagt, ›und es war auch Zeit.‹ Der arme Jonny! Ich habe ihn dann bloß noch einmal wiedergesehen, und da hatte er einen ganz komischen Kurs weitergesteuert, konnte irgendwie mit den Eingeborenen nicht zurechtkommen oder mit den Weißen oder so, und als wir dann das nächste Mal hier vorbeikamen, war er schon tot und unter der Erde. Ich habe ihm eine Holzlatte aufgestellt: ›John Adams zum Gedenken achtzehnhundertachtundsechzig. Gehe hin und tue desgleichen.‹ Ich hab' den Mann richtig vermißt. Ich fand Johnny nicht übel.«

»Woran ist er denn gestorben?« forschte ich.

»An irgendeiner Krankheit«, sagte der Kapitän. »Es hat ihn anscheinend schnell erwischt. Muß wohl nachts aufgestanden sein und wollte sich mit Schmerztöter und Kennedys Entdecker volltrinken. Aber das hatte keinen Zweck; der Kennedy hat ihm schon nicht mehr helfen können. Dann hat er probiert, einen Kasten mit Schnapsflaschen aufzumachen. Das ging auch nicht; ist wohl nicht stark genug gewesen. Dann muß er sich zur Veranda umgedreht haben und rausgelaufen sein und ist über's Gitter runtergefallen. Als sie ihn am nächsten Morgen dann gefunden haben, war er rein verrückt und regte sich dauernd über jemanden auf, der ihm seine Kopra wässerte. Armer Johnny!«

»Hat man denn gedacht, daß die Insel schuld dran ist?« fragte ich.

»Ja, man hat gedacht, es ist die Insel oder die Krankheit oder sonst irgendwas«, erwiderte er. »Aber ich hab's nie anders gehört, als was das hier für eine gesunde Gegend ist. Unserm Letzten, dem Vigours, ist es hier sehr gut gegangen. Er ist dann wegen dem Dorf ausgerissen – er meinte, er hätte Angst vor dem Schwarzen Jack und Case und dem Pfeifenden Jimmy, der seinerzeit noch am Leben war, aber der ist ja dann bald im Suff ertrunken. Der alte Kapitän Randall ist schon seit ewigen Zeiten hier – seit achtzehnhundertvierzig, fünfundvierzig. Ich hab' an Billy nie was Unrechtes finden können oder irgendeine Veränderung. Es sieht so aus, als ob er so alt werden könnte wie Methusalem. Nein, ich denke schon, die Luft ist ganz gesund.«

»Da, jetzt kommt ein Boot«, sagte ich. »Es ist gerade in der Einfahrt; sieht aus wie ein sechzehn Fuß langer Walfänger, zwei Weiße auf den Achtersitzen.«

»Das ist das Boot, mit dem der Pfeifende Jimmy ertrunken ist«, rief der Kapitän. »Geben Sie mal das Glas. Ja, wahrhaftig, das ist Case mit dem Schwarzen. Die haben einen verdammt schlechten Ruf, aber Sie können sich ja denken, was so geklatscht wird hier am Strand. Ich glaube, der schlimmste Bösewicht war der Pfeifende Jimmy, und Sie wissen ja, der ist schon im Himmel. Was wetten Sie, daß die nicht nach Wacholderschnaps kommen? Ich wette fünf zu zwei, die nehmen sechs Kisten.«

Als die beiden Händler an Bord kamen, gefielen sie mir auf den ersten Blick, oder vielmehr beide gefielen mir dem Aussehen nach und einer seiner Sprache wegen. Ich war ganz wild auf weiße Nachbarn nach meinen vier Jahren am Äquator, die ich immer wie Jahre der Gefangenschaft ansah: tabu sein und runter ins Sprechhaus gehen, sehen, daß man es wieder los wurde und wieder weggehen, Schnaps kaufen, sich einen tollen Abend machen und dann sich mit Gewissensbissen herumplagen und dann immer nachts zu Hause sitzen, keine bessere Gesellschaft als die Lampe, oder am Strand herumlaufen und darüber nachgrübeln, was man doch für ein Narr war, da zu bleiben, wo man war. Keine anderen Weißen gab es auf meiner Insel, und wenn ich zur nächsten segelte, war der größte Teil der Gesellschaft rohes Volk. So war es also ein Vergnügen, diese zwei jetzt zu sehen, wie sie an Bord kamen. Einer war allerdings ein Neger; aber beide waren schneidig herausstaffiert, in gestreiften Schlafanzügen und Strohhüten, und Case hätte sich auch in einer Stadt sehen lassen können. Er war gelb und ziemlich klein, hatte eine Habichtnase im Gesicht, blasse Augen, und sein Bart war mit einer Schere gestutzt. Niemand wußte, woher er kam. Er beherrschte die englische Sprache, und man konnte wohl sehen, daß er aus einer guten Familie stammte und ausgezeichnet erzogen war. Er hatte auch allerhand Fertigkeiten, spielte großartig Akkordeon, und wenn man ihm ein Stück Bindfaden gab oder einen Korken oder ein Kartenspiel, dann konnte er einem Tricks vorführen, die jedem Zauberkünstler Ehre gemacht hätten. Wenn er wollte, konnte er Salongespräche führen, und wenn er wollte, konnte er schlimmer fluchen als ein Bootsmaat aus den Nordstaaten und so derb reden, daß einem Kanaka davon übel werden konnte. Case verstand es, immer genau das Benehmen zu wählen, was ihm für den Augenblick am geeignetsten schien, und immer wirkte es natürlich und als sei es ihm so angeboren. Er hatte einen Löwenmut und war von der Gewandtheit einer Ratte; und es gibt überhaupt keine Hölle, wenn er heute nicht drin schmort. Nur eine einzige gute Seite hatte dieser Mann, soviel ich weiß: er hatte seine Frau gern und war gut zu ihr. Es war eine Samoa-Frau; ihre Haare färbte sie sich rot auf Samoanerart, und als er tot war (davon erzähle ich noch) entdeckte man etwas Sonderbares: er hatte ein Testament gemacht wie ein Christ, und die Witwe kriegte eine Unmenge: alles von ihm, wurde erzählt, und alles vom Schwarzen Jack und das meiste von Billy Randall noch dazu, denn Case führte die Bücher. Sie ist dann auf dem Schoner Manua heimgefahren und spielt zu Hause die große Dame bis auf den heutigen Tag.

Aber von all dem hatte ich an diesem ersten Morgen noch keine blasse Ahnung. Case behandelte mich als feinen Herrn und als Freund, hieß mich in Falesa willkommen und stellte mir seine Dienste zur Verfügung, und das war mir um so lieber, weil ich ja über die Eingeborenen überhaupt nicht Bescheid wußte. Den besten Teil des Tages hockten wir da in der Kabine und tranken auf unsere Bekanntschaft, und nie vorher habe ich einen Mann mehr und eifriger reden hören. Es gab auf den Inseln keinen tüchtigeren Händler und keinen gerisseneren. Ich fand, Falesa müßte so gerade das Richtige sein, und je mehr ich trank, desto leichter wurde mir ums Herz. Unser letzter Händler hatte die Gelegenheit benützt, als ein Arbeiterschiff von Westen kam, und hatte den Ort binnen einer halben Stunde verlassen. Als der Kapitän gekommen war, hatte er den Laden geschlossen gefunden, die Schlüssel waren beim Eingeborenenpastor abgegeben worden und dabei ein Brief, in dem der Ausreißer gestand, daß das Leben hier ihm einfach grauenhaft wäre. Seit damals war die Firma nicht vertreten, und natürlich war keine Schiffsladung da. Im übrigen war der Wind günstig, der Kapitän hoffte, die nächste Insel bei Tagesanbruch mit der Flut zu erreichen, und so wurde eifrig begonnen, meine Geschäftseinrichtung an

Land zu bringen. Case sagte, es wäre nicht nötig, daß ich mich damit herumplagte; keiner würde meine Sachen anrühren, in Falesa wäre jeder ehrlich, es sei denn, es handle sich um ein Hähnchen oder ein Messer oder gelegentlich ein Päckchen Tabak; und am besten wär's, wenn ich still sitzen bliebe, bis das Schiff die Anker lichten würde; dann sollte ich geradenwegs zu seinem Haus kommen, den alten Kapitän Randall begrüßen, den Vater des Strandes, vorliebnehmen mit dem, was er mir vorsetzen könnte und dann nach Hause schlafen gehen, wenn es dunkel würde. So war der Mittag vorbei und der Schoner unterwegs, als ich meinen Fuß in Falesa an Land setzte.

Ich hatte an Bord ein paar Gläser getrunken, hatte eine längere Seereise hinter mir, und der Boden schwankte unter mir wie ein Schiffsdeck. Die ganze Welt war mir wie neu angemalt, meine Füße gingen dahin wie im Tanz. Falesa mag das Seemannsparadies Fiedlersgrün gewesen sein, wenn es so einen Ort überhaupt gibt, und es wäre wirklich ein Jammer, wenn es so was nicht gäbe. Es tat so gut, auf dem Rasen zu gehen, zu den grünen Bergen aufzusehen, die Männer zu betrachten mit ihren grünen Kränzen und die Frauen in ihren glänzenden Kleidern, rot und blau. Weiter gingen wir in der prallen Sonne und im kühlen Schatten, und beides tat gut, und alle Kinder des Dorfes trotteten hinter uns her mit ihren geschorenen Köpfen und braunen Körpern und stießen so etwas wie dünne Hurra-Rufe aus, die so ähnlich klangen wie das Krähen von Geflügel.

»Übrigens«, sagte Case, »wir müssen dir ja eine Frau besorgen.«

»Richtig«, sagte ich, »da habe ich noch gar nicht dran gedacht.«

Eine Menge Mädchen war um uns herum, und ich straffte mich und ließ meinen Blick über sie hinschweifen wie ein Pascha. Sie waren alle herausgeputzt, weil das Schiff gekommen war, und die Frauen von Falesa sind ein nettes Völkchen; wenn sie einen Fehler haben, dann den, daß sie etwas zu breit gebaut sind; und das dachte ich eben, als Case mich anstieß.

»Da ist was Hübsches«, sagte er.

Ich sah eine auf der anderen Seite allein daherkommen. Sie war fischen gewesen; alles, was sie trug, war ein Hemd, und das war durchnäßt. Sie war jung und als Inselmädchen sehr schlank, mit einem langen Gesicht, einer hohen Stirn und einem scheuen, sonderbar verschleierten Blick, halb wie eine Katze, halb wie ein Säugling.

»Wer ist das?« fragte ich. »Die ist die Richtige.«

»Das ist Uma«, sagte Case, und er rief sie an und redete mit ihr in der Sprache der Eingeborenen. Ich verstand nicht, was er sagte, aber als er mitten im Sprechen war, sah sie schnell und schüchtern zu mir auf, wie ein Kind, das einem Schlag ausweicht. Dann sah sie wieder zu Boden, und bald darauf lächelte sie. Sie hatte einen großen Mund, die Lippen und das Kinn waren geschnitten wie bei einer Statue; und das Lächeln tauchte für einen Augenblick auf und verschwand. Dann stand sie mit gesenktem Kopf und hörte Case zu Ende an, antwortete in der anmutigen polynesischen Sprache und sah ihm dabei frei ins Gesicht, hörte wieder seine Antwort und schickte sich dann langsam zum Weitergehen an. Die Verbeugung galt auch mir, aber kein Blick aus ihren Augen traf mich und von Lächeln war gar keine Rede mehr.

»Ich denke, es wird gehen«, sagte Case. »Du kannst

sie haben, glaube ich. Mit der alten Dame, das bringe ich schon in Ordnung. Für einen Priem Tabak kannst du dir von allem das Beste aussuchen«, fügte er spöttisch lächelnd hinzu.

Ich glaube, es war das Lächeln, das sich in meinem Bewußtsein festhakte, denn ich gab scharf zurück: »So sieht sie mir nicht aus.«

»Ich weiß nicht, wie sie so ist«, sagte Case. »Ich denke mir, sie ist ganz ordentlich, hält sich zurück, läuft nicht mit den anderen rum und so. Nein, nein, du mußt mich richtig verstehen, Uma ist ganz in Ordnung.« Ich fand er sprach lebhaft, und das gefiel mir. »Wirklich«, fuhr er fort, »ich wär' gar nicht so sicher, daß du sie haben kannst, aber du gefällst ihr soweit. Du mußt jetzt bloß dicht halten und mich auf meine Art mit der Mutter verhandeln lassen. Ich bring' dann das Mädel schon herum zum Kapitän zur Hochzeit.«

Das Wort ›Hochzeit‹ behagte mir nicht, und das sagte ich ihm.

»Ach, bei der Hochzeit passiert nichts weiter«, sagte er. »Der schwarze Jack ist der Kaplan.«

Inzwischen war das Haus dieser drei Weißen in Sicht gekommen; ein Neger gilt hier als Weißer und ebenso ein Chinese, eine seltsame Vorstellung, aber so üblich auf den Inseln. Es war ein Holzhaus mit einer schmalen, baufälligen Veranda. Der Laden lag nach vorn mit einem Ladentisch, einer Waage und den kümmerlichsten Spuren von Verkauf; eine Kiste oder zwei mit Büchsenfleisch, ein Laib hartes Brot, ein paar Ballen Baumwolle, mit meinen gar nicht zu vergleichen; Schmuggelwaren als einziges gab es reichlich, Schußwaffen und Likör. ›Wenn das meine einzige Konkurrenz ist‹, dachte ich, ›bin ich ja in Falesa ganz am Platze.‹ Wirklich, es war nur dies beides, wodurch sie mich schlagen konnten: Waffen und Getränke.

Im Hinterzimmer fand ich den alten Kapitän Randall; er hockte nach Art der Eingeborenen auf dem Fußboden, fett und blaß, nackt bis zum Gürtel, grau wie ein Dachs, und der Trunk sah ihm aus den Augen. Sein Körper war mit grauem Haar bedeckt, und es wimmelte darauf von Fliegen; eine saß ihm im Augenwinkel – er beachtete sie gar nicht; und die Moskitos summten um ihn herum wie die Bienen. Jedermann mit etwas Sinn für Reinlichkeit hätte diese Kreatur auf der Stelle hinausgejagt und versteckt; ihn so zu sehen und zu denken, daß er siebzig Jahre alt war, und dran zu denken, daß er einmal ein Schiff kommandiert hatte, daß er an Land gegangen war in seinem schneidigen Anzug und in Bars und auf Konsulaten große Reden geschwungen hatte und auf den Veranden von Klubhäusern gesessen hatte, ekelte mich an und machte mich ganz nüchtern. Als ich kam, versuchte er aufzustehen, aber es war hoffnungslos; er reichte mir also statt dessen die Hand und lallte eine Begrüßung.

»Papa hat heute mal wieder einen schönen sitzen«, bemerkte Case. »Wir haben hier eine Epidemie gehabt, und Kapitän Randall meint, Wacholderschnaps wäre die beste Prophylaxe – nicht, Papa?«

»Ich denke gar nicht dran – im Leben nicht!« schrie der Kapitän entrüstet. »Ich nehme Schnaps für meine Gesundheit, Herr – wie war bloß der Name? – als Vorbeugungsmittel.«

»Schon gut, Papa«, sagte Case, »aber du wirst dich jetzt aufraffen müssen. Wir haben eine Hochzeit vor. – Herr Wiltshire hier wird sich verheiraten.«

Der Alte fragte: »Mit wem?«

»Mit Uma«, sagte Case.

»Uma?« fuhr der Kapitän auf. »Wozu will er denn Uma? Ist er denn bloß zum Spaße hergekommen? Zu was braucht er den Uma, verdammt noch mal?«

»Hör auf, Papa«, sagte Case, »du bist's doch nicht, der sie heiraten soll, und schließlich bist du auch nicht ihr Patenonkel oder ihre Patentante. Ich glaube, Herr Wiltshire wird machen, was ihm paßt.«

Hiermit entschuldigte er sich bei mir, da er sich um die Hochzeit kümmern müsse, und ließ mich allein mit dem armen Teufel, der sein Partner war und, um die Wahrheit zu sagen, auch sein Narr. Handel und Laden gehörten beide Randall; Case und der Neger waren Schmarotzer; sie schwirrten um ihn herum und nährten sich von ihm wie die Fliegen, und er benahm sich dabei auch nicht viel klüger. Wirklich – ich will gar nichts gegen Billy Randall gesagt haben, aber er erregte mir eben einfach Übelkeit, und die Zeit, die ich jetzt mit ihm verbrachte, war mir wie ein Angsttraum.

Das Zimmer war zum Ersticken heiß und voller Fliegen, denn das Haus war schmutzig und niedrig und klein und stand an einem ungünstigen Platz hinter dem Dorf am Rand des Busches und gegen Wind geschützt. Die Betten der drei waren auf dem Fußboden aufgeschlagen, und Pfannen und Schüsseln standen unordentlich herum. Möbel gab es keine, Randall schlug alles kurz und klein, wenn er wütend war. Da saß ich nun also und aß ein Mahl, das uns von Cases Frau serviert wurde, und den ganzen Tag unterhielt mich dieses Überbleibsel von Mann, dessen Zunge zwischen schlechten alten Witzen und alten Geschichten herumstolperte, und sein eigenes schnarrendes Gelächter hatte er immer bereit, deshalb bemerkte er meine Niedergeschlagenheit nicht. Die ganze Zeit nippte er am Schnaps. Manchmal schlief er ein und wachte wieder auf, jammerte und fröstelte, und hin und wieder fragte er mich, warum ich Uma heiraten wollte. »Mein Lieber«, dachte ich den ganzen Tag, »so ein alter Narr darfst du nicht werden.«

Es mochte gegen vier Uhr am Nachmittag sein, als die Hintertür langsam aufgestoßen wurde und eine sonderbare Eingeborene fast auf ihrem Bauch ins Haus watschelte. Von Kopf bis Fuß war sie in schwarzen Stoff gewickelt. Sie hatte graues, strähniges Haar, ihr Gesicht war tätowiert, was auf dieser Insel nicht üblich war, ihre Augen blickten groß und glänzend und blöde. Sie heftete sie auf mich mit einem verzückten Ausdruck, dem ich ansah, daß er gespielt war. Sie sagte kein klares Wort, sondern schmatzte und murmelte mit den Lippen und summte laut wie ein Kind über seinem Weihnachtspudding. Sie kam geradenwegs durch das Haus, steuerte auf mich zu, und als sie neben mir war, ergriff sie meine Hand und schnurrte und summte drüber wie eine große Katze. Davon ging sie in eine Art Gesang über.

»Wer ist denn das, zum Kuckuck?« rief ich, denn die ganze Sache ängstigte mich.

»Das ist Fa'avao«, sagte Randall, und ich sah, daß er auf dem Boden bis in die entfernteste Ecke gerutscht war.

»Du hast doch nicht etwa Angst vor ihr?« schrie ich.

»Ich und Angst!« plusterte sich der Kapitän. »Mit der nehm' ich's schon auf, mein Lieber. Die kommt mir sonst nicht über die Schwelle. Ich denke bloß, heute ist es was anderes wegen der Hochzeit. Das ist die Mutter von Uma.«

»Ja, das habe ich mir gedacht; was redet sie denn immerzu?« fragte ich, gereizter und vielleicht erschreckter, als ich mich zeigen wollte, und der Kapitän sagte mir, daß sie eine Menge Dichtungen verfaßte, mir zum Preise, weil ich Uma heiraten wollte. »Schon gut, alte Dame«, sagte ich mit einem ziemlich mißglückten Lachen, »ganz zu Diensten. Aber wenn du meine Hand nicht mehr benötigst, dann laß es mich gütigst wissen.« Sie tat, als hätte sie verstanden; der Gesang erhob sich zu einem Schrei und brach ab; das Weib watschelte auf demselben Wege, den es gekommen war, aus dem Haus und mußte sofort im Busch untergetaucht sein, denn als ich ihr zur Tür folgte, war sie schon verschwunden.

»Das sind ja drollige Manieren!« sagte ich.

»Komisches Volk!« sagte der Kapitän, und zu meiner Verwunderung schlug er das Zeichen des Kreuzes über seine bloße Brust.

»Nanu«, sagte ich, »bist du katholisch?«

Er wies diesen Gedanken verächtlich zurück. »Hartgesottener Baptist«, sagte er. »Aber die Katholiken haben auch ein paar gute Ideen gehabt, mein lieber Freund, und das ist eine davon. Nimm dir meinen Rat zu Herzen, und wenn dir Uma oder Fa'avao oder Vigours oder so einer von der Sorte über den Weg läuft, dann nimm dir ein Beispiel an den Priestern und mach das, was ich mache. Verstehst du?« sagte er, wiederholte das Zeichen und zwinkerte mir mit seinen trüben Augen zu. »Nein, mein Herr«, brach er wieder los, »Katholiken gibt's hier keine!« Und lange Zeit unterhielt er mich mit seinen religiösen Ansichten.

Ich mußte wohl gleich an Uma Gefallen gefunden haben, sonst wäre ich bestimmt aus dem Haus geflohen und an die frische Luft gegangen oder hätte in der reinen See oder in einem nahen Fluß gebadet; allerdings war ich Case ja verpflichtet, und ich hätte mich auch nie auf der

Insel behaupten können, wenn ich einem Mädchen in unserer Hochzeitsnacht weggelaufen wäre.

Die Sonne war untergegangen, der Himmel brannte wie Feuer, und die Lampe war schon eine Weile angezündet, als Case mit Uma und dem Neger zurückkam. Sie war angekleidet und duftete; ihr Rock war von feinem Bastgewebe und sah mit seinen Falten prächtiger aus als irgendeine Seide; ihre Brust, von einer Farbe wie dunkler Honig, war bloß und nur geschmückt mit einem halben Dutzend Ketten von Samen und Blumen; hinter den Ohren und im Haar trug sie rote Eibischblüten. Sie zeigte das beste Betragen, das man von einer Braut hätte erwarten können, ernst und still; und ich schämte mich so, mit ihr in diesem ärmlichen Haus und vor diesem grinsenden Neger zu stehen. Ich fand es einfach schändlich; der Quacksalber war mit einem großen Papierkragen angetan, das Buch, aus dem er angeblich vorlas, war irgendein Romanband, und der Wortlaut seines Gottesdienstes nicht eben zum Niederschreiben geeignet. Mir schlug das Gewissen, als wir die Hände ineinander legten. Und als sie ihre Urkunde bekam, war ich nahe daran, den Schwindel aufzudecken. Hier ist das Schriftstück. Case schrieb es auf ein Blatt aus dem Hauptbuch, mit Unterzeichnungen und allen Schikanen:

> Hiermit wird bescheinigt, daß Uma, Tochter der Fa'avao aus Falesa, mit Herrn John Wiltshire auf eine Woche illegal verheiratet wird, und es steht Herrn John Wiltshire anheim, sie zum Teufel zu jagen, wenn er Lust hat.
>
> John Blackamoar, Kaplan vom Schiffswrack.

Auszug aus dem Standesamtsregister.
William T. Randall, Kapitän zur See.

Hübsch, so ein Papier einem Mädchen in die Hand zu drücken und zu sehen, wie sie es fortsteckt, als wäre es ein Stück Gold. Sogar ohne das hätte ich mich schon wie ein Schuft gefühlt. Aber es war eben in der Gegend so üblich, und ich sagte mir selber, es ist jedoch ganz und gar nicht die Schuld von uns Weißen, sondern die Missionare sind schuld dran. Wenn sie die Eingeborenen in Ruhe gelassen hätten, dann hätte ich diesen Betrug nicht nötig gehabt, ich hätte mir die Frauen genommen, die ich wollte, und hätte sie gehen lassen, wenn es mir paßte und das mit gutem Gewissen.

Je mehr ich mich schämte, desto eiliger hatte ich es, wegzukommen, und da so unsere Wünsche sich trafen, bemerkte ich nicht die Wandlung im Benehmen der Händler. Case war voller Geschäftigkeit gewesen, um mich zu halten; jetzt, als hätte er sein Vorhaben ausgeführt, schien er eifrig drauf bedacht zu sein, mich loszuwerden. Uma, sagte er, könnte mich zu meinem Haus führen, und die drei sagten uns Auf Wiedersehen.

Es war fast Nacht; das Dorf roch nach Bäumen und Blumen, nach Meer und gekochten Brotfrüchten; von den Felsen herüber kam das sanfte Rauschen der See und von fern zwischen Wäldern und Häusern viele trauliche Laute von Menschen und Kindern. Es tat mir gut, die frische Luft zu atmen; ich war froh, den Kapitän los zu sein und statt dessen das Geschöpf an meiner Seite zu sehen. Ich hatte ein Gefühl, als wäre sie irgendein Mädchen von zu Hause aus England, und für einen Augenblick vergaß ich mich und nahm ihre Hand beim Gehen. Ihre Finger schmiegten sich in meine, ich hörte, wie sie tief und schnell atmete, und plötzlich hob sie meine Hand an ihr Gesicht und preßte sie dagegen. »Du gut«, rief sie und lief mir voraus, hielt an und sah zurück und lächelte und lief mir wieder voraus; so führte sie mich am Rand des Busches hin auf einem stillen Weg zu meinem eigenen Haus.

Nun war es so gewesen: Case hatte nach allen Regeln der Kunst für mich geworben, hatte ihr gesagt, ich wäre ganz verrückt nach ihr, und es wäre mir ganz egal, was auch draus würde, und das arme Ding, das etwas erfuhr, was ich selber noch nicht wußte, glaubte es Wort für Wort, und die Selbstgefälligkeit und Dankbarkeit hatten ihr fast den Kopf verdreht.

Von dem allen hatte ich keine Ahnung; ich war einer von denen, die am meisten gegen den Unsinn mit Eingeborenen-Frauen redeten, denn ich hatte schon zu viele gesehen, die von den Verwandten der Frau förmlich aufgefressen worden waren und bei dem ganzen Handel den Kürzeren gezogen hatten; und ich sagte mir, daß ich der Sache sofort ein Ende machen und sie zur Vernunft bringen mußte. Aber sie sah so wunderlich und niedlich aus, wie sie so fortlief und dann auf mich wartete, und sie tat so wie ein Kind oder ein gutmütiger Hund, daß es mir das Beste schien, so eben hinter ihr herzugehen, wenn sie weiterlief, dem Geräusch zuzuhören, das ihre bloßen Füße machten, und dem Schimmer ihres Körpers in der Dämmerung nachzusehen. Und ein anderer Gedanke war mir in den Sinn gekommen. Jetzt, wo wir allein waren, spielte sie Kätzchen mit mir, aber in dem Haus hatte sie sich aufgeführt wie eine Prinzessin, so stolz und demütig. Und mit ihrem Kleid – es war so wenig und ziemlich natürlich – in ihrem prächtigen Bastgewebe, mit ihrem herrlichen Duft, den roten Blumen und Samen, die wie Juwelen glitzerten und nur größer waren – es überkam mich plötzlich, als sei sie wahrhaftig so etwas wie eine Prinzessin, angetan, um große Sänger in einem Konzert anzuhören, und gar nicht die Frau für einen armen Händler wie mich.

Sie war zuerst im Haus; und während ich noch draußen war, sah ich ein Streichholz aufflammen und das Licht der Lampe in den Fenstern. Die Station war außerordentlich schön, aus Korallen gebaut, mit einer sehr weiten Veranda und das Wohnzimmer hoch und groß. Meine Truhen und Kisten waren zu Bergen aufgetürmt und machten eine ziemliche Unordnung, und mitten in diesem Wirrwarr stand Uma am Tisch und wartete auf mich. Ihr Schatten stieg hinter ihr bis in die Wölbung des Eisendaches; hell stand sie davor und das Licht der Lampe schimmerte auf ihrer Haut. Ich blieb in der Tür stehen; sie sagte nichts und sah mich an mit Augen, die ungeduldig und doch verschüchtert blickten, dann tippte sie sich an die Brust.

»Ich dein Weibi!« sagte sie. So hatte es mich noch nie gepackt; das Verlangen nach ihr faßte und schüttelte mich wie der Sturm ein Segel von der Windseite.

Ich hätte nicht sprechen können, wenn ich gewollt hätte; und hätte ich es gekonnt, dann hätte ich es doch nicht gewollt. Ich schämte mich, von einer Eingeborenen so erschüttert zu sein; ich schämte mich wegen der Heirat und der Bescheinigung, die sie in ihrem Röckchen hütete; ich wandte mich zur Seite und tat, als kramte ich zwischen den Truhen. Das erste, was mir in die Augen kam, war eine Kiste Wacholderschnaps, die einzige, die ich mitgebracht hatte; und zum Teil des Mädchens wegen und zum Teil, weil's mir gruselte bei der Erinnerung an den alten Randall, faßte ich einen plötzlichen Entschluß. Ich brach den Deckel auf. Mit einem Taschenkorkenzieher öffnete ich die Flaschen und schickte Uma hinaus, um das Zeug von der Veranda zu gießen.

Nach der letzten kam sie zurück und sah mich an wie verlegen.

»Nicht gut«, sagte ich, denn jetzt war ich etwas mehr Herr meiner Zunge. »Wenn Mann trinkt, er nicht gut.« Damit war sie einverstanden, aber noch immer überlegte sie. »Warum du ihn mitbringen?« fragte sie bald darauf. »Wenn nicht trinken willst, du nicht bringen ihn, ich denken.«

»Na ja«, sagte ich, »mal will ich zu viel trinken, jetzt gar nicht. Siehst du, ich nicht verstehen, wie kleines Weibi kriegen; wenn jetzt Schnaps trinken, kleines Weibi vor mir Angst.«

Aber ich brachte es kaum fertig, freundlich zu ihr zu sprechen; ich hatte geschworen, ich würde mich nie mit einer Eingeborenen abgeben, und so gab's jetzt nur eins: still zu sein.

Sie stand da und sah ernst zu mir nieder, wie ich dasaß bei der offenen Kiste. »Ich denken du guter Mann«, sagte sie. Und plötzlich warf sie sich vor mir auf den Fußboden. »Ich dir gehören wie Schwein!« rief sie.

ZWEITES KAPITEL

Der Bann

Ich kam am Morgen auf die Veranda, kurz ehe die Sonne aufging. Mein Haus war das letzte nach Osten; eine bewaldete Landzunge und Felsen dahinter verbargen den Sonnenaufgang. Im Westen strömte ein schneller, kalter Fluß nieder, und jenseits lag der Dorfanger, umstanden von Kokospalmen und Brotfruchtbäumen und Häusern. Einige Fensterläden waren heruntergelassen, einige offen; ich sah die Moskitonetze, noch ausgespannt, mit Schatten von erwachenden Menschen, die sich drinnen aufsetzten; und auf dem Anger gingen andere lautlos umher, in ihre vielfarbigen Schlafgewänder gehüllt, wie Beduinen auf biblischen Bildern. Es war totenstill und feierlich und kühl und das Licht des anbrechenden Tages auf der Lagune wie Feuerschein.

Aber was mich beunruhigte, lag näher. Etwa ein Dutzend junger Männer und Kinder bildeten seitlich um mein Haus eine Art Halbkreis; der Fluß trennte sie, einige waren diesseits, einige drüben und einer auf einem Felsblock in der Mitte; und sie alle saßen still, in ihre Tücher gehüllt, und starrten mich und mein Haus an, wachsam wie Hühnerhunde. Ich fand das sonderbar, als ich herauskam. Als ich gebadet hatte und wieder zurückkehrte und sie alle da fand und noch zwei oder drei mehr dabei, kam es mir noch seltsamer vor. Ich überlegte mir, was sie an meinem Haus finden konnten, daß sie so starrten, und ging hinein.

Aber der Gedanke an diese gaffende Schar ging mir nicht aus dem Sinn, und bald darauf trat ich wieder hinaus. Die Sonne war jetzt aufgegangen, aber sie stand noch hinter den Wäldern der Landzunge. Etwa eine Viertelstunde mochte vergangen sein. Die Menge war gewaltig angewachsen, das jenseitige Flußufer war ein gutes Stück Wegs wie gesäumt von etwa dreißig Erwachsenen und etwa doppelt soviel Kindern; einige standen, ein paar hockten auf dem Boden, und alle starrten mein Haus an. In einem Südseedorf hatte ich einmal ein Haus so belagert gesehen, da verdrosch ein Händler drin seine Frau und sie schrie. Aber hier war doch nichts los; der Ofen war geheizt, der Rauch stieg ganz christlich in die Luft. Alles war ordentlich und nach Bristoler Mode. Freilich – ein Fremder war gekommen, aber die Gelegenheit, diesen Fremden zu sehen, hatten sie gestern schon gehabt, und sie hatten sie gelassen genug hingenommen. Was fehlte ihnen bloß jetzt? Ich stützte meine Arme auf das Geländer und starrte zurück. Aber sie zuckten nicht mit der Wimper. Ab und zu konnte ich die Kinder schwatzen sehen, aber sie sprachen so leise, daß das Summen ihrer Stimmen nicht einmal bis zu mir drang. Die anderen saßen wie Götzenbilder, sie starrten mich mit ihren glänzenden Augen stumm und sorgenvoll an, und es kam mir in den Sinn, daß alles nicht viel anders aussehen würde, wenn ich unter dem Galgen stünde und diese guten Leute gekommen wären, um zu sehen, wie ich gehängt werde.

Ich fühlte, daß ich eingeschüchtert wurde, und ich bekam Angst, man würde es mir ansehen, und das hätte ja nun gar nichts genützt. So richtete ich mich auf, tat, als räkele ich mich, ging die Verandastufen hinunter und schritt zum Fluß. Ein Summen ging von einem zum anderen, wie man es im Theater hört, wenn der Vorhang aufgeht; einige von den nächsten gingen um einen Schritt zurück. Ich sah, wie ein Mädchen einen jungen Mann mit der Hand antippte und mit der anderen eine Geste nach oben machte; dabei sagte sie etwas in der Eingeborenensprache mit erschreckter Stimme. Drei kleine Jungen saßen an dem Weg, den ich gehen mußte, drei Fuß von mir entfernt. Gehüllt in ihre Tücher, mit ihren geschorenen Köpfen, dem bißchen Haarbüschel und den komischen Gesichtern, sahen sie aus wie Figuren auf einem Kaminsims. Eine Weile saßen sie da auf dem Boden, ernst wie der Tod. Ich ging mit ziemlicher Geschwindigkeit wie einer, der etwas Bestimmtes vor hat, und es kam mir vor, als sähe ich in den drei Gesichtern ein Zucken und Würgen. Dann sprang einer auf (der am weitesten entfernte) und lief zu seiner Mammi. Die anderen beiden, die seinen Spuren folgen wollten, verhedderten sich, purzelten brüllend auf den Boden, schlüpften aus ihren Tüchern, splitterfasernackt, und einen Augenblick später jagten alle drei davon, als gelte es ihr Leben, und quiekten wie die Ferkel. Die Eingeborenen, die sich nie einen Spaß entgehen lassen, nicht einmal bei einem Begräbnis, lachten und hörten wieder auf, so unvermittelt wie Hundegebell.

Man sagt, die Menschen fürchten sich, allein zu sein. Keineswegs! Was einem bange macht in der Dunkelheit oder im dichten Busch, ist dies, daß man nichts Gewisses ausmachen kann, und stünde einem auch eine Armee zur Seite. Am meisten aber fürchtet man sich inmitten einer Menge, wenn man keine Ahnung hat, was sie vor hat. Als dieses Lachen aufhörte, blieb ich auch stehen. Die Jungen hatten sich noch nicht sehr weit entfernt, sie rannten noch aus Leibeskräften den einen Weg entlang, als ich mich schon wieder zurückgewandt hatte und in der andern Richtung entfernte. Wie ein Hanswurst war ich gekommen in meiner Eile; wie ein Hanswurst steuerte ich nun wieder zurück. Es muß ein denkbar komisches Schauspiel gewesen sein, und was mich wunderte, war, daß diesmal keiner lachte; nur ein altes Weib stieß ein frommes Stöhnen aus, so wie man Dissidenten in der Kapelle bei ihrer Predigt stöhnen hören kann.

»Solche Narren von Kanakas wie deine Leute hier habe ich überhaupt noch nicht gesehen«, war alles, was ich zu Uma sagte, als ich aus dem Fenster auf die gaffende Menge sah.

»Nichts wissen«, sagte Uma mit einem Ausdruck von Widerwillen, den sie gut heraus hatte.

Das war alles, was wir über diese Angelegenheit sprachen, denn ich ärgerte mich, und Uma nahm die Sache so selbstverständlich hin, daß ich mich etwas schämte.

Den ganzen Tag saßen die Narren da an der Westseite meines Hauses herum und jenseits des Flusses, ab und zu weniger, dann mehr, und warteten auf das Schauspiel, was es nun auch sein mochte: wahrscheinlich Feuer, das vom Himmel fallen und mich mit Haut und Haar verzehren würde. Aber gegen Abend waren sie, als echte Inselbewohner, ihrer Beschäftigung überdrüssig, gingen fort und tanzten statt dessen im Großen Haus des Dorfes, und ich hörte sie singen und in die Hände klatschen bis gegen zehn Uhr abends, und am nächsten Tag hatten sie anscheinend vergessen, daß ich existierte. Wenn Feuer vom Himmel gekommen wäre oder wenn die Erde sich geöffnet und mich verschlungen hätte, wäre niemand dagewesen, der sich den Spaß angesehen oder eine Lehre daraus gezogen hätte oder wie man es sonst sagen will. Aber ich sollte merken, daß sie es doch nicht vergessen hatten und unentwegt weiter nach wunderbaren Erscheinungen ausspähten, die über meinem Weg auftauchen würden.

Zwei Tage lang war ich schwer damit beschäftigt, meine Geschäftseinrichtung in Ordnung zu bringen und den Bestand aufzunehmen, den Vigours hinterlassen hatte. Das war eine Tätigkeit, die mich ganz fertig machte und mich hinderte, viel an anderes zu denken. Ben hatte bei seiner letzten Fahrt den Bestand aufgenommen – ich wußte, daß ich Ben trauen konnte –, aber es war offensichtlich, daß sich einer indessen hier etwas zu viel ›herausgenommen‹ hatte. Ich stellte fest, daß ich soviel los war, wie sechs Monate Lohn und Gewinn ausmachen, und ich hätte mich selber ohrfeigen können, daß ich so ein verdammter Esel gewesen war, mit Case dazusitzen und zu saufen, anstatt mich um meine eigenen Angelegenheiten zu kümmern und Inventur zu machen.

Aber es hat keinen Zweck, über vergossene Milch zu jammern. Es war nun mal so, und man konnte es nicht ungeschehen machen. Alles, was ich tun konnte, war, das, was noch da war und meine neuen Sachen – meine eigene Auswahl – in Ordnung zu bringen, eine Jagd auf Ratten und Küchenschwaben zu veranstalten und diesen Laden regelrecht im Sidney-Stil herzurichten. Ich machte ihn prächtig zurecht; und am dritten Morgen, als ich mir meine Pfeife angezündet hatte, am Eingang stand und hineinschaute und mich umwandte und hoch zum Berg hinaufblickte und die Kokosnüsse winken sah und die Tonnen von Kopra berechnete und drüben auf dem Dorfanger die Inselgecken sah und überschlug, wieviel Meter Baumwolle sie für ihre Röckchen und Kleider brauchen würden, da hatte ich das Gefühl, als wäre ich am rechten Platz, um mein Glück zu machen und dann nach Hause zu fahren und ein Gasthaus aufzumachen. Da saß ich nun auf der Veranda, in einer Umgebung, wie man sie sich schöner nicht hätte denken können – glänzende Sonne und ein herrlicher, frischer, gesunder Wind, der einem das Blut in Wallung brachte wie ein Bad in der See, und all das war mir vollständig entschwunden, und ich träumte von England, das doch schließlich nur ein häßliches, kaltes, trübes Loch ist, und wo es nicht einmal so hell ist, daß man lesen kann; und ich malte mir aus, wie mein Gasthaus aussehen würde, an einer breiten Hauptstraße gelegen, einer Art Allee, und davor das große Wirtshausschild an einem grünen Baum.

So sah es am Morgen aus, aber der Tag ging vorbei und man kümmerte sich den Teufel um mich, und nach allem, was ich von Eingeborenen anderer Inseln wußte, kam mir das merkwürdig vor. Die Leute hatten etwas über unsere Firma und ihre großartigen Geschäfte gelacht und besonders über das Kaufhaus in Falesa. Alle Kopra im Distrikt würde in fünfzig Jahren die Kosten dafür nicht einbringen, hörte ich sie sagen, und das war meiner Meinung nach übertrieben. Aber als der Tag verging und der Verkauf überhaupt nicht in Gang kam, wurde ich niedergeschlagen; und gegen drei Uhr nachmittags machte ich einen Spaziergang, um mich aufzumuntern. Auf dem Anger sah ich einen weißen Mann im Priestergewand kommen, und an seiner Kleidung und seinem Gesicht erkannte ich den Geistlichen. Er schien eine gutmütige alte Haut zu sein, war schon etwas ergraut und so schmutzig, daß man auf ihm hätte schreiben können wie auf ein Stück Papier.

»Guten Tag, Herr!« sagte ich.

Er antwortete mir lebhaft in der Sprache der Eingeborenen.

»Sprechen Sie nicht englisch?« sagte ich.

»Französisch«, sagte er.

»Nun«, sagte ich, »das tut mir leid, das kann ich nicht.«

Er versuchte es eine Zeitlang auf französisch und dann wieder in der Eingeborenensprache, die er anscheinend für die aussichtsreichste Möglichkeit hielt. Ich fand heraus, daß er mehr wollte, als nur mir die Tageszeit wünschen; er wollte mir etwas mitteilen, und ich hörte aufmerksamer zu. Ich hörte die Namen Adams und Case und Randall – am häufigsten Randall – und das Wort Gift oder so was ähnliches und ein eingeborenes Wort, das er sehr oft sagte. Ich ging nach Hause und wiederholte es vor mich hin.

»Was heißt ›fussy-ocky‹?« fragte ich Uma, denn das klang so ähnlich, wie ich es nur irgend sagen konnte.

»Tot machen«, sagte sie.

»Den Teufel was!« sagte ich. »Hast du schon mal gehört, daß Case Jonny Adams vergiftet haben soll?«

»Alle Leute das wissen«, sagte Uma verächtlich. »Weißen Sand ihm geben – schlechten Sand. Er noch Flasche haben. Denke, er dir Schnaps geben, du nicht nehmen.«

Nun hatte ich schon viele solche Geschichten auf anderen Inseln gehört, und immer fing es mit diesem weißen Pulver an, und deshalb machte ich mir nicht soviel Gedanken darüber. Trotzdem ging ich hinüber zu Randall, um zu sehen, was ich dort in Erfahrung bringen könnte, und ich fand Case auf der Türschwelle, wie er sein Gewehr putzte.

»Gute Gelegenheit zum Schießen hier?« sagte ich.

»Ja«, sagte er. »Im Busch gibt's alle Vogelarten. Ich

wünschte, es gäbe ebensoviel Kopra«, sagte er – hinterhältig, kam es mir vor. »Aber da scheint sich nichts zu tun.«

Ich konnte den Schwarzen Jack im Laden sehen, wie er einen Kunden bediente.

»Aber das sieht doch aus wie Geschäft«, sagte ich.

»Der erste Verkauf seit drei Wochen«, sagte er.

»Das kannst du mir doch nicht erzählen«, sagte ich. »Seit drei Wochen? Na, na!«

»Teufel noch eins, wenn du mir nicht glaubst, geh doch ins Koprahaus und sieh nach«, rief er etwas hitzig. »Bis jetzt ist es noch halb leer.«

»Du mußt doch einsehen, daß ich davon auch nicht klüger werde«, sagte ich. »Denn gestern kann es ja *ganz* leer gewesen sein. Was weiß ich?«

»Das stimmt!« sagte er mit einem kurzen Auflachen.

»Übrigens«, sagte ich, »was für ein Mensch ist denn dieser Priester? Ganz netter Bursche anscheinend.«

Da lachte Case laut heraus. »Aha«, sagte er, »jetzt sehe ich, wo der Hase läuft. Galuchet ist bei dir gewesen.«

Pater Galoschen war der Name, unter dem ihn die meisten kannten. Case gab ihm immer den französischen Anstrich, auch ein Grund, festzustellen, weshalb wir ihn für vornehmer hielten als das gemeine Volk.

»Ja, ich habe ihn gesehen«, sagte ich. »Ich konnte feststellen, daß er von deinem Kapitän Randall nicht viel hält.«

»Allerdings nicht«, sagte Case, »wegen der Sache mit dem alten Adams. Am letzten Tag, als er im Sterben lag, war der junge Buncombe hier. Hast du Buncombe mal kennengelernt?«

Ich sagte nein.

»Eine Strafe ist das, dieser Buncombe«, lachte Case.

»Na, jedenfalls hatte sich Buncombe in den Kopf gesetzt, wir sollten Pater Galuchet holen lassen, weil kein anderer Priester da war, nur Kanaka-Pastoren, und sollten den alten Mann trösten und ihm das Abendmahl geben lassen. Du kannst dir vorstellen, mir war das egal; aber ich sagte, meiner Meinung nach müßte man Adams erst fragen. Der schwatzte herum von gewässerter Kopra und lauter solchen Unsinn. ›Sieh mal‹, sagte ich, ›du bist ziemlich krank. Möchtest du nicht Galoschen sehen?‹ Er stützte sich auf seinen Ellbogen und richtete sich auf. ›Hol' den Priester‹, sagte er, ›hol' den Priester, laß mich hier nicht krepieren wie einen Hund!‹ Er redete hitzig und ungeduldig, aber klar genug. Es war nichts dagegen einzuwenden; so schickten wir nach Galuchet und baten ihn, zu kommen. Natürlich wollte er! Er hüpfte förmlich in seiner dreckigen Wäsche bei dem bloßen Gedanken. Aber wir hatten unsere Rechnung ohne Papa gemacht. Er ist ein eingefleischter Baptist, unser Papa, Katholiken haben bei ihm gar nichts zu vermelden. Und er ging und schloß die Tür zu. Buncombe sagte ihm, er wäre engstirnig, und ich dachte, er würde darüber einen Tobsuchtsanfall kriegen. ›Engstirnig?‹ sagte er, ›ich engstirnig? Habe ich nötig, mir das von so einem Naseweis sagen zu lassen?‹ Und er ging auf Buncombe los, und ich mußte sie auseinanderbringen, und mitten zwischen allem lag Adams, der wieder irre redete und wie ein Narr von Kopra schwatzte. Es war ein tolles Schauspiel, und ich war vor Lachen ganz außer Puste, als Adams sich plötzlich aufrichtete, sich an die Brust schlug und in Todesschauer fiel. Er ist schwer gestorben, der alte John Adams«, sagte Case in einer Art plötzlicher Düsterkeit.

»Und was wurde aus dem Priester?« fragte ich.

»Der Priester?« sagte Case. »Ach, der hämmerte

draußen an die Tür und schrie nach den Eingeborenen, sie sollten kommen und sie einschlagen, und er schrie, er wollte doch eine Seele retten und so. Er war furchtbar aufgeregt, der Priester. Aber was wollte er noch? Johnny hatte die Anker gelichtet und war hier nicht mehr anzutreffen. Für die Verwaltung war der Fall also erledigt. Das nächste, was Randall zu Ohren kam, war, daß der Priester an Johnnys Grab betete. Papa hatte einen tüchtigen sitzen, nahm einen Prügel und steuerte geradenwegs dorthin, und da kniete Galoschen, und eine Menge von Eingeborenen sah zu. Man möchte gar nicht glauben, daß Papa sich um irgend etwas anderes als Schnaps so kümmern könnte; aber er und der Priester lagen sich zwei volle Stunden in den Haaren, beschimpften sich in der Sprache der Eingeborenen, und jedes Mal, wenn Galoschen niederknien wollte, ging Papa mit dem Prügel auf ihn los. Solch einen Auftritt hat es in Falesa überhaupt noch nicht gegeben. Das Ende vom Liede war, daß Kapitän Randall in einer Art Anfall umkippte – Schlaganfall oder so – und der Priester doch noch seinen Willen hatte. Aber so einen wütenden Priester hast du bestimmt noch nie gesehen; er beklagte sich bei den Häuptlingen über diese ›Gewalttat‹, wie er sagte. Aber das hatte nichts zu sagen, denn alle unsere Häuptlinge hier sind Protestanten; und außerdem hatte er irgendwie Schwierigkeiten gemacht wegen der Trommel für die Morgenschule, und sie freuten sich, daß sie ihm eins auswischen konnten. Jetzt schwört er, daß der alte Randall dem Adams Gift gegeben hat oder sowas, und wenn die beiden sich treffen, grinsen sie sich an wie die Affen.«

Er erzählte diese Geschichte so natürlich wie möglich und wie einer, der Freude an Späßen hat; aber wenn ich jetzt, solange später, drüber nachdenke, kommt es mir doch vor, als hätte er da ein übles Garn gesponnen. Jedenfalls war Case niemals sanft, sondern rauh und herzlich, jeder Zoll ein Mann, und ehrlich gesagt, er verblüffte mich immer von neuem.

Ich ging nach Hause und fragte Uma, ob sie eine ›Popey‹ wäre, denn ich hatte herausgefunden, daß dies das Wort der Eingeborenen für Katholik sei.

»E le ai!« sagte sie. Sie sprach immer in der Eingeborenensprache, wenn sie ihr ›Nein‹ besonders betonen wollte, und wirklich kam noch etwas hinterher. »Popey nicht gut«, fügte sie hinzu.

Dann fragte ich sie nach Adams und dem Priester, und sie spann dasselbe Garn auf ihre Art, so daß mir auch nicht weitergeholfen war, und ich war geneigt, zu glauben, daß der Kern der Sache der Streit ums Sakrament war und das mit dem Vergiften nur Gerede.

Der nächste Tag war ein Sonntag, und um das Geschäft brauchte ich mich also nicht zu kümmern. Uma fragte mich morgens, ob ich ›beten‹ ginge; ich sagte ihr selbstverständlich nein, und sie selber blieb auch zu Hause, ohne noch ein Wort darüber zu verlieren. Ich fand, das passe nicht zu einer Eingeborenenfrau und schon gar nicht zu einer Frau, die sich in neuen Kleidern zeigen konnte; aber es kam mir selber sehr gelegen, und so machte ich kein Aufhebens davon. Seltsam war es, wie ich schließlich doch fast in die Kirche gekommen wäre, und ich werde nicht so bald vergessen, wie das geschah. Ich war auf einen Bummel gegangen und hörte ein Kirchenlied anstimmen. Das ist nun mal so: wenn man Leute singen hört, das scheint eben irgendwie anzuziehen, und bald fand ich mich selber neben der Kirche. Es war ein kleiner, niedriger, langgestreckter Bau aus Korallen, an beiden Enden gerundet wie ein Walboot, ein großes Dach drauf, wie die Eingeborenen es haben, Fenster ohne Rahmen und Eingänge ohne Türen. Ich steckte meinen Kopf in eins der Fenster, und der Anblick war mir so neu – denn auf den Inseln, die ich kannte, hatte alles ganz anders ausgesehen –, daß ich stehenblieb und zusah. Die Gemeinde saß auf Matten auf dem Erdboden, auf einer Seite die Frauen, auf der anderen die Männer, alle todschick aufgetakelt, die Frauen in Kleidern und Warenhaustüten, die Männer in weißen Jacken und Hosen. Das Lied war zu Ende, der Pastor, ein großer Kanaka, stand auf der Kanzel und predigte, als ginge es um sein Leben; und dabei gestikulierte er mit den Händen und redete mit schallender Stimme, stellte seine Thesen auf und schien mit den Leuten zu diskutieren; ich fand, er war eine Kanone auf seinem Gebiet. Nun, plötzlich sah er auf und fing meinen Blick auf, und – auf mein Wort – er taumelte auf seiner Kanzel, seine Augen quollen ihm aus dem Kopf hervor; seine Hand hob sich und zeigte auf mich, wie gegen seinen Willen und die Predigt brach ab.

Es ist nicht sehr ehrenvoll für mich, es zu gestehen, aber ich rannte weg; und wenn ich morgen noch einmal einen solchen Schreck erleben würde, dann würde ich morgen wieder ausreißen. Den schwatzenden Kanaka beim bloßen Anblick meiner Person so aus der Fassung geraten zu sehen – ich hatte ein Gefühl, als ob die Welt aus den Fugen ginge. Ich ging geradenwegs nach Hause, und da blieb ich und sagte kein Wort. Man könnte denken, ich hätte Uma davon erzählt, aber das hätte sich nicht mit meinen Prinzipien vertragen. Man könnte auch meinen, ich wäre zu Case gegangen und hätte ihn um Rat gefragt, aber, offen gestanden, ich schämte mich, davon zu reden; ich dachte, jeder würde mir ins Gesicht lachen, so hielt ich den Mund und dachte um so mehr, und je mehr ich dachte, desto weniger behagte mir die ganze Sache.

Montag abend war es mir ganz klar, daß ich tabu sein mußte. Daß ein neuer Laden in einem Dorf eröffnet war und kein Mann und keine Frau kam, um den Handel zu begaffen, war einfach unglaublich.

»Uma«, sagte ich, »ich glaube ich bin tabu.«

»Ich denke auch«, sagte sie.

Ich überlegte eine Weile, ob ich sie mehr fragen sollte, aber es ist nicht gut, wenn man Eingeborene glauben läßt, daß man ihren Rat braucht, deshalb ging ich zu Case. Es war dunkel, und er saß allein auf den Stufen wie meistens und rauchte.

»Case«, sagte ich, »was Komisches. Ich bin tabu.«

»Ach Unsinn«, sagte er. »Das gibt es hier auf den Inseln nicht.«

»Gibt's oder gibt's nichts«, sagte ich. »Wo ich war, gab's das auch. Du kannst sicher sein, ich weiß, wie das ist, und ich sage dir, es ist tatsächlich so: ich bin tabu.«

»Na schön«, sagte er, »aber was hast du denn angestellt?«

»Das möchte ich ja eben wissen«, sagte ich.

»Ach, das kann doch gar nicht sein«, sagte er. »Das ist ja nicht möglich. Aber ich will dir mal was sagen: damit du dich beruhigst, kann ich ja mal herumhorchen und die Lage sichten. Tanz herein und unterhalte dich mit Papa.«

»Danke«, sagte ich. »Ich möchte lieber hier draußen auf der Veranda warten. In eurem Haus ist so stickige Luft.«

»Dann ruf' ich Papa heraus«, sagte er.

»Laß' nur, Case«, sagte ich. »Offen gesagt, ich kann mit Herrn Randall nicht warm werden.«

Case lachte, nahm eine Laterne aus dem Laden und machte sich auf den Weg ins Dorf. Er war vielleicht eine Viertelstunde fort, und als er wiederkam, sah er mächtig ernsthaft aus.

»Wahrhaftig«, sagte er und setzte die Laterne auf die Verandastufen, »das hätte ich nie gedacht. Wer weiß, woran sich diese Kanakas mit ihrer Unverschämtheit das nächste Mal machen werden; die haben anscheinend allen Respekt vor Weißen verloren. Was wir brauchen, wäre jemand Kriegerisches – ein Deutscher am besten – der weiß, wie man mit Kanakas umgeht.«

»Dann bin ich also wirklich tabu?« rief ich aus.

»Sowas ähnliches«, sagte er. »Das ist das Übelste, was ich je gehört habe. Aber ich stehe zu dir, Wiltshire, Mann zu Mann. Komm morgen gegen neun her, und wir verhandeln dann mit den Häuptlingen; die haben Angst vor mir oder hatten sie jedenfalls immer; aber neuerdings tragen sie ihre Nasen so hoch, daß ich gar nicht weiß, was ich davon halten soll. Versteh mich richtig, Wiltshire; ich sehe das nicht als deine Sache an«, fuhr er mit Entschlossenheit fort, »ich betrachte das als die Sache des weißen Mannes, und ich werde dazu stehen durch dick und dünn, und da hast du meine Hand drauf.«

»Hast du ausfindig gemacht, was der Grund ist?« frage ich.

»Noch nicht«, sagte Case, »aber morgen werden wir sie festnageln.«

Im großen Ganzen war ich recht angenehm berührt von seiner Haltung und fast noch mehr am nächsten Tage, als wir uns trafen, um zu den Häuptlingen zu gehen und ich ihn so ernst und entschlossen sah. Die Häuptlinge erwarteten uns in einem ihrer großen, ovalen Häuser, das uns schon auf dem Wege durch die Menge kenntlich war, die sich um sein Dach geschart hatte, etwa hundert, wenn es nicht noch mehr waren, Männer, Frauen und Kinder. Viele von den Männern waren auf dem Weg zur Arbeit und trugen grüne Kränze, und das rief in mir Erinnerungen an den ersten Mai zu Hause wach. Die Menge teilte sich und summte um uns zwei, wie wir da hineingingen, mit einer plötzlichen, ärgerlichen Lebhaftigkeit. Fünf Häuptlinge waren da, vier mächtig stattliche Männer, der fünfte alt und runzelig. Da saßen sie auf Matten in ihren weißen Röcken und Jacken; wie feine Damen hatten sie Fächer in der Hand, und zwei von den Jüngeren trugen katholische Medaillons, die mich stutzig machten. Unser Platz war bestimmt, die Matten für uns lagen gegenüber diesen großen Herren, an der linken Seite des Hauses. Die Mitte war leer; die Menge dicht hinter unserem Rücken murmelte und reckte die Hälse und drängelte sich, um zuzusehen, und ihre Schatten tanzten vor uns auf den reinen Steinen des Fußbodens. Die Unruhe im Volk hätte mich um ein Haar aus der Fassung gebracht; aber das zivilisierte Auftreten der Häuptlinge beruhigte mich, um so mehr, als dann ihr Sprecher anhob, mit leiser Stimme eine Rede zu halten, dabei manchmal mit der Hand auf Case wies, manchmal auf mich und machmal mit dem Knöchel auf die Matte klopfte. Eins war klar: keine Spur von Ärger war an den Häuptlingen zu entdecken.

»Was hat er gesagt?« fragte ich Case, als er fertig war.

»Ach, nur eben, daß sie erfreut sind, dich zu sehen, daß sie durch mich wissen, daß du eine Art Klage erheben willst und daß du losschießen sollst und sie werden die Sache in Ordnung bringen.«

»Es hat ganz schön lange gedauert, das zu sagen«, sagte ich.

»Ach, das übrige war Speichelleckerei und Bonjour und sowas«, sagte Case. »Du weißt ja, wie die Kanakas sind.«

»Na, von mir werden sie nicht viel Bonjour zu hören kriegen«, sagte ich. »Sag ihnen, wer ich bin. Ich bin ein weißer Mann und britischer Untertan und ein mächtiger Häuptling zu Hause, und ich bin hergekommen um ihnen Gutes zu tun und ihnen Zivilisation zu bringen; und kaum habe ich meinen Laden eingerichtet, da kommen sie und erklären mich für tabu, und keiner wagt, zu mir zu kommen. Sag ihnen, ich will nicht irgendeinen Streit herausfordern; und wenn sie Geschenke wollen, dann werde ich tun, was recht und billig ist. Ich tadle keinen, der sieht, wo er bleibt, sag ihnen, denn das liegt in der menschlichen Natur; aber wenn sie denken, sie können mir mit ihren Eingeborenenideen kommen, haben sie sich getäuscht, das werden sie sehen. Und sag ihnen deutlich, daß ich als Weißer und als britischer Untertan verlange, den Grund für diese Behandlung zu erfahren.«

Das war meine Rede. Ich weiß doch, wie man mit Kanakas umgehen muß: man muß ein klares Wort mit ihnen reden und sie anständig behandeln, und sie ducken sich immer – alles, was recht ist. Sie haben keine richtige Regierung und kein richtiges Gesetz, das muß man ihnen in die Köpfe hämmern, und wenn sie auch eins gehabt hätten, wäre es ja ein Witz gewesen, hätte man das auf einen Weißen anwenden wollen. Es wäre doch komisch, wenn wir von so weit herkämen und nicht tun und lassen könnten, was uns paßt. Diese bloße Vorstellung hat mich schon immer zur Raserei gebracht, und ich trug meine Rede ziemlich hochmütig vor. Dann übersetzte sie Case – oder er tat wenigstens so – und der erste Häuptling antwortete und dann der zweite und der dritte, alle im selben Stil, leicht und vornehm, aber feierlich dabei. Einmal wurde Case eine Frage gestellt, und er beantwortete sie, und die ganze Gesellschaft (die Häuptlinge und das Volk) lachten laut heraus und sahen mich an. Am Schluß fingen der runzlige alte Knabe und der große, junge Häuptling, der zuerst gesprochen hatte, an, Case in eine Art Kreuzverhör zu nehmen. Manchmal stellte ich fest, daß Case zu parieren versuchte; sie waren hinter ihm her wie die Hunde, und der Schweiß lief ihm übers Gesicht, kein sehr erfreulicher Anblick für mich, und bei einigen seiner Antworten murrte und murmelte die Menge, und das zu hören war noch weniger erfreulich. Eine Affenschande, daß ich die Eingeborenensprache nicht verstand, denn heute glaube ich, sie fragten Case wegen meiner Heirat, und es muß schwierig für ihn gewesen sein, sich da aus der Affäre zu ziehen. Aber laßt nur Case: er hatte Grips genug, um ein ganzes Parlament zu führen.

»Na, ist das alles?« fragte ich, als eine Pause kam.

»Komm los«, sagte er und wischte sich das Gesicht. »Ich erzähl' dir draußen.«

»Meinst du, sie heben das Tabu nicht auf?« schrie ich.

»Das ist was Komisches!« sagte er. »Ich erzähl' dir's draußen, komm lieber!«

»Von denen laß' ich mir das nicht bieten!« schrie ich. »So einer bin ich nicht. Das wirst du nicht erleben, daß ich vor so einer Bande Kanakas ausreiße.«

»Tu's lieber!« sagte Case.

Er machte mir mit den Augen ein Zeichen; und die fünf Häuptlinge sahen mich ganz höflich an, aber irgendwie anzüglich, und das Volk sah auf mich und reckte die Hälse und drängelte. Ich dachte an die Menge vor meinem Haus und wie der Pastor auf der Kanzel zusammengefahren war bei meinem bloßen Anblick; und die ganze Angelegenheit schien so ungewöhnlich, daß ich aufstand und Case folgte. Wieder öffnete sich die Menge, um uns durchzulassen, aber weiter als vorher; die Kinder am Rande rannten und schrien, und alle standen und beobachteten uns zwei weiße Männer, wie wir fortgingen.

»Was soll das alles nun eigentlich heißen?« fragte ich.

»Offen gesagt, ich kann es selber nicht richtig 'rauskriegen. Sie mögen dich nicht«, sagte Case.

»Einen Mann für tabu erklären, weil man ihn nicht mag!« rief ich. »So was habe ich überhaupt noch nicht gehört.«

»Es ist noch schlimmer, weißt du«, sagte Case. »Du bist nicht tabu – ich hab' dir ja gesagt, das gibt es nicht. Die Leute wollen nicht zu dir kommen, Wiltshire, da liegt der Hase im Pfeffer.«

»Nicht zu mir kommen? Was meinst du damit? Warum wollen sie nicht zu mir kommen?« rief ich.

Case zögerte. »Es sieht aus, als ob sie sich fürchten«, sagte er mit gedämpfter Stimme.

Ich hielt jäh an. »Fürchten?« wiederholte ich. »Bist du verrückt geworden, Case? Wovor fürchten die sich denn?«

»Ich wünschte, ich kriegte es heraus«, antwortete Case mit Kopfschütteln. »Anscheinend eine von ihren verrückten abergläubischen Vorstellungen. Sowas finde ich einfach fürchterlich«, sagte er. »Wie die Sache mit Vigours.«

»Ich möchte wissen, was du damit meinst, und ich

möchte dich doch bemühen, mir das mitzuteilen«, sagte ich.

»Na, du weißt doch, Vigours ließ alles stehen und liegen und ist verduftet«, sagte er. »Irgend so ein Aberglauben spielte da mit – ich bin nie dahintergekommen, aber es fing schon an, faul auszusehen, ehe die Sache zu Ende war.«

»Darüber habe ich eine andere Geschichte gehört«, sagte ich, »und ich glaube, es ist das Beste, ich erzähle sie dir. Ich habe gehört, er ist deinetwegen weggelaufen.«

»Na ja, ich glaube, er hat sich geschämt, die Wahrheit zu sagen«, sagte Case. »Wahrscheinlich kam es ihm dumm vor, und das stimmt, daß ich ihn weggeschickt habe. ›Was würdest du tun, alter Junge?‹ sagte er. ›Abhauen‹, sagte ich, ›und mir die Sache nicht zweimal überlegen.‹ Ich war überglücklich, als ich sah, daß er wegkam. Es ist nicht meine Gewohnheit, einem Kollegen den Rücken zu kehren, wenn er in der Falle sitzt, aber es gab einen solchen Rummel im Dorf, daß ich nicht absehen konnte, wo das noch hinaus sollte. Ich war ein Narr, daß ich soviel mit Vigours zusammensteckte. Sie werfen mir's heute noch vor. Hast du nicht Maea gehört – das ist der junge Häuptling, der große –, wie er das mit ›Vika‹ wieder auskramte? Hinter dem waren sie her. Irgendwie vergessen sie das anscheinend nicht.«

»Das ist alles ganz schön«, sagte ich, »aber da dran sehe ich nicht, was hier nicht stimmt und was sie sich so vorstellen.«

»Ja, das möchte ich selber wissen«, sagte Case. »Deutlicher kann ich es nicht sagen.«

»Ich finde, du hättest fragen können«, sagte ich.

»Das habe ich ja«, sagte er. »Aber wenn du nicht blind bist, mußt du selber gesehen haben, daß sie den Spieß umdrehten und selber fragten. Ich gehe soweit, wie ich es für einen anderen Weißen wagen kann. Aber wenn ich sehe, daß ich selber in die Klemme kommen, muß ich mich zuerst selber in Sicherheit bringen. Mein Fehler ist, daß ich zu gutmütig bin, und ich erlaube mir, dir zu sagen, daß du einem Mann, der deinetwegen in der Patsche sitzt, deine Dankbarkeit auf wirklich komische Art zeigst.«

»Da denke ich grade an etwas«, sagte ich. »Du warst ein Narr, daß du soviel mit Vigours zusammengesteckt hast. Ein Glück, daß du nicht viel mit mir zusammensteckst. Ich muß bemerken, daß du nie in meinem Haus gewesen bist. Gib zu, du hast das schon vorher gewußt?«

»Nein, wahrhaftig, das wußte ich nicht«, sagte er. »Es war Nachlässigkeit, und es tut mir leid, Wiltshire. Aber wenn du damit sagen willst, ich soll jetzt kommen, will ich dir gar nichts vormachen.«

»Du meinst, du willst nicht?« fragte ich.

»Es tut mir leid, alter Junge, aber du hast's getroffen«, sagte Case.

»Kurz gesagt, du hast Angst«, sagte ich.

»Kurz gesagt, ich habe Angst«, sagte er.

»Und ich soll immer noch tabu sein, so für nichts und wieder nichts?« fragte ich.

»Ich sage dir, du bist nicht tabu«, erwiderte er. »Die Kanakas kommen nicht zu dir, das ist alles. Und wer will sie dazu zwingen? Wir Händler haben eine gute Portion Unverschämtheit, muß ich sagen. Diese armen Kanakas müssen ihre Gesetze zurücknehmen und ihre Tabus aufheben, wenn es uns zufällig gerade paßt. Aber du willst doch nicht sagen, daß du ein Gesetz erwartest, das die Leute zwingt, mit dir Geschäfte zu machen, ob sie wollen oder nicht? Du willst mir doch nicht erzählen, daß du diese Unverschämtheit hast? Und wenn du sie wirklich hättest, wäre es komisch, mir das vorzuschlagen. Ich möchte dich doch darauf aufmerksam machen, Wiltshire, daß ich selber ein Händler bin.«

»Wenn ich du wäre, würde ich nicht von Unverschämtheit reden«, sagte ich. »So wie ich mir das zusammenreime, kommt es nämlich darauf hinaus, daß keiner von den Leuten bei mir kaufen soll; alle sollen mit dir handeln. Du sollst die ganze Kopra haben, und ich kann zum Teufel gehen und in den Mond gucken. Ich verstehe die Eingeborenensprache nicht, und du bist hier der einzige vernünftige Mensch, der englisch spricht, und du hast die Unverschämtheit, zu kommen und mir anzudeuten, daß mein Leben in Gefahr ist, und weiter hast du mir nichts zu sagen, als daß du den Grund nicht weißt.«

»Aber das ist wahrhaftig alles, was ich dir sagen kann«, sagte er. »Ich weiß nichts, ich wünschte, ich wüßte was.«

»Und jetzt kehrst du mir also den Rücken und überläßt mich meinem Schicksal? Steht es so?« sagte ich.

»Ja, wenn du es ungezogen ausdrücken willst«, sagte er. »Ich sage es nicht so. Ich sage nur: ich werde mich von dir fernhalten; denn wenn ich das nicht täte, würde ich selber in Gefahr geraten.«

»Na«, sagte ich, »du bist mir ein schöner Weißer!«

»Oh, ich verstehe schon, daß du verärgert bist«, sagte er, »das wäre ich auch. Das kann ich entschuldigen.«

»Oh, bitte sehr«, sagte ich, »geh und entschuldige sonstwo. Mein Weg geht hier, deiner dort.«

Damit trennten wir uns, und ich ging geradenwegs heim, kochend und bebend vor Zorn, und fand Uma beim Anprobieren vor einem Haufen von Waren, wie ein kleines Kind.

»Laß den Unsinn«, sagte ich. »Da hast du ja was Schönes angerichtet, als ob ich nicht ohnehin genug Ärger hätte. Ich dachte, ich hätte dir gesagt, daß du Essen machen sollst.«

Und dann, glaube ich, sprach ich etwas in meiner rauhen Sprache mit ihr, wie sie es verdiente. Sie stand sofort auf wie ein Posten vor seinem Offizier; denn das muß ich sagen, sie benahm sich immer sehr wohlerzogen und hatte großen Respekt vor Weißen.

»Und jetzt hör zu«, sagte ich. »Du gehörst doch hierher, du mußt das doch verstehen. Warum haben sie mich denn bloß tabu erklärt? Oder wenn ich nicht tabu bin, warum fürchten sich die Leute vor mir?«

Sie stand und sah mich an mit Augen wie Untertassen. »Du nicht verstehen?« keuchte sie endlich.

»Nein«, sagte ich, »wieso denkst du denn das? Da, wo ich herkomme, haben wir solchen Blödsinn nicht.«

»Ese dir nicht gesagt haben?« fragte sie wieder.

(Ese war der Name der Eingeborenen für Case. Es kann fremd oder außergewöhnlich bedeuten; es kann auch Zwergapfel heißen; aber wahrscheinlich hatte man nur seinen eigenen Namen falsch verstanden und in Kanaka-Sprache buchstabiert.)

»Nicht viel«, sagte ich.

»Verfl... Ese!« rief sie.

Es könnte einem komisch vorkommen, ein solcher Fluch auf den Lippen dieses Kanaka-Mädchens. Aber es wirkte nicht so; es war kein Fluchen und auch kein Ärger war dabei; sie stand über dem Ärger und meinte die Worte einfach und ernst. Aufrecht stand sie da, als sie das sagte. Ehrlich gesagt, ich habe nie vorher oder nachher eine Frau so gesehen, und es machte mich sprachlos. Dann machte sie eine Art Verbeugung, aber auf die stolzeste Weise, und streckte die Hände offen aus.

»Ich schämen«, sagte sie. »Ich denken, du wissen. Ese mir sagen, du wissen, er mir sagen, du nichts kümmern drum, mir sagen, du mich zu sehr lieben. Tabu sein für mich«, sagte sie und tippte sich an die Brust, wie sie in unserer Hochzeitsnacht getan hatte. »Jetzt ich gehen, Tabu auch weggehen. Dann du sehr viel Kopra bekommen. Du lieber mehr Kopra haben, ich denken, Tofà, alii«, sagte sie in der Eingeborenensprache – »Lebewohl, Häuptling!«

»Halt«, rief ich, »nicht so schnell!«

Sie sah mich mit einem Lächeln von der Seite an: »Du sehen, du Kopra haben« sagte sie, wie man einem Kind Bonbons anbietet.

»Uma«, sagte ich, »sei vernünftig. Ich wußte es nicht, das stimmt. Case hat uns anscheinend ziemlich gemein an der Nase herumgeführt. Aber jetzt weiß ich es, und es macht mir nichts aus; ich hab' dich zu lieb; du nicht fortgehen, du mich nicht verlassen, ich zu traurig.«

»Du mich nicht lieben«, rief sie, »du mir falsch Wort sagen!«, und sie warf sich auf den Fußboden in die Ecke und fing an zu weinen.

Nun, ich bin kein Gelehrter, aber ich bin auch nicht erst gestern auf die Welt gekommen, und ich dachte, das schlimmste Unglück wäre vorbei. Aber da lag sie nun, drehte mir den Rücken zu, kehrte das Gesicht zur Wand und schluchzte wie ein kleines Kind, daß selbst ihre Füße dabei zuckten. Seltsam, wie das einen Mann trifft, wenn er verliebt ist; denn es hat keinen Zweck, um die Dinge herumzureden – Kanaka hin, Kanaka her – ich war verliebt in sie oder doch so gut wie verliebt. Ich versuchte ihre Hand zu fassen, aber sie mochte nicht. »Uma«, sagte ich, »es hat doch keinen Zweck, so weiter zu machen. Ich will, du hierbleiben, ich will mein kleines Weibi, ich sage dir Wahrheit.«

»Du nicht Wahrheit sagen«, schluchzte sie.

»Gut«, sagte ich, »ich werde warten, bis du fertig bist.« Und ich setzte mich neben sie auf den Fußboden und fing an, ihr mit der Hand übers Haar zu streichen. Zuerst wandte sie sich weg, wenn ich sie anrührte; dann schien sie mich nicht mehr zu bemerken; dann ließ ihr Schluchzen immer mehr nach und das nächste war, daß sie ihr Gesicht zu meinem aufhob. »Du mir Wahrheit sagen? Du wollen, ich bleiben?« fragte sie.

»Uma«, sagte ich, »du bist mir lieber als alle Kopra der Südsee.« Das war ein sehr großes Wort, und das Sonderbarste daran war, daß ich es wirklich ehrlich meinte.

Sie umarmte mich, schmiegte sich an mich, preßte ihr Gesicht an meins und küßte mich auf die Art der Insulaner, so daß ich von ihren Tränen ganz naß wurde, und mein Herz flog ihr ganz und gar zu. Mir ist niemals etwas so nah gekommen wie dieses kleine braune Ding. Vieles kam zusammen und alles half dazu, mir den Kopf zu verdrehen; sie war zum Fressen niedlich; es schien, als wäre sie mein einziger Freund in diesem komischen Land; ich schämte mich, daß ich so hart mit ihr geredet hatte, und sie war eine Frau und meine Frau und außerdem eine Art kleines Kind, das mir leid tat; und das Salz ihrer Tränen war in meinem Mund; und ich vergaß Case und die Eingeborenen; und ich vergaß, daß ich keine Kopra bekommen würde und so meinen Lebensunterhalt nicht bestreiten konnte; und ich vergaß meine Arbeitgeber und dachte nicht daran, daß ich ihnen einen sonderbaren Dienst erwies, wenn meine Laune mir wichtiger war als ihr Geschäft, und selbst das vergaß ich, daß Uma nicht meine richtige Frau war, sondern eben nur ein betrogenes Mädchen und betrogen auf eine ziemlich schäbige Art. Aber da greife ich schon vor. Dazu komme ich erst später.

Es war spät, als wir ans Essen dachten. Der Ofen war ausgegangen und eiskalt geworden; aber nach einer Weile heizten wir an und kochten jeder ein Gericht, halfen und hinderten einander und machten uns ein Spiel draus wie Kinder. Mich verlangte so sehr nach ihrer Nähe, daß ich mich mit meinem Mädchen auf dem Schoß zum Essen niedersetzte, sie mit einer Hand festhielt und mit der anderen aß. Und damit nicht genug. Ich glaube, sie war die schlechteste Köchin, die der liebe Gott geschaffen hat. Es hätte einen rechtschaffenen Gaul krank gemacht, von den Gerichten zu fressen, die sie zubereitet hatte; trotzdem aß ich an diesem Tage Umas Gebräu, und ich kann mich nicht erinnern, daß ich jemals mit solchem Genuß gegessen hätte.

Ich machte mir selber nichts vor, und ich machte auch ihr nichts vor. Ich sah, daß ich ganz vernarrt in sie war, und wenn sie mich nun zum Narren halten wollte, dann mußte sie es eben tun. Und ich glaube, das war es, was sie so redselig machte, denn nun war sie sicher, daß wir Freunde waren. Sie erzählte mir eine Menge, wie sie so auf meinem Schoß saß und mein Gericht aß, während ich zum Spaß ihres aß – eine Menge von sich selber und ihrer Mutter und Case, und das war alles sehr langweilig; es würde Seiten füllen, wenn ich es in Beach de Mar wiedergeben wollte, aber ich will es in klarem Englisch kurz andeuten, und etwas erzählte sie über mich selber, was von großer Wichtigkeit für mich war, wie man bald hören wird.

Sie war anscheinend auf einer Insel am Äquator geboren. In dieser Gegend war sie erst zwei bis drei Jahre und erst ein Jahr in Falesa; hergekommen war sie mit einem Weißen, der ihre Mutter geheiratet hatte und dann gestorben war; vorher war sie viel herumgezogen, immer mit dem weißen Mann, einem von den unruhigen Geistern, die ewig auf der Suche nach einem bequemen Pöstchen sind. Sie reden, als wollten sie das Blaue vom Himmel herunterholen, aber wenn einer nach einer Beschäftigung sucht, bei der er bleiben kann bis zu seinem Tode, dann laßt ihn auf die Jagd nach solch einem bequemen Pöstchen gehen. Da hat er zu essen und zu trinken und Bier und Kegel, denn man hört nie, daß jemand dabei verhungert wäre, und selten sieht man sie nüchtern, und was ihre ständige Unterhaltung betrifft, ist Hahnenkampf nicht gerade ihr Geschmack. Dieser Strandräuber jedenfalls schleppte Weib und Tochter überall herum, aber meist auf abgelegenen Inseln, wo es keine Polizei gab und wo, wie er vielleicht dachte, so ein bequemer Posten schon auf ihn warten würde. Ich hatte so meine eigene Ansicht über diesen alten Strolch, aber zugleich war ich auch froh, daß er Uma von Apia und Papetee, diesen Verbrechernestern, ferngehalten hatte. Endlich ließ er sich in Fale-alii, auf dieser Insel, nieder, erwarb einen Handel – Gott weiß wie! – wurstelte so hin im üblichen Stil und starb ziemlich ohne einen roten Heller; nur ein Stück Land in Falesa hatte er für unbezahlte Außenstände bekommen und das brachte Mutter und Tochter auf den Gedanken, herzukommen und hier zu leben. Anscheinend hatte Case sie ermutigt, so sehr er konnte, und ihnen geholfen, ihr Haus zu bauen. Zu dieser Zeit war er sehr freundlich und gab Uma Arbeit, und zweifellos hatte er von Anfang an ein Auge auf sie geworfen.

Kaum hatten sie sich jedoch niedergelassen, da tauchte ein junger Mann auf, ein Eingeborener, und wollte sie heiraten. Er war ein kleiner Häuptling und hatte prächtige Matten und alte Lieder in seiner Familie und war ›sehr nett‹, wie Uma sagte. Und alles in allem war es eine ausgezeichnete Partie für ein bettelarmes Mädchen, das noch nicht einmal von der Insel stammte.

Bei den ersten Worten davon wurde ich ganz krank vor Eifersucht.

»Und du willst sagen, du hättest ihn geheiratet?« rief ich.

»Joe, ja«, sagte sie, »ich zu gern wollen.«

»So«, sagte ich, »und wenn ich dann aufgetaucht wäre?«

»Ich dich jetzt mehr lieber wollen«, sagte sie. »Aber denken, ich heiraten Joane, ich eine gute Frau. Ich nicht gewöhnliche Kanaka. Ich gutes Mädchen«, sagte sie.

Das hätte mich nun freuen sollen, aber ich versichere, ich fand durchaus keinen Gefallen an der ganzen Sache, und das Ende von diesem Garn behagte mir nicht mehr als der Anfang. Denn anscheinend war dieser Heiratsplan der Anfang aller Unruhe. Man hatte natürlich schon vorher auf Uma und ihre Mutter herabgesehen als Leute, die nicht von der Insel stammten und ohne Verwandtschaft waren, aber man hatte nichts gegen sie; sogar als Joane auftauchte, gab es zuerst noch weniger Aufregung, als man hätte denken sollen. Und dann plötzlich, etwa sechs Monate vor meiner Ankunft, rückte Joane aus und verließ diesen Teil der Insel, und von diesem Tage an wurden Uma und ihre Mutter gemieden. Niemand besuchte sie, niemand sprach auf der Straße mit ihnen. Wenn sie zur Kirche gingen, zogen die anderen Frauen ihre Matten weg und ließen sie auf einem gesonderten Platz allein. Es war eine regelrechte Exkommunikation, wie man es aus dem Mittelalter hört, und der Grund davon war nicht zu erraten. Es war tala pepelo, sagte Uma, eine Lüge, eine Verleumdung; und alles, was sie darüber wußte, war dies, daß die Mädchen, die auf ihr Glück mit Joane neidisch gewesen waren, sie mit ihrem Alleinsein hänselten, und wenn sie sie allein im Wald trafen, riefen sie ihr zu, daß sie sich niemals verheiraten würde. »Sie mir sagen, kein Mann mich heiraten. Er zu sehr Angst«, sagte sie. Die einzige Menschenseele, die noch nach dieser Absonderung mit ihnen verkehrte, war Meister Case. Auch er machte sich kostbar und kam meist abends; und ziemlich bald fing er an, seine Karten aufzudecken und sich an Uma heranzumachen. Ich war noch über Joane bekümmert, und als Case nun mit denselben Absichten aufkreuzte, wurde ich einfach grob.

»Aha«, sagte ich spöttisch lächelnd, »und wahrscheinlich fandest du Case ›sehr nett‹ und ›zu gern wollen‹?«

»Nun du dumm reden«, sagte sie. »Weißer Mann, er herkommen, ich ihn heiraten, bin doch Kanaka, gut, dann er mich heiraten wie weiße Frau. Denken, er nicht heiraten, er weggehen, Frau er da lassen. Ist doch Dieb, leere Hand, Tonga-Herz, nicht lieben kann. Nun du kommen, mich heiraten. Du weites Herz – du nicht schämen Inselmädchen. Das Ding für ich dich lieben zu sehr. Ich stolz.«

In meinem ganzen Leben habe ich mich nie so elend gefühlt. Ich legte meine Gabel hin und schob mein ›Inselmädchen‹ weg. Irgendwie hatte ich anscheinend für beides keine Verwendung. Und ich stand auf und lief im Hause auf und ab, und Uma folgte mir mit den Augen, denn sie war besorgt und das war auch kein Wunder.

Aber besorgt war gar kein Ausdruck für den Zustand, in dem ich mich befand. Ich sehnte mich so und fürchtete mich so, offen zu gestehen, was für ein Hundsfott ich gewesen war.

Und gerade in dem Augenblick kam ein Singen von der See; es erhob sich plötzlich klar und nah, als das Boot die Landzunge umschiffte, und Uma, die zum Fenster gelaufen war, rief, es sei ›Misi‹, der auf seiner Rundfahrt vorbeikam.

Ich dachte, es sei doch eine seltsame Sache, daß ich froh war, einen Missionar da zu haben; aber wenn es auch seltsam war, so stimmte es doch.

»Uma«, sagte ich, »du bleibst hier im Zimmer und rührst dich nicht fort, bis ich zurückkomme.«

DRITTES KAPITEL

Der Missionar

Als ich auf die Veranda heraustrat, schoß das Missionsboot in die Flußmündung. Es war ein langer, weiß gestrichener Walfänger, achtern mit einem Stück Segeltuch überspannt; ein Eingeborenenpastor saß in der hinteren Ecke und steuerte; etwa vierundzwanzig Ruder blitzten auf und tauchten unter im Takt des Bootsliedes; und der Missionar in seinen weißen Gewändern unter dem Segeltuch las aus einem Erbauungsbuch vor! Es war hübsch zu sehen und zu hören; es gibt doch keinen reizenderen Anblick auf den Inseln als ein Missionarsboot mit einer guten Besatzung und hübschen Stimmen; und ich betrachtete es eine Weile, mit etwas Neid vielleicht, und schlenderte dann zum Fluß hinunter.

Von der entgegengesetzten Seite steuerte ein anderer Mann denselben Platz an, aber er rannte und war zuerst da. Es war Case; zweifellos war es seine Absicht, mich von dem Missionar fernzuhalten, der mir als Dolmetscher dienen könnte, aber ich hatte anderes im Sinn. Ich dachte daran, wie er uns mit der Heirat hereingelegt hatte und daß er sich schon vorher an Uma herangemacht hatte, und ich bebte vor Zorn bei seinem Anblick.

»Verschwinde, du gemeiner, verlogener Spitzbube«, rief ich.

»Was sagst du?« sagte er.

Ich wiederholte ihm meine Worte und bekräftigte sie mit einem anständigen Schwur. »Und wenn ich dich jemals auf eine Entfernung von sechs Klaftern um mein Haus herum erwische«, schrie ich, »dann schieße ich dir eine Kugel in dein elendes Gestell.«

»Um dein Haus 'rum kannst du tun und lassen, was dir paßt«, sagte er, »und im übrigen habe ich dir ja gesagt, dorthin komme ich sowieso nicht; aber das hier ist ein öffentlicher Platz.«

»Es ist ein Platz, an dem ich private Geschäfte zu erledigen habe«, sagte ich. »Ich denke gar nicht dran, einen Hund wie dich horchen zu lassen, und ich teile dir mit, daß du dich zu verziehen hast.«

»Diese Mitteilung kümmert mich aber gar nicht«, sagte Case.

»Dann werde ich dich's lehren«, sagte ich.

»Das werden wir noch sehen«, sagte er.

Mit seinen Händen war er flink, aber er hatte weder Größe noch Gewicht und war eine kümmerliche Kreatur neben einem Mann wie mir, und außerdem hatte meine Wut einen solchen Grad erreicht, daß ich hätte Bäume ausreißen können. Ich gab ihm ein paar hinter die Ohren, daß ich seinen Kopf krachen und knacken hörte, und er fiel sofort hin.

»Hast du genug?« schrie ich. Aber er sah nur auf, weiß und verwirrt, und das Blut lief ihm übers Gesicht wie Wein über ein Mundtuch. »Hast du genug?« schrie ich wieder. »Sag's und lüg nicht und stell dich nicht krank oder ich nehme meine Füße zu Hilfe.«

Da richtete er sich auf hielt sich den Kopf – wer ihn ansah, konnte sehen, daß ihm schwindlig war – und das Blut lief ihm über seinen Schlafanzug.

»Für diesmal hab' ich genug«, sagte er und stand schwankend auf und ging den Weg zurück, den er gekommen war.

Das Boot war nahe herangekommen; ich sah, daß der Missionar das Buch zur Seite gelegt hatte, und ich lächelte vor mich hin. »Jedenfalls wird er wissen, daß ich ein Mann bin«, dachte ich.

Zum ersten Mal, seit ich im Pazifik lebte, sprach ich mit einem Missionar, und noch nie hatte ich einen um einen Gefallen gebeten. Die Gesellschaft war mir unsympathisch, wie allen Händlern; sie sehen auf uns herab und machen kein Hehl draus; außerdem sind sie teilweise von Kanakas beeinflußt und für sie eingenommen, statt für andere Weiße, wie sie selber sind. Ich trug einen sauberen gestreiften Schlafanzug, denn ich hatte mich natürlich anständig angezogen, als ich vor den Häuptlingen erscheinen sollte, aber als ich den Missionar aus dem Boot treten sah in seiner üblichen Kleidung, dem weißen Anzug aus Leinen, einem festen Helm, im weißen Hemd mit Binder und gelben Stiefeln, hätte ich ihn steinigen können. Als er näher kam und mich spöttisch und neugierig betrachtete (wahrscheinlich wegen der Rauferei), sah ich, daß er todkrank war, er war fiebrig und hatte im Boot soeben einen Anfall gehabt. »Herr Tarleton, nehme ich an?« sagte ich, denn ich wußte seinen Namen.

»Und Sie sind vermutlich der neue Händler?« sagte er.

»Ich möchte Ihnen gleich sagen, daß ich es nicht mit Missionaren halte«, fuhr ich fort, »und daß ich glaube, Sie und Ihresgleichen machen eine Menge Schaden, füttern die Eingeborenen mit Altweibergeschichten und Aufgeblasenheiten.«

»Sie haben ganz und gar recht mit Ihren Ansichten«, sagte er und sah etwas gefährlich aus, »aber ich habe kein Verlangen, sie zu hören.«

»Es ist nun einmal so, daß Sie sie hören müssen«, sagte ich. »Ich bin kein Missionar und kein Liebhaber von Missionaren; ich bin kein Kanaka und auch kein Freund von Kanakas; ich bin eben ein Händler; ich bin eben ein gemeiner, ganz kleiner, gottverdammter weißer Mann und britischer Untertan von der Sorte, an der Sie sich die Schuhe abwischen möchten. Ich hoffe sehr, ich bin deutlich.«

»Jawohl, mein Herr«, sagte er, »es ist mehr deutlich als ehrenwert. Wenn Sie nüchtern sind, werden Sie das bereuen.«

Er wollte weitergehen, aber ich hielt ihn mit der Hand zurück. Die Kanakas fingen an zu knurren. Wahrscheinlich gefiel ihnen mein Ton nicht, denn ich sprach zu dem Mann so offen, wie ich zu jedem anderen sprechen würde.

»So, nun können Sie nicht sagen, daß ich Sie betrogen habe«, sagte ich, »und ich kann fortfahren. Ich möchte, daß Sie mir einen Dienst erweisen – oder zwei Dienste eigentlich; und wenn Sie sich diese Mühe machen, werde ich vielleicht mehr Interesse für das bekommen, was Sie Christentum nennen.«

Er war einen Augenblick still. Dann lächelte er. »Sie sind ein komischer Kauz«, sagte er.

»Ich bin genau so, wie mich Gott geschaffen hat«, sagte ich. »Ich spiele mich nicht als Gentleman auf.«

»Dessen bin ich nicht ganz sicher«, sagte er. »Und was kann ich für Sie tun, Herr –?«

»Wiltshire«, sagte ich, »man nennt mich allerdings meist Welsher, aber Wiltshire wird es geschrieben, wenn die Leute an der Küste sich nur nicht die Zunge dabei zerbrechen würden. Und was ich will? Gut, ich will Ihnen das erste erzählen. Ich bin das, was ihr Sünder nennt – ich nenne es Schweinehund – und ich möchte, daß Sie mir helfen, es einem Menschen zu bekennen, den ich betrogen habe.«

Er wandte sich um und sprach in der Eingeborenensprache zu seiner Schiffsmannschaft. »Und nun bin ich zu Ihrer Verfügung«, sagte er, »aber nur solange meine Mannschaft Mittag ißt. Vor Abend muß ich noch viel weiter küstenabwärts sein. Seit heute morgen haben sie mich in Papa-Malua aufgehalten, und morgen abend habe ich in Fale-alii eine Verabredung.«

Stumm führte ich ihn den Weg zu meinem Haus, und ich war recht zufrieden mit mir, das Gespräch so geführt zu haben, denn ich mag es gern, wenn einer seine Selbstachtung behält.

»Es tat mir leid, Sie raufen zu sehen«, sagte er.

»Ach ja, das ist der andere Teil der Geschichte, den will ich Ihnen auch noch erzählen«, sagte ich. »Das ist der Dienst Nummer zwei. Wenn Sie es angehört haben, können Sie mir sagen, ob es Ihnen leid tut oder nicht.«

Wir gingen durch den Laden ins Haus, und ich war überrascht, als ich sah, daß Uma den Eßtisch abgeräumt hatte. Das war ihr so wenig ähnlich, daß ich merkte, sie hatte es aus Dankbarkeit getan, und ich mochte sie noch lieber dafür. Sie und Herr Tarleton nannten sich bei Namen, und er war offenbar sehr höflich gegen sie; aber ich machte mir darüber nicht viel Gedanken; für einen Kanaka finden sie immer höfliche Worte, nur uns Weißen gegenüber kehren sie den Herren heraus. Im übrigen beschäftigte mich Tarleton selbst in diesem Augenblicke wenig. Ich war dabei, meinen großen Wurf zu tun.

»Uma«, sagte ich, »gib uns deinen Trauschein.« Sie machte ein böses Gesicht. »Komm«, sagte ich, »du kannst Vertrauen zu mir haben. Gib ihn her.«

Wie gewöhnlich hatte sie ihn bei sich; ich glaube, sie

hielt ihn für einen Passierschein in den Himmel und dachte, wenn sie stürbe, ohne ihn zur Hand zu haben, würde sie in die Hölle kommen. Ich hatte das erste Mal nicht gesehen, wohin sie ihn gesteckt hatte, ich konnte jetzt nicht sehen, woher sie ihn nahm; er schien ihr in die Hand zu springen, wie bei dem Blavatsky-Trick, von dem man in den Zeitungen liest. Aber das ist bei all diesen Inselfrauen das gleiche, und wahrscheinlich lernen sie es schon, wenn sie noch ganz jung sind.

»Nun«, sagte ich, die Bescheinigung in der Hand, »ich bin von dem Schwarzen Jack, dem Neger, mit diesem Mädchen getraut worden. Die Bescheinigung wurde von Case geschrieben, und ich kann Ihnen versichern, es ist ein köstliches Stück Literatur. Seitdem habe ich festgestellt, daß gegen diese Frau im Ort irgendeine Art Gerücht umgeht, und solange ich sie behalte, kann ich nicht Handel treiben. Was würde wohl ein anderer an meiner Stelle tun, wenn er ein Mann wäre?« sagte ich. »Das erste, was er tun würde, wäre wahrscheinlich dies«, und ich nahm die Bescheinigung und zerriß sie und streute die Fetzen auf den Boden.

»O weh!« schrie Uma und rang ihre Hände, von denen ich eine erfaßte.

»Und das zweite, was er tun würde«, sagte ich, »wenn er das wäre, was ich einen Mann nenne, und was Sie einen Mann nennen würden, Herr Tarleton, wäre, dies Mädel zu Ihnen oder irgendeinem anderen Missionar zu bringen, gradezustehen und zu sagen; ›Ich war mit dieser Frau ungesetzlich verheiratet, aber ich halte sehr viel von ihr, und ich möchte jetzt rechtmäßig mit ihr verheiratet werden.‹ Schießen Sie los, Herr Tarleton, und ich glaube, Sie machen es besser in der Eingeborenensprache, das wird meiner alten Dame gefallen«, sagte ich und gab ihr gleich den passenden Namen, der ihr als Ehefrau eines Mannes zukam. So holten wir zwei von der Schiffsmannschaft als Zeugen herein und wurden in unserem eigenen Haus getraut, und ich muß sagen, der Priester betete eine ordentliche Litanei, aber nicht so lang wie sonst üblich, und schüttelte uns die Hände.

»Herr Wiltshire«, sagte er, als er die Scheine ausgeschrieben und die Zeugen fortgeschickt hatte, »ich muß Ihnen für eine große Freude danken. Ich habe die Trauungszeremonie selten mit gehobeneren Empfindungen durchgeführt.«

Das war ja nun, was man so Geschwätz nennt. Es ging übrigens noch in dem Stil weiter, und ich war bereit, alle Karamellen zu schlucken, die er auf Lager hatte, denn ich war bei guter Laune. Aber Uma hatte die halbe Trauung über etwas auf dem Herzen gehabt und platzte jetzt mitten hinein.

»Wie deine Hand kaputt?« fragte sie.

»Frag Cases Kopf, alte Dame!« sagte ich.

Sie sprang hoch und stieß einen Schrei aus.

»Aus der haben Sie aber keine gute Christin gemacht«, sagte ich zu Herrn Tarleton.

»Wir hielten sie nicht für eine unserer schlechtesten«, sagte er, »als sie in Fale-alii lebte; und wenn Uma Groll hegt, bin ich geneigt, zu glauben, daß sie guten Grund hat.«

»Aha, da sind wir bei Dienst Nummer zwei«, sagte ich. »Ich möchte Ihnen unsere Geschichte erzählen und sehen, ob Sie ein bißchen Licht hineinbringen können.«

»Ist sie lang?« fragte er.

»Ja«, rief ich, »allerdings, das ist eine gewaltig lange Geschichte.«

»Nun, ich will Ihnen alle Zeit zur Verfügung stellen,

die ich erübrigen kann«, sagte er und sah auf seine Uhr. »Aber ich muß Ihnen ehrlich sagen, ich habe seit fünf Uhr morgens nichts gegessen, und wenn Sie mir nicht etwas geben können, werde ich wahrscheinlich vor sieben oder acht Uhr abends nichts essen können.«

»Um Gotteswillen, wir geben Ihnen doch ein Mittagessen«, rief ich.

Mitten in meinem Schwören fühlte ich mich etwas unbehaglich, da doch bis jetzt alles so schön glatt gegangen war, und ich glaube, der Missionar hatte es auch gemerkt, aber er tat so, als sähe er aus dem Fenster und dankte uns.

Wir tischten ihm also ein kleines Mahl auf. Ich mußte die alte Dame mit helfen lassen, um mit ihr zu prahlen, und ich beauftragte sie also, den Tee zu kochen. Ich glaube, ich habe noch nie im Leben so einen Tee gesehen, wie sie ihn zustande brachte. Aber das war nicht das Schlimmste, sondern sie kam mit der Salzbüchse an, die sie wohl für eine besondere europäische Finesse hielt, und verwandelte mein Gulasch in Seewasser. Alles in allem bekam Herr Tarleton ein verteufeltes Essen, aber außerdem hatte er viel Unterhaltung, denn die ganze Zeit, während wir kochten und nachher, während er sich so stellte, als ob er esse, unterrichtete ich ihn über Meister Case und den Strand von Falesa, und er stellte Fragen, die zeigten, daß er eifrig folgte.

»Nun«, sagte er, »ich fürchte, Sie haben einen gefährlichen Feind. Dieser Case ist sehr klug und anscheinend wirklich boshaft. Ich muß Ihnen sagen, ich habe ihn schon fast ein Jahr im Auge und bei unseren Begegnungen habe ich immer den kürzeren gezogen. Um die Zeit, als der letzte Vertreter Ihrer Firma so plötzlich auf und davon ging, bekam ich von Namu, dem Eingeborenenpastor, einen Brief, in dem er mich bat, so bald es mir passe, nach Falesa zu kommen, da seine ganze Herde ›katholische Sitten annehme‹. Ich hatte großes Vertrauen zu Namu, aber ich fürchte, das zeigt nur, wie leicht wir uns betrügen lassen. Jeder, der ihn predigen hörte, war überzeugt, daß er ein Mann von außerordentlichen Fähigkeiten ist. Alle unsere Inselleute erwerben leicht eine gewisse Beredsamkeit und verstehen mit viel Aufwand und Fantasie eine Predigt aus zweiter Hand ganz wirkungsvoll und anschaulich hinzulegen, aber Namus Predigten waren selbst erdacht, und ich kann nicht leugnen, daß ich sie als ein Mittel göttlicher Gnade empfand. Darüber hinaus nimmt er lebhaften Anteil an weltlichen Dingen, fürchtete sich auch vor der Arbeit nicht, ist geschickt im Zimmern und hat sich unter den Nachbar-Pastoren einen solchen Respekt verschafft, daß wir ihn halb im Scherz, halb ernsthaft den ›Bischof des Ostens‹ nennen. Kurz, ich war stolz auf den Mann, und um so mehr wunderte mich sein Brief, und ich benützte eine Gelegenheit, herzukommen. Am Morgen vor meiner Ankunft war Vigours an Bord des ›Löwe‹ gegangen, und Namu war beruhigt, offensichtlich schämte er sich wegen seines Briefes und hatte gar nicht die Absicht, ihn zu erklären. Das konnte ich natürlich nicht zulassen, und er gestand, daß er sehr besorgt gewesen wäre, festzustellen, daß seine Leute das Zeichen des Kreuzes schlügen, aber seit er die Erklärung dafür gehört habe, sei er ganz zufrieden. Denn Vigours hatte den bösen Blick, etwas Häufiges in einem europäischen Lande, Italien genannt, wo von dieser Art Teufel oft Leute umgebracht werden, und anscheinend war das Zeichen des Kreuzes ein Zaubermittel gegen diese Gewalt.

›Und ich erkläre mir das so, Misi‹, sagte Namu, ›daß

dies europäische Land ein katholisches Land ist und der Teufel des bösen Blicks ein katholischer Teufel oder wenigstens an katholische Sitten gewöhnt. Ich folgerte also: wenn dieses Zeichen des Kreuzes in katholischem Glauben gebraucht würde, wäre es Sünde; wenn es aber nur gebraucht wird, um Leute vor einem Teufel zu schützen – an sich eine harmlose Sache –, muß das Zeichen auch harmlos sein, wie eine Flasche weder gut noch böse ist, sondern harmlos. Denn das Zeichen an sich ist weder gut noch schlecht. Aber wenn die Flasche voller Schnaps ist, dann ist der Schnaps schlecht; und wenn das Zeichen im Aberglauben gebraucht wird, ist der Aberglauben schlecht‹, und als rechter Eingeborenenpastor hatte er gleich einen passenden Text über die Austreibung von Teufeln zur Hand.

›Und wer hat dir vom bösen Blick erzählt?‹ fragte ich. Er gab zu, daß es Case war. Nun fürchte ich, Sie werden mich sehr engherzig finden, Herr Wiltshire, aber ich muß Ihnen sagen, daß ich unangenehm berührt war, und ich finde überhaupt, ein Händler ist nicht der rechte Mann, um meine Pastoren zu beraten oder zu beeinflussen. Und außerdem waren gewisse Gerüchte im Land herumgeschwirrt von dem alten Adams, und daß er vergiftet worden sein sollte. Ich hatte dem keine große Aufmerksamkeit geschenkt, aber in diesem Augenblick fiel es mir ein.

›Und führt dieser Case einen gottesfürchtigen Lebenswandel?‹ fragte ich.

Er gab zu, daß Case das nicht tat; er trank zwar nicht, aber er war liederlich mit Frauenzimmern und hatte keine Religion.

›Dann‹, sagte ich ›denke ich, je weniger du mit ihm zu tun hast, desto besser wird es sein.‹

Aber es ist nicht leicht, bei einem Mann wie Namu das letzte Wort zu haben. Im Augenblick hatte er ein Beispiel bei der Hand. ›Misi‹, sagte er, ›du hast mir erzählt, daß es weiße Männer gibt, keine Pastoren und durchaus keine Heiligen, die viele Dinge wissen, die nützlich zu lehren sind – über Bäume zum Beispiel und Tiere und wie Bücher gedruckt und Steine gebrannt werden, damit man Messer daraus machen kann. Solche Leute lehren euch in euren Schulen und ihr lernt von ihnen, aber ihr hütet euch davor, Unheiliges zu lehren. Misi, Case ist meine Schule.‹

Ich wußte nicht, was ich sagen sollte; Herr Vigours war offensichtlich aus Falesa durch Cases Machenschaften vertrieben worden, und es sah mir alles nach geheimem Einverständnis mit meinem Pastor aus. Ich erinnerte mich, daß es Namu gewesen war, der mich über Adams beruhigt hatte und das Gerücht auf das Übelwollen des Priesters zurückgeführt hatte. Und ich sah ein, daß ich mich an einer unparteiischen Stelle genauer über die Sache unterrichten mußte. Hier ist ein alter Schurke von Häuptling Faiaso; Sie haben ihn wahrscheinlich heute beim Rat gesehen. Sein ganzes Leben lang ist er aufrührerisch und hinterhältig gewesen, hat Aufstände geschürt und war der Mission und der Insel ein Dorn im Auge. Dabei ist er sehr scharfsinnig und einer, der die Wahrheit sagt, außer, wenn es sich um seine Privatangelegenheiten und Missetaten handelt. Ich ging zu ihm hin und erzählte ihm, was ich gehört hatte, und beschwor ihn, offen zu sein. Ich glaube, ich habe nie eine peinlichere Unterredung gehabt. Vielleicht werden Sie mich verstehen, Herr Wiltshire, wenn ich Ihnen sage, daß ich diesen Altweiberklatsch, den Sie mir vorwerfen, ganz ernst nehme und daß ich ebenso darauf bedacht bin, für die Inseln Gutes zu stiften, wie Sie, Ihre hübsche Frau zu schützen und ihr zu gefallen. Und bedenken Sie, ich hielt Namu für ein Vorbild und war stolz auf den Mann als auf eine der ersten reifen Früchten meiner Mission, und jetzt erfuhr ich, daß er in eine Art Abhängigkeit von Case geraten war. Zuerst ist wohl alles ganz redlich zugegangen. Furcht und Ehrerbietung machten zweifellos den Anfang, hervorgerufen durch Zauberei und Tricks. Aber ich erschrak, als ich entdeckte, daß vor kurzem ein anderes Element dazu gekommen war, daß nämlich Namu selber in Cases Geschäfte verstrickt war und daß man ihn tief in dessen Schuld glaubte. Was Case auch sagen mochte, Namu glaubte es mit Furcht und Zittern. Er war darin nicht allein; viele im Dorf lebten in einer ähnlichen Abhängigkeit, aber er war der einflußreichste; durch Namu hatte Case am meisten Unheil gestiftet; und mit einer gewissen Gefolgschaft unter den Häuptlingen und mit dem Pastor, den er in die Tasche stecken konnte, war der Mann so gut wie Herr im Dorf. Sie wissen von Vigours und Adams, aber Sie haben vielleicht noch nichts von dem alten Underhill gehört, Adams Vorgänger. Er war ein ruhiger, gutmütiger, alter Bursche, soweit ich mich erinnere, und man erzählte uns, er sei plötzlich gestorben. Weiße sterben in Falesa überhaupt sehr plötzlich. Die Wahrheit, die ich jetzt erfuhr, ließ mir das Blut in den Adern erstarren. Er war anscheinend vom Schlag getroffen, und alles an ihm war gelähmt bis auf ein Auge, mit dem er immerzu zwinkerte. Das Gerücht kam in Umlauf, daß der hilflose Alte jetzt ein Teufel sei, und dieser niederträchtige Bursche Case schürte die Angst der Eingeborenen, gab vor, sich selber zu fürchten, und behauptete, er wage es nicht, allein in das Haus zu gehen. Schließlich wurde weit am Ende des

Dorfes ein Grab gegraben, und der lebende Körper beerdigt. Namu, mein Pastor, den zu erziehen ich mitgeholfen hatte, sprach bei dieser grauenhaften Szene ein Gebet.

Ich war in einer sehr schwierigen Lage. Vielleicht wäre es meine Pflicht gewesen, Namu anzuzeigen und ihn abzusetzen. Das denke ich jetzt, aber damals schien die Sache nicht so klar. Er hatte einen großen Einfluß, der sich hätte stärker erweisen können als mein eigener. Die Eingeborenen neigen zum Aberglauben. Wenn ich sie erregt hätte, dann hätten diese gefährlichen Vorstellungen vielleicht noch mehr Wurzel geschlagen und sich noch mehr verbreitet und außerdem war Namu, abgesehen von diesem fluchwürdigen Einfluß, ein guter Pastor, ein fähiger Mann und religiös gesinnt. Wie sollte ich einen besseren suchen? Wo sollte ich einen ebenso guten finden? In diesem Augenblick, das Vergehen Namus frisch vor Augen, schien mir mein ganzes Lebenswerk vergebens; alle Hoffnung in mir war vernichtet. Lieber wollte ich solche Kreaturen, wie ich sie hatte, wieder auf den rechten Weg bringen, als auf die Suche nach anderen ausgehen, die sich sicherlich als noch schlechter erweisen würden. Und ein Skandal ist etwas, was man am besten vermeidet, wenn es menschenmöglich ist. Ob es nun recht oder unrecht war, ich entschied mich jedenfalls für eine stillschweigende Lösung. Die ganze Nacht hindurch machte ich dem sündigen Pastor Vorwürfe, debattierte mit ihm, schalt ihn wegen seiner Unwissenheit und seines Unglaubens, tadelte ihn wegen seiner erbärmlichen Haltung, zeigte ihm klar die Kehrseite der Medaille: daß er gewissenlos bei einem Mord geholfen hatte und wegen einiger krankhaften Zuckungen in diese kindische Aufregung geraten war; und lange vor Tag hatte ich ihn auf den Knien und in Tränen gebadet, die wahrhafte Reue zu zeigen schienen. Am Sonntagmorgen bestieg ich die Kanzel und predigte aus dem ersten Buch der Könige, neunzehntes Kapitel, über das Feuer, das Erdbeben und die Stimme, die die wahre geistliche Gewalt verkündet, und ich bezog mich, so deutlich ich es wagen konnte, auf die jüngsten Ereignisse in Falesa. Die Wirkung war groß und wuchs noch mehr, als Namu seinerseits aufstand und bekannte, daß er treulos und ungläubig gewesen sei und sich schlecht aufgeführt hätte und daß er von seiner Sünde überzeugt sei. Soweit war denn alles gut; aber ein unglücklicher Umstand kam dazu. Die Zeit unseres ›Mai‹ auf der Insel kam heran, zu der die Beiträge der Eingeborenen für die Mission eingezogen werden; es war meine Pflicht, darauf hinzuweisen, und das gab meinem Gegner eine Chance, und er beeilte sich, sie auszunützen und sich mit ihrer Hilfe seinen Vorteil zu sichern.

Sobald die Kirche aus war, mußte die Nachricht von allem Vorgefallenen zu Case gedrungen sein, und an demselben Nachmittag führte er eine Gelegenheit herbei, mich mitten im Dorf zu treffen. Er kam mit solchem Eifer und so feindselig auf mich zu, daß ich fühlte, es würde mir schaden, wenn ich ihm auswiche.

›So‹, sagte er in der Eingeborenensprache, ›da ist der heilige Mann. Er hat gegen mich gepredigt, aber das war nicht in seinem Herzen. Er hat über die Liebe Gottes gepredigt, aber auch die hatte er nicht in seinem Herzen, nur auf den Lippen hatte er sie. Wollt ihr wissen, was in seinem Herzen war?‹ schrie er. ›Ich werde es euch zeigen!‹ und damit griff er schnell nach meinem Kopf, tat so, als ziehe er einen Dollar heraus und hielt ihn in die Luft.

Eine Bewegung ging durch die Menge, so wie eben die Polynesier ein Wunder aufnehmen. Ich selber stand verblüfft. Es war ein ganz gemeiner Taschenspielertrick, den ich zu Hause hundertmal gesehen hatte; aber wie sollte ich die Dorfbewohner davon überzeugen? Ich wünschte, ich hätte lieber Taschenspielerei gelernt statt Hebräisch, daß ich dem Burschen mit gleicher Münze hätte heimzahlen können. Aber da stand ich nun, ich durfte nicht stumm bleiben, das beste, was mir zu sagen einfiel, wäre doch bedeutungslos gewesen.

›Ich möchte Sie darum ersuchen, nicht noch einmal Hand an mich zu legen‹, sagte ich.

›Ich denke gar nicht dran‹, sagte er, ›und ich will Sie auch nicht Ihres Dollars berauben. Da ist er‹, sagte er und warf ihn mir vor die Füße. Man erzählt, daß er drei Tage da gelegen hat, wo er hingefallen war.«

»Sehr gut gespielt war das, muß ich sagen«, bemerkte ich.

»Oh, er ist klug«, entgegnete Herr Tarleton, »und Sie können jetzt selber sehen, wie gefährlich er ist. Er war beteiligt bei dem furchtbaren Tod des Gelähmten; er ist angeklagt, Adams vergiftet zu haben; mit Lügen, die zum Mord führen konnten, hat er Vigours vertrieben, und es besteht gar kein Zweifel, daß er jetzt entschlossen ist, sich Ihrer zu entledigen. Wie er das versuchen will, davon haben wir keine Ahnung; aber seien Sie gewiß, es wird etwas Neues sein. Seine Gewandtheit und Erfindungsgabe kennt keine Grenzen.«

»Er gibt sich gewaltige Mühe«, sagte ich, »und wozu eigentlich?«

»Nun, wieviel Tonnen Kopra mögen Ihrer Ansicht nach in diesem Bezirk erzeugt werden?« fragte der Missionar.

»Sechzig Tonnen, nehme ich an.«

»Und wie groß ist der Gewinn für den Händler im Ort?«

»Drei Pfund kann man ungefähr annehmen.«

»Dann können Sie sich ja ausrechnen, für wieviel er es tut«, bemerkte Herr Tarleton. »Aber wichtiger ist es, daß wir ihn zu Fall bringen. Es ist klar, daß er ein Gerücht gegen Uma ausgestreut hat, um sie abzusondern und sie seinem verfluchten Willen gefügig zu machen. Da ihm dies nicht gelang und er einen neuen Rivalen auftauchen sah, benützte er sie auf eine andere Weise. Das erste, was wir nun ausfindig machen müssen, ist was Namu dazu sagte. – Uma, als die Leute damals anfingen, dich und deine Mutter zu meiden, was tat denn Namu da?«

»Bleiben auch weg genau so«, sagte Uma.

»Ich fürchte, der Hund ist zu seinem Auswurf zurückgekehrt«, sagte Herr Tarleton. »Was soll ich nun für Sie tun? Ich werde mit Namu sprechen, ich werde ihn warnen und ihm sagen, daß er beobachtet wird; es wäre doch sonderbar, wenn etwas Unrechtes geschähe, solange er auf der Hut ist. Aber ebenso kann diese Vorsichtsmaßregel auch fehlschlagen, und dann müssen Sie sich woandershin wenden. Zwei Leute haben Sie an der Hand, an die Sie sich halten können. Da ist zuerst der Priester, der Sie durch die Belange der Katholiken schützen kann; sie sind zwar eine kümmerlich kleine Gemeinde, aber darunter zwei Häuptlinge. Und dann ist da der alte Faiaso. Ja, wenn es vor ein paar Jahren gewesen wäre, da hätten Sie sonst niemanden gebraucht. Aber sein Einfluß ist viel geringer geworden und in Maeas Hände übergegangen und Maea, fürchte ich, ist einer von Cases Helfershelfern. Wenn es schließlich zum Ärgsten kommen sollte, müssen Sie eben nach Fale-alii schicken oder selber kommen; ich brauche zwar für einen Monat nicht wieder nach der Insel zu kommen, aber ich will schon sehen, was sich tun läßt.«

So verabschiedete sich Herr Tarleton, und eine halbe Stunde später sang die Bootsmannschaft, und die Ruder des Missionsbootes blitzten auf.

VIERTES KAPITEL

Teufelswerk

Fast ein Monat verging, ohne daß viel geschah. Am Abend unserer Hochzeit kam Galoschen zu uns und benahm sich außerordentlich aufmerksam, und er richtete es ein, immer gegen Dunkelwerden vorzusprechen und bei uns seine Pfeife zu rauchen. Er konnte sich natürlich mit Uma unterhalten und zugleich fing er an, mich die Eingeborenensprache und Französisch zu lehren. Er war freundlich und ein gutmütiger Tropf, wenn auch so dreckig, wie man sich's nur wünschen konnte, und er überschüttete mich mit einem Sprachengewirr, schlimmer als beim Turmbau zu Babel.

So hatten wir eine Beschäftigung und sie gab mir doch das Gefühl, nicht so verlassen zu sein; aber bei der Sache sprang nichts heraus, denn wenn der Priester auch kam und saß und schwatzte, so ließ sich doch keiner von seinen Leuten in meinen Laden locken und wir hätten kein Pfund Kopra im Haus gehabt, wenn uns nicht die andere Beschäftigung, die ich ergriffen hatte, etwas eingebracht hätte. Meine Idee war die: Fa'avao, Umas Mutter, hatte eine Menge fruchttragender Bäume. Natürlich konnten wir keine Arbeitskräfte finden, weil wir so gut wie tabu waren, und so fingen die zwei Frauen und ich also an, mit eigener Hand Kopra zu machen. Es war Kopra, bei der einem das Wasser im Munde zusammenlaufen konnte, wenn sie fertig war. Ehe ich diese vierhundert Pfund mit eigener Hand gemacht hatte, hatte ich gar nicht gewußt, wie sehr die Eingeborenen mich betrogen – sie war so leicht, daß ich sie selber am liebsten genommen und gewässert hätte.

Als wir so bei der Arbeit waren, stand den größten Teil des Tages eine ganze Menge Kanakas herum und sah zu, und einmal tauchte dieser Neger auf. Er stand im Hintergrund bei den Eingeborenen und lachte und spielte den großen Herrn, bis mir die Galle überlief.

»Komm mal her, du Nigger!« sagte ich.

»Ich rede nicht mit Ihn, Härr«, sagte der Neger. »Ich spreche nur mit fein' Leuten.«

»Ich weiß«, sagte ich, »aber zufällig rede ich mal grade mit dir, Herr Schwarzer Jack, und ich möchte bloß mal wissen, ob du dir Cases werte Visage ungefähr vor einer Woche mal angesehen hast?«

»Nein, Härr«, sagte er.

»Na gut«, sagte ich, »da werde ich dir mal den Zwilling davon zeigen, nur schwarz, und das in höchstens zwei Minuten.«

Und ich ging ganz langsam auf ihn zu und ließ die Hände dabei hängen; nur in meinen Augen hockte der Zorn, wenn irgend jemand sich die Mühe gemacht hätte, genau hinzusehen.

»Sie sind ein gemeina, eingensinniga Busche, Härr«, sagte er.

»Aber gewiß!« sagte ich.

Indessen fand er wohl, daß ich ihm nahe genug gekommen war, und er riß aus, daß einem das Herz im Leibe lachen konnte, wie man ihn so sausen sah. Das war alles, was ich von dieser prachtvollen Bande zu sehen bekam, bis sich das zutrug, wovon ich jetzt erzählen will. Es war eine meiner Hauptbeschäftigungen in diesen Tagen, in die Wälder jagen zu gehen, und wie Case mir auch gesagt hatte, fand ich sie reich an Wild. Ich sprach schon von der Landzunge, die das Dorf und mein Haus gegen Osten abschloß. Ein Pfad führte um ihren Rand zur nächsten Bucht. Tag für Tag blies hier ein heftiger Wind, und da die Mauer von Klippen bis zum Ende der Landzunge reichte, schlug eine schwere Brandung an den Strand der Bucht. Ein kleiner, felsiger Hügel, nahe am Strand gelegen, durchschnitt das Tal, und zu Zeiten der Flut brachen sich die Wellen unmittelbar an seinem Fuß, so daß aller Verkehr unterbrochen war. Waldige Berge umgaben die Bucht von allen Seiten. Die Mauer gegen Osten war besonders steil und baumreich, gegen die See stürzte sie in glatten, schwarzen, mit Zinnoberstreifen durchzogenen Klippen ab, der obere Teil wirkte massig durch die Wipfel großer Bäume. Ein paar der Bäume waren hellgrün und einige rot und der Sand des Strandes kohlrabenschwarz. Viele Vögel schwebten um die Bucht, manche unter ihnen schneeweiß, und eine Art Fledermaus, Vampir genannt, flog dort im hellsten Tageslicht und knirschte mit den Zähnen.

Lange kam ich nur bis zu diesem Jagdrevier und ging nie weiter. Jenseits war keine Spur von Weg mehr zu finden, und die Kokospalmen vorn auf dem Grund des Tales waren die letzten auf diesem Weg. Denn das ganze ›Auge‹ der Insel – so nennen die Eingeborenen die Seite der Insel, die dem Wind zugewendet ist – lag verlassen. Auf der ganzen Strecke von Falesa nach Papa-Malulu traf man kein Haus, keinen Menschen, keinen gepflanzten Obstbaum, und weil es hier fast keine Klippen mehr gab und die Küste schroff war, rollte die Brandung gegen den Felsen, und es gab kaum Stellen zum Landen.

Eins muß ich noch erzählen: als ich anfing, in den Wäldern herumzustreifen, fanden sich genug Leute, die mir gern die Tageszeit wünschten, wo keiner sie sah, wenn sich auch keiner in der Nähe meines Ladens zeigte, und da ich anfing, die Eingeborenensprache zu lernen und die meisten von ihnen ein paar Worte Englisch konnten, knüpfte ich allerlei belanglose Gespräche mit ihnen an, nicht weil ich irgend etwas wollte, aber es vertrieb doch die bedrückte Stimmung, denn es ist etwas Schreckliches, wenn man leben soll wie ein Aussätziger.

Eines Tages gegen Monatsende geschah es, daß ich in dieser Bucht am Rande des Busches mit einem Kanaka beisammen saß und wir gegen Osten sahen. Ich hatte ihm eine Pfeife voll Tabak gegeben, und wir unterhielten uns, so gut wir konnten; er verstand allerdings auch mehr Englisch als die meisten.

Ich fragte ihn, ob nach Osten kein Weg ginge.

»Einmal ein Weg«, sagte er. »Jetzt er tot.«

»Niemand hier gehen?« fragte ich.

»Nichts gut. Zuviel Teufel hier sein.«

»Oho«, sagte ich, »viele Teufel im Busch sein?«

»Mannteufel, Weibteufel, zuviel Teufel. Alle Zeit hierbleiben. Mann hingehen, nicht wiederkommen.«

Ich dachte, wenn der Bursche so gut über Teufel Bescheid weiß und so offenherzig von ihnen spricht – denn das ist sonst nicht üblich –, wäre es gut, einige Erkundigungen über mich und Uma einzuziehen.

»Uma, sie Teufel?«

»Nicht denken Teufel«, sagte er beruhigend. »Denken, alle Narren.«

»Uma, sie Teufel?« fragte ich wieder.

»Nein, nein, nicht Teufel; Teufel bleibt Busch«, sagte der junge Mann.

Ich sah vor mich hin über die Bucht, und plötzlich bemerkte ich, wie die hängenden Zweige am Waldrand sich auftaten und Case, ein Gewehr in der Hand, in den Sonnenschein auf den schwarzen Strand trat. Er trug einen hellen Schlafanzug, fast weiß, sein Gewehr funkelte, er war ganz deutlich zu erkennen, und die Landkrabben rings umher flohen vor ihm in ihre Löcher.

»Hallo, mein Freund, du nicht ganz die Wahrheit sagen. Ese er gehen, er wiederkommen.«

»Ese nicht genau so, Ese Tiapolo«, und mit einem »Auf Wiedersehen!« stahl er sich zwischen den Bäumen davon. Ich beobachtete Case, wie er den Strand entlang ging, wo Ebbe war, und ließ ihn auf dem Heimweg nach Falesa an mir vorbeigehen. Er war tief in Gedanken versunken, und die Vögel schienen das zu wissen, denn sie liefen ganz nahe bei ihm auf dem Strand herum oder sie umkreisten ihn und kreischten ihm in die Ohren. Als er an mir vorüber kam, konnte ich an der Bewegung seiner Lippen sehen, daß er Selbstgespräche führte, und es freute mich mächtig, daß er immer noch mein Warenzeichen an der Stirn hatte. Ganz ehrlich gesagt: ich hatte Lust, ihm eine Büchsenladung ins Gesicht zu geben, aber dann besann ich mich eines Besseren.

Die ganze Zeit und während ich hinter ihm her nach Hause ging, wiederholte ich immerzu dieses Wort aus der Eingeborenensprache: Ti - a - po - lo.

»Uma«, sagte ich, als ich zu Hause war, »was heißt Tiapolo?«

»Teufel«, sagte sie.

»Ich dachte, aitu wäre das Wort dafür.«

»Aitu anderer Teufel, bleibt Busch, ißt Kanaka; Tiapolo großer Oberteufel, bleibt zu Hause, wie Christenteufel.«

»Na schön, aber da bin ich auch nicht schlauer. Wie kann Case sein Tiapolo?«

»Nicht genau so«, sagte sie, »Ese gehören Tiapolo, Tiapolo zu groß; Ese wie Sohn; glauben Ese er etwas wollen, Tiapolo ihm machen.«

»Das ist ja sehr bequem für Case, und was macht er denn da für ihn?«

Na, da kam ein dummes Geschwätz heraus und alle möglichen Geschichten, von denen mir viele (wie der Dollar, den er Herrn Tarleton aus dem Kopf gezogen hatte) ganz klar waren, aber auf andere konnte ich mir keinen Vers machen; und was die Kanakas am meisten erstaunte, wunderte mich am wenigsten, nämlich, daß er in die Einöde unter all die Aitus ging. Ein paar von den Mutigsten waren allerdings mitgegangen und hatten gehört, wie er mit den Toten gesprochen und ihnen Befehle gegeben hatte, und waren unter seinem Schutz unversehrt zurückgekehrt. Manche sagten, er hätte dort eine Kirche, in der er Tiapolo verehrte und Tiapolo ihm erschien, andere schworen, daß gar keine Hexerei dabei wäre, daß er seine Wunder durch die Macht des Gebetes vollbrachte und die Kirche wäre keine Kirche, sondern ein Kerker, in dem er einen gefährlichen Aitu gefangen hielte. Namu war einmal mit ihm im Busch gewesen, und als er zurückkam, hatte er Gott gepriesen ob dieser Wunder. Alles in allem fing ich an, einen Schimmer von der Stellung des Mannes und von den Mitteln, mit denen er sie erreicht hatte, zu kriegen, und wenn ich auch sah, daß es hier eine harte Nuß zu knacken gab, war ich doch durchaus nicht niedergeschlagen.

»Ausgezeichnet«, sagte ich, »die Anbetungsstätte, die Meister Case da hat, die will ich mir doch mal selber ansehen, und dann werden wir mal sehen, was es mit den Lobpreisungen auf sich hat.«

Bei diesen Worten geriet Uma ganz außer sich; wenn

ich in den tiefen Busch ginge, käme ich nie zurück; niemand könne dorthin gehen, wenn er nicht unter Tiapolos Schutz stünde.

»Ich will es mal unter Gottes Schutz wagen«, sagte ich. »Laß mich nur, Uma, ich bin ja ein ganz guter Bursche, soweit Menschen gut sein können, und ich glaube, der liebe Gott wird mich schon führen.«

Sie schwieg eine Weile. »Ich denken«, sagte sie gewaltig ernst – und dann, bald darauf: »Viktoriia, er großer Häuptling?«

»Aber sicher!« sagte ich.

»Er dich zu sehr gern haben?« fragte sie wieder. Ich antwortete ihr mit einem Lächeln, daß ich glaubte, die alte Dame könnte mich ganz gut leiden.

»Gut«, sagte sie, »Viktoriia er großer Häuptling, dich zu sehr gern haben; nichts kann machen, zu weit weg. Maea er kleiner Häuptling – bleiben hier. Annehmen, er dich lieben – dich in Ordnung machen. So genau Gott und Tiapolo. Gott er großer Häuptling, zuviel Arbeit haben. Tiapolo, er kleiner Häuptling, er gern haben, du sehen, was macht – arbeiten viel.«

»Ich werde dich Herrn Tarleton anvertrauen«, sagte ich, »deine Theologie ist dir ja ganz aus den Fugen geraten, Uma!«

Wir blieben jedenfalls den ganzen Abend bei diesem Thema, und mit den Gespenstergeschichten, die sie mir von der Einöde und ihren Gefahren erzählte, redete sie sich immer mehr ins Gruseln hinein. Ich kann mich natürlich an die meisten nicht mehr erinnern, denn ich hörte nicht besonders aufmerksam zu; aber zwei sind mir noch lebhaft im Gedächtnis.

Etwa sechzehn Meilen küstenaufwärts liegt eine geschützte Bucht, Fanga-anaana genannt – ›der Hafen der

Höhlen‹. Ich habe ihn selber von See aus gesehen, so nahe wie sich meine Jungens nur hineinwagen wollten; da ist ein schmaler Streifen von gelbem Sand, schwarze Klippen hängen drüber, voller schwarzer Höhlenmünder; große Bäume neigen sich über die Klippen, Lianengewinde hängen herunter, und an einer Stelle, etwa in der Mitte, stürzt sich ein breiter Bach als Wasserfall herunter. Dort also war ein Boot aus Falesa mit sechs jungen Männern vorbeigefahren, ›alle sehr nett‹, wie Uma sagte, und das war ihr Verderben. Es stürmte heftig und die See ging hoch und sie waren alle müde und durstig und das Wasser war ihnen ausgegangen, als sie Fanga-anaana entdeckten und den weißen Wasserfall sahen und den geschützten Strand. Einer schlug vor, zu landen und zu trinken, und leichtsinnig wie die Burschen waren, stimmten sie alle zu bis auf den Jüngsten. Lotu war sein Name. Er war ein prächtiger junger Mann und sehr klug; er erklärte sie für verrückt und sagte ihnen, daß der Ort Geistern und Teufeln und den Toten überantwortet sei, und es gäbe kein lebendes Wesen auf sechs Meilen in der einen Richtung und vielleicht auf zwölf in der anderen. Aber sie lachten über das, was er sagte, und da sie fünf gegen einen waren, ruderten sie hinein, legten das Boot an und gingen an Land. Es war ein ungewöhnlich schönes Fleckchen Erde, erzählte Lotu, und das Wasser war ausgezeichnet. Sie gingen am Strand umher, aber nirgends konnten sie einen Weg finden, auf dem man hätte die Felsen erklimmen können, und das beruhigte sie. Und endlich setzten sie sich nieder, um aus dem mitgebrachten Essen ein Mahl zu bereiten. Kaum hatten sie sich gesetzt, als in dem Eingang zu einer der schwarzen Höhlen sechs Mädchen auftauchten, so schön, wie man sie sich schöner nicht denken könnte; sie trugen Blumen im Haar und hatten die schönsten Brüste und Halsketten von scharlachroten Samen, und sie fingen an, mit den jungen Leuten zu scherzen und die jungen Leute gaben alle die Scherze zurück, außer Lotu. Der aber wußte, daß es an einem solchen Ort keine lebenden Wesen geben konnte, und er bedeckte sein Gesicht und betete. Während der ganzen Zeit sprach Lotu ein Gebet nach dem anderen, und das war alles, was er davon wußte, bis seine Freunde zurückkamen und ihn hießen, sich aufzusetzen; sie schifften aus der Bucht, die jetzt wieder ganz verlassen lag, in die See und von den sechs Mädchen fiel kein Wort. Aber was Lotu am meisten erschreckte, war dies, daß keiner sich an das erinnerte, was geschehen war, sondern sie waren alle wie trunken und sangen und lachten im Boot und trieben allerhand Possen. Der Wind war heftiger geworden und stürmte unheilvoll, und die See ging außerordentlich hoch; es war ein Wetter, dem jeder auf den Inseln den Rücken gekehrt hätte und heim nach Falesa geflohen wäre; aber diese fünf waren wie irre, setzten alle Segel und steuerten ihr Boot aufs offene Meer hinaus. Lotu schöpfte das Wasser aus; keiner von den anderen dachte daran, ihm zu helfen, sondern sie sangen und trieben Unsinn und fuhren weiter und redeten seltsame Dinge, die kein Mensch verstehen konnte, und wenn sie sie sagten, lachten sie laut dabei. So schöpfte Lotu den Rest des Tages Wasser aus dem Grund des Bootes und war bis auf die Haut von Schweiß und kaltem Seewasser durchnäßt, und keiner achtete auf ihn. Wider alles Erwarten kamen sie durch den furchtbaren Sturm sicher nach Papa-Malulu, wo die Palmen ächzten und die Kokosnüsse wie die Kanonenkugeln auf dem Dorfanger herumflogen. Und in derselben Nacht erkrankten die fünf jungen Leute und sprachen kein vernünftiges Wort mehr, bis sie starben. »Und du willst mir wirklich erzählen, daß du so ein Seemannsgarn für bare Münze nimmst?« fragte ich.

Sie erzählte mir, das wüßten doch alle, und hübschen jungen Männern, die allein unterwegs waren, passierte das sogar oft; aber dies war das einzige Mal, daß die Weiberteufel mehrere an einem Tage mit ihrer Liebe umgebracht hätten, während noch jemand dabei war, und es hatte auf der Insel große Aufregung darüber gegeben, und sie müßte ja verrückt sein, wenn sie das nicht glauben wollte.

»Na, jedenfalls«, sagte ich, »brauchst du um mich keine Angst zu haben. Ich habe für Weiberteufel gar keine Verwendung. Du bist alle Frauen, die ich brauche, und alle Teufel dazu, alte Dame!«

Darauf antwortete sie, es gäbe auch andere Arten, eine hätte sie mit eigenen Augen gesehen. Sie war eines Tages zur nächsten Bucht gegangen und vielleicht der Grenzlinie gegen den verrufenen Wald zu nahe gekommen. Die Zweige des hohen Busches auf dem Abhang des Hügels überschatteten sie, aber sie selbst war außerhalb an einer flachen, sehr steinigen Stelle, auf der lauter Zwergapfelbäume wuchsen, vier und fünf Fuß hoch. Es war ein dunkler Tag in der Regenzeit, und bald kamen Böen, die die Blätter losrissen und sie davontrieben, bald war alles still wie in einem Haus. In einem dieser stillen Augenblicke flatterte ein ganzer Schwarm Vögel und Fledermäuse erschreckt aus dem Busch auf. Bald darauf hörte sie ein nahes Rascheln und sah, wie an der Baumgrenze zwischen den Zwergapfelbäumen ein dürrer, grauer, alter Eber auftauchte. Als er so kam, schien er nachzudenken wie ein Mensch. Plötzlich, als sie ihn beim Näherkommen genau betrachtete, wurde sie gewahr, daß es kein Eber war, sondern so etwas wie ein Mensch mit menschlichen Gedanken. Da rannte sie los und das Schwein hinter ihr her, und wie das Schwein so rannte, schrie es laut Hallo, daß alles davon widerhallte.

»Ich wünschte, ich wäre mit meinem Gewehr dabei gewesen«, sagte ich, »dann hätte das Schwein wahrscheinlich so laut Hallo geschrien, daß es sich über sich selber gewundert hätte.«

Aber sie sagte mir, bei solchen Erscheinungen nütze ein Gewehr nichts, denn das seien die Totengeister.

Diese Unterhaltung also nahm den ganzen Abend in Anspruch, und das war ihr einziger Vorteil; aber natürlich änderte sie nichts an meiner Meinung, und am nächsten Tag ging ich mit meinem Gewehr und einem guten Messer auf Entdeckungsreisen aus. Ich ging so nahe, wie ich konnte, an die Stelle heran, wo ich Case hatte herauskommen sehen; denn ich dachte, wenn er wirklich so etwas wie eine Niederlassung im Busch hatte, müßte ich einen Weg finden. Der Anfang der Wildnis war durch eine Mauer bezeichnet, wenn man sie so nennen will, denn eigentlich war es mehr ein langer Wall von Steinen. Man sagte, sie gehe quer über die ganze Insel, aber woher man das wissen will, ist mir rätselhaft, denn ich zweifle dran, daß auch nur einer in hundert Jahren die ganze Reise gemacht hat; die Eingeborenen bleiben nämlich meist an der See und ihre kleinen Kolonien liegen längs der Küste, und dieser Teil ist ungeheuer hoch und steil und felsig. Gegen das westliche Ende der Mauer war der Boden aufgeräumt, und da standen Kokospalmen und Zwergapfelbäume, Myrthenbäume und unzählige Mimosen. Jenseits fing bald der Busch an und hoher Busch sogar, Bäume, die aufragten wie Schiffsmasten; Lianengewinde hingen nieder wie Schiffstakelanlagen, und häßliche Orchideen wuchsen in den Astgabeln wie Pilze. Wo es kein Unterholz gab, sah der Boden aus wie ein einziger Geröllhaufen. Ich sah viele grüne Tauben, die ich hätte schießen können, aber ich hatte ganz anderes im Sinn. Viele Schmetterlinge taumelten über den Boden hin wie welke Blätter, manchmal hörte ich einen Vogel rufen, manchmal den Wind über mir und immer die See von der Küste her.

Aber es ist schwer, einem die Seltsamkeiten des Busches zu schildern, der nie selber allein im hohen Busch gewesen ist. Zur hellsten Tageszeit ist es dort drin doch immer düster. Nirgends kann man ein Ende absehen; wohin man auch sieht, überall schließt sich der Wald, die Zweige greifen ineinander wie gefaltete Hände und wenn man horcht, hört man immer wieder etwas anderes – Männer, die sich unterhalten, lachende Kinder, weit, weit vorn die Schläge einer Axt und manchmal eine Art schnelles, heimliches Hasten, daß man zusammenfährt und zu den Waffen greift. Schön und gut: man sagt sich, man ist doch allein, ringsherum nur Bäume und Vögel. Aber man kann es doch selber nicht glauben; wohin man sich auch wendet, es ist, als lebte alles und sähe zu. Denkt nur nicht, es wären Umas Räubergeschichten gewesen, die mich aus der Fassung gebracht hätten; auf solches Eingeborenengeschwätz gebe ich keinen roten Heller; das ist nun mal so im Busch, das ist alles.

Als ich mich dem Gipfel des Hügels näherte, denn der Waldboden steigt an dieser Stelle so steil an wie eine Leiter, fing der Wind an, heftiger zu wehen, und trieb die Blätter auseinander, so daß sie das Licht hereinließen. Das war mir lieber, es war auch immerzu dasselbe Geräusch, und dabei gab es nichts zu erschrecken. Ich war bis zu einem Unterholz von wilden Kokosnüssen gelangt – so nennt man sie und sie sind wunderhübsch mit ihren scharlachroten Früchten –, als der Wind mir einen singenden Laut zutrug, so etwas Ähnliches hatte ich vorher noch nie gehört. Schön und gut: ich redete mir ein, es wären die Zweige, aber ich wußte doch, daß es das nicht sein konnte. Ich bildete mir ein, es wäre ein Vogel; aber ich hatte noch nie einen Vogel so singen hören. Es stieg auf und wurde stärker und erstarb und wurde wieder lauter, und dann dachte ich, es war so, als ob jemand weinte, aber schöner, und dann kam es mir vor wie Harfenspiel; und eins war mir klar: es war viel zu schön, um an einem Ort wie diesem geheuer zu sein. Ihr könnt lachen, wenn ihr wollt; aber ich dachte wahrhaftig an die sechs jungen Mädchen mit ihren scharlachroten Halsketten in der Höhle von Fanga-anaana und überlegte mir, ob sie wohl gesungen hatten. Wir lachen über die Eingeborenen und ihren Aberglauben; aber man muß nur sehen, wie viele Händler ihn annehmen, glänzend erzogene Weiße, von denen ein paar zu Hause Buchhalter und Schriftführer gewesen sind. Ich glaube, ein Aberglauben wächst irgendwo auf, wie Unkräuter wachsen; und als ich dastand und dieses Wehklagen anhörte, zitterte ich vor Aufregung.

Man mag mich einen Feigling schelten, daß ich mich fürchtete; ich hielt es schon für tapfer genug, daß ich überhaupt weiter ging. Aber ich ging sehr vorsichtig, den Hahn an meinem Gewehr gespannt, spähte rundum wie ein Jäger, ganz darauf gefaßt, irgendwo im Busch ein hübsches junges Weib sitzen zu sehen, und fest entschlossen, wenn das geschähe, es mal mit einer Ladung Schrot zu versuchen. Und wirklich: ich war nicht lange gegangen, da begegnet mir etwas Seltsames. Ein heftiger Windstoß ging durch die Wipfel des Waldes und wehte das Laubwerk vor mir auseinander, und einen Augenblick lang sah ich etwas in einem Baum hängen. Im nächsten Augenblick war es vorbei, der Wind strich weiter, und die Blätter schlossen sich. Ich will euch ganz offen sagen: ich war darauf gefaßt, einen Aitu zu finden, und wenn das Ding wie ein Schwein oder wie eine Frau ausgesehen hätte, wäre ich nicht so erschrocken. Das Aufregende dran war, daß es viereckig zu sein schien, und die Vorstellung von etwas Viereckigem, was lebendig war und sang, machte mich rein verrückt. Ich muß eine ganze Weile da gestanden haben; und ich stellte endlich mit ziemlicher Sicherheit fest, daß das Singen genauso aus diesem Baum kam. Dann kam ich wieder etwas zu mir.

»Na«, sagte ich mir, »wenn das hier wirklich ein Ort ist, wo es viereckige Dinger gibt, die singen, bin ich sowieso verloren. Dann will ich aber für mein Geld auch meinen Spaß haben.«

Aber ich dachte, ich könnte noch diese letzte Gelegenheit benützen, um ein Gebet zu sagen, und das könnte bestimmt nichts schaden; so fiel ich auf die Knie nieder und betete laut; und die ganze Zeit, während ich betete, klang das sonderbare Getön aus dem Baum, klang bald hoch, bald tief, mal lauter, mal leiser, genau wie Musik, aber man konnte doch sehen, daß es nichts Menschliches war – es war ja nichts da, worauf einer hätte blasen können.

Sobald ich auf eine ordentliche Art und Weise zu Ende gekommen war, legte ich mein Gewehr hin, nahm mein Messer zwischen die Zähne, ging geradenwegs zu dem Baum hin und fing an, hinaufzuklettern. Ich sage euch, mein Herz war wie Eis. Aber bald darauf, während ich aufwärts kletterte, konnte ich noch einen flüchtigen

Blick auf das Ding werfen und da wurde mir leichter ums Herz, denn es kam mir vor, als sähe es aus wie ein Kasten. Und als ich oben angekommen war, fiel ich fast vom Baum vor Lachen.

Es war wahrhaftig ein Kasten, eine Kerzenkiste mit dem Warenzeichen an der Seite, und drüber waren Banjo-Saiten gespannt, so daß es tönte, wenn der Wind hindurch ging. Ich glaube, man nennt das Ding ›Aeolsharfe‹ –, was das bedeutet, weiß ich nicht.

»Na, Freund Case«, sagte ich, »einmal hast du mich erschreckt, aber ein zweites Mal lasse ich mich nicht von dir ins Bockshorn jagen«, und damit rutschte ich herunter und machte mich wieder auf den Weg, um das Hauptquartier meines Feindes aufzuspüren, das meiner Meinung nach nicht weit entfernt sein konnte.

Das Unterholz war an dieser Stelle sehr dicht; ich konnte keinen Schritt weit sehen, und ich mußte mir meinen Weg bahnen, indem ich mit aller Kraft meiner Hände das Messer brauchte, während ich ging, die Schlingen der Lianen zerschnitt und ganze Bäume mit einem Hieb umschlug. Ich nenne sie Bäume, weil sie so groß waren, aber in Wirklichkeit waren sie nur große Unkräuter und beim Durchschneiden saftig wie Mohrrüben. Von all diesem Pflanzengewirr, dachte ich gerade bei mir selber, ist dieser Ort vielleicht einmal ganz frei gewesen, als ich über einen Steinhaufen auf die Nase fiel, und ich sah sofort, daß dies eine Arbeit von Menschenhand war. Weiß Gott, wann es gemacht und wann verlassen worden war, denn dieser Teil der Insel hat ungestört gelegen, schon lange, ehe die Weißen kamen. Ein paar Schritte weiter stieß ich auf den Pfad, nach dem ich immerzu gesucht hatte. Er war schmal, aber viel begangen, und ich sah, daß Case viele Anhänger hatte. Es galt anscheinend wirklich als ein besonders rühmliches Abenteuer, sich mit dem Händler hier herein zu wagen, und ein junger Mann hielt sich wahrscheinlich nicht für erwachsen, solange er erstens nicht seinen Allerwertesten tätowiert gekriegt und zweitens Cases Teufel nicht gesehen hatte. Das sieht den Kanakas mächtig ähnlich; aber wenn man die Sache anders herum betrachtet, ist es ja bei uns Weißen genauso.

Als ich den Weg ein Stück entlang gegangen war, mußte ich stehen bleiben und mir die Augen reiben: da vor mir war ein Wall – der Pfad führte durch eine Lücke hindurch. Er war eingestürzt und anscheinend sehr alt, aber aus großen wohlgefügten Steinen aufgeführt, und kein Eingeborener lebt heute mehr auf der Insel, der auch nur eine Ahnung davon hätte, wie man so ein Bauwerk errichtet. Obendrauf stand eine Reihe komischer Figuren, Götzenbilder oder Vogelscheuchen oder was sonst. Sie hatten abscheuliche geschnitzte und bemalte Gesichter. Ihre Augen und Zähne waren von Muscheln, ihr Haar und ihre hellen Kleider wehten im Winde, und einige schwankten hin und her. Im Westen gibt es Inseln, wo man heute noch solche Figuren macht; aber wenn sie auf dieser Insel irgendwann mal hergestellt worden waren, dann war doch jetzt das Verfahren und die Erinnerung daran längst in Vergessenheit geraten. Und das Sonderbare war, daß diese Gestelle alle so frisch waren wie aus einem Spielzeugladen.

Dann fiel mir ein, daß Case am ersten Tag mir gegenüber geäußert hatte, er sei ein guter Fälscher von Inselraritäten – ein Gewerbe, durch das sich viele Händler ein hübsches Geld verdienen. Und da sah ich nun die Bescherung, und wie diese Schau dem Mann zu einem doppelten Zweck diente: erstens ließ er sein Spielzeug verwittern, und zweitens jagte er denen, die ihn besuchen kamen, einen tüchtigen Schreck ein.

Und dann muß ich noch sagen, daß die Aeolsharfe die ganze Zeit über mir in den Bäumen klang und daß ein grüngelber Vogel, der wahrscheinlich beim Nestbauen war, sogar während ich zusah, anfing, einer von den Figuren die Haare aus dem Kopf zu ziehen, und das machte die ganze Sache noch merkwürdiger.

Ein Stück weiter fand ich das beste Stück dieses Museums. Das erste, was ich sah, war ein länglicher Erdhügel mit einem Knick darin. Als ich die Erde mit der Hand weggrub, fand ich drunter ein Segeltuch auf Bretter gespannt, und ich sah, daß es das Dach eines Kellers war. Es lag auf der höchsten Stelle des Hügels, und der Eingang war auf der anderen Seite, zwischen zwei Felsen, wie der Eingang zu einer Höhle. Ich ging hinein bis zu der Biegung, und als ich um die Ecke sah, erblickte ich ein leuchtendes Gesicht. Es war groß und häßlich wie eine Maske aus einer Pantomime, und seine Helligkeit wurde stärker und nahm wieder ab, und manchmal rauchte es.

»Oho!« sagte ich. »Leuchtfarbe!«

Und ich muß sagen, ich bewunderte die Erfindungsgabe dieses Mannes. Mit einem Handwerkskasten und ein paar ganz einfachen Kniffen hatte er einen Teufel für einen Tempel zustande gebracht. Jeder arme Kanake, den man hier in diese Düsternis brächte, wo die Harfen um ihn her wimmerten, und dem man dieses rauchende Gesicht auf dem Grund des Erdloches zeigte, würde keinen Augenblick dran zweifeln, daß er genug Teufel für sein ganzes Leben gesehen und gehört hätte. Es ist ja so leicht herauszukriegen, wie die Kanakas denken. Seht euch selber an, so zwischen zehn und fünfzehn Jahren, und ihr habt einen Durchschnittskanaka. Ein paar sind pflichteifrig, wie's ja auch pflichteifrige Jungens gibt; die meisten sind, auch wie Jungens, mittelmäßig ehrlich und machen sich einen Heidenspaß draus, mal zu stehlen, lassen sich leicht erschrecken und finden das sogar wunderbar. Ich denke noch an einen Jungen, mit dem ich zu Hause in die Schule ging und der dort Cases Rolle spielte. Der Bursche wußte überhaupt nichts; er konnte nichts; er hatte keine Leuchtfarbe und keine Aeolsharfen; er sagte ganz einfach, er wäre ein Zauberer und jagte uns furchtbare Schrecken ein, und wir waren begeistert davon. Und dann fiel mir ein, wie der Schulmeister diesen Jungen mal verprügelt hatte und wie erstaunt wir alle waren, als wir sahen, daß es den Zauberer ebenso erwischte und er dabei genauso schrie wie jeder andere. Und da dachte ich bei mir: »Ich muß doch was ausdenken, daß es Meister Case mal so geht.« Und im nächsten Augenblick hatte ich eine Idee.

Ich ging den Weg zurück, der ganz leicht zu finden und zu gehen war, wenn man ihn einmal gefunden hatte; und als ich auf den schwarzen Sand hinaustrat, wen anders sah ich da als Meister Case! Ich spannte den Hahn an meinem Gewehr und hielt es bereit, und wir marschierten aufeinander los und gingen nacheinander vorbei, ohne ein Wort zu sagen, und jeder behielt den anderen im äußersten Winkel seines Blickfeldes; und kaum waren wir aneinander vorbei, da drehten wir uns beide auch schon um wie zwei beim Exerzieren und standen uns Auge in Auge gegenüber. Ihr versteht schon: wir hatten beide denselben Gedanken, den nämlich, daß einer dem anderen eine Gewehrladung in den Rücken verabfolgen könnte.

»Du hast ja nichts geschossen«, sagte Case.

»Ich bin heute nicht auf der Jagd«, sagte ich.

»Na, meinetwegen geh zum Teufel«, sagte er.

»Du auch«, sagte ich.

Aber wir blieben stehen, wo wir standen; kein Gedanke dran, daß einer von uns sich weggerührt hätte.

Case lachte. »Wir können ja schließlich nicht den ganzen Tag hier stehen«, sagte er.

»Geh doch, ich hindre dich ja nicht«, sagte ich.

Er lachte wieder. »Sag mal, Wiltshire, hältst du mich für einen Idioten?« fragte er.

»Für einen Schurken eher, wenn du's wissen willst«, sagte ich.

»Denkst du wahrhaftig, es würde mir was nützen, wenn ich dich hier am offenen Strand erschießen würde?« sagte er. »Ich denke gar nicht dran; jeden Tag kommen die Leute zum Fischen her. Eine Menge kann jetzt da oben im Tal sein und Kopra machen; ein halbes Dutzend kann auf dem Hügel hinter dir bei der Taubenjagd sein; ich würde mich gar nicht wundern, wenn sie uns in diesem Augenblick zusehen würden. Mein Ehrenwort: mir liegt nichts dran, dich zu erschießen. Warum sollte ich denn? Du störst mich absolut nicht. Du hast noch kein Pfund Kopra gekriegt außer der, die du mit deinen eigenen Händen gemacht hast wie ein Negersklave. Du vegetierst – so nenne ich das –, und mich kümmert's nicht, wo du vegetierst und wie lange. Gib mir dein Wort, daß du mich nicht erschießt, dann ziehe ich als erster los.«

»Gut«, sagte ich, »du bist so offen und so nett, dann werde ich's also auch sein. Ich habe nicht die Absicht, dich heute zu erschießen. Warum denn? Die Sache fängt ja erst an; die ist noch lange nicht zu Ende, Herr Case. Einen Schrecken habe ich dir schon eingejagt; bis jetzt sehe ich noch die Spuren von meinen Fäusten an deinem Kopf, und ich habe noch allerhand vorrätig für dich. Ich bin nicht gelähmt wie Underhill. Ich heiße nicht Adams und nicht Vigours, und ich werde dir zeigen, daß du jemanden vor dir hast, der dir gewachsen ist.«

»Das ist ja dummes Geschwätz«, sagte er. »Damit bringst du mich auch nicht von hier weg.«

»Meinetwegen«, sagte ich, »bleib, wo du bist. Du weißt ja, ich habe keine Eile. Ich kann einen ganzen Tag hier am Strand stehen, das macht gar nichts. Ich brauche mich um keine Kopra zu scheren. Ich brauch' nach keiner Leuchtfarbe zu sehen.«

Es tat mir leid, daß ich das letzte gesagt hatte, aber es war mir herausgerutscht, ehe ich es mir überlegt hatte. Ich sah, wie es ihm den Wind aus den Segeln nahm. Er stand und starrte mich mit hochgezogenen Augenbrauen an. Dann, glaube ich, entschloß er sich, der Sache auf den Grund zu gehen.

»Ich nehme dich beim Wort«, sagte er und drehte sich um und ging mitten in den Teufelsbusch hinein.

Ich ließ ihn natürlich gehen, denn ich hatte mein Wort gegeben. Aber ich beobachtete ihn, solange er in Sicht war, und dann ging ich so blitzschnell in Deckung, wie man sich's nur denken kann; den Rest des Weges lief ich durch den Busch nach Haus, denn ich traute ihm nicht über den Weg. Eines war mir klar, nämlich daß ich ein Esel gewesen war, ihn zu warnen, und daß ich sofort durchführen mußte, was ich vorhatte.

Man möchte meinen, ich hätte für einen Morgen genug Aufregung gehabt, aber es wartete noch eine andere Neuigkeit auf mich. Als ich weit genug um die Landzunge herumgegangen war, daß ich mein Haus sehen konnte, bemerkte ich, daß dort Fremde waren; als ich noch ein

Stück weiter gegangen war, gab es keinen Zweifel mehr. Ein paar bewaffnete Eingeborene hockten vor meiner Tür. Ich konnte mir nur denken, daß man in der Sache mit Uma endlich Ernst gemacht und das Geschäft beschlagnahmt hatte, und ich dachte nichts anderes, als daß Uma schon gefangen genommen worden war und daß die Bewaffneten darauf warteten, es mit mir genauso zu machen.

Als ich aber in höchster Geschwindigkeit näher kam, sah ich, daß ein dritter Eingeborener wie zu Besuch auf der Veranda saß und daß Uma sich mit ihm unterhielt wie eine Gastgeberin. Als ich noch näher heran kam, stellte ich fest, daß es der große junge Häuptling Maea war und daß er offenherzig lächelte und rauchte. Und was rauchte er? Keine von euren europäischen Zigaretten – die sind übrigens alle für die Katze – und auch nicht so eine richtige Hau-mich-um, wie sie die Eingeborenen haben und mit der man sich im Notfall die Zeit vertreiben kann, wenn die Pfeife kaputt ist, sondern eine Zigarre, und noch dazu eine von meinen mexikanischen, das hätte ich schwören können. Bei diesem Anblick fing mir das Herz an zu klopfen, und mir kam die wilde Hoffnung, daß die ganze Aufregung vorbei wäre und Maea wäre auf Besuch gekommen.

Uma deutete auf mich, als ich herankam, und er empfing mich oben auf meiner eigenen Treppe wie ein vollendeter Weltmann.

»Vilivili«, sagte er, denn besser kriegten sie meinen Namen nicht zurecht, »ich erfreut.«

Wenn ein Inselhäuptling höflich sein will, dann kann er es auch, da gibt es gar keinen Zweifel. Aus seinen Worten hörte ich sofort, wie es um die Sache stand. Es war gar nicht nötig, daß Uma mir erst sagte: »Er keine

Angst Case jetzt, kommen Kopra bringen.« Ich sage euch, ich schüttelte diesem Kanaka die Hand, als wäre er der prächtigste Weiße von ganz Europa.

Die Sache war die: Case und er waren hinter demselben Mädchen her gewesen, oder Maea hatte jedenfalls den Verdacht. Er hatte nun beschlossen, bei dieser Gelegenheit mit dem Händler abzurechnen. Er hatte sich herausgeputzt, ein paar von seinen Gefolgsleuten sauber und bewaffnet bei sich, um die Sache recht auffällig zu machen; dann hatte er gewartet, bis Case aus dem Dorf war, und jetzt war er hergekommen, um alles, was er brauchte, bei mir einzukaufen. Er war ebenso reich wie mächtig. Ich glaube, der Mann war seine 50000 Nüsse im Jahre wert. Ich berechnete ihm den Preis, der am Strande üblich war, und einen viertel Cent mehr, und was Kredit betraf, hätte ich ihm gern den ganzen Bestand des Ladens und außerdem noch alle Ausstattungsgegenstände vorschießen mögen, so froh war ich, daß ich ihn dahatte. Ich muß sagen, er kaufte ein wie ein feiner Herr: Reis und Büchsen und Biskuits, genug für ein Fest von acht Tagen, und ganze Ballen Stoff. Außerdem war er sehr liebenswürdig und in bester Laune, und wir rissen Witze miteinander, meist durch die Dolmetscherin, denn er konnte miserabel Englisch, und meine Kenntnisse der Eingeborenensprache waren noch ziemlich unzulänglich. Eines stellte ich fest: er konnte nie wirklich schlecht von Uma gedacht haben; er konnte auch nie wirklich Angst gehabt haben und mußte sich eben nur aus Berechnung so gestellt haben und weil er dachte, daß Case großen Einfluß im Dorf hatte und ihm nützlich sein konnte.

Das brachte mich auf den Gedanken, daß wir ja beide in der Klemme saßen, er und ich. Er hatte dem ganzen

Dorf ins Gesicht geschlagen, und das konnte ihn seine Autorität kosten. Und mehr als das: nach meinem Gespräch mit Case am Strande dachte ich, es könnte mich sehr wohl mein Leben kosten. Case hatte es so gut wie ausgesprochen, daß er mich umbringen würde, wenn ich jemals irgendwelche Kopra bekäme; wenn er nach Hause kam, würde er entdecken, daß das beste Geschäft vom ganzen Dorf in andere Hände übergegangen war, und ich dachte, das beste, was ich tun könnte, wäre, mit dem Umbringen schneller zu sein als er.

»Hör mal, Uma«, sagte ich, »sag ihm, es tut mir leid, daß ich ihn warten ließ, aber ich habe mir mal Cases Tiapolo-Laden im Busch angesehen.«

»Er wissen will, du keine Angst«, übersetzte Uma.

Ich lachte auf. »Nicht sehr«, sagte ich, »sag ihm, das ist ein lustiger Spielzeugladen. Sag ihm, in England geben wir solche Sachen Kindern zum Spielen.«

»Er wissen will, ob du hören Teufel singen«, fragte sie dann.

»Sieh mal«, gab ich zur Antwort, »ich kann das jetzt nicht vormachen, weil ich keine Banjosaiten im Lager habe; aber wenn das Schiff das nächste Mal vorbeikommt, werde ich eine von diesen neuen Erfindungen hier auf meiner Veranda aufhängen, und er kann dann selber sehen, was da für Teufelei dahinter ist. Sag ihm, sobald ich die Saiten erhalte, werde ich ihm eines für seine Gören machen. Aeolsharfe nennt man das Ding, und du kannst ihm sagen, der Name bedeute auf englisch, daß bloß verdammte Narren einen Cent dafür geben.«

Diesmal war er so erfreut, daß er es noch einmal mit seinem Englisch probieren mußte. »Du richtig sagen?« entgegnete er.

»Ja freilich«, sagte ich, »richtig wie Bibel. Bring eine Bibel heraus, Uma, wenn du so was hast, ich werde sie küssen. Oder halt! Ich weiß noch was Besseres«, sagte ich und stürzte mich kopfüber in mein Wagnis, »frag ihn, ob er Angst hat, selber bei Tage hinzugehen.«

Es stellte sich heraus, daß er sich nicht fürchtete; bei Tag und in Gesellschaft würde er sich das zutrauen. »Das ist dann das Richtige. Sag ihm, der Mann ist ein Schurke und der ganze Laden eine Narretei, und wenn er morgen dorthin geht, wird er schon sehen, wieviel noch davon übrig ist. Aber erzähle ihm das, Uma, und paß auf, daß er es versteht: wenn er darüber redet, wird es Case zu Ohren kommen, und dann bin ich ein toter Mann. Sag ihm, ich spiele ein gewagtes Spiel für ihn, und wenn er ein Wort ausplaudert, dann wird mein Blut über ihn kommen und ihn in die Verdammnis stürzen hier und in der Ewigkeit.«

Sie unterbreitete ihm das, und er schüttelte mir kräftig die Hand mit den Worten: »Keine Rede. Ich gehe morgen. Du mein Freund?«

»Nein, Herr«, erwiderte ich, »keine Dummheiten. Ich bin hierher gekommen, um zu handeln, und nicht, um Freunde zu suchen. Aber über Case sind wir uns einig. Den werde ich in die ewige Herrlichkeit befördern.« So ging Maea davon, und ich konnte sehen, daß er recht erfreut war.

FÜNFTES KAPITEL

Nacht im Busch

So, jetzt gab es keine andere Möglichkeit mehr: Tiapolo mußte noch vor dem nächsten Tag kurz und klein geschlagen sein, und ich hatte alle Hände voll zu tun mit Vorbereitungen, und es gab nun auch noch Auseinandersetzungen. Mein Haus war der reine Debattierklub. Uma beharrte steif und fest auf ihrer Meinung, ich dürfte nicht bei Nacht in den Busch, und wenn ich doch ginge, würde ich nicht mehr wiederkommen. Ihren Stil im Argumentieren kennt ihr ja; eine Probe davon habt ihr gehört, die über Königin Viktoria und den Teufel, und ich will es euch überlassen, euch auszumalen, ob ich es vor Anbruch der Dunkelheit satt hatte oder nicht.

Endlich kam mir eine gute Idee. »Warum soll ich meine Perlen vor die Säue werfen?« dachte ich. Etwas von dem Heu, das sie selber gehauen hatte, würde mir bessere Dienste tun.

»Ich will dir mal was sagen«, sagte ich. »Du holst deine Bibel, und die nehme ich mit. Das wird mir helfen.« Sie schwor, daß eine Bibel nichts nützen würde.

»Das ist eine Kanakendummheit. Bring die Bibel her!« Sie brachte sie, und ich schlug die Titelseite auf, weil ich dachte, da würde etwas Englisches stehen, und da stand auch etwas.

»Hier, sieh her! London; gedruckt für die Britische und Ausländische Bibelgesellschaft, Blackfriars' und das Datum, das kann ich nicht lesen, da sind drei X drin.

Kein Teufel wagt sich an die Bibelgesellschaft Blackfriars heran. Sag mal, du Dummerchen, wie stellst du dir denn vor, daß wir sonst mit unseren eigenen Aitus zu Hause fertig werden? Das besorgt alles die Bibelgesellschaft.«

»Ich denken, ihr keinen haben. Weißer Mann, er mir sagen, ihr nicht haben.«

»Hört sich doch unwahrscheinlich an, nicht? Warum sollten denn die Inseln so voll davon sein und in Europa soll es keine geben?«

»Ihr eben keine Brotfrucht haben«, sagte sie.

Ich hätte mir die Haare raufen können. »Ich bitte dich, alte Dame, hör endlich auf, jetzt hab' ich's wirklich satt. Ich nehm die Bibel, die wird mich schon richtig an Ort und Stelle befördern, und damit basta.«

Die Nacht senkte sich ungewöhnlich dunkel herab, mit Sonnenuntergang kamen Wolken auf und bedeckten alles; kein Stern zeigte sich, nur ein bißchen Mondschein würde es geben, aber erst in den frühen Morgenstunden. Das Dorf, wo die Lichter und Feuer in den offenen Häusern brannten, und die Fackeln der Fischer, die sich zwischen den Klippen bewegten, sahen lustig aus wie eine Illumination, aber die See und die Wälder und Berge waren vollkommen verschwunden. Ich glaube, es war acht Uhr, als ich mich auf den Weg machte, beladen wie ein Esel. Da war erst mal diese Bibel, ein Buch so groß wie mein Kopf, das ich mir durch meine eigene Narrheit aufgeladen hatte. Dann mein Gewehr und Messer, die Laterne und Patentstreichhölzer – das brauchte ich ja alles. Und dann noch der eigentliche Vorrat an Handwerkszeug für das Unternehmen, eine tolle Portion Schießpulver, ein paar Fischbomben aus Dynamit und zwei oder drei Lunten, die ich mir aus den Blechkästen geangelt und zusammengefilzt hatte, so gut ich konnte; denn die Lunten waren bloß Handelsware, und man wäre ja verrückt, wenn man sich auf den Kram verlassen wollte. Alles in allem hatte ich das Zeug für eine hübsche Explosion beisammen, wie ihr seht; die Ausgaben kümmerten mich nicht; ich wollte die Sache gleich richtig erledigen.

Solange ich im Freien war und die Lampe aus meinem Hause mir leuchtete, ging alles gut. Aber als ich auf den Pfad kam, wurde es so dunkel, daß es kein Vorwärtskommen mehr gab, ich rannte an Bäume an und fluchte dabei wie einer, der in einem Schlafzimmer die Streichhölzer sucht. Ich wußte, es war gefährlich, meine Laterne anzuzünden, denn das würde man den ganzen Weg lang bis zum Ende der Landzunge sehen, und weil keiner nach Anbruch der Dunkelheit dort entlang geht, würde man drüber reden, und es würde Case zu Ohren kommen. Aber was blieb mir anderes übrig? Entweder ich mußte mein Vorhaben aufstecken und würde mich vor Maea blamieren, oder ich mußte die Lampe anzünden und die Sache so gut wie möglich in Angriff nehmen.

Solange ich auf dem Weg war, ging ich schon schnell, aber als ich auf den schwarzen Strand kam, mußte ich gar laufen, denn die Flut war schon im Steigen, und wenn ich mit meinem Pulver trocken zwischen der Brandung und dem steilen Abhang durchkommen wollte, mußte ich mich, so sehr ich konnte, beeilen. Das Wasser reichte mir ohnehin schon bis an die Knie, und ich wäre beinahe über einen Stein gefallen. Die ganze Zeit über hielt mich die Eile, in der ich war, die klare Luft und der Geruch von der See her lebendig. Aber als ich einmal im Busch war und anfing, den Pfad hinaufzuklettern, nahm ich mir mehr Zeit. Die Schrecken des Waldes waren für mich ziemlich gebannt, seit ich Meister Cases Banjosaiten und Götzenbilder gesehen hatte, aber ich fand doch, es war eine trübselige Wanderung, und ich dachte, wenn seine Anhänger hier wären, würden sie sich schauerlich fürchten. Das Licht der Laterne, das all die Bäume und Astgabeln und das verflochtene Tauwerk der Lianen streifte, machte den ganzen Busch oder jedenfalls alles, was ich davon sehen konnte, zu einem Gewirr von tanzenden Schatten. Sie kamen auf mich zu, gewaltig wie Riesen und schnell, und dann sprangen sie weiter und verschwanden, hoben sich über einen wie Keulen und flogen davon in die Nacht wie Vögel. Auf dem Boden des Busches schimmerte es von totem Holz wie eine Streichholzschachtel, wenn man ein Hölzchen angezündet hat. Von den Zweigen über mir fielen große, kalte Tropfen wie Schweiß herunter. Wind war kaum zu spüren, nur der eiskalte Hauch einer Landbrise, die nichts bewegte, und die Harfen schwiegen.

Die erste Pause machte ich, als ich, durch den Busch wilder Kokosnüsse steuernd, die Schreckgespenster auf dem Wall erblickte. Im Licht der Laterne sahen sie ganz merkwürdig aus mit ihren bemalten Gesichtern und ihren Muschelaugen, mit ihren Kleidern und hängenden Haaren. Ich zog sie alle heraus und stapelte sie übereinander auf das Kellerdach, damit sie mit dem übrigen Zeug zum Teufel gehen sollten. Dann wählte ich einen Platz hinter einem der großen Steine am Eingang, vergrub mein Pulver und die zwei Patronen und legte meine Lunte den Weg entlang. Endlich warf ich zum Abschied noch einen Blick auf das rauchende Gesicht. Es leuchtete großartig. »Faß Mut!« sagte ich. »Du hast ausgespielt.«

Zuerst hatte ich es anzünden und mich dann auf den

Heimweg machen wollen, denn da im Dunkel, wo nur das verfaulte Holz schimmerte und die Schatten von meiner Laterne tanzten, war mir schrecklich verlassen zumute. Aber ich wußte, wo eine von den Harfen hing; ich fand es schade, daß sie nicht mit dem übrigen in die Luft fliegen sollte; aber zugleich mußte ich auch selbst zugeben, daß ich mein Geschäft mehr als satt hatte und am liebsten zu Hause und hinter verschlossenen Türen gewesen wäre. Ich trat aus dem Keller und überlegte alles Für und Wider. Fern unter mir an der Küste rauschte das Meer, in der Nähe regte sich kein Blatt. Ich war wohl das einzige lebende Wesen diesseits von Cap Horn. Als ich nun so stand und nachdachte, war es, als wachte der Busch auf und füllte sich mit Geräuschen. Es waren kleine Geräusche, da gab es keinen Zweifel; etwas knisterte und eilte; mir blieb förmlich der Atem weg, und meine Kehle war salztrocken; nicht, daß ich mich vor Case gefürchtet hätte, wie es mir mein gesunder Menschenverstand hätte sagen können; an Case dachte ich überhaupt nicht; was mich zittern ließ, waren diese Altweibergeschichten von Weiberteufeln und Menschenschweinen. Fast wäre ich weggelaufen, aber dann ermannte ich mich, trat hinaus, hielt die Laterne hoch, als ob ich vollkommen den Verstand verloren hätte, und sah mich um.

In der Richtung von Dorf und Pfad war nichts zu sehen; aber als ich mich gegen das Inselinnere wandte, war es einfach ein Wunder, daß ich nicht umfiel. Da mitten aus der Wildnis, mitten aus dem verrufenen Busch – da wahrhaftig, kam ein Weiberteufel und sah genauso aus, wie ich sie mir vorgestellt hatte. Ich sah das Licht auf den bloßen Armen und in den glänzenden Augen schimmern, und da stieß ich einen solchen Schrei aus, daß ich dachte, ich müßte davon zerspringen.

»Halt! Nicht schreien!« sagte der Weiberteufel in einer Art hohem Flüstern. »Warum du sprechen große Stimme? Mach Licht aus. Ese er kommen!«

»Allmächtiger Gott, Uma, bist du's?« rief ich.

»Ja«, sagte sie. »Ich schnell kommen. Ese er hier bald.«

»Du allein?« fragte ich. »Keine Angst?«

»Ach, zu sehr Angst«, flüsterte sie und faßte meine Hand. »Ich denken sterben.«

»Nun«, sagte ich mit einem gerührten Lächeln, »ich lach dich nicht aus, Frau Wiltshire, denn ich bin selber so erschrocken wie wahrscheinlich noch nie ein Mensch im ganzen südlichen Pazifik.«

In kurzen Worten erzählte sie mir, was sie herführte. Ich war anscheinend kaum fort gewesen, da war Fa'avao gekommen, und die alte Dame hatte den Schwarzen Jack getroffen, der von unserem Haus zu Cases gelaufen war, so schnell ihn seine Füße tragen wollten. Uma hatte kein Wort verloren und keine Zeit, sondern war gleich losgelaufen, um mich zu warnen. Sie war mir so dicht auf den Fersen gewesen, daß die Laterne ihr am Strande hinleuchtete, und durch ihren Schimmer zwischen den Bäumen hatte sie später die Richtung den Hügel herauf gefunden. Und nur als ich den Gipfel erstiegen hatte oder im Keller war, hatte sie sich weiß Gott wohin verirrt und eine Menge kostbare Zeit verloren. Sie hatte nicht gewagt zu rufen aus Angst, Case sei ihr auf den Fersen, und war durch den Busch geirrt, daß sie sich dabei geschunden und grün und blau geschlagen hatte. Dabei mußte sie zu weit nach Süden abgekommen sein, und so ist sie mir dann endlich in die Flanke geraten und hat mich derartig erschreckt, daß es mir einfach die Rede verschlagen hat.

Aber schließlich war mir so ein Weiberteufel lieber als

alles andere, nur ihre Geschichte kam mir ziemlich bedenklich vor. Der Schwarze Jack brauchte schließlich nicht um mein Haus herumzustreichen, wenn er nicht zum Spionieren ausgeschickt war, und jetzt sah es aus, als hätte meine dumme Bemerkung gegen den Farbigen und vielleicht ein Geschwätz von Maea uns alle ziemlich in die Klemme gebracht. Eins war klar: Uma und ich mußten über Nacht hierbleiben. Wir konnten es nicht wagen, vor Tag nach Hause zu gehen, und sogar morgen würde es noch sicherer sein, in die Berge zu steigen und von da rückwärts ins Dorf zu kommen, sonst konnten wir in einen Hinterhalt fallen. Außerdem war mir klar, daß die Mine sofort explodieren mußte, wenn Case es nicht mehr verhindern sollte.

Ich ging in den Stollen – Uma klammerte sich fest an mich – öffnete meine Laterne und zündete die Lunte an. Die erste Länge brannte wie ein Fidibus, und ich stand benommen, sah sie brennen und dachte, wir würden mit Tiapolo in die Luft gehen, aber das war doch keineswegs meine Absicht. Die zweite brannte besser, wenn auch schneller, als mir lieb war; und dabei kam ich wieder zur Besinnung, zerrte Uma aus dem Durchgang, blies die Laterne aus und ließ sie fallen, und dann tappten wir den Weg in den Busch hinein, bis ich dachte, es müßte sicher sein, und legten uns unter einen Baum.

»Alte Dame«, sagte ich, »diese Nacht werde ich dir nicht vergessen. Du bist ein Prachtkerl, das muß ich schon sagen.«

Sie klammerte sich eng an mich. Sie war so losgerannt, wie sie war und hatte nichts an als ihr Röckchen; und sie war ganz naß vom Tau und von der See am schwarzen Strand und schauderte vor Kälte und aus Angst vor der Dunkelheit und vor den Teufeln.

»Zu sehr Angst«, war alles, was sie sagte.

Die hintere Seite von Cases Hügel senkte sich steil wie ein Abgrund in das nächste Tal. Wir waren gerade an der Böschung, und ich konnte das faule Holz scheinen sehen und hörte von weit unten das Rauschen der See. Ich war etwas besorgt wegen unserer Lage, die jeden Rückzug unmöglich machte, aber ich hatte auch Angst, mich wegzurühren. Dann sah ich, daß ich noch einen schlimmeren Fehler gemacht hatte und zwar mit der Laterne: ich hätte sie brennen lassen sollen, so daß ich Case hätte eins draufbrennen können, wenn er in ihren Lichtkreis gekommen wäre; da ich jedoch nicht klug genug gehandelt hatte, so war es auf jeden Fall dumm, die gute Laterne mit den Götzenbildern in die Luft zu sprengen. Das Ding gehörte mir schließlich und war sein Geld wert, und man hätte es sicher noch mal ganz gut brauchen können. Wenn ich mich auf die Lunte hätte verlassen können, wäre ich noch hingelaufen und hätte sie gerettet. Aber wer konnte der Lunte trauen? Ihr wißt ja, was so Handelsware ist. Das Zeug ist gut genug für Kanakas, die damit fischen gehen, wo sie sowieso auf dem Posten sein müssen und höchstens dabei riskieren, daß ihnen eine Hand zerrissen wird, aber für jemanden, der so eine Sprengung vor hat wie ich, war die Lunte einfach Schund.

Schließlich war es eben doch das Gescheiteste, was ich tun konnte, still zu liegen, mein Schießgewehr bei der Hand, und auf die Explosion zu warten. Und das war direkt eine feierliche Angelegenheit. Die Dunkelheit der Nacht schien undurchdringlich zu sein, das einzige, was man sehen konnte, war der scheußliche, gespenstische Schimmer von dem abgestorbenen Holz, und nach Geräuschen spitzte ich meine Ohren so lange, bis ich glaubte, die Lunte im Stollen brennen zu hören. Im übrigen war der Busch still wie ein Grab. Ab und zu hörte man ein Knacken, aber ob es nahe oder fern war, ob es Case war, der ein paar Meter entfernt mit dem Fuß irgendwo anstieß, oder ein Baum, der meilenweit entfernt umstürzte, das hätte ich beim besten Willen nicht sagen können.

Und dann plötzlich fing der Vesuv an zu spucken. Es hatte lange gedauert; aber als es kam (wenn ich auch gestehen muß, daß ich so einen Ausbruch selber gar nicht gewollt hatte), hätte kein Mensch es sich toller wünschen können. Zuerst krachte es wie eine Kanonensalve, dann gab es einen Feuerstrahl und der Busch wurde so hell davon, daß man hätte lesen können, und dann ging der Trubel los. Uma und ich wurden halb begraben unter einer ganzen Wagenladung von Erde und waren heilfroh, daß es noch so gut abging, denn einer von den Felsen, die am Eingang des Stollens gelegen hatten, wurde in die Luft geschleudert und stürzte ein paar Fuß von der Stelle nieder, wo wir lagen; er kippte über die Böschung des Hügels und rollte mit wuchtigen Stößen ins nächste Tal. Ich sah, daß ich unsere Entfernung ziemlich unterschätzt oder an Dynamit und Pulver des Guten zuviel getan hatte.

Und bald sah ich, daß ich noch einen Fehler gemacht hatte. Der Lärm, der die ganze Insel erschütterte, ließ nach, das Blitzlicht ging vorbei, und doch kam die Nacht nicht so wieder, wie ich es erwartet hatte. Denn im ganzen Wald waren rote Kohlen und brennende Holzstücke verstreut; sie lagen alle um mich herum auf dem Boden, einige waren ins Tal hinunter gefallen und ein paar hingen und loderten in den Baumwipfeln. Ich fürchtete nicht einen Brand, denn diese Wälder sind zu naß, um sich zu entzünden. Aber der Kummer war der, daß alles erleuchtet war – nicht sehr hell, aber genug, um dabei zu schießen, und so wie die Kohlen verstreut lagen, konnte Case ebenso gut im Vorteil sein wie ich. Ich kann euch sagen, überall spähte ich nach seinem weißen Gesicht aus; aber keine Spur von ihm war zu entdecken. Was Uma betraf, so schienen das Getöse und das Feuer ihr alles Leben ausgetrieben zu haben.

Eins war faul in meinem Spiel: keine vier Meter von mir entfernt war eins von den verdammten Götzenbildern heruntergekommen, Haar und Kleider und Körper in Flammen. Ich spähte wie ein Schießhund nach allen Seiten; noch war kein Case zu sehen, und ich beschloß, dieses brennende Bündel wegzubringen, denn sonst würde er mich erschießen wie einen Hund.

Mein erster Gedanke war, hinzukriechen, aber dann sagte ich mir, Schnelligkeit ist jetzt das Wichtigste, und ich erhob mich, um schnell zu laufen. In diesem Augenblick kamen ein Blitz und ein Knall von irgendwoher zwischen mir und der See, und eine Gewehrkugel pfiff mir am Ohr vorbei. Ich drehte mich blitzschnell um und hob mein Gewehr, aber dieses Scheusal hatte einen Winchester, und ehe ich ihn unschädlich machen konnte, legte mich sein zweiter Schuß um wie einen Kegel. Ich schien in die Luft zu fliegen, kam im Eiltempo wieder herunter und lag eine Weile ganz benommen; und dann fand ich, daß meine Hände leer waren: mein Gewehr war mir über den Kopf geflogen, als ich stürzte. Es macht einen schon gewaltig scharfsichtig, wenn man so in der Falle sitzt. Ich wußte kaum, wo und ob ich überhaupt verletzt war oder nicht, aber ich wälzte mich herum, um auf dem Bauch nach meiner Waffe zu kriechen. Wenn ihr nicht mal versucht habt, mit einem gebrochenen Bein vorwärts zu kriechen, wißt ihr überhaupt nicht, was Schmerzen sind; ich stieß jedenfalls ein Gebrüll aus wie ein Ochse.

Das war das unglückseligste Geräusch, das ich je in meinem Leben von mir gegeben hatte. Bis dahin war Uma bei ihrem Baum geblieben, ein empfindsames Frauenzimmer, das wußte, daß es nur im Wege war; aber als sie mich schreien hörte, eilte sie hervor. Der Winchester krachte, und sie brach zusammen.

Trotz meines Beins hatte ich mich aufgerichtet, um sie aufzuhalten; aber als ich sie taumeln sah, fiel ich zurück, wo ich war, lag still und fühlte nach dem Griff meines Messers. Vorher war ich hastig und verwirrt gewesen. Das war jetzt vorbei. Er hatte mir mein Mädel niedergeschossen, und das sollte er mir bezahlen; da lag ich und knirschte mit den Zähnen und berechnete meine Chancen. Mein Bein war kaputt, mein Gewehr war hin. Case hatte noch zehn Schuß in seinem Winchester. Mein Vorhaben sah ziemlich hoffnungslos aus. Aber ich verzweifelte nicht – ich dachte gar nicht dran, zu verzweifeln. Dieser Mann mußte dran glauben.

Eine ganze Zeitlang verriet sich keiner von uns. Dann hörte ich, wie Case sich näher im Busch bewegte, aber gewaltig vorsichtig. Die Puppe war verbrannt, nur ein paar Kohlen lagen hier und da und der Wald war zum größten Teil dunkel, bis auf ein schwaches Glühen, wie von einem verglimmenden Feuer. Dabei entdeckte ich Cases Kopf, der über einem großen Farnbusch nach mir auslugte, und zur gleichen Zeit sah mich dieses Untier und legte seinen Winchester an. Ich lag ganz still und sah so ungefähr in den Flintenlauf; es war meine letzte Chance, aber ich glaubte, das Herz müßte mir stillstehen. Dann feuerte er. Zum Glück für mich war es keine

Schrotflinte, denn die Kugel verfehlte ihr Ziel, und spritzte mir den Schmutz ins Gesicht.

Versucht das mal und seht, ob ihr still liegen könnt, wenn einer einen gezielten Schuß auf euch abgibt und euch um ein Haar verfehlt. Aber ich konnte es, und das war mein Glück. Eine Weile stand Case, das Gewehr vor der Brust; dann lachte er ein wenig vor sich hin und kam um den Farnbusch herum.

»Lach nur!« dachte ich. »Wenn du auch nur etwas Verstand hättest, dann würdest du beten.«

Ich war angespannt wie ein Schiffstau oder wie die Feder in einer Uhr, und sobald er in Reichweite kam, erfaßte ich ihn beim Fußknöchel, zog ihm die Füße weg, warf ihn zu Boden und war über ihm, noch ehe er zur Besinnung gekommen war, trotz meinem gebrochenen Bein und allem anderen. Sein Winchester war denselben Weg gegangen wie meine Schrotflinte; jetzt war er mir nicht mehr gefährlich, und ich fragte den Teufel danach. Ich bin immerhin ziemlich kräftig, aber nie habe ich gewußt, was für Kräfte in mir stecken, bis ich Case unter die Finger bekam. Der Sturz hatte ihn für eine Weile kampfunfähig gemacht, und er warf beide Hände hoch wie ein ängstliches Frauenzimmer, so daß ich sie beide mit meiner Linken fassen konnte. Das brachte ihn in Harnisch, und er biß mich mit den Zähnen in den Unterarm wie ein Wiesel. Aber da kümmerte ich mich nicht viel drum! Mein Bein verursachte mir große Schmerzen, und ich zog mein Messer und stach los.

»Jetzt habe ich dich endlich«, sagte ich, »und jetzt mach ich dich fertig, eine prima Sache ist das! Merkst du was? Das ist für Underhill und das für Adams! Und das hier ist für Uma, und das wird dir deine verfluchte Seele zum Teufel jagen!«

Damit gab ich ihm den kalten Stahl, so tief ich konnte. Sein Körper sprang unter mir wie ein gefedertes Sofa; er gab ein entsetzliches langes Stöhnen von sich und lag dann still.

»Ich möchte wissen, ob du tot bist? Hoffentlich!« dachte ich, denn mir schwindelte. Aber ich wollte mich keiner Gefahr aussetzen, dazu war mir mein eigenes Beispiel zu nahe vor Augen; und ich versuchte, das Messer herauszuziehen und es von neuem hineinzustechen. Ich weiß noch, daß mir das Blut über die Hände lief, und dabei fiel ich in Ohnmacht und sank mit meinem Kopf auf seinen Mund.

Als ich zu mir kam, war es stockdunkel; die Kohlen waren ausgebrannt; nichts war zu sehen, nur der Schein von totem Holz, und ich konnte mich weder besinnen, wo ich war, noch, weshalb ich solche Schmerzen hatte, noch, wovon ich so durchnäßt war. Dann fiel mir alles ein, und das erste, was ich erledigte, war, daß ich ihm das Messer ein halbes Dutzendmal bis zum Heft hineinstach. Ich glaube, er war schon tot, aber es schadete ihm nichts.

»So, jetzt bist du bestimmt tot«, sagte ich und dann rief ich nach Uma.

Keine Antwort kam, und ich machte eine Bewegung, um im Dunkel nach ihr zu tappen, stieß mit meinem gebrochenen Bein an und wurde wieder ohnmächtig.

Als ich das zweite Mal zu mir kam, hatten sich die Wolken verzogen, bis auf ein paar, die weiß wie Watte dahinsegelten. Der Mond war aufgegangen – ein tropischer Mond. Daheim macht der Mond einen Wald schwarz, aber hier zeigte selbst dieses kümmerliche Stückchen Mond den Wald so grün wie bei Tag. Die Nachtvögel – oder vielmehr eine Art früher Morgenvögel – sangen ihre langen absinkenden Melodien wie Nachtigallen. Ich konnte den Toten sehen, auf dem ich lag; er sah mit seinen offenen Augen mitten in den Himmel, nicht blasser, als er bei Lebzeiten gewesen war; und ein Stück entfernt lag Uma, auf die Seite hingestreckt. Ich kroch zu ihr hinüber, so vorsichtig, wie sich das nur machen ließ, und als ich zu ihr kam, war sie hellwach und weinte und schluchzte vor sich hin, und dabei machte sie weniger Geräusch als eine Fliege. Anscheinend fürchtete sie sich, laut zu weinen, wegen der Aitus. Sie war nicht gerade schwer verletzt, aber in Todesangst; schon lange war sie wieder zu sich gekommen; sie hatte nach mir gerufen, keine Antwort gehört, hatte gedacht, wir wären beide tot, und hatte seitdem dort gelegen und vor Angst keinen Finger gerührt. Die Kugel hatte ihre Schulter gestreift und sie hatte eine ganze Menge Blut verloren; aber das hatte ich bald mit dem unteren Teil meines Hemdes und mit einem Halstuch, das ich trug, verbunden, ganz wie es sich gehört, und dann ließ ich mich nieder, bettete Umas Kopf an mein gesundes Knie und lehnte mich mit dem Rücken an einen Baum, um so den Morgen zu erwarten. Uma war zu nichts zu gebrauchen und dekorierte auch nicht besonders, sie klammerte sich nur an mich und zitterte und weinte. Ich glaube, so hat sich überhaupt noch nie jemand gefürchtet und man mußte ja gerecht sein: sie hatte wirklich eine lebhafte Nacht hinter sich. Ich selber hatte große Schmerzen und Fieber, aber wenn ich still saß, war es nicht so schlimm; und jedes Mal, wenn ich zu Case hinübersah, hätte ich singen und pfeifen können. Was brauchte ich Essen und Trinken? Wenn ich diesen Mann da so mausetot liegen sah, das machte mich vollständig zufrieden.

Nach einer Weile hörten die Nachtvögel auf zu singen,

und dann wurde das Licht im Osten anders, ganz orangefarben, der ganze Wald fing an zu singen und zu schwirren wie eine Spieldose, und der helle Tag stieg auf.

Ich erwartete Maea noch lange nicht, und ich dachte sogar, es wäre vielleicht möglich, er könnte der ganzen Sache aus dem Wege gehen und überhaupt nicht kommen. Um so erfreuter war ich, als ich eine Stunde nach Tagesanbruch Reisig knacken hörte und eine Menge Kanakas anrückten, die lachten und sangen, um sich Mut zu machen. Bei dem ersten Geräusch davon setzte sich Uma ganz lebhaft auf, und bald darauf sahen wir eine Gruppe im Gänsemarsch den Weg entlang kommen, Maea vornweg, und hinter ihm ein Weißer mit einem Tropenhelm. Es war Herr Tarleton, der spät in der Nacht in Falesa aufgetaucht war; er hatte sein Boot zurückgelassen und war das letzte Stück mit einer Laterne gegangen.

Sie begruben Case auf dem Felde seines Ruhms, in dem Loch, wo er das rauchende Haupt stehen gehabt hatte. Ich wartete, bis die Sache zu Ende war; und Herr Tarleton betete; ich fand das zwar ziemlich komisch, aber ich muß sagen, er eröffnete einen ziemlich trüben Ausblick auf die Aussichten des teuren Verstorbenen und schien so seine eigenen Ideen über die Hölle zu haben. Später setzte ich mich dann mal mit ihm drüber auseinander, und sagte ihm, er hätte seine Pflicht vernachlässigt, und er hätte gradestehen sollen wie ein Mann und den Kanakas offen sagen, daß Case verdammt war und daß es ein Segen für uns war, ihn los zu sein; aber ich konnte ihn nie dazu überreden, die Sache so anzusehen wie ich. Dann machten sie mir eine Bahre aus Stangen und trugen mich hinunter zur Station. Herr Tarleton renkte mir das Bein ein und machte einen regelrechten Missionsverband drum; davon hinke ich noch bis auf den heutigen Tag. Als er das getan hatte, brachte er meine und Umas und Maeas Aussage zu Papier, schrieb alles fein säuberlich auf und ließ uns unterzeichnen; und dann holte er die Häuptlinge zusammen und marschierte hinüber zu Papa Randall, um Cases Papiere zu beschlagnahmen.

Alles, was sie fanden, war ein kleines Heft, das seit vielen Jahren da lag, und drin stand alles mögliche über Kopra-Preise und gestohlene Krücken und sowas, und die Geschäftsbücher und sein letzter Wille, von dem ich am Anfang schon erzählt hatte, und dabei stellte sich heraus, daß der ganze Laden mit Stumpf und Stiel der Samoanerin gehörte. Ich habe sie dann zu einem sehr anständigen Preis ausgekauft, denn sie hatte es eilig, nach Hause zu kommen.

Randall und der Schwarze wurden auf die Straße gesetzt, erhielten eine Art Laden an der Papa-Malulu-Küste und machten schlechte Geschäfte, denn der Haken war der, daß keiner von den beiden was davon verstand; sie lebten zum größten Teil von Fischen, und das war auch die Ursache für Papa Randalls Tod. Eines Tages war anscheinend ein hübscher Fischschwarm da, und Papa ging mit Dynamit drauf los; entweder die Lunte brannte zu schnell oder Papa war betrunken oder alles beide – die Patrone ging wie üblich los, ehe er sie geworfen hatte, und wo blieb Papas Hand? Na, das wäre ja noch weiter kein Unglück gewesen; die Inseln im Norden sind alle voll von Leuten mit einer Hand wie die Karawanen in Tausendundeiner Nacht; aber der alte Randall war entweder zu alt oder er trank zuviel: kurz und gut, er starb. Bald danach wurde der Neger von der Insel gewiesen, weil er Weiße bestohlen hatte, und ging nach Westen, wo er auf Leute von seiner eigenen Farbe stieß; ich weiß allerdings nicht, ob ihm daran etwas lag, denn die Leute von seiner eigenen Farbe nahmen ihn und fraßen ihn auf bei einer Art Mondscheintanz, und ich hoffe von ganzem Herzen, daß er ihnen gut geschmeckt hat.

Da war ich nun allein in meiner Gloria in Falesa, und als der Schoner kam, lud ich ihn voll und gab ihm eine Deckladung mit, halb so hoch wie ein Haus. Ich muß sagen, Herr Tarleton tat für uns, was er konnte, aber er verlangte dafür eine gewaltige Entschädigung.

»Nun, Herr Wiltshire«, sagte er, »ich habe Sie jetzt mit allen hier in ein gutes Einvernehmen gebracht; da Case weg ist, war das keine Schwierigkeit; aber ich habe es getan und dabei mein Wort gegeben, daß Sie anständig mit den Eingeborenen handeln werden. Ich muß Sie bitten, mein Wort zu halten.«

Das habe ich denn auch getan. Gewöhnlich hatte ich meine Last mit meinem Geschäftsumsatz, aber ich brachte ihn zustande. Wir haben's alle schwer damit, und die Eingeborenen wissen dies und wässern ihre Kopra so, daß für sie noch genug dabei herausspringt. Aber offen gesagt, ich hatte viel Scherereien dabei, und obwohl ich mich in Falesa sehr wohl fühlte, war ich doch froh, als mich die Firma in ein anderes Geschäft schickte, wo mich nicht irgendein Versprechen band und wo ich meinen Gewinn im Auge haben konnte.

Was die alte Dame angeht, so kennt ihr sie ja so gut wie ich. Sie hat nur den einen Fehler: wenn man nicht die Augen offenhielte, würde sie einem das Dach vom Haus wegschenken. Na ja, das scheint den Kanakas eben so angeboren zu sein. Sie ist jetzt sehr dick geworden und könnte wohl einen Londoner Bobby über die

Schulter werfen. Aber das ist bei den Kanakas gewöhnlich auch so, im übrigen aber ist sie eine prachtvolle Frau.

Herr Tarleton ist nach Hause gefahren, seine Dienstzeit war vorbei; er war der beste Missionar, den ich jemals getroffen habe, und jetzt predigt er wohl da unten in Somerset irgendwo. Das ist schließlich auch das Beste für ihn, dort hat er keine Kanakas, die ihn fast verrückt gemacht haben.

Mein Gasthaus? Keine Spur davon, und es wird wahrscheinlich auch nichts daraus. Ich glaube, ich bleibe hier hängen. Ich mag nicht von den Kindern weg, versteht ihr? Und darüber gibt es gar kein Wort zu verlieren – die sind hier besser aufgehoben als in einem Land unter lauter Weißen, wenn auch Ben den Ältesten mit nach Auckland genommen hat, wo er aufs beste erzogen wird. Aber was mir Sorge macht, sind die Mädels. Natürlich sind sie nur Mischlinge, das weiß ich so gut wie ihr, und keiner denkt geringer von Mischlingen als ich, aber schließlich gehören sie mir und sind alles, was ich habe. Ich kann mich nicht an den Gedanken gewöhnen, daß sie an Kanakas Gefallen finden könnten, und ich möchte wissen, wo ich die Weißen hernehmen soll!

Übersetzt von Elisabeth Seidel

Die Stimmeninsel

Keola war verheiratet mit Lehua, der Tochter Kalamakes, des weisen Mannes von Molokai, und er wohnte bei dem Vater seiner Frau. Kein Mensch war schlauer als dieser Prophet: er las in den Sternen; er wahrsagte aus Leichen und mit Hilfe böser Kreaturen; er konnte in die höchste Gegend des Gebirges gehen, in die Zone der Kobolde, und da pflegte er Schlingen zu legen, um Geister der Vorfahren einzufangen.

Darum wurde kein Mensch so oft um Rat gefragt im ganzen Königreich Hawai. Vorsichtige Leute richteten ihr Leben nach seinen Ratschlägen ein. Kauften und verkauften und heirateten. Und der König ließ ihn zweimal nach Kona kommen, die Schätze des Kamehamedas zu suchen. Kein Mensch wurde aber auch mehr gefürchtet: von seinen Freunden waren einige infolge seiner Zaubersprüche dahingesiecht, andere waren mit Haut und Haaren in Geister verwandelt worden und verschwunden, so daß ihre Leute vergeblich auch nur nach einem Knöchelchen von ihren Leibern suchten. Es ging das Gerücht, er besitze die Kunst oder Gabe der alten Helden. Viele Leute hatten ihn oft nachts auf den Bergen gesehen, wie er von einem Felsen zum anderen hinübertrat; sie hatten ihn im Hochwald gehen sehen, und sein Kopf und Schulter ragten weit über die Baumwipfel empor.

Dieser Kalamake war seltsam anzusehen. Er stammte aus bestem Blut in Molokai und Maui, war von reiner Abkunft; und doch war er weißer anzusehen als ein einziger von den Fremden. Sein Haar hatte die Farbe trockenen Grases, seine Augen waren rot und sehr blind, so daß ein Sprichwort auf den Inseln lautete: »Blind wie Kalamake, der über morgen hinaus sehen kann.«

Von all diesem Tun und Treiben seines Schwiegervaters wußte Keola ein wenig aus dem allgemeinen Gerede, ein bißchen mehr argwöhnte er, und um den Rest kümmerte er sich nicht. Aber da war eines, das beunruhigte ihn. Kalamake war ein Mann, der sich nichts abgehen ließ: weder an Essen, noch an Trinken, noch an Kleidung; und für alles bezahlte er in blanken neuen Dollars. »Blank wie Kalamakes Dollars« war eine andere Redensart auf den acht Inseln. Dabei verkaufte er nichts, pflanzte nichts, nahm keinen Pacht ein – nur für seine Zauberkünste bekam er von Zeit zu Zeit was; und so war keine sichtbare Quelle da für so viel Silbergeld.

Eines Tages traf es sich, daß Keolas Weib auf einen Besuch nach Kaunakakai, auf der Seeseite der Insel, gegangen war, und die Männer waren fort, zum Fischen auf der See. Aber Keola war ein fauler Hund, und er lag auf der Veranda und sah die Brandung an den Strand schlagen und die Vögel um die Klippen fliegen. Einen Hauptgedanken hatte er immer in seinem Sinn – den Gedanken an die blanken Dollars. Wenn er sich zu Bett legte, wunderte er sich in seinen Gedanken, warum es so viele wären, und wenn er morgens aufwachte, wunderte er sich, warum es lauter neue waren; und das Ding kam ihm nie aus dem Sinn. Aber gerade an diesem Tag von allen Tagen beschloß er in seinem Herzen, er wolle es herausbringen; denn er hatte, scheint's den Ort bemerkt, wo Kalamake seinen Schatz verwahrte und das war ein verschlossenes Schreibpult an der Wohnzimmerwand unter der Lithographie Kamehamehas des

Fünften und einer Fotografie der Königin Viktoria mit ihrer Krone auf dem Kopfe. Ferner hatte er, scheint's, und gerade erst in der vorigen Nacht, Gelegenheit gefunden, hineinzugucken, und siehe da! der Geldsack war leer! Und dies war der Tag, an dem der Dampfer kam, er konnte den Rauch schon auf der Höhe von Kalaupapa sehen, und er müßte bald ankommen mit Ware für einen Monat, Büchsenlachs und Gin und allen möglichen seltenen Leckerbissen für Kalamake.

»Nun, wenn er seine Waren heute bezahlen kann«, dachte Keola, »dann werde ich bestimmt wissen, daß der Mann ein Hexerich ist und daß die Dollars aus des Teufels Tasche kommen.«

Wie er so dachte, da stand sein Schwiegervater hinter ihm und sah ärgerlich aus und sagte:

»Ist das der Dampfer?«

»Ja. Er hat bloß noch in Pelekunu anzulegen, und dann wird er hier sein.«

»Dann hilft es nicht«, versetzte Kalamake; »dann muß ich dich ins Vertrauen ziehen, Keola, in Ermangelung eines besseren. Komm mit mir ins Haus!«

So traten sie denn zusammen ins Wohnzimmer, und das war ein sehr schönes Zimmer mit Papiertapeten und Bildern an den Wänden, und auf europäische Weise mit einem Schaukelstuhl und einem Tisch und einem Sofa ausgestattet. Außerdem war drin ein Büchergestell und eine Familienbibel lag mitten auf dem Tisch und das verschließbare Schreibpult stand an der Wand, so daß ein jeder sehen konnte, es war das Haus eines wohlhabenden Mannes.

Kalamake ließ Keola die Fensterläden schließen, während er selbst alle Türen verschloß und dann den Deckel des Pults aufklappte. Aus diesem nahm er ein paar Halsbänder mit Amuletten und Muscheln, ein Bündel getrockneter Kräuter und einen grünen Palmenzweig.

»Was ich vorhabe«, sagte er, »ist etwas überaus Wunderbares. Die Menschen vor alters waren weise; sie wirkten Wunder und dieses ist eins davon; aber das geschah nachts, im Dunkeln, unter den richtigen Sternen und in der Wüste. Dasselbe will ich hier in meinem eigenen Hause und im hellen Tageslicht vollbringen.«

Mit diesen Worten legte er die Bibel unter das Sofakissen, so daß sie ganz verdeckt war; dann nahm er aus dem Pult eine Mappe von wundervoll feinem Gewebe und machte aus den Kräutern und Blättern ein Häufchen, das er auf Sand in eine Blechpfanne legte. Dann hängten er und Keola die Halsbänder um und stellten sich auf entgegengesetzte Zipfel der Matte einander gegenüber.

»Die Zeit ist da«, sagte der Zauberer; »habe keine Furcht!«

Damit zündete er die Kräuter an und begann Worte zu murmeln und mit dem Palmzweig zu wedeln. Zuerst war das Licht dämmrig wegen der geschlossenen Fensterläden; aber die Kräuter gerieten stark in Brand, und die Flammen schlugen auf Keola, und das Zimmer glühte von dem Feuer. Dann erhob sich der Rauch und machte ihm den Kopf schwindlig, und es wurde ihm dunkel vor den Augen, und der Klang von Kalamakes Murmeln strömte in seine Ohren. Und plötzlich war es, wie wenn es der Matte, auf der sie standen, einen Ruck gäbe, der schneller als ein Blitz zu sein schien. In demselben Nu waren Zimmer und Haus verschwunden und in Keolas Leib war keine Spur von Atem mehr. Massen von Licht rollten ihm um Augen und Kopf, und er fand sich auf einem Strande an der See, unter einer heißen Sonne, vor einer starken, donnernden Brandung: er und der Zauberer standen dort auf derselben Matte, sprachlos, keuchend und sich aneinander festhaltend.

»Was war dies?« schrie Keola, der zuerst wieder zu sich kam, weil er der Jüngere war. »Der Stoß, den es mir gab, war wie Tod.«

»Es tut nichts«, keuchte Kalamake. »Es ist jetzt vorüber.«

»Und im Namen Gottes: wo sind wir?« rief Keola.

»Danach mußt du nicht fragen«, antwortete der Hexenmeister. »Da wir nun hier sind, so haben wir etwas zu tun und daran müssen wir uns jetzt machen. Ich muß erst wieder zu Atem kommen; aber geh du derweilen nach dem Waldsaum hinauf und bringe mir die Blätter von dem und dem Kraut und dem und dem Baum; du wirst sie dort reichlich wachsen finden – bringe drei Handvoll von jedem. Und sei flink! Wir müssen wieder zu Hause sein, bevor der Dampfer kommt; es würde auffällig sein, wenn wir verschwunden wären.«

Und er setzte sich auf den Sand und keuchte.

Keola ging den Strand hinauf, der aus schimmerndem Sand und Korallen bestand und mit seltsamen Muscheln bestreut war; und er dachte in seinem Herzen:

»Wie kommt es, daß ich diesen Strand nicht kenne? Ich will wieder einmal hierhin gehen und Muscheln sammeln.«

Vor ihm hob sich eine Reihe von Palmen gegen den Himmel ab – nicht wie die Palmen auf den acht Inseln, sondern alle groß und frisch und schön, deren verdorrte Fächer wie Gold in dem Grün hingen, und er dachte in seinem Herzen:

»Es ist sonderbar, daß ich dieses Wäldchen noch nie gefunden habe. Hierhin will ich wieder gehen, wenn es warm ist, und will hier schlafen.« Und ferner dachte er: »Wie heiß es plötzlich geworden ist!«

Denn auf Hawai war es Winter, und der Tag war kühl gewesen. Und er dachte weiter:

»Wo sind die grauen Berge? Und wo ist das hohe Kliff mit dem überhängenden Walde und den trillernden Vögeln?«

Und je mehr er darüber nachdachte, desto weniger konnte er ausmachen, in welchen Bezirk der Insel er geraten wäre.

Am Saum des Waldes, wo dieser an den Strand stieß, wuchsen die Kräuter; der Baum aber wuchs weiter rückwärts. Als nun Keola auf den Baum zuging, bemerkte er ein junges Weib; die hatte nichts auf ihrem Leibe, als einen Blätterschurz.

»Na«, dachte Keola, »sie halten in diesem Teil des Landes nicht viel auf ihre Kleidung.«

Und er stand still, weil er dachte, sie würde ihn sonst bemerken und davonlaufen; und als er sah, daß sie immer noch vor sich hinsah, summte er laut. Aufsprang sie bei dem Klang. Ihr Gesicht war aschfahl, sie sah nach rechts und nach links, und ihre Lippen öffneten sich in dem Entsetzen ihrer Seele. Aber seltsam war es, daß ihre Augen nicht auf Keola ruhten.

»Guten Tag«, sagte dieser. »Du brauchst nicht so erschrocken zu sein; ich werde dich nicht essen.«

Aber kaum hatte er den Mund aufgetan, so floh das junge Weib in den Busch.

»Das sind sonderbare Manieren«, dachte Keola. Und ohne weiter zu überlegen, was er tat, rannte er ihr nach.

Im Laufen schrie das Mädchen fortwährend in einer Sprache, die auf Hawai nicht gesprochen wurde; indessen waren einige von den Worten die gleichen, und er verstand soviel, daß sie andere Menschen rief und warnte. Und plötzlich sah er noch mehr Menschen laufen – Männer, Weiber und Kinder, alle in einem Haufen, rennend und schreiend wie Leute, wenn ein Feuer ausgebrochen ist. Da begann er selber Angst zu bekommen und kehrte zu Kalamake zurück und brachte ihm die Blätter. Ihm erzählte er, was er gesehen hätte.

»Du mußt darauf nicht achten«, sagte Kalamake. »All dies ist wie Traum und Schatten. Alles wird verschwinden und vergessen sein.«

»Es schien, als ob mich niemand sähe«, sagte Keola.

»Es sah dich auch keiner«, antwortete der Zauberer. »Wir gehen hier in der hellen Sonne unsichtbar, dank diesen Zaubermitteln. Aber sie hören uns; und deshalb ist es geraten, leise zu sprechen, wie ich es tue.«

Unterdessen machte er aus Steinen einen Kreis rund um die Mitte, und in die Mitte legte er die Blätter. Dann sagte er:

»Es wird deine Aufgabe sein, die Blätter in Brand zu halten und das Feuer langsam zu nähren. Während die Flamme brennt – was nur einen kleinen Augenblick dauert – muß ich meine Sache tun; und bevor die Asche schwarz wird, bringt dieselbe Macht, die uns hierher führte, uns wieder heim. Halte dich bereit mit dem Streichholz; und vor allem rufe mich zur rechten Zeit, damit nicht das Feuer ausbrennt und ich hier zurückbleibe.«

Sobald die Blätter Feuer fingen, sprang der Hexerich wie ein Hirsch aus dem Kreis heraus und begann den Strand entlang zu rennen, wie ein Hund, der sich gebadet hat. Beim Laufen bückte er sich fortwährend, um Muscheln aufzuheben; und es kam Keola so vor, wie wenn sie glänzten, als er sie anfaßte. Die Blätter brannten mit einer lichten Flamme, die sie schnell verzehrte; und plötzlich hatte Keola nur noch eine Handvoll übrig, und der Zauberer war weit ab, rannte und bückte sich.

»Zurück!« schrie Keola. »Zurück! Die Blätter sind beinahe alle!«

Daraufhin kehrte Kalamake um, und war er vorher gerannt, so flog er jetzt. Aber so schnell er auch lief, die Blätter verbrannten schneller. Die Flamme wollte gerade erlöschen, als er mit einem letzten großen Satz auf die Matte sprang. Der Luftzug bei seinem Sprung blies das Feuer aus, und in demselben Augenblick waren verschwunden Strand und Sonne und See, und sie standen wieder in der Dämmerung des Wohnzimmers mit den geschlossenen Läden, und wieder rüttelte es ihren Leib, und ihre Augen waren wie geblendet; und auf der Matte zwischen ihnen lag ein Haufen blanker Dollars. Keola rannte an ein Fenster und riß die Läden auf: und da fuhr der Dampfer mit der Dünung in die Bucht hinein.

An demselben Abend nahm Kalamake seinen Schwiegersohn beiseite und drückte ihm fünf Dollars in die Hand und sagte:

»Keola, wenn du klug bist – woran ich allerdings zweifle – wirst du denken, du habest heute Nachmittag auf der Veranda geschlafen und im Schlaf einen Traum gehabt. Ich bin ein Mann von wenig Worten und habe zu Helfern Leute, die ein kurzes Gedächtnis haben.« Kein Wort mehr sagte Kalamake; niemals sprach er wieder von der Geschichte. Aber dem Keola ging sie fortwährend durch den Kopf. War er früher faul gewesen, so tat er jetzt überhaupt nichts mehr.

»Warum sollte ich arbeiten«, dachte er, »wenn ich einen Schwiegervater habe, der Dollars aus Seemuscheln macht?«

Im Nu war sein Anteil ausgegeben. Er gab alles für schöne Kleider aus. Dann reute es ihn, und er dachte:

»Ich hätte besser getan, mir ein Hackbrett zu kaufen; darauf hätte ich den ganzen Tag Musik machen und mich so unterhalten können.«

Und dann begann er ärgerlich auf Kalamake zu werden.

»Der Mann hat eine Hundeseele«, dachte er; »der kann, so oft er Lust hat, Dollars am Strande sammeln und mich läßt er nach einem Hackbrett schmachten! Er soll sich in acht nehmen: Ich bin kein kleines Kind, ich bin so schlau wie er, und ich weiß sein Geheimnis!«

Und er sprach mit seinem Weibe Lehua und beklagte sich über ihres Vaters Betragen.

»Ich würde meinen Vater zufrieden lassen«, sagte Lehua, »es ist gefährlich, ihm in den Weg zu kommen.«

»Soviel mache ich mir aus ihm!« rief Keola und schnipste mit den Fingern. »Ich halte ihn an der Nase. Er muß tun, was mir gefällt.«

Und er erzählte Lehua die Geschichte. Aber sie schüttelte den Kopf und sagte:

»Du kannst tun, was du magst; aber verlaß dich drauf, wenn du dich meinem Vater in den Weg stellst, wird man kein Wort mehr von dir hören. Denke an diesen, an jenen: denke an Hua; der war ein Edelmann und Mitglied des Hauses der Abgeordneten und ging jedes Jahr nach Honolulu; und kein Knöchelchen, kein Härchen von ihm wurde je gefunden. Erinnere dich an Kamau, wie er allmählich so dünn wurde wie ein Zwirnsfaden, so daß seine Frau ihn mit einer Hand hochheben konnte. Keola, du bist ein Säugling in meines Vaters Händen; er wird dich zwischen Daumen und Zeigefinger nehmen und dich aufessen wie eine Garnele.«

Nun war Keola allerdings wirklich vor Kalamake bange, aber er war auch eitel; und diese Worte seiner Frau machten ihn ärgerlich, und er sagte:

»Nun schön! wenn du so über mich denkst, dann will ich dir zeigen, wie sehr du dich irrst!«

Und er ging stracks zu seinem Schwiegervater, der in dem Wohnzimmer saß, und sagte zu ihm:

»Kalamake, ich möchte ein Hackbrett.«

»So? Möchtest du?« sagte Kalamake.

»Ja; und es ist wohl am besten, ich sag es dir klipp und klar: ich will es unbedingt haben! Ein Mann, der Dollars am Strand aufpickt, kann gewiß ein Hackbrett kaufen.«

»Ich hatte keine Ahnung, daß du so klug seist«, antwortete der Hexerich. »Ich dachte, du wärst ein blöder, zu nichts gebrauchender Junge, und ich kann dir gar nicht beschreiben, wie es mich freut, jetzt zu sehen, daß ich mich irrte. Jetzt möchte ich ja beinahe glauben, ich hätte bei meinem schwierigen Geschäft einen Helfer und einen Nachfolger dafür gefunden. Ein Hackbrett? Du sollst das beste haben, das es in Honolulu zu kaufen gibt. Und heute Abend, sobald es dunkel ist, wollen wir beide, du und ich, losgehen und das Geld holen.«

»Sollen wir wieder nach dem Strand gehen?« fragte Keola.

»Nein, nein!« versetzte Kalamake; »du mußt gleich anfangen, mehr von meinen Geheimnissen zu lernen. Das letzte Mal lehrte ich dich, Muscheln aufsammeln; diesmal werde ich dich lehren, Fische zu fangen. Bist du stark genug, Pilis Boot ins Wasser zu bringen?«

»Ich denke wohl«, antwortete Keola. »Aber warum nehmen wir denn nicht unser eigenes, das schon flott ist?«

»Dafür habe ich einen Grund, den du vollkommen

begreifen wirst, bevor es Morgen wird«, sagte Kalamake. »Pilis Boot eignet sich besser zu meinem Vorhaben. Also, wenn es dir recht ist, wollen wir uns dort treffen, sobald es dunkel ist; unterdessen behalten wir die Sache für uns, denn es ist kein Grund vorhanden, die Familie in unser Geschäft hineingucken zu lassen.«

Honig ist nicht süßer, als Kalamakes Stimme war, und Keola konnte kaum seine Befriedigung verhehlen.

»Ich hätte mein Hackbrett schon vor Wochen haben können«, dachte er; »in dieser Welt ist doch weiter nichts nötig als ein bißchen Mut.«

Gleich darauf sah er Lehua, die weinte, und er dachte halb und halb daran, ihr zu sagen, daß alles in Ordnung sei.

»Aber nein«, sagte er; »ich will lieber warten, bis ich ihr das Hackbrett zeigen kann; dann wollen wir einmal sehen, was das Mädchen dann sagt! Vielleicht wird sie in Zukunft begreifen, daß ihr Mann ein kluger Kopf ist!«

Sobald es dunkel war, schoben Vater und Schwiegersohn Pilis Boot ins Wasser und setzten das Segel. Die See ging hoch, und es blies ein starker Wind aus Lee; aber das Boot war schnell und leicht und trocken und flog über die Wogen. Der Hexerich hatte eine Laterne bei sich; die zündete er an und hielt sie an einem Finger, den er durch den Ring gesteckt hatte; und die beiden saßen im Heck und rauchten Zigarren, von denen Kalamake immer einen Vorrat hatte, und sprachen wie gute Freunde von Zauberei und von den großen Geldsummen, die sie durch deren Ausübung bekommen könnten, und was sie zuerst kaufen sollten, und was dann zunächst; und Kalamake redete wie ein Vater.

Auf einmal sah er sich überall rund um und nach oben auf die Sterne, und zurück auf die Insel, die bereits zu drei Vierteilen in der See versunken war; und es schien, wie wenn er reiflich überlegte, wo sie in dem Augenblick wären.

»Sieh!« sagte er; »da liegt Molokai schon weit hinter uns und Maui ist wie eine Wolke; und an der Stellung dieser drei Sterne da oben erkenne ich, daß ich an dem gewünschten Ort angelangt bin. Dieser Teil der See wird die Totensee genannt. Das Meer ist an dieser Stelle außerordentlich tief, und der ganze Grund ist mit menschlichen Gebeinen bedeckt, und in den Höhlen am Grunde haben Götter und Spukgeister ihre Wohnungen. Die Meeresströmung geht nördlich – stärker als ein Haifisch schwimmen kann, und jeden Menschen, der hier über Bord fällt, reißt sie weg wie ein wildes Pferd und treibt ihn weit, weit in den Ozean hinaus. Auf einmal ist er erschöpft und geht unter, und seine Gebeine werden zu den übrigen verstreut, und seine Seele fressen die Götter.«

Furcht kam über Keola bei diesen Worten und er sah um sich, und im Licht der Sterne und der Laterne schien der Hexerich sich zu verändern.

»Was fehlt dir?« schrie Keola, schnell und scharf.

»Mir fehlt nichts«, sagte der Zauberer; »aber hier ist einer, der ist sehr krank.«

Mit diesen Worten ließ er seine Laterne los, und siehe da! als er seinen Finger aus dem Ring zog, da blieb der Finger stecken, aber der Ring barst auseinander, und seine Hand war so groß geworden wie drei Hände.

Bei diesem Anblick kreischte Keola auf und bedeckte sein Gesicht.

Kalamake aber hielt die Laterne hoch und sagte:

»Sieh lieber mein Gesicht an!«

Und sein Kopf war so groß wie ein Faß; und immer

noch wuchs er und wuchs, wie eine Wolke wächst an einem Berg, und Keola saß vor ihm und kreischte und das Boot flog durch die hohen Wogen.

»Und nun«, sagte der Zauberer, »wie denkst du über das Hackbrett? Bist du auch sicher, daß du nicht lieber eine Flöte haben möchtest? Nein? Na, das ist gut; denn ich mag es nicht, wenn meine Verwandten wankelmütig in ihren Vorsätzen sind. Aber ich beginne zu denken, daß es wohl besser ist, ich verlasse diesen zerbrechlichen Kahn, denn mein Körper schwillt ganz ungewöhnlich groß an, und wenn wir nicht besser aufpassen, wird das Boot gleich sinken.«

Damit schwang er seine Beine über Bord. Und in dem Augenblicke, wie er das tat, wurde seine Größe dreißigfach oder vierzigfach, und zwar so schnell, wie ein Mensch sehen oder denken kann. So stand er bis zu den Achselhöhlen in der tiefen See, und sein Haupt und seine Schultern ragten wie eine hohe Insel empor, und die Wogen schlugen gegen seine Brust und brachen sich daran wie Brandung gegen ein Kliff. Das Boot lief immer noch gen Norden; er aber streckte seine Hand aus und nahm das Dollbord zwischen Daumen und Zeigefinger und brach die Planke entzwei wie einen Zwieback, und Keola wurde in die See getippt. Und die Stücke des Bootes zerdrückte der Zauberer in der hohlen Hand und schleuderte sie meilenweit in die Nacht hinein. Und dann sagte er:

»Entschuldige mich, daß ich die Laterne mitnehme; denn ich habe noch weit zu waten, und das Land ist fern und der Boden der See uneben, und ich fühle die Knochen unter meinen Zehen.«

Und er wandte sich und ging davon, mit großen Schritten stapfend; und so oft Keola in eine Wellentiefe sank, konnte er ihn nicht mehr sehen; aber so oft er auf einen Wogenkamm gehoben wurde, war Kalamake da, weit ausschreitend und allmählich verschwindend; und er hielt die Laterne hoch über seinen Kopf, und die Wellen brachen sich mit weißem Schaum an ihm, wie er so dahinschritt.

Seitdem die Inseln zuerst aus dem Meer aufgetaucht waren, hatte niemals ein Mensch eine solche Angst gehabt wie Keola. Er schwamm allerdings, aber er schwamm, wie junge Hunde paddeln, wenn man sie ins Wasser wirft, um sie zu ertränken, und er wußte nicht, wohin er schwimmen sollte. Er konnte nur immer daran danken, wie gewaltig groß der Hexerich angeschwollen war: an dies Gesicht, das so groß war wie ein Berg, an diese Schultern, die breit waren wie eine Insel, an die Wogen, die vergeblich gegen sie anprallten. Er dachte auch an das Hackbrett und schämte sich; und er dachte an die Totengerippe, und Angst packte ihn.

Plötzlich bemerkte er im Sternenlicht etwas Dunkles, das sich hin und her bewegte, und darunter ein Licht und einen hellen Schein auf den Wellen des Meeres, und er hörte Menschen sprechen. Da rief er laut, und eine Stimme antwortete; und in einem Nu schwebte der Bug eines Schiffes über ihm auf einer Welle und fuhr dann in die Tiefe. Er griff mit beiden Händen in die Ketten des Schiffes und im nächsten Augenblick wurde er in die rauschende See gerissen, und im nächst-nächsten von Matrosen an Bord gehißt.

Sie gaben ihm Gin und Zwieback und trockene Kleider und fragten ihn, wie er so weit in die See hinausgekommen wäre und ob das Licht, das sie gesehen hätten, der Leuchtturm Lae o Ka Laau wäre. Aber Keola wuße, daß die Weißen wie Kinder sind und nur an ihre eigenen Geschichten glauben; so erzählte er ihnen denn über sich selber, was ihm gerade einfiel, und in bezug auf das Licht – das natürlich Kalamakes Laterne gewesen war – erklärte er mit einem Schwur, er hätte bestimmt keines gesehen.

Dieses Schiff war ein Schoner, der nach Honolulu segeln und dann eine Handelsfahrt nach den Niedrigen Inseln machen sollte; und ein sehr gutes Glück für Keola hatte es so gefügt, daß der Schoner einen Mann verloren hatte, der in einer Bö vom Bugspriet gefallen war. Es hatte keinen Zweck, etwas dagegen zu sagen: auf den acht Inseln durfte Keola sich nicht aufhalten. Worte laufen so schnell, und alle Leute haben so große Lust daran, zu schwatzen und Neuigkeiten zu erzählen, daß es ganz einerlei war, ob er sich am Nordende von Kauai oder am Südende von Kau aufgehalten hätte: der Hexerich würde Wind davon bekommen, bevor ein Monat um wäre, und dann müßte er sterben. So tat er denn, was ihm das Klügste zu sein schien, und wurde Matrose an Stelle des Ertrunkenen.

In manchen Beziehungen war das Schiff eine gute Stelle; das Essen war außerordentlich gut und reichlich: Zwieback und Pökelfleisch gab es jeden Tag, und Erbsensuppe und Pudding von Mehl und Nierenfett zweimal in der Woche, so daß Keola fett wurde. Auch war der Kapitän ein guter Mann, und die Mannschaft war nicht schlimmer, als andere Weiße sind. Das Unangenehme war der Steuermann – einen Menschen, der so schwer zufrieden zu stellen war, hatte Keola in seinem Leben noch nicht getroffen: tagtäglich schlug er ihn und schalt ihn, sowohl für das, was er tat, wie für das, was er nicht tat. Die Püffe, die er austeilte, taten sehr weh; denn er war stark. Und die Worte, die er gebrauchte, waren sehr unschmackhaft für Keola; denn der stammte aus einer guten Familie und war an Respekt gewöhnt. Das schlimmste von allem aber war dies: so oft Keola einmal ein bißchen Gelegenheit zum Schlafen fand, da war der Steuermann wach und munterte ihn mit einem Tauende auf. Keola sah, das würde nie und nimmer gut gehen, und so beschloß er, davonzulaufen.

Sie waren ungefähr einen Monat von Honolulu weg, als sie Land sahen. Es war eine schöne Sternennacht; die See war glatt und der Himmel hell; es blies ein beständiger Passatwind und die Insel lag ihnen im Luv, wie ein Band von Palmbäumen, platt auf der See. Der Kapitän und der Steuermann sahen mit dem Nachtglas nach der Insel hinüber und nannten ihren Namen und redeten von ihr, und das geschah neben dem Steuerrad, an welchem Keola steuerte. Wie es schien, war es eine Insel, wohin keine Händler kamen. Nach des Kapitäns Meinung war es sogar eine Insel, worauf keine Menschen wohnten; aber der Steuermann war anderer Meinung und sagte:

»Was im ›Directory‹ steht, da geb ich keinen Cent drauf! Ich bin einmal nachts auf dem Schoner ›Eugenie‹ vorbeigefahren; es war gerade so eine Nacht wie heute; sie fischten mit Fackeln, und der Strand war dick besetzt mit Lichtern wie eine Stadt.«

»Na schön«, sagte der Kapitän, »der Strand fällt steil ab, das ist für uns eine Hauptsache, und nach der Karte sind keine gefährlichen Klippen unter Wasser; so wollen wir dicht heran unter Lee gehen. Lege voll herum, hörst du nicht!« rief er Keola zu, der so aufmerksam zuhörte, daß er das Steuern vergaß.

Und der Steuermann fluchte und schwur, dieser Kanake sei auf der ganzen Welt zu nichts nutze, und wenn er einmal mit einem Belegnagel über ihn herkäme, das würde für Keola ein kalter Tag sein.

Und dann legten Kapitän und Steuermann sich auf dem Kajütendach zum Schlafen nieder, und Keola war sich allein überlassen.

»Diese Insel wird mir sehr gut passen«, dachte er bei sich; »wenn keine Händler hierherkommen, wird auch der Steuermann niemals kommen. Und Kalamake kann unmöglich mich hier auf dieser Insel finden; dazu ist sie zu weit entfernt.«

Somit brachte er den Schoner immer näher an den Strand heran. Er mußte dies ganz sachte tun, denn mit diesen Weißen, und vor allem mit dem Steuermann war das Unangenehme dies, daß man niemals wußte, wie man mit ihnen dran war; sie schliefen alle ganz fest oder taten wenigstens so, und wenn ein Segel flappte, sprangen sie plötzlich auf die Füße und fielen mit einem Tauende über einen her. So brachte denn Keola den Schoner ganz allmählich, ganz sachte ans Land heran. Und auf einmal war das Land dicht an Bord, und die Wellen schlugen laut an die Schiffswände.

Da richtete plötzlich der Steuermann sich auf und brüllte:

»Was machst du da! Du bringst ja das Schiff auf den Strand!«

Und er machte einen Satz auf Keola zu, und Keola machte auch einen Satz, glatt über die Brustwehr weg und plumps in die funkelnde See hinein. Als er wieder auftauchte, war der Schoner wieder im rechten Kurs und war schon weit, und der Steuermann stand selber am Rad und Keola hörte ihn fluchen. Die See war glatt unter dem Lee der Insel; außerdem war es warm, und Keola hatte sein Matrosenmesser, hatte also keine Furcht vor

Haifischen. Ein Stückchen vor ihm hörten die Bäume auf; da war eine Lücke in dem Landstrich, wie eine Hafenmündung; und die Flut, die gerade einsetzte, nahm ihn mit und brachte ihn durch diese Lücke. Noch war er draußen, und in der nächsten Minute war er drinnen: war vom Strom in ein weites, seichtes Wasser gerissen worden, worin zehntausend Sterne sich spiegelten, und rund um ihn herum war der Ring des Landes mit seiner Schnur von Kokospalmen. Und er war verblüfft, denn von einer solchen Insel hatte er niemals etwas gehört.

Die Zeit, die Keola an diesem Ort verbrachte, zerfiel in zwei Perioden – die Periode, als er allein war, und die Periode, als er mit dem Stamm zusammenhaust. Zuerst suchte er überall, und fand keinen Menschen, sondern nur einige Häuser, die wie ein Dörfchen zusammenstanden, und in ihnen Feuerspuren. Aber die Asche auf den Feuerstätten war kalt, oder der Regen hatte sie hinweggespült; und die Stürme hatten geblasen, und einige von den Hütten waren über den Haufen geworfen. Hier schlug er seinen Wohnsitz auf; und er machte sich einen Feuerbohrer und einen Angelhaken aus einer Muschel, und fischte und kochte seinen Fisch, und kletterte in die Palmen und pflückte grüne Kokosnüsse, deren Milch er trank – denn auf der ganzen Insel war kein Wasser. Die Tage wurden ihm lang, und die Nächte waren voller Schrecknisse. Er machte sich eine Lampe aus einer Kokosnußschale und preßte Öl aus den reifen Nüssen und machte einen Docht aus Bast; und wenn der Abend kam, schloß er seine Hütte und zündete seine Lampe an, und dann lag er da und zitterte, bis der Morgen kam. Manches Mal dachte er in seinem Herzen: ihm wäre besser gewesen, wenn er auf dem Grunde der See läge und seine Knochen unter den anderen rollten.

Diese ganze Zeit über hielt er sich auf der Binnenseite der Insel; denn die Hütten standen am Strande der Lagune, und die Palmen wuchsen dort am besten, und die Lagune selbst wimmelte von guten Fischen. Und nach der Außenseite ging er nur ein einziges Mal, und nur dieses eine Mal sah er zitternd den Strand des Ozeans, und kam zitternd nach Hause. Denn der Anblick dieses Strandes mit seinem hellen Sand und den herumliegenden Muscheln und mit der heißen Sonne und der starken Brandung machte ihm sterbensübel.

»Es kann nicht sein«, dachte er bei sich selber, »und doch sieht es ganz ähnlich aus. Und wie soll ich wissen, ob es nicht wirklich so ist? Diese Weißen behaupten zwar immer, sie wüßten, wo sie segeln, aber trotzdem müssen sie auf gut Glück fahren, wie andere Leute. Und so kann es schließlich doch wohl sein, daß wir in einem Kreis gesegelt sind, und ich bin vielleicht ganz nahe bei Molokai, und vielleicht ist dies derselbe Strand, wo mein Schwiegervater seine Dollars sammelt.«

So war er denn von jetzt an vorsichtig und hielt sich an der Landseite.

Es war vielleicht einen Monat später, da kamen die Leute an, denen der Platz gehörte – sechs große Boote voll. Sie waren schöne Menschen und sprachen in einer Zunge, die ganz anders klang, wie die von Hawai, aber so viele von den Worten waren die gleichen, daß sie nicht schwer zu verstehen war. Außerdem waren die Männer sehr höflich und die Weiber sehr zutulich; und sie hießen Keola willkommen und bauten ihm ein Haus und gaben ihm ein Weib; und am meisten überraschte ihn, daß er niemals mit den jungen Leuten auf Arbeit geschickt wurde.

Und nun hatte Keola drei Perioden: zuerst eine, wo er

sehr traurig war; dann eine, wo er recht lustig war; zuletzt aber kam die dritte, da war er der erschrockenste Mensch in den vier Ozeanen.

Die Ursache der ersten Periode war das Mädchen, das er zur Frau hatte. Er war in Zweifeln wegen der Insel, und er hätte auch in Zweifeln sein können wegen der Sprache, von der er nur so wenig gehört hatte, als er mit dem Hexerich auf der Matte an den Strand gekommen war. Aber bezüglich seines Weibes war kein Irrtum möglich; denn sie war dasselbe Mädchen, das schreiend vor ihm in den Wald geflüchtet war. So war er denn so weit gesegelt, und hätte ebensogut in Molokai bleiben können! Und hatte Heimat und Weib und alle seine Freunde verlassen, einzig und allein um seinem Feinde zu entrinnen, und nun war der Ort, wohin er gekommen war, dieses Zauberers Jagdgrund, war der Strand, auf dem er unsichtbar ging! Während dieser Periode hielt er sich möglichst nahe an der Lagune und blieb, nach Möglichkeit, in seiner Hütte in Deckung.

Die Veranlassung seiner zweiten Periode waren Gespräche, die er mit seiner Frau und den vornehmsten unter den Insulanern hatte. Keola selber sagte wenig. Er traute seinen neuen Freunden niemals so recht; nach seiner Meinung waren sie zu höflch, um aufrichtig zu sein; denn seitdem Keola seinen Schwiegervater besser kennengelernt hatte, war er vorsichtiger geworden. Darum sagte er ihnen über sich selber weiter nichts als seinen Namen und seine Abstammung, und erzählte, daß er von den acht Inseln komme, und was für schöne Inseln das seien, und von des Königs Palast in Honolulu, und wie er selber ein Hauptfreund des Königs und der Missionare sei. Aber er stellte viele Fragen und erfuhr viel. Die Insel, auf der er sich befand, wurde die Stimmeninsel genannt; sie gehörte dem Stamm, aber ihre Heimat hatten sie auf einer anderen Insel, drei Stunden zu segeln nach Süden. Dort wohnten sie und hatten ihre ständigen Häuser, und es war eine reiche Insel, wo es Eier und Hühner und Schweine gab, und Schiffe kamen zum Handeln und brachten Rum und Tabak. Nach dieser Insel war der Schoner gefahren, nachdem Keola weggelaufen war. Dort war auch der Steuermann gestorben, als ein rechter Narr von einem Weißen, der er war. Wie es schien, war der Schoner gerade zu Beginn der Jahreszeit gekommen, in der die Fische der Lagune giftig sind, und jeder, der von ihnen ißt, aufschwillt und stirbt. Der Steuermann hörte davon; er sah die Boote zur Abfahrt rüsten, weil in jener Jahreszeit die Leute die Insel verlassen und nach der Stimmeninsel hinübersegeln; aber er war ein Narr von einem Weißen, der keine Geschichten glauben wollte als seine eigenen, und er fing einen von diesen Fischen, kochte ihn und aß ihn und schwoll auf und starb. Was natürlich für Keola sehr angenehm zu hören war.

Die Stimmeninsel aber lag den größten Teil des Jahres einsam und verlassen; nur ab und zu kam eine Bootsmannschaft herüber, um Kopra zu holen, und in der schlechten Jahreszeit, wenn die Fische der Hauptinsel giftig waren, wohnte der ganze Stamm auf ihr. Ihren Namen hatte sie von einem Wunder; denn wie es schien, war die Ozeanseite ganz und gar von unsichtbaren Teufeln eingenommen. Tag und Nacht hörte man sie miteinander in fremden Zungen reden; Tag und Nacht flammten auf dem Strande Feuerchen auf und erloschen; und die Ursache von diesen Vorgängen konnte kein Mensch begreifen.

Keola fragte sie, ob es ebenso auf ihrer eigenen Insel

sei oder wo sie sonst wohnten; und sie sagten ihm: nein, dort nicht; ebensowenig auf irgendeiner anderen von mehreren hundert Inseln, die rund herum in diesem Teil der See lägen; sondern es sei eine besondere Eigentümlichkeit der Stimmeninsel. Sie sagten ihm ferner, diese Feuer und Stimmen seien immer nur an der Ozeanseite und in den Waldsäumen am Ozean, und ein Mensch könnte zweitausend Jahre lang an der Lagune leben – wenn er überhaupt so lange leben könnte – und würde niemals auch nur das geringste merken; doch auch an der Ozeanseite täten die Teufel einem nichts zu leide, wenn man sie in Ruhe ließe. Bloß einmal, da hätte ein Häuptling seinen Speer nach einer der Stimmen geworfen, und am selben Abend sei der von einer Kokospalme herabgestürzt und sei tot gewesen.

Keola dachte viel bei sich selber. Er sah, daß er nichts zu befürchten hätte, wenn der Stamm nach der Hauptinsel zurückkehrte und er einfach bliebe, wo er jetzt wäre; er brauchte bloß bei der Lagune wohnen zu bleiben. Indessen dachte er, es wäre doch gut, wenn er seine Lage noch sicherer machen könnte. So erzählte er denn dem Oberhäuptling: er sei einmal auf einer Insel gewesen, die auf die gleiche Weise heimgesucht worden wäre, und die Leute da hätten ein Mittel gefunden, sich die Störung vom Hals zu schaffen.

»In dem Busch da wuchs nämlich ein gewisser Baum, und es scheint, daß diese Teufel kamen, um sich die Blätter davon zu holen. So schlugen denn die Leute auf der Insel diesen Baum nieder, wo sie ihn fanden, und die Teufel kamen nicht mehr.« Sie fragten, was für eine Art von Baum das gewesen sei, und er zeigte ihnen den Baum, von dem Kalamake die Blätter verbrannt hatte. Sie fanden es kaum glaublich; trotzdem beschäftigte der

Gedanke sie. Nacht auf Nacht disputierten die alten Männer darüber bei ihren Ratsversammlungen; aber der Oberhäuptling – obgleich er ein tapferer Mann war – hatte Angst vor der Sache und erinnerte sie täglich an den Häuptling, der einen Speer in die Richtung auf die Stimmen geschleudert hätte und getötet worden wäre; und der Gedanke an dieses Ereignis brachte alles wieder zum Stillstand.

Obgleich es ihm nun nicht gelang, das Niederhauen der Bäume zu veranlassen, fühlte Keola sich doch recht wohl und begann sich umzuschauen und sich seiner Tage zu freuen; unter anderen Dingen war er auch um so freundlicher zu seiner Frau, so daß diese ihn sehr zu lieben begann. Eines Tages kam er in die Hütte, da lag sie jammernd auf dem Fußboden.

»Nun?« fragte Keola, »was fehlt dir denn jetzt?«

Sie erklärte, es sei nichts.

In derselben Nacht weckte sie ihn auf. Die Lampe brannte sehr trübe, aber er sah an ihrem Gesicht, daß sie bekümmert war.

»Keola«, sagte sie, »lege dein Ohr an meinen Mund, damit ich flüstern kann; denn kein Mensch darf uns hören! Zwei Tage bevor die Boote wieder segelfertig gemacht werden, mußt du nach der Ozeanseite der Insel gehen und dich in einem Dickicht verbergen. Wir beide, du und ich, wollen den Platz vorher aussuchen und Nahrung dort verbergen; und jede Nacht werde ich singend in der Nähe vorübergehen. Wenn also eine Nacht kommt und du mich nicht hörst, so wirst du wissen, daß wir von der Insel abgefahren sind, und daß du ohne Gefahr wieder herauskommen kannst.«

Keolas Seele starb in ihm, und er rief:

»Was heißt dies? Ich kann nicht unter Teufeln leben.

Ich will nicht auf dieser Insel zurückgelassen werden. Ich sehne mich, sie zu verlassen.«

»Du wirst sie niemals lebend verlassen, mein armer Keola«, sagte das Mädchen; »denn, um dir die Wahrheit zu sagen, meine Leute sind Menschenfresser; aber sie halten dies geheim. Und aus folgendem Grunde werden sie dich töten, bevor sie abreisen: Zu unserer Insel kommen Schiffe, und Donat-Kimaran kommt und predigt für die Franzosen, und es ist ein weißer Händler dort in einem Hause mit einer Veranda, und auch ein Katechist. Oh, das ist wirklich ein schöner Ort! Der Händler hat Fässer voll Mehl, und ein französisches Kriegsschiff kam einmal in die Lagune und gab einem jeden Wein und Zwieback. Ach, mein armer Keola, ich wollte, ich könnte dich dorthin mitnehmen, denn groß ist meine Liebe zu dir, und es ist der schönste Ort in der ganzen Südsee mit Ausnahme von Papeete.«

So war nun Keola der erschrockenste Mann in den vier Ozeanen. Er hatte von Menschenfressern erzählen hören, die auf den südlichen Inseln lebten, und hatte immer Angst davor gehabt; und hier klopfte nun die Gefahr an seine Tür. Außerdem hatte er durch Reisende von den Gebräuchen dieser Menschenfresser gehört: wie sie einen, den sie zu essen gedenken, verzärteln und verwöhnen, wie eine Mutter ihr Lieblingskind. Und er sah, daß es auch in seinem Fall so gewesen wäre: daß sie ihm darum Haus und Nahrung und Weib gegeben hätten und ihn von aller Arbeit befreit hätten, und daß darum die alten Männer und die Häuptlinge mit ihm diskutiert hätten wie mit einer bedeutenden Person. Und so lag er auf seinem Bett und verfluchte sein Geschick, und sein Fleisch zog sich ihm über den Knochen zusammen.

Am nächsten Tage waren die Leute des Stammes sehr

höflich, wie ihre Art war. Sie waren elegante Sprecher und machten schöne Gedichte und machten bei den Mahlzeiten Witze, so daß ein Missionar sich hätte totlachen mögen. Wenig genug machte sich Keola aus ihrem feinen Benehmen; er sah weiter nichts als die glänzenden weißen Zähne in ihrem Mund, und das Herz drehte sich ihm dabei um; und als sie gegessen hatten, ging er in den Busch und lag dort wie ein Toter.

Am nächsten Tage war es ebenso; aber da ging seine Frau ihm nach und sagte zu ihm:

»Keola! Wenn du nicht issest, so sage ich dir allen Ernstes: dann wirst du morgen geschlachtet und gebraten werden. Einige von den alten Häuptlingen murren bereits. Sie denken, du seiest krank geworden und müssest Fleisch verlieren.«

Da sprang Keola auf seine Füße, und Ärger brannte in ihm und er sagte:

»Ich mache mir wenig daraus, ob ich auf die eine Weise umkomme oder auf die andere! Ich bin zwischen dem Teufel und der tiefen See. Da ich doch einmal sterben muß, so laß mich so schnell wie möglich sterben, und da ich im besten Fall gefressen werden muß, so laß ich mich lieber von Gespenstern fressen als von Menschen. Lebe wohl!« sagte er, und er ließ sie stehen und ging nach der Ozeanseite der Insel hinüber.

Der Strand lag ganz nackt in der heißen Sonne; kein Mensch war zu sehen, aber auf dem Strande bewegte es sich; und rund um ihn herum, wie er so ging, redeten die Stimmen und flüsterten, und die Feuerchen flackerten auf und brannten nieder. Alle Sprachen der Erde wurden dort gesprochen: französisch, holländisch, russisch, tamilisch, chinesisch. Aus jedem Lande, wo Zauberei bekannt ist, waren einige Menschen da und flüsterten in

Keolas Ohr. Der Strand wimmelte von Menschen wie ein Jahrmarkt, aber kein einziger war zu sehen; und wie er so dahinschritt, sah er die Muscheln vor ihm verschwinden, aber keinen Menschen, der sie auflas. Ich glaube, der Teufel selber hätte Angst gehabt, in solch einer Gesellschat allein zu sein; aber Keola war über alle Furcht hinaus und freite um den Tod. Wenn die Feuer aufflackerten, rannte er auf sie los wie ein Stier. Körperlose Stimmen riefen einander zu; unsichtbare Hände warfen Sand auf die Flammen; und sie waren vom Strande verschwunden, bevor er sie erreichte.

»Es ist klar, Kalamake ist nicht hier«, dachte er; »sonst wäre ich schon längst getötet worden.«

Damit setzte er sich am Waldsaum nieder – denn er war müde – und stützte das Kinn auf seine Hände. Das Treiben vor seinen Augen dauerte an: der Strand schwirrte von schwatzenden Stimmen, und die Feuer sprangen auf und sanken zusammen, und die Muscheln verschwanden und wurden wieder erneuert, während er noch hinsah.

»Als ich das vorige Mal hier war, war es ein stiller Tag«, dachte er; »denn es war gar nichts im Vergleich zu heute.«

Und sein Kopf schwindelte ihm bei dem Gedanken an die Millionen und aber Millionen von Dollars, und an alle diese Hunderte und aber Hunderte von Menschen, die sie am Strand auflasen, und die durch die Lüfte flogen, höher und schneller als Adler.

»Wenn ich dran denke, wie sie mich mit ihrem Gerede von Münzen genarrt haben!« sagte er vor sich hin; »daß in diesen Münzen Geld geschlagen würde, während es doch klar ist, daß alle neue Münzen in der ganzen Welt auf diesem Sand gesammelt wird. Aber das nächste Mal werde ich besser Bescheid wissen! Dann lasse ich mir nichts wieder vorlügen!«

Und zuletzt – er wußte nicht recht, wie es kam oder wann es war – fiel Schlaf auf Keola, und er vergaß die Insel und alle seine Sorgen.

In der Frühe des nächsten Tages, bevor noch die Sonne aufgegangen war, weckte ihn ein Geräusch. Ängstlich fuhr er auf, denn er dachte, der Stamm hätte ihn im Schlaf überrascht; aber es war nicht so. Nur auf dem Strande gerade vor ihm riefen die körperlosen Stimmen einander zu, und es schien, wie wenn sie alle die Küste hinauf an ihm vorbeiliefen und schwebten.

»Was ist denn nun los?« dachte Keola. Und es war ihm klar, es sei etwas Außergewöhnliches, denn es wurden keine Feuer angezündet und keine Muscheln genommen, aber die körperlosen Stimmen riefen fortwährend auf dem Strande, bis sie in der Ferne erstarben; dann folgten andere, und mit diesen war es ebenso; nach dem Klang der Stimmen mußten diese Zauberer zornig sein.

»Jedenfalls sind sie nicht auf mich zornig«, dachte Keola; »denn sie laufen dicht an mir vorbei.«

Wie wenn Hunde auf der Straße laufen, oder Pferde bei einem Wettrennen, oder in einer Stadt die Menschen, wenn ein Feuer ausgebrochen ist und alle nach der Brandstätte rennen – so war es jetzt mit Keola; und er wußte nicht, was er tat, noch warum er es tat – aber siehe da! auf einmal rannte er mit den Stimmen.

So kam er um eine Spitze der Insel und sah eine zweite Landspitze vor sich; und er erinnerte sich, daß dort die Zauberbäume dutzendweise in einem Walde beisammengestanden hatten. Von dieser Stelle aus erscholl ein Getöse von Menschen, die auf eine ganz unbeschreibliche Art schrien; und von diesen Tönen geleitet, rannten die Stimmen, mit denen Keola zusammenlief, nach derselben Stelle. Als er ein bißchen näher kam, begann sich in das Geschrei das Krachen vieler Äxte zu mischen. Und da kam ihm plötzlich der Gedanke: der Oberhäuptling hätte seine Einwilligung gegeben, und die Männer des Stammes hätten begonnen, diese Bäume zu fällen. Das hätte auf der ganzen Insel ein Zauberer dem anderen zugerufen, und nun versammelten diese Zauberer sich alle, um ihre Bäume zu verteidigen. Eine Begier, Seltsames zu erleben, kam über ihn. Er lief mit den Stimmen weiter, überquerte den Strand und kam an den Waldrand – und dort stand er erstaunt still. Ein Baum war bereits gefällt, andere waren zum Teil umgehackt. Dort drängte sich der ganze Stamm der Wilden zusammen. Sie standen Rücken gegen Rücken und Leichen lagen am Boden und Blut floß zwischen ihren Füßen. Die Farbe der Angst war auf all ihren Gesichtern; ihre Stimmen erhoben sich gen Himmel, schrien wie Wieselgeschrei.

Hast du ein Kind gesehen, wenn es ganz allein ist und ein hölzernes Schwert hat und damit ficht, herumspringt und in die leere Luft schlägt? Ebenso standen dort die Menschenfresser, Rücken an Rücken gedrängt, und schwangen ihre Äxte und schlugen zu, und schrien wie sie schlugen – und ach, da war kein Mensch, der mit ihnen kämpfte! Nur ab und zu sah Keola, wie eine Axt ohne Hände über ihnen geschwungen wurde; und von Zeit zu Zeit fiel ein Mann des Stammes unter einer Axt, mit gespaltenem Schädel oder zerhauenem Leib, und seine Seele entfloh mit Geheul.

Eine Weile blickte Keola auf dieses Wunder, wie ein Mensch, der träumt, und dann packte ihn Angst am Herzen so scharf wie Tod – Angst darüber, daß er solches geschehen sah. Gerade in demselben Augenblick sah der Oberhäuptling des Stammes ihn da stehen und zeigte mit dem Finger auf ihn und rief laut seinen Namen. Da sah der ganze Stamm ihn ebenfalls, und die Augen der Wilden funkelten und ihre Zähne knirschten. »Ich bin zu lange hier«, dachte Keola; und er rannte aus dem Walde heraus und den Strand hinunter ohne sich darum zu kümmern, wohin er lief.

»Keola!« sagte da eine Stimme dicht bei ihm auf dem leeren Sand.

»Lehua! Bist du das?« rief er keuchend und sah sich vergeblich nach ihr um. Allem Anschein nach war er ganz allein.

»Ich sah dich vorbeilaufen«, antwortete die Stimme; »ich rief dich, aber du hörtest nicht auf mich. Schnell! Hole die Blätter und die Kräuter, damit wir frei werden!«

»Bist du hier mit der Matte?« fragte er.

»Hier neben dir«, sagte sie. Und er fühlte ihre Arme, die ihn umschlangen. »Schnell! Die Blätter und die Kräuter, bevor mein Vater zurückkommen kann!«

So rannte denn Keola, wie wenn es sein Leben gelte, und holte die Zauberfeuerung; und Lehua führte ihn zurück und stellte seine Füße auf die Matte und zündete das Feuer an. Während der ganzen Zeit, daß es brannte, tobte der Lärm der Schlacht vom Walde her; die Hexenmeister und die Menschenfresser fochten gewaltig; die Hexenmeister, die unsichtbaren, brüllten dabei wie Stiere auf einem Berg, und die Männer des Stammes antworteten schrill und wild in dem Entsetzen ihrer Seelen. Und die ganze Zeit, da das Feuer brannte, stand Keola da und horchte und zitterte und sah zu, wie Lehuas unsichtbare Hände die Blätter ins Feuer streuten. Sie streute so schnell, und die Flamme loderte hoch und verbrannte Keolas Hände; und sie beschleunigte das Brennen und blies mit ihrem Atem in die Flamme. Das letzte Blatt war verzehrt, die Flamme sank zusammen, und es folgte der Ruck, und da standen Keola und Lehua im Wohnzimmer zu Hause.

Als nun Keola seine Frau sehen konnte, da freute er sich mächtig, und mächtig freute er sich darüber, daß er wieder in Molokai war und sich zu einer Schüssel Poi niedersetzen konnte – denn auf Schiffen machen sie keinen Poi, und auf der Stimmeninsel gab es keinen – und er war ganz außer sich vor Freude darüber, daß er den Händen der Menschenfresser glatt entronnen war. Aber etwas anderes war nicht so klar, und Lehua und Keola sprachen die ganze Nacht darüber und waren in Sorgen darum: Kalamake war auf der Insel geblieben. Wenn er mit Gottes Hilfe nur dort bleiben könnte, dann wäre alles gut; aber sollte er entrinnen und nach Molokai zurückkommen, dann würden seine Tochter und ihr Gatte einen schlimmen Tag haben. Sie sprachen von seiner Gabe, sich aufschwellen zu können, und ob er wohl eine solche Strecke durch das Meer waten könnte. Aber Keola wußte jetzt, wo jene Insel lag – nämlich in dem Niedrigen oder Gefährlichen Archipel. So holten sie denn den Atlas herbei und stellten auf der Karte die Entfernung fest, und soweit sie dies beurteilen konnten, schien es für den alten Herrn ein weiter Weg zu gehen zu sein. Immerhin konnte man einem Hexerich wie Kalamake doch nicht so recht trauen, und sie beschlossen zuletzt, sich bei einem weißen Missionar Rat zu holen.

So ging denn Keola zu dem ersten, der auf die Insel kam, und erzählte ihm alles und jedes. Und der Missionar nahm ihn sehr scharf ins Gebet, weil er auf den Niedrigen Inseln die zweite Frau genommen hätte; aber in bezug auf alles übrige erklärte er, er könne sich das nicht zusammenreimen; das sei lauter Unsinn.

»Solltest du indessen denken«, sagte der Missionar, »das Geld deines Vaters sei unrecht erworben, so will ich dir raten: gib etwas davon an die Aussätzigen und etwas an die Missionskasse. Und diesen sonderbaren Märchenkram, den behalte nur für dich selber – besseres kannst du gar nicht tun.«

Aber außerdem machte er eine Anzeige bei der Polizei in Honolulu, daß nach allem, was er von der Geschichte verstanden hätte, Kalamake und Keola falsches Geld gemacht hätten, und daß es wohl nicht unangebracht sein möchte, sie zu überwachen.

Keola und Lehua befolgten seinen Rat und gaben viele Dollars an die Aussätzigen und die Missionskasse. Und ohne Zweifel muß der Rat gut gewesen sein, denn bis zum heutigen Tage hat man von Kalamake niemals wieder etwas gehört. Aber ob er in der Schlacht bei den Bäumen erschlagen wurde, oder ob er noch auf der Stimmeninsel herumläuft – wer könnte das sagen?

Nach einer älteren anonymen Übersetzung

Der Flaschenkobold

Einst lebte auf der Insel Hawai ein Mann, den ich Keawe nennen will, denn er ist noch am Leben, und darum muß ich seinen wahren Namen verschweigen. Sein Geburtsort war nicht weit von Honaunau, wo die Gebeine Keawes des Großen in einer Höhle verborgen liegen. Der Mann war arm, gut und fleißig; er konnte lesen und schreiben wie ein Schulmeister; er war außerdem ein tüchtiger Matrose, war einige Zeit auf den Dampfern gefahren, die zwischen den Inseln verkehren, und hatte später einen Walfischfänger an der Hamakuaküste gesteuert. Eines Tages aber kam es Keawe in den Sinn, sich einmal die große Welt anzusehen und fremde Städte zu besuchen, und deshalb verheuerte er sich auf ein Segelschiff, das nach San Franzisko fuhr.

Das ist eine ganz herrliche Stadt; mit einem wunderbaren Hafen und unzählbaren reichen Menschen. Besonders ein Hügel ist ganz bedeckt mit Palästen. Auf diesem Hügel ging Keawe eines Tages spazieren, als er die Taschen voll Geld hatte, und sah sich mit vielem Vergnügen die großen Häuser auf beiden Seiten der Straße an. Was das für schöne Häuser sind! dachte er; wie glücklich müssen die Leute sein, die darin wohnen und die sich keine Sorgen um den nächsten Tag zu machen brauchen! Dies fiel ihm gerade ein, als er sich vor einem Hause befand, das kleiner war als die anderen, aber tadellos gehalten und blitzblank wie ein neues Spielzeug. Die Stufen vor diesem Hause schimmerten wie Silber, und die Ränder der Gartenbeete waren wie blühende Girlanden, und die Fenster funkelten wie Diamanten. Da blieb Keawe stehen und staunte über all die Herrlichkeiten.

Während Keawe das alles bewunderte, bemerkte er einen Mann, der durch ein Fenster zu ihm herabblickte; und so blank war das Fenster, daß Keawe ihn so deutlich sehen konnte wie einen Fisch im Wasser des Korallenriffs. Der Mann war schon ältlich, hatte einen kahlen Kopf und einen schwarzen Bart. Sein Gesicht war voller Sorgen, und er seufzte bitterlich. In Wirklichkeit war es so: Keawe schaute zu dem Manne hinein und der Mann zu Keawe heraus, und jeder beneidete den anderen.

Auf einmal lächelte der Mann und nickte und bedeutete Keawe, zu ihm hereinzukommen, und empfing ihn an der Haustüre.

»Ich habe ein schönes Haus«, sagte der Mann und seufzte dabei schwer. »Möchtet Ihr es Euch einmal ansehen?«

Dann führte er Keawe überall herum, vom Keller bis unters Dach, und da gab es nichts, was nicht von höchster Vollkommenheit und Zweckmäßigkeit gewesen wäre, worüber Keawe natürlich mächtig staunte.

»Wahrhaftig«, sagte Keawe, »dies ist ein herrliches Haus; wenn ich in einem solchen Hause wohnen könnte, würde ich vom Morgen bis zum Abend fröhlich sein. Wie kommt es nur, daß Ihr immerfort seufzt?«

»Ich wüßte keinen Grund«, sagte der Mann, »warum Ihr nicht auch ein Haus haben solltet, das diesem in jeder Hinsicht gleicht, ja das noch schöner sein kann, wenn Ihr das wollt. Ihr habt doch etwas Geld, nehme ich an?«

»Ich besitze fünfzig Dollar«, sagte Keawe; »aber ein solches Haus kostet doch viel mehr als fünfzig Dollar.«

Der Mann nickte zustimmend. »Es tut mir leid, daß Ihr nicht mehr habt«, sagte er, »denn das kann Euch in der Zukunft Sorgen bereiten. Aber mit fünfzig Dollar wäre ich zufrieden.«

»Für das Haus?« fragte Keawe.

»Nein, nicht für das Haus«, antwortete der Mann, »aber für die Flasche. Denn ich will Euch gestehen, obwohl ich so reich und vom Schicksal begünstigt erscheine, so stammt doch all mein Vermögen, auch das Haus und der Garten, nur von einer Flasche her, die kaum größer ist als eine Weinflasche. Dies ist sie.«

Er öffnete einen verschlossenen Behälter und entnahm ihm eine rundbäuchige Flasche mit langem Halse. Sie war aus einer Art Milchglas, in dem es wie Regenbogenfarben schillerte. Im Innern regte es sich dunkel – wie Schatten und wie Feuer zugleich.

»Das ist die Flasche«, sagte der Mann, und als Keawe lachte, fuhr er fort: »Ihr glaubt mir nicht? – Macht selbst eine Probe damit, ob Ihr sie zerbrechen könnt.«

Keawe nahm die Flasche und warf sie mit aller Kraft auf den Fußboden, bis ihm die Lust dazu verging. Aber sie sprang auf dem Boden herum wie ein Kinderball und wies keinerlei Beschädigung auf.

»Das ist sonderbar«, sagte Keawe, »denn die Flasche fühlt sich doch an und sieht auch aus, wie wenn sie von Glas wäre.«

»Aus Glas ist sie«, antwortete der Mann und seufzte noch schwerer als vorher; »aber ihr Glas ist in den Flammen der Hölle geglüht. Ein Kobold lebt darin, und das ist jener Schatten, den wir sich bewegen sehen; so glaube ich wenigstens. Jedem, der diese Flasche kauft, gehorcht der Kobold; alles, was er sich wünscht – Liebe, Ruhm, Geld, Häuser wie dieses Haus, ja sogar eine Stadt wie unsere Stadt –, gehört ihm, sobald er den Wunsch ausspricht. Napoleon hatte diese Flasche, und durch sie wurde er zum Beherrscher der Welt; aber er verkaufte sie zuletzt – und fiel.

Kapitän Cook hatte diese Flasche, und durch sie fand er den Weg zu so vielen Inseln; doch auch er verkaufte sie – und wurde auf Hawai erschlagen. Denn wenn sie erst einmal verkauft ist, sind Macht und Schutz vorüber. Und wenn dann ein Mensch nicht zufrieden ist mit dem, was er hat, kommt Unheil über ihn.«

»Und dennoch möchtet Ihr die Flasche verkaufen«, fragte Keawe.

»Ich habe alles, was ich mir wünsche, und werde schon alt«, antwortete der Mann. »Eines kann der Kobold nicht: er kann niemand das Leben verlängern. Es wäre auch unrecht von mir, wenn ich verschweigen würde, daß die Flasche ihren Nachteil hat. Denn stirbt einer, bevor er sie verkauft hat, fährt er zur Hölle.«

»Das ist sicherlich ein Nachteil, der sehr schwer wiegt«, rief Keawe aus, »da will ich doch lieber mit dem Ding nichts zu tun haben. Ich kann mich ohne Haus abfinden, Gott sei Dank; aber mit einer Tatsache kann ich mich nicht abfinden, und das ist: verdammt zu sein.«

»Lieber Freund, Ihr müßt doch nicht gleich ans Ärgste denken«, entgegnete der Mann. »Ihr braucht ja die Macht der Flasche nur bis zu gewissen Grenzen auszunützen, und dann verkauft Ihr sie einem andern, so wie ich sie an Euch verkaufe; und dann genießt Ihr den Rest eures Lebens mit aller Behaglichkeit.«

»Mir fällt zweierlei auf«, sagte Keawe. »Ihr seufzt hier die ganze Zeit wie eine verliebte Jungfer – das ist das eine; und das andere, Ihr verkauft diese Flasche sehr billig.«

»Warum ich seufze, sagte ich Euch schon«, entgegnete der Mann; »ich fürchte, meine Gesundheit ist nicht mehr die beste, und Ihr sagt ja selbst, sterben und zum Teufel gehen will keiner gern.

Was den billigen Preis anbetrifft, da muß ich Euch noch eine Eigenheit der Flasche mitteilen. Vor langer, langer Zeit, als der Teufel die Flasche auf die Erde brachte, war sie unermeßlich teuer. Sie wurde vom ersten Besitzer für viele Millionen Dollar erstanden. Der Verkauf aber ist nur dann wirksam, wenn man sie für einen billigeren Preis weggibt, als man selbst dafür bezahlt hat. Wenn Ihr sie für ebensoviel verkauft, als Ihr dafür gegeben habt, kommt sie zu Euch zurück wie eine abgerichtete Taube. Es ergibt sich daraus, daß der Preis alle die Jahre hindurch immer niedriger geworden ist, daher ist die Flasche so auffallend billig. Ich selbst kaufte sie von einem meiner großen Nachbarn auf diesem Hügel, und der Preis, den ich bezahlt habe, betrug nur neunzig Dollar. Ich könnte sie also schon für neunundachtzig Dollar und neunundneunzig Cents verkaufen; aber nicht um einen Cent teurer, sonst würde das Ding sofort wieder zu mir zurückkommen müssen. Das bringt zwei Erschwerungen beim Verkauf mit sich: erstens – wenn Ihr eine so seltsame Flasche für neunzig lumpige Dollar anbietet, glauben die Leute, daß Ihr sie zum Narren halten wollt; und zweitens – doch das eilt nicht, das brauche ich Euch nicht zu erklären. Ihr müßt jedoch auch stets daran denken, daß sie nur gegen geprägte Münze verkäuflich ist.«

»Was beweist mir, daß Ihr die Wahrheit sagt?« fragte Keawe.

»Macht doch gleich hier auf der Stelle einen Versuch«, antwortete der Mann. »Gebt mir Eure fünfzig Dollar, nehmt die Flasche und wünscht Euch die fünfzig Dollar wieder in Eure Tasche zurück. Wenn sie nicht wiederkommen, hebe ich, bei meiner Ehre, den Kauf auf und gebe Euch den Betrag wieder heraus.«

»Betrügt Ihr mich auch nicht?« fragte Keawe.

Da beschwor der Mann seine Ehrlichkeit mit einem Eide.

»Gut denn, ich will es wagen«, sagte Keawe, »denn dabei kann für mich nichts Schlimmes herauskommen.« Und dann händigte er dem Manne sein Geld aus, und der Mann übergab ihm die Flasche.

»Kobold in der Flasche«, rief Keawe, »ich will meine fünfzig Dollar zurückhaben!« – Kaum daß er diese Worte gesprochen hatte, fühlte sich seine Tasche so schwer an wie vorher.

»Das ist zweifellos eine wundervolle Flasche«, sagte Keawe.

»Und nun wünsche ich Euch guten Morgen, Verehrtester; von mir aus hole Euch der Teufel!« sagte der Mann.

»Genug von diesem Spaß«, entgegnete Keawe; »hier nehmt Eure Flasche wieder hin!«

»Ihr habt sie für weniger gekauft, als ich dafür bezahlt habe«, antwortete der Mann und rieb sich die Hände, »nun gehört sie Euch; und was mich betrifft, so liegt mir nur noch daran, Euch loszuwerden.« Damit klingelte er seinen chinesischen Diener herbei und ließ Keawe vor die Tür setzen.

Als nun Keawe mit seiner Flasche unterm Arm auf der Straße stand, begann er nachzudenken. Wenn alles, was mir über die Flasche gesagt wurde, wahr ist, bin ich doch vielleicht der Verlierer bei dem Kaufe, dachte er. Aber der Alte wird mich wohl doch nur zum Narren gehalten haben. Darauf zählte er sofort sein Geld; die Summe betrug genau neunundvierzig Dollar in amerikanischer Münze und ein chilenisches Dollarstück. »Das hätte allerdings seine Richtigkeit«, sagte Keawe für sich; »nun will ich etwas anderes versuchen.«

Die Straßen in jenem Stadtteil von San Franzisko sind so sauber wie ein Schiffsdeck, und trotzdem es Mittag war, sah man weit und breit keinen Menschen. Keawe stellte die Flasche in den Rinnstein und ging weiter. Zweimal sah er zurück: da stand die milchglasige, rundbäuchige Flasche, wo er sie gelassen hatte. Und noch ein drittes Mal sah er sich nach ihr um; dann bog er um eine Straßenecke. Und kaum war er herum, als etwas gegen seinen Ellbogen stieß, und siehe da! – es war der lange Hals, der emporstand, und der runde Bauch war in die Tasche seines Steuermannsrocks hineingezwängt.

»Auch das stimmt«, sagte Keawe. Das nächste, was er nun tat, war, einen Korkzieher zu kaufen, und dann begab er sich abseits in die Felder zu einer Stelle, wo er glaubte nicht gesehen zu werden. Dort versuchte er den Korken aus der Flasche zu ziehen. Doch so oft er auch den Korkzieher hineinbohrte, raus war er wieder und der Korken so heil wie vorher.

Das muß eine eigentümliche Art Kork sein, dachte Keawe; aber ganz plötzlich fing er an zu zittern, und der kalte Schweiß trat ihm auf die Stirne – er bekam Furcht vor der Flasche!

Auf dem Rückwege zum Hafen sah er einen Laden, in dem ein Mann Muscheln und Keulen von den Inseln der Wilden, alte heidnische Götzenfiguren, altes Münzengeld, Bilder aus China und Japan und allerlei Sachen verkaufte, wie sie die Matrosen in ihren Seekisten mitbringen. Und da hatte er einen Einfall.

Er trat ein und bot die Flasche für hundert Dollar an. Der Mann, der im Laden war, lachte ihn aus und bot fünf Dollar. Doch es war eine kuriose Flasche – solches Glas konnte in keinem von Menschenhand bedienten Glaswerk geblasen worden sein. Gar hübsche Farben schillerten in dem Milchglase, und gar seltsam wankte der Schatten im Innern auf und ab. Als der Händler, nach der Art seines Standes, eine Weile gefeilscht hatte, gab er Keawe sechzig Silberdollar für das Ding und stellte es auf ein Brett in der Mitte seines Schaufensters.

Nun, dachte sich Keawe, habe ich für sechzig verkauft, was ich für fünfzig erstanden habe – oder, um genau zu sein, für etwas weniger; denn einer meiner Dollar war aus Chile. Nun werde ich gleich sehen, ob auch alles in dieser Hinsicht mit der Flasche so stimmt, wie der Alte gesagt hat.

Darauf ging er an Bord seines Schiffes, und wie er seine Kiste öffnete – schau einer an! – da war die Flasche; sie war schneller gekommen als er selbst.

Nun hatte Keawe einen Freund auf dem Schiffe, der hieß Lopaka. »Was ist dir, daß du so in deine Kiste stierst«, fragte Lopaka.

Sie waren allein im Mannschaftslogis. Keawe verpflichtete ihn zum Stillschweigen, und dann erzählte er ihm alles.

»Das ist eine recht merkwürdige Geschichte«, sagte Lopaka; »ich fürchte, du wirst noch Unglück durch diese Flasche haben. Und wenn du schon, was mir ganz sicher erscheint, durch das Ding Unglück haben sollst, dann stecke wenigstens auch den Gewinn dieses Handels ein. Überlege dir, was du von der Flasche haben willst; gib den Befehl; und sowie du hast, was du dir wünschest, werde ich dir die Flasche abkaufen; es ist schon lange mein Wunsch gewesen, einen Schoner zu besitzen und im Inselarchipel auf Handelsfahrt zu gehen.«

»Ich habe andere Wünsche«, sagte Keawe. »Ich will einen schönen Garten und ein prächtiges Haus haben, an der Konaküste, wo ich geboren bin, wo mir die Sonne zur Haustür hereinscheint, wo Blumen den ganzen Garten füllen; Glasscheiben will ich in den Fenstern haben, Bilder an den Wänden, Nippsachen und kostbare Dekken auf den Tischen, ganz wie in dem Hause, das ich gesehen habe – nur soll meines noch ein Stockwerk höher sein, und Balkone muß es haben, die um das ganze Haus herumgehen, wie am Palast des Königs in Honolulu; und dort will ich dann sorgenlos leben und mit meinen Freunden und Verwandten vergnügt sein.«

»Gut«, sagte Lopaka, »laß uns die Flasche mitnehmen nach Hawai, und wenn alles so wird, wie du glaubst, will ich sie dir, wie ich schon gesagt habe, abkaufen und mir den Schoner wünschen.«

Sie wurden darüber einig. Bald darauf kehrte das Schiff mit Keawe, Lopaka und der Flasche an Bord nach Honolulu zurück. Kaum waren sie an Land gekommen, als sie auch schon am Strande einen Freund trafen, der ganz unvermittelt Keawe sein Beileid aussprach.

»Ich habe keine Ahnung, warum Ihr mir Euer Beileid ausdrückt«, sagte Keawe.

»Ist es denn möglich«, entgegnete der Freund, »Ihr habt noch nicht gehört, daß Euer Onkel, der gute alte Mann, gestorben und Euer Vetter, der brave Junge, in der See ertrunken ist?«

Da wurde Keawe sehr traurig, begann zu weinen und zu klagen und vergaß ganz seine Flasche. Lopaka aber überlegte, und als Keawes erster Schmerz etwas nachgelassen hatte, sagte er: »Mir ist etwas eingefallen: besaß dein Onkel nicht in Kaü auf Hawai Grund und Boden?«

»Nein«, antwortete Keawe, »nicht in Kaü, sondern auf der Bergseite der Insel, etwas südlich von Hookena.«

»Gehört dieser Besitz nun nicht dir?« fragte Lopaka weiter.

»Ja, das wird er wohl«, sagte Keawe und fing wieder an, um seine Verwandten zu wehklagen.

»Nicht doch«, fuhr Lopaka fort, »höre doch mal auf zu jammern; ich habe einen Gedanken: wie nun, wenn das auf die Flasche zurückzuführen wäre? – Denn dadurch hättest du ja den Platz für das Haus.«

»Wenn das so ist«, schluchzte Keawe, »wäre es ein schlechter Dienst, meine Angehörigen darum zu töten. Aber es kann tatsächlich so sein; denn gerade in einer solchen Gegend habe ich mir das Haus vorgestellt.«

»Das Haus ist ja aber noch gar nicht gebaut«, sagte Lopaka.

»Nein, das wird es wohl auch nie werden!« rief Keawe aus. »Mein Onkel hatte zwar etwas Kaffee, Awa und Bananen, aber wenn ich viel erbe, so dürfte es wohl genügen, davon bescheiden leben zu können. Der größte Teil des Grundstücks ist nichts weiter als Lava.«

»Laß uns zum Notar gehen«, drängte Lopaka; »ich kann meine Gedanken nicht loswerden.«

Als sie nun beim Notar waren, zeigte es sich, daß Keawes Onkel in seinen letzten Tagen ungeheuer reich geworden war und ein beträchtliches Vermögen hinterlassen hatte.

»Da hast du das Geld zu dem Hause!« rief Lopaka.

»Wenn Sie daran denken sollten, sich ein neues Haus zu bauen«, sagte der Notar, »so empfehle ich Ihnen einen neuen Baumeister, von dem man ausgezeichnet spricht.«

»Immer besser«, bemerkte Lopaka, »es ist alles für uns vorbereitet. Komm, laß uns den Winken gehorchen.«

Und so kamen sie zum Baumeister, der gerade einige Entwürfe von neuen Häusern auf dem Tisch liegen hatte.

»Sie wollen etwas Eigenartiges«, sagte der Baumeister; »wie gefällt ihnen das?« Und damit rollte er vor Keawe eine Zeichnung auf.

Als aber Keawe kaum einen ersten Blick auf das Papier geworfen hatte, tat er fast einen Schrei – denn er erkannte die genaue Abbildung seiner Vorstellungen.

Ich komme um das Haus nicht herum, dachte er. So wenig mir die Umstände gefallen, ich komme nicht drum herum, und so mag ich denn mit dem Bösen auch zugleich das Gute hinnehmen.

Darauf teilte er dem Baumeister alle seine besonderen Wünsche mit: wie er die Möbel haben wollte, was für Bilder an den Wänden hängen sollten und alle seine Anliegen wegen der Nippsachen auf den Tischen. Dann fragte er den Baumeister, wieviel er für den ganzen Auftrag verlange. Der Baumeister stellte noch allerlei Fragen, nahm seine Feder und machte einen Überschlag. Als er damit fertig war, nannte er genau die Summe, die Keawe geerbt hatte.

Keawe und Lopaka sahen einander an und nickten mit dem Kopfe.

Es ist gar kein Zweifel mehr darüber möglich, daß ich dieses Haus haben soll, ich kann nichts dagegen tun, dachte Keawe. Es kommt vom Teufel, und ich fürchte, ich werde wenig Gutes davon haben. Das aber gelobe ich mir: Ich will keinen Wunsch mehr aussprechen, solange diese Flasche noch in meinem Besitz ist. Aber mit dem Hause bin ich geborgen – und nun will ich mit dem Guten das Böse hinnehmen.

Dann machte Keawe seinen Abschluß mit dem Baumeister und unterschrieb einen Vertrag. Hierauf verheuerten sich Keawe und Lopaka wieder auf ein Schiff und fuhren nach Australien. Es war nämlich vereinbart worden, daß Keawe sich um nichts kümmern sollte; und so blieb es dem Baumeister und dem Flaschenkobold überlassen, das Haus so auszuführen, wie sie es für richtig hielten.

Die beiden Freunde hatten eine gute Überfahrt, nur mußte Keawe beständig an sich halten, um keine Wünsche mehr auszusprechen und keine weiteren Begünstigungen vom Teufel anzunehmen, wie er es sich geschworen hatte.

Sie kamen zurück, als die verabredete Zeit um war. Der Baumeister erklärte, daß das Haus fix und fertig wäre, und Keawe und Lopaka schifften sich auf der ›Halle‹ nach Kona ein, um das Haus anzusehen und sich zu überzeugen, daß alles genau so geworden war, wie Keawe es haben wollte.

Das Haus stand am Bergabhang derart, daß es von den Schiffen aus gesehen werden konnte. Oberhalb stieg Wald empor bis in die Regenwolken, unterhalb fiel schwarze Lava zu Klippen ab, in denen Könige alter Zeiten begraben lagen. Ein Garten blühte um das Haus herum in allen Blumenfarben. Auf der einen Seite war ein Garten mit Papaias, auf der andern einer mit Brotfruchtbäumen. Mitten vor dem Hause aber, seewärts, stand ein getakelter Schiffsmast, der eine Flagge trug. Das Haus war drei Stockwerke hoch und hatte große Zimmer und breite Balkone. Die Fenster waren aus schönstem Glase, das so rein wie Wasser und so strahlend wie der Tag erschien. Alle Arten Möbel schmückten die Räume. Bilder hingen in goldenen Rahmen an den Wänden: Bilder von Schiffen, von Kriegern und von wunderschönen Frauen und seltsamen Gegenden, in glänzenderen Farben sind keine Bilder auf der Welt gemalt als die, welche Keawe in seinem Hause vorfand. Die Nippsachen aber waren ganz besonders auserlesen: schlagende Uhren und Spieldosen, kleine Männchen mit nickenden Köpfen, Bücher voller Bilder, prächtige Waffen aus allen Erdteilen und die fesselndsten Geduldspiele, mit denen sich ein einsamer Mann die Zeit vertreiben kann. Da nun aber wohl niemand in solchen Prachträumen wohnen, sondern nur darin herumgehen und sie ansehen möchte, so waren die Balkone so breit angelegt, daß eine ganze Stadtbevölkerung darauf hätte fröhlich leben können.

Keawe konnte sich gar nicht recht klar darüber werden, welche Seite seines Hauses ihm lieber war: die Rückseite, wo man den linden Landwind und den Anblick der Blumenbeete und des Obstgartens genießen konnte, oder die Vorderseite, wo man auf dem Balkon den frischen Seewind atmen, den steilen Bergabhang hinunterblicken und die ›Halle‹ vorbeifahren sehen konnte, die einmal in jeder Woche zwischen Hookena und der Berginsel Pele verkehrte, und wo an der Küste die Schoner entlang segelten, die mit Holz, Awa und Bananen beladen waren.

Als sie alles betrachtet hatten, setzten sich Keawe und Lopaka vor der Haustür nieder.

»Nun«, fragte Lopaka, »ist alles, wie du es haben wolltest?«

»Ich finde keine Worte dafür«, entgegnete Keawe. »Es ist alles viel schöner, als ich mir träumen ließ; ich bin fast krank vor Befriedigung.«

»Nur eines ist noch zu bedenken«, sagte Lopaka; »das kann alles auf ganz natürlichem Wege so zustande gekommen sein, ohne daß der Flaschenkobold etwas damit zu tun gehabt hat. Wenn ich nun die Flasche kaufte und schließlich gar keinen Schoner bekäme, hätte ich mir die Hand umsonst verbrannt. Ich habe dir ja mein

Wort verpfändet – ich weiß es wohl; aber ich glaube, du wirst mir trotzdem einen weiteren Beweis nicht abschlagen.«

»Ich habe geschworen, daß ich mir nichts mehr wünschen will«, sagte Keawe, »ich bin schon weit genug gegangen.«

»Du sollst dir nicht eine Gabe wünschen«, erwiderte Lopaka. »Ich will nur den Kobold selbst einmal sehen. Dabei ist nichts zu gewinnen, du brauchst dich also nicht zu schämen; wenn ich ihn aber einmal gesehen habe, bin ich meiner Sache sicher. Sei so gut und lasse mich den Kobold einmal sehen, und danach – hier sieh das Geld in meiner Hand – will ich dir die Flasche bezahlen.«

»Ich bin nur um eines bange«, sagte Keawe. »Wenn nämlich der Kobold sehr gruselig ist und du ihn gesehen hast, willst du vielleicht die Flasche gar nicht mehr haben.«

»Ich habe noch immer mein Wort gehalten«, entgegnete Lopaka, »und hier lege ich das Geld mitten zwischen uns hin.«

»Nun gut«, fuhr Keawe fort, »ich bin selber neugierig.«

»Kommt heraus, Herr Kobold, und laßt Euch einmal sehen.«

Und kaum war das ausgesprochen, da fuhr der Kobold zur Flasche heraus, und schnell wie eine Eidechse war er auch wieder drin.

Keawe und Lopaka waren wie versteinert. Als sie die Sprache wiederfanden, war bereits völlige Nacht hereingebrochen.

Dann schob Lopaka das Geld hin und nahm die Flasche.

»Ich halte mein Wort«, sagte er, »das habe ich immer

getan, sonst würde ich mich jetzt hüten, die Flasche auch nur mit dem Fuße zu berühren. Ich werde den Schoner bekommen und noch einige Dollar für meine Tasche dazu, und dann will ich diesen Teufel so schnell wie möglich wieder loswerden. Denn wie er aussah, weißt du, das hat mir richtig einen Stoß gegeben.«

»Lopaka«, sagte Keawe, »halte mich nicht für schlechter, als ich bin. Es ist Nacht, und die Straße ist schlecht, und der Weg an der Gräberstätte vorbei ist zu dieser Stunde unheimlich; aber seitdem ich diese Fratze gesehen habe, kann ich weder essen, trinken noch beten, bis die Flasche aus meiner Nähe fort ist. Ich will dir eine Laterne geben und einen Korb für die Flasche und obendrein irgendein Bild oder etwas Hübsches aus meinem Hause, was dir gefällt – aber bitte, geh gleich fort und sieh zu, daß du bei Nahinu in Hookena Nachtquartier findest.«

»Keawe«, antwortete Lopaka, »mancher würde dir das übelnehmen, besonders wo ich dir den großen Gefallen tue, mein Wort zu halten und die Flasche zu kaufen; denn die Nacht und die Finsternis und der Weg an den Gräbern vorbei sind sicherlich zehnmal gefährlicher für einen Menschen mit solcher Sünde auf dem Gewissen und so einer Flasche unter dem Arm.

Aber ich muß schon sagen, ich bin selber so furchtbar entsetzt, daß ich's nicht übers Herz bringen könnte, dich zu tadeln. So will ich denn gehen, und ich bitte Gott, daß du in deinem Hause glücklich wirst, und daß ich mit meinem Schoner Glück habe – und daß wir beide zu guter Letzt doch noch in den Himmel kommen, trotz dem Teufel und seiner Flasche.«

Lopaka ging den Berg hinunter, und Keawe stand auf dem vorderen Balkon seines Hauses und lauschte den

Schritten, und verfolgte den Laternenschein den Weg hinab und an den Höhlen der Toten vorbei. Und die ganze Zeit zitterte er und rang die Hände und betete für seinen Freund und dankte dem Allmächtigen, daß er aus aller Sorge heraus war.

Der nächste Tag aber wurde herrlich. Das Beschauen des Hauses bereitete Keawe eine derartige Freude, daß er alles Schreckliche, das er noch gestern erlebt hatte, vergaß. Ein Tag folgte dem anderen, und Keawe lebte in beständigem Glück dahin. Sein Lieblingsplatz war auf der Rückseite des Hauses. Dort wohnte und aß er und las die Zeitungen aus Honolulu. Kam aber jemand vorbei, so bat er ihn in sein Haus und zeigte die Zimmer und die Bilder. Und so wurde der Ruf seines Hauses weit und breit bekannt. In ganz Kona wurde es Ka-Hale-Nui, das heißt ›Das große Haus‹, genannt; manchmal auch ›Das Glitzerhaus‹, denn Keawe hielt sich einen Chinesen, der den ganzen Tag lang putzte und polierte; und alles Glas, alle Vergoldungen und alle Bilder glänzten und glitzerten so hell wie der Morgen. Keawe selbst konnte nicht durch das Haus gehen, ohne zu singen, so weit war ihm das Herz. Und wenn drunten auf dem Meere Schiffe vorbeisegelten, hißte er seine Flagge am Mast.

So verging die Zeit, bis eines Tages Keawe zu einigen alten Freunden nach Kaula ritt. Dort wurde er gut bewirtet. Dennoch verließ er sie am nächsten Morgen, so bald er konnte, und ritt scharf zu, weil er ungeduldig nach seinem schönen Hause verlangte. Außerdem war die nächste Nacht diejenige, in der die Toten aus alten Zeiten auf Kona umgehen. Und weil er sich schon einmal mit dem Teufel eingelassen hatte, trug er um so weniger Verlangen nach einer Begegnung mit den Toten.

Kurz vor Honaunau sah er weit vor sich ein Mädchen,

das am Seestrande badete. Sie schien gut gewachsen zu sein, aber das interessierte ihn nicht weiter. Dann sah er, wie ihr weißes Hemd flatterte, als sie es anzog, und dann den roten Holoku, und als er in ihre Nähe kam, hatte sie gerade ihre Toilette beendet, war von der See an den Weg herangekommen und stand nun vor ihm in ihrem roten Holoku.

Sie war erfrischt vom Bade, und ihre Augen leuchteten und waren gütig. Kaum daß Keawe sie erblickt hatte, hielt er sein Pferd an.

»Ich dachte, ich kenne jeden Menschen hier im Lande«, sagte er; »wie kommt es, daß du mir unbekannt bist?«

»Ich bin Kokua, Kianos Tochter«, sagte das Mädchen, »ich bin gerade von Oahu wieder nach Hause gekommen. Wer aber bist denn du?«

»Ich will dir erst später sagen, wer ich bin«, entgegnete Keawe und stieg vom Pferde; »jetzt noch nicht: ich habe Gründe dafür. Wenn du nämlich weißt, wer ich bin – und du wirst wahrscheinlich schon von mir gehört haben –, gibst du mir vielleicht keine freie Antwort. Aber sage mir vor allem eines: bist du verheiratet?«

Da lachte Kokua laut. »Du stellst sehr neugierige Fragen«, antwortete sie; »bist du denn verheiratet?«

»Nein, wirklich nicht, Kokua«, erwiderte Keawe, »und bis zu diesem Augenblick habe ich auch noch gar nicht daran gedacht. Ich will ganz ehrlich sein: hier am Wege bin ich dir begegnet und habe in deine Augen geschaut, die wie die Sterne sind, und da flog dir mein Herz entgegen so geschwind wie ein Vöglein. Wenn ich dir nicht gefalle, so sage es frei heraus, und ich will heimreiten. Wenn du mich aber nicht weniger leiden magst als irgendeinen andern jungen Mann, so sage es ebenso offen, und ich werde dann für die Nacht bei deinem Vater bleiben und morgen mit dem guten Manne sprechen.«

Kokua sagte kein Wort weiter, guckte aufs Meer und lächelte.

»Kokua«, sagte Keawe, »wenn du nichts sagst, nehme ich das für eine gute Antwort. Laß uns zu deinem Vater gehen.«

Sie schritt voran, noch immer schweigend: manchmal nur sah sie sich um und sah gleich wieder fort und steckte ihr Hutband in den Mund. Als sie nun am Hause angelangt waren, kam Kiano auf die Veranda heraus, rief ein Willkommen entgegen und begrüßte Keawe mit seinem Namen. Da schaute das Mädchen auf, denn der Ruf des ›Großen Hauses‹ war auch ihr zu Ohren gekommen: – das war allerdings eine Versuchung für sie. Den ganzen Abend über waren sie alle sehr lustig. Das Mädchen war unter den Augen der Eltern von hellster Ausgelassenheit und neckte Keawe, denn sie war ein witziges Ding. Am nächsten Tage sprach er mit Kiano, und dann war er mit dem Mädchen allein.

»Kokua«, sagte er, »du hast dich gestern den ganzen Abend über mich lustig gemacht – noch ist Zeit, mich wegzuschicken. Ich wollte dir nicht sagen, wer ich bin, weil ich fürchtete, du würdest zuviel an das Haus denken und zuwenig an den Mann, der dich lieb hat. Nun aber weißt du alles, und wenn du mich nicht leiden kannst, so sage es nur gleich.«

»Doch«, antwortete Kokua; und dieses Mal lachte sie nicht, und mehr verlangte Keawe nicht.

So verlief Keawes Werbung. Das war schnell gegangen; aber auch ein Pfeil fliegt schnell und eine Flintenkugel noch schneller, und doch können beide ins Schwarze treffen. Es war alles nicht nur schnell, sondern auch weit gekommen, denn Keawe saß dem Mädchen bereits tief im Herzen. Sie hörte seine Stimme aus der Brandung auf dem Lavastrande heraus, und sie war bereit, für den jungen Mann, den sie nur zweimal gesehen hatte, Vater, Mutter und selbst die heimatlichen Inseln zu verlassen. Keawe aber flog auf seinem Pferde den Bergweg hinan, an den Gräbern vorbei, und der Hufschlag und Keawes Freudengesang hallten in den Höhlen der Toten wider. Er kam zum Glitzerhause zurück und sang noch immer. Er setzte sich zum Essen auf die große Veranda, und der Chinese staunte mächtig über seinen Herrn, der selbst zwischen den Bissen noch sang. Die Sonne tauchte in die See hinab, und die Nacht stieg herauf, und Keawe wanderte noch bei Lampenschein auf seiner Veranda herum, und sein Gesang hoch oben auf den Bergen ließ die Leute tief unten auf den Schiffen aufhorchen.

»Auf meiner Höhe bin ich nun angelangt«, sprach er zu sich. »Schöner kann das Leben nicht sein; dies ist der Gipfel; nun kann es nur noch wieder bergab gehen.«

Da will ich nun zum ersten Male alle meine Zimmer erleuchten und in meinem schönen Bade mit dem warmen und kalten Wasser baden, und bald werde ich nicht mehr allein in dem Ehebett meiner Schlafstube zu schlafen brauchen.

Der Chinese mußte aufstehen und den Badeofen heizen, und selbst unten im Keller, wo die Kessel waren, vernahm er den Gesang seines Herrn, der oben, in den erleuchteten Räumen, seine Freude laut werden ließ. Als das Wasser warm war, rief der Chinese seinen Herrn, und Keawe ging in das Badezimmer, und noch von dorther hörte ihn der Chinese singen, solange das Wasser in die Marmorwanne lief. Er hörte den Gesang auch noch mit Unterbrechung, als er sich auszog. Dann aber, ganz plötzlich, brach das Singen ab. Der Chinese horchte; er fragte hinauf, ob alles in Ordnung sei, und Keawe antwortete ›ja!‹ und schickte ihn zu Bett. Aber es erklang kein Gesang mehr im Glitzerhause. Und dann hörte der Chinese nur noch die ganze Nacht hindurch die Füße seines Herrn rastlos auf den Veranden einhergehen.

Die Ursache dafür war aber folgende: als Keawe sich zum Bade auszog, sah er auf der Haut einen Fleck; einen Fleck wie eine Moosflechte auf einem Stein – und da hörte er auf zu singen. Denn er hatte solche Flechten schon bei anderen Leuten gesehen und wußte, daß er die Chinesenseuche, den Aussatz, hatte.

Es ist traurig für einen Menschen, wenn er einer solchen Krankheit verfällt. Und jeden würde es hart ankommen, solch schönes, behagliches Haus zu verlassen und aus dem Kreise seiner Freunde zu scheiden, um an der Nordküste von Molokai* zwischen Meeresbrandung und schroffer Klippenwand zu leben. Doch wieviel trauriger war dagegen das Schicksal Keawes, der gestern seine Liebste gefunden, heute in der Frühe erst sie errungen hatte und nun alle seine Hoffnungen in einem einzigen Augenblick wie Glas zerbrechen sah?

Er saß erst eine Weile auf dem Rande des Bades. Dann sprang er mit einem Schrei auf und lief hinaus, und auf und ab, auf und ab, immer die Veranden entlang, wie einer, den wilde Verzweiflung gepackt hat.

Ganz willig würde ich Hawai, das Land meiner Väter, verlassen, dachte Keawe, und gern von meinem Hause mit seinen vielen Fenstern hier oben auf dem Berge scheiden; ganz tapfer würde ich nach Kalaupapa bei den

* Dorthin werden die Aussätzigen gebracht.

großen Felsen auf Molokai gehen, und dort wollte ich ruhig mit den Aussätzigen schlafen, fern von meinen Verwandten. Aber welches Unrecht habe ich begangen, welche Sünde lastet auf meiner Seele, daß ich Kokua treffen mußte, als sie frisch und strahlend der See entstieg? Kokua, die meine Seele einfing! Kokua, das Licht meines Lebens! Nie darf ich sie besitzen, nie darf ich sie mehr anschauen, nie darf ich sie mehr mit liebender Hand berühren. Um dich, nur um dich, o Kokua, erhebe ich mein Wehklagen. – Nun erst erkennt man, was für ein braver Mann Keawe war; denn er hätte hier im Glitzerhause Jahre und Jahre hindurch leben können, ohne daß jemand seine furchtbare Krankheit bemerkt haben würde.

Doch das alles galt ihm nichts mehr, weil er auf Kokua verzichten mußte. Ja, er hätte sogar in dem Zustande, in dem er sich befand, Kokua heiraten können, viele würden das getan haben, denn sie haben kein Gewissen. Keave aber liebte das Mädchen wie ein rechter Mann, der ihm niemals ein Leid antun und es niemals in Gefahr bringen würde.

Einige Zeit nach Mitternacht kam ihm die Flasche wieder ins Gedächtnis. Er ging an die hintere Haustür und beschwor die Erinnerung an den Tag herauf, an dem der Teufel aus der Flasche herausgefahren war – bei dem Gedanken daran lief es ihm eisig durch die Adern.

Ein entsetzliches Ding ist doch die Flasche, dachte Keave, und noch entsetzlicher ist dieser Kobold, und es ist furchtbar, sich in Höllengefahren zu begeben. Doch welche andere Hoffnung bleibt mir noch, um mein Leiden loszuwerden und Kokua heiraten zu können? Ach was! dachte er, ich habe den Teufel gerufen, nur um mir ein Haus zu schaffen, da werde ich ihm auch noch einmal ins Gesicht sehen können, wenn es gilt, Kokua zu gewinnen.

Darauf fiel ihm ein, daß am nächsten Tage die ›Halle‹ auf ihrer Rückfahrt nach Honolulu vorbeikommen würde. Dahin muß ich zuerst, dachte er, um Lopaka zu treffen. Denn die einzige Hoffnung, die mir noch bleibt, ist die, dieselbe Flasche wiederzukriegen, die ich damals mit unbeschreiblicher Freude weggegeben habe.

Nun konnte er keinen Augenblick mehr schlafen. Der Bissen blieb ihm im Halse stecken. Er schrieb schnell einen Brief an Kiano, und dann ritt er zu der Zeit, wo der Dampfer fällig war, an den Gräbern vorbei hinunter zum Hafen. Es regnete, und das Pferd lief nur schwer. Er sah scheu zu den schwarzen Schlunden der Grabhöhlen hinauf, und da beneidete er die Toten, die dort ruhten, und für die alle Sorgen vorüber waren. Und verwundert dachte er, wie guten Mutes er noch am Tage vorher hier vorübergaloppiert war. Dann kam er unten in Hookena an, wo, wie immer, viele Leute versammelt waren, um den Dampfer zu erwarten. Im Schuppen des großen Lagerhauses saßen alle beisammen. Man vertrieb sich die Zeit mit Späßen und erzählte sich die Tagesneuigkeiten. Aber in Keawes Busen war kein Verlangen nach heiterer Unterhaltung; und so saß er unter all den Leuten allein und sah in den Regen hinaus, der auf die Häuser niederfiel, und auf die Brandung, die gegen den Strand und die Steine schlug, und schwere Seufzer drückten ihm die Kehle zu.

»Keawe vom Glitzerhause ist traurig«, raunte einer dem andern zu. Das war er allerdings auch, und wer würde sich darüber wundern?

Dann ging die ›Halle‹ vor Anker, und das Landungsboot brachte ihn an Bord. Das Hinterdeck des Schiffs war voll Haoles*, die den Vulkan besichtigt hatten, wie sie das immer tun. Das Mittelschiff war gedrängt voll mit Kanakas**, und das Vorderschiff füllten wilde Bullen aus Hilo und Pferde aus Kaü. Keawe aber saß mit seinem Kummer abseits von allen Menschen und wartete auf das Haus Kianos. Bald lag es vor ihm, tief in den Strand gebettet, inmitten der schwarzen Felsen, beschattet von Kokospalmen: und an der Haustür war ein roter Holoku zu sehen, kaum größer als eine Fliege, und wie eine Fliege eifrig hin und her laufend. »O du Königin meines Herzens«, schrie es innerlich in Keawe auf, »ich setze mein Seelenheil aufs Spiel, um dich zu gewinnen!«

Bald darauf brach die Dunkelheit herein, und die Kajüten wurden beleuchtet. Die Haoles setzten sich nach alter Gewohnheit hin und spielten Karten und tranken Whisky. Keawe aber lief die ganze Nacht hindurch auf dem Deck herum; und auch den nächsten Tag, an dem das Schiff auf der Höhe von Maui und Molokai dahindampfte, rannte er beständig auf und ab wie ein wildes Tier in einer Menagerie.

Gegen Abend passierten sie die Diamantenspitze und legten am Bollwerk in Honolulu an. Als Keawe an Land gekommen war, erkundigte er sich sofort nach Lopaka. Er erfuhr, daß sein Freund Besitzer eines Schoners geworden war – es gab keinen besseren im ganzen Inselreiche – und daß er sich damit auf eine abenteuerliche Fahrt nach Pola-Pola oder Kahiki begeben hatte. Von Lopaka war also keine Hilfe zu erwarten. Keawe erinnerte sich eines Freundes von Lopaka, eines Advokaten in der Stadt, und fragte nach seiner Wohnung. Man sagte ihm,

* Weiße
** Eingeborene

daß der plötzlich sehr reich geworden war und ein neues prächtiges Haus am Waikiki-Strandweg bewohne; das fiel Keawe auf, und er nahm einen Wagen und ließ sich dorthin fahren.

Das Haus war funkelnagelneu, und die Bäume im Garten waren kaum größer als Spazierstöcke, und als der Advokat Keawe gegenüber stand, machte er den Eindruck eines sehr zufriedenen Mannes.

»Womit kann ich ihnen dienen?« fragte der Advokat.

»Sie sind ein Freund von Lopaka«, antwortete Keawe, »und Lopaka hat von mir einmal einen gewissen Gegenstand gekauft, den Sie mir vielleicht helfen können aufzufinden.«

Das Gesicht des Advokaten ward finster. »Ich glaube, ich verstehe, was Sie meinen, Herr Keawe«, entgegnete er, »es ist eine üble Sache, in der Sie mich befragen. Ich kann Ihnen nichts Bestimmtes sagen, doch ich glaube, daß Sie an einer gewissen Stelle die Auskunft erhalten können, die Sie haben wollen.«

Und er nannte ihm den Namen eines Mannes. Überall, wo er nun hinkam, sah er neue Kleider und Wagen, schöne neue Häuser und zufriedene Meschen, die jedoch alle, sobald er seine Sache andeutete, abweisende Gesichter machten.

»Ich bin zweifellos auf der Spur«, sagte sich Keawe. Alle diese neuen Kleider und Wagen sind Gaben des kleinen Wichts, und dieser zufriedene Ausdruck in den Gesichtern deutet auf Leute, die ihren Gewinn eingesteckt haben, die verfluchte Flasche losgeworden sind und sich nun in Sicherheit fühlen. Wenn ich erst eingelassene Backen sehe und Seufzer zu hören bekomme, werde ich sicherlich der Flasche nahe sein.

So kam es, daß er schließlich an einen Haole in der

Britaniastraße verwiesen wurde. Als er, etwas um die Abendessenszeit, an die Haustüre kam, fand er auch da die üblichen Merkmale; das neue Haus, den jungen Garten und den Schein der elektrischen Lampen aus den Fenstern: als aber der Eigentümer kam, durchfuhr Keawe ein Strahl von Hoffnung und Angst zugleich, denn hier stand vor ihm ein noch junger Mann, weiß wie eine Leiche, mit eingefallenen Augenhöhlen, verwahrlostem Haar und einem Gesicht, wie ein Mann es haben muß, wenn er vor dem Galgen steht, an dem er gehängt werden soll.

Hier muß sie sein, und diesem Menschen gegenüber hüllte er sein Vorhaben nicht erst in tastende Worte.

»Ich bin gekommen, um die Flasche zu kaufen«, sagte er.

Bei diesen Worten taumelte der junge Weiße gegen die Mauer.

»Die Flasche!« keuchte er, »um die Flasche zu kaufen!« Dann schien er nach Luft zu ringen, faßte Keawe am Arm, zog ihn in ein Zimmer und füllte zwei Gläser mit Wein.

»Auf Ihr Wohl!« sagte Keawe, der von seinem vielen Zusammensein mit Haoles wußte, wie man sich zu benehmen hat. »Ja«, fuhr er dann fort, »ich bin hergekommen, um die Flasche zu kaufen. Was ist jetzt ihr Preis?«

Bei diesen Worten entglitt dem jungen Manne das Glas aus der Hand, und er stierte auf Keawe wie auf einen Geist.

»Ihr Preis?« antwortete er, »ihr Preis! Kennen Sie ihren jetzigen Preis noch nicht?«

»Ich frage Sie ja danach«, erwiderte Keawe. »Aber warum sind Sie so aufgeregt? Stimmt etwas nicht mehr mit dem Preise?«

»Er ist erheblich heruntergegangen, seitdem Sie die Flasche besessen haben, Herr Keawe«, versetzte stammelnd der junge Mann.

»Nun gut, so werde ich um so weniger dafür zu bezahlen haben«, sagte Keawe. »Was haben Sie dafür bezahlt?«

Der junge Mann wurde kreideweiß. »Zwei Cents«, hauchte er dann.

»Was?« rief Keawe, »zwei Cents! – nun kann sie von Ihnen nur noch für einen Cent verkauft werden. Und wer sie kauft – –« Die Worte erstarben Keawe auf der Zunge: derjenige, der sie jetzt kaufte, konnte sie niemals mehr weiter verkaufen: die Flasche und der Flaschenkobold mußten bei ihm bleiben, bis er starb; und wenn er starb, würde sie ihn zum roten Höllenschlund bringen.

Der junge Mann fiel auf die Knie. »Um des barmherzigen Himmels willen – kaufen Sie die Flasche!« schrie er. »Sie können mein ganzes Vermögen obendrein haben. Ich war wahnsinnig, als ich sie für jenen Preis nahm. Ich hatte im Geschäft sehr viel Gelder unterschlagen. Ich wäre verloren gewesen – ich wäre ins Zuchthaus gekommen.«

»Armer Mensch«, sagte Keawe, »Sie haben, um der gerechten Strafe und der Schande zu entgehen, Ihr Seelenheil aufs Spiel gesetzt – und Sie glauben, ich könnte mit meiner Liebe im Herzen auch nur einen Augenblick zögern? Geben Sie mir die Flasche, und dann geben Sie mir das Wechselgeld auf diese fünf Cents heraus – Sie werden es längst bereit haben.«

Es war so, wie Keawe vermutete; der junge Mann hatte das Wechselgeld in einer Schublade bereit liegen. Die Flasche wechselte den Besitzer, und Keawe hatte kaum die Beute in den Händen, als er auch schon den

Wunsch hauchte, wieder ein gesunder Mensch zu sein. Und siehe da, wie er in seinem Hotelzimmer angekommen war und sich vor dem Spiegel ausgezogen hatte, fand er, daß seine Haut wieder heil war, so heil wie die eines Kindes. Und dann trat etwas Seltsames ein: kaum daß er das Wunder erschaut hatte, war sein inneres Wesen völlig verändert, und er dachte nicht mehr an die Seuche und noch weniger an Kokua. Nur einen einzigen Gedanken hatte er noch, nämlich, daß er für Zeit und Ewigkeit dem Flaschenkobold verfallen war, und daß er keine andere Aussicht mehr hatte, als auf immer ein Scheit im Höllenfeuer zu sein. Er meinte schon, ein Stück von sich lodern zu sehen. Da brach er zusammen, und es wurde finster um ihn her.

Wieder zu sich gekommen, wurde Keawe gewahr, daß an diesem Abend in dem Hotel die Musik spielte. Er ging hinunter, weil er sich vor dem Alleinsein fürchtete, und lief zwischen all den anderen vergnügten Menschen hin und her, hörte die Melodien auf und ab wogen und sah den Kapellmeister den Takt schlagen; aber die ganze Zeit hörte er beständig die Flammen knistern und sah das rote Feuer vor sich im bodenlosen Abgrund lodern. Plötzlich spielte die Kapelle Hiki-ao-ao; das war eins von den Liedern, die er mit Kokua zusammen gesungen hatte, und da kam ihn wieder der Mut zurück.

»Es ist nun einmal geschehen«, sagte er bei sich, »und so will ich denn abermals Gut und Böse auf mich nehmen.«

Mit dem nächsten Dampfer kehrte er nach Hawai zurück, und sobald es anging, wurde er mit Kokua getraut und nahm sie mit sich hinauf auf die Berge in das Glitzerhaus.

Es stand nun aber so mit den beiden: wenn sie beisammen waren, war Keawes Herz beruhigt, sobald er aber allein war, verfiel er in brütendes Grauen, hörte das Flackern der Höllenflammen und sah das rote Feuer in der Tiefe lodern. Das Mädchen war mit seinem ganzen Herzen zu ihm gekommen; es schlug ihr rascher, wenn sie ihn sah; ihre Hände hielten die seinen fest; und sie machte sich so hübsch, vom Haar auf ihrem Köpfchen bis zu den Nägeln an ihren Zehen, daß jeder sich bei ihrem Anblick freute. Sie war von Natur freundlich. Sie fand immer ein gütiges Wort. Gesang erfüllte ihr Leben, und so ging sie im Glitzerhause herum, das lieblichste Wesen innerhalb der drei Stockwerke, und zwitscherte wie ein Vöglein. Und Keawe sah und hörte sie mit Entzücken, und dann ging er manchmal beiseite und weinte und stöhnte, wenn er an den Preis dachte, den er für sie gegeben hatte. Dann mußte er sich die Augen trocknen und das Gesicht waschen und zu Kokua gehen und mit ihr auf einer der breiten Veranden sitzen, in ihren Gesang mit einstimmen und mit wundem Herzen ihr Lächeln erwidern.

Allmählich kamen Tage, wo ihr Gang schwerer wurde und ihre Lieder seltener erklangen; und von nun an war es nicht mehr Keawe allein, der im Verborgenen weinte, sondern einer mied den andern und saß für sich auf der entgegengesetzten Veranda, und die ganze Größe des Glitzerhauses lag zwischen beiden. Keawe war derartig von seiner Verzweiflung gepackt, daß er kaum die Veränderung wahrnahm; ihm war wohler, je mehr Stunden er allein sitzen und über sein Schicksal brüten konnte; weil er sich dann nicht so oft gezwungen fühlte, das wunde Herz unter einem lächelnden Gesicht zu verbergen. Eines Tages, als er leise durchs Haus schlich, schien es ihm, wie wenn ein Kind schluchzte: und da fand er

Kokua, mit dem Antlitz auf dem Fußboden des Balkons liegend, weinend wie eine Verlorene.

»Du tust gut daran, in diesem Hause zu weinen, Kokua«, sagte er. »Ich würde mein Leben darum geben, daß wenigstens du ganz glücklich wärest.«

»Glücklich!« schrie sie auf. »Keawe, als du allein in deinem Glitzerhause wohntest, warst du der Inbegriff eines glücklichen Mannes auf der ganzen Insel. Lachen und Lieder gingen von deinem Munde aus, und dein Gesicht strahlte wie der Sonnenaufgang. Dann hast du die arme Kokua geheiratet: – Gott allein weiß, was an ihr nicht richtig ist. Von dem Tage an hast du kaum mehr gelächelt. Ach!« schrie sie auf, »was fehlt dir an mir? – Ich glaubte, ich wäre hübsch, und ich wußte, daß ich dich liebte – was ist mit mir, daß ich diese Wolke auf meinen Mann werfe?«

»Arme Kokua«, sagte Keawe. Er setzte sich zu ihr nieder und versuchte ihre Hände zu ergreifen; doch sie zog sie weg. »Arme Kokua«, sagte er wieder, »mein armes Kind, mein Liebstes. Ich hatte die ganze Zeit geglaubt, dich schonen zu können. Nun denn, du sollst alles wissen. Dann endlich wirst du Mitleid mit dem armen Keawe haben können: dann wirst du verstehen, wie sehr er dich früher geliebt hat – denn er hat die Hölle herausgefordert, um dich zu besitzen –, und wie sehr er dich noch immer liebt, der arme Verdammte, der sich noch immer ein Lächeln abringen kann, wenn er dich sieht.«

Dann erzählte er ihr alles von Anfang an.

»Das hast du um meinetwillen getan?« schrie sie auf. »O Gott, was sind dagegen meine Sorgen!« – Und sie umschlang ihn und weinte an seiner Brust.

»Mein Kind, mein Liebling!« sagte Keawe, »wenn ich an die Hölle denke, wird mir so bange.«

»Das darfst du nicht mehr sagen«, rief sie, »es kann kein Mensch verloren sein, weil er Kokua liebt und sonst nichts begangen hat. Ich sage dir Keawe, daß ich dich mit diesen Händen erretten oder mit dir zugrunde gehen werde. Wie! Du liebtest mich und gabst um mich dein Seelenheil preis und glaubst nun, daß ich nicht sterben könnte, um dich zu erretten?«

»Ach, meine Liebste! Du könntest für mich hundertmal sterben – welchen Unterschied würde das machen?« rief er aus, »es sei denn, daß du mich allein übrig ließest, bis die Zeit meiner Verdammnis da ist.«

»Du bist ja dumm«, sagte sie, »ich bin in Honolulu zur Schule gegangen, ich bin kein gewöhnliches Mädchen. Darum sage ich dir: ich werde meinen Liebsten erretten. Was hast du da wegen der Cents gesagt? Amerika ist nicht die ganze Welt. In England haben sie ein Geldstück, das Farthing heißt, und nur ungefähr einen halben Cent wert ist. Ja, aber damit würden wir, zu unserem Unglück, kaum weiterkommen!« rief sie aus; »dann würde ja der nächste Käufer schon wieder ein verlorener Mann sein, und wir werden keinen finden, der so tapfer ist, wie mein Keawe! Doch da gibt es auch ein Frankreich; dort haben sie eine Münze, die sie Centime nennen, und davon gehen fünf oder so auf einen Cent. Das wird das Beste sein, was wir haben können. Komm, Keawe, laß uns nach den französischen Inseln reisen, nach Tahiti, so schnell uns ein Schiff hinbringen kann.

Dort gibt es für uns vier Centimes, drei Centimes, zwei Centimes, einen Centime: vier Möglichkeiten für uns zum Verkaufen, und wir sind jetzt zwei, um das Geschäft zu betreiben. Komm, mein Keawe, küsse mich und verscheuche die Sorgen. Kokua wird dich verteidigen!«

»Du Gottesgabe!« rief er aus. »Ich kann nicht glauben, daß Gott mich strafen wird, weil ich mir etwas Gutes wie dich wünschte! Tun wir, wie du sagst – führe mich, wohin du willst –, ich lege mein Leben und mein Heil in deine Hände.«

Ganz früh am Morgen war Kokua schon mit ihren Vorbereitungen beschäftigt. Sie nahm Keawes Seemannskiste, mit der er früher als Matrose gefahren war, und stellte zu allererst die Flasche hinein. Dann packte sie ihre Kleider und die hübschesten Nippsachen dazu, die im Hause waren, »denn«, sagte sie, »wir müssen als reiche Leute auftreten, wer würde sonst an die Flasche glauben?« Die ganze Zeit hindurch, wo sie mit den Reisevorbereitungen beschäftigt war, war sie so munter wie ein Vogel. Nur wenn sie auf Keawe blickte, sprangen ihr die Tränen in die Augen, und dann mußte sie zu ihm hinlaufen und ihn küssen. Keawe war eine Last von der Seele genommen; jetzt, wo er sein Geheimnis nicht mehr allein zu tragen brauchte und einige Hoffnung vor sich aufsteigen sah, war er wie ein neuer Mensch. Seine Füße schritten leicht über die Erde hin, und sein Atem war wieder eine Wohltat. Dennoch zupfte ihn die Angst immer wieder am Ellbogen, und dann und wann, wie der Wind eine Kerze auslöscht, erstarb die Hoffnung wieder in ihm, und dann sah er die Flammen flackern und das Höllenfeuer lodern.

Sie ließen in der Nachbarschaft verbreiten, daß sie eine Vergnügungsreise nach den Vereinigten Staaten machten, was zwar befremdlich schien, aber was doch noch lange nicht so befremdlich war wie die Wahrheit – hätte sie jemand erraten können. Sie fuhren also mit der ›Halle‹ nach Honolulu und von dort mit der ›Umatilla‹, zusammen mit einer Menge Haoles, nach San Franzisko, und von San Franzisko aus schifften sie sich auf der Postbrigantine ›Tropenvogel‹ nach Papete ein, der Hauptstadt der französischen Inseln in der Südsee. Dort kamen sie eines schönen Tages nach einer glücklichen Überfahrt bei Passatwind an, erkannten schon von weitem die Brandung am Korallenriff von Motuiti mit seinen Palmen und, als der Schoner das Riff durchlaufen hatte, die weißen Häuser der Stadt, die sich flach am Ufer zwischen grünen Bäumen hinzogen, und darüber die hohen Berge und die Wolken von Tahiti, der Insel der Weißen.

Sie hielten es für das klügste, ein Haus zu mieten, und zwar gegenüber dem des britischen Konsuls, um ihren Reichtum zur Schau zu stellen, was sie auch noch durch Pferde und Wagen unterstützten. Das war sehr einfach zu machen, solange sie die Flasche besaßen, denn Kokua war viel weniger zurückhaltend als Keawe, und wenn es ihr gerade einfiel, verlangte sie von dem Kobold einfach zwanzig oder hundert Dollar. Unter solchen Umständen fielen sie in der Stadt bald auf, und die Fremden von Hawai mit ihrem Reiten und Kutschieren, den feinen Holokus und Kokuas prächtigen Spitzen wurden zum Gegenstand der Unterhaltung.

Mit der Sprache von Tahiti kamen sie, nachdem die ersten Schwierigkeiten überwunden waren, gut voran, denn sie ist mit Ausnahme mancher Buchstaben der von Hawai ähnlich. Sobald sie etwas fließend reden konnten, begannen sie den Verkauf der Flasche zu betreiben. Man muß bedenken, daß sie kein Gegenstand war, auf den man ohne weiteres das Gespräch lenken konnte. Und dann war es nicht leicht, die Leute zu überzeugen, daß man es ernst meinte, wenn man ihnen für vier Centimes die Quelle der Gesundheit und des unermeßlichen Reichtums anbot.

Zudem mußte man die Gefährlichkeit der Flasche erläutern. Und so glaubten entweder die Leute die ganze Sache überhaupt nicht und lachten darüber, oder aber sie begriffen die unheimlichere Seite, wurden nachdenklich und zogen sich von Kokua und Keawe zurück wie von Menschen, die mit dem Bösen verkehren. Statt langsam Grund zu fühlen, kam es beiden vor, wie wenn sie mehr und mehr den Boden unter den Füßen verloren. Die Kinder auf der Straße liefen vor ihnen schreiend davon, was Kokua unerträglich war. Katholiken bekreuzigten sich vor ihnen im Vorübergehen. Und schließlich begannen die Bekannten sich von ihnen wie auf Verabredung fernzuhalten.

Da überkam Keawe und Kokua große Niedergeschlagenheit. Ganze Nächte hindurch saßen sie manchmal, nach der vergeblichen Last und Mühe des Tages, in ihrem neuen Hause, ohne ein Wort zu wechseln, oder diese Stille wurde dadurch unterbrochen, daß Kokua plötzlich in Schluchzen ausbrach. Manchmal beteten sie gemeinsam; manchmal holten sie die Flasche hervor und stellten sie auf den Fußboden und saßen den ganzen Abend über davor und beobachteten den Schatten, der darin lauerte... Zu solchen Zeiten fürchteten sie sich vor dem Zubettgehen. Lange lagen sie dann, ehe der Schlummer sie überkam, und wenn einer von beiden nach leichtem, kurzen Schlaf wieder erwachte, hörte er den andern im Dunkeln leise weinen oder fand, daß der andere dem Hause und der Flasche entflohen war, um unter den Bananenbäumen in dem kleinen Garten oder am Meeresgestade im Mondschein umherzuirren.

Eines Nachts war es wieder einmal so, als Kokua erwachte. Keawe war fort. Sie tastete nach seinem Lager, und es war kalt. Da überfiel sie die Angst, und sie setzte sich in ihrem Bette auf. Schwaches Mondlicht drang durch die Ritzen der Fensterladen, das Zimmer war hell, sie konnte die Flasche auf dem Fußboden stehen sehen. Draußen wehte es heftig; die großen Bäume der Allee heulten laut, und die abgefallenen Blätter raschelten auf der Veranda. Inmitten dieser Geräusche hörte Kokua einen fremden Laut; ob er von einem Tier oder von einem Menschen herkam, war kaum zu unterscheiden; aber er klang todtraurig und schnitt ihr ins Herz. Sie stand leise auf, öffnete leise die Tür und blickte in den mondbeschienenen Garten hinaus. Dort, unter den Bananen, lag Keawe, das Gesicht im Staube – lag da und weinte und stöhnte.

Kokuas erster Gedanke war, zu ihm zu laufen und ihn zu trösten; ihr zweiter aber hielt sie energisch zurück. Keawe hatte sich vor seinem Weibe noch immer als ein aufrechter Mann gezeigt; es stand ihr nicht zu, ihn jetzt, in der Stunde seiner Schwäche, durch ein Hinzutreten zu beschämen. Mit diesem Gedanken zog sie sich in das Haus zurück.

Himmel! – dachte sie – wie nachlässig bin ich gewesen, wie schwächlich! Er ist es doch, nicht ich, der in beständiger Gefahr schwebt; er war es doch, nicht ich, der den Fluch auf seine Seele lud. Um meinetwillen! Aus Liebe zu einer so unwürdigen, so hilflosen Kreatur geschieht es doch, daß er sich am Höllenrande fühlt, ja den Höllenrauch schon riecht; er, der dort draußen liegt im Winde und Mondschein. Wie konnte ich so stumpf sein, bis jetzt meine Pflicht nicht zu erkennen? – oder sollte ich sie schon erkannt und mich feige abgewandt haben? Doch jetzt will ich meine Seele in beide Hände nehmen; jetzt will ich den weißen Himmelsstufen und den wartenden Gesichtern meiner Freunde ade sagen. Liebe um

Liebe, meine Liebe soll der Keawes gleich sein! Seele um Seele – mag denn die meine vergehen!

Sie war eine geschickte Frau und hatte sich schnell angekleidet. Sie nahm das Wechselgeld in die Hand denn die für sie so wertvollen Centimestücke hatten sie immer bereit. Diese kleinen Münzen sind wenig im Gebrauch, und aus diesem Grunde hatten sie sich einen kleinen Bestand von der Bank besorgt. Als Kokua draußen in der Allee stand, trug der Wind düstere Wolken heran, und das Mondlicht wurde verdunkelt. Die Stadt schlief, und Kokua wußte nicht, wohin sie sich wenden sollte. Da hörte sie unter dem Laubdach der Bäume jemand husten.

»Alter«, sagte Kokua, »was macht Ihr hier draußen in dieser kalten Nacht?«

Der alte Mann konnte vor Husten kaum ein Wort hervorbringen, aber Kokua bemerkte, daß er arm und gebrechlich war und fremd auf dieser Insel.

»Wollt Ihr mir einen Gefallen tun?« fragte Kokua. »Wollt Ihr, ein Fremder dem andern, ein alter Mann einer jungen Frau, einer Tochter Hawais, helfen?«

»Aha«, sagte der Alte, »Ihr seid die Hexe von den acht Inseln – und sogar meine alte Seele versucht Ihr einzufangen. Aber ich habe schon von Euch gehört, und ich verachte Eure Schlechtigkeit.«

»Setzt Euch hierher zu mir«, sagte Kokua, »und laßt Euch eine Geschichte erzählen.« Und dann erzählte sie Keawes Schicksal von Anfang bis zum Ende.

»Und nun«, sagte sie, »bin ich sein Weib, das er mit seinem Seelenheil erkaufte. Was bleibt mir zu tun übrig? Wenn ich zu ihm käme und sagte, daß ich die Flasche von ihm kaufen wollte, würde er sie mir verweigern. Aber wenn Ihr kämet, würde er sie willig hergeben. Ich will Euch hier erwarten: Ihr sollt sie für vier Centimes kaufen und ich kaufe sie wieder von Euch für drei. Und der Herrgott möge mir armen Frau gnädig sein!«

»Wenn Ihr das unredlich meint«, sagte der Alte, »würde Gott Euch, glaube ich, auf der Stelle tot umfallen lassen.«

»Das würde er!« rief Kokua aus. »Seid sicher, er würde es. Ich würde niemals so erbärmlich handeln können, Gott würde das nicht dulden.«

»Gebt mir die vier Centimes und erwartet mich hier«, sagte der Alte.

Als nun aber Kokua allein war in der Allee, verließ sie ihre Kraft. Der Wind heulte in den Bäumen, und das schien ihr wie das Wallen der Höllenflammen zu sein. Im Licht der Straßenlaternen wogten Schatten hin und her, und dabei überkam sie ein Gefühl, wie wenn sich die Hände des Bösen nach ihr ausstreckten. Wenn sie die Kraft dazu gehabt hätte, so wäre sie davongelaufen, und wenn sie hätte atmen können, würde sie laut aufgeschrien haben. Aber beides war ihr versagt, und so stand sie zitternd in der Allee, wie ein kleines Kind, das sich fürchtet.

Dann, endlich, kam der Alte zurück und hatte die Flasche in der Hand.

»Ich habe Eure Bitte erfüllt«, sagte er. »Als ich Euren Mann verließ, weinte er wie ein kleines Kind; nun wird er in dieser Nacht ruhig schlafen.« Und damit hielt er die Flasche hin.

»Ehe Ihr mir sie gebt«, hauchte Kokua, »nehmt das Gute mit dem Bösen hin – wünscht, daß Ihr von Eurem Husten befreit werdet.«

»Ich bin ein alter Mann«, antwortete er, »und schon dem Grabe zu nahe, um vom Teufel noch eine Gunst anzunehmen. Aber was ist Euch? Warum nehmt Ihr nicht die Flasche? Zögert Ihr?«

»Es ist kein Zögern!« rief Kokua aus. »Ich bin nur zu schwach. Laßt mich noch einen Augenblick. Meine Hand widerstrebt, mein Fleisch schaudert vor dem verfluchten Ding. Nur noch einen Augenblick!«

Der Alte blickte teilnahmsvoll auf Kokua. »Armes Kind!« sagte er, »du ängstigst dich; deine Seele hält nicht stand. Gut, laß mich die Flasche behalten. Ich bin alt und kann in dieser Welt nicht mehr glücklich werden, und was die andere betrifft – – –«

»Gebt mir sie her!« stieß Kokua hervor. »Hier ist Euer Geld. Denkt Ihr so niedrig von mir? Gebt mir die Flasche her!«

»Gott segne dich, mein Kind«, sagte der Alte. Kokua verbarg die Flasche unter ihrem Holoku, sagte dem Alten Lebewohl und ging die Allee entlang – wohin bekümmerte sie nicht. Denn nun war für sie ein Weg wie der andere: – alle führten zur Verdammnis. Manchmal ging sie langsam; manchmal rannte sie; manchmal schrie sie laut in die Nacht hinein, und manchmal warf sie sich in den Staub des Weges und weinte. Alles, was sie jemals von der Hölle gehört hatte, überkam sie nun: sie sah die Flammen flackern und roch den Rauch, und sie fühlte ihr Fleisch auf den glühenden Kohlen dahinschwinden.

Mit dem anbrechenden Tage fand sie wieder etwas die Fassung und ging nach Hause. Es war ganz, wie der Alte gesagt hatte – Keawe schlief wie ein Kind. Kokua stand da und betrachtete ihn lange.

»Jetzt, lieber Mann«, sagte sie leise vor sich hin, »jetzt ist für dich die Zeit des ruhigen Schlafens gekommen. Wenn du erwachst, wirst du lachen und singen können.

Aber für die arme Kokua gibt es keinen Schlaf, keine Fröhlichkeit, kein Singen mehr. Nicht auf Erden, nicht im Himmel.«

Damit legte sie sich in ihrem Bett neben Keawe hin. Ihre Not hatte sie so sehr geschwächt, daß sie sofort in tiefen Schlaf verfiel.

Spät am Morgen weckte ihr Gatte sie und erzählte ihr von der guten Wendung. Er war ganz närrisch vor Freude und nahm auf Kokuas Niedergeschlagenheit, die sie nicht verbergen konnte, keinerlei Rücksicht. Die Worte blieben ihr im Halse stecken – es machte keinerlei Eindruck auf ihn. Keawe sprach ganz allein. Sie aß keinen Bissen – doch wer sollte das bemerken? Keawe aß die Schüssel leer. Kokua sah und hörte ihn wie eine fremde Erscheinung im Traume. Dann war es ihr wieder, wie wenn sie alles vergaß und bezweifelte, und sie faßte sich mit der Hand an die Stirne. Sich selbst in Verdammnis zu fühlen und den Mann so dahinschwatzen zu hören, erschien so ungeheuerlich.

Keawe aß und sprach die ganze Zeit und machte Pläne für die Heimreise und dankte ihr dafür, daß sie ihn errettet hatte; er liebkoste sie und nannte sie seine wahre Retterin. Er lachte über den alten Mann, der so dumm gewesen war, die Flasche zu kaufen.

»Er schien ein braver Alter«, sagte Keawe. »Aber man kann nicht nach der äußeren Erscheinung urteilen. Wozu wohl eigentlich der alte Sünder die Flasche haben wollte?«

»Lieber Mann«, sagte Kokua demütig, »vielleicht war seine Absicht gut.«

Keawe lachte ärgerlich. »Dummes Zeug!« rief er, »ein alter Galgenstrick war er, sage ich dir, und ein alter Esel obendrein. Denn die Flasche war für vier Centimes schwer genug zu verkaufen; für drei aber wird es ganz unmöglich sein. Der Spielraum ist nicht mehr groß genug; das Ding fängt an, brenzlich zu riechen – brrr!« setzte er hinzu und schauderte. »Es ist ja wahr, ich kaufte sie selber für einen Cent, ohne zu wissen, daß es noch eine kleinere Münze gibt. Ich war ein Narr, daß ich es tat; ein zweiter wird nicht mehr zu finden sein; und wer nun auch immer die Flasche haben mag – sie wird ihn in die Hölle bringen.«

»Ach, liebster Mann«, sagte Kokua, »ist es nicht etwas Furchtbares, sich selbst durch den ewigen Untergang eines andern zu retten? Ich könnte nicht darüber lachen. Ich würde mich bedrückt fühlen. Mich macht das traurig. Ich werde für den Ärmsten beten.«

Darüber wurde Keawe, der die Wahrheit von dem, was sie sagte, wohl fühlte, noch verdrossener. »Ach was!« rief er, »du kannst ja traurig sein, soviel du Lust hast. Das ist aber nicht die Art einer guten Frau. Wenn du nur nun endlich mal an mich dächtest, so würdest du dich schämen.«

Darauf ging er fort, und Kokua blieb allein.

Welche Möglichkeiten hatte sie noch, die Flasche für zwei Centimes zu verkaufen? Keine – das wurde ihr klar. Und selbst wenn sie welche hätte – war da nicht ihr Mann, der zur Abreise nach einem Lande drängte, wo es nichts mehr unter einem Cent gab? Und ihr Mann verließ sie – am Morgen ihres Opfers – und tadelte sie noch obendrein.

Sie mochte nicht einmal die kurze Zeit, die ihr noch blieb, wahrnehmen. Sie saß allein im Hause, holte die Flasche hervor und betrachtete sie mit unsagbarer Angst. Und dann verbarg sie die Flasche an einem Ort, wo sie nicht leicht zu finden war.

Nach einiger Zeit kam Keawe zurück und verlangte, daß Kokua mit ihm ausfahren sollte.

»Lieber Mann, ich bin krank«, sagte sie. »Ich fühle mich sehr schwach. Entschuldige, ich habe keine Stimmung für Vergnügungen.«

Da wurde Keawe ärgerlicher über sie, als jemals zuvor; denn er glaubte natürlich, daß sie über das Unglück des alten Mannes brütete. Aber auch über sich selbst ärgerte er sich, weil er wohl einsah, daß Kokua recht hatte, und weil er sich ihr gegenüber schämte, so glücklich zu sein.

»Das ist also deine Treue«, rief er aus, »und deine Liebe! Dein Mann ist soeben von der ewigen Verdammnis errettet worden, die er um deinetwillen auf sich lud – und du kannst dich nicht freuen! Kokua, du hast ein falsches Herz!« –

Wütend ging er wieder fort und lief den ganzen Tag in der Stadt herum. Er traf Freunde und trank mit ihnen; sie mieteten einen Wagen und fuhren aufs Land, und dort tranken sie weiter. Keawe fühlte sich aber dennoch die ganze Zeit hindurch nicht recht froh, weil er einem solchen Zeitvertreib nachging, während sein Weib traurig war, und weil er im innersten Winkel seines Herzens wußte, daß sie mehr im Recht war als er. Das Bewußtsein davon trieb ihn aber dazu, immer mehr zu trinken.

Da war auch ein alter brutaler Haole bei der Gesellschaft, einer, der früher mal auf einem Walfischfänger Bootsmann gewesen war, ein Landstreicher, ein Goldgräber, ein Zuchthäusler. Der hatte eine niedrige Gesinnung und führte gemeine Reden; der liebte den Schnaps und sah gerne andere betrunken, und der zwang Keawe ein Glas nach dem andern auf. Bald hatte die ganze Gesellschaft kein Geld mehr.

»Höre mal!« sagte der Bootsmann zu Keawe, »du hast doch immer gesagt, daß du reich bist, und hast eine Flasche oder irgend so was.«

»Ja«, sagte Keawe, »ich bin reich; ich werde nach Hause gehen und mir von meiner Frau Geld geben lassen; sie verwahrt es.«

»Du, das ist eine schlechte Methode«, entgegnete der Bootsmann. »Trau' niemals einem Weibsbilde mit Dollars, sie sind alle falsch wie Wasser! Laß sie nicht aus den Augen!«

Das fiel bei Keawe auf empfänglichen Boden, denn er hatte schon reichlich getrunken.

Es sollte mich nicht wundern, wenn sie mich betrügt, dachte er. Weshalb sollte sie wohl sonst so betrübt sein angesichts meiner Befreiung? Aber ich will ihr zeigen, daß ich nicht der Mann bin, der sich betrügen läßt. Ich will sie bei ihrer Untreue ertappen.

Als sie wieder in der Stadt waren, sagte er dem Bootsmann, er solle in einer alten Kneipe an der nächsten Straßenecke warten. Er ging allein die Allee hinauf bis an seine Haustür.

Es war wieder Abend geworden. Im Hause brannte Licht, aber es war kein Laut zu hören. Und Keawe schlich sich an die Hintertür, öffnete sie leise und sah in das Zimmer.

Da saß Kokua auf dem Fußboden mit einer Lampe neben sich. Vor ihr stand eine milchweiße Flasche mit rundem Leib und langem Halse, und Kokua starrte sie an und rang die Hände.

Eine Weile stand Keawe in der Tür und stierte hin. Zuerst war er wie gelähmt; dann überkam ihn die Angst, daß der Verkauf nicht richtig gewesen sei, und daß infolgedessen die Flasche zu ihm zurückgekommen wäre, wie damals in San Franzisko. Er fühlte seine Knie wanken, und der Weinrausch verflog wie ein Nebel über dem Fluß am Morgen. Und dann kam ihm noch ein anderer Gedanke, ein ganz unerhörter, der ihm das Blut ins Gesicht trieb.

Ich muß mir Gewißheit verschaffen, dachte er.

Er schloß die Tür, ging leise um das Haus herum nach vorn und trat von dort geräuschvoll herein, wie wenn er eben erst zurückgekehrt wäre. Und siehe, als er die Stubentür öffnete, da war keine Flasche mehr zu sehen, und Kokua saß in einem Stuhl und schrak auf wie jemand, der aus dem Schlafe erwacht.

»Ich habe den ganzen Tag getrunken und mich amüsiert«, sagte Keawe zu ihr. »Ich bin mit guten Freunden zusammen gewesen und komme jetzt nur zurück, um Geld zu holen, und dann gehe ich gleich wieder hin, um mit ihnen weiter zu trinken und lustig zu sein.«

Seine Stimme und sein Gesicht waren so hart wie Stein, aber Kokua war zu verstört, um das zu bemerken.

»Du hast recht, dein Eigentum zu benutzen, mein Gatte«, sagte sie und zitterte.

»Oh, ich tue immer recht, in allen Dingen«, sagte Keawe, und damit ging er gerade auf die Kiste zu und nahm sich Geld heraus. Er blickte aber auch schnell in die Ecke, wo sie immer die Flasche aufbewahrt hatten; – aber da war keine Flasche mehr.

In diesem Augenblick schwankte die Kiste auf dem Fußboden wie auf einer Meereswelle, und das Haus drehte sich um Keawe wie ein Rauchschwaden; denn nun erkannte er, daß er verloren war, und daß es für ihn keinen Ausweg mehr gab. Es ist so, wie ich befürchtete, dachte er; – sie selbst hatte die Flasche gekauft. –

Und dann faßte er sich und stand auf; aber der

Schweiß lief ihm über das Gesicht wie Regen und kalt wie Quellwasser.

»Kokua«, sagte er, »ich habe heute in einer Art zu dir gesprochen, die nicht recht war. Ich gehe jetzt wieder zu meinen lustigen Freunden«, und dabei lächelte er seltsam. »Ich würde mein Glas froher leeren, wenn du mir vorher verziehen hättest.«

Im nächsten Augenblick umfaßte sie seine Knie und küßte ihm die Hände unter strömenden Tränen.

»Ach!« rief sie aus, »ich wollte ja nur ein einziges freundliches Wort von dir hören!«

»Laß uns niemals mehr schlecht voneinander denken«, sagte Keawe und ging zum Hause hinaus.

Aber das Geld, das Keawe genommen hatte, war nichts weiter als etwas von dem kleinen Vorrat von Centimesstücken, die sie sich gleich nach ihrer Ankunft besorgt hatten. Er war fest entschlossen, nicht mehr zu trinken. Sein Weib hatte ihr Seelenheil für ihn geopfert, nun mußte er wieder sein eigenes für das ihrige einsetzen – es gab für ihn keinen einzigen anderen Gedanken mehr auf der Welt.

In der Kneipe an der Ecke wartete der alte Bootsmann auf ihn.

»Mein Weib hat die Flasche«, sagte Keawe, »wenn du mir nicht hilfst, sie zu bekommen, gibt es heute kein Geld und keinen Schnaps mehr.«

»Willst du damit sagen, daß du es ernst meinst mit der Flasche?« rief der Bootsmann.

»Komm her, sieh mich hier beim Lampenlicht an«, entgegnete Keawe, »sehe ich aus, wie wenn ich scherze?«

»Stimmt«, bemerkte der Bootsmann, »du siehst so ernst aus wie ein Geist.«

»Also«, fuhr Keawe fort, »hier sind zwei Centimes; du mußt zu meiner Frau ins Haus gehen und ihr dieses Geld für die Flasche anbieten, die sie dir, wenn ich nicht sehr irre, sofort herausgeben wird. Bringe die Flasche hierher, und ich will sie dir sofort für einen Centime wieder abkaufen; denn das ist eine Bestimmung bei dieser Flasche, daß sie immer für einen kleineren Betrag wieder verkauft werden muß. Wie es aber auch gehen mag, sage mit keinem Wort, daß du von mir kommst.«

»Du, alter Freund, hältst du mich auch nicht zum Narren?« fragte der Bootsmann.

»Wenn ich's täte, würdest du nicht darunter zu leiden haben«, entgegnete Keawe.

»Magst recht haben«, sagte der Bootsmann.

»Und wenn du mir nicht traust«, fügte Keawe hinzu, »so kannst du ja einen Versuch machen. Wünsche dir, sobald du aus dem Hause heraus bist, die Taschen voll Geld, oder eine Flasche Rum, oder was du willst, und du wirst sehen, was für eine Bewandtnis es mit ihr hat.«

»Ausgezeichnet, Kanaka«, sagte der Bootsmann. »Ich werde es versuchen; aber wenn du dich mit mir lustig machst, werde ich mich auch mit dir lustig machen, und das nicht zu knapp.«

Hierauf ging der Walfischfänger die Allee entlang, und Keawe blieb zurück und wartete. Es war fast an derselben Stelle, wo Kokua in der vorigen Nacht gewartet hatte, nur war Keawe entschlossener und schwankte nicht einen Augenblick in seinem Vorsatze. Aber sein Herz war bitter und voll Verzweiflung.

Es schien ihm eine lange Zeit, die er warten mußte, bis er jemand im Dunkel der Allee singen hörte. Er erkannte die Stimme des Bootsmanns, aber es fiel ihm auf, daß sie plötzlich wie die eines gänzlich Betrunkenen klang.

Bald kam der Mann selbst und torkelte in den Lichtkreis der Laterne. Er hatte die Teufelsflasche in seinen Rock eingeknöpft und hielt in der Hand eine andere Flasche, und in dem Augenblick, wo er zu erkennen war, setzte er diese an den Mund und trank daraus.

»Du hast sie!« rief ihm Keawe entgegen, »ich sehe es!«

»Hände weg!« brüllte der Bootsmann ihn an. »Komme mir noch einen Schritt näher und ich schlage dir die Zähne aus! Du denkst wohl, ich habe nur Katzenpfoten – oder was denkst du?«

»Was hast du vor?« rief Keawe.

»Ich – vorhaben?« schrie der Bootsmann. »Das ist eine verdammt gute Flasche, die will ich haben – weiter will ich nichts. Wie ich die für zwei Centimes bekommen konnte, ist mir nicht klar; aber so viel weiß ich, daß du sie für einen Centime nicht kriegen wirst.«

»Du willst sie mir nicht verkaufen?« stieß Keawe hervor.

»Nein, edler Herr!« lallte der Bootsmann. »Aber du kannst einen Zug Rum haben, wenn du willst.«

»Ich sage dir«, fuhr Keawe fort, »wer diese Flasche hat, fährt zur Hölle.«

»Dahin fahre ich sowieso«, antwortete der Bootsmann. »Mir ist noch nichts in den Weg gekommen, womit ich besser zur Hölle fahren kann. Nein, Verehrtester!« brüllte er wieder, »das ist jetzt meine Flasche. Mach' daß du fortkommst und such dir eine andere.«

»Kann das denn möglich sein?« rief Keawe aus. »Um deiner selbst willen beschwöre ich dich, verkaufe sie mir wieder!«

»Laß dein Gewinsel«, fuhr ihn der Bootsmann an. »Du dachtest wohl, ich wäre besoffen – nun siehst du, daß ich es nicht bin, und damit basta. Wenn du keinen Zug

Rum haben willst, nehme ich selber einen. Prost! – und nun gute Nacht.«

Und damit wankte er die Allee hinab nach der Stadt zu, und mit ihm verschwindet die Flasche aus unserer Geschichte.

Keawe aber rannte zu Kokua, leicht wie der Wind. Die Freude, die sie an jenem Abend hatten, war unbeschreiblich, und groß blieb ihr Glück und ihre Ruhe bis an ihr seliges Ende im Glitzerhause.

Übersetzt von H. W. Draber

Friedhofsgeschichten

EBENEZER
SCROOGE

Meinen abergläubischen Freunden, den Polynesiern gegenüber, bin ich, fürchte ich, nicht immer ganz aufrichtig gewesen, denn häufig gab ich als erster irgendeine Mär zum besten, und stets war ich ein ernsthafter, mitunter aber auch ein aufgeregter Zuhörer. Allein dieser kleine Betrug dürfte nicht sehr schwer wiegen, da es mir ebensoviel Freude machte, zuzuhören, wie ihnen, zu erzählen, und da ich so viel Gefallen an den Geschichten fand, wie sie an ihrem Aberglauben. Außerdem ist ein derartiger Betrug durchaus notwendig, denn es ist kaum möglich, die Vielseitigkeit und Macht ihres Aberglaubens zu übertreiben. Er formt ihr ganzes Leben und beeinflußt ihr Denken von Grund aus. Wenn sie nicht von Gespenstern, Göttern und Teufeln sprechen, spielen sie die Heuchler und reden nur mit den Lippen. Angesichts einer so völlig verschiedenen Gedankenwelt ist man gezwungen, auf die anderen Rücksicht zu nehmen, und mir ist es lieber, ich pflege ihren Aberglauben, als daß sie meine Ungläubigkeit nähren. Von einem bin ich außerdem überzeugt: mag ich ihnen noch so sehr nachgehen, niemals werde ich den ganzen Umfang ihres Aberglaubens kennenlernen, denn stets sind sie vor Leuten meinesgleichen auf der Hut, und ihre Sagenwelt ist schier unerschöpflich.

Ich will hier nur einige willkürliche Beispiele anführen, die ich in der Hauptsache auf meiner eigenen Türschwelle auf Upola im vergangenen Monat (Oktober 1890) erfuhr. Einer meiner Arbeiter wurde kürzlich nach dem Bananenhain geschickt, um dort zu graben. Der Hain lag in einer Senke zwischen den Bergen tief in den

Wäldern verborgen, außer Sicht- und Rufweite von Menschen, und lange vor der Abenddämmerung stand Lafaele mit verlegener Miene bereits wieder neben der Küche: er hätte nicht gewagt, länger zu bleiben, er fürchte sich vor den Geistern im Busch. Es scheint, daß es die Seelen der unbegrabenen Toten sind, die sich dort aufhalten, wo sie starben, und jetzt die Formen von allerlei Waldgetier annehmen, von Ebern, Vögeln oder Insekten. Der Busch soll von ihnen wimmeln, sie essen anscheinend überhaupt nicht, sondern töten den einsamen Wanderer nur aus Bosheit, und mitunter ziehen sie auch in Menschengestalt ins Dorf hinab, um sich dort, unentdeckt zu den Lebenden zu gesellen. Das erfuhr ich wenige Tage später, als ich mit einem sehr intelligenten jungen Burschen, einem Eingeborenen, im Busch spazierenging. Es war kurz vor Mittag an einem grauen, stürmischen Tage, und ich hatte vielleicht etwas leichtfertig gesprochen. Da barst eine dunkle Wolke zwischen den Bergen, die Wälder bebten und ächzten, die welken Blätter stoben in Schwärmen wie Schmetterlinge dahin und mein Gefährte blieb plötzlich wie angewurzelt stehen. Er hätte Furcht, erklärte er, daß die Bäume stürzen könnten; kaum hatten wir jedoch unser Thema gewechselt, als er wieder munter drauflos schritt. Einige Tage zuvor war ein Bote mit einem Brief von Apia den Berg hinaufgekommen: ich war damals gerade im Busch gewesen, und er hatte meine Rückkehr sowie die Antwort abwarten müssen. Ich war noch nicht fertig, da brach er schon in schrille Klagen über die hereinbrechende Dunkelheit und den langen Weg durch den Wald aus. Das ist nun das gemeine Volk. Aber nehmen wir die Häuptlinge. In unserer Gruppe herrscht gerade ein großes Kommen und Gehen von Zeichen und Omina. Der eine Fluß führt Blut mit sich, in einem anderen fängt man rote Aale; ein unbekannter Fisch wurde in unserer Gegend an Land geworfen und auf seinen Schuppen stand ein verhängnisvolles Wort geschrieben. Das gleiche hätten wir noch ebensogut in irgendeiner mittelalterlichen Mönchschronik lesen können: jetzt kommt aber eine frische, zugleich moderne und polynesische Note. Die Götter von Upolu und Sawaii, unseren beiden Hauptinseln, haben erst kürzlich insgeheim einen Krickettmatch ausgefochten. Seitdem liegen sie miteinander im Kriege. Der Lärm der Schlacht rollt mitunter die ganze Küste entlang. Ein Weib sah einen Mann aus dem offenen Meer an das Ufer schwimmen und im Busch verschwinden; er stammte nicht irgendwoher aus der Nachbarschaft, nein, man wußte, es war einer der Götter auf dem Wege zu einer Ratsversammlung. Und, was das Auffallendste von allem ist, ein Missionar aus Sawaii, der gleichzeitig Arzt ist, wurde erst kürzlich in der Nacht durch Klopfen geweckt. Es war gar nicht die Zeit seiner Sprechstunde, aber schließlich wachte er doch auf und schickte jemanden hin, um nachzufragen. Als der Diener aus dem Fenster schaute, sah er eine große Menge Menschen, alle schwerverletzt, mit abgerissenen Gliedern, eingeschlagenen Köpfen und blutenden Schußwunden; aber als das Tor geöffnet wurde, waren sie alle verschwunden. Selbstverständlich waren es die Götter, die von dem Kampfplatz heimkehrten.

Diese Gerüchte haben natürlich ihre Bedeutung; unschwer lassen sie sich auf politisch Mißvergnügte zurückführen und leicht kann man in ihnen Anzeichen kommender Gefahren lesen; von dieser rein menschlichen Seite aus betrachtet, fand ich sie auch nicht ungefährlich. Doch wurde gerade ihre geistige Seite in geheimen Beratungen von höher gestellten Personen meiner Bekanntschaft erörtert. Am besten lassen sich die verschiedenen Gesichtspunkte des Polynesiers in zwei miteinander zusammenhängenden Vorfällen schildern. Ich wohnte einmal in einem Dorfe, dessen Namen ich nicht zu nennen brauche. Der Häuptling und seine Schwester waren durchaus kluge Menschen: adlig und sehr redegewandt. Die Schwester war streng religiös, eine eifrige Kirchenbesucherin, die mir Vorwürfe machte, wenn ich dem Gottesdienste fernblieb. Später erfuhr ich, daß sie insgeheim einen Hai anbetete. Der Häuptling selbst war etwas von einem Freidenker, zum mindesten ein toleranter Mann; dabei besaß er zahlreiche europäische Kenntnisse und Fertigkeiten sowie eine passive, philosophische Ironie. Ebensogut hätte ich in Herbert Spencer irgendeinen Aberglauben vermuten können. Nun aber kommt die Fortsetzung. Durch untrügliche Zeichen war ich darauf aufmerksam geworden, daß man die Leute auf dem Friedhof nicht tief genug verscharrte, und ich sprach mit meinem Freunde als mit der zuständigen Amtsperson darüber. »Etwas ist mit Ihrem Friedhof nicht in Ordnung«, sagte ich, »Sie müssen sich darum kümmern, sonst kann es sehr üble Folgen haben.« »Nicht in Ordnung? Was denn nur?« lautete seine Frage, die mit einer Erregung ausgesprochen wurde, welche mich in Erstaunen setzte. »Falls Sie mal an irgendeinem Abend so gegen neun Uhr da vorbeikommen wollen, können Sie sich selbst davon überzeugen«, erwiderte ich. Er wich einen Schritt zurück. »Ein Gespenst!« schrie er.

Kurz und gut, in der ganzen Südsee hat keiner das Recht, dem anderen Vorwürfe zu machen. Ob Halbblut oder ganz schwarz, ob fromm oder lasterhaft, intelligent oder dumm, alle glauben an Geister, alle verbinden mit ihrem jungen Christentum die Furcht vor den alten Inselgottheiten und den zähen Glauben an sie. So sind auch in Europa die Götter des Olymps allmählich zu Dorfpopanzen zusammengeschrumpft; so stiehlt sich auch heute noch der kirchengläubige Hochländer vor den Augen des Geistlichen hinweg, um an irgendeinem heiligen Brunnen sein Opfer niederzulegen.

Ich suche den ganzen Fragenkomplex an dieser Stelle zu behandeln, weil der paumotische Aberglaube von ganz besonderer Art ist. Allerdings lernte ich ihn auch durch einen Menschen kennen, der ein ausgesprochenes Talent für derartige Geschichten besitzt. Abends, eng um unsere Lampe geschart, das Geräusch der Brandung in unseren Ohren, hingen wir aufgeregt an seinen Lippen. Meine Leser, in einer so ganz anderen Umgebung, müssen scharf aufpassen, um ein leises Echo hiervon zu vernehmen.

Der ganze Kreis unheimlicher Geschichten entsprang dem Begräbnis und der egoistischen Beschwörung jener Frau. Ich war unbefriedigt von dem, was man mir gesagt hatte, kam immer wieder auf diese Fragen zu sprechen und stieß endlich auf eine ergiebige Ader. Von Sonnenuntergang bis etwa vier Uhr morgens müssen die Verwandten des Toten auf dem Grabe Wache halten, denn dies sind die Stunden, in denen der Geist umgeht. Jederzeit in der Nacht – früher oder später – kann man in der Erde ein Geräusch hören, das das Zeichen seiner Befreiung ist; pünktlich um vier Uhr folgt ein zweites Geräusch, das seine Rückkehr in die Gefangenschaft ankündigt, dazwischen treibt der Geist sein Unwesen. »Haben Sie je einen bösen Geist gesehen?« fragte ich einmal einen Paumoten. »Ein einziges Mal.« »In welcher

Gestalt?« »In der Gestalt eines Kranichs.« »Und woher wußten Sie, daß der Kranich ein Geist war?« »Das werde ich Ihnen sagen«, erwiderte er, und erzählte folgende konfuse Geschichte. Sein Vater war vor etwa vierzehn Tagen gestorben, die anderen hatten das Wachen satt bekommen und als die Sonne unterging, befand er sich allein auf dem Grabe. Noch war es nicht dunkel, der Widerschein spendete noch etwas Helle, da bemerkte er auf einer Korallenbank einen schneeweißen Kranich. Allmählich kamen immer mehr Kraniche dazu, weiße und schwarze, dann verschwanden sie wieder und an ihrer Stelle sah er eine weiße Katze. Zu dieser Katze gesellte sich eine ungeheure Menge Katzen von jeder nur möglichen Farbe, bis auch diese verschwanden, und er verwundert zurückblieb.

Das war eine tröstliche Erscheinung. Nehmen wir statt dessen das Erlebnis Rua-a-mariterangis von der Insel Katiu. Rua brauchte einige Pandanen und ging auf die andere Seite der Insel, an den Meeresstrand, wo sie in Mengen wachsen. Der Tag war windstill, daher wunderte sich Rua, im Busch ein krachendes Geräusch und den Fall eines großen Baumes zu hören. Hier muß einer am Werke sein, sich ein Kanoe zu bauen, dachte er, und er betrat den Saum des Waldes, um mit seinem zufälligen Nachbarn einen kleinen Schwatz zu halten. Das Krachen klang immer näher, und dann merkte er, wie etwas aus den Baumwipfeln rasch auf ihn zukam. Das Etwas baumelte mit dem Kopf nach unten und hielt sich wie ein Affe mit den Zehen fest, so daß seine Hände für jede Mordtat frei waren; es hing auch an den dünnsten Zweigen noch sicher, die Schnelligkeit mit der es sich näherte, war kaum zu glauben und bald erkannte Rua, daß es eine Leiche war, furchtbar durch ihr Alter, der die Eingeweide aus dem Leibe hingen. Gebet war das Mittel, zu dem unsere Christen im Mittelalter bei Geistererscheinungen ihre Zuflucht nahmen, und dem Gebet schreibt auch Rua-a-mariterangi seine Rettung zu. Eine rein irdische Waffe hätte ihm niemals helfen können.

Der Dämon war, kein Zweifel, dem Grabe entstiegen, obwohl es, wie man bemerkt haben wird, heller Tag war. Und wenn die Erscheinung auch im Widerspruch steht zu dem, was man über die Stunden der Nachtwache und den immer wieder erwähnten Morgenstern erzählt, so bildet sie doch durchaus nicht die einzige Ausnahme. Zwar habe ich niemals wieder gehört, daß jemand diesem mittäglichen Baumgeist begegnet wäre, andere aber haben den Sturz des Baumes vernommen, der das Signal seines Kommens zu sein scheint. Mr. Donat nahm einmal an einer Perlenfischerei auf der unbewohnten Insel Haraiki teil. Es war ein vollkommen ruhiger Tag, wie er in dem ganzen Archipel mit Tagen rauhen Windes abwechselt. Die Taucher befanden sich in der Mitte der Lagune bei der Arbeit, der Koch, ein zehnjähriger Junge, hantierte im Lager mit seinen Töpfen herum. So waren sämtliche Anwesende bis auf einen Eingeborenen, der Mr. Donat auf der Suche nach Vogeleiern begleitete, beschäftigt. Da hörten sie ganz plötzlich in der großen Stille den Fall eines mächtigen Baumes. Donat wollte weitergehen, um die Ursache zu ergründen, aber sein Begleiter rief: »Nein, das war kein Baum. Da stimmt etwas nicht, wir wollen in das Lager zurückkehren.« Am nächsten Sonntag wurden sämtliche Taucher ausgeschickt, um die Insel zu durschsuchen, und tatsächlich war auch kein Baum gefallen. Kurz danach sah Mr. Donat auf der nämlichen Insel einen seiner Taucher vor einem ähnlichen Geräusch in ähnlicher, echter Panik fliehen. Aber keiner wollte sich näher erklären, und erst später, als er mit Rua zusammenkam, erfuhr Donat den Grund ihres Schreckens.

Indessen bleibt der Zweck, den die Toten mit ihrem furchtbaren Wirken verfolgen, einerlei ob sie bei Tage oder in der Nacht erscheinen, stets der gleiche. Mein Gewährsmann auf Samoa hatte keine Ahnung, wovon die Buschgeister sich nährten; auf den Paumotu herrscht jedoch in dieser Beziehung keinerlei Unklarheit. In jenem stets hungrigen Archipel müssen die Toten wie die Lebenden um ihre Nahrung kämpfen, und da die Rasse in der Vergangenheit kannibalisch war, sind die Geister es auch heute noch. Da doch die Lebenden die Toten verzehrten, folgerte die erschreckte mitternächtliche Fantasie daraus, daß auch die Toten die Lebenden essen könnten. Zweifellos töten, ja verstümmeln die Geister die Menschen manchmal aus schierer Bosheit. Die marquesanischen Gespenster reißen zum Beispiel den Reisenden die Augen aus. Aber selbst das beruht vielleicht auf konkreteren Tatsachen, als man auf den ersten Blick annehmen möchte, denn das Auge gilt überall bei Kannibalen als ein Leckerbissen, und ohne Frage ist das Grundmotiv dieser Toten, die des Nachts umherstreifen, die Jagd nach Nahrung. Auch jenes Weib bei der Beerdigung pries Donat als einen delikaten Bissen an. Außerdem gibt es noch Geister, die es sich zur Spezialität machen, sich nicht von den Leibern, sondern von den Seelen der Toten zu ernähren. Das geht klar aus einer tahitischen Geschichte hervor. Ein Kind erkrankte, siechte schnell dahin und zeigte endlich alle Anzeichen des nahenden Todes. Da eilte die Mutter zu einem Zauberer, der in der Nähe wohnte. »Du kommst gerade noch zur rechten Zeit«, meinte der, »eben ist ein Geist an meiner

Tür vorbeigelaufen, der die Seele deines Kindes in ein Puraoblatt gewickelt forttrug; aber ich habe einen Geist, der stärker ist und noch schneller läuft als er; der wird ihn einholen, bevor er Zeit hat, sie zu essen.« – In ein Blatt gewickelt: Wie alle eßbaren und dem Verfall ausgesetzten Dinge!

Oder nehmen wir einen Vorfall, der Mr. Donat auf der Insel Anaa zustieß. Es war in einer sehr stürmischen Nacht, der Wind fegte in Böen daher; das Kind war schwer krank, und der Vater lag, obwohl er zu Bett gegangen war, wach und lauschte auf den Sturm. Ganz plötzlich wurde eines seiner Hühner heftig gegen die Wand des Hauses geschleudert. In der Annahme, daß er vergessen hätte, es mit den anderen unter Dach und Fach zu bringen, stand Donat auf, fand das Tier (einen Hahn) auf der Veranda liegen und tat es in den Hühnerstall, dessen Tür er fest hinter ihm verriegelte. Fünfzehn Minuten später wiederholte sich die Geschichte mit dem einzigen Unterschied, daß das Tier diesmal, als es gegen die Wand geschleudert wurde, aufkrähte. Wieder brachte Donat es in den Stall, wobei er diesen genau untersuchte und feststellte, daß alles in Ordnung war. Während er noch damit beschäftigt war, blies der Wind das Licht aus und er mußte sich, ziemlich nervös geworden, zur Tür zurücktasten. Noch ein drittes Mal wurde der Vogel gegen die Wand geworfen, und zum drittenmal brachte Donat ihn in halbtotem Zustande zu dem übrigen Geflügel zurück. Kaum hatte er aber das Haus erreicht, als irgend etwas mit der Kraft eines starken Mannes gegen die Tür stürmte und ein Pfeifen rings um das Haus ertönte, so laut wie von einer Lokomotive. Der skeptische Leser wird hierin nur die Anzeichen des wütenden Sturmes erkennen, die Frauen jedoch glaubten, alles wäre verloren und saßen wehklagend aneinandergedrängt auf den Betten. Nichts weiter geschah, und ich nehme an, daß das Unwetter allmählich nachließ, denn nach einer Weile kam ein Häuptling zu Besuch. Er war ein kühner Mann, daß er so spät noch auf den Beinen war und trug zweifellos eine helle Laterne. Jedenfalls war er ein weiser Mann, denn kaum hatte er die Einzelheiten dieser Störungen gehört, als er sie auch schon erklärte. »Dein Kind«, sagte er, »wird sicherlich sterben. Das ist der böse Geist unserer Insel, der auf der Lauer liegt, um die Geister der soeben Verstorbenen zu verschlingen.« Und dann fuhr er fort, sich über das seltsame Benehmen des Geistes zu wundern. Gewöhnlich, meinte er, wäre er gar nicht so offen in seinen Angriffen, meist säße er stumm auf dem Dache auf der Lauer, und zwar in Gestalt eines Vogels, während die Insassen, ohne an irgendeine Gefahr zu denken, die Sterbenden pflegten oder die Toten beweinten. Wenn dann aber der Tag ergraute, die Türen geöffnet würden und die Menschen ausgingen, verrieten Blutflecke an der Wand die schreckliche Tragödie.

Hier findet sich das wieder, was ich an den paumotischen Sagen bewundere. Auf Tahiti soll der Seelenfresser eine Erscheinungsform wählen, die zwar viel pompöser, aber weit weniger grausig ist. Menschen jeder Art und jedes Standes, Eingeborene wie Ausländer, haben ihn gesehen; nur behaupten die letzteren, daß er ein Meteor sei. Mein Gewährsmann war dessen aber nicht ganz so sicher. Einst war er mit seiner Frau um zwei Uhr morgens auf einem Ritt unterwegs: beide kämpften gegen den Schlaf an, und den Pferden ging es auch nicht viel besser. Es war eine strahlend helle, stille Nacht, und der Weg führte sie über den Berg dicht an einem verödeten

Marae (alten tahitischen Tempel) vorbei. Plötzlich zog die Erscheinung in Form eines gewissen Lichts mit rundem, grünlich schimmerndem Kopf, langem roten Schweif und einem Brennpunkt von noch tieferer Röte in seinem Inneren über ihre Köpfe hinweg. Ein surrendes Geräusch begleitete dies Fliegen, und die Erscheinung bewegte sich direkt von dem einen Marae auf einen anderen tiefer am Berge gelegenen zu. Das aber, behauptete mein Gewährsmann, sei überaus vielsagend. Denn weshalb sollte ein bloßer Meteor die Altäre der verruchten Götter heimsuchen? Ich muß noch hinzufügen, daß die Pferde nicht weniger erschrocken waren als die Reiter. Ich dagegen bin nicht im geringsten, nicht einmal angenehm erschreckt. Da ziehe ich schon den Vogel auf dem Dachfirst und die morgendlichen Blutspritzer an der Wand vor.

Die Toten sind in ihrer Nahrung durchaus nicht wählerisch. Insbesondere nehmen sie ins Grab die polynesische Vorliebe für Fische mit, und manchmal lassen sie sich sogar mit den Lebenden auf eine Partnerschaft im Fischen ein. Rua-a-mariterangi ist hier wiederum mein Gewährsmann; ich fühle zwar, daß dies das Gewicht der von mir zu schildernden Tatsachen vermindert, wie wundervoll baut diese Geschichte indes die Gestalt jenes unverbesserlichen alten Geistersehers auf! Rua gehört zu der jämmerlich armen Insel Taenga, trotzdem war seines Vaters Haus stets reichlich mit Fischen versorgt. Als Rua erwachsen war, wurde er endlich aufgefordert, mit seinem Glückspilz von Vater fischen zu gehen. So ruderten sie denn in der Abenddämmerung an eine abgelegene Stelle der Lagune, der Junge streckte sich am Heck aus und der Vater begann vor seinen Augen die Angelschnur auszuwerfen. Es ist anzunehmen, daß Rua jetzt einschlief. Jedenfalls saß, als er erwachte, eine fremde Gestalt neben seinem Vater, und sein Vater war dabei, so schnell er nur konnte Fische über Fische an Bord zu ziehen. »Wer ist jener Mann, Vater?« fragte Rua. »Das geht dich nichts an«, antwortete sein Vater, und Rua nahm an, der Fremde wäre vom Ufer her zu ihnen herübergeschwommen. Nacht für Nacht fuhren sie nun auf die Lagune zu den einsamsten Stellen hinaus; Nacht für Nacht tauchte der Fremde plötzlich unter ihnen auf, um ebenso plötzlich wieder zu verschwinden, und Morgen für Morgen kam das Kanoe mit Fischen beladen heim. »Mein Vater ist wirklich ein Glückspilz«, dachte Rua. Endlich, eines schönen Tages, erhielten sie Besuch von einer, dann einer zweiten Schiffsgesellschaft, die bewirtet werden mußten; Vater und Sohn brachten später als gewöhnlich nach der Lagune auf, und ehe das Kanoe an Ort und Stelle war, war es bereits vier Uhr geworden und der Morgenstern stand dicht unter dem Horizont. Da schien der Fremde von einem plötzlichen Unbehagen befallen; er drehte sich um und wandte zum erstenmal Rua das Gesicht eines Menschen zu, der lange schon tot ist, mit weit aufgerissenen, leuchtenden Augen. Dann starrte er lange Zeit nach Osten, blies auf seine Fingerspitzen wie einer, den es friert, stieß einen seltsamen, schauerlichen Ton aus, der halb ein Pfeifen, halb ein Stöhnen war, und bei dem einem das Blut in den Adern gerann, und zerfloß, gerade in dem Augenblick als der Morgenstern aus dem Meere auftauchte, plötzlich in Nichts. Jetzt verstand Rua, weshalb es seinem Vater so gut ging, weshalb seine Fische in der Morgenfrühe verfaulten und weswegen immer etliche davon auf den Friedhof getragen und auf die Gräber gelegt wurden. Nun war zwar mein Gewährsmann ganz entschieden kein Feind des Aberglaubens, trotzdem blieb er stets nüchtern und bezeugte für derartige Dinge ein gewisses überlegenes Interesse, das ich mit gutem Recht als wissenschaftlich bezeichnen kann. Da also der letzte Punkt ihn an einen ähnlichen Brauch auf Tahiti erinnerte, fragte er Rua, ob die Fische auf den Gräbern liegen gelassen wurden, oder ob man sie nur scheinbar opferte und dann wieder mit sich nähme? Es stellte sich heraus, daß der alte Mariterangi beides tat; manchmal brachte er seinem schattenhaften Partner lediglich ein Scheinopfer dar, mitunter ließ er seine Fische aber auch ganz ehrlich auf dem Grabe vermodern.

Es ist klar, daß wir in Europa ähnliche Geschichten kennen: der polynesische ›varua ino‹ oder ›aitu o le vao‹ ist offenbar ein naher Verwandter des transsylvanischen Vampyrs. Aus der nachstehenden Geschichte gehen die nahen Beziehungen beider deutlich hervor. Auf dem damals zum Teil noch unzivilisierten Atoll Penrhyn lebte einst ein Häuptling, der lange Zeit ein heilsamer Schrekken der Eingeborenen war. Er starb und wurde begraben; kaum hatten jedoch seine bisherigen Nachbarn die Süßigkeit ihrer Freiheit gekostet, als auch schon sein Geist im Dorfe umging. Furcht packte sie alle; aus den wichtigsten Männern und Zauberern wurde ein Rat gebildet und mit Genehmigung Rarotongans, des Missionars, der nicht minder ins Bockshorn gejagt war als die anderen, sowie in Gegenwart von Weißen – darunter auch meines Freundes Mr. Ben Hird – wurde das Grab geöffnet, vertieft, bis man auf Wasser stieß, und die Leiche mit dem Gesicht nach unten neu eingegraben. Das Pfählen von Selbstmördern in England, wie es vor kurzem noch Sitte war, sowie das Köpfen der Vampyre im östlichen Europa bilden enge Parallelen hierzu.

Auf Samoa fürchtet man sich nur von den unbegrabenen Toten. Während des letzten Krieges sind viele im Busch gefallen; ihre Leichen wurden mitunter geköpft, von den eingeborenen Pastoren eingeholt und begraben; das genügte jedoch aus irgendeinem Grunde nicht, jeder Geist fuhr fort, auf dem Schauplatz seines Ablebens zu spuken. Als der Friede geklärt wurde, spielten sich an manchen Orten, hauptsächlich aber in der Nähe der hochgelegenen Schluchten von Lotoanuu, wo die Kämpfe sich konzentriert hatten und die Verluste am heftigsten gewesen waren, merkwürdige Szenen ab. Die weiblichen Verwandten der Toten kamen, von den Überlebenden des Kampfes begleitet, mit Matten oder Laken beladen. Die Stellen, wo die Betreffenden gefallen waren, wurden sorgfältig erforscht, dann wurde das Laken auf dem Boden ausgebreitet und die Frauen hielten, von pietätvoller Sorge getrieben, daneben Wacht. Wenn irgendein Lebewesen sich darauf niederließ, wurde es die ersten beiden Male verscheucht, das drittemal jedoch wußte man, daß es der Geist des Toten war; es wurde daher eingefangen, nach Hause gebracht und neben der Leiche begraben. Damit hatte der Aitu seine Ruhe gefunden. Diese Zeremonie entsprang sicherlich den schlichtesten, frömmsten Motiven; sie hatte zum Ziel den Frieden der Seele, der Beweggrund war pietätvolle Liebe. Der gegenwärtige König will jedoch nichts von den gefährlichen Aitus wissen; er erklärt, die Seelen der Unbegrabenen wanderten lediglich im Fegefeuer umher, unglücklich wohl, ohne die geringste Möglichkeit, das eigentliche Totenland zu erreichen, aber bestimmt in keiner Hinsicht schädlich. Diese streng klassische Auffassung spiegelt zweifellos den Standpunkt der Aufgeklärten wider, während die Flucht meines Lafaeles die gröberen Schrecken der Unwissenden zum Ausdruck bringt.

Der Glaube an die exorzierende Kraft der Grabriten erklärt vielleicht die an sich sonst erstaunliche Tatsache, daß kein Polynesier das Grauen des Europäers vor menschlichem Gebein und Mumien teilt. Aus dem einen stellte er früher die geschätztesten Schmuckstücke her; man pflegte es in den Häusern oder in Gräberhöhlen aufzubewahren, ja, die Wächter des königlichen Grabes wohnten mit ihren Kindern unter den Gebeinen zahlreicher Generationen von Verstorbenen. Die Mumien wurden selbst während der Herstellung ebensowenig gefürchtet. Auf den Marquesas, in den Siedlungen unmittelbar an der Küste, wurden sie von den Mitgliedern des Haushaltes eigenhändig wiederholt geölt und dem Sonnenlicht ausgesetzt, um sie herzurichten; auf den Karolinen werden sie auch heute noch in dem Rauchfang des Familienherdes konserviert. Außerdem ist die Kopfjägerei noch hart an der Türschwelle meines Hauses auf Samoa zu Hause, und zehn Jahre ist es her, daß auf den Gilbertinseln die Witwe verpflichtet war, den Schädel ihres toten Gatten eigenhändig auszugraben, zu reinigen, zu polieren und dann Tag und Nacht mit sich herumzutragen. In allen diesen Fällen können wir annehmen, daß der Vorgang, entweder des Trocknens oder des Reinigens, den Aitu völlig exorziert.

Der paumotische Glaube ist jedoch weniger klar. Hier wird der Mann ordnungsgemäß begraben und muß von nun an bewacht werden. Er wird auch bewacht, trotz alledem geht sein Geist um. In der Tat ist es nicht der Zweck dieser Wachen, derartige Wanderungen zu verhüten; sie sollen vielmehr durch höfliche Aufmerksamkeit die inhärente Bosheit des Toten besänftigen. Vernachlässigung kann – so nimmt man an – ihn ärgern und seine Verfolgungen heraufbeschwören, daher wägen die Alten und Schwachen das Risiko mitunter ab und ziehen es vor, zu Hause zu bleiben. Man vergesse nicht, daß es des Toten eigene Sippe und nächste Freunde sind, die so seinen bösen Willen durch ihre Nachtwachen milde stimmen. Selbst diese beschwichtigende Zeremonie gilt als gefährlich, es sei denn, daß zahlreiche Personen daran teilnehmen; in Rotoava wurde mir eines Tages ein Junge eigens deshalb vorgeführt, weil er ganz allein neben seines Vaters Grab gewacht hatte. Weder die verwandtschaftlichen Bindungen des Toten noch sein im Leben bewiesener Charakter vermögen den Ausgang zu beeinflussen. Einer der verflossenen Gouverneure, der auf Fakarava an den Folgen eines Sonnenstichs starb, war zu seinen Lebzeiten sehr beliebt und steht auch heute noch im liebevollen Andenken der Leute, trotzdem geht sein Geist, mit allen Schrecken des Todes bekleidet, auf der Insel um, so daß die Nachbarschaft des Regierungssitzes in der Dunkelheit ängstlich gemieden wird. Ja, diese heitere Lehre läßt sich wie folgt zusammenfassen: Alle Menschen werden Vampyre, und die Vampyre verschonen niemanden. Aber hier stehen wir plötzlich einer gewinnenden Ausnahme gegenüber: die Geister der Pfeifer sind ausgesprochene Stammesgeister. Wenn ich mich nicht irre, umgeben und unterrichten sie einzig ihre Stammesverwandten, und das Medium ist stets von dem Geschlecht des sich mitteilenden Geistes. So sehen wir denn einerseits die Bande der Familie mit dem Tode abgeschnitten, andererseits aber auch in hilfreicher Weise über ihn hinaus weiterbestehen.

Nach der tahitischen Sage war die Seele des Kindes in

Blätter eingepackt. Die Geister der Frischverstorbenen gelten nämlich als besondere Delikatesse. Wenn sie getötet werden, wird das Haus mit Blut bespritzt. Ruas toter Fischer befand sich in der Auflösung; zersetzt – und zwar in furchtbarer Weise zersetzt – war auch sein Baumgeist. Die Geister sind also materielle Wesen, und nur durch die materiellen Anzeichen der Verwesung unterscheiden sie sich von den lebenden Menschen. Diese so weit verbreitete Ansicht gesellt dem stark Grausigen, das in den widerwärtigsten polynesischen Sagen zum Ausdruck gelangt, noch einen besonders abstoßenden Zug hinzu, den manchmal auch die liebenswürdigsten Einzelheiten nicht zu mildern vermögen. Ich führe zu diesem Zweck zwei ziemlich weit auseinanderliegende Beispiele aus Tahiti und Samoa an.

Zuerst das tahitische. Ein Mann ging einst auf Besuch zu dem Gatten seiner Schwester, die schon seit längerer Zeit verstorben war. Zu ihren Lebzeiten war die Schwester nach Inselart stets zierlich gekleidet gegangen mit einem Blumenkranze auf dem Kopf. Mitten in der Nacht wachte nun der Bruder durch einen überirdisch lieblichen Duft auf, der im Hause hin und her schwebte. Die Lampe wird wohl ausgebrannt gewesen sein, denn kein Tahitier würde sich im Dunkeln niedergelegt haben. Eine Weile lag er so voller Entzücken, dann rief er auch die anderen herbei. »Riecht keiner von euch den Blumengeruch?« erkundigte er sich. »O ja«, erwiderte sein Schwager, »daran sind wir hier gewöhnt.« Am folgenden Morgen gingen die beiden Männer spazieren, und der Witwer gestand seinem Schwager, daß seine Frau ständig das Haus besuche, ja, daß er sie einmal sogar gesehen hätte. Sie hätte die gleiche Gestalt und Kleidung wie zu ihren Lebzeiten gehabt, und sei auch mit Blumen geschmückt gewesen: nur hätte sie sich leicht schwebend ein paar Zoll über dem Erdboden bewegt und sei auch trockenen Fußes über den Flußspiegel geglitten. Und jetzt kommen wir zu dem fraglichen Punkte: Stets habe sie nur ihre Rückseite gezeigt, und die Schwäger wurden sich, während sie die Sache erörterten, einig, das hätte seinen Grund darin, daß sie die Spuren der Verwesung verbergen wolle.

Und nun meine samoanische Geschichte. Ich verdanke sie der Freundlichkeit des Herrn Dr. F. Otto Sierich, dessen Sammlung folkloristischer Erzählungen ich mit Spannung entgegensehe. Ein Mann auf Manu'a hatte zwei Frauen geehelicht, ohne Kinder von ihnen zu bekommen. Er ging daher nach Sawaii, heiratete dort ein drittes Mal und hatte mehr Glück. Als seine Frau ihre Stunde kommen fühlte, erinnerte er sich, daß er hier in einem fremden Lande nur ein armer Mann sei, und daß er sich, wenn das Kind geboren würde, wegen der Geringfügigkeit seiner Geschenke schämen müßte. Vergeblich suchte seine Frau ihn von dem Gegenteil zu überzeugen. Er kehrte zu seinem Vater nach Manu'a zurück, um bei ihm Hilfe zu suchen, und machte sich mit dem, was er in der Eile erraffen konnte, noch in der gleichen Nacht auf den Rückweg. Nun hatten aber seine Frauen von seinem Kommen erfahren; sie waren zornig, daß er nicht blieb, um sie zu besuchen, fingen ihn am Strande bei seinem Kanoe ab und töteten ihn. Währenddessen lag seine dritte Frau in Sawaii im Schlaf; ihr Kind war inzwischen geboren worden und schlummerte an ihrer Seite; da wurde sie von dem Geiste ihres Gatten geweckt. »Stehe auf«, sagte er, »mein Vater liegt krank auf Manu'a, wir müssen ihn besuchen.« »Gut«, sagte sie, »nimm du das Kind, während ich die Matten trage.« »Ich kann das Kind nicht nehmen«, antwortete der Geist, »ich bin vom Meere her zu kalt.« Als sie an Bord waren, roch die Frau den Leichengeruch. »Wie kommt das?« fragte sie. »Was hast du in dem Kanoe, denn ich spüre Leichengeruch?« »Nichts ist in dem Kanoe«, entgegnete der Geist. »Es ist nur der Landwind, der von den Bergen weht, wo irgendein Tier verendet ist.« Es scheint noch dunkel gewesen zu sein, als sie Manu'a erreichten – wohl die rascheste Überfahrt, die je gemacht wurde – denn als sie in das Innere des Riffes einfuhren, sahen sie die Totenfeuer im Dorfe brennen. Wieder bat sie ihn, das Kind zu tragen, jetzt aber brauchte er sich nicht mehr zu verstellen. »Ich kann dein Kind nicht tragen«, sagte er, »denn ich bin tot, und die Feuer, die du brennen siehst, sind die Feuer meines Begräbnisses.«

Wer neugierig ist, kann in Dr. Sierichs Buch den unerwarteten Ausgang dieser Geschichte lesen. Das Obige genügt für meine Zwecke. Obwohl der Mann eben erst gestorben war, war sein Geist doch schon verwest, als ob Verwesung das Merkmal, ja die Quintessenz der Geister sei. Die Totenwache auf dem Paumotu dauert nur zwei Wochen, und man sagte mir, dieses sei die Zeit, die eine Leiche zur Auflösung brauche. Der Geist, der stets die Zeichen der Verwesung an sich trägt – Gefahr, die mit dem Zerfallsprozeß ihr Ende zu nehmen scheint – hier bieten sich verführerische Möglichkeiten von Kombinationen für einen Liebhaber von Theorien. Doch all solche Theorien sind unhaltbar. Die Dame mit den Blumen war schon lange tot und ihr Geist trug angeblich immer noch die Zeichen der Vergänglichkeit an sich. Der Gouverneur war weit über vierzehn Tage in der Erde verscharrt und ging als Vampyr noch immer um.

Von dem Herumirren der Toten im Fegefeuer, von der

wüsten mangaischen Sage zu erzählen, nach der es infernalische Gottheiten gibt, die die Seelen aller Verstorbenen verzaubern und vernichten, von den verschiedenen submarinen und ätherischen Zwischenwelten zu berichten, wo die Toten schwelgen, müßig umherschweben oder die Beschäftigungen ihres Daseins auf Erden wieder aufnehmen, würde ermüdend sein. Nur eine Geschichte möchte ich noch anführen, denn sie ist nicht nur an sich recht sonderbar und auf Tahiti weit verbreitet, sondern hat das Interessante für sich, daß sie aus der nachchristlichen Ära stammt, also erst wenige Jahre alt ist. Eine Prinzessin aus regierendem Hause war gestorben und wurde nach der Nachbarinsel Raiatea überführt. Dort verfiel sie der Herrschaft eines Geistes, der ihr befahl, den ganzen Tag über auf Kokospalmen herumzuklettern und ihm Nüsse zu pflücken; eines Tages aber wurde sie von einem zweiten Geist aus ihrer eigenen Familie in dieser elenden Sklaverei entdeckt und auf ihre Klagen hin nach Tahiti zurückgebracht, wo ihr Leib zwar immer noch bewacht wurde, sie ihn aber durch die herannahende Verwesung aufgedunsen vorfand. Ein lebendiger Zug an dem Märchen ist die Tatsache, daß die Prinzessin beim Anblick ihres so entstellten und entehrten Tabernakels bat, doch lieber endgültig unter die Toten gerechnet zu werden. Dafür war es aber anscheinend schon zu spät, ihr Geist wurde durch den wenigst würdevollen Eingang in den Leib zurückbefördert, und ihre erschrockenen Verwandten sahen, wie der Körper sich bewegte. Die scheinbar dem Fegefeuer zugehörigen Arbeiten, die die Prinzessin verrichten mußte, sowie ihr Grauen vor dem faulenden Leichnam sind beides recht auffallende Einzelheiten.

Die Wahrheit ist, daß alle diese Geschichten einander

in vielen Punkten widersprechen, und sie werden außerdem noch für den Fremden durch eine geheimnisvolle Sprache verdunkelt. Gespenster, Vampyre, Geister und Götter werden miteinander verwechselt. Und doch glaube ich zu erkennen, daß (mit einigen Ausnahmen) jene, die wir unter die Götter rechnen können, die wenigst boshaften sind. Zwar geht eine Reihe von Dauergeistern, die auch Morde verüben, in einigen Winkeln Samoas um, aber jene legitimen Götter von Upolu und Sawaii, deren Kriege und Kriketturniere vor kurzem erst die Gesellschaft erschütterten, waren, soweit ich ersehen konnte, nicht besonders oder zum mindesten nicht in dem Maße gefürchtet. Der Geist von Anaa, der sich von Seelen nährte, ist zwar entschieden ein etwas unbehaglicher Zeitgenosse, aber die hohen Götter des Archipels erscheinen doch im ganzen hilfreich. Mahinui – nach dem unser Sträflingskatechet getauft war – Gott des Meeres und wie Proteus mit einer endlosen Menge von dienenden Gottheiten umgeben – pflegt zum Beispiel Schiffbrüchigen zu Hilfe zu kommen und sie in Gestalt eines Regenbogenfisches an Land zu tragen. Die gleiche Gottheit trug auch die Priester von einer Insel des Archipels zur anderen, ja, noch in diesem Jahrhundert hat man Menschen mit seiner Hilfe fliegen sehen. Die Titulargottheit jeder Insel ist gleichfalls hilfsbereit und kündet durch eine bestimmte keilförmige Wolke am Horizont das Kommen eines Schiffes an.

Wer diese Atolle richtig vor sich sieht, so schmal, so unfruchtbar, so allseits hart vom Meere bedrängt, dem will es scheinen, als herrsche hier ein Überreichtum an gespensterhaften Einwohnern. Aber mit denen, die ich aufgezählt habe, ist ihre Zahl noch nicht erschöpft. Aus den verschiedenen salzigen Tümpeln und Teichen kann man schöne Frauen mit langem roten Haar aufsteigen und sich baden sehen, nur sind sie furchtsam wie die Mäuse und tauchen, sowie sie einen Schritt auf der Koralle herannahen hören, auf Nimmerwiedersehen im Wasser unter. Man kennt sie als gesunde, harmlose Lebewesen, Bewohner einer unterirdischen Welt; die gleiche Vorstellung herrscht auch auf Tahiti, wo sie ebenfalls rote Haare haben. Tetea ist ihr tahitischer, Mokurea ihr paumotischer Name.

Übersetzt von Curt Thesing